雪峰山里

曾庆平 / 著

湖南大学出版社
·长沙·

图书在版编目（CIP）数据

雪峰山里/曾庆平著. —长沙：湖南大学出版社，2022.11
ISBN 978-7-5667-2598-1

Ⅰ.①雪… Ⅱ.①曾… Ⅲ.①散文集—中国—当代 Ⅳ.①I267

中国版本图书馆 CIP 数据核字（2022）第 150383 号

雪峰山里
XUEFENG SHAN LI

著　　者：曾庆平
责任编辑：祝世英
印　　装：长沙鸿和印务有限公司
开　　本：710 mm×1000 mm　1/16　　印　张：24.5　字　数：453 千字
版　　次：2022 年 11 月第 1 版　　印　次：2022 年 11 月第 1 次印刷
书　　号：ISBN 978-7-5667-2598-1
定　　价：78.00 元

出 版 人：李文邦
出版发行：湖南大学出版社
社　　址：湖南·长沙·岳麓山　　　　邮　编：410082
电　　话：0731-88822559（营销部），88821327（编辑室），88821006（出版部）
传　　真：0731-88822264（总编室）
网　　址：http：//www.hnupress.com
电子邮箱：1138705953@qq.com

目 录

卷一　山生山行

I

卷二 山节山气

卷三　山人山俗

卷一　山生山行

山里降生

白屋寒门降生一个娃，便如大地新冒一个芽。

坐着颠簸的降生列车，山里娃径直来到玉龙苗寨。篱墙外田亩新栽，阳光从缝隙间透进来，一抹夏阳不即不离，暖暖地烘着简陋木寮，为一个新生命杀菌消毒。

夜色茫茫，月光笼罩，长辈竭力虔心地安排好他的胞衣筒后，借着煤油灯光亮，把他的生辰八字以及出生地点，工工整整刻画于内壁上，埋进一个山湾。从此，山里娃与山灵魂相通。

投入大山怀抱，山里娃如一只落单小蚁，漫无目的地爬行，好奇地四处张望。他紧贴泥土，嗅着土腥味与花香，也嗅着了水稻清芬。

他开始蹒跚学步。他爬出堂屋门，来到禾场，再爬过五棵桃，来到门前五担丘、七担二田塍上。他摔得满身是泥，坚硬的土块磕痛了他。他努力地在田野中站稳脚跟，然后一次次向前迈开脚步。跌倒，爬起，爬起，又跌倒。长辈的呼唤声深中隐厚，他听见土地回音、大山回响。

他学习奔跑，脚丫子在田塍上撒欢，之后，一道土坎又一道土坎地往下跳，感受五脏六腑的震撼和风过耳畔的刺激。

他刨开土地，想探究土地里藏着的秘密，他学习过家家，学习左手与右手搏斗，学习爬树与戏水，学习哭泣与叫喊。他一次次地从清晨出发，走过火辣辣的正午，走进黄昏，却走不出一座山脉的圈围。

山里娃的世界就是一座山：如圈如牢，似囚似禁；春山如笑，水软山温。

开门见山，闭门梦山。他是沧桑雪峰山哪一个催人泪下的传说？他是玉龙飞腾哪一缕转瞬即逝的云烟？

从眼花缭乱到胸有丘壑，雪峰山，一座故事和深情绵延而成的山脉，总有回响，叩击童年胸膛。

山里娃在山之北麓的禾场静静地眺望，五棵桃构成渊亭山立的样子。每座高峻山峰，都是一位刚毅卫士，并肩屹立，身躯化作翠绿屏障，排成巨大的一字。经过山脚的公溪，古老河道把凝重化为轻盈；清凉山泉水，时而歌唱丰满纯洁的白云，时而低吟独来独往的山鹰。

三月春风，温软得有些过分，让五棵桃的花儿一朵追着一朵，竞相开放，将大山一角春天沦陷。满目桃花纵情扑进山里娃怀抱，用花的语言，歌唱生命，令他怦然心动。

一只黑犬，陪山里娃来到山脊谷地。这世间，即便是遥远群山，也会怀揣美好，用一棵棵松柏枝丫，向他伸出绿色手臂；用一声声鸟鸣乐音，为他送上温馨祝福。

立于幽深山脊谷地谛听，所有草木花虫都跟随着山里娃沙沙地走动。雪峰山，一只披覆绿浪的巨灵，总有仙姿玉质的回响，在梦中荡漾。

多少回，总爱挣脱长辈怀抱，赤脚走在雪峰山宽怀里，拾掇大山温情。掌灯静夜，被篱门倒插闩于一个极限空间，做起山与山的骑梦。

不知何为娇生惯养，亦不知有富养穷养，山里娃是山养，他像野草一样，在雪峰山最绿的地方成长。

山里娃吃不饱时，野菜、野果、植物根茎，地里红薯、花生、玉米棒子，大田里刚灌浆的麦穗稻穗，都能用来充饥。他是地上爬滚出来的，坚韧皮实。大病小灾在所难免，但头疼脑热，除了扛，就靠土单方，很少吃药。有些时候，山里娃受了山惊山扰，长辈便用梅山法术，以箕畚与长唤为他收惊与招魂。

田野沟壑是课堂，也是练兵场，登高爬低的淘气是必修课。尖硬蒺藜不小心刺进脚丫、屁股。大自然充满了弱肉强食、适者生存的野性，玩箭筒蛇、捉蜈蚣、抓松鼠、掏鸟窝、斗蛇群、捣蚁穴，秋日打马蜂窝，是最刺激冒险的乐趣。偶尔，还要与前来挑衅的同龄人抢占制高点、争夺地盘。

一个人在山中自言自语，顶多有几只不知名的小鸟从草丛里探出头来，好奇地看几眼。一个人在山中，极少有人拜访，房屋四周或许会新添几头小动物侧头张望。一个人在山中升起寂寥，偶尔会有几片白云从山顶落下来，陪伴一会儿又飘然而去。

山里娃与自然相融，与山野为伍，不惧风霜，随风成长。陀螺、水枪、木板滚珠车、铁环以及沟坎湾冲相伴，寂寞不孤单。一切平淡，跑起来亦可风生水起。

只需要一块石板，或一小块平地，就能玩陀螺。山里陀螺，做法简单，一截圆木，一端削尖，一端削平。用一根木条或一截竹棍，在一端缠上撕裂的棕叶，就是鞭。握住鞭子，使劲地抽打，陀螺转起来。寒冷之时，动起，单薄的身体热起，闹起。纯粹，快乐，无邪。山里娃感觉，在一个习惯的山隈，生活会沿着一个方向原地打转，人也会变成陀螺。当陀螺转不动时，崇山峻岭就会拧成一支鞭子，来一记狠抽，童年又会飞速地旋开，继续在原地打转，山就矜持地放下了鞭子。

学着长辈样子，拖着脚上泥土，把黎明山路堆砌成粗糙岁月。苞谷酒飘着香，他豪爽的嗓音醉了鸟群。他用锄头与镰刀雕琢生命，泥土是他的证件，他将岁月密密麻麻地挖掘采割，穿行于大山深处的每一条壕沟与小路。

手上和脚板上开始有嫩茧，之后又变成与年龄极不相称的老茧，那些日益厚实的茧子与山路上的石头偶尔相碰，可以擦出火花，焚烧山中岑寂。

稻米红薯养着的山里娃，讲着稻米、红薯一样的方言俚语。不规范的句式，咬口的读音，与辞海无关，从石头缝隙长出来。十里不同音的雪峰山方言在一腔老调之中，丰满成汗水与粮食。山里方言用风土人情盘着母亲发辫，用浑厚的唇，喊山里娃小名。他听了，往天上看，明月当空，星星眨巴着眼睛。五棵桃下的禾场，一串串方言跟收成与萤火虫密切相关，一不小心就有几句溜进门口水田，碎成一片蛙声。山里娃讲话，带有湘中与湘西融合口音，虽然有人听不明白，可玉龙苗寨的花鸟虫鱼都听得明白，他跟它们是真正的知心朋友。

处于山里，家中时常会有来客：禽畜或野物。狗来财，猫来灾；至于来猪，那就真发了财；如果来了一窝蜜蜂，虽说有蜂蜜吃，但被蜇得头青脸肿是常事。

看不到地平线，山里娃一次次拓展山路，向屋后攀藤附葛而上。反反复复，他终于成功登顶，但在山峰看见的仍旧是山峰，无数更高的山峰。他把一座山峰看成一只箩筐，他猜测雪峰山脉怕是有成百上千担箩筐，盛着千万人家的生活。

五棵桃熟了。清晨霞光披发左衽，在枝床上酣睡一夜的桃子睁开双眼，撩开盖在身上的叶被，站起身深深地吸了口晨露，脸上洇开红晕，静静地等候着桃林里喧闹的一天。

门前田塍上，山里娃弯下腰，再弯下，直至头紧挨着腿，通过两腿的间隙向雪峰山倒望，那是一个全新视角，翻了个的雪峰山被云彩托着，变得更加高大。

一山竹叶长出很多乐器，摘一个放唇上，吹是一些乐音，吸又是一些乐音。

有时候，大人们吹；有时候，山里娃吹；更多时候，是罡风呜哇呜哇在吹……

曲熬煎砺，粗茶淡饭。一个人的地老天荒，山里娃习惯了没人问、没人理、没人关心。累了，靠靠草垛或田坎；疼了，自己揉揉；流泪了，自己擦拭；伤心了，自己沉默；无聊了，就假装从一条田塍摔倒，滚落下一丘田。除了坚强，他别无选择。

设想，如果山是一个谜宫，如果染指年华是一团迷雾，如果风华流沙是一摞负担，那——就有了显迹于地表的启示意义：玉龙苗寨，和一切经验、世俗的时空轮廓似乎尘俗两分；山里童年，隔着世界，也恰恰成为一个世界。山里娃发现，他与眼前的大山其实是认识的，但是，还不是好朋友。

山有雄壮风采，也有朴素品格，既豪迈，亦俊秀。奇险、逶迤、平坦、突兀、温柔、呼啸、高深博大、志存高远，却不张扬、不骄横、外柔内刚、坚忍不拔，顶着天，立着地，扛着风雨，怀着江河，孕育着生灵，繁衍着文明。山不言，人不语；人呐喊，山回应。山懂人内心的恐慌，理解人对土地的依恋。人看不清山的轮廓，立于山之高处，则成了一个小点，没有任何气度。因为脚太短，山里娃一直走不到山的边缘，但他一直走着，一直在山路上攀爬。攀来爬去，个子长高了，还在那个生长竹树与野草的山里。玉龙苗寨是原点，半径是一声长唤的距离，画一个圆，童年的根据地，于一座山前是那么渺小。千百回驻足山巅，通过阳光折射的痕迹猜想，山那边很远的地方，有一片蔚蓝色的大海。

虽似草芥，山里娃也是带着使命而来，哪怕身子很低，离尘埃很近，也要占据雪峰山一角；并像山一样挺起腰身，担下所有。

那一道山湾

　　山里娃是在一个吹着微风的早晨、太阳将升未升时想到要去木屋西的，之前一个人在门前田里玩或者是做梦，总是想着那山湾。好多回看见母亲牵着牛儿，祖辈摘取嫩苞米、红高粱以及各式菜蔬，都从木屋西来，显然，那边有一片未知天空，很是值得去敷寻。

　　通过长辈们唠叨，早知道山湾有一个土土的名字，叫作凼湾。

　　母亲一手牵着牛一手牵着山里娃，朝着未知的神秘地带行进。先是要走过一路长长的圳田田塍，很窄，很长。圳田上下都是楠竹，中间夹着一带流水，牛儿吃草，微风荡漾。到得凼湾，有竹笕高悬，笕中流水淙淙。凼湾其实就是两座大山夹着一道山湾，山湾的上面是一大块旱土，中间是一绺梯田，下边又是几块旱土，都是先人依着山势开垦出来的。田园与旱土两边，都是修竹茂林、山花野草。那时叫不出这么多物种，尽管有些是常见竹木或者鸟虫，但是在亮晃晃中，语言是失效的，唯有眼睛或许能传达一些模糊的东西，山里娃宛如在梦境。

　　先人们用"凼"字来修饰和诠释，这个湾，把一个个晨昏装进去，只让鸟鸣蝉嘶祖露在阳光之下，的确非常贴切。蓝天和白云的情思，在此吐绿了；纵横交错的心绪，也于斯生生不息。山里娃眺望太阳和风的翩跹身影，一种感奋无边无际，弥漫成一缕飘香梦想，赤裸着鸟语花香的丰硕和牛蹄踩踏的浮生切响，是那样使人难以忘怀。

　　凼湾，在童眼里萌态可掬。

　　随手触摸到的草茎，仿佛都是一些柔软酥风，一个春天的沿途，就那么一直被风吹着；心底感动，大多是带有舞蹈的句子。鸟儿不断凌空飞举，让一道山湾饱满。鸟儿叫声，似乎是伴着泉流从石缝沁出来，一道山湾，就这样冰洁渊清了。

　　出太阳了，一笕流水，在阳光下流光溢彩；一池碧潭，于山石的包围中轻声低吟；一条圳水，在青草的抚摸中，踏着鼓点，欢快地走来。凼湾流水，那么空灵、明净，以手轻触，清凉感觉立即传到心里；掬一把山泉水喝，甜甜滋味萌到身体每一个细胞，让人精神倍增。偶尔会有一两只小鸟轻捷掠过，驻足水边，小爪子碰触了澄澈、安静之水，水漾波纹，小鸟受惊一般"扑棱"起翅膀，飞向远方澄澈天空，让一朵白云骤然受惊，暂乱了行迹。

幽湾汇集了大山沉沉浮浮的心事，就连一朵花的绽放也被当作一个消息传播，即便一个牛脚印盖下也让两边大山围观。万物无忧，洋溢着天真烂漫的诗情。

那个早晨，山里娃调动了所有感官，但不够用，幽湾内涵过于博大，它的碧绿、灿烂和迷茫一并做成明晃晃的天幕与地毯，他不知不觉慵懒地在母亲怀里睡去。

山里娃从此爱上幽湾。他喜欢那份安静和自在，更准确地说是习惯一个人独处。喜欢一个人在有阳光的日子里，穿着舒适布鞋，踢踢踏踏逛到幽湾，坐在凉风里憨憨地发呆。他分明听见了自己的心跳，一下一下，有节奏地跳着，很清晰很均匀。都说"山中不知日月长"，不是"不知"，而是"不觉"。以至后来读"偶来松树下，高枕石头眠。山中无历日，寒尽不知年"等句，倍感亲切。

喜欢幽湾农忙之时，犁田搭耙、插秧获稻、笑语喧嚷、天地相邀，一派田园诗话。更爱幽湾农闲，晓雾浮漫，竹树迷蒙，水光山色披上青纱雾幔，显出农家少女般朦胧羞涩，倒添几分神神秘秘，引起山里娃对幽湾的万千仰慕。傍幽湾田坎上，有一条先人用脚蹚出的小路，斜斜地从田角小屈大伸，一直伸到幽湾上头。一大片旱地，上面种苞谷高粱，下面是一畦畦菜地，一直延伸到圳水边。这里，曾经被长辈们称为"自留地"，是属于自家可以自由耕种的土地。长辈们在这里种上各种各样的作物，还有竹片、木槿、荆棘等围成的各式篱笆，以及木条和苞谷高粱梗编织而成的菜园围子。于是菜园才真正有了菜园的样子，山里娃也就有了《诗经》里"折柳樊圃"的生活经验支撑。

至于圳水，是一坡梯田的主要水源，其源头和来历当时全然不知，传说，它是雪峰山"三条半倒流水"之半条。那一梯田园下的旱地，已荒芜得只有人类曾经活动过的迹象，从长辈口口相传的故事里，可以推测它是由某个年代的先人们开垦的，而那是一个什么年代，那个年代里发生了什么，不得而知，也无人问津，更无从彰往考来。

望着庄严、浓郁、恬静、悠然自得的大山，他真想用雀跃、用奔放、用歌唱去调和一下深沉和静谧；真想把静与动交融，颜色与鸟虫的轻吟交融，意象与灵感交触，心与流动的清新气息交触，用情感之笔蘸着童年欣喜，把它贮存心底。

据老辈人介绍，幽湾曾经是一个土纸作坊，经营土纸几百年，这里生产的土纸以嫩竹麻为原料，石灰腌制去青，全靠手工操作而成。产品韧性好，易燃烧，烧后的纸灰呈白色，用过的人们都很喜欢。土纸的制作过程包括砍竹、挞竹、破竹、腌竹、洗竹、舂竹、打浆、煮膏、拌浆、榨纸、培纸、叠纸、绑纸等，生产起来很烦琐，时间周期长达三四个月。逾年历岁，造纸便成了熬住山寮苦寂的依托。

到了清末，因晚辈外出谋生而举家外迁，纸厂关闭，凼湾易主，才重新恢复成梯田。

第一次握刀砍柴，第一次牵牛行走，第一次独立打猪草，第一次跳田坎，第一次翻筋斗，第一次树茅棚，第一次摔倒烂泥田……凼湾，留下了他无数个人生第一次。去凼湾的路蜿蜒着，青草掩映的小径，左一脚是疼，右一脚是爱。最远的一次抵达，却让他找不到归途，急哭于竹林。

靠着一个草垛撒欢，把身体融化为一根草，其实山里娃本来就如一根草。他展目张望，一个又一个草垛，立在凼湾田埂上，不言不语，像一只只熄灭的田螺。这些萌发过、葳蕤过的稻草，已经摘掉了所有骄傲，它们层层叠叠，聚成一座座田螺屋子，让山里娃栖息。

曾几何时，凼湾成了他的唯一，亦让浩瀚雪峰将其定位成一个极具向心力的坐标。幸何如之，盘山涉涧之心从此种下，萌发为山里娃的某种自觉，为山喜，为山忧，为山呼喊，为山腾骛。一眼万年，山缘深种。

山里娃在凼湾打个滚，他身体里的路就和圳田廓通，血液就和山泉柔融。中了某种蛊，山里娃无缘由地爱上凼湾的一草一木，一泥一坎；顽皮地不去上学，忤逆长辈只为在草垛里重温一遍木头鬼的故事；拿着竹剑木枪在山湾想象自己是战火年代的英雄；雪球与泥巴也被当成威力无比的"原子弹"和"氢弹"……纯真，是这种简单繁复跋涉中唯一的指针。

晨曦，凼湾朦胧安详；晴日，凼湾清癯伟岸；黄昏，凼湾壮美瑰丽。天阴了，凼湾倏忽间就变得狞厉、诡谲、恐怖；云气渐升，云瀑滑落，凼湾在流云百转的灵动中又显得神秘莫测，缥缈如幻。矗立绿意葱茏中的凼湾有迷人仪容，有戏剧冲突，更有神灵难以捉摸的特质。无法想象，仅仅有高度、体积感并被环境气候制约的山湾能有如此的鬼魅神奇。

把凼湾当成一座神殿，从木屋到凼湾之路，走成一条软软丝带，从大山春蚕般胸中吐将出来，无数浅浅脚印把它搓洗得坑坑洼洼。结识凼湾，绝不后悔，也许，一条路足够终生去跋涉，把执着和固守擦出光亮和棱角。有一条属于自己的专属山路去开拓、去跋涉、去逐一唤醒一湾草木鸟虫，这是一段山缘。山谷拐了个弯，盘出这片有温度的地方。梦在凼湾，睁开了眼睛，一座山心跳加速。

雪峰山仅仅用一个凼湾，加上山谷猜想，就盛下了山里娃大半个童年。

雪峰黄牛

雪峰黄牛配得上一个词：安详恭敬。它不仅是山民的好帮手，而且还给大山萌生了一份美丽。

1949年前，雪峰山里养牛有牵牧、放养、圈养等形式。

刚解放时，山里仍沿用传统的养牛方法。慢慢地，耕牛归高级社和人民公社集体所有，养牛形式有四：包给专人饲养，养用合一；由生产队建栏饲养，集体放牧，选派饲养员专职管理；集体放牧，分户管理；分户轮流饲养。直到改革开放，雪峰山一带开始推行家庭联产承包责任制后，除部分国有农场的牛群、乡村牧场的牛群外，全部分给农户，按传统方法饲养，部分养牛专业户则按照集体牧场的管理方法，集中建栏，统一放牧，专人管理。

雪峰山里农家所喂养的黄牛，有本土品种，有引入品种，也有杂交品种，因其在雪峰山喂养生长，吃山野草，喝清泉水，耕山野田，睡山中栏，山味十足，野气随身，故统称雪峰黄牛。

古铜色皮肤，粗犷肌肉，壮实四肢，犀利牛角，厉吼大口，高扬长尾。不分昼夜地耕耘，是力的震撼，是拼的劲道。雪峰黄牛，吃苦耐劳，肯干实干，不空谈，重行动，这是一种精神。在时光磨砺和现实映照下，透射出耀眼光芒，一直照亮山里。

千百次听牛铃声由远而近，又由近而远，令人屏气而驻足，倾听这种使人向往的声响，总有昏昏欲睡的感觉。吊挂在牛脖子下的牛铃，是主人怕牛丢失而系之，还是牛在这种铃声的催促下悠闲地食草而为，或是为辽阔的山地在静谧中添加一种优雅音符，不得而知。

熟悉的大山，熟悉的黄牛，童年牧歌，是生活的原生态。

每每，山里娃把牛铃声丢失于雪峰山里，把半条命都留在了山路上。他借着月光，顺着牛蹄印找寻，最终空手而回。他手里牵着一些轻飘飘月光，心里空荡荡的。那时候，他真成了被命运架着的一片落叶，失去了命运的方向，根本就没有心情蘸着星光吃长辈递过来的晚饭。看牛翻烂脚板皮，艰辛可见一斑。

一根时光钉子，把爱与温暖挤出山里娃体内，把牛铃脱蚀的锈迹留于内心。曾几何时，他只能像一面墙，静立反思。在牛栏门前，通灵的雪峰黄牛"哞"地叫了一声，好些失踪了的雨雪冰霜飞舞而来。

又一个寒冷冬天，雪依然下着。老黄牛记不起这是一生中的哪场雪，落雪的日子太多了。老黄牛的缰绳已在岁月里糜烂不堪，它走出牛栏，步履蹒跚，来到年轻时走过的山坡，草已经枯黄。照过它模样的溪水已经干涸，牛虻与蝴蝶不知在哪里起舞。它站下来，看见了一片亲切的草甸子，草甸子空荡荡的。它又走到它曾经年复一年耕耘过的那片土地，土地一片空旷，庄稼已经收割，但它还是闻到了土地的芳香和自己曾经的汗水味道。回望蜿蜒山路，山路漫漫，其尽头腾起炊烟，满眼都是多年前的陈年旧事，不觉泪眼溽溽。

跟在雪峰黄牛之后，山里娃感觉，山外或许还有不少故事，但那些故事不属于自己，自己只属于这片生长牛铃声的大山。那头短尾雪峰黄牛，是山里娃交的第一个朋友。曾经，把脚踩进一堆新牛粪里取暖。在走过的山路上，只有牛粪闪着光。

曾经的雪峰山，设有不少牛市。

黑夜刚刚睁开惺忪睡眼，牛市早已传来群牛齐哞、万牛竞吼的声音。一个偌大场地，有各种树冠庞大的树木耸立。每一棵木桩上都拴系着一头或几头牛，绝大多数是雪峰黄牛，远远望去，确像一片灼目的金黄彩霞。每一头黄牛，无论是垂垂老矣，或者是正值青春，还是一脸稚气、未谙世事，在这里它们都无一例外地伸长脖颈，微仰头颅，引吭高吼。

一个个经纪人，还有来自四面八方的买主，巡回相看。每一个卖主都是朴实憨厚的农民模样，立于牛旁，亲切地等待着买主光顾。牛市人头攒动，熙熙攘攘，甚是热闹。

牛市的地面是泥土，地上有牛粪，有横流尿液，散发着一股淡淡腥臊味。但身临其中，尤其生于农村、长在农村、放牧过牛的山里娃，其实并不感到厌恶和恶心。

牛市哞声始终不止，持续不休，仿佛在喊破一个夏日的黎明之后，牛儿们还期盼着用自己的声音去召唤什么。

相牛是有门道的，种一辈子田的人对牛也不一定知根知底。农谚说："好牛不用赶，日走万万千。""乖牛不用鞭，挥绳能种田。""蚂蟥鼻子不种田，毛生乱草站一边。""横长牛角不畏主，再狂主人不敢牵。""四脚匀称有力气，穷汉也能种闲田。"

买牛要识牛龄、看牛牙。"人有人德，牛有善相。"

人们不时掰开牛口，从牛牙来判定牛的年龄，看看牛的长长脖颈，并用手摸摸，判断套枷的地方是否容易溃烂，再用手摸摸牛肚，判断牛是否赶草赶料（牛的饮食能量），再看看牛的整个架势形象。整个过程是不慌不忙的，外行人当然不明就里，只有内行人才能看出端倪。

买卖双方面对面，每个人伸出一只右手，都相互交叉伸进对方的衣袖里，用手指对数、定价。这是贩牛规矩，让别人不知道交易价格。中午时节，通过交易，很多牛被牵走，牛市才慢慢地平静下来，恢复了原有的安静，最后几头没人过问的牛，也被主人原路牵回。

难以忘记啊，雪峰山一带最牛气的嫁妆，曾经是一头雪峰黄牛。它代表了财富，又寓意勤劳致富、五谷丰登。当一头雪峰黄牛挂着新牛铃被作为嫁妆从牛市轰轰烈烈牵回，再披红挂彩牵往新郎家，那一定会被很多人当作最有彩头的故事而津津乐道。

因为那时候，雪峰黄牛都披有神圣的外衣：耕牛。所有山里人如同亲近阳光一样亲近耕牛：通过它强健的身躯，能找到幸福生活的希望。曾几何时，在一湾刚刚收割的田园，或在木屋之侧，雪峰黄牛以一种极悠闲的方式，以田心为原点，以一根牛绳为半径，诠释劳作后的另一种食草生活。山里娃把雪峰黄牛的劳作与悠闲一次次于生命之上对比参详，窥探其中游离浮华的情愫，紧闭双眼，屏住呼吸，聆听一种来自内心或天上的评判。雪峰黄牛依然只有简单表情，不急不躁、不喜不悲、无欲无求、无怨无悔，那一刻竟让人心潮起伏。

农家牵出耕牛，就结束了冬闲美梦。一副犁杖扛过田塍，春声瞬间传遍了大地。耕牛踢踏行走，蹄下长出了嫩绿小草，开出了鲜艳小花。犁田又搭耙，耕牛让荒乱的土地有了条理。

"朝耕及露下，暮耕连月出。"雪峰山里的老农与老黄牛，游走在山脊山湾、田野旱地。

"嗬哧——"老农吆喝着，赶着老黄牛行走。

"哞——"老黄牛嘶叫着，赶着田亩行走。

季节被赶着行走，岁月被赶着行走。

老农老了，老黄牛也老了。

老农的子孙赶着犁田机行走，田里依旧长满稻禾。老黄牛的子孙被集中圈养一段时间，待长成半大，才被放养在大山里。

雪峰山曾有祭天牛仪式，因以黄牛为主要祭品，故称。祭祀以自然村为单位，每年或相隔几年的夏秋季举行，祈求天神保佑风调雨顺、无灾无病。天牛须经巫师卜卦选择，以膘肥体壮、毛色纯正、头上有尖角、四肢无损伤的雪峰山黄公牛为上乘。饲养期间，牛可自由行动，虽践踏庄稼亦不得驱赶。祭祀日，各户自备米、茶、酒、香等祭品和炊具，齐集固定之祭天树下或祭天坪中，由巫师和村中老人共同主持仪式。在念过祭天祝词后，将黄牛分食。

黄昏的一幅剪影从雪峰之峦显现出来，蓝天下静立的老黄牛、不疾不徐行走的老黄牛以及犁过来犁过去的无数春秋闪现。山里情景剧中的牧童，梦幻剪影片段走动，人家烟火后面，被一只神手拿捏、摆布，唱念做打、柴米油盐。祖辈站在夜晚的屋侧喊着乳名；裸壳的木皮屋子，飘在淡淡蓝雾中；牛背上的时光，自然嬉乐，玉成一份至美的生命情缘。

山里娃不断沉浸于一个场景：祭天牛仪式之后，家门口的一整条山脉，以不甘沦落的方式，趴在刻满文字的牛骨上，向天的祭文，自然也被遮掩。初春温度总是在牛栏门前打个转就往回赶。栏里牛儿，刚刚跑到山上撒个欢，就忙着撒开蹄子，往回跑，谁也看不懂，它们的脚到底是长在牛栏里，还是长在山岭上。它们一回到栏里，就安静下来了。摘下来的牛铃、砍刀、猪草篓，和放下来的勤奋、进取、追求一样，都靠在牛栏门边，听老黄牛咕嘟咕嘟喝水，而不断长大的逼迫，则趁机钻进了山里娃内心。

偷牛要坐牢，宰牛必受罚；养牛以为耕，牛自老不食。点灯省油，耕田爱牛；一头牛，半个家；三年烂饭砌高楼，三年稀粥买条牛。因为金贵，有时赶牛过急，牛失蹄摔于坎下，山里娃吓得面如土色：从某种意义上来说，牛比人重要。

将几本小人书挂于牛角，让醇厚山风翻阅沧桑。心思骑牛而归，星辰稀落，眼前有一片粗糙的温柔，像金黄稻草铺垫。雪峰黄牛披火而行，烈焰烧灼了土地。伴随黄牛钻山滚野，他由被动接受慢慢转为主动成长。

一头失掉了蹄子的雪峰黄牛，牛心拐孤，转瞬即逝于山湾，迫使山里娃在少年之后引颈张望，依然十指僵硬、心凉如水，想将脚重新踩进一堆新牛粪取暖。

篓里春秋

以六片篾篾（篾篾：形成框架的主篾，一般呈宽片形）开编，朝三个方位组成方方正正的六边形格子，再不断加篾成底，扭底以为肚，收肚为颈，以丝篾（丝篾：织在篾篾上的辅篾，一般呈细线状）开颈为口，再固定以棕编宽带为背带，雪峰山竹篓，一部读不完的书，是山里娃一生的深情。天梯一样的山道，晃荡着竹篓身影，隐秘山涧里，篓子潜鳞戢羽……

天边刚泛出鱼肚白，山鸟也还没有醒来，扯猪草的山里娃已经急不可待地斜挎着竹篓出了篱门。

湾湾冲冲，冲冲湾湾，哪一个地方是他今天的期待？林木茂盛，芭茅草茂盛，刺蓬也很茂盛，就是猪草稀少。无论去往何处，新鲜的都已经在昨日被人扯过，可他没有了更好的地方。家里的猪吃得快过猪草的生长，不少猪爱吃的山里植物，供不应求。山里娃不是不知道走远些应该有丰盛的猪草，可他没有足够体力去走那些长路。

养猪是家中赖以生存的希望，扯猪草的山里娃已经懂事。生长于一个贫穷人家，必须努力帮助长辈们干活，把猪养大。长辈们说，一年养一头猪可以盘活一个娃。山里娃感觉，那栏里的猪，跟自己有紧密关系。

他钻进极难对付的刺蓬，下到崖底，攀上树梢，弄得伤痕累累，总算一次又一次地将篓扎得紧紧的，篓口还高高地用竹片别了一层，使得一篓有了一篓半的分量，青色溢出来。

他的手被植物的汁水染得五颜六色，怎么洗也洗不掉。

篓子立在那里，总是不能空着。只要一空下，长辈就要长声催促："猪草篓空了，还差一篓猪草哦。"

说来也怪，任凭山里娃怎么努力，怎么把一篓一篓猪草源源不断地背回，往堂屋里一放，一转身，篓子必定是空的。灶屋那边的催促之声会悠悠地响起，让山里娃想玩一会儿的心思立马化为乌有。

某一天，他使尽浑身解数，也没有将篓灌满，他看着篓中的猪草有些不由自主的叹息。然后他以手抹了一把湿漉漉的头发，第一次背上大半篓猪草脚步沉沉地向家走去。那一次，长辈们去地里割了两把红薯藤添上，才刚好可以煮一鼎罐猪食，够猪们吃喝。

背来背去，山里娃的篓子开始有些散架，颈口的丝篾已经脱离蒋篾的束缚，作鸟兽散。

有一天，长辈把篾匠请到家里来，好吃好喝地款待，让篾匠根据家里不同人的身架编制出不同身量的篓子。显然，有一个新篓是为山里娃编的，它比那一只旧的略大些，与山里娃一般高矮。新编出来的篓子带有竹子的青绿与清香，厚实而笨重，挂在火塘上炕过一两月、又背过一年半载之后，原先的青绿渐渐变黄，而且经常与肩腰摩擦的地方就会发出光亮，等整个篓子变成金黄色，篓身已然有了包浆。

之后的一段时间，山里娃也学会了编篓，为自己量身定制的篓大大小小排满了一个年代。

山里娃的篓子变大了，可满篓的猪草还是有些不够，原来是，家变大了，他新添了弟弟。先是添了一个，不久又添了一个。篓中常背着弟弟出去，背满猪草而归。

把一头架子猪养大，直如做一坛老酒，酝酿成熟的过程便如凤凰涅槃，每一个细节都无法省略。曾经匆忙踩出的脚步，每一步背在篓中的山雨，让山里娃再一次淋湿，他一回回背着沉重，举步维艰。

一头猪是养，两头猪也是养。雪峰山里，养儿育女，也用养猪来打比方。不用比，其实，山里的人和猪成了一种互养关系。

山野田边，山里娃的头发被风舞动，他与弟弟们的篓亦被风舞动。山界内，尘世间，竹篓中，一些野花肆无忌惮疯跑，既开得无拘无束，大红大紫，也为见证者、亲历者存在。一个个困顿的生灵，空而执着，向死而生。灾难成了担当的清凉，被一只篓背出了生机。

山里娃在篓子里种五谷、捉迷藏、大闹天宫，左突右冲，一步一步，站上了山腰，与天更近一步，与云朵擦出了雨水，向星星找到了出路。

山里娃信任大山，把太阳也径直赶上山腰挂着，采半篓阳光暖背。

山泉边，他一口喝下三千甜淡，他要活得比大山还真实，还善良，还勇敢。

大河涨水小河满，山里人的哲学，在篓中生机勃勃延伸。想起一种等待，曾让山里娃徒生惆怅，他一次次张望篓口，望穿一个季节。篓难满啊，一次比一次难满。

山里娃一边与空篓对抗着，一边等着夏天慢慢长大，等那饱满的稻粒，在阳光下泛出黄灿灿的颜色；等满篓猪草的清香，再次熏染他的长梦。

没有华丽转身，只有前方不断的搜寻。一个恪勤匪懈的山里娃，用无声方式，垒高自己的生活。当夜幕降临，一切开始归于宁静，萤火闪烁处，还有一个身背竹篓的身影回家。

楮皮树、鬼针草、喇叭花、野麦、野油菜、大巢菜、鹅肠草、墨头草、球序卷耳、奶浆菜、清明菜、折耳根、洋蒿、野胡萝卜、火炭母、麻蒜梗、粘糊菜、鸭脚板、抽筋菜、芭蕉芋、猪屎藤、野麻叶、葛藤叶、白叶菜、野油麻、艾叶……有时，会身陷植物阵法，天旋地转，手脚麻木，灵魂出窍。

身居山中，常有葛藤在心中缠绕。或在田边嬉戏，或在山间游玩，看见葛藤，便牵藤扯蔓，觅其苑，只要葛根有手臂般大小，来不及回家拿锄头，折根柴棍，屁股翘上天地挖起来。由此，生产队的田埂，着实被挖坏不少。有时，寻到一只大葛，正挖得起劲，猛见队长拿着一根竹枝，边跑边骂"搞破坏！"山里娃嬉笑着，一头钻进茅草蓬。只等队长不见了踪影，便把葛挖出，洗净，用柴刀分作几截，边嚼，边往另一个山垴走去。那里，有更多葛藤，可以从葛藤中剥出一二十粒葛虫来。葛虫大如花生米，白如玉，胖乎乎，带回家炸食，更是香脆可口，回味无穷。受了祖辈教育，每挖下一条葛，还要把一截葛藤埋栽原处，来年它还会生根发芽。

除了猪草与葛，篓里还盛过茶籽。

言及茶籽，就想起吃过的茶耳和茶范，想起屋侧山坡。山坡上，油茶树一棵紧挨着一棵。开心时，去茶山聆听鸟儿在枝头上鸣唱，观看蜂蝶在花丛中舞蹈。洁白的油茶花开了又落，片片花瓣都化作了油茶果。那是上天赐予的人间山珍。山里娃背着满篓茶籽，在小溪边的油坊里，榨出金黄味香的茶油。那可是雪峰山液体黄金。享用香喷喷的茶油，最喜茶油炒饭以及用茶油炸的豆腐、果子和艾叶粑。

山里娃的故事，篓子盛着；山里娃的歌儿，篓子录着；山里娃的苦情，篓子演着；山里娃的潜寂，篓子背着；甚至，山里娃走过的弯弯曲曲、坎坎坷坷，篓子也存着盘。

多年之后，山里娃检视不曾放下的篓，依然半半拉拉。

砍掉半座山

兵不血刃，也许是山里娃某个谋略的注解，或许是他一个冲动的意味。

山里娃与刀的征程是从一把旧茅镰和一株黄檀开始的，长辈们目睹手中茅镰因日久失磨早已失去往日锋芒，失去血腥味，便任由山里娃拿去折腾。

茅镰重不过四两，逾碗口粗的黄檀却真正是重于千斤。锈蚀茅镰，进入山里娃手中，它深夜灵魂行走的声音把山里娃惊醒。结霜的鸡鸣，敲打着山里娃的稚手，追击着身体血性，燃起他理伏尚浅的火焰。因为离得不远不近，刚好可以够着，又不至于被长辈厚非，那棵突然枯萎的黄檀注定就成为山里娃首要的讨伐对象。山里娃能够透过火光，看清黄檀密结的年轮。

用半天时间踩出一条小路，接近黄檀。再用两个月时间"坎坎伐檀兮"，再硕壮再硬性的树也禁不住"铁杵磨成针"的时间消耗。即便是钝刀，斫于树上，一种寒冷的光从它单薄身上迸发而出，仿佛要将树击碎。

山里娃毫不犹豫地将钝刀抓紧，仔细下刀，每一刀都砍在算计之处，生怕稍有不慎失手，就会把童年的丁点快乐削掉一层，像削泥切瓜一样。黄檀流血了，灰黄的血液滴落泥土。那一刻，山里娃闻到一种植物血腥。

山里娃的钝刀扬起又落下，他听不到檀树叹息，只见天上月亮，圆了又缺了，缺了又圆了。刀声响起又落下，落下复响起。山里娃忽然想钻进檀树，与它里面发出的檀香与声音血脉相连，一起与茅镰相对。然后，心跳与树的心跳，同时潮起潮落。

黄檀轰然倒下，挂在其上的一大树野猕猴桃也随之轰然倒下。

山里娃面壁而立、执刀而视，他要让激动的眼泪强咽回心底。

山中长日，是缪斯舞台。混沌岁月，他持一把钝刀，走过懵懂栈道，对黄檀的疼痛不屑一顾。

从此，长辈们不再限制他玩刀。家中锋芒毕露的柴刀上手，他学习砍柴。面对一座大山，他手中利刀开始飞舞。

这时，山里娃像一名中世纪的黑色骑士，身披霞帔，远征一座雪峰山。持刀的山里娃要在高山上纵横驰骋，让自由和快乐杀死简独。即使贸然摔倒，铁血也会在陡峭山崖上镌刻一道铭文，坚硬泪水留下刻骨铭心之忆。

雪峰山腹地，他把光阴磨成一把刀，在藏青色崖壁上，挥动刀锋。刀柄脱落，再选一些山里硬木做刀柄，用于拼杀穷困人家的苦难。其实，这些一直孤悬崖壁上的榉木、枫木、槠木、栎木、栲木、橡木、栗木、青冈、枳木、山茶、狗脚木，和山沾亲带故、血脉相连。

刀锋之上，最先砍出来的，是一些除了杉、松、梓、楠竹和红豆杉之外的树。活着的树们低头哀悼，怀念那些已故至亲。

一些野山羊，舔过每一个刀口，直到把嘴唇刮垢磨光。

一些野猪和獴獾，高昂着头审视。

一些黄壤里的润楠，舞出了细碎步履。

风在刀刃上呻吟，像一个山鬼，一次次涅槃重塑肢体的轻盈。

山体效用显现，血指汗颜中，柴禾怒了。

更多的杂柴担从大山里冲风冒雨拱出来，钻坚仰高，站成一个柴垛，站成一道雄关。

一个柴担和一个柴担牵手，一根尖担顽强地连接另一根尖担。大山，退出肆虐风雨，还木皮屋子一片炊烟。

山里娃的日子曾经就是一把柴刀。让刀成为不息的信念，擦亮一山幽黯。

柴，在山里，在雪峰怒吼的冰封里；火，在木皮屋，在火塘淬炼成一把刀。比刀更有力量的，是一双粗糙的手。

刀刃迎风，迎雪，迎冰，迎西伯利亚寒流南行的萧萧车马声。冰天雪地，山里娃并没有靠近火，他宁愿持一把柴刀继续进山，砍开冰雪世界，翻阅冰雪之下山峦的书页，用艰苦卓绝的磨砺为自己开光。

雪峰之上，北风扬起的旋涡裹着尘沙，徐徐飘逸，像时间流逝的方式与姿态，从不停歇。冰冻之后，冬水田越来越窄，道路越来越瘦。山里村庄，则越来越远。一把明晃晃的柴刀，一直在山里娃手中，在空中亮着，让山路两边许多脆弱的灵魂莫名受伤。山寂如一剂反复煎熬的中草药，遍地流行。生生不息的大山，山里娃与不断加大的柴担施施而行，向上生长的信念从未停止。

于某一处山脊放下柴担，山里娃有时会傻傻地盯着天空，渴望能够看到一只苍鹰，青黑脊背，铁打翅羽，翱翔复翱翔，直到以身躯撞击岩鹰洞那一刻。

握紧刀柄，无论梦有多远，刀锋所指一定是梦的方向。

可以一声叹息，却不可以停下手头柴刀。山中多蛇兽，曾以两片厚竹片（山中传说：竹是蛇舅爷）捆绑打蛇，将蛇打得翻了对（翻对：指动物被激怒后联合起来报复），一天到晚行处坐处卧处都是蛇。

手持柴刀，越砍越远的抵达，让山里娃逐渐认识了山的广阔。大山，挡住了他的视线，同时也遮蔽了他过多的欲望。一个人披上一件或光艳或朴素或善良或丑陋的外衣，潜入山阿，又被时间一刀一刀砍伐。

身处山里，只有一座山峰才能最接近一份孤独感情。草们、藤们、叶子们，以及难以捕捉的声音和无中生有的摇影，都能让柴刀顿挫抑扬。山的根，山的梁，壁立万仞的嵯峨，连绵不绝的蜿蜒，真实生冷的坚硬，没有回音的慨叹。一切都可以砍，但是，巍峨不可以砍；一切都可以用尖担挑，但是连绵不可以用尖担挑。砍遍东南西北，有时，山里娃在大山的头顶，离天很近；有时，他在大山深谷，紧贴泥土；他踩着山的肩，山从不喊疼，总是用伟岸的身躯，为他挡风雨。

童年过半，砍掉半座山，木皮屋前坪后院的柴垛成山。

一担柴挑回去，长辈奖赏一个笑脸；半座山挑回去，光阴奖励一个明媚春天；一不小心惹毛了山，藏匿了柴刀，怎么也找不着，又该挨训了。

一把柴刀一旦扬起，山里每一块石头就会找到新的棱角，每一棵树就找到了新的成长点，持刀人就会在疼痛中找回迸发的力量。凄厉的砍伐与勒捆勾结，残忍地撕裂山的肌肤，从山顶倾泻而下的柴流，使山伤痕累累。一次次上山下山，山里娃以刀进柴出演绎跨栏定律——山的高度决定他攀登的高度。

背着石头上山——费力不讨好。傻头傻脑地东砍西斫、左顾右盼，山让他健壮，让他如豹子般矫健，让他如狸猫般迅捷攀上一棵大树，让他和野兔一样掠过山崖。山让他有山羊之血润肺，有山茯苓健脾，有野天麻补气。从几块石头到土灶再到牛角灶，柴火饭一直喂养着他，让他觉得手里的刀，化为吉光片羽。

某一天，父亲为了赶走果子狸，居然把屋后鼎罐粗的鸡爪糖树砍了。午间，山里娃站在原鸡爪糖树的位置，静默。一只鸟飞过来，一只蝉也飞过来，误以为他就是新长出来的鸡爪糖树。山里娃轻轻一挥手，鸟儿和蝉分别吓了一跳，叫了几声，飞走了。从此，山里娃重新审视刀锋，审视扬刀的茧手，学习栽一些树，只为飞走了的鸟和蝉。

雪峰山是山里娃近在咫尺的天堂，可以惬意砍来足够多的温饱与满足，亦可以尽情地反思被砍伐的遗憾与忧伤。千日斫柴一日烧，少年轻狂磨蚀不少。

知青屋

　　某一天，听母亲说，生产队里要来一些什么人长住，社员们在农闲时就去挖屋场，砍杉木，请来木匠，建房。

　　为了看一看队上新屋，山里娃向着屋后的大山顶猛攀。在山尖，他爬上一棵高松顶端，终于，看到了队部，看到了新屋一角，感觉寂绝之外，有一抹闹火将要来临。

　　又一个春气萌动的季节，社员们来到门前水田里劳动，山里娃感觉到，队伍比以往大一些，有些人的穿着也鲜艳了些。仔细一看，里面多了一伙年轻人，说是上山下乡的知识青年，队上分了二男四女，他们长得周正好看，穿得干净整齐，说话声调也大有不同。他们来到山里娃家，每个人都摸摸他的脸，拉拉他的手，跟他亲密一下。山里娃感觉他们的手细腻无比，身上飘散着一种迷人芳香。他们两两结对从山里娃面前走一圈，然后绕过屋东，下到水田，开始学着社员们的样子起凼沤肥。他们的动作有点生硬，戴个斗笠也有点歪，更有趣的是，他们一边劳动，一边不忘戏闹，你往我脸上洒几点泥水，我往你额头贴根青草，然后相对着扮鬼脸。那两个男知青吹得一口好口哨，有他们在，不时就可以听到悠扬哨声。稍有空闲，男的吹，女的唱，主要是吹唱《东方红》《大海航行靠舵手》等。这些歌山里娃也听母亲唱过，但经他们一弄，山里娃才知道什么叫一个好听。他们像一阵风，热闹了一个上午，让山里娃闻着了山外边精彩世界的气息。

　　那天散工后，出于好奇，他硬是一路随行逐队，沿着门前的黄泥小道，往队部的方向一路下来，来到队上谷仓背后，就真切看到了一幢新屋。那屋四扇三间，中间是中堂，摆放着劳作用的农具；东首一间是四个女知青的住房，错落有致地摆着四架床，床上被帐整洁有序，室内芬芳可人；西首一间住着两位男知青，房中显眼处挂着两幅地图，一幅中国的，一幅世界的，好大好大。见山里娃一路跟着来了，知青都很友好，有的抱抱他，有的给他一块糖，那两个男的把山里娃抱到地图前，指点着告诉山里娃这是中国，那是美国，这是苏联，那是英国。而高个子知青姓赵，他让山里娃叫他赵哥，并告诉山里娃，他的老家在上海。

山里娃是第一次看到地图，看到地图上用钢笔写着后来才认识的英文"Long live Chairman Mao"，看到地图上的国家和城市，山川与河流，海洋与岛礁。顺着赵哥的手指引和讲解，在地图上，目光沿着沅水抵达洞庭，再由洞庭进入长江，把心放在一叶白帆之上，汽笛鸣了，江水漾了，白昼昏了，星光淡了，水面阔了，上海近了……

之后一个人经常跑去知青屋里玩，跑上跑下，就熟悉了。他们让他叫哥叫姐，除了赵哥，还有一位黄哥，一位廖姐，一位莫姐，两位杨姐。赵哥最帅，常教山里娃唱新歌，他教《洪湖水浪打浪》《太阳最红毛主席最亲》《四季歌》，真是好听极了；黄哥最憨，有时替赵哥教山里娃认地图，山里娃记住了，他又弄错了；大杨姐最漂亮，一笑起来就露出整齐的牙齿；廖姐最会搞怪，总喜欢扮各种鬼脸来吓唬山里娃；小杨姐文文静静的，说话不多，却总是贴心地不时往他嘴里塞进一块糖果，吃饭时喂他几筷菜，空闲时还教他背几首唐诗。

最不可思议的是，中堂里还有一个地窖，里面窖着一些红薯。地窖应当有两人深，四个知青姐姐最爱在那里爬上爬下，捉迷藏，扮鬼脸，在地底下学动物叫唤。她们最擅长学狗叫，尖尖细细的声音让窖壁一碰，就变得怪模怪样，于是她们集体笑倒。最学不像的是牛哞，因为她们不熟悉，所以学起来很吃劲。这个山里娃倒在行，他趴到窖底下，对着土壁压着声音长哞一声，让窖心一放大，活脱就是牛叫。

中堂正中间，有个宝书台，中间放着《毛泽东选集》和《毛主席语录本》。知青们有时候很认真地朗读"老三篇"，而赵哥基本都能背出。只有黄哥笨一些，轮到他读了，读得断断续续的，其他人就笑他。

有时他们的兴趣来了，还演一段《红灯记》，四个姐姐轮流扮铁梅，大杨姐得到的掌声最多。那时山里娃还不知道什么叫样板戏，什么叫《红灯记》，只是在那里看看热闹，觉着非常好玩。表演完样板戏，赵哥兴致不减，还要拉一曲二胡。赵哥的二胡幽幽怨怨的，山里娃听得迷离惝恍，就去跟姐姐们玩。

山里娃有时也随着知青的身影去劳动的田间地头。经常看到他们在田间劳动休息时就给社员们表演节目，他特别喜欢看，觉得他们了不起。

他喜欢赵哥和大杨姐，他们很会讲故事，所以，即使他们在田间劳动时，山里娃也总是跟着他们，帮他们拿拿工具，为的就是听他们讲故事。他们讲的故事与祖辈讲的完全不同，有《七个小矮人》，有《薛仁贵》，有《三打白骨精》，有《三国》，还有《聊斋》，真是应有尽有，令人耳目一新。

知青屋去得多了，胆子也大起来。白天，明明知道知青们都出工了，也会一个人从家里跑出，来到知青屋。那时，乡下的秩序很好，所有的门都是不上锁的。山里娃轻轻地推开门，看看这，看看那，感觉有些无聊。就从知青屋里出来，在屋后，发现一片草丛，倒了一些，刚好是两个人坐过的样子。山里娃在一边坐坐，又在另一边坐坐，前边的草丛枯黄，像一片稻草，不高，但正好遮住远望的目光。那时，他突然明白，知青哥哥姐姐们可能也跟他一样，被大山关着，蜗居于小小知青屋，心中有很多山寂。他仔细打量这片被压倒的野草，想象着它曾经听到的绵绵话语，内心忽然唤起了孩提时代强烈的好奇。在知青屋，他开始以一个孩子的视角审视知青们的情感世界。

山让知青们恋爱，在春天漫坡的竹树丛中，对着黛色山峰，许下没有虚饰的诺言。山也让知青们歌唱，在知青屋，在水井旁，在出工或收工路上，唱两嗓说两句笑两声，山脊线便镶满了金灿灿的音符。

知青的生活是单调的。记得一个傍晚，山里娃与知青们坐在知青屋里歇凉、闲聊。那时资讯信息很少，除大队有线广播断续传来红色电波的声音外别无所闻，所以大家也并没有什么可多聊的，有时只能静静地坐着。不久有人提出了吃点东西的建议，不提则罢，一说吃东西，大家似乎都有了食欲。吃什么？肯定是想吃好的啰。那年代绕肠刮肚的时候多，嘴馋，在知青点里也是十天半月不见肉。未必又出去装泥鳅？泥鳅已经装过多次了，知青屋周边田里已没有多少泥鳅。怎么办呢？有人想到了吃鸡。知青屋里喂有六七只鸡，但这鸡一般是大家逢年过节吃的，平时吃鸡，真有点舍不得。

这时候，恰逢生产队长路过知青屋，听到知青们的谈论后，走了进来，对知青们说："吃吧，杀我的。"队长家离知青屋近，不知什么时候他的几只鸡就来到知青屋里。队长的鸡是白色羽毛，和知青们的鸡同住在屋子一角的鸡窝。这些鸡很省心，都是白天主动出来觅食，晚上自觉回窝入住。听到队长这样说，开始大家还有些不好意思，但队长竟然大大方方地从鸡窝里抓起一只白羽鸡宰了。于是大家动起手来，有人烧水，有人去毛、去内脏，很快一只本是鲜活的鸡就这样卧在了柴火灶上的铁锅里。

因为是仔鸡，肉嫩，不多时就炖好了。刚才是杀鸡的战场，很快又进入了吃鸡的盛宴。吃肉，唱歌。那晚大家没有推杯换盏，知青屋里的歌声却非常嘹亮。人人唱一首歌，或讲一个故事，谁的掌声多就吃一块较大的鸡肉。大家很久没有吃肉了，吃起来都不斯文，几乎接近狼吞虎咽。山里娃很受优待，只是象征性地背了首《登鹳雀楼》就得到一只大鸡腿。吃完鸡，大家又唱。天晚了，赵哥才领着山里娃，走过那条长长泥路，将他送回半山腰上的家。

之后，总是一次一次地去知青屋。听他们说笑，看他们打闹。有时，赵哥还拿出一把二胡，在檐下响亮地拉，其他知青就跟着他的曲子哼唱。

冬天，山里娃又一个人来到知青屋，知青们都出工了。他从这里穿到那里，从屋前来到屋侧。就见一棵李树，可能是修屋时从什么地方移栽来的，已长到丈来高。他停下脚步，深深呼吸它的气息，与家中的李树没有两样。没人知道，这一生，李树要让自己长大有多么不易。在树苑，李树有一个伤口，从那里流出体内的汁液，慢慢结晶。山里娃为李树感叹：寒风里，谁来抚平它的伤口？他终于有点明白，赵哥拉出的《江河水》《二泉映月》，为什么总是如泣如诉。

逢年过节，知青们还会搞一些节目自娱，知青屋就成了娱乐场。记得有二胡独奏、红歌清唱等，记忆较深的是当时颇为流行的一首歌，依稀记得几句歌词："塞北的狂风，吹硬了我们的筋骨；南国的烈日，晒黑了我们的臂膀……"为了表现这首歌的意境，知青们绞尽脑汁设计了各种各样的表演动作。记得大杨姐挺直腰并把胳膊举在眼睛前，做出狂风再大也不怕的姿势，赢得了不少掌声。

知青屋也不能长久热闹。好像是一个年后，大杨姐就离开了知青屋，去大队小学做了民办教师。再过了些时候，赵哥回了城。知青屋，没有了开始的喧嚷。之后，山里娃开始去大队小学上学，并利用农忙假挣工分。他跟知青们下到田里，看看他们的样子，蓦然间感觉，他们的穿着已经没有了刚来时的花花绿绿，身上也透出汗水味儿，劳动的姿势已很标准，手和脚变得粗糙，跟普通社员没有多大的区别。

再一次立于地图前，山很小，只有眼睛那么大，轻轻地闭上眼，山里就黑了；大队很小，只有嘴唇那么大，张开嘴一喊，那边就起了炊烟；生产队很小，只有耳朵那么大，出工钟一敲，所有工具就集合运转；知青屋很小，只有思念那么大，想它的时候，总是把它放在脑子里翻来覆去。

后来，知道山里有知青林、知青茶园，再后来……

知青这个普通名词，在山里娃的脑子中渐渐成长，与"插队落户""上山下乡""接受再教育"等一起，伴随一代人度过了无法选择又最充满梦想的一段时光。而很多知青，用自己的青春，为山里一个普普通通的屋子填空、塞进笑脸与歌声，把它变成知青屋。山里娃清楚地记得，知青们都有黄军衣，在开会时穿着。女知青们的白衬衫白过知青屋脊上的月色。即使在集市，或者在田里，在一样的穿着打扮里，一样的粗话中，还是可以辨出来。他们大多成了赤脚医生，成了民办教师，成了记工员或会计。他们中的一部分就在下放地成了家，不回城了。知青们回城的历程，山里娃没有经历，但肯定充满了艰难。从知青屋逐年减少的笑声，基本可以断定。

　　山里娃和知青遇见，是偶然也是必然，没有早一步也没有晚一步，就好像他们一直在那个美好的童真年代伺间候隙，并相互为对方开着一扇窗，展示另一个世界之美。

大队小学

　　山里娃远远地看着大队部建的教学大楼，仿佛燕子将巢筑在山的肚脐眼上。巢虽不大，可毕竟是巢，他放牛、割草、砍柴时，抬起头，朝这里眺望。莫名其妙地发问：上学是干什么？长辈们说，上学就是发蒙。继而问：发蒙是什么？发蒙就是念书断字。

　　一时间紧张起来，他长处山里，怯生，自然也怯学校。

　　开学的日子，他手持一把柴刀早早地逃避进山，让大人们找不到他。直到晚上，一担柴挑回来，闷闷不乐地吃饭，悄无声息地睡觉：闭门即是深山。

　　就有那么一天清晨，一个长相十分漂亮的姑娘来到家中，她是大队小学的老师。长辈招待一餐早饭之后，她就牵着山里娃的手，用亲切的笑容打消了他挣脱逃跑的念头。他被老师牵着，下坡，上小溪之上的独木桥，过鼓岩，穿过一片映山红，再撑船过渡，就到了大队小学。

　　两栋新木屋，三四棵香椿树，一个架空的厕所，就是学校的全部。白云罩着屋顶，风伏在椿枝上。一条公溪河分出南北，两个大院落拱卫着琅琅书声。蟋蟀和山鹊声牵引着春天向夏天过渡（当时是春季开学）。

　　新书包里装进新书，装进铅笔，老师给他安排了座位，就开始上课了。那是一节语文课，老师板书了几个汉字，开始了一笔一画的讲解。

　　他拿出铅笔，跟着老师的示范，左支右绌地书写。他用握刀的手握笔，感觉笔有点像刀。之后，他张开嘴，跟着老师发音。他感觉，认识不同汉字，如同识别山里的三尖杉、泡花楠、香果树、银木荷、红豆杉、金叶白兰、鹅掌楸、亮叶水青冈、五针松、长苞铁杉、银杏、云山钟萼木、黄檀、云山椴、云山白兰、银杉、桫椤、润楠一样，需要注意细节。

　　汉字博大精深，每一个字都是一座山。它一笔一画，都是大地的脊梁，挺立着，背负着朝起夕落的太阳。它架构着山势，如驰骋的骏马，飞奔着穿过乌云的黑暗；它如岁月皱褶，堆积着远古留下的沧桑。它是人类灵魂的归处，岁月长河的起点，承载着人世阒寂，孕育着生命激情。

在汉字面前，他感觉自己是公溪河滩上渺小的沙砾。无限虔诚，顶礼膜拜，都显得苍白无力。汉字孤独的背影后面，流淌的是大江大河的血液，挺拔的是崇山峻岭的脊梁，浸染着淡烟疏雨，亦荡涤着雪虐冰饕。

执教山里娃的，有公办教师，有民办教师，也有代课教师；有专业教师，有农家子弟，也有知青。一如那些汉字，有的来自结绳记事的启示，有的诞生于甲骨的灵性，有的凝固于青铜的刚毅。大队小学，所有的构成都因陋就简，一路走过，虽有些凄风苦雨，却也未必不能修成正果。

山里娃的老师换了几任，一直是民办教师，他们的质朴反而让山里娃心安。那时候，民办教师是个新出现的特殊群体，多集中于大队小学。一块黑板一张讲桌就是民办教师的一隅责任田，简朴知识就是民办教师培植的一株稀有植物。在这片处女地里，民办教师犁田搭耙，让这种植物像水稻玉米一样植根于一个个农家孩子的心田。有一个知青老师，知识非常厚实，他给山里娃一些书，让他一本一本地读，有唐诗、宋词，《封神演义》《列国志》等。

民办教师必须一手执教，一手回家耕种持家，两肩的担子山一样沉重。山里娃每看一眼老师，就会想起一顶竹篾编织的斗笠，斗笠下的一张脸，质朴得胜过耕夫。于是，山里娃有了一种感动，同时也滋生一种力量：努力一点，更努力一点。民办教师没让他贪婪，没让他奸诈；教会他的词汇里从来就没有策划、运作和算计。

教学要求突出政治思想，但是语文课里的汉字，算术课的加减乘除不会变，所以还有道可循。山里娃的老师懂得门道，找出让学生容易掌握的规律，多用农作来比喻，激发兴趣。山里娃通过农作这根线，把一些抽象的东西具象化，学起来并不很吃力。

月亮出来了，朗照着宁静的玉龙苗寨。在月光里睡着的山里娃很少会梦到月光的，月光常常出现在学校里老师朗诵的唐诗里。山里娃有时枕着书睡觉，一些书里有唐诗，他就钻进唐诗里睡了。钻进唐诗睡的他有时会梦到床前如霜的月光。

汉字之美渐次开宗明义。即使在黄昏余晖中，亦不动声色，微微摇晃。山里娃来不及完全接受这浓重之美，饥荒就以迅雷不及掩耳之势，覆盖下来。饥饿慵懒、迷茫，又决绝、锥心刺骨，把一条上学长路饿得瘦骨穷骸。

五年半时间，没有严格的考试，基本没有家庭作业，没有这样那样的规矩和仪式感，因了公溪阻隔，连上学也时断时续；大队小学，却给了山里娃三千汉字的部队。他率领这些汉字，来来回回，上上下下，俨然是一个戴着红领巾的加强团团长。老师没有要求背诵，可不少的篇章，甚至独体字表，包括"老三篇"，都能让他记忆一生。就连睡梦中，大队小学习得的汉字都披甲戴胄，像一个个游离着的精灵，于夜幕中熠熠闪亮。

没有新衣服，没有新鞋子，没有新书包，没有文具盒，甚至，没有一块囫囵橡皮擦。他听着老师教诲，顽皮心在黑板前胡打海摔。

有清晨、黄昏，还有成长和欢笑；有教室、操场，还有奋斗和奔跑；有起立、有坐下，还有黑板上留下的星星和月亮，以及它们一闪一闪的幸福和荣耀。有辽阔而真实的心跳、有攀不完的高，还有五颜六色的倾听和坎坎坷坷的遥远。那一段征程，开始同行者很多，之后迟到、早退、旷课、退学的不乏其人。分分合合，来来去去，归根结底又成了孤独行者。

没有人能忍住真正的悲悯，就算年幼时已备尝苦难，在大队小学也终将超度，心肠重归脆弱，这里一声诵读的重量，足以压低苍穹。

山里羊群从教室门口经过，一头羊羔坠地，湿润皮毛带着最初母爱，它从入世起身的第一步，是必然的踉跄和跌倒，便如山里娃行走在雨雪中的山路上。一次重重摔倒，他看见，阔大山体明显地颤抖一下，天空撕破一角。而无忧无虑，始终是一头漫步操场之牛的踱步或沉思，它的迟缓与大队小学上下课的钟声暗暗吻合。山里娃注意到，四围青山带着苍茫与窘迫，与牛羊的安详步履大相径庭。

记忆犹新的是，夏季逝去，于竹木结构的简易爬竿架下寻觅，不甘的小草拼命拽住阳光，拽住泥土余温，像拽住亲人胳膊，久久不肯撒手。山里娃看见，稚气从一张张爬上爬下的脸庞上撤退，绿色自小羊的腹下和牛的腿边退潮，时光汪洋，在大队小学浩瀚无边，那就是少不更事的样子吗？脑海中，老师的板书极似已经枯黄的小草，也拽住了他的裤腿，它们没有认错，他是它们的亲人。他立起身子，向它们伸出手，触碰的一瞬间，它们竟然渐渐返青，带着不易察觉的微笑和眼泪。而不少造句和加减乘除的式子，像一枚枚秋果，迫在眉睫。

风雨，漫过大队小学，留下回忆，隐于泥土操场及木质篮球架上。站立荒芜的操场边，山里娃背不动身后的辛酸。蓦然回首，他看见香椿发芽，知更鸟在欢乐地凌跃，他嗅到了大地芬芳。

公社中学

公社中学一切都将陋就简，没有绿茵场，没有高楼，没有喧嚣；那里，一如山里村居，有朝露晚霞，有虫鸣鸟叫，有播撒种子的田地。在上学路上，山里娃曾仰视过炙热阳光；在粗糙课桌上，山里娃悉心毕力，收获过秋天喜悦；在自己动手挖掘的操场，山里娃经历了雪花飞舞和寒风凛冽。

初中，高中，高考补习，四年三所相邻公社中学，四年的行走。衣弊履穿，行走在乡间小道，只为能在上课铃响之前抵达公社中学黑板前，在黄昏没有完全落幕之前赶回山里的木皮屋子。十里，十二里，三十里，这是三所公社中学的距离。四年累计，山里娃用脚步丈量了三万里长路。

月亮升起，太阳从对面山上落下。

那时，父母总是很忙，祖辈总是很慈祥。当冬日雨水浸润着大地，大雾弥漫在四周，只有霜风轻抚脸庞。

披星戴月行走，脚踩一路宁静，有心情遗落下来，还掺杂一些爬满梦幻的想象，等待于一张洁白的纸上长成长路。披肝沥胆行走，公社中学黑板上每一个文字都是一粒种子，来来去去，将路两边的大山撒满。

傍着公溪河，山里娃把自己想象成一帆载满辛酸苦辣的小船。命运，就是背上的纤绳，拴住了自己长长的目光，也同样拴住了大山的眸子。当他背上越来越多的汉字、英文单词以及代数公式，他的内心，是寻找，还是悄然睡去？最崇敬河边纤夫，一根古老绳索，压弯了他的身影，但绝压不住前行力量的绝对值。奔涌的山溪水，以汹涌之势截取了一段生命的博弈，却阻止不了纤夫与湍流决力的执着。他没有退路，前方有家，有一些暖暖的希望。唯有用汗水润湿土地，让脚印深深埋入砾石间，最终，成为公溪河水运的标本，亦成为，为了某一个定义域追赶的航灯。

千状万端赶夜路，一盏灯熄灭时，一盏灯又亮了起来。这些稀薄的山里民居，在夜色中忽隐忽现。灯光之外，是一片明亮的黑，如寒光般冰凉。

有灯明灭，再冷的心也是趋光的。

那是一个晴朗的下午，一个黑瘦个子被班主任请来上杂交水稻三系配套课。他不慌不慌地走上讲坛，将粉笔轻轻地放一支在讲坛上，生怕触折了粉笔。然后面带着微笑，用他那会说话的眼睛平视了一下同学们，然后将那只捏了粉笔显得有些枯瘦的手背在背后，往课桌间的走道里走了遭，似乎在看同学们的课前准备得怎样。他的微笑告诉山里娃，同学们很听话的，很乖。此时无声胜有声。他健步走上讲坛，面带微笑，在黑板上写了三个大字：袁隆平。他说："同学们，我叫袁隆平，是安江农校的老师，今天，由我来给大家讲讲杂交水稻的三系配套以及栽培知识……"能够听科学家授课，这是公社中学给予山里娃最大的惊喜。

因了下放，一次次邂逅名牌大学毕业的名家，上英语的能背莎士比亚章节，上语文的能把一首古诗讲出花来，历史地理也能上得文绉绉，只有数学空着档，听半天也听不明白直线的斜率、对数与指数函数的关系。到了 1977 年春夏之交，就听闻了要恢复高考的消息。一时间，读书似乎有了憧憬、有了眠思梦想，他开始关注山外。

而很多时候，山里娃后背背负饥饿与寒意，龟壳一样，令他步履蹒跚。天际线越来越沉，模糊的树影让他缓慢。

那一晚天黑了，山里娃还在山路上攀爬。忽然，一蓬水竹梢头呼呼作响。凝目一看，一条巨蟒急切地游逃，掀起风声。后面，一头奋耳黄鼠狼紧追不舍。水竹尽头，巨蟒落地，黄鼠狼以前爪扒出土洞，埋首其中，发出"呜——"的一声长鸣。但见一群黄鼠狼蜂拥而上，将巨蟒团团围住。山里娃躲藏起来，仔细观察。奋耳黄鼠狼绕蟒转圈，转了十几圈时，猛地跃起，抱咬七寸不放。其余十六头同伴奋不顾身向前一顿猛咬，将蟒分为十八段，一头黄鼠狼背负一段猎物离去，给山里娃留下最大一段……

一个人行走，充满神秘，伴着心酸，饮尽孤独。一个人的行走，一个人的山峰，一个人的江湖，一个人的思想，在无数次的行走中，渐渐明白：山外有山，天外有天，活着，就得往前走。往前走，就有希望。

上课铃声拉开一堂课序幕。教室里，有个空座位。那里，曾坐过一个系蝴蝶结的女孩，她会唱歌，会跳舞，亦会说一些山里故事，她写的作文被老师多次当成范文。那年夏天，她与一位同学遭遇山体崩塌，她将同学拽离险境，土石方吞噬了她的生命。教室里，留下一个空座位。公社中学，那个座位一直空着。

山里娃一边去公社中学上学，一边还要为家里挣工分。在星期天、农忙假以及寒暑期，山里娃与社员们一起下田进山，学习刀耕火种、插秧获稻。特别是每年的"双抢"（双抢：指 7 月中下旬抢收早稻、抢插晚稻），繁重的体力劳动把山里娃锤炼得铜筋铁骨。

公社中学的时间没有偶然和惊奇，空间没有变化和纷扰，生活仅仅是两点一线。搭帮英语老师，他记住了名句：No way is impossible to courage.

山里娃单薄的岁月蹉跎，徒步走过一个又一个路口，小矮个长高了，手壮了，腿壮了，理想壮了，心也壮了，马不停蹄地闯进青春。他的旧布衣服，晃过教室，晃过篮球场，晃过没有几本书的图书室。一个人的征程，一个人的坚持，一个人的旅翻。朝光明与黑暗的发源地走。走着走着，身后有了军马，眼前有了光亮。操场边的松树、银杏、法国梧桐，简易公路边的喜树、白杨穿梭在他的背影里；他的浅浅忧愁，和着某种泪光，让他攀登的山路紧打慢敲。

寒假未放，就下雪了。一场雪，就是一场战争，山里娃足穿蛤蟆口雨鞋，没有袜子，鞋内垫着稻草保温；身着薄衣，与雪单兵作战。大兵压境一场雪，让期考冷峻又沉重；赶考路上，往往是摔得头破血流之后，无功而返。雪逃不开宿命，将某一道考题放进黑夜，等待即将到来的白昼。苦思冥想刺透卷面，终考铃声响起之前，试卷上飘落的几片雪花，会在纸页间融化，打湿一段山里时光。

晚间，因翌日还有考试，木皮屋子亮起灯光，灯光映雪，山里娃就思想起夏夜里微光的虫子。书本与心总是赶亮的，面对沉沉如墨的黑暗，那种凄楚，那种荒凉，那种索寞，那种冷战，都一时间聚拢于灯前。就连一段文言，也耐不住灯的诱惑，总拼了命地冲上去，用血色魂光与灯争夺苍劲与疯狂。那时山里，所有的灯都亮得迟，又熄得早，一个村庄如同静默山林，只发出泠泠的抖动，然后杳无声息地沉下去，沉下去，一直潜入到积雪最深处，冰结。玉龙苗寨的灯坚持着、飘摇着。昏昏灯光中，感受不到那一点亮在一幅地图的什么地方，或是一段历史的哪个关节点，可是当夜如墨色的静悄时，才突然发现，原来亮从来没有离开过，那亮就在眼前，荡漾着明媚的穿透力，清透而澄澈地宣示：从来学问欺富贵，真文章在孤灯下。

忘不了没写作业的理由，忘不了学工学农的艰辛，忘不了一次次勤工俭学，忘不了初中的懵懂、高中的蹉跎。不经意间，汹涌的高考复习澎湃到来，苦中作乐，注定要闯。七月流火，再也不会偷偷在背后议论老师、讨论女同学的红裙子。

公溪古渡

不要说公溪古渡是离山忧最远的地方，山忧，就在那。公溪涨水了，古渡能渡吗？这是一个长期困扰山里娃的问题。

顺着祖辈讲的故事，一条河的内部，战马奔腾，或者在蹄风里飞翔，残留了明清时代的苍茫：李自成余部，曾经从这里渡过，去往八面山深处，偃旗息鼓。

从玉龙苗寨到古渡，山里娃的脚步在山溪血脉里，起起落落，每一步都叩击着苍茫，探索深厚与广袤。

一溪船工号子，半溪米酒和山歌。女子的目光从船棹走向缆绳。岁月，在艄公背上，纹路清晰地呈现了公溪的深与浅、宽与窄、浑与浊、深漾与长滩。火镰打燃纸媒，一支旱烟冒火，烧过春夏秋冬的炎凉。洪流涌起之初，远远地，山里娃一回回目睹母亲在岸边的望眼欲穿。全部的阴风怒号都不能动摇，一个摆渡者跃跃欲试的雄心。曾几何时，一个人面对咆哮如雷的公溪，目睹打船和打排，雄心和壮志，就这样埋下伏笔。

村庄傍着河流，河流绕着村庄。这血脉关系，在唇齿之间，于一个渡口，展开画卷。打烂排、打走船，一次次死里逃生的余悸，也只能是一滴过时的水，锈迹斑斑。汉苗瑶侗多种语言穿过石板路，织出青山绿水，渡口仅仅是一枚鞋襻。一代代艄公轮转，很多解不开的故事脉络，早已在历史漩涡中黯晦消沉。

大山拨慢了时间，纯化了色彩，简化了线条。风平浪静时，两岸人渡来渡去，不急，不躁，不忧，不惧。尘世渡口，因而有着童话般纯美、柔板般旋律、天堂般质地。

又一个春天来到渡口，山里娃感受到了更深的忧伤和欢喜，都带着一座大山、一条山溪的喟叹与长情。

一人，一船。一篙，一棹。乌黑船篷，暗红船篙。一根麻搓缆绳，懒懒地系着。风吹流水，细微无声。艄公把一壶残酒，喝得迷糊，或坐或卧，半梦半醒，分不清昼夜。

一旦下了大雨，两面大山的雨水汇集成山洪，水面一下子便会提高几丈，流速也会加快数倍；站立岸边，听得水呼呼隆隆地滚动，大地瑟瑟发抖。打船，打船，大水把船急冲直下，有时到下游几里地才能靠岸，惨烈时船毁人亡。

第一次见艄公，山里娃上小学一年级。他四十多岁年纪，很矮，很平的五官，很平的衣着，很平的声音，很平的扳棹姿势。船倒是很平稳，第一次站上去，一点怕的感觉都没有。听得老人们说，他祖上的祖上，就在这个渡口摆渡，按本地说法，艄公不叫艄公，叫渡船老板。他的父母过世早，他是吃着百家饭长大的。到了十四五岁，又做了渡船老板，人们过渡不给钱，大队与队上给他一口饭吃。可能是他曾经有过名字，名字里面有一个俫字，过往的人们，无论老幼，一律叫他俫满（满：雪峰山里对叔辈的称谓）。

听老人说，俫满从上船第三年开始喝酒。那一年，十七八岁的俫满长成了一个大小伙子。在船上，他拉长了野性调子，向着温柔溪水，唱本地酒歌："酒杯酾酒哦——酒又几黄哦——，酾杯几酒来——敬婆娘哦……"长长戚戚的酒歌，将曲曲折折的公溪轻轻拥抱，将弯弯绕绕的山道紧紧缠绕；悠悠晃晃的调子，让古朴渡口长出新鲜故事。

山里汉子喜欢喝酒，更喜欢唱酒歌，他们从醇厚的冽性中寻找粗犷。一曲酣畅淋漓的酒歌之后，俫满那些汗涔涔的日子，清清寂寂的时光，就带上了酒的芳香，情的韵律。一条山溪、一个古渡也随着酒歌变得野性和不羁。

乍一听，觉得酒歌调子太野，词太粗，不好听。特别是来了女子，俫满唱得更煽情。百转千回，听惯了，就觉得酒歌如酒，带着生命烈度，简单腔调上沾有尘世烟火，朴实词韵中迸发神秘气息。有时候，在没人的地方，学着俫满的样子，放开嗓子吼天喊地，真有点男子汉味道。

那时候，公溪水稍涨，就有满溪木材随波逐流，叫作赶羊。由于公溪河峡谷幽深，险滩较多，基本上是采用单根的赶羊方式，把雪峰山腹地的大量木材运往沅江集中。随着绥宁、洞口采伐量加大，大量木材要向外调拨，一些地方水量小就需要在河流上每隔几里路憋一道坝，每道坝设一个水闸。水坝一般设置在两山夹一沟的地方，用原木修筑。修筑时，首先在河中心留出水闸的位置，用一些坚实的原木，自河床中至两面山坡并排竖起（要向河上游方向倾斜），再横放大量木材。为防止大水冲坏水坝，由闸门开始往下，修筑水簸箕，水簸箕的底全部用原木顺河道铺成，其帮也是用原木垒成，水簸箕起缓冲水的冲击力和保护水闸的作用。听俫满说，修筑一道水坝，需要大量木材，数十人干一个多月才能完成。公溪河多的时候得憋十几道坝，所用木材量也是很可观的。到了"桃花汛"或夏汛秋汛时，先将闸门关上，使河道水位上升好几米，方将木材用捅钩钩入河中，并将闸门横木撤掉。在水的压力和冲击下，闸门立刻闪到两边挡水墙上，原木随水流迅速冲出闸门，顺流而下。原木攒堆叉垛而堵塞河道后是很危险的，遇到这种情况，要有经验丰富、手疾眼快的人手持水运压角，立在木垛上，看准叉垛关键的那根原木，用压角将其拆开，拆开后，拨垛者会迅速跳到岸上，或者骑上一根原木顺流而下，被称为"骑水马"，凶险万分。让人十分诧异的是，俅满是个"骑水马"高手，打菲溪下来的赶羊人，只要提一壶酒来，就能请动他。

除了帮人"骑水马"找些酒喝，平常日子，过渡人不多，也没多少别的事儿可做，俅满就唱歌。唱腔一开，棹上扳动的是甜美酒歌，篙上撑走的是豪放激情，岸为之靠拢，水为之笑皱。俅满的酒歌，铿锵抑扬，以其粗犷的韵律，在公溪古渡星离雨散，开出花儿，把对岸人家的一位姑娘，深深地打动。

她叫桃花，生在桃花绽放的季节。借着金子般的阳光和缎面一样柔软的水土，十六七载的时光，她长成了桃花般的模样。

那一天，桃花捧着一壶酒，来到船上。那一天，俅满心中的热情烧起一股力量，让酒歌站在桃花仰望的山岗之上，唱出蓄藏已久的情愫，赶跑那些扭扭捏捏的羞涩。歌声婉转嘹亮，挽住了晚霞，挽住了夕阳，挽住了流水，挽住了清风。歌声里，烧红的晚霞变成桃花的衣裳，夕阳的余晖化作桃花的红艳，流水淙响是桃花的细语，清风飕飕是桃花的温柔。

那一晚，俅满醉了，醉在桃花里，醉在美酒中。连天上的星星，也醉眼迷离。

公溪古渡，开始了一段酒歌泛滥的日子。两岸青山，侧耳倾听；沙滩上的缆桩，击节和鸣。滚滚洪流中，俅满运起千钧力道，一篙点开，渡船稳稳当当驶向彼岸；风平浪静里，轻扳船棹，渡船如一条泥鳅，滑过水平如镜的情怀。兴致上来，俅满的一曲酒歌，让一个春天的桃花笑开了口，都跟着他的调子律动。

可是好景不长，桃花突然嫁给了县里一位青年才俊。桃花开放的地方，不见桃花身影，只有桃花气息。

从此，公溪古渡的酒歌掉落水里，沉沙淹没，无声无息。渡船上的那壶酒，没日没夜，没完没了，直喝得沙滩上的芭茅草青了又黄，黄了又青；直喝得一溪流水涨了又退，退了又涨。两岸青山，漠然对望。沙滩上的缆桩，黯然神伤。俅满的酒盅遗落公溪，泼洒出一滴滴殷红鲜血，泣断了公溪魂魄，哭长了竹篙清泪。公溪之上的那只渡船，泊在苍穹之下，遗世独立，无声无息。

一个春天来了，又一个春天来了，桃之夭夭，灼灼其华。可那些繁花似锦的桃花似乎失去了记忆，伫立在人家之前，默默无语。一年一年花开，一年一年花落，最后一朵桃花瓣漂进公溪瑰丽的残阳里。古渡上，没了桃花的俅满长年坐着公溪水的苦禅，在桃花的明灭中喝旧那把壶，喝老那壶酒。

溪水清流，桃树向晚。岸芷汀兰，沧桑依旧。

寅夜酒醒，就着夜色，抿两口酒，撑一支篙，不知道，该把野茫茫心思，撑往何方？一尾沐波浴浪的鱼，游进幽蓝石头，沉沉地睡去。不理月光，不理水草。多年之后，是否，有一颗心还在石头之中寻找水影，以及桃花芳菲？

那把丢弃在沙滩的壶，月光之下，依然带着桃花笑容，斜斜地躺在沙砾之中，盛不下流失时光。仿佛间，所有好日子，还有酒歌嘹亮，像一粒粒走动的沙，排着队，都从敞开的壶口溜走了。溪风吹来，涩刺刺的酒歌，在晦暗的彼岸呼唤，等待一场山里摆渡……

一场桃花汛，在一个深夜悄无声息到来。在完全没酒歌的宿醉里，俅满与他的渡船，满载着他曾经唱开了桃花的酒歌，满载着他的桃花劫，干干净净离去。

公溪古渡前，桃花汛很快退却，那根牵肠萦心的麻缆，仅余短短一节，挽着桃花结，在青石缆桩上默读"人面桃花相映红"的句子。

俅满离去之后，公溪古渡，好久没有渡船，好久没有摆渡人，好长时间上不了学。山里娃窝在半山腰的老家中，定定地听着学校琅琅书声发呆。

向渡口张望，山里娃分明感觉，俅满还在古渡唱着酒歌。酒歌嘹亮，晋朝的阮籍在荒山里找不到路，酒醉的刘伶放声大笑，嵇康和做官去的巨源绝交，王羲之坦腹坐在东床之上……但是，这所有的一切，俅满都无动于衷，他还在唱着十分野性、十分煽情的山里酒歌。

俅满没了，渡船没了，公溪河过不去，山里娃只能待在家中，一遍一遍打听渡口的消息。

那段不同寻常的时间，放牛也有些放任与懒散。

到底是这边溪几十个孩子上不成学呢！队长与大队书记商量，请人造船。花了一个余月时间，船终于造好了。走到渡口一看，哟！竟然造得跟原来的一模一样：光洁杉木发出迷人清香，清香之下，盈盈地浮着一条船，一条盛载了俅满所有印记的乌篷船，长而扁的棹，矮而圆的篾篷，细长的竹篙，翘翘的船首。还有一条，麻搓的新缆绳。船上新起了火塘，有三角撑架，有柴禾，还有一架窄小的床，可以在船上生活。

经过半个月推选，艄公有了。他叫根满，五十多岁年纪。高高的个，微驼的腰，细细的眼睛，盯起人来令人害怕。他是下放来的，听说是资本家出身，曾在国民党军队里任过少校团长，一度有过戏子老婆，后来分了手。这次船造好后，在全大队推选艄公，想到那个风急浪高的夜晚，想到俅满的下场，没有哪个愿意去。会开了好几次，人总定不下来。队长突然想到了根满，他无家无室无儿无女，没有牵挂。队长一拍大腿说，就是他了。根满就无条件地，成为公溪古渡的接任艄公。

上船后，根满倒是一反往常，竟然变得很勤奋，所有的事都是从头学。撑船，扳棹，系缆，防洪；船上做饭，船上洗漱，船上方便，船上睡觉……

因了做农事不里手，揽得这份差事的根满，十分珍惜。平时，根满总是站在船头，手执一根五米来长的竹篙，篙头用铁棒铆上，铁棒与河石摩擦得雪白发亮。每次坐上船，只听根满发一声喊："坐稳啦，开船啰——"篙头在河岸上一点，发出清脆声响，渡船平缓地滑离岸边。接着，根满一篙插入溪底，前腿伸直，后腿弯曲，将全身力量使向竹篙，人与篙形成一个锐角到钝角的支撑，渡船加速向溪中急流处驶去。根满左一篙，右一篙，战胜溪中急流，不一会儿渡船就稳稳地停靠在对岸下游处。

当雨季来临时，洪水泛滥，摆渡异常艰难。每逢大雨天气，总有一二熟谙水性、熟谙放排驾船的村民，扛根长长的竹篙到渡口上帮着摆渡。那时，根满也全副武装：头戴斗笠，身披蓑衣，裤管过膝，光着脚板，傲立船尾，双手执舵，目视前方。帮手们先用缆绳把渡船从渡口向上游牵引几丈后，帮手与根满左右分开，在渡船两侧撑篙，根满奋力把棹，喊着号子，齐心协力，向对岸奋勇撑去。渡船在湍急的洪流中像一片竹叶上下起伏，一会儿跌入波谷，一会儿又被托向风口浪尖……

打过几次船，战战兢兢渡过了雨季，公溪变得柔远怀迩。因为清闲，根满就抖抖索索地翻出一副象棋来，将棋子摆在船上的小饭桌上，对着一本老棋谱，燃上一根烟，一坐就是小半天，自己跟自己战不旋踵。

公溪古渡晃着一舟一楫，一棹一篙……

根满一个人下棋，惊动了另一个人。他是个知青，精于此道，曾打遍城里无对手，近些时日已封了棋。一日，装着过渡的样子上船，船到对岸也不走，说是要休息一会儿。就在根满的棋桌边，看根满一步一步，在方寸之间燃起战火。一盘看毕，点点头，默默地离开。

一连几天，那个知青总是默默地上船观棋，又默默地离开。偶尔间，也给根满打一根红梅牌香烟。

终于有一天，又来到船上，递过一根香烟，求弈。根满应允。当即坐了，排开了阵式。之后，两个人都静静地坐着，虽然没有交谈，但彼此都感受到了对方的一股杀气。

公溪之上，两个人的对弈，持续了一段时间。慢慢地，就有了围观，有了嗟嘘，有了赞叹。公溪古渡，变得不是那么淡寂，不是那么萧索。

棋逢对手，两个人就相互有了敬仰。哪一天，在哪个时候见面，虽然没有约定，但彼此都心意相通。那个人每次来，都要买上两包红梅烟。根满呢，总是早早地沏好一壶清芬，排开两只碗，等待着那个人到来。有时，雨密密地，在公溪之上铺下了。根满就拿出一把油纸伞，罩了棋桌。然后，缩进船舱，静静地坐着，张着的耳朵，一直在捕捉石径上的脚步声。雨愈加密了，石板之上没有熟悉的脚步声，只有三两声水鸟短而尖的脆鸣，淡淡然然，与水有关，与水相牵。棋，依然在伞下摆着，摆成一个越过了岑寂的局。日已过午，茶已凉透。这样的局，那个没有约定的人，来与不来，都没有关系。根满，正在心里，与另一个自己，就着雨声，盲弈。心中的一枚棋子落下，时光之上留下刀光剑影、犀甲战车。

那些天，根满神清气爽。船也撑得格外平稳。打远了看，公溪、波光、渡船坐在水里，日头挂在山腰，根满的一盘棋，候在云上。那个星月一般高悬的对手，终于闪着光芒来了。脚步声踏破石径，踩平沙岸，在汉界之前骤然停下。两个纠结的灵魂，隔着河水对坐，坐进一场深深苦楚，坐平一把桀骜不驯的阳光。一场鏖战，胜利在左，失利在右，成败得失渡来渡去，离合悲欢来来往往。

可是好景不长，那个根正苗红的知青，带着他天才的棋力，回城了。古渡之上，只留下根满一人，自己跟自己，跟船，跟水，跟漫漫长天，博弈。

久而久之，在公溪古渡，山里娃认识了象棋，认识了车马炮、士象卒，它们隔着楚河汉界两军对垒，血流成河。

山里娃学会下棋，是根满熏陶的结果。起初只是蹲在一边看，久而久之，竟也把路数看了个一二。根满见一个小孩子，老是盯着他的棋，起先不在意，久了，就留下了印象。还准备了一个小杌，让山里娃坐着观棋。起先，山里娃完全看不明白，两个高手对弈，可吃的子儿不吃，能将的军也不将，他们的心思，似乎跟下棋无关，又似乎全部都是在下棋。有时候看似漫不经意的一着，关联着好多进退之后的痛痒。百思不解之后，山里娃对两位棋手充满了某种神圣的敬意。

终于有一天，根满说：来，走几步。看着幼稚凌乱的布局，根满郑重地说："真要学棋，就一定要明白：心里不能只装着一方的棋。下棋虽是两个人各下各的，但你要走进对方心里去，把对方的心思摸清，顺着对方的思路应招，才能有备无患，见招拆招，有的放矢，破敌于无形。"

之后，公溪河上，又有了一道风景：一老一少，静坐楚汉边界，面对面地演绎杀伐决断，只是，那位老者，常常只动用一车一马一卒，或一车一炮一卒，就将少年杀个片甲不留。

正学得津津有味之时，老天却来作梗。暴雨，肆虐地下了好些天。公溪之上，溪水怒吼，以不可阻挡之势咆哮着冲向下游。山洪，淹没了上学的路，村庄的四分之一浸泡在洪水之下。暴雨，漫过母亲的双眼，母亲的眼中分明有了泪花，泪花照着祖辈的叹息，照着洪流滚滚的公溪古渡，照着渡不过去的大队小学，照着苍苍茫茫的一种预感。

三天之后洪水退却，公溪古渡之上，没有了渡船，没有了根满，没有了一盘等候的棋，没有了一根高高扬起的长篙。

之后，好久好久，心情渡不过公溪古渡，渡不过根满的长安棋局。

没了渡船，过不了河，便又只能待在家中。柴刀，牛绹，猪草篓。日子又被囿于一方小小的天地里。

一个学期过去了，一个假期过去了，转眼又到了秋季开学的日子，母亲在生产队出工时打听到，大队和队上依然没有安排做渡船，山里娃的心情开始变得灰暗。那些天，山里娃的柴担总是很小，猪草篓总是打不满，牛也看得稀里糊涂。半个月过去了，总算听到了好消息：大队用车拖来了一条渡船，渡船老板也确定了，就是瘸腿的金满。

翌日，天空蔚蓝，阳光明媚，行走在山间小路，脚步轻盈，上学的日子真是美呀！什么也不需要，什么也不重要，山里娃只要这一路的飞奔，飞越这一段华丽旅程。半个小时时光，他就来到了古渡之前，依然是那样一条船，懒散地泊在公溪岸。衣衫褴褛的金满，一如傍满根满的样子，坐在船舷边，动作不慌不忙。山里娃想，公溪古渡肯定是放了一种蛊，只要上船来做渡船老板，都得先把他蛊惑得如公溪河岸，日日坐着一道枯禅，把性格磨蚀得棱角全无，把时光一点一点坐成沙砾，坐成卵石。

终于开船了，金满把篙往沙岸上一点，渡船就摇摇晃晃地向对岸驶去。听长辈说，金满年轻时，是个放排里手，排在他手里被放到了安江、沅陵、常德、洞庭湖。他闯过青浪滩，也在青浪滩打烂排。金满水性很好，一个猛子扎下去，要好几分钟才远远地冒出来。不涨水或涨小水的日子撑船渡河，对金满来说，只是小菜一碟。那一天，在金满的船上，山里娃感受到了平稳。对岸的岩板路，代销点，青瓦木楼的教室，说着半洋半土语言的民办老师，斜靠在木架上的黑板，歪歪扭扭的粉笔字，一下子都变得亲切起来。而秋意里的公溪河，曲曲弯弯，清清亮亮，就像祖辈抽屉桌上的那面镜子，能照出人影。金满的竹篙下落水中，它的声音哗啦哗啦地奏响琴弦，那样清脆，那么响亮。

山里娃发现，金满除了抽烟，没有别的爱好。金满有家有儿女，听说主要是因了瘸腿，因了大队做通了队长的工作，把渡船老板的底分由原来的七分提高到了八分，他才答应来船上的。走近渡口，远远地就看见了渡船，看见了金满，还有他那只大烟袋和从旱烟管里飘出来的缕缕云烟，如丝一般散发开去，让公溪古渡漫上一层迷雾。他盘腿坐在渡船中间，望着远方的山坳，山坳那边有他温暖的家，嘴里吧嗒吧嗒一口口地吸着旱烟，一锅接一锅地吸。

山里娃上高中了，金满也日见老迈。这时，山里娃就开始自己学着撑船。学着几位渡船老板的样子，运篙往岸上一点，渡船就向河心而去。自己为自己摆渡，这种美好的感觉陪伴了几乎整个高中。

金满呢，也乐得悠闲。他一袋一袋地点起旱烟，点起他云山雾罩的日子，他的灵魂进入了烟里。

上天让金满做了渡船老板，上了乌篷船。乌篷船朴素、谦卑而迷人，住在里面与烟长伴是任性的舒适；乌篷船清朗、安宁而温馨，星星点灯的夜晚从没有噩梦。

山里娃的高中，基本没有休学。一天一天地从渡口来去，一天一天地与渡口晤面。他从渡口渡过，去参加高考，从做题到做事、做人，一个节点一个节点钓伏渡挽。

一个又一个黄昏与黎明，连缀成一个弯弯渡口，渡来渡去，金满就老了。老是从摆渡开始的，撑一根长篙，弯下腰，谦卑地走下船头，稳住，让一个又一个乘客下船。然后，自己又坐上黄昏的船，抵达黎明，在这无始无终的过程中去探索不断延伸着的水路云天，昨天渡过了，今天渡过了，明天渡过了，一生也就快要渡过了。

山里娃从师范学校毕业时，金满已然有病，不停地咳嗽，不停地吃药，不停地抽烟，不停地摆渡。夜静水寒鱼不食，满船空载明月归。千年的公溪古渡，依然一渡、一舟、一楫、一棹、一篙、一人。

最后一次从师范学校归来，自己为自己摆渡。金满已基本上睡在船上起不来了，但他没有离开，他的灵魂，已然在古渡寻到了安放的理由。山里娃用力地把竹篙往岸上一点，渡船飞也似的驶离。金满的咳嗽声一声高过一声从船舱里长出，有些断断续续的烟雾从船舱的两侧溢出，不知是金满还在吸烟，还是自他的肺中咳出往日的吞咽。山里娃感觉，在金满旱烟的熏陶下，渡船瘦骨嶙峋，越来越轻。山里娃基本上没用什么力气，就到了对岸。离开渡口，稍稍地走远一点，回过头来，向着公溪古渡，真诚地揖过。揖过摆渡的倈满、根满、金满，揖过船，揖过渡口，揖过公溪。生命中注定要有一个这样的渡口，做成人生一道关卡，磨砺意志，打造胆识，修行对人生之路的敬畏，并开始阅读一个一个活生生的人，怎样在一个小小的渡口，完成自己生命的衣冠南渡。

去异乡工作不久，山里娃就听到了金满离世的消息。他是在一个平静的秋夜，一个人在船上，抽光了老天给他的旱烟，抽光了自己的日子，带着一脸满足，平静地离开的。后人为他收殓时，想把他的烟斗拿开，可是他紧紧地攥着，就是拿不下来。就只好由了他去，让他在那边，依然有自己钟爱的烟斗，有渡来渡去的好缘法。

恍惚中，山里娃再次揖过渡口、渡船以及倈满、根满、金满，又一次解开缆绳，所有水浪都复活了，而鱼比船走得更深远。桃花与流水沿着相同嗅觉，构思离人归来的幸福。打船，打船，洪水一次次打船，山里娃一次次哭泣，哭着哭着没有眼泪了，就长大了。身后，向水而生的光芒，在洪流中波动。

丹山碧水结书缘

恢复高考第三年，山里娃去辰溪师范读书。

学校坐落于沅水边、丹山下，与辰溪县城隔沅水相望。简陋的学校，简单的校园生活，紧张的学习。宿舍、食堂、教室呈三角形，山里娃在三条边上求证、解析、演绎、挥洒。光阴柔和，阳光明媚。一溜长排在沅水边停泊，有很多站在排上洗衣服的时光。沅水就这样在眼前流过，一如花朵绽放后的寂静。当月影没入水中，心情和思想，开始沉重。日子是拥挤的，为数不多的惬意，终于在一本书的片段里打开一瓶酒，为自己举杯。他分明看见，远去的沅水张开帆影，而心思是岸上沉沙。

贫穷限制人折磨人，但也能让人学习改变、学会克服贫穷、学会艰苦奋斗、学会承担责任。因为遇上明师，所以更加爱好语文、数学以及音乐等课程。而学校周边的景观以及辰溪的文化底蕴，更让山里娃如痴如醉。

丹山就在寝室一侧，可以说，师范生活，最惬意的是晚上可以枕着丹山听沅水静流。"丹山摩崖石刻"位于丹山寺以钟鼓洞为核心的沅水石壁上。睡梦中，钟鼓声准时响起，悠远而绵长，有些沉重，又透着清脆，犹如遥远的天籁穿越整个大酉山飘到山里娃面前，又在刹那间如潮水般冲击了他的心灵，涤荡着他的灵魂。他闭上眼，尽情地享受着这美妙乐声带来的快感，思绪漫过数百年，置身于王阳明"奇石临江渚，轻敲度远声。鼓钟名世闻，音韵自天成。风送歌传谷，舟回漏转更。今须参雅乐，同奏泰阶平"的吟哦与"太古遗音"之中。

那时，山里娃被老师讲述的两个词语深深震撼：学富五车，书通二酉。

相传，雪峰山一脉大酉山，是善卷归隐地。尧死后传位于舜，舜想将帝位让贤给善卷，却被拒绝。大酉洞，据说是西周时期周穆王藏书之地。秦始皇"焚书坑儒"时，有书生冒着被杀头的危险，将千余卷书简，藏到二酉洞和大酉洞。西汉后，这些书简得以保留。"善卷归隐"和"二酉藏书"的传说，让大酉山自古以来就受到文人雅士的顶礼膜拜。听着老师的讲述，山里娃感觉，一个一个汉字的垒叠，一句一句相扣的鸿篇巨制，饱蘸了大酉山的阳光和雨珠。沉烽静柝，钟鼓、寒霜、杳霭流玉，都在大酉册页里无恙。大酉，一脉山的高度无由测量，且让人从三坟五典、八索九丘中不断探寻。

受大酉文化浸润，山里娃切身感受到，于书香浓郁的辰溪，书山有路，路在寒窗下，路在风霜里，书中的精义凝结为君子之风。而属于辰溪的很多故事，不断地在他眼前晃动，叩击着他的心灵。

抗战时期，长江流域一些大城市沦陷后，辰溪优越的地理位置使其成为抗战的大后方，沦陷区的军政单位、厂矿企业和学校纷纷迁到辰溪，留下了许多珍贵的抗战遗址。1938 年，汉阳兵工厂的职工和家属携带设备，迁到辰溪。工人们顶着日军飞机的轰炸，日以继夜地生产着枪弹，把一批批汉阳造步枪子弹送到了前线。

同年，湖南大学师生从长沙迁至辰溪。辰溪人慷慨捐出县城附近龙头垴山地，给师生们作为教学用地。

抗战后期，在没有机械设备的条件下，辰溪及周边几个县的百姓们用一年的时间，靠人力挖掉半边山，建成了皂角坪飞机场。

在上蒲溪乡五宝田村民心中，最重要的建筑就是耕读所。院内有一栋两层小楼，楼上读书，楼下备耕，生动诠释了萧氏家族"楼上读书以正心，楼下耕耘以谋生"的古训。耕读所门上由萧氏掌门人题写的"三余余三"四个字，苍劲有力。"三余"是指冬者岁之余，夜者日之余，阴雨者时之余，意思是要利用一切空闲时间读书，"余三"意即三年之耕而余一年之食，九年之耕而余三年之食，指留有余粮，以备饥荒。

相传隋唐时期，罗翁山高道罗公远之子来辰溪最高峰罗子山修道，故得山名。从罗子山巅俯视山谷，近处一片绿海，远处云雾茫茫。晴天，站在主峰，滔滔沅江、村庄田园一览无遗。

丹山每一个拐弯处，都会遇见辰砂遇见光。

辰溪，像一本书，古色古香，人杰地灵。浸润于大酉文化情境之中，山里娃从没考上大学的懊悔走出来，最好的学校，是处于尊重知识、文明厚道的环境。他开始喜欢书，不断地购买和借阅。

《古文观止》《诗经》《唐诗选》……一本好书到手，从封面开始长长的跋涉：扉页是一片浅海，他乘上自己的小舟，通过汪洋大海和高山，抵达彼岸。屹立一道陡峭的崖壁。登呀，攀呀，每一个墨字都是一条曲折而艰辛的路。一次次被书中坎坷绊倒，爬起来，又重新泅入书山墨海。沿着汗水和微笑汇聚的道路，在新的一页上宿营后继续跋涉。跨过一条条河流，翻越一堵堵峭壁。一程又一程，一日又一日，重复着艰难的季节。苦中有乐，乐中有收获。跨过后记，翻过尾页。抬头，还有漫长蜿蜒的路，波浪汹涌的河，危崖陡峭的山——又一个新的历程，新的阻隔，新的希望。

午后浸身于书香里，有雨的交响相伴。仍讶于平凡里也不乏偶遇。虽然闹中取静，需要别样的抵抗力。

图书室关门的钟声响起，山里娃不舍地将未读完的书本藏匿于角落，等待某一个午后，再来细细品味。

学富五车，书通二酉，虽然遥遥无期，非常人能及，无形中亦成为鼓励山里娃不断前行的一盏航灯，它在雪峰之巅明明暗暗地亮着：只要坚持前行，总是能够看到希望。

岁月静好，有诗性萌芽，铺垫丹山红叶、碧水、号子和鸟鸣。一本一本厚厚薄薄的书，让眼睛陷入，难以自拔。读一本本书，一山夕阳如稠。三五牛羊衔着野花，农妇正在挑水回家的路上。丹山钟鼓飞举半空，蓝天白云，悠远，再悠远。而一江沅水，是那一汪碧到底的爱恋。书里的文字温暖，辞藻灿烂，万物生息。一本本深深浅浅的蔚蓝，一直蓝在山里娃追寻的路上，牵引着他靠近太古遗音。那是一种简单欲望，是单纯为了喜欢和愉悦而读书的与时偕行。那些沉浸于书本中的分分秒秒，伴和着时而激越的辰河高腔，唤醒了他生命潜藏的能量，凝聚为以后青春岁月中难以忘怀的珍贵记忆。

汉字的本源是万物山川。书本里的一枚枚汉字在草木中截获仰望天空的勇气，从飞鸟的俯冲提炼自由于心的神态，从水中的鱼，提取从容的想法，一望无际的雪峰山可规划绘声绘色的锦绣，在沅水入洞庭的涛声中，悟出"水善利万物而不争"的道法。这个道，应当带有仓颉的本意，一横一竖的正直、一点一提的规范，用汉字铭记历史，用汉字行走天下。山里娃携着书里的万千汉字，通过横七竖八地奔波，一次次通过乡道县道上省道，一次次翻越鸡公界，一次次过怀化，一次次去辰溪上学，才明白城市生活是另一种生活，见世面可以开化人；文字可以建设一种文化，文化是一座城堡，教育便是其中一座殿堂。之后，山里娃的学习，将延续到社会生活中。他逐渐明白，每个人都在为自己塑造一个品牌，并非每个人都可以特立独行；才高为师，德高为范，一个师范生的品牌建设，需要品质和情怀打造——一如大酉山，所有棱碴都是石头与火经过时间锻造而深沟高垒。

大酉山也是一位历经寒窗的人。一念生，缘起。前生必定是在佛前求了五百年，才换来今生于碧水丹山与书结缘。

沙湾情思

由山地、冲积平原、丘陵以及丹霞地貌、河谷沟壑构成的沙湾，一次次闪现于梦里。

沙湾几乎是寂静、不动声色的，妥妥地在水一方。清晨，学校广播传出优美曲子，和着清新空气和新鲜泥土气息。也有忙碌时候，一到赶集，车流，人流，马达，喧嚣，琳琅满目的商品，流动的小贩，讨价还价的争执……构成了一幅跳动的画面。

沙湾是一个老集镇。老街，永远是那么寂静，尽管有一溜商铺，但并不十分热闹，老街留下一块颜体字老招牌：沙湾市。青青的木瓦房上，隐约可见雕龙和画凤。新街，赋予了小镇鲜活的生命，店铺林立，人潮涌动，在时代风景中徜徉。

每逢赶集，车水马龙的公路旁，挤满了人。来来往往的人们，目送着喧嚣匆匆而过。老街，蒋家院子、唐家院子外围，长长巷道，摆满了光阴故事，诉说着远离城市的热闹。从山里聚拢的一切，是那样多姿多彩。菜蔬橙红光绿，水果香甜脆鲜，甜点物美价廉，服装善解人意。山里集市自成一个小小世界，除了交易和吃喝，还有太阳下的灿烂光辉、季节里的风调雨顺。在山里娃眼中，沙湾市的每张脸都缭绕着最真实的山里烟火。

从沙湾集市过轮渡，就到了老屋背。

老屋背机场，一切早已结束。抗日战争的金戈铁马和千里狼烟都化为晨曦中的一场河雾。机场已成浩大田畴，没有留下楼宇，也没有留下残骸。但人们常在夜里听见田畴上有战机轰鸣声，野地里常捡到锈蚀的弹壳与螺钉。当年鏖战的尘埃已变得微不足道，一场决绝厮杀已定输赢，雪峰山落日苍白，血伴夕阳，青烟一掠，大地肃穆……

又一拨轮渡，于午夜开始。从沙湾集市渡过沅水，山里娃还在一场油菜花开的梦里，行走于浩浩荡荡的金黄中。与他一起行走的还有一道明媚的背影，那是沙湾女的身姿。

不是城市街巷中浮现的女子。沙湾女有一种从容静好，迈出愈加坚定的步伐，向隅而行。长辫甩开的风情，是她和春天的暗语，并与沅水岸有了层次分明的对接与融合。

沙湾贡柚青葱，每一片叶脉都在她呼吸温柔的细节中，翠羽明珰、金妆锦砌。

花开当时，一路的芬芳细节绕她旋转、扩散。

布衣荆钗、粗茶淡饭滋养的沙湾女静水安澜。质朴的光亮，收藏了她波澜不惊的姿势。

山间，水边，沙湾女用心撑开一片天地。山水相依时，是她温暖泛发了蓝色光芒，并和四周的色彩，一齐洇散开来。

山里学校，沙湾女透过沉夜窗棂映射出的灯光，用笑意耕耘一片新绿，又铺开日记，把一种得失、一种探究、一种情怀、一种热望都记述在里头。

花卉与石级一般恬静，沙湾女弱柳扶风的肩膀扛起了大山重量，她纤巧的手播下文明种子。累了，惬意地看大雁菊花；困了，听沅水淙淙。

老屋背机场那头，小桥流水，她打开伞，跨进了雨中，山里娃送她的目光被四月雨淋湿。简陋的山里学校，除了桃李芬芳，还有爱情甜蜜。

走在通往寨头村的小路上，一种安宁感就已经弥漫心头，这或许就是大自然和人文赋予寨头的一种神秘力量。农家错落有致，路边野花怒放，到处都充满着自然气息，这便是最原生态村落的模样与姿态。

寨头村整体特征显示出原始的建筑风格，是一种粗犷、奔放、简易、不尚雕琢的南国之美。它浸透着雪峰山的古朴、凝重、苍劲、浑厚。

寨头村，一个有故事的地方。中国陆军机械化学校为中国装甲兵之父徐庭瑶所倡议在此设立，在寨头时间长达四年多。当时中国陆军机械化学校规模宏大，学员队、学生队、自动车工程学院与实习工厂安排在寨头村附近，直属部队驻扎于倒水冲，制造工厂设址洪江古商城萝卜湾，整个校舍绵延长达十余千米。校部设立向氏宗祠。后来向氏宗祠成了寨头村的榨油厂，宗祠遭到一定程度的破坏。所幸的是宗祠的建筑大部保存完好，现在依然能够看到当年学校校部的原貌。

向氏宗祠前，一座凸起的山，一条流动的水，相互缠绕着彼此的灵魂，橘柚一片一片地生长，密密缝制的气息萦绕在目光无法接触的旷野之中。现代著名作家、剧作家、美学家、翻译家向培良生于斯长于斯。

向氏族谱有志："壬午之秋七月既望，访吉享表兄于寨头溪上，时早稻初登，黄云如盖；无数峰峦，如拱如揖。争来肃客，溪畔芳草，蒙茸鲜妍可爱。沿溪行里许，古木千樟参天蔽日，盖百余年间物……"美哉！

把所有的心情全部打点，背负生活，面对一座土桥，面对一段溪水，如何能在叮咚的岁月中找到出发的方向，又将如何在水火相间的日子中回归自然？

寨头来去，山里娃成了临水而吟的人。他一边行走，一边保持沉默，让一只虫子寻找光芒，在叶片上，在水中，在每一棵挂满露珠的青草间。

山里娃变换着心绪，他的思想伸进了岩石缝隙里，想象一束一束的光线照射进岩层，忽然发现，原来万物都有裂痕，只是人们曾经很多次忘记了走在裂痕中间。透过裂缝看过去，寨头之水，以穿石之功与拍岸之力，卷雪推冰，破山开峦。有水有岸，岸为水导流，水为岸歌唱，水因岸而安顺，岸缘水而曲折。无数次，来三岔路口无名小面馆吃面，一边品尝美食，一边看寨头古村在水的环绕下树绿花红，嗟叹水韵村落美不胜收。蓦然间，思及《老子》言："天下莫柔弱之水，而攻坚强者莫之能胜，以其无以易之。"寨头古村，却又不显山不露水，轻如烟雨中的一条线，厚如一本《向氏家谱》，用自身温存，抵挡红尘诱惑，静静地铸造富庶、多彩以及人丁兴旺。

水韵沙湾，一块圣洁的处女地。

从某一处丹霞山顶看过去，泥土纠缠着沃野的相思，平原丘陵追赶着滋润的因缘。轻盈婉转的沅江，犁过沙湾中部地带，打下鱼米伏笔。在水一方，在山一隅，所有流水淌成洋洋洒洒、深深浅浅的琴弦。鱼，是水写出的文字；稻，是水哼唱的歌曲；而沙湾柚，从农家走向宫廷，又成为新时代农家致富的生力军，注定会于水天一色中，染上蔚蓝色爱情。山里娃在这里行走于笔直的大道，求学，参加工作，邂逅他的挚爱。

沙湾有很多跳跃的欢乐，从溪口到升子岩，有着此起彼伏的惊艳。好山，好水，构成了沙湾最美乡村的骨骼和血脉。这样的骨血一定会诞生勤劳智慧的儿女。不需要理由，新时代早已呈现出山水与文化同一的思想。不需要质疑，一块深厚的土地与它的村庄有着同样的绚丽。

丹霞峰峦，这些极具历史细节的山峰，以朴厚蕴深邃，以仁德涵智慧，托举着蓝天，也承载着土地。

一条河的美好，是人们安居的所在。一个乡村的美丽，是人们停驻的理由。仿佛是不忘初心的春风捻亮灯盏，将沙湾的人心照得亮亮堂堂。

一棵花卉的笑容，足以打动四方。

村村相连的花卉生产基地，放射出朵朵发光的能量，那些七色的光芒，握紧田间地头农人的双手，把满乡的幸福生活尽情释放。人们用需求和梦想，打造出生活质量；让旅游和文化，共沐自然芬芳。

沙湾市，老屋背，石修，月亮，溪口，健康……一个个村落，让历史和人文、地域和风俗、传统和现代、环境和空间一一相遇，相知并相爱。

这是雪峰山下的沙湾，沅水脉脉流淌，怀抱日月，萃集光华。

山里娃怀念沙湾求学与工作的日子，走出校门，迎着轻风，悄悄地藏在沅水古道的烟波里，去追寻梦幻中的乡村美景，眼前，春风漾起青青稻浪，眺望着沅江之水波涛澎湃，一起飞扬怒放生命。河风轻柔，柳丝拂过烟雨画面，浮出了山里娃心的轻盈与洒脱。忘了哪年哪月哪一日，在哪朵花上刻下了两张脸，两抹微笑、凝望着的脸，但见花朝月夕，在时光的原处一再挽留。

在这块鱼米之乡，山里娃长大成人，成为山里人。

太平时光

梁山坡，是一种气势、一种精神、一种内涵、一种脊梁，也是一种自然演练场。它从远古来，从海里来，抖落了浑身的苍古与海水，日月星光一照，山尖便长满了青苔。它将高大和伟岸种植，让威武的松杉、挺拔的毛竹和千年灌木，与它一起，把高大、坚韧和挺拔雄奇演绎得完美无缺，挺立成一个太平地标。

在通往山顶的栈道，山里人看到时间的脸，看见年轻的脚步，坚定与努力。一些失败，已随风尘渐渐隐去。一步一台阶，承载的经历、过往，有喜有悲，有苦有甜。脚步踩响的声音，正撞击着幸福攀登。雪峰山脉，只抽出一座梁山坡，就能让日月交辉，就能让山里汉子扛起生活重担，就能让村姑朝着月光的方向守道轮回。有灵魂的梁山坡，能给人国泰民安的虔诚。

梁山坡下有一口老井，出水量大，水尤清冽，供着周边成百上千人饮用。那时是需要挑水的，每天一大早，挑担铁皮桶去井边，一只桶按下去再提起来，就是满桶井水；换个肩，再按下，又是满桶井水。按下了太阳，挑起了云朵；按下了伏案背影，挑起了一院书声。在井和家之间，挑起炊烟奔跑源头，也挑起了一段太平生活。

干净、清爽、进取、无忧无虑，成了一所中心学校的真实写照。粉笔与讲台，成了山里人最深的印象。

简陋炊具，煮一只土鸡，已到黄昏。邻家炉子上，亦咕咕地叫，似在诉说日子平和。沅水河风吹来，将情绪舒缓。书声调出的味道，振奋了神经。

灯光中，相对欢笑，电视演绎经典。微妙心情如诗铺展，聆听花开的声音，人生的色彩远比图画丰富。柔软的眼睛扫视过厅，色彩是无声语言，将满足的心绪表达。

躺下，窗外微雨。听鼾声，无眠。有一首诗静夜生成，无关风月。

手掌纹路里，连接着大山，想起村边的那树早梅，果已发黄，味道酸甜，如同日子，酸中有甜。

太平，是雪峰山一张分行的纸，它用雪花窖藏的春天袅袅展示芬芳，层递的田亩在蛙鸣声中不断抬头，许多水稻的箭镞从泥水中冒出，饱满的日子无须太多打点，山里人蘸着雨水和阳光，让欢喜和优渥不断轮换。

一段难以置信的太平时光，日子是漫不经心地，很随意地，一天又一天，从山里人脸颊飞过，从他燕尔新婚的快乐中飞过，从他初为人父的忙乱中飞过，从他一次次获奖、一次次迎来送往中飞过。许多本来很美的时光，轻轻地像蜜蜂，来不及瞟一眼，就携带甜蜜高飞远举。

蓦然回首，有一条乡间小路，弯弯曲曲，高低不平。由于交通不便，从学校步行回老家，需要七八个小时，中间得歇息，还有几次等渡船过渡，从出发到抵达，一整天就云烟过眼。

山里人每次回玉龙苗寨，总能看见一群狗尾巴草，站在山道两旁，细心守护着路面，等候着他一步一步回归。山里人习惯换上母亲纳的千层底布鞋，踏踏实实地踩一路泥土，用大山的方言跟它们打招呼。

暑期寒假，一年又一年，一天复一天。日子每天都鲜艳夺目，但过去了，就是不可回头的岁月。正如哪一年的落叶，不能回到下一年枝头；哪一年的渡船，不能把山里人渡到去年彼岸。

太阳从东边升起，落没西山。冬天依旧在野，春天依旧回来。挥手之间，来不及挽留和叹息。风中的迷惘，雨中的彷徨，都被压缩成柴米油盐、上课下课的日常。

平淡光阴，从容心地、祥和幸福、善良朴素的原生态生活，有一种返璞归真的丝滑。一个花香与煤油香（当时使用煤油炉做饭）伴杂的小院，几碗自产的菜蔬抑或一本厚厚薄薄的线装书，一场棋逢对手的博弈，或者是在双卡收录机旁听一首新歌，都是时光之花静静地绽放，岁月之梦缓缓地演绎。山与山不相遇，人与人要相逢。

1935年，由周氏宗族创建了"周氏日新初级小学"，学校坐落于古明山。之后逐渐发展，1949年人民政府接管之后定名为古明山完小。1964年，太平公社在太平场黎溪周氏祠堂创办太平农业中学。1989年，在太平场黎溪一组磨回山上修建公社中学。1995年中小学合并为太平中心学校。山里人于此一年一年耕耘，一季一季收获。

学校后面是一片金灿灿的梨林，梨熟季节，满满的枝头，如同镀了金，很是耀眼。路人可随意采摘品尝，梨子在当地并不贵，集上随处也有卖。可是这生长在梁山坡下的梨子，别有一番风味，吃在嘴里，一股淡淡的酸香，有一种品食人参果的激动，小小的果子，汇集了天地之精华、日月之仙气，吃后有种飘飘欲仙的感觉。

沿校园后的山路攀缘而上，穿过一片浓密的松树林，来到梁山坡之腰，远看四周沃野百里。再往上行，山石与松树绵延无边。立于山顶张望，老家方向一目了然：玉龙苗寨便是坐标，无论山里人身在何处，只需要向大山一望，总能找到正确方位。

一次一次，在太平，他把心情晾在树梢上，把一缕阳光挂在心头。

过于安适，以至于把不少时光白白浪费。有时端起饭碗，才意识到自己沦落为一粒秕谷。反复自省，青年张狂逐渐收敛。

一首流行歌听到心碎，一段独白文字看到潸然泪下。

十年或是短暂，短暂得只有回头那一望，宛如声音都追不上的超声速飞机，心还在原地，人已远千里。十年只有一根指头的距离，弹指一挥间太平画卷已经从遥远的现在伸向未来。十年前的倩影，是否还翩翩依然？十年前的诺言，是否还铭记在心间？在青春世界与太平时光，有的沙粒变成珍珠，有的黄金熬成石头。

都说近处无风景，且不以为然。从最初的太平场开始，走过石修、月亮、溪口、补顺、黎溪、深溪、溶溪、福田等，熟悉了越来越多的山村，同时也感受着雪峰山的朴实与悠闲。身处大山，不少时候，风声、雨声、水声、树声、鸟虫鸣声相融，有如一曲雄壮激越又无序无节的音乐。山里展开一个江湖，不说辛酸已远，不说恩怨两清；无由地面壁喟叹：尊新需威，守旧需亡，遗老不谈，岁月成屡；不说逍遥与无奈变为过眼烟云，浸润其中，便皴染了大自然；拥有了这些，或许就沾渥了一段嘉年华。耳濡目染，他打开了朋山友水之心。

流觞的路，踏花的脚，含笑的诗。梁山坡不语，太平场有声。

稼穑万年话安江

曾经的日子，年节时，父亲从安江工作归来，总会带来关于安江的话题。

安江曾是山里人所知道的天下最热闹、最动人的地域。这是雪峰山下的软香红土，是当时黔阳地委行署所在地，容纳着深爱劳动与和平的人们。

安江背靠帽子岭，前有鸡公界，形成安江盆地，本地人称安江凼凼。深处大山，安江的一切，都令人联想到绿和太阳。夏天的安江，辉煌光明。它的绿色，照耀着四周燃烧的山峦。梯田绵延，遍布四周。水稻挺拔的躯体，使安江对命运满怀信心，水稻是安江在大山与太阳中生存的生命底色。

安江也许是神作为一朵花安放在人间的天堂，它的存在，让山里人感到卑微与渺小。多次听父亲述说，他觉得安江有种使一切复原的力量。黔阳地委行署、黔阳县机关大院、大畬坪、老街、工厂、学校、商店、旅社、码头、衙门口、汽车、轮渡、高耸楼房、吆喝、蝉叫，所有安江的一切，依照它自己的意愿和信念，在山里人脑海中平静运行、骐骥过隙。

"邵阳西与桂阳通，踏破烟霞几万重。石路湿如泥路滑，远山青比近山浓。浮云出洞奔苍狗，枯树横溪卧老龙。风雨经旬春未暖，弊貂羸马笑龙钟。"这是明人祁顺的《自宝庆之沅州》。从宝庆穿越雪峰山，抵达的第一站就是安江。从古至今，安江是一座没有阴影的城市，从天空铺泻而下的阳光，就像无数盏聚光灯把满街照耀得祥光一片、商情满满。想象悠然地漫步安江，清亮阳光透过树叶斑驳洒落，偶尔会有鸟群翩然飞过，留下一串悠扬哨音。

思念安江久了，就感觉安江本身的确也有生命，它有天造地设适应雪峰山的肌体。安江阳光，像金属一样，可以让一座雪峰山披金戴银。走进阔大树影，看外面和煦的光明也是可爱的。在安江，大街小巷两旁都能听沅水流动。中山园的菜畦绿了又绿，硖洲、龙田、茅渡、岔头等地五谷丰登。长途跋涉的沅水，给生龙活虎的安江，带来了雪峰山的声音。

山里人第一次上安江街头行走时，刚好十六岁。父亲带着他及二弟坐着手扶拖拉机进城，下车后，开始步行。

第一次进安江，山里人印象最深的就是桐荫街道。法国梧桐粗壮有力的躯干，苍劲地伸向太阳走来的地方。他喜欢法国梧桐随和的站姿，它们看似零乱的手臂却不约而同搭在人们必经的街衢，遮阳也避雨。喜欢法国梧桐巴掌大的树叶，它能把阳光稀稀疏疏地过滤给大地，落在风中也是飘飘摇摇的低调，是惹人喜欢的样子。而匆匆一瞥的中山园、黄花坪、小溪坑、县政府、人民剧院、百货大楼、黔阳旅社、邮政局、一完小、二完小、纺织印染厂、粮食局等，都不及那条林荫大道感人肺腑。

　　之后去安江工作，出门时间亦不多，上班下班，基本上都是两点一线，所以法国梧桐一直占据着山里人对安江的大部分认知。

　　城市的空间排列越来越精致，粗犷威猛、不拘小节的法国梧桐也就失去了市场，曾经的行道树之王，在银杏、桂花、悬铃木、乌桕、香樟的身影中，一步步退出安江舞台。

　　安江来去，高庙遗址、安江农校、黔阳师专、黔阳师范、黔阳卫校、抗战遗址、长安寺、普觉寺、宋以方衣冠墓、诸葛井、文峰塔、关圣宫、李若水纪念馆于眼眸中闪现，不经意间就迷失在那些没有法国梧桐的日子里。只有从安江农校发散开去的杂交水稻，温暖了一座雪峰山，也温暖了中国与世界。注视水稻，山里人看见了岁月留下的粒粒沉重；凝视水稻，山里人看见了生命相依的款款姿态；仰视水稻，山里人看见了一片浩浩荡荡绿色槁苏喝醒。

　　面对安江周边漫无边际的水稻，山里人似乎明白了一些什么。

　　一具古铜雕铸的躯体，一对山峦起伏的臂膀，一双餐风饮雨的眸子，一副沟壑交错的面庞。这一位老农，面对试验田里的稻子，庄重地、习惯地握住了木质锄柄，如同握住了老友之手。一锄，又一锄，他在翻动着安江整个季节。一锄，又一锄，他在挖掘着整个雪峰山岁月。锄起，锄落；锄落，锄起，满天的谷粒，遍地的黄金。他在禾穗之下乘凉，看满畈丰收，让天下人都有饱饭吃的梦想成真，他的脸呀，乐成了一朵初放的菊花。

　　雨雾中，安江稻都广场，怀抱稻谷的袁隆平雕像，温软、安详、瘦削、健劲的体魄，如大畲坪洪流，奔涌着父爱，涵育着春光。

　　上下七千年，古今两神农。咀嚼着来自安江百姓的话语，山里人禁不住闭上眼睛，紧紧地、紧紧地贴在雕像的背上，刹那间，神农的筋骨，带他洞穿古老时光。古代神农亲尝百草，发明用草药治病；他刀耕火种创造了两种翻土农具，教民垦荒种植粮食作物；他还领导部落人民制造出了饮食用的陶器和炊具。当今神农，却用一粒种子，改变了世界水稻生产格局，击退了饥饿对人类的巨大威胁；

蓝天是他的屋脊，大地是他的纸笔，水流是他的血脉，稻穗是他的孩提。当山里人再一次闭上眼睛，一浪稻谷的浓香，在安江的味觉里，绸缎般延伸、飘荡……

安江是一个典型的江南小镇，也是一座古镇，明清时期的建筑较多，基本上集中在沿江一带的台地上，但是很可惜，在20世纪80年代初期，一场大火几乎把所有的古建筑烧得精光，不少老人现在依然记得那年的火灾是多么惨烈，房子倒塌，墙壁里面的钱币都是哗啦啦掉下来的。一些小孩在火灭了的时候还去火场找钱币玩。后来，在这片废墟之上新建了很多楼房，都是现代建筑。安江的样子变了，但是一些古巷名字还在，比如傅家巷子、汤家巷、衙门口。

安江农校的那枚月亮让水稻的乡愁有了质感。

一回一回走在安江农校，步入试验田，水稻根植于田间，以稻色旗语侃侃而谈。面对高庙，祭祀的经幡挥动，稻草人在幽明中起伏，仿佛讴歌中的白陶发出古老声音，凤鸟飞举，獠牙兽魅舞。在这声音里，水稻被濡染得丰城剑气。那位老农面带微笑，水稻精气神饱满，含情脉脉。

水稻荡起童谣，写意着真实的国计民生，在绿色的怀想中，彰显出烈焰白花。七千八百年的往返途中，水稻睁开眼睛，奉献清丽的姿容和芳香。九月，水稻再次推开雪峰山大门，安江的骨肉，一颗颗跳动的金黄之心。水稻，时光之露的澄明，让山里人心境难宁。

从温饱抵达水稻，从水稻抵达一首诗，从一首诗再抵达温饱。水稻，在安江光阴里，奔跑、呼啸，悄悄擦亮雪峰山衣袂。从东山到西山，从山南到山北，山里人满怀热情、血泪和汗水，追逐着水稻、乡土和梦想。

夜里安江，杂交水稻还没有睡，亮起永不熄灭的灯盏，照亮了山里人，照亮一个山里人的内心，一个农家子弟纯洁、旋转、热烈的生命历程。

走遍雪峰山，有水稻的地方就有人烟。山里人，吃在稻米上，睡在稻草上，衰老在米饭上。一个一个儿女，也全被扔在嘉禾上。面对禾稼，山里人弯下腰去。瘦小、结实、沉默。水稻，山里人的一生，就是竭尽全力来掀动，年复一年地，从稻色晦暗的怀里，抖落出黄金的夙愿。

山水夹侍的安江，又一次于温凉交替里苏醒。奔逝的沅江，勇敢地闯过高庙古塔图腾，带着新石器时代飞翔的轻盈，在江岸画满生命音符，诠释着安江人是一个勤奋、努力、踏实、上进、热爱家庭、为物质文明和精神文明建设不断奋斗、为中华民族伟大复兴不断奋进的群体。

安江人走到哪里，种子就在哪里生根发芽；安江人对走到哪里就把水稻与菜果种到哪里的行为怀有敬意和美意。凡有土地有人家的地方，就有田园菜地果园，就有人爱播稻种菜耘果，这是受农业文明滋养出来的自然行为，是华夏文明的深刻烙印。不事稼穑，何以家为？人间的烟火色从劳动开始，"播稻种菜耘果"这件事，充满了安江人对土地的热爱，对乡土的记忆，对自然的追求。可以说，"播稻种菜耘果"既是哲学的、诗意的，又是现实的、实在的。杂交水稻、黔阳冰糖橙、安江香柚、黔阳金秋梨、安江干挑面、安江蔬菜等，成为安江人镌刻于生命里的美好。

与大多数的新生代相比，老一辈安江人的记忆里多了一些与大自然的亲密关系，他们因对乡土的热爱，而有一种大自然的情结，认为人只有到更广阔的自然中去，心灵才得以更加灵动、强健、智慧。真心希望现代人能多到大自然中去，到山野中去，敬畏自然又保护自然，不让人与自然和谐共处成为一句虚话。

因为厚重，也因为丰实，更因为安江是站立着的。安江在一片丰稔中站立着，把万年峥嵘岁月站成辉煌历史，目光抵达夙夜梦寐。

浸润安江，山里人由一名教师而转行做公务员，有了不同的人生体验。

感叹安江丰富的物产，除了鱼米果蔬，还盛产吉祥、和睦和幸福。

即便不能长久地居住，也要让灵魂在这里停歇和陶醉。真愿意成为安江的一部分，一株草，或者一棵水稻。和着风，和所有的草，所有稻子一起呼吸、一起舞蹈。在安江，生命不敢随意老去，亦不屑轻言悲伤。

透过一片稻色，山里人仔细搜寻，他想透过稻米找回，属于精神高程的那些法国梧桐。立于文峰塔远眺，他看到了安江高铁东站，列车正向未来流星掣电。敲一个"山水"诗钟以志："山高影重霞洇色，水泻珠清卉弄肥。群山骄托凌云志，一水飞举向天垂。韵里山青云雾绕，笺中水屑峭崖飞。但看青山坐碧宇，还听渌水行岩背。今传古奇山前慢，旧谚新歌水上追。高情雅意囤山顶，丽服华冠驻水湄。春曲三千绕楚山，秋思万种填沅水。"

如火如荼是黔城

　　是一道长长的念想，挥着衣襟，在轻烟缥缈里，带山里人走进梦一般的黔城。黔城重新定位为市治，其两千多年县治的历史继续延伸，它的重新架构启动。一边是黔阳古城静如处子，一边是新城建设热火朝天。

　　古城青砖黛瓦，安谧，幽深。跟时光比邻而坐，青石板老街的安闲，阳光下温和的颜面，和着心情书写着干净、素朴。黔阳古城，诗意的巷子与巷子媾接。街头琳琅满目，陈列珠光宝气，厅堂庄严显赫，街衢韬曜含光……儒雅着，矜持着，成为古旧时光的沉淀色彩。偶尔来一辆最普通的马车拍戏，也印刻上了古城的痕迹。浑古与古澹——写在古城门面上。古城风吹过，一片遗落的叶子，安然躺着，诉说着古城日渐隆古的故事。

　　几多回，山里人从时间堆砌的黔阳古城残墙底部，手扶红砂岩，缓慢地拾级而上，跟随时光旋梯，攀爬到钟鼓楼顶上，攀爬到历史顶端，驻足瞭望：古城中，这不足一平方千米的地方，满城金色阳光荡漾。这用金子做的阳光，正在不断地游移倾泻，倾泻到那一面的新城工地上。

　　玉皇阁、牛头湾、莲塘、株山、铁坑，曾经，这些地方还是一个个偏僻城郊，一片片寂静沃土，一个个城市发展规划图纸上都找不到的空白角落。一千多年前，一位叫少伯的先生，就在这片土地上，把耕读传家的种子埋进土里，长成"一片冰心在玉壶"的参天大树。十多年前的那个春天，一群雄心勃勃的人，在这里悄悄地扎下了根。他们用坚韧与顽强，励精图治；用智慧与勤劳，创造了一个又一个奇迹。从此，高楼大厦如雨后春笋般拔地而起，一条条油光发亮的城市干道，成为纵横交错的坦途。仿佛，就在一夜之间，一座现代新城，傍着古城，以少女出浴般抽秘骋妍，在沅水右岸崛起，成为黔城新中心。

　　新城，是黔城律动的脉搏。纵横交错的干道路网骨架，实现了沅水两岸、古城新城的快速交通联系。大街小巷道路的全面建成，市民出行更加方便快捷。地下管网实现连通，城市基础已经夯实。

回望新城，昨天，她是一片沃野，今天，更是一片热土。山里人伫立在新城与旧城之间，隔街相望。南来北往的车辆，在两个世界奔驰；车轮滚滚，过客匆匆；繁华路径，两地情牵。他眷念古城的模样，寻找新城的年少。或许是人到中年，洗尽铅华，于新城挽一个斑斓长梦，与大山对话。

黔城夜色总会趿着拖鞋，穿着超短裙，袒露着，自某个目光不及的角落姗姗而来。时装店以迅疾贩卖着季节和风情，然后又以闪电追逐着每一双踏进门槛的皮鞋。音乐雨不以水的面目出现，它溅湿人们的耳朵，却又以阳光的温暖走进人们的心灵。总有一些心事需要倾诉，总有一些梦想需要照亮，于是有人站成了护送别人远行的路灯。而那时，心中的雪峰山，矗立在看不见的地方。每个人的雪峰都有不同的意境，但它们的特点都是共同的：草青树绿、鸟语花香、高耸云天。进了城的山里人不能没有一座山，没有山，眼睛会变浅，思想会生锈，生命会枯萎、凋零。在城市追逐、寻找、沉浮、遇见本身就是一座山。

奔腾不息的沅沅水，就像黔城从未停止追求的脚步。人们向往远方，于是就有了广阔胸怀。如果诉说，有一支号角就够了，然而却有千万颗心在应和着涛声。如果书写，有一瓶墨水就够了，却有千万双脚印在提示未来。如果歌唱，有一支歌曲就够了，何况有千万喉咙汇成了合唱和回声。如果开垦，有一柄锄头就够了，何况还有千万臂膀挥手成云，挥汗成雨。从高楼远眺，地下涌动着碧波的河流。

勃然奋励，这是来自黔城的写照，也是一个腾飞时代的印证。所有一切都是新的：一改惯性的脚步迟疑，一改惯性的心灵迟缓，以完美跨越和爱情般的力量，去追求速度与激情。追求超越，超越情感温度，超越心灵广度。正因为这是一种带动十里春风奔跑的速度，这是一种带动城市思想奔跑的速度，它同时也带来了古城生命的苏醒，带来了时代精神的深度。

新城巨变，放大了黔城的力与美，放大了诗意的栖居、情愫的美好、生命的真谛、热血的激荡。从芙蓉楼上感受，阳光以浓厚的祝福披满新城全身，南风吹送，一波波甜美音乐染透了楼房、绿树、山峦、信心、希望甚至彩云不断崛起的风韵与风景。那定然是诗歌的寓意，是心中飘扬旗帜的寓意，是慈厚湘楚大地跃动着霞光的寓意。一座繁华富足的新山城不仅以钢铁、以飞翔，更以四城同创以及主动融入"两城三区、融合发展"战略不停地阐释着意志与力量，成为怀化加快建成湖南西部陆海新通道、融入"一带一路"重要门户的生力军。

从黔城环顾，城镇中心、城郊、城乡接合部、乡村一户一景致，一地一画卷。所有创造力爆棚，各具特色的现代版城居图、山居图渐次呈现。许多粉墙黛瓦的山派民居与青山绿水相融，如水墨画般，吸引许多游人前来打卡。积极参与乡村建设的同时，人们自发改造生活空间，并打通从创造向创业转化的产业路径。不少人成为扎根山里的乡土艺术家，将业态与生态、居所与娱乐有机融合。位于古城对面的一个废弃厂房，通过本土人士精心打造，这片城市隙地化身为粟园酒庄，集刺葡萄种植、酿酒、观光、休闲于一体，成为与周边及外来人士共享的城乡复合平台，人们可以在这里举办商务洽谈、耕读会、主题茶会、品酒会等多种活动。像这样的新平台，正在黔城及其周边不断"生长"，拉近人与人、人与自然、山与城之间的关系。

对当地历史文脉与营建智慧进行创造性转化、创新性发展，把乡土特色文化融入城乡建设，已成为雪峰山里留住乡情乡愁的重要方式。在黔阳古城，不少人深入挖掘当地人文内涵，灵活运用富有地域特色的材料与传统建造技艺，结合现代设计理念，将旧屋改造为图书馆、民宿等，激活发展的内生动力，绘就一幅幅文明和谐、物心俱丰、美丽宜居的新图景。

闭上眼，让心穿越到未来时空一角：黔城晴空万里，空气中充溢着清香、甜润的泥土气息。三江六岸，绿意盎然，高速、高铁蜿蜒而过。芙蓉花开，风姿卓绝，满城芳菲。工业园区、百货商城、主题公园、休闲广场，令人流连忘返。于古城体味宋元明清，于新城感受时代新潮，不亦乐乎。

一阵山风吹来，穿过城市缝隙，带着山里的清凉。城里酷暑时，渴望一场山风来临。即使在无风的日子，城里人也走成风的形状，一溜烟似的，从玉壶路到冰心路，从龙标大道到镡城大道。中年之后，山里人保持内心安静与生命丰盈，记住该记住的，忘记该忘记的，改变能改变的，接受现实，期待未来。就会发现，雪峰常青，沅水长流，余生每一个日子都炊鲜漉清。

哗哗沅沅水，渐行渐远。清凉小舟，被暮色淹没；宝马香车，华灯闪耀；多彩黔城，多彩梦幻，陶醉在温暖怀抱；不离不弃，甘棠遗爱。

雪峰古镇

拉住沅州和宝庆，拦腰抱起帽子岭。它安躺在青瓦木屋疯长的古典抒情里，古镇老街，仿佛一段古朴岁月的黑白留影。尽管，错落的老宅悠悠，局促的巷陌零星；每个清晨或黄昏，逼仄的青石板街道依然被踏过的脚步，蹒跚敲叩出远离红尘的清雅古韵，宁静而幽深。一家家客栈，书写了古镇传奇。

轻轻地走过古镇，石桥拱出坚强韧性，裂缝中，蛛网暗结，往事钩沉；老屋虚掩的木门，古铜色大锁锈蚀斑斑；瓦楞上，顾影自怜的苔花又是几度绽开？碾碎多少岁月沧桑的石磨，如今被祈愿的香烛火燎烟熏；昔日的槽坊，瓮缸里溢出醇厚的高粱酒香呢？升起的青烟里，飘过油炸粑粑的陈香绵长呢？已然，不闻烤饼温馨的吆喝；已然，不闻传说中油坊的木榨声声……只有夕阳的火焰跳跃在古镇血脉之中。

雪峰山张开怀抱，雪峰古镇靠在雪峰山怀里，站在时间背后，侧着身子，探出熟悉的脸，向山上山下、云里云外张望。雪峰山背后，跟着云彩；雪峰古镇跟前，盘着路与人的故事。

听老人说起，在没通车路之前（抗战爆发前），人们过雪峰山，往来宝庆与沅州之间，其实只有一条神秘古道，这条古道是古代大湘西地区连接湘中直通沿海地区的必经之路；古道上的古松、古枫成百上千，蔚然成阵；古道中十里一亭，早些年还依稀可见古代凉亭的遗迹。

选一个早晨时光，请一位雪峰古镇的引路人引领，去看这条业已被公路取代近百年的古商道遗迹。在离 320 国道不远处，找到了灌木与杂草丛生的古道，注目小径，弯弯曲曲地，向着前方山坡青翠、重重叠叠的冈峦迤逦而上。路口，一株捭阖苍穹的古松悠然挺立。树干皱剥嶙峋，需两人才能合抱，枝丫葱茏舒展，荫庇周边，针叶细密苍翠，在阳光的照射下显得绿意莹莹。这株领头率队的迎客松，像一位古代跃马横刀的将军，悠久的年代和雄壮的力量在它身上有机结合，透出一片庄严气象。

继续前行，一株，两株，三株……古道旁巍然耸立的，差不多全是古松，间或也出现一两株亭亭如盖的古枫和古橡树。古树下方是五彩的丛林、青青的翠竹、洁白的银花、火红的杜鹃，各种不知名的杂木野花，密密层层，枝丫交错，浓密处好似在古道搭起一张天幕，人们必须弯着腰钻过去。

古道上大部分是结实土路，只在崎岖的斜坡能看到些古旧、黝亮的石板。道上松针、落叶堆积，松软而有弹性。一路走来，发现所有的古松树干上都有一处深深的疤痕，好像被连皮带肉剜去了一块。同行的向导说，那是夜行者赶路时采割松脂照明形成的。听到这，脑海闪现出一个画面：月白风清的夜晚，古道上火把熊熊，松香阵阵，马帮商队、羁旅路人风尘仆仆、行色匆匆。

向导很快把人们带到一座古亭前。这是一座残破的凉亭，砖木结构。亭子的外廊早已不知去向，空荡荡地洞开着，任凭阳光雨露自由进出。只有一些大青石的柱础还在原来的地方坐着，周边青石片砌成的石坎还在，似在努力守望昔日的繁华与荣光。向导说，原来这里还有一块大青石的门匾，匾上以隶书三个大字"雪峰亭"，如今不见了；还有一块青石碑，上面密密麻麻刻满了字迹，因了岁月的碾磨和人为毁坏，有的表面风化，有的破裂残缺，大多已经模糊不清，只有"清康熙十九年"几个字稍微完整，而今不知所踪。

看着那条面目全非的古道，忽而想到了由湘中到湘西的迁徙。迁徙是慌乱的，也是惊恐的，更是杂乱无序和撕心裂肺的。迁徙中不会少了女人的啼泣、孩子的号哭、青年的叹息以及老人的无语。念及此，心中突生一种无由的悲怆和慨然失意。遥想先人们从热汗淋漓的马背上卸下重荷，从凉亭直起腰身。月晕础润，马铃静息，先人们在青色的石阶上坐下，凝寂地掏出烟袋……

清末民初之际，雪峰古镇被打造得别有天地：古老的三十六行都在此落地，光客栈就开有四十二家之多。

丰裕、兴隆、大坪、宝丰、安泰、增丰……四十二家客栈，它像一个个温暖怀抱，不论春夏秋冬，不论世事沧桑，不论南来北往的过客，它都能把灯光的亮、饭菜的香、聊天的暖，营造出家的感觉，让一个个、一群群离去的背影，或转身，或回眸，留下再见的声音，连绵不断，伴它成长。客走茶不凉，四十二家客栈在适应中习惯，在习惯中扩展情怀。于是，一批批人走来又走去，四十二家客栈静静地招财纳宝。

多少次，多少年，又多少人，因雪峰古镇四十二家客栈朴素厚实的善良，以及独特的风格和情韵，重新与古镇接触，相伴，相依，相约。

山民口口相传，洪荒年代，雪峰山是古昆仑山。西王母择昆仑之巅、筑瑶池而居，她口吐仙气，请动法咒，就有了韭、祝余、毂、丹、粟、青虋、草荔、葵、条、黄蕉、菁蓉……她捏土造形，再取怀中圣水点化，昆仑山上有了蠃鱼、钦𬇙、穷奇、𬴃、冉遗鱼、鹠鸮、蠪、帝江、天狗……西王母玉指一划，一笕流水从瑶池流下。到了七千八百年前，在此渔猎生息的古高庙人，以牺牲为祭，祭天祭地祭西王母祭鬼神，原始的巫傩开始生长，并顺着那笕流水发散。至炎帝时代，这笕流水便有了一个好听的名字——太平溪。

时序演进到某一个年代，雪峰古镇的天空泛起了鱼肚白，一道温情的光线照亮大山中所有正在沉睡中的生灵，来自遥远天边的一线期许和希望，顷刻间就将整个雪峰古镇抹上了一层卓诡变幻。

一个穿开裆裤的小孩，被太阳晒醒，从雪峰古镇老家走出来，过上新街，至下新街，再一折，从街巷的某个里弄穿到街后，就看到了太平溪，对面是下岩头，在街道和下岩头之间，一座木桥，架过溪水中的宝岩，再从宝岩之上架过下岩头。而溪岸之上，面朝太平溪来向，正中是古佛山，左边是笔架山，右边是望乡坡，这是在雪峰宝岩，能够看到的雪峰山三座山峰。

当年诸葛亮南征，途经雪峰，随一支大军夜宿于此，写下不少军令，最后，架起一支千年不败的笔，笔下便形成了笔架山。

千年之后，陈友谅与朱元璋在洞庭湖决战，大败，仅余少量随从遁隐古佛山古佛寺，剃发为僧，潜心向佛。课余，陈友谅曾多次独自一人从古佛山来到另一座山头，眺望湖北沔阳老家，为雪峰樵者所见，于是就将那座高山命名为望乡坡。

千百回望乡坡的张望，望不到故乡，却望来了佛缘。一场没有声音的期待，被一朵朵白云驿动，伴随竹影松涛，悄然从望乡坡滑落到青山葱翠的脚下；站在望乡坡，雪峰古镇边升起一道彩色霞光，汇集宝岩之巅。明亮的五彩霞光直面扑来，灵性之上，没有什么能瞒过心的感知和心的慧觉，眼底蹚过云的欢呼、云的眷念、云的谶语，灵机一动，十方有像。佛意的梵唱真情释放五颜六色的华光，释放一卷经诵的禅理。在那慧洁的光亮里，陈友谅完成了身心彻底的皈依。那时，他醍醐灌顶：宝岩有宝。

之后，陈友谅在一个深夜，来到宝岩，以铁錾打开一洞，取走了一套金册，自此，他真正告别凡缘，告别望乡坡，切断最后的光，只留下心中佛灯。

他猛然拉响雷电，让风雨按照佛的旨意归去；他伸出手掌开悟尘封的宝岩，用水语系成腰带让太平溪源远流长，让咒语化作生灵藏在冬眠的宝岩。他欣然地看到，宝岩泛出了金光，雪峰古镇呈现出祥瑞，他含笑坐化。陈友谅圆寂之后茶毗，得舍利二，弟子遵嘱，将宝岩镂空，以罐盛之而葬。宝岩之上架座木桥，渡过行人。自兹，岩生灵异：竟能随水消涨，无论发哪般大水，都拱抬着木桥安然无恙，两岸民众通畅无阻。

漫长的冬季过后，小孩们忍不住相邀去太平溪，从宝岩跳下去，戏水，嬉闹。某一天，有一较壮小孩一个猛子扎下去，竟摸出一个沉沉的东西来。大家围拢一看，是炸弹！那是雪峰山会战时日本鬼子的飞机投下的炸弹。几个小伙伴将炸弹搬到宝岩上玩耍，翻来覆去地看稀奇。过了不久，就听"轰——"的一声巨响，地动山摇，显然，炸弹爆炸了。

爆炸，是残酷的毁灭，是宝岩无法预料的撕心裂肺之痛，是雪峰古镇遭受的又一个灾厄。宝岩的顶端不见了，木桥不见了，岩石和溪流间血肉飘腥、山河动哀：小孩们二死多伤，触目惊心。

溪水之上，仅余参差不平的岩基，伴着流水，伴着古镇。

古镇一隅，有个围子坳，过去有一棵巨樟，现今有几棵松柏。那是一处清静之所，三五之夜，只有几声幽犬一轮月光进得来。

一代一代的雪峰山人，将祈福、乞子、求财、福佑平安的愿望，用一个一个围子，立在山头，寄托于古树，请求一方土地庇护。

一个土台隐在高大树木之中，传说它曾经是一个屋场，结过一个草庐，是清代湖湘高僧八指头陀曾经藏修之福地。八指头陀晚年于雪峰山弘法行走，慧眼相中了此地，并在此升寮。他白天外出，夜晚于此就着月光诵经。每一次月光的进入，洪亮的经声都化成斑驳影子，化成淡淡如流水般的冲动，漫向四围茫茫的雪峰。从晚清那一次初始的夜行，八指头陀留下了星的怀念、月的光华。由此，雪峰山里月不再孤单，不再为太白少伯各自所独饮。太平溪流响的地方，围子坳的平台上，月亮接受了一个参悟者的邀请，与他一起传经布道。雪峰山月毫无保留地把所有清辉都给了这个平静的地方，经诵祈来福祉，让此地慢慢地成长，慢慢地长成村落的精神高地。八指头陀在此精修佛理禅机，竟得佳句："山林脱尘俗，景物最清幽。梵呗和松韵，清泉绕屋流。升深时度鸟，树老自鸣秋。赏玩归来晚，青天月一钩。"

那时，隔着老远，就可以看到围子坳的香樟。那是李姓先人在元末明初迁来时所植，已历七百余年，需五六人方可合抱。它历经兵燹、战乱、匪患、瘟疫，笑纳风雨、咀嚼阳光、雕塑年轮，执着地调和最美的色彩，以挺拔的信念维护围子坳的尊严。数百年过去了，围子坳的绿意越来越浓，然而，浓得化不开的则是围子坳山民对美好生活的虔诚追求。

荒寂香樟树下，除了围子，还有一座矮小的土地庙。围子坳一带祭祀土地分为随时祭和十月二日生日大祭。随时祭很随意，一串鞭炮，两支蜡烛，三根香，少许糖果，给土地公婆俩披块红布，土地庙前树个围子，祈无灾无病风调雨顺日子安宁。十月二日的大祭则是要各家凑份子，备齐三牲，依仪祭奠。祭后大会餐，已成围子坳一带雪峰大山里一个独特的节日。

祭仪将阑，纸陌燃起来，鞭炮放起来，山民们对土地的疏呈以烟火形式递上去。烟雾缭绕中，会餐准备也接近尾声。午后太阳从密密的云缝里伸出一条尾巴，北风瑟瑟，像彗星打围子坳经过。围子坳上的围子阵，略冷；围子坳前生的香樟、今世的翠柏，略冷；围子坳上的祭奠者，略冷。完成了祭祀的人和物，需要寻找温暖。热腾腾的菜肴一碗一碗地在土地上团团排开，排成十几二十个圆圈。主祭发一声令："开吃！"土豆莲藕胡萝卜，猪肉鸡肉黄牛肉，伴着沸腾的红汤翻滚，冒着热气。刚刚烧过陌纸揖过土地的粗手，拿起筷子，七上八下；刚刚请过愿念过祭语的嘴巴，急急蠕动，谈天说地，其乐融融。围子坳的祭餐，要的就是这种野味和氛围。

坠兔收光，围子隐去神性外衣，鸦默鹊静。

一直以来，雪峰古镇，不慌不忙，静立于雪峰山腰，像雪峰山伸出的一只犄角。太平溪水，弯弯绕绕，又似一支绵长小夜曲。时光景深，漫漫拉长，四十二家老客栈、宝岩、围子坳，红砖青瓦，水墨写意；小桥卧波，绿水浮楼。而今，沉睡多年的古镇，被波涛声惊醒，都定格于新气象里，弥漫着沉香。太平溪畔，又看见了茶马络绎，商路繁忙，宾客云集，人气鼎盛，集市飞扬热腾与激情。古镇将昨天的积淀，视为今日前行指引，正伸张着顽强生命力，弹奏醉人的山水乐章。

天险惊魂

总能听到灵魂深处的呐喊，那么遥远，仿佛来自天上，嚯嚯唰唰洋洋盈耳。"雪峰山，山连山，三百三十一道弯，三百三十一道关，关关都是鬼门关。"经过长辈们口述，有一段翻越雪峰山之巅的天险路，深深地植入山里人脑海。

睡梦中，天险路就挂在眼前，挂在发亮的山川之上，想象它是星星与陨石做的瀑布，是天神扔下的一截光亮，是上帝对人间的考验抑或禁足。

鸦啼兽嚎，斗转星移。一代民国筑路人叩石垦壤，挖出一条险路，建成一条通天梯——320国道。其中雪峰山路段上下三十千米，高差达1千米，线路起伏大，急弯陡坡多。共有数百道弯，陡坡占全路段坡道一小半，急弯占全路段弯道的一大半，尤其是铲子坪、牛屁股、八大回头和冷水坳路段既有陡坡，又有急弯。向下越下越陡，弯越下越急，常有车毁人亡事故发生，因而被称为"雪峰天险"。

山里传说，是设计者受贿改道，才造成长坡大湾的极险。但无比真实的是，很长一段时间，在几个最险处悬棺示警。一副副棺材，既昭示死亡，又归于平静。它悬在前方，似乎想终结某种状态，却一时半会儿不能完结。棺材伺瑕导隙，于风中沉湎，于雨中哗笑，于雷中呐喊，于闪电中燃烧。驾车雪峰天险，灵魂携棺材谨慎前行，一失足即要与棺材结缘，试问天险闯关者，谁敢怠慢？谁敢以身犯险？

小时候，山里人就曾听得一位邻里反复惊悚讲述，她曾经登上了翻越雪峰山的班车回山那边的娘家省亲，却因忘记带了一样重要东西又下了车。第二天，便传来了那趟车坠入深谷死伤多人的噩耗。

这个故事，加上长辈们的亲身经历，被一次次当作谈资，越传越神，传着传着，山里人就把雪峰山天险，看成上山朝圣通道。神的旨意，时刻悬于头顶。它之下的一切，都须提着灵魂的灯盏行走，一不小心，就会油枯灯灭，陷入万劫不复之境。

梦幻中，祖辈挟一身梅山法术，把神灵的翅膀抬高，高于雪峰山岩鹰的飞翔，才一次次化险为夷。在雪峰天险之上，吃斋，念咒，请动梅山大神，把身上的软骨卸下，把悲伤的言辞清退，哨一声招魂长调，引来长风，梅山神祇提猎枪前来，洒下一路豪言壮语，引领万众渡生。

祖辈们攀着陡峭的崖壁，听着松涛天籁，唱着雪峰山歌，一回回走在崎岖路上。奔放的村庄，矜持的喊山号子，悲怆的告别，都伴随着马蹄声声，铜铃悠悠，在雪峰山道上汇聚成无比宏大的交响曲，那是雪峰山民共同的心跳，是一条历史长河激昂的协奏，是一份来自天上人间难于抗拒的呐喊。

山里人将耳朵贴近雪峰山聆听，真能听到一路上时而清澈、时而激荡、暂入永恒，造就出经典所无法描摹的大山天籁回响。

工作之后，因了出差，山里人一次次在雪峰山周边奔走，对雪峰山的了解增多。雪峰山天险路，又仿佛是一列通往春天的列车，它是带着某些初心，奔向心中向往的地带。

20世纪80年代末，山里人正式登上了班车，感受雪峰天险路。离开安江，闹市渐渐地远了。山，满眼是山，峰托着峰，岭推着岭，重重复重重，这没完没了的山浪，一浪盖过一浪。山雾是顷刻间扑来的，裹着丝丝细雨，有些呛人，有些沁心。用不了多久，头发眉毛全都白了。

在这如梦的雾里，给人一种融化的感觉，烦忧和苦闷，险情与焦虑，于雾里头挥发了不少。公路在蜿蜒盘旋的山腰上，九曲十八弯，根本看不到对面的来车，一边就是万丈深渊，路旁除了极少数危险弯道有护栏外，大部分都无遮无挡，一眼望下去就是千米深谷，摄人胆魄。天气更是反复无常，说变就变，半山上还艳阳高照，再往上又云雾萦绕，斜风横雨。危险地带的提醒语不是"危险小心"之类的标语，而是"血字碑：某某年特大车祸，死亡多少人"等警示。越是这些险地，越是云雾汗漫，三米以外都目不能视，司机必须打起十二分精神，睁大眼睛，紧握方向盘，屏住呼吸，不要往两边看一眼，因为越看越心寒。尤其是会车时，一些大型客车、货车颤腾腾地迎面而来，跟另一台车擦身而过时，刮起一阵狂风，车都会抖动起来，不禁暗自捏一把冷汗。而每到拐弯处更是让人胆战心惊，稍不留意，就会车毁人亡。

花了近两个小时，终于登上帽子岭，恰好云开雾散，顿感心旷神怡，天近咫尺，星斗可摘。举目环视，但见群山起伏，苍苍莽莽，无限美景，尽收眼底。使人真正领略雪峰山高峻雄伟的博大气势，享受如临天界、如履浮云的神奇情趣。这时刻，到来的人们可以大大地吁一口气，下车，怀揣清风，漫步云端上的雪峰，可以感受碧空一束的天光，让惊心动魄的创伤和迷离惝恍的梦游，重新丰腴和饱满。阳光矫捷的身姿，抚慰大地的岑寂，在湘商古道北线的高处，让梦停泊，坐看云起云落。

过了雪峰道班，车再往塘湾方向开，不久就可以看见一段弯弯曲曲的"之"字形下山路：枳木槽盘山路。这是一段抗战时让日本侵略者闻风丧胆的路。山路险陡异常，且在离枳木槽不远处的山垴上，筑有无数碉堡，遂称碉堡垴。从盘山道通往碉堡垴的山坡上，幽深的杉木林中，现今依然保存着纵横交错的战壕掩体。山坡上左拐右拐的战壕掩体虽经风雨冲刷、被飘落的树叶堆积，但用手扒开树叶和尘土，依稀可见当年抗战伏击的路径和射击枪托的痕迹。碉堡垴现存一处石片风化的遗址和一座用水泥石块砌成的碉堡。据了解，昔日碉堡垴视野开阔，很少树木遮挡。现在的碉堡垴，周围搭帮村民砍伐，成为森林防火带上的一道风景。如果不是森林防火带的需要，很难发现碉堡垴的战略位置，很难看得到碉堡垴的庐山真面目。

史料记载，雪峰山会战一开始，战情十分危急，当时枳木槽的村民可以清晰听到从江口、龙潭方向传来激战的枪炮声。枳木槽运送伤员的汽车、马车、人力担架川流不息，但村里面没有一个老百姓逃跑，而是随时准备投身战斗。当时，国民革命军的一个工兵班紧急调防，以枳木槽两翼山崖做掩体修筑防御工程。全村 300 多名男女不分老幼积极响应，仅用半个月时间，便在枳木槽两边的山崖上修筑了长 3.8 千米、深 1.4 米的军事战壕和 11 个大小碉堡。

天险阻敌，雪峰落日！

很难想象，就是这样一个天险，却是湘西南北交通的要道，贵州、重庆东部和湖北西部，到广东和江浙等沿海地区的长途客车经常走的也是这一条路，过客们每回都得与死神擦肩而过。本地人出行，也是走一次惊一次。虽然惊险异常，但行走云端上的雪峰，俯瞰雄鹰的疆域，是山下无法体验的奇妙。雪峰山，如滔滔不绝的资水沅水，一路奔波，化育美善，以高蹈的姿态屹立江南，沸腾湖湘锦绣的情怀，灼热汉苗瑶侗等四十多个山居民族的丹心赤忱。

行走雪峰山，最刺激最美的当然是在冬季。冰雪封山，即使是四驱的车，也要戴上铁链，才能万分小心地出行。冰天雪地，只有雪峰山巅才最接近一份冷凝的感情。枯草、灌木、藤蔓、繁乱的叶子，以及，难以捕捉的声音和无中生有的摇影都披刀携剑，连空气都化作雾凇。一座雪峰山唯余壁立万仞的嵯峨、连绵不绝的蜿蜒、真实生冷的坚硬、没有回音的慨叹。所有的惊涛骇浪与提心吊胆都被冻结了，雪峰山以圣洁的白晃将到来者的万般杂念斩草除根……往有功，行有尚，天险虽险，内心亨通。

而今，320 国道雪峰山路段已然拉直拓宽，怀邵高速雪峰山隧道也已贯通。雪峰天险，只留在回忆里。

坪山塘寻幽

丙申冬月，缘于摄影，结队抵达坪山塘。

深冬的坪山塘，石屋庄严，花草萧瑟，灌木苍茫，迷雾深锁。一条九曲盘旋的公路，一阵凉意彻骨的山岚，一片神鸦低鸣的湿地，一泓沧海桑田之水。山岚拽着茫茫浓雾，一幢石头砌的屋子若隐若现。在一片混沌之中，大家迷失了方向。幸得雪峰山森林公园管理处安排了向导，刘姓，三十多岁，世居于此，在此摸爬滚打多年。小刘一边带路，一边为大家讲古。

坪山塘方圆几千米内绝无人烟。之所以这么令人神往，主要是它当年的繁华志异与传奇。盘古氏打造，神农氏来此亲尝百草，发轫农耕。之后，在唐宋元明清，它一步一步发展演变成南方丝绸之路——湘黔古商道之要塞；更令人称奇的是，在这样的高海拔地带，一渊积水竟是越积越广，最盛达数十公顷，深不见底。有水便能生发商机，便能让人生存。于是，就有山民修建了高山集市，设置了高山渡船，日日夜夜地闹火在雪峰山腰；有商人打造了十八艘歌船，飘飘摇摇地停在墨绿潭面。往返于宝庆至安江、洪江、沅州府的商旅，千里迢迢跋涉而来，在这雪峰深处，正好人困马乏，正要歇息打尖。

可以想象，一队商旅，离乡已很远，心情已很忧，牛马粗喘，辎重汗流。千里之外的故乡，如炊烟的影子，镶嵌在山垴上。老井、辘轳、水桶、水缸，以及与水相关的女人，带起一闪而过的水。幽情如一缕缕荧光渐走渐近，思念如一寸寸沉香渐烧渐浓。

坪山塘积水聚拢，山上松柏，摩天高耸。塘水冰凉热浸，凝脂如膏，笑语欢歌，柔情万丈，都等在一场夜的瞌睡中。如果有人窃入，当可听到轻微鼾声。而一旦牛马铃声乍响，商旅信息初到，瞌睡的坪山塘立马醒了。集市木板屋里亮起了灯，十八条歌船开始起桨，琵琶弹起来，茶水烧起来，吆喝也软绵绵地长出来。就在这过电的一瞬间，坪山塘无处不变得生机勃勃、热情似火。

水暖暖地漾开，再漾开；油已在锅中渐渐烧红，只等着山珍野味放进来，煎炒焖熘，烩炖炸爆；红灯笼一盏一盏点亮，同时也点亮了一队商旅所有的饥饿冷瑟、遐思迩想。而琵琶声不疾不徐地贴水奔跑，一浪撵着一浪奔跑，凌波微步，越过十丈之水，在耳中心中一把一把地拉扯留客。而主人家的一声声吆喝，糯糯地，有一种无力轻轻地摇撼山谷，击碎壁石，让人无法闪躲。坪山塘打起精神，从一抹深邃夜色伸出手，摘来一缕缕星光，让一池渌水，在桨声灯影里迷蒙魅惑。帽子岭上，月光那么近，那么轻柔。一丝好风，饱满吹过每个人的血脉，吹过整个坪山塘水面。

在坪山塘的似水柔情之中，商队立马消融。集市的石头屋子，货物卸下，牛马歇息。十八条歌船，各自摇到林荫深处，添酒回灯，点亮琴韵，点亮悠扬歌喉。琥珀杯盛满美酒，不敢大口畅饮。在那滚烫的水上天宴，稍一放纵，就像一只蚂蚁坠入酒缸，灼伤风尘、醉乱心房。那时栖落在树梢的布谷鸟，定也禁不住酒绿灯红，在月色下醉得不轻，一声鸣叫也发不出，只借着树枝，打盹、失神、喃喃自语。而苍老的神农氏，以及他的后人蚩尤氏，定拄着长拐，像一株老松，扎根在坪山塘。他们手捧塘水，满怀虔诚、洗净满面尘灰和眼角的泪痕。看着人们如此欢娱，那晚的月光，也格外的明亮。石屋里困睡的牛马，分外静谧。

坪山塘深，帽子岭沉；坪山塘浅，帽子岭现。一夜销魂，谁还能忘记，在不断行走的生命里，曾经有这样一个晚上，在荒无人烟的雪峰山，坠入坪山塘，那一缕诗情画意，写意，或者工笔，都将是一生无法承载之轻，都将把坪山塘刻入骨髓，让一条湘黔古商道，响铃叮当，商蕴如缕。

商队千年行走，货银来去，坪山塘像一位老者的呢喃，总是在夜色迷离中洒落银辉下细碎的情。而高山集市的几幢石头屋子，永远是石头的梦，是一块块聚散离合的青石，沉沉地怀想大山，思念十八条歌船蒲公英般的浪漫轻扬。而连接石屋与塘水的石板路，是一条剪不断的脐带，带着商道脐血，令人牵肠挂肚。

偏远复繁华，坪山塘水也要生起波澜。匪患，是与之伴生的毒瘤。石头屋子前，为了钱财，不时曳出杀声震天的星光，每一块砖墙，都埋藏着卷刃的刀剑，每一丛枯草，都有弯曲的长矛，每一级石板，都遗落锈蚀的箭镞，每一寸土地，都安放着逝去的枯骨。可以想象，在一个新的黎明，一只流血的断臂，托举着坪山塘血红的太阳升起，坪山塘里全是凝结的热血，滋养一茬茬荞麦、马铃薯，还有菜蔬，再供给下一拨商旅。青石上斑驳的苔迹，起始于水，是一些落水灵魂从水里爬出，一寸一寸接近存放财货的石屋。财货不见了，就在檐下站成一行，为之前因财货战死的壮士守灵、祷告。

想想在又一个黄昏，一队商旅自龙潭铺起，经石下江、竹篙塘、木瓜桥、硖口关，入雪峰山至坪山塘，口干舌燥之际，在茫茫大山里，乍见一泓碧水，摇曳着桨声灯影，张罗着山珍美味，挥舞着红袖玉臂，拉长着吆喝，那情境，那意趣，竟是让人不忍离去。向导绘声绘色的讲述引领着大家一头扎入坪山塘的四周寻幽探古。

那时已然是午后，雪峰山上的寒意在加重，隐在灌木丛里的一二鸦鸣疏密无着，那栋唯一的石屋子静静地颓在云罩雾遮里。看着向导翕动的嘴唇，仿佛听到了一个雄浑的男中音，操着雪峰山特有的口音朗诵着"短裤长衫白芒巾，咿咿月下急推轮。坪山路上相逢者，尽是经商买卖人"。感觉有一种前所未有的释然，无比珍惜地呼吸着、倾听着、注目着，独享这份高高在上的世外安好。想着明清时期，一拨拨商人来到这里，伐木造船，在荒无人烟处点燃一挂红灯，闹火一段岁月，总是充满向往。

一小步一小步地走过荒草丛生的湿地，不见当年的模样。现在仅余的，只有三四亩大小一泓水。据小刘说，在清末民初，雪峰山匪患大肆兴起，商队不断受到洗劫，商道渐次衰落，坪山塘也随之退出商道驿站位置。后来这里来了大批淘金的队伍，挖出了大量的石块泥土，把水面堆积得只余一小方想象，一小片清凉。在那方水潭面前，只能静静地用相机记录。注目那泓清潭，仿佛看到了温暖内心的一道亮光，穿越古老的唐朝，穿越宋元明清，明明灭灭地晃着。那种感觉和小时候，听着祖辈的眠歌，看着祖辈特意点燃一豆灯光，进入甜蜜的梦境一般。在空空的坪山塘，咀嚼着它的前世今生，它的古老传奇，一点也没有镜花水月之感，倒是像一段曾经的真实。

听着灌木丛里鸦鸣，分明又是可以感受到有。十八条船，十八个商铺，十八个桨声灯影，十八个聊斋志异。有，可以从无中去感受，去体味，更胜于看到。弯下腰身，摸一把泥土的温度，那些当年明月的痕迹还在；掬一捧清水，品砸其中的滋味，那些当年香脂的芬芳依稀。在坪山塘前辗转徘徊，慢慢体会到进入一种无形的磁场，僻静，闹火，繁华，落寂。这个小小的坪山塘，海纳了年代注入的灵性与传奇，让人流连忘返。

从沅州府、洪江、安江到来的商队，从坪山塘摆渡，往东行五六里，到李木冲，经磨子岩，过磨石坑，走土地堂，下茶山界、屙屎岭，过牛栏冲，便到了洗马潭，一头可去龙潭溆浦，一头可走洞口宝庆。

湘商古道在此向两端延伸，坪山塘在它中间点屏成蝇，就拨亮了一盏灯。风里，还有一两片枯叶在坠落，坠落在水面，如小船一只只摇摇晃晃远去。年复一年，时光之河始终流淌。而长存于此的坪山塘，日复一日，水深水浅，石出石没，繁华与落寞，都在几声寒鸦里，消融了。回望，坪山塘是独特的。高山上，它显得质朴、安静，带有一种难解的神秘。这种静，源于坪山塘内部的动，那种来自一座山内部不断向上向外翻涌的能量，最终造成了而今一塘的静寂，时空与物种皆止住，皆站立，等候一种爆发。

只有小刘还在耐心地介绍，洪江市正在招商引资，全面开发雪峰山森林公园。坪山塘，全面恢复高山水域，建冰雪观赏区、特色疗养区，前景非常广阔。

一朵醉了的云从坪山塘里升起，云边缀着浅浅暮霭，一步一回头，想把梦拴住，把雪峰山孕育的童话染成薄黄。

憧憬炎夏时节，在坪山塘自然降温十摄氏度的凉爽里轻盈地行走，仿佛滑行于碧绿水上。祥和、幸福、欢喜……像空气一样爱着每一处高山草甸、每一片树林、每一丛灌木、每一尾游鱼、每一个掌故。山里经年的炊烟，微微起伏；许多白色野花开着，凉意透骨。那些山野小花，就是青梅竹马的邻家小妹，白云下的每一个表情，都花容月貌。或许，更应该在有月的夜晚来看她，即使蒙上一层薄雾，也能触摸芳馨。或许，来自城市的心是蒙尘的，一定要经过坪山塘洗礼，才可以在山里与一束花儿盈盈一握。野花年年开，到来者一点点消受。此情此境，温习"山中何所有，岭上多白云。只可自怡悦，不堪持赠君"，真可谓山中仙了。

想时光逆转，只身一人，走上那条"烟银特道"，从宝庆出发，攀上雪峰，来到坪山塘。想时光快进，让坪山塘前复见天池，把自己修炼成仙；想整个雪峰山，仙乐阵阵，水意茫茫。

雪峰山森林公园读雾

缱绻诗意的雪峰山森林公园，前身是雪峰山国有林场，场部设帽子岭一侧。

雪峰山国有林场，于 1958 年 3 月 1 日下文批复后，挂牌成立。

建场之初，山体裸露，满目荒芜，森林覆盖率不足 20%。当时，黔阳县决定"苦战高山顶，造林七万亩，绿化雪峰山"，并于 1958 年 10 月下旬，组织大兵团作战，采取军事化行动，组织全县两万多名群众上山造林，掀起了绿化雪峰山的高潮。

雪峰山国有林场属中山地貌，由南至北沿雪峰山主脉中段分布，最高峰海拔 1541 米，最低处海拔 764 米，相对高差 777 米，平均海拔 1150 米，属典型的"帽子"型林场。林场在雪峰之脊筑起一道坚固的生态屏障，实现了"山绿、场活、业兴"，完成了从荒山秃岭到绿水青山再到金山银山的美丽嬗变。

1959 年，雪峰山国有林场受到党中央的表彰，其党支部书记代表林场赴北京参加七千人大会。

1961—1962 年下乡干部及职工陆续调离，只剩下 20 多人。

1962 年，雪峰山国有林场转为雪峰山农垦场，开始大面积种植油茶、茶叶及中药材。到 1964 年雪峰山农垦场又改为雪峰山国有林场。

当时林场最大的困难是交通极为不便，生产、生活都靠步行。林场有中山、老栗山、米腊界、铲子坪、门楼坳、平坳、梨子坪、枳木界、坪山塘、老屋场、古佛山十一个工区，每个工区都管理着数千上万亩林地。进山栽树、抚育，一天有一半时间花费在路上。

一个水壶，一把柴刀，一个装有笔记本、哨子、纱布、干粮的背包，这就是雪峰山国有林场护林员巡林护山必不可少的东西，不少护林员在山上一干就是一辈子。

之后，幼苗在这里长成参天大树，小叶尖变成了大林子，藤蔓、灌木、草甸应有尽有。动物们来此安家，一个生机勃勃的世界，开启了希望之门；一个自由生长、互相成全的部落，得以诞生；一片得天地之精华、载万物之厚德的绿色宝地，趋于成熟。而今，雪峰山国有林场森林覆盖率达95%，松杉连峰续岭，蜿蜒东西。其下缘常与高大的阔叶林混交，郁郁葱葱，五彩纷呈，形成了以针叶林、阔叶林等人工纯林为主的森林结构，成为名副其实的雪峰山绿色生态屏障。林场内景色宜人，有6902台观冰站，可观日出、云天、冰雪、雾凇、花海，是天然生态氧吧，平均每立方厘米负氧离子含量高达2万个。

雪峰山一代代林场人追求绿色矢志不渝，走出了一条播种绿色、捍卫绿色的希望之路。雪峰山林场人种下的不仅仅是一棵棵树，更是一种信念、一种精神，造就的不仅仅是一座"美丽高山"，更是一座受人敬仰的"文化高地"。雪峰山林场作为绿色发展的典范，是一本生动的生态文明教科书，是生态文明建设的一面旗帜。

2008年，当雪峰山林场步入知天命之年的时候，国家林业局决定，在雪峰山林场的基础上建立雪峰山国家森林公园。上级出台《关于加快国有林场改革与发展意见》，2013年成立雪峰山国家森林公园管理处，实行全面禁伐，2015年完成国有林场改革，将雪峰山国家森林公园定为公益一类事业单位。

为进一步加强生态文明建设，提升生物多样性，不再满足于把树种活，还要把树种美，对整个公园不断进行了绿化美化提升，栽植了银杏、杜仲、雪松、白蜡、水杉等众多树种，丰富了树木种类。牡丹、金盏菊、鼠尾草、高杆月季随风舞动，争奇斗艳。坪山塘湖面上，野鸭戏水，水鸟成群，湖光山色，相映成趣。

近年来，林场人把森林生态旅游作为二次创业的支柱产业，按照"以旅游促开放，以开放促开发，以开发促发展"的思路，在合理规划布局的基础上不断加强旅游基础设施投入。已建成中高档宾馆、坪山塘度假村，各种观景台、采风点、休闲娱乐等设施，可以满足不同游客的需求。

"完善旅游设施和服务，大力发展乡村、休闲、全域旅游。"时代的号角，使雪峰山森林公园应运而兴。以绿色为魂，以文化为魄，以山峦为骨，以水域为脉，雪峰山森林公园集美食、休闲、娱乐于一体，带给人特别的享受。

常去雪峰山森林公园，便与雪峰雾结下不解之缘。雪峰大山的雾总给人一种神秘朦胧的感觉，比丘陵雾多了几分深邃幽静，更多了不少神性的圣洁。

一回回来去，雾在山野谷地低回、滞重地涌动，萦绕峰峦的腰际，凝重在山峦的谷底，不断变幻形态，形成软软雾湾。有时，雾也累了，收敛起自己的步伐，动也不动地滞留在某个地方，描成一团雾鬟。

看得多了，也懂得了雾性，知道它出没的规律。什么时候有高雾，什么时候会出现平流雾，什么地方有云海，太阳什么时候会出来，都谙熟于心。只要是久雨过后，偶遇晴天，看看天气预报上的温差达到一定的数值，便揣了相机，半夜三更起来，呼朋唤友，往雪峰山跑，去雪峰山森林公园，去一座座山头，去一个个林子。车轮滚滚，天空在撤退，走过的一大把时光，也在雾薄雾浓里遁去。

在森林公园大门口，红尘无限遥远。人们在四面皆风的场景里，举目远方。大山之中，霭雾之上，远方其实也不遥远，看起来像是伸手可及。可汽车爬了半天，才来到这半山腰，才看到这雾山云海。

云脚沉郁顿挫，半山上一角瓦檐露出来，鸡犬声长出，人间耕种的闹火也相继长出来。霭云翻滚着，从一个山脊滑向另一个山脊。

驱车，进入雪峰山森林公园，继续向里行。

雾渤漫上来，人们的前头，视线不盈丈。愈往前走，林子愈深，野兽出没，人迹罕至。天穹垂下，雾幕升起。《山海经》里的神话传说，《诗经》中的意韵，布满山崴，一一藏于草木中，变幻成金缕玉衣的仙道。草木静默，悲欢无言。风过，雾行，衣袂飘飘，尘思战栗，人们一慢再慢，生怕，掉进神的深渊，或坠入前方的瑶池。

沿着那条淌着胭脂的小溪前行，雾眇也开始为人们让路。路，依然很遥远，没有尽头。菲雾深处，如果不是风在吹凉，如果没有小瀑布的水滴在脸上，就会以为，这是幻境，真不敢相信自己还处于现实中。只有不时游过去的一条山蛇，长长地吐出信子，或一口叼住一只巨大石蛙，呼呼啦啦地穿过胭脂红，穿过灌木丛，才提醒人们不是在梦里。人们作短暂停顿，让蛇自由自在地抵达自己的洞穴。在大山里穿行，小小攀高的追求，不过如一棵小小藤蔓，从悬崖脚长上去，穿越昼与夜，直指山巅。人们穿越一条高山小溪，这本身就充满诗意。千年万年的胭脂红，把西王母的故事，梳理得妆容万象。

小溪的尽头，终于迎来一个很少体验过的时刻：穿透雾绡云縠，来到帽子岭。一个人拿上相机，坐于最高点，茫然四顾，烟雾缭绕，莫非西王母也在忧愁？不见回答，只见一缕虚无缥缈的雾鬟云鬓，低回，徘徊。山巅，白茫茫一片。窄窄的一片水，窝成窄窄的坪山塘；窄窄的山顶之上，拥挤地修有差转台。一下子，太阳就升起来。眺望山对面，树木、楼房、远山、天际线，纷纷油上一层奶漆。没有灯火的白昼，太阳就是那个点亮雪峰的烟头，因为太小，总是让翠雾把光拢成一小团，亮亮这儿，亮亮那儿，亮到哪儿，就在哪儿投下一层油油奶意。那层奶意从对面漫过来，明明很轻，看起来又似很重，把一些树尖都摇动了；明明很薄，看起来又似很厚，从山尖到天上，油画般扫过一大笔，又扫过一大笔。神灵的大笔扫过来扫过去，天象就千变万化。在帽子岭最高处直视苍穹，感觉天空比一个人的瞳孔更深邃，更不可名状。那些千姿百态的雾光，把心情调理得五颜六色。

陷入一种迷惘，眼前的迷雾无法穿越。仰望天空，仿佛化作天边一缕青烟，吹散在角落，躯体仿佛分裂无数细胞在风中飘浮。这种空了、碎了、浮了、沉了、痛了、乏了的感觉，无法述说。大脑处于休眠状态，活跃兴奋的触角，如同缺水的叶子，耷拉着不再伸展，面前又出现死寂，不能书写，不能抒怀，不能诉说，不能咳喘，就连，升上心头的一种堵塞，也影影绰绰，思不明，道不得。

更多时候，雪峰山森林公园的雾喜欢漂泊，喜欢无拘无束奔腾，没有缰绳能将它勒住，没有长鞭能把它催促。只有风，顺着山势吹来的风，让他爱着：谁让她甜呢？谁让她魅呢？谁让她风情万种呢？世间事亦如这山雾，一雾障目不见内容，冲破樊篱便能见真相，冲出禁锢与羁绊更是一种觉醒与升华，从而找到自己的仙境。面对云山雾罩，山里人把双脚立于石边，将内心融入林海，希望透析朦胧、刺破弥漫、走出迷茫。

罗兰曾说："人的一生很像是在雾中行走，远远望去，只是迷蒙的一片，辨不出方向和奔头。可是，当你鼓起勇气，放下忧惧和怀疑，一步一步向前走的时候，你就会发现，每走一步之后，你却能把下一步路看得清楚一点。"在雪峰山森林公园，在云雾缥缈间，往前走，登上高高的地方观望，就可能找到别样的惊喜，找到充满梦想和光明的希冀。万象如雾，扑朔迷离。对似是而非的雾象，尤须注意辨别分析，练就一双慧目，读到本质，读到透亮，就达到了山行之目的。

进入雪峰山森林公园，可以顺着雾白一直走，回到远古，回到《山海经》，回到《诗经》。一路走下去，歆雾越来越浓，心越来越静。

聆听太婆山

酷暑时节，大地如蒸。一行人徒步太婆山，聆听山语以及湘商古道苍老的叹息。

太婆山，雪峰山支脉。据说以前，山上住着一位老太婆，膝下无儿无女。老太婆很慈善，生性坚强，山下的日子过得不是滋味了，就一个人跑到了深山老林。在山顶，她随遇而安，就地取材，自己搭了个茅草棚子。为了讨个油盐钱，就在山里挖了几棵雪峰山野茶树栽下，还沿着山坡种了杂粮、瓜果、蔬菜，一个人自给自足。日子虽然清淡、澄寂，但也清静、怡然。有一次，古佛山和尚路过，到了茅草棚，刚刚坐下，老太婆就给和尚沏了一杯茶。和尚喝完后，一言不发，也没有任何表情，老太婆不解，看着和尚，问："师父，茶好喝吗？"和尚不语，又要老太婆给冲了一杯，喝完之后，已近黄昏，和尚起身要走了，临行前，终于跟老太婆说了一句话，说："我给你留了一副对联，在你茶桌上，你保存好了。"老太婆不识字，也不知道和尚写了些什么，就把那副对联用一块红绸包好了，放在家里。老太婆放好和尚写的对联，还跟和尚求了个情，说："我想请你帮我带点茶叶下山，换点盐和油。"后来，山下有人泡了和尚带去的茶，茶香袅袅、绵绵不绝。竟然一传十、十传百，和尚那里都招架不住了，就叫要买茶的人上山去找老太婆去。于是，大家都带粮食、油盐去山上找老太婆换茶了。久而久之，太婆的茶远近闻名。有一年，大雪封了山，山上冰天雪地，一时不能融化。两个月后，春暖花开，山下人赶到山上去找老太婆，发现太婆梳妆得清清爽爽，已经永远地睡着了。人们在清理太婆遗物时，发现了当年和尚写的对联："高峰秀岭三厢脉，古刹长封万壑云。"后来，此联成了雪峰寺的大门联，此山被人们称作太婆山。

太婆山留下一段古商道。据介绍，商道在明清漫长历程中，发挥了重要中转作用。曾几经重修，铺以青石板，宽五尺有余，废弃于民国初年之匪患。后一直有当地百姓樵牧行走，现今还保留较完好。大家带着无比敬仰之心，悉心感受，虔诚参谒，不放过商道上每一处细节。山里人是以一双大山之耳，与太婆山的每一个土坷垃，每一棵古树，每一根古藤，每一方残存的脚印，深深地交流，不愿放走任何一声幽怨的惋叹，不愿放过一声豪气干云的长啸。

马队、挑夫的声音很微弱，都藏在青石板的缝隙里，仔细听闻，还可以隐隐感受得到。那些岁岁年年枯枯荣荣的草、藤本、树木、鸟鸣兽叫都让白云覆盖着，不时可能露出一双眼来，张望曾经繁华曾经沧桑的古商道。云烟走了，汗水锈了，血珠风干，脚印化石，谁把灵魂留在湘商古道上？

小憩于太婆山腰，没有什么人来，呆呆地凝视着这个地方，这里的松林杂草古藤野果茂密葱郁，一一彰显活力。深夏，路面上有枯叶和松针飘落下来，黄澄澄的一小片。太婆山古商道，是明清两朝赖以通过雪峰山的重要道路，官运的漕粮兵饷，民运的布米油盐，无不要过此。迫于这种情势，官府亦曾出资，多次维护。现存的铺路石，錾痕新旧，磨迹深浅，正印证了数百年的不断维修。由于商道的开通，繁杂的人流物流导致沿途酒肆客栈商铺应运而生，也造就了沿途重要节点的名村大户和名门望族。太婆山古商道流金蚀银，两头的多少古村落上星星点点散播的历史陈迹，堙上、隘上、蒿菜坪、响溪、鼓楼坪、芽柳……一村连着一村；凉亭、石拱门、老宅大院、宗祠、古庙、墓群、老牌坊等，又每每令今日的行者，驻足长叹，唏嘘不已。

太婆山古商道是雪峰山陆运商道的一部分，长约五千米，五千级青石，起始于王公殿，止于魔牯岭。商贾行旅、马帮挑夫途经雪峰山，太婆山商道是必由之路。山不转路转，这段地形过于陡峭险峻，是雪峰商道中最难行的一段。它以一种独特的精神存在着，轻言细语述说着古商道上生发的历史云烟和风云事件，让人感叹不已。千百年中，无数的商贾行旅、马帮挑夫从这里经过，成为太婆岭一道特殊的风景。正是这一批批的人过往此地，促进了雪峰大山里商贸文明的发展。而今，这里的青石块依然完好地保存了下来，但也已是斑痕残迹，荒芜沧桑。曾供过客歇脚、纳凉或避雨的亭台不见了，只有青石筑就的基脚还在，那些当年的幼松已长成参天大树，巍然耸立在古道两旁。这样的大树一重一重的，站在树底下向上看，会觉得天空被树顶围成一个帐篷，上面绘着些许祥云。这个时节，松针的降落仿佛一个隆重仪式，竟生出不同声音。路石有的凹了进去，凹进去的地方积的松针就多。有风吹过来，松针继续飘落，脚下就成了松软的地毯。一缕缕阳光透过这片松林投射到古商道上，形成一道道银白的光束，构成一幅独特的林荫道风景画，人游其中，如同仙境。

太婆岭上，古松林与古商道有了某种关联，它们就此长久相伴。坚硬与伟岸，古朴与挺拔和谐地融为一体。古商道，旧亭迹，古松林，大青石，连在一起，不论是在什么时节，太婆山都会令人生发缤纷的联想。此时，一步步踏着光滑石道前行，身上早已汗涔，大家在凉凉的青石片上小坐，看远方沪昆高速、怀邵衡铁路纵贯，从雪峰山底穿越，湘商古道被永远地晾在山上，心底的苍凉又增了几分。

放眼望去，太婆山下很多的古村落，充分利用这里的地理条件，世代耕读，兼事贸易，明清时代就成为雪峰山的望族。据介绍，古商道促进了村子的经济发展，不少人家建起了非常讲究的四合院，现存的明清古建筑保存完好的有数十座。在古村，人们不分贫富贵贱，和睦相处，并乐善好施。可以说，这里酿造了良好的人文生存环境，村风民风已成为群居典范。

有一种说法：雪峰山三个半屋场。屋场，是雪峰山里单一姓氏族群的聚居地，即以祠堂或祖堂为中心，各户的房屋依次建开，逐渐形成大片连接在一起的房屋群落，这样的地方称为一个"屋场"。这三个半屋场，就包括两座杨家大院：堙上杨家大院、蒿菜坪杨家大院。可惜的是，其余两处待考。两座杨家大院，仍然仡立在高山深处。

休息一会儿，继续向上攀登。越往上行，感觉离天越近，几乎可以攀着云脚飘。身后的村落越来越远，已然听不到高速路上车轮滚动的声音，听不到人间的一切嘈杂纷扰。青石道路延伸，再延伸。山高林密，北斗迷失了方向，前方唯余神奇、静谧、沁凉、蛊惑。山涧过去了还是山涧，山湾那边还是山湾。隐隐地，感受到，一群商旅来了，义无反顾地穿过薄瘴，马背上的汗流尽了，再流出的是鲜血，是一些粉碎了的钙与铁。马背上，金锭银锞碰响，马，瘦成一把骨头，白森森地在林间不停穿越。赶马人瘦成一把骷髅，眼窝黑森森地看过来，把古老时光看到发寒。

山里人分明听到，一记白森森的铁蹄踏下去，青石板上，砸出火星。有长烟袋伸过来，就着那火星，取火。烟锅明灭，像太婆山不熄的眼。

一道黑白森森的队列走过去，又一道黑白森森的队列走过来。响铃声声，蹄声橐橐。分明听到，古代文明与现代文明在青石板之上撞击，历史深处大雨滂沱，喧嚣的泥石流飞奔而下，掩埋了商道上带血的足印，也把好多带血的金银，种在地底，让它们为雪峰山，聚敛财气。好像分明听到，对面郎梁山古佛寺里，经诵一片禅意的宁静。那山门上镌刻的对联"一带乾坤身外小，两轮日月眼中低"，正在诉说着什么，风带了一点来，鸟儿又衔点回去。

没有人畏葸不前。在几欲虚脱时，终于抵达太婆山顶。古商道到了这里，一下子就自由起来。它让人有了许多选择：坪山塘、江口、白岩云、苏宝顶……五千级石板台阶被踩在脚下，一千朵白云漫过头顶。这儿的野果很野，茅草很深，山石很锐，山泉很甜。大家在此吃过干粮，喝足水，就可以继续朝着自己的目标前行。

从某一个高程回眸，太婆山每一块青石板，都是一个挑战者留下的手印，折叠成丰碑。每一级青石梯，都是一个出走者接受的承诺，叠加为天梯。当太婆山完全处于脚下，为夕阳灿烂找到另外一种诠释。再高的山，也不过是眼前一道风景。足踩山巅，一种源自内心的信赖，高过眉梢；志趣丰饶，对山的感觉更为亲切。将经历装订成风帆，与生命的荣耀一同收藏，登山就有了更深的意义。

意识中，那些商旅，在此歇脚，一定会听到，在沅州，或者是在宝庆，乡音响起来，是和着这里的蝉响起来的。那些叫破了的声音，有乳名，有娇嗔，有笑骂，有怒责，也有眼泪不止的离别。一种乡音应着一方眼前，乡音在打转、飞翔、缠绕、映衬。当一只只耳朵听到乡音时，乡音已经离家很久了。黑白森森的马队还没有到达目的地，那些乡音，就在太婆山上，催促着人们回了。

"大江东去，无非湘水余波。"不甘平庸、敢为人先是根植于湖南人骨子里的鲜明基因，更是一代代湘商的精神特质，这种特质在太婆山古商道上体现得淋漓尽致。千百年风云激荡，湖湘志士舍生忘死、前赴后继，成就了"一部近代史，半部湖南书"的华夏辉煌，而活跃于雪峰山古商道上的商旅，现身说法佐证了历史。

太婆山是一座可以听山语得意趣的山，佛教文化底蕴，弹出纶音；商道不息，发出黄钟大吕强音；乡村振兴，讴歌着时代新曲……选几处精致所在，听云巧渡，闻风轻吟，将山泉漱流纳入心间，把一切听力做成诗的样子，幸何如之。

华堂夜饮灯如书，共听新声不寂寥。

迎着阳光，听见太婆山把春天掰开，种植富足民生；听见一匹快马，将生活驮向光明；听见曾经瘦小的夏月变得高大，漫山遍野都是她歌唱的声音。

太婆山古商道，从古代穿越而来，落满了旧情，也必将产生许许多多新梦。

攀上白岩云

从木古岭往东首一看，对面有一座尖山，发出几道白光，插入白云中，那就是白岩云。向白岩云望过去，心底直冒凉气：从木古岭走过去，怕是要大半天呢！

沿着一条荆棘丛生的路，向着白岩云方向踽踽而行。木古岭海拔较高，却比白岩云略矮。一路上，基本都是在山尖上攀着云朵走。山至高处人为峰，海到尽头天是岸。

空气清朗，草木在微风中，扬起盛夏信号。路退向身后，木古岭退向身后，一个个古商道传奇退向身后，对一座大山的敬畏也退向身后。

盛夏雪峰山，开满了美丽夏花，一支复一支，一片复一片，自由行走，花枝满崀，各取芬芳。山牡丹，鲜艳壮观，独树一帜；野玫瑰，身带勾刺，尖锐诱人；山杜英，洁白无瑕，五瓣呈彩；水鬼蕉，状若剑兰，花开莹白……它们都是芳华的使者，用神来之笔，为雪峰大山画出一幅幅画，欢迎每一位登临者。

雪峰大山浪漫婉约，总在时间之上，以一山怒放的花儿守望夏日形骸。在气喘如牛的攀登中，每一位攀登者都极尽善美地热爱每一朵，做它们全部的粉丝。一朵俏丽的山芍药，在眼前的山巅，关闭了遥远村庄的咳嗽和寒木春华的乡愁。跟前晃着被蝴蝶吻过的一朵莴萝，可以把人带入酷夏热烈，迅速滋生美好。

闻花而行，有阵阵仙风从身边吹过，让心随风而动。而风带来的花香，总在身边不即不离。不远处，几只落在树梢上的飞鸟，正好收拢信念的羽毛，显然，它们也中了花香之魅，慵懒得张不开翅膀。

一路走过去，山中有很多野果。地菠萝、红范、紫范、小苹果、野梨、糖罐子、火柴子、咸盐子、酸叶子、毛栗子、尖栗子、山毛榉果、桑葚子、猕猴桃、牛奶果、马奶果……应有尽有，不胜枚举。在它们身上，有野的花衣，野的汁血，野的情调，野的色彩；就连它们的核、它们外表上的壳或绒毛，呈给人们的方式，都是野的。野，表达出原味和原生态，人类是从原始的混沌中通过山野寻得灵性，一步一步走向文明与城市，行走雪峰山，觅得一些野趣，也算是心灵上的一种回归。

又行了二三小时，穿越了山花和野果，已把木古岭甩下老远。从树缝间望白岩云，已然近在眼前，终于又振奋起来。在一个绿荫下用过自带的简陋餐食，望着眼前的白岩云继续上路。这是一次超越自我的行走，当抵近白岩云时，已然惊奇于自己的脚力，很自然就理解了没有比双脚更远的路。

在一个山脊遭遇枯骨。显然，那是一头野兽，翻不过一座山，或者，它是遇到了群兽的攻击，力竭而亡。多年之后，它化成眼前的一堆枯骨，提醒过往行人，山行的险恶。围着这些枯骨绕行一周，再驻足，真切地听到，此时，围着枯骨的野草正在歌唱，它们身披各样色彩，为山行的勇者默默发声。整座雪峰山在回响，仿佛在颂扬一个跋涉中怒进又消瘦的身影，怎样在风中化为白骨，让这座大山有了生与死的悲惨厚度。

时光无痕，一个敬畏高山的人，在对一堆枯骨的注目参悟中，所有的畏惧化为泡影，随风而逝。只默默地许愿，善良的山神，会让时光慢下来，等采撷自己的一串足印，借用一帧影像带回城里。

复行，下到一个溪谷。清冷的溪水淙淙地在山涧流淌，演奏一曲古老的高山流水。在溪流之中，非常幸运地发现了雪峰山里的"娃娃鱼"——中国小鲵。

拍完"娃娃鱼"，一时之间，陷入了一种沉思。雪峰山真神奇啊，亚热带季风湿润气候，从不足两百米的安江盆地到近两千米的苏宝顶，落差，日照，降雨量，土壤，纬度，组成了一个地域的神秘。三亿年，是一个什么概念？"娃娃鱼"从石炭纪，至二叠纪、三叠纪、侏罗纪、白垩纪、古近纪、新近纪、第四纪，一路走来，恐龙灭绝了，它却依然存在。不由自主地，对着拍摄的"娃娃鱼"，像敬重雪峰山一样，诚惶诚恐，生怕一不小心，对它有了亵渎。

山高自有客行路，从拍"娃娃鱼"处上来，转过一道弯，终于，到了白岩云下。近里一看，真佩服古人取名的睿智：几绺白岩，镶嵌在云上；数朵白云，从白岩生发。分不清是岩自云生，还是云自岩出。

立于白岩云近旁，上是悬崖，下是深谷，左边埋着沉沦狰狞的笑，右边舒着长长短短的叹息。恍惚中有一位老者，岁月磨蚀的拐杖更加圆滑光润，咚咚地敲着大地赤胸，逼问苍天：路在何方？晨曦挂成黄昏，晚霞晾成黎明，岁月在他额上刻出道道沟壑。岁岁年年，年年岁岁。啖食烈风充饥，吮吸霜露解渴。前方滋长杂草，突兀怪石，落叶飘阻信风的走向。身后撰写一串血的脚印，叠闪一条赤红的山路。他是白岩云的化身吗？

一行人鼓起最后力量，一口气，登上白岩云。也不知道自己的潜力还有这么大，连续奔波了三四个小时，竟然还能迸发出冲刺之力，登上白岩云之顶。

白岩云，其实就是一大面白色石头，组成一个山头，云傍着石头流。

传说从前在白岩云的山峰上，有一座宏伟的高山小城堡，里面住着一位美丽公主，人们称之为白岩公主。但后来看不见这座城堡了，只有一个姑娘的塑像立在一块长条形白色石头上，这就是白岩公主的化身。据传，白岩公主乃李自成之女，随父来到雪峰山。在清初王端淑选辑的《名媛诗纬初编》中，不仅有李自成女儿的名字，竟然还有她的小传："翠微，米脂人，逆贼李自成女……逃至三楚，倚某生母邬氏，后生返楚，纳以为妾。生恐祸及己，逐之，埋名隐去，不知所终。"

白岩云山神庙，建于白岩之上，岩下白云四季流淌，夜间云声薮薮，树间疏影和着鸟声、云声，伴着山神一年又一年。神在人间也有灾厄，曾经的日子，不能再供奉山神了。大家纷纷开始把目光投向山神庙，瓦甓顷刻消失，比鸟儿飞得还要快，就连笨重的槛石也难逃劫难，无一幸免。一座好好的山神庙，只剩下少许石墙任由雨水冲刷，一年比一年矮，在石墙边上还长出很多杜鹃花，庇护着石墙，多年后人们还能认出山神庙。但听向导讲，用庙瓦建屋的人家相继发生各种不幸，人们开始害怕山神，把瓦、石拆下，一部分弃于大山，一部分还回山神庙。所以，现存的山神庙还留存几片瓦甓，一条石垣，参差不齐地站立着，用残垣断壁表述历史的兆载永劫。

山顶上的植被少有冲击，以独有节奏吐纳呼吸，不慌不乱。于此，更新与守旧转换无痕，这也许是另一种笃定泰山。

而与白岩云相对不远的青界，曾出产一种白瓷泥：大球泥。大球泥生来便与众不同，它不在地层表面，而是深藏于岩石层下，这是一种古代火山爆发出的花岗岩体风化形成的高岭土原生矿，矿土皆成窝状分布，色彩耀眼雪白，状如恐龙蛋，直径一般在 10~20 厘米，故称大球泥。它于 20 世纪 50 年代偶然被发现，并尝试用于瓷器制作。当时洪江瓷厂生产的瓷器原本就存在釉不均匀、开裂等问题，后尝试直接用大球泥制瓷也没有成功，因为它不能烧结，烧出来还是一堆粉末。经过原料配制技术人员的反复试验，终于研制出配方，成功将大球泥作为主要原料应用在制瓷上，生产出的瓷器与以往的瓷器相比，瓷胎更透明，更润泽，制作的瓷器餐具都具有"白如玉、薄如纸、明如镜、声如磬"的特点。洪江瓷厂鼎盛时年生产力达 5000 余万件，其中 95% 出口到欧洲、美洲等 36 个国家和地区。而今，大球泥一球难求，青界之前，只余白岩云，仍旧白首如新。

行摄苏宝顶

半夜梦宝顶，不觉满身白。

仲夏之际，小暑之前，连日雨后，偶遇晴明。好友相邀，去雪峰山主峰苏宝顶览胜。于是2时起，3时行，想赶至山顶看日出。半道上公路塌方，只好绕行三十千米，至山脚时天已黎明。索性不急，找到一户农家，敲醒沉睡人，帮大家做早点，吃饱喝足，复上路。小车开始爬坡，从山脚罗翁起步，须连续攀爬一小时方可登顶。

小车在刚刚运输过大型风电设备的土石公路上颠簸，天光渐明，晨曦渐起，恍然可见脚下是一条深邃的大峡谷，前面是八面山。极目大山，山势冷峻威严，山风徐来，身后是炎炎夏日，可此刻穿上数重厚衣也觉寒气袭人。一会儿，片片白沫在山边蠕动，随着风吹，款款飘来，转瞬便似股股银色浪潮飞撞而至，由柔缓到急湍转而冲着大峡谷倾泻，小车被隐在其中，时光被拽回。

九曲十八弯中绕行，浓雾忽深忽浅，天光乍开复合。风猎猎作响，撕扯着山崖，绞杀着苍松，纠缠着峡谷，肆虐着溪涧。峻峻山崖撕不烂，挺拔苍松绞不断，广袤峡谷隐不没，淙淙溪涧虐不停。苍茫山雾像皓洁巨龙飞舞，似银色洪流奔腾，虽然悄然无声，虽然默默无言，但当它冲击脚下，与人对撞时，强烈震撼着大家的魂魄，感觉山欲崩，车欲毁，人欲坠，心欲裂。

愈往上赶，风愈烈，寒愈重。行至山腰，山岚开始了新一轮围剿，杀气腾腾从四面八方聚拢，无比严苛地拷问着生灵。一丛小灌木被扒光，赤裸裸地站在那里，风冷峻的皮鞭抽打着它，一抽就是一道血印，再抽又打下几片叶子，可灌木已是久经沙场，没有呻吟，依旧直挺挺地立着。风恼了，"呼哧，呼哧"地喘着粗气，凛冽的皮鞭上下左右翻动着，连珠般地抽打着。裸壁上的灌木在严刑拷问中无惧无畏，将生的希望托付给上苍，把死的宁静根植入地下。没有同情，没有怜悯，唯有坚强，唯有决心。

一千五百米之上，雾突然转浓，层层压下来。山在苦撑，路在苦撑，车在苦撑，几位山行者的呼吸也在苦撑。电力风机在山巅隐现，雾的压迫使它失去了葳蕤光泽——变得土灰，变得墨黑，变得若有还无地点化在那里。大雾割断了视线，关闭了鸟鸣，铁笼子一样罩住了山。鸟无影踪，虫无影踪；松树聚集着，在浓雾笼罩中"唰唰"地对抗着风；竹林在饱受煎熬中坚守；杜鹃树夺拉着枝丫，像是昏厥，像是入梦——梦见春暖花开，彩蝶飞舞；藤蔓们在艰难绝境里保持着沉默，把自己的身姿低下去，低下去，比崖壁低，比尘埃低，比风儿低……大雾紧缩，囚笼下垂，伸直的空间越来越小，前路越来越促，小车在山路上蠕动。终于，可以听到电力风机的轰鸣声了，终于，到了26号风机所在地——苏宝顶了！

大家兴奋地下车，迎着风，四下里观看。四下里都是大雾，吹走了一阵，又吹来更浓烈的一阵。大家把手中的相机挂在脖子上，就是开不了机，找不到镜头可以瞄准的方向。在风中折腾了半个时辰，只好又趸回车里猫着。在车上打了个盹，醒来，雾依然没有消散的迹象。大家商议去半山腰背风处躲躲。于是，发动了汽车，往下走十余千米，在一个山坳停下。果然，风小了很多，有小溪流水，有茂密植被。

漫无边际的云雾中，电力风机的轰响触耳可及，却又望而生畏。呼啸的清冷，一阵一阵在半空盘旋。日已过午，雾没有一点打开的迹象。大家只好拿出自带的一些点心，慢腾腾地吃过，权当中餐。虽无收获，也还庆幸能够找到这么一个温暖宁静的所在，可以安静地等待。

到了下午2时许，大家商议还是要上去看看。小车又往上开，一直开到26号风机下，又进入狂风肆虐之中。大家瑟缩在小车里，期盼老天开眼，打开一点天光，给一点阳光。三个多小时过去，一点也没有改变。

就在大家万分懈怠、商议着准备回撤之际，一台装扮有些特别的摩托车上来了。大家一看，车主也是个摄影人。上前搭话，原来车主还是一个下半身偏瘫的残疾人，他平日完全靠轮椅行走。今天，他把轮椅挂在摩托车上，一个人上苏宝顶过夜，来看夕阳和晨曦。

谈话之际，奇迹出现了，云雾打开了一道缝隙，眼前的灌木露出来，对面山上的电力风机露出来！大家手忙脚乱地开相机，找地点，按快门，与残疾人合影。一刻钟，也就是短短的一刻钟，大雾重新布满山限，大家只好又收起相机。留下时间回味：是不是眼前这个残疾人感动了上苍，给了大家一点机会开机？

他原本是一个正常的人，由于一次意外工伤，造成了下半身偏瘫，由此，他失去了家，失去了正常的生活。但他没有放弃家，没有放弃生活。他一个人抚养孩子，一个人撑起自己的一片天。这次，他一个人走出来，一个人攀上苏宝顶，一个人看最美的风景。

忽然间大家产生了一个新的想法，今晚不回，明天陪他看日出。于是，把车开下山，夜宿山下的罗翁古村。在罗翁，同行好友就遇到了他的战友，竟热情相邀，去其家吃住。战友知道来客们一天没有吃上好饭菜了，很快就煮好了腊肉，准备了丰盛的晚餐。当腊肉香味飘起时，几位同行好友又就着腊肉，喝开了战友家的猕猴桃酒。

战友世代为罗翁人，自然熟悉罗翁的掌故。他一边喝酒，一边给大家讲沉入八面山水库底的闯王庙，讲李自成归隐八面山的秘密，讲一、二、三天堂三个演兵场。

山里人则因了感冒，早早地睡下。在被窝里，隔着窗子听着战友的讲述以及鸟叫、虫鸣、蛙语、星吟。星凉如雨，月明似水，一下子感觉走进了一个梦幻天堂。

"叮当叮当——"四时整，闹铃响起，该起床了。简单洗漱之后，打开木门，扑面而来的是一股白色浪潮，想把人们淹没，大家沉浸在一片汪洋里，好大的雾！

四点半时，老战友准备了一桌丰盛的早餐，大家开始抓紧吃饭。饭后，老战友还为大家煮了十多只土鸡蛋，留到山上吃。

挥手作别，重新上路，开始了又一次的苏宝顶之行。昨日浓雾密布，今天蓝天白云，一日之隔，天地之别，苏宝顶就是这样神奇。走近苏宝顶，天就要亮了。这里的山，这里的水，已然清晰可见。高峰、幽谷、溪流变化多端，移步换景。在虬枝莽藤间穿梭，在花丛草海边徜徉，每一处景致都让人流连。要不，也不至于对它这么魂牵梦萦。

五点半抵达山顶。放眼四望，群山如洗，满眼青翠，空气潮湿得随手抓一把，都能攥出水滴来。那轻轻软软的雾不知从什么地方神奇地飘然而起，像一曲无字歌谣，由远而近，逐渐清晰起来。缥缥缈缈的云雾，又像一位神奇的魔术师，将肉眼能看到的一山一水、一草一木蒙太奇般幻化在人们跟前，令人目不暇接，浮想联翩。往远处看，山中的一切在云雾中变了形态，变了颜色。丽日蓝天下多得数不清辨不明的色彩在云雾中一片茫茫，变化莫测。而比云雾更加神奇的是，昨天遇上的轮椅大哥，已然严阵以待，只待太阳出来。

苏宝顶因丰富的植被而起雾，又因云雾而美丽，因云雾而生机盎然，一切就在这轮回循环中生生不息。苍茫群山，仿佛成了温驯绵羊，散游在辽阔无边的原野。晨雾弥漫，宛如浩瀚大海，涌动着壮阔波澜；又如天上云彩，不经意掉了下来，撒落在群山之间。山头若隐若现，神秘莫测。有山、有水、有云、有雾、有光，自然就有了灵气。有了灵气，就有神奇的变幻。

可能是大家的执着感动了上天，大家的信念震撼了大地吧？瞬间，晨雾沉降，呈现了另一番奇异的风光。北面几座高峰环绕，中间落满白雾，像一只大锅在沸腾；西边原本看到的是一面山坡，这时却变成了绿黄的一条彩带，蜿蜒地飘延到天际；南面低处，晨雾笼罩，山头隐入一片雾海，像大型舞台刚刚燃放过烟火，到处朦胧一片；东面近处呈现的是大小相同、形状相似、重重叠叠的山峦，峦间的谷底地势平坦，相互串通。太阳像含羞的小孩，藏在山后还没露脸。但是天际早已是一片灿烂。

云海，苏宝顶云海。

脱去了伪装的外衣之后，苏宝顶成了光明顶，是阳光与绝美的合成，展露天然无矫饰的真诚与坦荡。

一朵朵纯净山花，一片片玲珑小草，一帧帧芳洁云朵，一掠掠柔姿白纱裙……宇宙被装进魔瓶，摇荡成牛奶的涟漪。倒出来云海茫茫，泼出大写意的恢宏。幻化如音乐的意境，犹听惊涛裂岸之声。那半掩半映的山势，是硕大的鲸鱼，喷波劈浪，吞吐日月，轰然掣电，畅然遨游，像雄奋狂礴的驰想与激情。那鲸鱼背，是跑马溜溜的歌唱，唱彻 1934 米的高亢："只有天在上，更无山与齐。举头红日近，回首白云低。"

过了片刻，太阳终于于山峦上露出羞涩的脸，红红的，像掉落的火盘，被天宫里无形的手拾起，一闪一闪地徐徐上升。虽然山前由于被遮挡而依然暗淡，可是山顶却已金光万道，彩霞满天！奇怪的是，这万道光芒被林立的山头截成了一截一截，每截光段散落在凌晨的雾气里，折射和分解出彩色的光谱，被保存在山缝之中，映衬在天地之间，描绘在风力电机上，渲染到简易公路中，或明或暗，格外绚丽耀眼，构成了一道绝美的壮景，让大家感受了一场光影盛筵。大家手忙脚乱地按着快门，生怕错过这眼前的极景。

"快看呀，佛光！"不知是谁大叫了一声，大家不约而同地朝一个山坳位置看去。雪峰寺复原，如来的身影乍现。是前世之约吗？光明如歌，引领山里人的脚步。就这样一路向着神圣的佛光前行，寻找灵魂的栖息地。佛性的波涛，神秘幽邃，一层一层微耸。明媚的阳光，用金线描摹一朵莲开，之后是千朵万朵的绽放。宝顶风光，激荡百里。亦如有根的水、有蓬的莲。来这里的每一个人都承袭了海的辽阔。过往的山鹰，时而驻足，时而飞翔。莲花在演奏，一曲曲海水，绵绵不绝涌来。大匹的善，眷顾人间。只有佛光，率性地飘移起来，在众人眼眸前，坐化升天。

佛光还在心底闪耀，突然，又有人高声呼叫："云瀑！"望前方山头，一丝银色的白线，如潮头般向这边奔来，排山倒海，随后的云层如海似湖，气势磅礴，绵延至天边。云雾前锋临近山脊时，奇迹出现了。原本平直推进的云线，突然跌落到峡谷中，随后的云絮，依山形而弯曲，奔腾呼啸而下。云行成流水，雾动显波涛，跌云如瀑布，活脱脱就是一幅大瀑布的壮观画面。山里人赶紧在三脚架上拍摄延时题材，留下动人场景。

佛光、云瀑过后，太阳升高。日出其实很平常，但是在这高高的苏宝顶上，衬着奇峰和风力电车该是何等的壮观。

正当大家激动无比的时刻，太阳却悄悄隐匿了。但是，天边的朝霞还没来得及褪尽所有的色彩，又很快红润起来。几乎是在不知不觉中，天边竟拉起一道水红大幕。经过瞬间歇息，太阳重新焕发了精神，在凝静中"腾"地跳了一下，完全挣脱了乌云束缚，带着自信微笑，神采奕奕地昂首从乌云上面大踏步升起。

来到苏宝顶，借云雾的分行，挥霍积压已久的思念。想象以每秒1光年的速度，从苏宝顶起飞，1秒飞出太阳系，8秒抵达天狼星，飞行2小时，就可来到创生之柱，1天后冲出银河系，29天后抵达仙女座星系，1000多年后抵达人类能够观察到的宇宙边缘……继而一想，还是不去打搅一座山的经明行修，不去惊扰众鸟飞翔的目无流视，不去破坏清晨金色的铺采摘文。最初的山绪，在层层叠叠的群山涌动。苏宝顶是一把布满锋利的巨刀，是一张裹着冷风的大网，是一头披着炫衣的狮子，是一个生活函数式的极值。在此，得与失、成与败是山峰以外的事，征服它，才是一个山里人尝试攻克的现实问题。

八百里雪峰，八百里风流。莽苍苍的光阴，惊鸿艳影。雾里看花、看云、看路、看演兵场，消融了喋血、泣泪、仇恨与罪恶；攀增了包容、深涵、胆识与执着。很多时候，大自然是心灵镇静剂。而长期生活于苏宝顶下的山民，望望苏宝顶雾霭，看看雪峰山峻崇，瞅瞅漫山花草以及轰轰烈烈的风力电车，已经是一种习惯成自然，当然也是欢喜与满足。

千山磅礴，主峰崔嵬。

峡谷幽深岩鹰洞

雪峰山脉的暗道里，流淌着旷世清湍。

多少回抵达岩鹰洞大峡谷，踟跌、匍匐、仰望、摔爬滚打、惊心动魄，心总是让一种感奋纠结着，雪峰山念动它的岩咒，封闭所有关于峡谷的思想。

岩鹰，在山岩上出生，忧伤地带着岩石飞翔。在两千米海拔高程，俯瞰这条充满血气的峡谷，岩石将寂寞排列组合。溪水作突兀奔泻的姿势，飘摇，跌落，喷涌……山树，受不了岩石的坚韧，伸出半个头向白云呼喊，企望得到爱的抚慰。

当船又一次载着一批画家与山里人，载着一颗颗朝圣的心，来到谷口，平静的心间立马有了岩石的块垒。显然，谷口已然认出山里人，它轰隆隆地裂响着，在亿万年之前，就打开一道门，白云也挪出一条通道，让阳光射进来，把石炭纪、二叠纪、三叠纪、侏罗纪一路照亮。万仞岩石破裂，白垩纪开始扭曲，中国小鲵在水中蛰伏。

水应当是在冰川融化之后开始流成瀑布，涓涓小ㄍ，在岩石之上有声有势地横了下来。俯身之时，探寻之际，瀑布已在峡谷襟袖之间，在峡谷闪闪的睫毛与温润的唇际，欢乐跳荡。峡谷用它的高度和深度形成瀑布的完美，瀑布的坚韧和飞扬点缀峡谷的一丝柔情。峡谷不经意，瀑布亦随性，只以一种默契演绎石韵石意，宣示目的和走向，滋养着峡谷的心情和灵魂。

进入洞口，峡谷空幽，天空逼仄。作为生命的个体，在此都显得很小，小到可以忽略不计。一盈溪水，隐了万钧雷霆，化去旷世刚烈，淙淙咚咚，以六弦琴的轻柔弹拨情绪。路，顿失向前穿行的延伸力——任何激昂与倔强，都要在空蒙的深壑前暂收任性，融进大峡谷，锻造坚中有韧的质地。

而百丈之上，则又分明听闻，天空被疾驰而至的孤峰绝壁，挤压暴突，嘎嘎作响，一些胆小云屑惊魂掉落，挂在崖壁灌木枝上晃悠。有一把巨斧扬起，落下，深汲大地骨髓和血肉。大峡谷披筋裂腹，岩石的累累伤痕触目惊心。

画家们赤着脚，抛却所有尘俗，攀上一块心仪已久的岩石，打开画囊，借眼前景，画他们的胸中丘壑。在他们的灵性画板上，总有一隅好天，沿着峡谷里的岩石，长出百折不挠的生机，岩石上也长芽舒枝，水墨意韵开合起伏。在画笔皴擦点染下，大峡谷有了四季况味，烟火气息。在那些深刻的皱褶里，岩石开出花朵，松散而古朴的村寨，在连阳光也难落脚的岩壁上，星星点点，让山里生山里长的人，叹为观止。

时间向午，条状的阳光，石砾一般噼啪泼下，把大峡谷浇灌成一团赭色温暖。峡谷之风，携带着山的情愫，从那端吹过来，亲一下每个人，又从这边出谷。

一个人持了相机，沿着峡谷独行。从一块石攀向另一块石，便如从童年到少年的距离。石头不断地低头喝着水，山行者亦不断感受着石头的温润。凡俗的肉身，永远无法靠近一块石头的过去，无法靠近它第四纪冰期，一条恐龙傍着死去的悲情。在岩石之上，始终只能以一个旁观者的姿态，远远地，茫然地望一望曾经比石头还要坚硬，比溪水还要柔情，比岩鹰还要高傲的上游人类。在世界的最深处，繁衍生息，他们的基因，岩石一样坚强；他们，总是要弄出一点动静，让下游，感受到他们真实的存在。

"嚓——嚓！"闪电穿透岩皮。"轰——轰！"滚动的雷声迅疾将大水泼下。憋了好久的山雨，终于寻着了机会，下个不停。峡谷中，狂风在暴雨里奔突，暴雨在雾霭中扫荡。所有的嘈杂都被稀释，被冲走。岩石，土块，竹蔸，枕木，原条，一座座木屋，苍茫的原野和蜿蜒的小河，还有河边小屋里那盏灯火，被一只无形的大手席卷而空，只有一块被天色染黑了的雨帘挂在岩壁上。在无边的轰响中魂飞魄散——连绵不断的木头，从上头放下来，粗砺的撞击声，发出岩石的钝响。一只打散了的木排，一会儿横陈，一会儿竖立。轰轰烈烈，咆哮翻滚。山里人看见洪水已漫过了岩鹰洞口，漫过了岩鹰翅膀。一排排清秀无比的灌木在裸浴，大风飞卷着它们苍绿的秀发。洪水强悍地从洞口漫出，一根根巨大的原木也从洞口漫出。在那隆隆声里，有惊恐的呐喊从水中泛起。一只黑犬站在随波逐流的房顶，吠破了岩石，也到不了岸边。峡谷的高坎上有奔跑的兽影，似乎在追赶着激流中的什么，也好像在躲避着洪水的追赶。他还看见了，在遐幽箐谷，山塌了，石断了，树哭了，天暗了……整条峡谷，泥石流伴着洪水翻滚着惊天动地的雷声，洪魔正驱赶着数不清的物件，大地混响淹没了所有岩石的呼叫。

那时节，就有一只扶摇而上的神鹰，在岩鹰洞口，啄食洪水送来的木材。橐橐的啄食声中，一根圆木销蚀了，又一根圆木销蚀了。它的食量惊人，一次要啄食十几个立方，方才吃饱。这只巨大的岩鹰，已在此修炼成精，它把这个峡谷好听的名字，也啄得灵性起来。被神鹰啄过的木材，带上神的旨意，一截截从洞口冒出，铺满龙口江，铺满公溪河，铺满沅水，直下洞庭……

面对着一壑流水的岩石，心神拢不住那个山里神话。一只小彩蝶在岩石间飞去又飞来，岩石们静静地安息。暑日深处，柔水轻托着一片蝶翼，就像轻托山里人扑朔迷离的日子。

目光绕过一块岩石，绕不过那只缤纷的蝶。它终于停了下来，在一块岩石上驻足。山里人轻轻地把镜头对准它，轻轻地摁响快门。在这岩石打造的峡谷里，也只有它，是醒着的灵魂，无须太多水与时间的润饰。它轻轻地扇动翅翼，岁月的华彩，时光的印记，童年的心事，少年的烦恼，都跃然其上。

随后，它消失在一片岩缝内。山里人的目光一路搜寻，不见了蝶儿，只有一些从石缝间挺出的树根，依附在岩榕，盘虬苍劲，伸展着铮铮铁骨，向苍苍莽莽的峡谷展示倔强。而几根交托的古藤，裸根披挂，垂悬着依依浮影，直逼水心，冷峻地看着奔涌的水流，斜影横过所有的暗礁险滩，一路攀升。

心思顺着涓涓细流而去，来到波涛汹涌的潭面，与潭水交流着人生。潭面上，长排不见了，满潭原木不见了，只与风相遇。这时候，那只远去的竹筏——急驰向前。变幻莫测的神秘中，看见喧嚣潭水沉默了自己的心事。

岩鹰鸣叫，在峡谷深处惊起一片又一片涛声。

洞口回响，于阳光的尽头任意抽打单薄的身躯。

而此刻，峡谷神光，不断向竹筏献媚、诱惑。竹筏开始以悲剧的形式，选择江流的葬礼。山里人听到，公溪响起了号子，用顽强的精神，抗衡命运殷红的血祭，拼搏着为山民种植骄傲和尊严。

怀着满腹心思，一个人溯谷而行。在岩鹰洞大峡谷的脊背上，人像一只小小蝼蚁，撼不动一片树叶，越不过一泓清水。那只饥饿了的岩鹰，从洞庭湖归来，溯沅水而上，翅膀带起风，大峡谷如同一匹受惊的石马，嘶鸣而去的轨迹，一如岩鹰啸破长空，一如闪电撕裂天宇。这个思念乍起的午间，大峡谷壁立千仞的英姿，蓦然驾驭了全部雪峰大山的思绪。面对姊妹岩、黄沙塘、石心、石笋、将军岩、牛鼻子、水帘洞、一线天、白吊水瀑布，默默中，激动的心思悄然间坍塌。

几多回，以自己的双手，握住岩鹰洞亘古的温度；几多回，一条大峡谷，横在眼前是一首忧伤的诗。

几多回看岩鹰洞大峡谷磅礴气势，刚穿越一个险地，又乍现一处陡峭。白云暖暖，在云上开始有梦——峡谷中一位历经沧桑的渔人，诉说着一个故事。故事中一个清癯老者，罡风吹动他的长布衫与满腹心事，他说他在此失落了一篇未了的游记，还需添上一段瑶族少女勇救行者的情节……星空下，分明看见，老者纵横的泪水，像水中的彩玉，五彩斑斓。清泪照见偶然路经的马帮，叮当的马铃之声响彻峡谷，响彻了几个世纪。

一个人，从深谷踅进，全部思绪与豪情都在为峡谷激荡。瀑布，瀑群；岩石，石阵；何罗鱼，鱼线；阳光的投影，细碎时光……镜头盛满了山水，盛满了诗情，盛满了峡谷山高水长的念想。

一拨人来了，又一拨人来了。静静的峡谷云彩锁顶，鸟鸣之声如幽人吹笙。一些人亦裸了身子，兴奋地跃入深潭，有些人小坐树荫，看云卷云舒。超短裙、遮阳帽、斗笠、墨镜流进流出，形成一道道夏日景致。太阳偏西，一个多情的游者拿出了纸笔，显然，她是在构思一篇有关峡谷的诗章。此时，用镜头对准近前一位神情专注的游人，衣袂飘飘的她成为解读峡谷风情万种的背景。

是勇者，必须穿过人生峡谷。让智勇在冷兵器上燃烧，看自己的胆略谷底跳跃。放马过来吧！一直坚持，在幽暗之处提炼光明，在狭窄之所锻造高远。峡谷穿越者，借助两座山，捍卫自己的尊严。

峡谷狭窄，很多地方只容一人通过；峡谷悠长，有 9 千米的坎坷崎岖；峡谷的山水密不透风，刚好供人紧张呼吸。一缕雾飘来，或是一朵云降落，自然就被困住了。云雾想从此岸到彼岸，忽闻"嘭"的一声，被山崖撞了回来。一种物语与另外一种物语对话，无法交谈，更无法深入。山水在谷底，雾悬在空中，时光在流逝。穿行人的眼睛疲惫了，心胸被峡谷严重塞满……

历经苦难，终于又回到了画家们钟情的地方。眼前的山势像一幅倒立着的画卷，一条条深深凹陷的折痕，在山峰间格外有灵气。山谷不炫耀，绿树不世故，小花不浮躁，画家们的笔也不张扬。画里画外，心上心下，便见山峰险峻，岩石高昂，色彩斑斓，鹰隼骄猛。

石壁、石峰、石柱、石芽、石门、峰丛，有的壮实，有的秾秀，有的孔武，有的柔惌。天坑、溶洞、暗河、竖井、天桥、石芽、峰丛、溶蚀、洼地、悬谷、溶丘、绝壁、峰柱、地缝，一节节，一层层，层出不穷，缠绵缱绻。

恍惚间，真不知是置身画里，抑或是画外？再一次仰望大峡谷，思量着它的前世与今生。它是大自然的杰作，也许是一次地震自然拉裂开形成沉积岩，也许是蛮荒时代的一次地壳的快速拉抬，抑或是一条河流经过数百万年冲刷而成。大峡谷犹如一个养在深闺人久未识的大家闺秀，在它沉睡亿万年以后，直到最近才逐渐被揭开迷雾般的面纱，在世人面前展现雍容雅步。

大峡谷，不需要诗句，躯体镶刻着远古籀文和叛逆风火。大峡谷，这么高深下的谷底，是不是有玉龙和大山拥抱在一起的爱情故事？

只有敢于将生命置于这一根悬丝之上的山民，才配做大峡谷的子民，才配在公溪两岸，野草一样，按照神的旨意，生息繁衍，永不疏离；也只有敢于在公溪惊涛骇浪之上，如履平地的汉子，才有资格怀抱怒放山花，流连忘返。

大峡谷，上苍与神仙遗落的山水画。

大峡谷，灵魂和长歌的栖息地。

大峡谷，天地似盛满宝石的巨大妆奁。

大峡谷，因为飞瀑太高，亦因为脚下过深，有摇摇欲坠的感觉。

之前，峡谷在水里。之后，水在峡谷里。接下来，峡谷便住进到来者身体里。一点一点流逝的是大山的坚硬，一滴一滴穿石的是蘸着云彩的山泉水。只有在梦里，峡谷才是一块块巨石边的青草，正低头收拾逝去的光阴，一摇一摆抚慰那片裂口的破损。每一个梦境，都藏着带不走的沉淀。即使沉淀，也是美疢药石，内心都有苔痕浸渍的贞玉。

冷水鱼和山蟹，是玉上闪闪发光的雕琢。身处大峡谷，毫无理由拒绝融入，只需把身心彻底交付。

融入大峡谷，需怀揣一颗避世之心，在溪涧之上，在群山之间，做一回隐者，来一次人生完整而和谐的穿越——磨炼岁月，领悟生命的另一种悠远和意境。

向晚，画家们的画作终于完成。大家兴高采烈地下到清冽的水里，泡凉。抚摸着有些湿润的古岩，抚摸着古岩上或光滑或粗糙的表面，大峡谷在面前缓缓移动，而山里人深知无法触摸到每一个角落。

下山停留的瞬间，美丽与尊严如同不可撼动的磐石在心里矗立起来。岩鹰洞大峡谷，雪峰山宽厚手掌留下的指缝，幽静可人。

秘境寻思

追寻雪峰山先贤，踏上一条深入秘境之路。

魏源故里、兰草田、老鹰坡、老茶亭、善因亭、舒新城故里，一串神秘而有温度的地名，由此联系到隆回、新化、安化、溆浦这片雪峰大地。山水与人文相互搀扶着，幽深着，古老着，披上一种揣摩不透的蕴藉。山水之上，木叶萧萧，水光潋滟。红枣、葛面、片片橘、金银花、茶叶以及五谷六畜，岁物丰成；伛巫跛击、傩逐傩祓，多少活在文字与民俗里的影像，浪漫一路，形成浩浩荡荡、千年络绎的茶马古道，风靡了记忆与想象。

走先贤之路，感觉有了慌忙的日日夜夜，手持诗卷，面聆馨欬，慌忙行走，紧紧追赶自由的思想。走在先贤的屋檐下，或是循着先贤足迹，俯首细看，那些自由的，有生命力的文字和传说、楔入石头的足迹和呼吸，让人沐浴着秘境之光，一座古老雪峰大山都鲜眉亮眼。

阳光裹着广袤大山，秀色透亮是绝对柔美，闪烁着醉人光泽，像盛满忧郁的眼眸。它令人尊崇，令人渴望亲近，亦令人深感不安而又诚惶诚恐。它以独具一格的魅力，彰显雪峰山地域文化，兴起了全域旅游，辐射带动周边广大的区域。

老鹰坡苍翠地横在那儿，古老幽魅，像一尊高大罗汉，坐成雪峰山独特风景。林则徐到过，舒新城往返走过，贺龙率领的红二、六军团亦艰苦卓绝地攀越过。

"老鹰坡，断魂坡，老虫叫，毒蛇多，牛马翻不过，人过打哆嗦。"

这边溆浦，那头隆回，中间八十里人烟稀少。一条千年茶马古道成为必经之路，自古代至明清及民国，一直是湘中连接湘西的重要干道。布匹、针线、火镰、纸张、烟丝、茶叶等都是通过马帮与商贩，经此路运输交易，造就了溆浦、隆回与新化、安化一批富商大贾。

老鹰坡再高，也挡不住鹰的飞越。一只鹰，又一只鹰，高山是家园，天空是乐土，人迹罕至就是寄托。

既然是一只鹰，就会生长一副不屈骨骼，练就一双坚硬翅膀。

辣子冲，黄土坎，雷打洞，金鸡垅……清晨，从老鹰坡崖壁上起飞，或盘旋于高空，俯瞰大地；或振翅九霄，一去万里。

飞翔，不懈地飞翔，飞越云起龙骧的坡地，回环往复无拘无束，呈现给雪峰山强健而孤傲的投影，把一座绝峰，飞成自己的家园。

道光十七年（1837），林则徐为了视察行伍与民情，从金石桥兰草田启程，攀登老鹰坡至溆浦。

风儿驮着总督大人的抱负，从一颗家国天下的心里穿过，留下天籁的高处声响，环绕歇肩坪、德懿亭。

鹰隼升起在上空，热气腾腾的体温和如炬的目光，一路陪林则徐攀藤揽葛。

一株长藤刺，让一个陌生生命被深远牵引。

几丛苦丁树，使一个封疆大吏被豁达追赶。

林则徐到达山顶之时，恰逢山上云雾缭绕，呈现雾海奇观。他在日记中写道："是时天已开雾，自岭顶下视涧顶之云，有如浪涌……"显然，溆浦、隆回的山水有灵，在为一代砥柱之臣变幻风云，来一场天地大戏。

大潮汹涌，却又寂然无声。浪涛翻腾，却也波澜不惊。在没有渔歌的天空下，心儿怎么完成一次泅渡？在没有帆影的浪涛里，信念怎么航行到远方？

高山，云海，小我，大我，家国，天下。一代贤能吟出又一联好句，一百多年过去依然激励着后人：海纳百川，有容乃大；壁立千仞，无欲则刚。

他走在如梦如幻的雾里，大山云海的眼眸就向他扑闪着动人的泪光，恭谨地行注目礼。

征服老鹰坡之后，林则徐的世界里有了一座雪峰大山。他曾经立于老鹰坡，睥睨云下，一种源自强者的自信，植入血脉。之后，他一回回启程，翻越一道道险阻，自然便将一生时光全部交付与崔嵬，遇到再难的险途亦能视作平常。

林则徐过老鹰坡的时代，正是一个动荡不安的年代，老鹰坡没了山鬼，不见猛兽，关帝庙倾颓，茶亭荒芜，却有不时出现的匪帮，他们的手段叫"关羊"，即在险峻处设伏，将路人围住，强行留下全部钱财。

那一天，幸得上苍庇护，老鹰坡给林则徐让出一条吉道。

溆浦、隆回、新化是一块红色土地，红军长征，路过这里。行走溆浦、隆回、新化，一定要将雪峰大山的沟壑丘陵、溆水岸渚的茅草灌丛，一一参详，每一个细节处，都有红军的气息、红军的印痕。

1935年10月，蒋介石集中兵力，围剿湘鄂川革命根据地。中央军委决定撤离根据地，开始军事大转移。12月2日，红二、六军团由贺龙率领右路红军进驻溆浦县城天主堂，与另外两路红军胜利会师。贺龙还率领红二军团先遣部队，由溆浦经老鹰坡，进入隆回兰草田及土桥罗公湾、黄金井，再辗转到新化，发起鸭田之战，获取全胜战绩，为长征扫清前行障碍。之后，在溆浦升子湖、县城西郊以及燕子坳一带与敌会战，狠狠地打击了尾追之敌。

红军在溆浦进行了休整扩编，三千名溆浦优秀儿女加入了红色队伍。12月11日上午，贺龙率领红二、六军团沿着溆水，经桥江址坊、岗东上新化奉家山，辗转两丫坪、龙潭等地，到12月22日全部离开溆浦县境。

八十多年过去，仿佛那场血与火、生与死的洗礼，并没有远离。红军发出的怒吼、刀枪剑戟激烈碰撞的呛啷之声，声犹在耳。镰刀铁锤，携带山的韧性、水的胸怀，用一把无私的锁钥，在这块古老土地上，打开红色基因之门，让红色信念带来伟大裂变。

溆浦县城，一双沾满鲜血的草鞋，把一位红军伤员送到某个矮檐前。老中医采药归来，扶伤员进屋，以溆浦本草为他医治。伤好后，红军伤员要去追赶部队，老中医送他一双新草鞋。新草鞋一路陪伴着他二万五千里长征，之后，像两团火，把一个故事烙印在历史最温暖的时间节点。

隆回兰草田，有多位青壮年，主动为红军当向导，自愿为红军挑运军需物资。在急行军途中，红军三匹军马不慎摔下老鹰坡悬崖，后人称此处为"摔马坡"。有几名因冻饿和患病无法行军的红军战士，曾在老鹰坡茶亭德懿亭临时休整，受到当时守亭老人的精心照料。红军战士身体稍有好转，即昼夜兼程赶上部队，参加鸭田战斗。

溆浦岗东乡芭蕉村，安葬着红军团长范春生。1934年12月3日，红军在水隘乡与国军交战，红二军团6师17团团长范春生负重伤转移到芭蕉村战地医院，后因失血过多而牺牲。红军在转移前，留下一些钱物，当地村民将烈士妥善安葬，并树碑以志。一个简单的小土丘，做成了拱形的坟墓。隆起的坟头，是红军高昂的头颅。八十多年来，范春生静卧在此，映山红以它火红的情怀，把岗东乡土地点染成红色。从烈士墓前看过去，山是红的，水是红的，心也是红的。墓碑上，除了简单的几行字，其实还镌刻着红军的英勇、红军的顽强、红军的忠诚，那些镌刻深深地嵌入时间与土地，嵌入雪峰人民的心里，每一笔都闪耀着阳光与理想的色彩。

在两丫坪、龙潭，在溆浦的每一寸土地上，红军途经时用过的桐油灯、墨砚，红军打过地铺的屋檐、堂屋，红军垒起的石头灶、红军点燃的炊烟，年复一年，在溆浦人民记忆里依然清晰。红军当年挖的战壕，如此简陋却又固若金汤。一山一营，小米加步枪的红军战士们，戴着红色臂章和红星八角帽，振臂高呼着红色口号，斗笠下的汗水把石缝黏合，脚泡里的血将大刀浸透。仔细审视一丛荒草，一定还有某个红军战士弄丢的草鞋、打掉的弹壳；摸一摸溆水岸的卵石，一定还留有红军战士留存的体温。而土墙上隐隐约约的红军标语，至今还有土红的印迹。风雨桥，茶亭，红军队列齐整地穿越而过。立于溆水岸，昨日风雨还在，昨日故事还在：王大妈的一罐苞米饭香着，张二婶的一畚箕蒸红薯甜着，李大爷的一篮鸡蛋诱人，舒老农的大碗茶醇厚……都送到红军队列前，这一切，铸就了血浓于水的字行。

雪峰深沉，溆水长流。

岔路口、石墩旁，红军围着打草鞋的那棵树，红军集结队伍的那个空坪，俱各诉说着，红色队伍与这方土地的亲密过往。

岁月静好，贺龙率领的红军长征队伍从雪峰山里蜿蜒而去，并一直走着，风吹着红旗，映山红开成幸福的模样。

雪峰山里茶亭从驿道出生，傍着远行之路成长。乐善好施的山里人，选择茶与亭联手，用茶充实亭的生机与慈悲。大山之中，亭址多在人烟稀少之山坳的必经之地、分岔路口，有坳必有亭，有亭必有界。

老鹰坡方圆几十里没有人烟，茶亭便善良地长出来。

茶亭一定不曾料想，物产不丰的老鹰坡一带，两丫坪与金石桥百姓能够让一壶茶长期香醇下来，成为一种历史文明的印痕。

汉晋隋唐，宋元明清，老鹰坡茶亭在朝代更迭中站起又倒下，兴废反复，打湿了多少清愁浅忧。一盏有备而来的茶，带着阳光，带着雨水，带着真诚，带着对土地的崇拜，衣香鬓影，香润玉温，让人记忆犹新。

茶亭内，茶与一炉火对坐，煮沸舌尖上的波澜，映照一段短暂的休整时光。沉也坦然，浮也淡然。

茶与茶亭，关联着茶马古道。古道依老鹰坡崖壁而建，峡谷深涧，蜿蜒诡谲。昼与夜的轮转，让茶马组建的秩序驻足或者飘移，在盏茶浅抿中演绎着从容优渥，诸多茶行走的颜色也终将由浓变淡。眼眸前，流水是血液，草树是跟腱，山是坚韧骨骼。而茶马古道贯穿于骨骼间，茶亭与茶点化着筋脉，一起构成雪峰山皇皇茶典。

赶路人一盏茶喝过，浑身清爽地离亭而去，继续用脚在雪峰山长路上修行。

外祖母从新化鸭田启程，去安化贩茶，打老鹰坡上走过，在一角亭上，望峰息心。

村庄、山林、荒原以及枫叶都被一一甩到身后。茶马古道的风景来不及于脑中存放，踏踏的马蹄声后，烽烟升腾，将脚步撵赶。沿着引路的鹰鸣鸦噪，攀登，攀登，看不见老鹰坡长路尽头。

黄昏向晚，前路长出迷茫，人迹杳然。一行马蹄印痕，深深浅浅、懒懒散散延伸而去。

那一晚，外祖母靠着亭柱默默念叨梅山教义，一把词唤醒鸟鸣；几声默念镶嵌雨水。落寞，幽怨，沧桑，苦情。一次次以坚强细语探头问路，一次次被风雨打断。

那一晚，没有煮茶人。但有茶，有水，有鼎，有火塘，有柴火。

一个人的夜，很静，骨子里有响声发出。思念钻入灵魂深处，针扎一般疼痛。外祖母守着一座老鹰坡茶亭，掏出火镰与纸媒，擦出星光，擦出火苗。沉寂中的火焰点亮老鹰坡夜色弥漫的山头，霎时，外祖母的灵魂融入炙热的大山，在烈焰中，与大山共舞。

一个人的夜，外祖母很痛。空荡荡的茶亭里，任思绪翻飞在暗夜的潮海。那些不能张扬的情感，被风吹落入鼎，随茶水沸腾。茶薄人情厚，路长脚步浅。外祖母一个人斟满一杯动情的茶，倾听心在寂寥中绝望地哭泣却无能为力。

月光苍白，火光胜血。

如茶心事，在思念中奔跑。清苦悲情，袅袅馨香，浸入心扉。茶色牵挂，如一盏老茗，涩了愁绪。夜越深，愁思越苦；茶愈苦，念想越痛。

朦胧中，外祖母一抬头，老鹰坡边，有一顶像山的帽子，或者说是有一座如帽子的山，黑晻晻的。那应当就是传说中，吴三桂兵败之后，夜经老鹰坡，愤懑甩帽所致之景。只有在黑风孽海、漂沦憔悴时方可清楚地看到掼甩的样貌。

外祖母看到，皎月以枯白漫过，将帽子和一段枭雄末路印迹隐去。老鹰沉睡，寒鸦偶起。眷念在云下颤抖，恐吓与死亡围拢过来。

外祖母将一道咒下到茶里，洒落在夜色的间隙中。一泡茶喝退夜色，新一天的太阳在老鹰翅膀下露出脸孔。

外祖母曾经说，人活着就是一团火，只要火不灭，就不怕。她说，在老鹰坡坐等天明的那晚，她是听着呢喃的茶语，想着曾经快乐艰辛的贩茶时光，哼着梅山古老招魂腔度过的。

从老鹰坡下来，行走溆浦，可以循名家足迹前行，抵达人生的彼岸。一些铁骨铮铮或诗意盎然的名字，有一种身体里与生俱来的气流，每一次诵读，都能够真切地感受。人们敬畏、瞻仰、颂扬，敬畏他们坚实无比的身躯，瞻仰他们高才绝学的涵养，颂扬他们难能可贵的品行。

行走溆浦，可以移步观景。思蒙国家湿地公园、湘西会战阵亡将士陵园、向警予故居、飞水洞、崇实书院、白洋洞、玉皇宫、屈子谷、鬼葬山、山背花瑶梯田、阳雀坡古民居、雁鹅界、穿岩山、枫香瑶寨、千里古寨、猪栏酒吧……烟霭未散，昨日浓浓的目光，轻轻摇曳着一个朦胧的迷梦。且行且歌，把身投进原野，把心思放在风中，任所有幽深的步履，浓缩成相思魂魄，走过小桥流水，辗转在浩乎无际的苍穹之下。在溆浦的梦乡里徜徉，自有一种神话中的存在，无须一次次回头，只一眼，就能读懂忧恫与潆沧，读懂每一个思念都出落得凄美轻盈。

行走溆浦，可以沐风浴俗。龙灯、弯龙宝灯舞、蚕灯、鹅颈灯、喔曜灯、虾米灯、地狮灯、姑娘灯；高山号子、山歌、挖山歌、插田歌、哭嫁歌、渔鼓、三棒鼓、莲花落、酒歌、排歌、沅水号子；纸扎、剪纸；十字绣、花瑶挑花；汉戏、辰河高腔、木偶戏、溆浦傩戏……就是一个端午节，也有偷料造船、划龙舟、看大戏、包粽子、悬艾叶、挂菖蒲、饮雄黄酒、系香袋、挂驱邪像、系花花绳、吃绿壳鸭蛋等环节。从大年初一开始，到元宵，到上巳，到清明，到端午，到中元，到中秋，到重阳，到腊八，从眼眉一直沉淀心底的大红民俗，成了溆浦人一生不能放弃的信念。

毗邻溆浦的安化、隆回、新化都是百万人口左右的大县，山河毓秀，风光旖旄，人杰地灵。高平小坳遗址证明：自距今8000年前的新石器时代开始，人类文明火种便在此一带繁荣。经过几千年的沉淀，形成了以梅山文化、花瑶文化、商贸文化、黑茶文化、纸文化和手工艺文化等为特色的雪峰文化。

行走，行走，湘中湘西来去，雪峰运动加剧，雪峰山进一步隆起。梦里再一次拥着老鹰坡，四面八方千万峰峦选择了隐匿，成为一团身上的草。秘境陷入辽阔，星辰流下眼泪。张开双手环抱宇宙，看孤独月亮在降落，抵近寻找它曾经的亲朋好友，并不时于善因亭前，以皎洁掀起波澜。

"爱有嘉果，其实如桃，其叶如枣，黄实而赤柎，食之不劳。""鸩大如雕，紫绿色，长颈赤喙，食蝮蛇之头，雄名运日，雌名阴谐也。"辗转于溆浦、安化、隆回、新化，轻抚山花之高洁、水草之纯粹。小憩山涧，轻触水之温润，听山泉轻轻诉说。思绪，无目的地飘游，只为阅览畅思这美好古老的自然之境。溆浦、安化、隆回、新化，是一本《山海经》，也是一部《辞海》，有《海国图志》的视野，是雪峰山藏锋敛锷之秘，要用一生的时间去寻觅解读。且摘古联为志：

君请息肩，老鹰坡上途犹远；

客来解蹬，洗马滩头水正清。

山背之秋

去山背看秋，会为秋迷误。

早就听说过山背，也一直关注着雪峰山文旅融合大开发在山背的发力。沿雪峰山脊行走，乍起的秋风高扬怡人清爽，沉甸甸的果实，洋溢着成熟的喜悦，挂满枝头，山野人间静静期待着收获的辉煌。激动地透过车窗玻璃可以看到，时光密密匝匝的缝隙，安静而神秘的山背，一如既往地低吟着动听旋律。

秋雨小至，风霜还未侵蚀，青涩的记忆渐行未远，最美丽的时节，大化无形，无忧亦无惧。在山腰的精彩处停留，感觉插秧节的欢声笑语尚未散去，连绵不绝的玉米和水稻就已成熟在即，满目清新和恬静。岁月静好，时光丰盈，一些拔节生长的背影渐次模糊，或许未曾相逢。那年，那月，那日，那景，可曾波潮涌动？那山，那水，那人，那情，是否灿若桃花？

一衣带水漫过小桥，鹅在昂首、鸡在欢笑。一栋栋小楼翠树环绕，黄绿相映、美妙成趣。多彩如画的梯田，淙淙如诗的流水；花儿们的笑靥，鸟儿们的欢腾。云从花间过，人在画中走。在进入山背的某个时刻突然发现美和诗，发现漫长的岁月只是一个风景，于是情不自禁地欢呼雀跃。跋涉的艰难，节节向上的行进，无须虚浮的讲述。梯田是无言的演说，所有的风景都在阳光下自由生长。心怀期待，一遍又一遍地抵近，抵近这一片雪峰大山的称奇道绝。

山道上，花瑶汉子用一根扁担，挑弯了山寨幽情：田埂、石阶、花径，雄浑成山的宏伟、田野的豪迈。花瑶女子用一个背篓，背起了清秀的丽影：柳丝、翠竹、小桥，轻盈成云的优雅，流水的涓细。

笑语欢歌丢在路的尽头，每片出岫的云朵却把美丽心情捡拾。风一直吹着，内心一直激动着。车行三个多小时，终于到了星空云舍，刚安顿下来，就有一只蜻蜓落在顺手指长出的枝条上，直到云烟漫起，才飞入旁边的草丛。

时间尚早，捡回一路落进梦里的黄灿，雾藏起了才搭建不久的星空云舍，藏起了花瑶梯田俏美的挑花外衣。在山里转悠半天，刚刚经历了一场雨，眼前除了涌动的雾，还是涌动的雾。

当夕阳把星空云舍从迷雾中刨出来时，大家才惊奇地发现，与蓝天白云的距离仅仅一步之遥。

一个人在山中喊山，喊声从花树下传出去，很快又被山谷反弹到树下。一个人在山中摁响快门，却偶尔惊动几只不知名的小鸟从草丛里探出头来，好奇地看上几眼，然后又悠然地隐去。一个人在山中发呆，不会有人打扰，但不知不觉间，一回头自己的四周或许会新添几只小动物的足迹，让人感觉岑寂却并不孤单。一个人在山中看花瑶人家升起炊烟，听花瑶老人呼唤晚辈回家吃饭，只听到遥遥的回应，没见到匆匆忙忙赶回的身影，倒有几片白云从山顶调皮地落下来，带上几缕炊烟半缕米饭清香飘然而去。

从道路的另一端返回，就看到了一带流水环绕星空云舍。打理好心情临水而坐，流水清澈，水底闪烁着浑圆漂亮的小石头。有水鸟站于向日葵上，好奇地看着，把身体里吸收过多的水色山光掏出来，在花朵与枝丫上抛光。倒映在水里的影子，配合着流水打磨蓝天。流水依然潺潺，有小鸟飞出，发出"唧"的一声鸣叫，朝着周边漫无边际的花瑶梯田纵身飞去，那里才是它的广阔天地。

沿着宽敞的水泥路面走回来，吹过重重心思的风分不清楚，一直挂在禾叶上的露珠分不清楚，追逐着脚步行走的蝉声分不清楚，雾霭下田塍上布满各类动物新辟小径的印痕分不清楚。

往田垄里看过去，一排排青瓦房排开的山坡，夕阳充足，每天沐着光明，骨子里不会觉得滞寂。

分明可以看到，一抹山背蝉声在树上待久了，就掉落地上，成了石头的外衣，身上长满苔藓，缓缓地穿上挑花的秋裳，无心再动一下。风吹着不动，阳光照着不动，雨淋着不动，稻子勾头不动，松果落下来砸在头上不动，半山鸟儿围着唱小曲儿也纹丝不动。

吃过山背特色的晚餐，山背夜色开始笼罩。

大家在星空云舍周边散步。清凉如水的月，高高地悬于碧蓝色的天际，远望去似山顶上悬一盏炽灼的不灭长灯。远的近的山，隐隐约约，以万千种不同姿态，立于朦胧的薄雾。只听山的一边送来紧一阵慢一阵的如潮声响，奇妙而又动听，那便是林涛。山腰尽是一望无际的梯田，禾叶轻歌曼舞，摇曳多姿。稻穗金黄，在凉风中散着芬芳，吐着香馨，醉得几多沉默的山雀子也禁不住了，在树叶中窃窃私语、嘤嘤呢喃。蓦然回首，星空云舍边几蓬如盖的青松，枝撑着丫，丫连着枝，轻轻捧起弦月的漫吟。

漫步归来，夜色正阑，在星空云舍餐厅的露台上，对天、对月、对山水、对梯田、对云海，展开一场茶事。

仿佛间可以感觉，拨雾穿云，一片片叶子越过沧桑，从时光的简册里醒来，怀抱自身的光芒，光临山背秋夜。所有到来者像一群迷路的人，于茶的温暖中找到故乡。草木间，一个茶的山背秋夜渐次舒展。听诗人说，时光好得没有褶皱，今夜便得到有力佐证。

沂水舞雩，烘云托月。那境界，对于任何灵思妙想，都不需要理由。只需借着夜色，开心地啜饮梯田的辽阔、瑶山的海拔、林樾的委婉、云舍的深沉、歌舞的精彩。

这时的山背，非常应景地出现最美星空，静默无垠。时光冥想的眼神，放大若干年沧桑图景——宇宙大爆炸星云——隐秘的暗物质——迷失的古老祭坛——安谧的花瑶人家——被茶灵融化了的山背月色，在银河系星云呼吸的瞬间，沉入不解的谜底。是什么造就了山背星空？是什么遥控熠熠群星从容运转？烽火、狼烟、兵燹、瑶语，生成又点燃文明的燧石，山背在火光中延伸。

从云舍的栅栏边看去，月光下一层层的梯田，顺其自然依山而上，像是要走上云端，其实它已经上了云端，看那舒展白云，飘浮在泛着金黄色光芒的最高一层梯田旁。如果站于顶端，目光所到之处，月光、白云、群山必将相得益彰。几处山环绕着的梯田，像是在山的怀抱里，又像是一个倒扣着的镂空金字塔，既雄伟又壮观。山背人之所以朴实，得益于这里的水土，以及自然环境的清静和美丽。他们依山就势锦上添花，真正体现了人民才是历史的创造者，才是真正的英雄。

四季于田间劳作的花瑶，是天底下伟大的工匠。他们用镰刀铁锤、犁耙镢头，不辞劳苦筑梦。折叠的雪峰山地，滚滚而过的风，像他们喂养的牲口，有时温驯，有时也爆发出野性。他们不善言辞，说出来的瑶语方言，满嘴都是泥土味，他们用行动践行着对于大地发自内心的热爱。春种秋收，勤劳的汗水滴入，每一寸土地都会庄重地交出谷物。

他们用一双双粗糙的手，铸就了人间奇观。

一层梯田一篇诗。山背梯田，是万千层泥土折叠的诗章，它有雍容华贵的典雅，又有承接地气的质朴和实诚。

山背梯田，是粗犷汉子，挟高庙神傩的威风；山背梯田，也是青涩少女，不解人世风情。透过花瑶的鸣哇山歌，依稀感觉到，翠绿的雪峰山，组成千年林海；溪水流成的线，截留一段田园做成记忆。云海、溪水、疯长的水稻；阳光、雨露、轮回的秧苗。

茶还在继续，夜却越来越深，茶的味道也越来越明朗。

茶的禅悟在人世深处，在夜色深处，在雪峰深处，在高人的话语深处。青枝绿叶，苍翠丰盈。把所有与秋天有关的词抱在怀里，妆点花瑶谚语。星空云舍隐形，山背秋月亦在一盏茶中迷醉。

回到星空云舍的房间已近子夜，不少人已经入睡。

星空云舍的房间，有书。怀化籍作家的书，雪峰文化研究会赞助出版的书，古往今来的中外名著，满满地摆上一书橱，彰显了雪峰山地域文化软实力。

随意打开一本，从喜悦开始，手难释卷，如同在夤夜新交一个朋友，思绪就随着情节的发展而拓展。读着读着，又读出了一片好的心情来。

在明亮的灯光中，翻开书的扉页，整理好自己的心境，从第一行字进入主题，进入阳光地带。接着往下阅读文字，如同打开了一扇窗，心渐渐地安静如水。

在一本书里，再一次把头低下。书中的情节和文字，除了能给人亲切、叮咛、关照、保护，还能给人严厉和尊严，像极了一个师长。又是一片静默的时空，释放出恬淡、温馨的气息；像清流，在不断洗涤着灵魂。

这样安静的精舍，清风拂过，宛如一首梦幻般的轻音乐，更似一首唐朝的小令，空灵委婉，清丽含蓄，空气里弥漫着点点香甜，若无若有，却能这样轻易地漫过心扉并为之震颤。白音格力说，"清喜，往往只是花开一场，但一定有清雅姿态，即使影子被风吹薄，仍是幽谷水袖，袅娜仪态"，那么，眼前，何尝不是清喜，美妙绝伦的清喜呢？

起身，转头，走向宽大的阳台，清风拂过面颊，顿感心旷神怡，心中被这种莫名的幸福感动填得满满的，一溪山泉唱着欢快的歌谣哗啦啦地从眼前经过，清澈的泉流中晃动着山影树影，模糊着拉长着奔涌向前，淙淙汩汩，不知疲倦。屋后，大片茂林修竹，有风即作袅娜之态，无风亦呈洒脱之姿，令人心醉不已。深深地呼吸，整个身体里满满的清新宁静。这样如醉如痴地凝望，不问晨昏，不问时光几何，只因这里每一滴水都能诞生一首诗，每一处风景都可以构思一幅画。

看远方迷蒙的村落，已趁着夜色迈向中秋门槛；山背，在一首秋的散文诗章里千呼万唤地拉开了序曲。或许，秋虫已走在消亡的路上，寒蝉已被露珠的冷枪无情地扫除。但那一枚枚果子，却渐渐地点红了枝枝丫丫。风也燃烧起来了，激情的阵阵浓香烧红了八月，压弯了袅袅炊烟。花瑶奶奶的眼角纹更深了一层，无声地走过花开的声音。相比春的灿烂，夏的浓艳，秋更为冷静和深厚；它的沉稳，洗去了很多浮躁和忧伤。

梦境之中，一望无际的梯田毫不谦逊地从大山的绿色中凸显出来，豆肥稻香，满山淌金。丰收节的声音响起。那声音优雅地飘过山谷，然后慢慢散落在没有一丝尘埃的空际；那声音带着泥土厚重，带着阳光敞亮，更带着稻谷芳香。随着花瑶人身后渐渐密布的草只，扮桶和箩筐里就有了满满的收获。于是，压在花瑶人肩上的一箩箩谷子被担上公路，被担到门前，螳螂、林蛙、蝼蛄、竹节虫，还有蜻蜓仍然跟随着稻香行走，仿佛它们也因这丰收而醉得分不清方向……

山背之秋，注定是一幅壮美画卷。无须精雕细琢，不必掩卷沉思，大山、梯田、民居、精舍以及蓝天白云浑然一体的杰作，分外让人流连、沉醉。

翌日早早地醒来，简单地洗漱之后，背了相机出门，感受山背晨曦。

第一件要做的事情，就是好好看看星空云舍是否还在原处，梦里曾经感觉，云舍被云海端着，轻轻飘移，那种"空中闻天鸡"的印象犹在，天上人间一度失去了距离隔阂。

还好，有鸟儿飞过，星空云舍还在，她正好被第一缕朝阳打亮。薄凉的风，忽近忽远，来不及消散的浅浅欢喜，又在花开的角落喜跃抃舞。有些人来了，有些人走了，来来回回的心情，不能抵御一些短暂的期待，心事不可不说，待秋声渐浓，人们所熟知的那些旋律，将打开另一个新的出口。

一片乳白色的烟雾，总在梦里缭绕。好似迷乱的花妖、痴情的山鬼，唇红眼俏。当相机中的焦距越来越清晰，原来雾下隐着金屋翘檐，还有千顷稻田；叶动枝摇，鸡鸣犬吠，似乎还有轻吟浅笑。凝目的一刹那，忧郁全消，这山背秋晨的绝美，让人兴奋不已。快门声声，记录不下这个秋天万花筒般的妩媚。

天空之上，山背的秋声，山背的天籁，释放出完美唱和。鸟儿低语，秋声越过云舍的瓦檐，仔细聆听某种旋律，必定是昨晚未尽的歌声和茶语。一些秋天独有的声音，保持着最初的节奏，在晚茶消融之后，如约而来。多么纯净的声音，仿佛在耳边低语，清晰而涵泳。

一个人想起秋霜，想起沉默的心事，秋意就起了。这个时刻，总有离别的花瑶心事渐渐弥漫，在三百年前，或者是更久远的时光，举族迁徙，从山脚到山腰，再到山巅，一直跋涉到质朴的泥土之上，才停下一场场命运的迁徙，这些古老而极富传奇的细节，都以一种别样的壮美，在这个秋天有了慢慢的表达。

空旷的大地上，花瑶行进的脚步依旧匆忙，被追赶着的命运，在滚滚红尘中，一路浮浮沉沉。

当花瑶命运落入贫瘠荒坡，衍生成了阔大无边的孤独。水土不服的花瑶先人既承担着拓荒的重任，又放牧着饥肠辘辘的忧伤。如何安顿流浪的心灵？如何安抚饥饿的胃肠？只有把望眼欲穿的饭思变成田畴垒垒、变成禾苗青青，让荒芜的土地穿上五谷的衣裳；只有在龟裂的伤口撒下种子，将回不去的乡愁反复垦殖。

花瑶先人流淌的汗珠，是山背盐色的战栗吗？

花瑶先人游离的梦魇，是山背米饭的畅快吗？

一锄一锄地挖掘，一石一石地垒砌，一犁一犁地耕耘，一辈一辈地坚守，终于让荒芜的山背，长出一垄垄梯田，长出一垄垄庄稼，一个个汗流浃背的灵魂，紧贴着山背的谷物打盹。在这个早秋的山背之晨，分明感受得到四野梯田之中，有花瑶的先人长鼾不已。

沿着这鼾声看过去，又一次看到了：金黄的稻穗随处可见，硕果累累的院子里一片喧哗。秋意甚浓，落叶纷飞，成千上万的稻草垛矗立田间，诠释秋天的至美。而漫起的秋收，是一把把镰刀终止了这个季节的躁动。秋梦，又会在这个季节编织一个现实而又虚幻的美丽。秋念起了，老牛的脚步慢下来，把它和土地的故事无休止地拉长。山背的每一堆草垛下都藏着孩子们的言笑晏晏。

"茅檐低小，溪上青青草。"山背之秋，渐走渐深，万物邂逅了成熟，却也蕴藏着新生，黄灿沉淀也罢，丰盈静好亦然。把自己放逐在秋色中，嗅一嗅秋的气味，摸一摸秋的衣袂，尝一尝秋味阑珊，就会发现，渐渐地，和秋上花瑶有了一样的品性。

心中一直珍藏着这样一幅山居图。这样安静的山背，这样安静的梯田，这样安静的星空云舍，这样安静的秋天，远离世间的繁华与嘈杂，晃悠着简静质朴的生活图景。在这里，可以删繁就简从容自在。不必在清晨的第一时间里梳洗打扮匆匆奔赴生活，不必为尘世凡俗的纷争苦闷烦忧，不必为某些追求苦思冥想辗转难眠。只需一门心思地醉秋，把自己醉得放浪形骸。

爱上紫鹊界

　　雪峰山脉奉家山中部，蕴藏大美叫紫鹊界。

　　说起紫鹊界，传统农耕的影像就打心里泛起：竹枝轻轻抽在牛背上，大地豁开一道深深血口，一脉至深沟渠翻卷起自胸膛的喜悦。农人再一次打开歌喉，打开全部的肌肉和骨骼，农业的脉管米色汤汤。千丘田，万丘田，紫鹊界播种的愿望一次次升起，收割的镰刀挥舞不停。

　　这块雪峰山深处的梯田，春夏秋冬洋溢生命中最原始的色调。

　　山中，民居古厝掩映在蓝天白云下，光影中透出五彩绚丽梦境，如斑斓油画。阡陌交通，只见古桥，古树，鸡犬相闻。满眼稻色，穿越历史，美丽神圣耕作将绿油油的心情荡漾开去，一层层稻浪满是岁月承载。

　　踏上古道，时光如此宁静。无数紫鹊界人的脚步从这里走进又走出，足音铿锵，走出历史与现代的交响曲。而今，那些石头土块依然躺在那里，来路和去路依然苍翠如新。

　　白云，飞鸟，翠林，田垄，木楼，石板路。身处紫鹊界，不能不被它的苍茫它的朴素所打动。那么多梯田，美丽绝伦的原野，一望无际，坦荡大气，俨然梯出王国。紫鹊界是一本苍茫的历史典籍。一页页记载着湖湘先民沉甸甸的生活沧桑，记载着他们的通俗悲喜和淳朴传奇。触摸土地，似乎有一种体温抵达掌心，那是先民们剽悍的胸膛、精魂、气息、脉动。有风掠过，梯田上空弥散着一种亲切的气息。据介绍，紫鹊界梯田成形已有2000多年历史，想当年，那些避秦的遗民，逃亡到这逶迤群山中，狩猎、开荒，他们的汗水他们的血肉他们的智慧融入了紫鹊界。紫鹊界梯田，先民辉煌的杰作，一道凝固的田园舞蹈魅影。

　　播种季节，牛被牛绳牵着，一级一级向上，步入白云生处。牛用犁尖追着农谚，把黑白日子串成一线一线。一线一线，折叠成梯田的田埂，折叠成丰收谣的曲谱。耕山的农人，弯腰向大山倾诉农作情怀，用大锄阐释春华与秋实的含义，阐释先人们抟土成器、积土为田、耕土为炊的故事。山环水绕的雪峰山，人们在高歌垦荒，奋力击壤。石器、陶器、铜、铁，一路血汗，一路歌谣。带血的耒耜、青铜，在土地上迈步，在山脊上升高。山野的草，倔强复生，苍穹之下的草，覆盖山野。梦幻中的梯田，起于垒石，起于垒土，起于烈焰之后的凝固。

至今瑶人岭上的瑶人石屋，依稀残留有杀伐的痕迹，依稀迸发着原始的疼痛，一种无可奈何的疼痛，犹如一首读不懂的民谣。多少先民开山拓界，多少先民流血洒汗，才换来紫鹊界梯田今日的宏大规模和奇特景观。紫鹊界梯田是苗、瑶、侗、汉多民族先民的劳动结晶，是山地狩猎文化与稻作文化融合的历史遗存。它是古梅山地域突出的标志性原始文化景观。梯田间隙，明清时的木楼群，依山而筑，古拙典雅，传递一种古老信息。

紫鹊界是一幅苍茫的自然画卷。密密农田，层层叠叠，依山就势，有的弯如月，有的圆如镜，有的细如带，有的精巧玲珑，有的婀娜生姿，步移景变，自然清新，美丽绝伦。偶尔点缀的木屋，如锦上添花，古朴灵动。这些梯田，有的地方垂直方向连达数百级，规模之大，形态之美，堪称世界奇观。踩上去，窄窄的田埂是湿润的，颤悠悠的，踩钢丝一般。看那岩隙水，汩汩而出，入田间小渠，自流灌溉，浑然天成。梯田春荣冬枯，循环更替，四时美景，变幻无穷，美不胜收。梯田又如一位奉家山美人，或雾里雨中，或月下霜天，仪态万千，引人入迷。田里，时有挥板锄的山农，山道上，有赶集归来的山姑。山顶是云中仙境，有采药人穿越，有猎人出没，有野兽奔突，有飞鸟盘旋。人和自然，已是浑然一体。山溪潺潺，间或汇成醉人潭水，水汪汪，碧绿绿，一如紫鹊界眼睛。龙湘"三友潭"，三潭相连，谷深涧陡，如三颗稀世明珠。

做一棵紫鹊界的稻禾是幸福的。这里有独特的地下水，不必担心紫鹊界的水稻缺水。这里，从育秧，到板锄开田和木耙耙田，秧苗移栽至田里，直至水稻成熟，都是手工耕作。山民对稻禾呵护备至，如同呵护自己的孩子一样，倾注了一种朴素情怀。无怪乎紫鹊界中的稻米甜中带香，远近驰名。紫鹊界山顶植被保护完好，一年四季，野花发而幽香，佳木秀而繁荫。楼下村的那棵千年樟树，郁郁葱葱，被当地人视为神木。

紫鹊界是一幅苍茫的生息劳作背景图。对于山民来说，紫鹊界平凡得如一只老碗，只是每天用它吃食。他们热爱自己的家园和土地，伐木盖房，储藏粮食，为子女计算婚嫁日期，山里的日子过得甜甜的。如龙普村、正龙村、楼下村的木楼，原始院落，每家每户，木楼、菜园、篱笆、狗、牛、鸡、小鱼塘、井，是些居家过日子的主要硬件，辣椒、玉米棒、柴垛子、电视天线，则是不可少的饰品了。温暖的山窝子，散发古韵的油榨坊，山泉在屋侧叮咚，水磨坊唱着欢快的曲子。柴火腊肉一年四季溢出醉人芳香。这里物产丰富，茶叶、薏米、竹笋，谓之

"山中三珍"；泥蛙、草鱼、鸭子，谓之"水中三味"。偶尔有野鸡、野猪、黄蛤蟆、野草莓、猕猴桃等稀品。这里民风古朴：山民信奉梅山神，喜唱民歌，舞龙和武术是农闲时的必备节目。水车镇集市上，偶尔可看到衣着斑斓的瑶民。一些偏远的山寨，山民与世无争，路不拾遗，夜不闭户。

登上白旗峰，山川开阔，阵阵清风送来鸟鸣，峰腰白旗峰寺的袅袅梵音驱走疲劳。杉树寂静，冬茅飘穗。仰天一笑，气爽神清，确有羽化为仙之感。

去紫鹊界，走近梯田，这片承载着哺育重任的土地，仿佛琴键，随时可演奏出生命交响曲。秦时明月，照见哪丘田的牛脚窝？唐宋风鸣，停在哪棵树上？明清年间吆喝，被哪几片树叶遮蔽？由远而近，由近而远。曲折，迂回，高低有序，梯田的序言不仅仅是想象。远到目光不可触及的地方，近到垂手便可触摸到它的温热。迷蒙的水光深处，想必有一簇野禾，它们一直等待风的召唤，风一吹，它便从沉睡中醒来。想必它自己也没料到，醒来，就是多年以后的今天了。植物与农人共同跋涉的艰难，人类节节向上的进步，无须虚浮的讲述。梯田以及禾稻是无言的演说家，人们需要的幸福都在阳光下生长。心怀忐忑，一遍又一遍地抵近，这一片与华夏民族根源相关的梯田，犹如伏羲的弓箭、女娲的炼土、蚩尤的目光。

对于任何关于紫鹊界梯田的奇思妙想，都不需要理由。没有谁能够否决大地改变自己妆容的权利。紫鹊界梯田综合了众家所长，拥有平原辽阔、大山海拔、丘陵委婉、海洋深沉。从天空中看去，一层层银亮的金属片，有丝带一般的柔软度，也有玉石的质地，静美中蕴藏着雄壮磅礴气势。一叠一叠梯田，就是被风从地下吹出来的一道道皱纹。古老事物大部分都成为年代记忆了，或许在地质学或历史学上能找见。披蓑戴笠的神农和相依为命的耕牛，依然保持着原初的纯朴与谦和，在一片青瓷的波浪上躬身行走。

随意立于某个山坳凝目，紫鹊界依山而造、交替而升的梯田，像无风而起的浪潮，波澜壮阔，蜿蜒翻滚着伸向云间，阔大的天梯，让所有急欲冲浪的双脚踏向千万级浪阶，一蹬一蹬，喜悦冲向梦幻天堂。天边升起曙光，将青霭染成金色，高低起伏的山峦，披上柔曼薄纱。倏忽间，浪与浪参差叠加，竟是这般美丽；线与线纵横交汇，竟是如此奇伟。

时间继续。雕刻。打磨。一把一把的明月弯刀，种植并收割。让从下往上的梯田，圆润到极致，这种圆润之美，缓释了一切劳作的疲乏和辛苦。一小块一小块的水，将大地和蓝天分成若干个单元，标为翡翠或蓝水晶。天作之合的景致，只有虔诚善良的劳作百姓才会长期拥有在身边。

面对上苍恩赐的作品，谁还会想到，这片土地，曾经烽烟弥漫，经历过铁蹄和车辙反复碾压的战争。难以想象阡陌建制历经的无数辗转和周折。摊晒在天空下的庄稼，每一颗果实，都是一粒蕴含哲学和美学的颗粒。无法如饥似渴地深究过往。若要追溯大自然的沧桑，必然翻越千山万水。而普照人们的每一片阳光，已经给了人们最合理的注脚。

当一阵古老的风从历史深处吹来，到来者看到太阳历从后向前一页页翻动，让人渴望在紫鹊界梯田被两千多年的时光所拉长的背影中，去探寻遗落在历史长河中的文明，抑或是打捞一座雪峰山过往兴衰的印痕。

紫鹊界梯田，在风雨飘摇的岁月里，几多沉浮，几多丰歉，但它始终以母爱的伟大，滋养着山民们不断前行。它留给雪峰山婀娜的身形，亦何尝不是一部雄浑澎湃的史诗！它每一滴水，都是一个铿锵有力的文字；每一朵犁起的浪花，都有着唐诗的豪放或宋词的婉约；每一块土坷垃，都积淀着一座雪峰山农耕的璀璨和绮丽。

拂去岁月涤满的尘埃，突然惊喜地看到，紫鹊界梯田依旧鲜活而灵动，古老气息中，仿佛透着新时代的年轻：留住了梯田，留住了耕作者。新化人说，只要民族兴盛，紫鹊界梯田就永远不会老去。试看今天的新化与紫鹊界梯田，仿佛一个比一个年轻，因为新化人的心都越来越年轻，赶上了好时代，年轻成了民生幸福的代名词。

紫鹊界梯田是有灵魂的，像一个一心向善的人，对苍生也心怀悲悯。或许，数千年历史犁铧的碾压，让它亲历了人间太多的生离死别。风平浪静的时候，它像一位得道高僧，在心中默默地为苍生祈福，波光粼粼的面面田水，宛若散落着无数的经卷。

黄昏时分，独自站在紫鹊界发呆，背影被夕阳拉得长长的。其实每个人内心，都不是天然绿洲，总会有荒芜，总会有瘠土，需要不断抽出一点时间来，面对大山，面对梯田，在心上放点鸟声，放点绿色，放点芬芳；甚而，放一条蚯蚓，去耕耘灵魂的不毛之地，去开垦一片沃土，形成一片梯田。

田在云端鹊在飞。千万只紫鹊，千万种风情，千万双翅膀飞过月牙山，飞过九龙坡，飞过雪峰山秘密地带，书写山有多高水就有多高、田有多高人心就有多高的传奇。紫鹊界有千年耕读的理想；人间紫鹊，生活常新。

初识沅陵

山里人读师范时，同寝室有沅陵同学，交好，遂觉鼻音有些重的沅陵话很受用。很多回听同学说起沅陵，心中非常向往。工作之后，读过不少关于沅陵的文章；年过半百时，终于逮住元宵空闲，去了一趟沅陵。

沅陵曾是一座在沅水与酉水交汇处的古城，自秦始皇一统天下后，将天下分为三十六郡，沅陵即为黔中郡中心。自西汉高祖五年（前202）设县以来，这座古城迄今已有2000多年历史。清代湖广总督林则徐在湘西巡视经过此地，送给辰州府知府张明一副楹联：一县好山留客住；五溪秋水为君清。

面积5000多平方千米的沅陵，横跨雪峰与武陵山脉。听同学说起，沅陵老城有很多门，譬如上南门、中南门、下南门、文昌门、胜利门等，当时从上南门以下到文昌门一带都是吊脚楼，有一条沿河主街，两旁商铺林立。中南门又恰好是县城正中的沅水码头，沿江各县的船只都会在这里停靠。城里有很多巷子，譬如尤家巷、马路巷、同文巷等。房子都是依山势而建，巷子也是沿山势高低而走，通向河岸，极具湘西民族特色。五强溪水电站蓄水之后，老城被淹埋于水下。现在能看到的仅仅是老城保留下来的一些痕迹。县城内外最著名的风景名胜古迹是凤凰山、龙兴讲寺、河涨洲，离县城稍微较远的便是酉水河畔的二酉山。新县城在沅水北岸，凤凰山在南岸，一江而隔。从高空俯瞰，凤凰山的山貌恰似凤凰展翅，故得名。凤凰山临沅水之畔，海拔200多米。山不高，但也林壑幽深，风光旖旎，站在山顶可以鸟瞰县城全景。据县志记载，隋文帝开皇九年（589）凤凰山就被列为黔中郡第一胜景。明代诗人张志遥赞曰："晴峰缥缈出云端，野径迂回绕曲栏；人向绿杨荫处去，隔江指点画中看。"山上建有凤凰古寺，寺旁古树参天。

1938年10月到1939年12月，爱国将领张学良被蒋介石囚禁在凤凰古寺。在沅陵一年多时间，张学良将军唯一的爱好就是下沅水河钓鱼，看舟来排往，排遣心中的郁闷。他还写过一首诗："万里碧空孤影远，故人行程路漫漫，少年渐渐鬓发老，唯有春风今又还。"

沅陵有三塔：凤鸣塔、龙吟塔、鹿鸣塔。远远望去，三塔呈三角形分布。因三塔地势高低不一，远远望去，又似阶梯状。

沈从文于《湘行散记》里写过《沅陵的人》一文，记录过当时河涨洲一带风光。

龙兴讲寺在沅陵县城西北角的虎溪山麓，是唐太宗李世民即位称帝第二年（628）下旨修建的，专门用来传授佛学。据说，当年这里也不安宁，矛盾冲突时有发生。为了教化民众，稳定统治，唐太宗希望通过佛法的传播，感而化之。龙兴讲寺建有山门、天王殿、弥勒殿、大雄宝殿、观音阁、弥勒阁及东西厢房。从外观看，红墙青瓦、庄严肃穆。大雄宝殿建于元末明初，正南向北，进深三间，殿内有24根大木柱。在大殿正面高挂着一块大匾，上刻"眼前佛国"四字，为明朝礼部尚书董其昌书。据传，董其昌往云南巡视路过沅陵，患了眼疾，便住在龙兴讲寺，得寺内僧人照顾而眼疾痊愈，于是就为讲寺写下了这块匾额相赠。现在，寺内收藏了不少出土文物，可以供游人观赏。

龙兴讲寺距今有将近1400年历史，比岳麓书院早建300多年，较南岳寺院早建90多年。历史上有很多名人在这里讲学，最著名的是大学者王守仁。据传，王守仁自龙场谪归经过沅陵，受到辰州府广大学子的盛情邀请，在龙兴讲寺传授《致良知》达一个月之久。其深厚的理学讲演曾轰动辰州府。

二酉山在离县城30里外的乌宿乡，因处在酉水和酉溪之畔而得名。山上有一山洞，即为藏书洞。相传秦始皇下令"非秦记皆烧之"的命令之后，很多以前的典籍文章不能幸免，这就是历史上有名的"焚书坑儒"。当时有一个人叫伏胜，他是秦朝管理图书的小官，就偷偷将典籍文献收藏起来，整整装了五马车，冒着砍头的危险运出了咸阳城，又一路车载船运，千辛万苦来到了黔中郡，发现大酉山和二酉山地势险峻，交通也便利，就悄悄地把这些书籍藏在了半山山洞里。直到汉朝才有人发现了藏书山洞。受此影响，山民们晴耕雨读，二酉山所在的二酉村，先后走出了60多位教授，被称为"中国教授村"。

"沅水古纤道遗址"位于沅陵县五强溪镇夸父山村沅水河北岸，长约2千米，宽0.6到1米。由河岸小道、石板路、崖壁石凿道和一座单孔小石拱桥组成，始建于明朝时期，后来经过多次复修，才得以保留到现在。凭此，可以想象沅水纤夫用古铜色脊梁，赤条条地背负如铁一样的纤绳，嘶喊着老天爷也能被感动的号子前行的模样。

从县城出发，经深溪口、枫香坪，北行60千米，抵达一个神秘幽深的所在：借母溪。相传，从前这里的男人娶不起老婆，为了延续香火、传宗接代，就从山外"借母生子"，便产生了一种走婚旧俗，当地人称之为"狃花"，撮合"狃花"

的人叫"狃子客"。按照俗成约定，狃花女生产前，男家先付一半报酬，生完后全部付清，结账走人，不得返回山中认子。这一古老传说一直流行在深山之中。狃花文化，是人类典妻制度的沅陵遗存。借母溪不仅有狃花文化的实物保存，如狃花桥、狃花垭、狃花神树、娘娘岗等，现今还能寻访到最后一位"狃子客"，也保留着最后一部"狃花经"。夜间，站于借母溪一隅看过去，仿佛眼眸之前用梦幻绿色蒙着脸面的溪水，裸露着两只滴溜溜的眼睛，窥视着天空飞过的每一只夜莺；清风明月下的借母溪，把当年狃花女人的心，拴在船舷或排沿上随粼粼波光荡来荡去……

沅陵县内居住着为数较多的土著，传说是盘瓠和辛女之后。他们有自己特殊的语言，俗称伍乡人，1992 年被国家民委划为苗族之一支。跳香是沅陵苗族人最隆重的祭祀仪式，具有典型的巫傩文化色彩。看一场跳香，凝思这千年前的谷场，铺坛请神，接神祭场；金童玉女下凡，傩法展露出来。

喝香米酒、吃斋粑粑、臆想秦汉铜鼎，还残留初民信仰。开坛祭口，来，酒樽已倒满，第一杯，敬天地；第二杯，敬谷王。祈求太阳、粮食和水，心愿和舞蹈一样热切。每一双眼睛都祈求丰收、平安和兴旺，虔诚早已写入目光，鼓声已经敲响，神树之下，新晋的阳光，映红巫师的脸庞。请神下位，符咒齐画，沅水浅壑被海拔逼成了峡谷，雪峰榛莽被距离退成了遥远风景。传五谷、烧畲、挖土、播种、锄草、收割，在一个又一个未知的转角，目睹一片又一片似乎不变的风景；在野禾野兽簇拥下，一种抑制不住的野性在前方山坳闪着灵光。赶山，不为猎物，只为摆脱曾经尾随而至的跫音，只为追寻那一刻自身与尘世的两忘。

这片神奇的土地，诞生了一系列神奇的乡土名字：沃溪、五强溪、明溪口、麻溪铺、凉水井、官庄、太常、七甲坪、蚕忙、楠木、柳林汉……其实，每一个地方都有一个有温度的名字，这些名字叫了百年千年，依然带着温馨与香甜，也带着一块土地的个性与来历，美丽又素朴。沅陵的这一串串独具一格的名字因了古老博大，亦因了偏远孤处，一个个鲜眉亮眼，与无数的名字区别开来。这些名字是沅陵专属，每一个沅陵人呼唤时，都会心生甜蜜，亲切得似唤着最亲近的人。如果有时间慢慢考证，可以沿着这些名字，进入春秋战国时代，进入秦汉，进入隋唐五代以及宋元明清，找到雪峰山北边一盏最暖色的乡酒。

站立于凤凰山上，沅陵新县城即在眼前，城里灯笼高挂，龙灯、狮子灯等热火朝天地闹起来，老远就可以听到锣鼓喧天的声响。这时候，且不去凑热闹，而是静静地打开电脑，将航拍的照片打开，感受上帝视角中的沅陵。雾气中，虎溪山、鹤鸣山、天宁山、飞霞山、梧桐山巅若隐若现；沅水、雄溪、荔溪、辰溪、酉溪、武溪闪闪发光；五溪湖、明月湖、明溪湖、猛洞湖、蒙湖点缀其间。盯着画面，眼前便生幻境：盘瓠辛女传说、辰州巫傩传奇、佤乡族群之谜、二酉山传说、黔中郡之谜、传统龙舟、无射山茶韵、狃花女、碣滩贡茶、五教共存等民俗演绎——揭开神秘面纱，露出情惊天人的妩媚魅惑。

由此，思绪溯源而上，更绝的是，屈原对沅陵一带的行船，有过许多精彩描写。如，"美要渺兮宜修，沛吾乘兮桂舟。令沅湘兮无波，使江水兮安流"。"驾龙舟兮乘雷，载云旗兮委蛇。"解读其中的韵味，再想想沅水行舟、沅水放排的险象，古今形成了一种暗合，时间被文字无意间扭结。

"去年元夜时，花市灯如昼。月上柳梢头，人约黄昏后。今年元夜时，月与灯依旧。不见去年人，泪湿春衫袖。"在凤凰山默念古人句，总觉得心中意念丛生。月光是奏响思念的最美天籁，如若一个人在内心深处烙下了最深最美的印痕，可出于无奈，人生路途中却又不得不抽身离去，暂别也罢，长离也罢，望着悬挂中天的一轮明月，触动心弦的始终是彼此相拥时的温度，萦绕心间的始终是双眸相对时的甜蜜。

经历了多少元宵夜，经历了多少月圆时分。而那一个夜晚，在凤凰山上，楼房和树木在月光中默立，对面沅陵县城的轮廓就像是一幅清淡的水墨画，这画，与依稀可见静丽如黛的远山摇曳生辉。

盈盈一水间，脉脉不得语。

吃过了送年饭，吃过了汤圆，城里的焰火开始燃放。焰火腾腾而起，把最鲜亮的瞬间，献给这个元宵之夜。如同月圆之时，元夜在那树不动声色又透明的枝蔓上，开放了所有的美艳。静静地立于凤凰山，在张学良走过的台阶之上，把开花的声音整整齐齐地铺在月光钟情的某一个窗前。如花的焰火、如水的月光，还有少年时代偷青的记忆，跟着这个元宵之夜，从另一首词的柔软处滑过："东风夜放花千树，更吹落、星如雨。宝马雕车香满路。凤箫声动，玉壶光转，一夜鱼龙舞。蛾儿雪柳黄金缕，笑语盈盈暗香去。众里寻他千百度。蓦然回首，那人却在，灯火阑珊处。"

潜伏于黑夜，消磨于白昼，世间的律动因此而生生不息。凤凰山、龙兴讲寺、河涨洲、二酉山、狃花桥、狃花垭、狃花神树、娘娘岗……苍穹之下，斜风细雨、阴晴圆缺、悲欢离合，都以美或哀愁缔造出一处又一处不同的风景，只有山行与山爱仍然大放光明。

沅陵很美，美得惊世骇俗：不轻不浮，不浅不薄，有古有今，有魂有魄，不施粉黛，不小家子气，厚实、古朴、苍劲、辽远，既根深叶茂又天高地阔，仿佛莽汉与闺秀的相拥，亦如阳春白雪与下里巴人梦幻的相恋，仿佛历史尚未走远，明天却又近在咫尺。

月下辰龙关，让人嗟叹。东汉初年，马援"伐蛮"兵败身亡，《汉语词典》多了一个成语"马革裹尸"。此关乃湘西"门户"，云贵"咽喉"。《沅陵县志》载："辰龙关县东百三十里，关外万峰插天，峭壁数里，谷径盘曲，仅容一骑。"清康熙年间，吴三桂反清，兵败死于长沙，残部退守云贵，扼辰龙关，清军三年未能攻下，后得乡人接应，破关直取西南。辰龙关对于清初的"削藩"意义重大，影响深远。乾隆亲题"天下辰龙第一关"。

灯下看水，最忆沅陵放排。从沅水上游贵州及以下地区出山的木排以及酉水流域漂流而下的挂子排，借凤鸣塔下东城湾开阔的深水江面完成木材交易，之后再重新集结、分类、扎实、编排，放排人必须过河进城购物，添加补养，再进入宽阔的沅水顺流直下到达下游城市。黎明，一只只大排驶出沅陵码头，河涨洲一带就是十里嚷滩。顺水下流，不一会就是横石、九崎等险滩，滩头落差大，水像打箭，排须穿浪贴礁而过。最惊险的是青浪滩，礁石林立，河道弯多流急，一般人不敢放排下滩，要请当地的飚公才能过滩。只见急流滚滚，排在狭窄弯曲的河道里横冲直撞，拦头工排篙的铁头顶在礁石上碰出火星，让鱼群惊慌失措。排古佬们面对河床，甩开"当江"与"争江"时代，却甩不脱远近的浑浊。一回回牧放生死，牧放礁群中疯长的铁骨，牧放贫苦。想学一把排古佬，将沅水号子支成弯弓，将放逐掸成一道长吟，飚过九九八十一道劫难，纵弛万千逆旅，被晒兰牵着，仍回沅陵。

沅陵没有遗憾，万家灯火闪烁在移民新城。

忽然间感悟，元宵节，是一座雪峰山精神的灯节。山上山下，通过一年的辛劳，一个个日子被洗得锃亮。山民们虽然地处山中，但他们所有的心灵趋光，都需要把一年的山里日子拿出来，在元宵灯下翻晒。元宵夜，人们将所有的美好用灯光挥洒，将无数心愿含蓄在光影里造型。凤凰山下，一条人流经过，好多停在岸边的灯火，俯身让眼睛上路，朝着春耕夏耘、朝着丰收的方向引荐。之后，把自己遥远的心思收回，收回，轻轻地伸出手，在这个元宵之夜，仅牵一盏沅陵明灯回家。

靖州小写

靖州地处雪峰山脉西南端，沅水上游之渠江流域。北连会同，东接绥宁，南抵通道，西与贵州省黎平、锦屏、天柱毗邻。

靖州历史悠久，夏商时期即为荆州西南要地，宋崇宁二年（1103）置靖州，历代均为州、府、路所在地。明朝时成为湘、黔、桂三省边界商业重镇。1949 年10 月，中华人民共和国成立后仍设置靖县，先后隶属会同专区、芷江专区、黔阳专区。1987 年 2 月 19 日，经国务院批准，撤销靖县，以原靖县的行政区域成立靖州苗族侗族自治县，隶属怀化地区。

因距离较近，山里人去靖州较多。每一次，都要看飞山庙。飞山庙，又名威远侯庙，为供奉少数民族首领杨再思的寺庙。庙址原在飞山绝顶，宋淳熙甲辰年（1184）靖州知州孙显祖移至州城西门外一里多的原作兴书院左侧，明正统十年（1445）知州苏文重修。第一进是戏楼、天井。戏楼雕梁画栋，天井中央植柏树两株。第二进为过厅、正殿。过厅由 19 根木柱支撑屋顶，两边供有魏了翁（宋工部侍郎）及党哲（明靖州知州）塑像。正殿由 10 根金色柱子支撑中心屋顶，四周排列 18 根檐柱，柱枋之间耦合紧密。过厅、正殿均为传统单层单檐木结构建筑，硬山式屋顶。第三进为娘娘殿，相传是供奉杨再思父母的神殿。明正德三年（1508），参将黄焘在飞山庙前约百米处建石坊一座，上嵌"惠此南国"及"威镇渠阳"石刻巨匾。

道光版《靖州志》云："武冈云山，旧有七十二峰，忽一峰飞至靖城西门外，即名飞山。"康熙版《武冈州志》载："云山，城南十五里，自麓至顶，盘礴而上。又十余里有七十一峰。相传为七十二峰，一峰飞去靖州城外，遂成胜景。"飞山下部如台，峭壁悬崖，白牛洞、莲花洞、白云洞嵌于其间；上部突峰，如鼎如钟，头宝鼎、二宝鼎、三宝鼎耸于峰巅。飞山庙就栖息在头宝鼎之上。飞山庵寺林立，风光如画，尤以夕照取胜。知州彭腾鸿曾写《七律》诗："胜甲渠阳势最雄，氤氲雾色霁晴虹。残霞晚射天根赤，落日西衔畬顶红。万景纷披烟瘴里，五云缥缈画图中。山头信有精灵护，日放毫光掠碧空。"其中，"山头信有精灵护"

的"精灵"，就是指飞山庙中的杨再思。每年的农历六月十八，人们自发前来拜祭杨再思，于是逐渐形成了赶飞山庙会的节日传统。

杨再思本为叙州（今洪江市黔城）人，历经唐代末期王室衰微、天下纷争、藩镇割据之局面，他与潘金盛联手，以渠阳镇5千米为中心，组织一个民族集团飞山蛮，后设立十峒为古州，给周边人民带来多年的幸福与安宁。在侗民心中，杨再思是一位伟大人物，是英雄豪杰。明代参将邓子龙《登飞山》诗曰："南来倚剑上苔尧，满眼烽烟坐里消。神器自知无鬼蜮，嫖姚何处有天骄。岩飞瀑气披深洞，风送钟声下远苗。西望六百六十穴，我欲一扫归天朝。"

从飞山庙到飞山街，从广西三江、湖北恩施、重庆黔江到云南曲靖，人们都在尊重同一个人，祭拜同一座庙。虽然部分地区的庙名略有不同，但庙神都是同一个人——杨再思。据调查，湘、黔、桂、川、渝、滇、鄂、粤、闽等省区及东南亚部分国家，有近千座"飞山庙""飞山宫"。杨再思，已然成为中国南方广大区域内不同姓氏、不同民族人民心中共同的保护神。

魏了翁，四川蒲江人，南宋名臣、著名学者、思想家。元宝庆年间，被贬谪至靖州渠阳。为了广传义理之学，魏了翁在渠阳鹤山创办鹤山书院，并每天读《易》《诗》《礼》，教学言训偏旁，益知义理无穷。因此，湖湘江浙之士，不远千里负书从学。不久，誉满三湘四水，渠阳一度成为理学重镇，士人学风为之一变。魏了翁回朝廷后，鹤山书院沿至清末。光绪二十三年（1897），鹤山书院改为高等小学堂，民国时改为鹤山中心小学。如今只有书院旧址，遗迹荡然无存，但留下了靖州十景之一——芙蓉别渚。

魏了翁集名臣、鸿儒于一身，居南宋之冠，除尽心国事、筹建书院、开门授徒外，尚立说著书，笔耕不辍，著作等身。在学术上，推崇朱熹之理学，为理学集大成者。时人将魏氏与南宋另一博学鸿儒真德秀称为"真魏"。明末清初著名学者、思想家黄宗羲称他为"鹤山之卓荣，非西山之依门傍户所能及"。

靖州文峰塔建成200多年后，山里人才姗姗前来瞻仰。虽然此塔非原塔，但一脉文气尚存，文人雅士的温度尚在。

游走复建的靖州文峰塔，思绪总是回到1969年之前的老塔。那青白斑驳的墙体，像一个老者的脸，布满沧桑，阳光下，闪着儒家的智慧之光，逼迫着到来者的眼睛。

"取丁火文明之义"，靖州文峰塔曾寄托了靖州人多少期望啊。它静静地屹立于城东白岩坡，几百年来，迎来了多少不甘老死于户牖之下的文人士子，一袭长衫，来此顶礼膜拜，然后满怀信心地作别渠江两岸青山，走向山外世界。

没有人细述，这是靖州人田舍郎与天子堂的界碑。

没有人怀疑，文峰塔在靖州站立成高高的文化旗帜。

阳光嘶鸣，渠江之风猎猎，长满文字的文峰塔再次在靖州城的喧嚣之外凌空出现，在时空脊梁上晾晒不朽的儒雅文化之翼，杨再思、魏了翁、许潮、梁系钰等古人身影犹如一段段挥之不去的念想。在靖州，儒雅风范一直在鹤山书院里，在无语的飞山庙中，在地笋苗寨，在岩脚侗寨，在排牙山，在文峰塔一脉流淌的文化信仰内。

文峰塔的塔尖与飞山庙对视，它们一同守望，天上人间。几千年郁积的风雪雨霜，电闪雷鸣，全部铭刻在靖州大地之上。莽莽苍苍，雪峰山以仡立的姿势，顶天立地；缥缥缈缈，靖州以不倒的精神，高擎苍穹。

"寺院有尘清风扫，山门无锁白云封。"飞山之上，飞山庙是苍天的眼，慈悲向善；是留给人间最大的房间。在满天飞雪的冬天，用心就能触摸到人们想要的温暖；细碎的阳光一点一点，移进飞山庙的金殿。在飞山庙，心灵似乎又重新洗濯了一次。抬头看看上山的路，路在脚下，也在苗族歌鏊的欢腾喜跃中。

一部厚重的飞山，构成了雪峰山南部的精神高地。登过飞山，可以依靠一座山门肥甘轻暖。

在鹤山书院旧址停留，一些枯燥想法渐渐舒展，枯槁的心遇到了轻柔的风。隐形的翅膀，被一阵阵琅琅的孩童诵书声唤醒。渠阳古镇吹来葱绿山岚，一只翩跹蝴蝶，轻轻飞过墙去。阳光灿烂，已分不清，安静站立的那个人是自己，还是轻轻飞向远方的那只蝶。此时此刻，书香满满，理趣满满。鹤山书院，魏了翁点燃的一方希望，一个一个汉字的垒叠，一句一句相扣的鸿篇巨制，饱满了书院的阳光和雨雪。钟鼓、寒霜、暮霭，都在靖州册页里无恙。

山之重无由测量，且从遗址中探寻。

魏了翁雕像之后至今仍然保留着两件建筑小品，右边日晷，左边司南。同为青石雕刻作品，以寓魏了翁于此创办鹤山书院，为学子讲授四书五经天文地理的深意。或许是大儒心志久有隐逸心，一座开风气之先的书院在靖州落成。书山有路，路在寒窗下，路在风霜里，书中精义凝结为君子之风。千年光阴用书香供养的鹤山书院，高山仰止，诚如是也。

还是文峰塔，读罢古文观止，沉浸筑塔往事。古老文峰塔与时光一起，走进历史深处。文峰塔重建时，增修了棂星门、观音殿、孔圣雕像、百年状元坊、文化广场、步云亭、尚武亭、怡心斋、黄埔亭、甘露亭、明珠廊、同声亭、格言警句碑林等三十多处景观景点。文峰塔八角七层，通高二十米，铜铸金顶。第一层塔体四周设有"百年状元坊",共陈列二十八块青石碑,全县高考文理科前三名"状元"的名字刻碑永志。塔内一层为孔圣殿,供奉着大成至圣先师孔圣人的神像,塔内第二、三层展示靖州籍七名进士和七十三名举人,用黑色大理石刻成名录碑。第四、五、六层悬挂着新中国成立后历届靖州籍博士、教授名录牌。第七层为最高层,取名"院士楼",2013年12月19日,从中国科学院传来消息,有靖州籍科学家当选中国科学院院士,从此,院士楼有了实至名归的内容。

值得一提的是,文峰塔背后的孝文化展示,既有董永卖身葬父、孟宗哭竹生笋、王祥卧冰求鲤、舜帝孝感动天等古二十四孝典故碑刻,也有常带着爱人、子女回家,节假日尽量与父母共度,仔细聆听父母的往事,教父母上网,带父母参观工作的地方,带父母去旅行或故地重游等现代二十四孝新创意碑刻。

飞山庙中参谒杨再思,参出雪峰山的重量;文峰塔前走一走,走出雪峰山的宽度;地笋苗寨转一转,转到一片小蓝天;岩脚侗寨看一看,看到蒸蒸日上;排牙山中闻一闻,闻到鸟语花香。在靖州,听着各式方言俚语、山歌酒歌,听到心跳加速。

人们一直在往前赶路,经过靖州有必要偶尔回头看看,也许会看见平淡里的真实、有意或无意删减的过去、不一样的人不一样的风景不一样的人生旅程。"木洞杨梅尤擅名,申园梨栗亦争鸣;百钱且得论摊买,恨不移根植上京。"这是清代《靖州乡土志》里所载。置身木洞山顶的杨梅庄园,梅林中披金戴银的苗家姑娘陪着远道而来的游客摘梅、品梅,不时扯开喉咙唱几声优美的苗歌,惊飞了枝头啄梅的山雀,歌声、笑声、追逐打闹声合在一起,沸腾了山间。靖州杨梅酿酒,给人的感觉是红得妖冶、厚重、淳朴,妖冶的面孔下藏着一颗爽口醉人的心,醉人的不仅仅是杨梅酒,还有一口口喝进心里的诗情画意。

水做的靖州,流淌着渠江、四乡河、老鸦溪、地灵河、广坪河、地脚溪。清澈的水流,阳光下,向天地表达快意。走靖州,沿着弯曲河道,舒展身姿,心情会随水韵漫成一张平展的绿色绸缎,化作一块明镜,镶嵌于大地。渠江,西出贵州黎平地转坡,过靖州、会同,在洪江市注入沅水。生活在渠水上的人们,以侗族和苗族为主。他们聚族而居,寨子掩映在青山绿水之中,多为干栏式吊脚木楼。他们的服饰、社交、节令、信仰以及侗款、侗耶、侗垒、歌鼟、芦笙舞、板凳舞、铜鼓舞等独具特色。漫步水边,青青的水草,在水底招摇;鱼儿来来去去觅食、嬉闹;阳光掉在水里,落下去,落下去,点燃光明,水体变成透明玻璃,让水草更妖娆,鱼儿更生动有趣,一切浮游生物尽享生命之美。山水靖州,一曲迷人的天籁之歌,在水光山色之间弥漫、舞蹈、流淌。在地笋苗寨和岩脚侗寨,把心唱成一朵朵山花，把雾歌与大山情抒写进画里，迎面走来了肩着太阳的山妹。

靖州民众将本地土产青柚去粗皮，切成条块，用水煮沸漂洗洁净，再用蔗糖煎酿晒干，制作成甜美食品雕花蜜饯。它既是一种独具特色的民族食品，又是美如玉琢、形色别致的工艺品，是美食文化与民族文化完美结合的民间艺术珍品。

靖州土茯苓其实不止清热解毒和滋补，还能治疗头疼、关节积水、痢疾等，更有养生效果，可作土茯苓养生汤、土茯苓乌龟汤、三米土茯苓汤、绿豆土茯苓汤等，食后益气增智、开胃，适合中老年人饮用。

时光漫长，总是没忘了说：看看靖州那座小城吧，从怀化过来，两三个小时的慢火车。古老雪峰山里丰盛的粮仓，被月亮割去的庄稼还有一茬又一茬。车窗外一闪而过的一路美感，就去听风吟诵曾经金黄的诗篇，就去看雨撩起梦的衣裳。那些庄稼从一个地方到另一个地方，跨越了人类最初的文明，酒和粮食，唇色与面孔，把前景交付远方，爱的解释交付内心。倒下又复起的庄稼，生灭了多少茬。但是只要庄稼年年生长，只要人们脸上有阳光一样的金色，就是雪峰山最美的景观。

芷江受降坊

芷江，曾经为沅州府治。

沅州，因沅水而得名。清乾隆元年（1736），升沅州为沅州府，置芷江县附廓沅州府，属湖南布政使司，下辖芷江、黔阳、麻阳。

峥嵘的山峰，徐缓的丘陵，平坦的滩涂，细长宛转的河流，茫茫林海，还有一片一片的山花，无不引人一步一步走进梦谶深处。

昂首纵目，寻找曾经的营垒、碉堡和机场围墙，还有远去的硝烟。一道浅浅土冈已经不能遮挡什么了。从雪峰山刮来的风，沅水深处飘来的雨，还有飘荡的思绪，都在一道受降坊前蛰伏。

硝烟已经消失，雪峰山会战的生死厮杀，依然没有停歇，战争的余悸兀自令人感觉到一种恐惧。血染的泥土和野草，滋养出来的和平鸽，停落于受降坊中央。

一队文字以对偶的形式从受降坊上下来，从山脚转过去，有铃声叮咚，在风中越飘越远。文字的脚步从容，看不出曾经的伤痛和忧患。

雪峰山勇士的长枪与大炮，并没有让这些文字一直生活于梦魇之中。石头之上，一个文字半蹲，另一个文字半蹲，一队文字都半蹲下来，围成一个半蹲的字阵，就像曾经的抗战队伍、曾经的机群那样，即将一弹而起，杀向敌寇。

不能想象，那嘶吼的火炮，乱射的枪弹，惊飞的鹰隼，颤抖的云，狂乱了雪峰山天空。炮火连天，腥风血雨。雪峰山勇士或持枪或高举着马刀如潮水一般涌过来。长枪突击，马刀翻飞，火炮喷射火光，敌酋的头颅在飞舞。战马咆哮着战马，长枪绞杀着长枪，铠甲撞击着铠甲，血红瞳孔凝视着血红瞳孔。雪峰山战火连天、血肉横飞。

风停了，血腥的气味弥漫上来。

一片飞机断翼斜插在泥土里，又一片飞机断翼斜插在泥土里，旌旗如缕，残阳似血，晚霞如花。

太阳落山了，硝烟渐渐散去。大地一片宁静。一江沅水染成了血红，就连蓝色山花，也沉睡在一片朦胧里。

累累白骨，堆砌成祭坛。亡灵在雪峰山游走，有敌虏，也有袍泽。

大浪之上，苍凉的呼啸和滚烫的风声，曾经互相抱着，哭成一团。沅水大浪一泻千里，拐一个弯，叫战争；又拐一个弯，叫和平。

1945年8月21日11时，日本乞降使节今井武夫等一行8人乘机到达芷江。下午，中国战区日军洽降会议正式举行。至23日，中国谈判代表将中国战区陆军总司令部备忘录第1至第5号交今井武夫转冈村宁次，详细规定了中国受降的事项。23日下午，洽降会议结束后，何应钦召见了日本乞降代表今井武夫，并告之日本投降书签字地点定为南京。芷江洽降，震惊中外，振奋了国人士气，彰显了中华之国威。

一次次觅得闲暇，近距离触摸这个向往已久的洽降地，中国的凯旋门。

芷江受降坊，青白色的门坊在静穆中肃立，给人古朴和苍凉之感，风中仿佛还弥漫着当年雪峰大战的硝烟。

打开《沅州府志》，明清时期商旅荟萃、漕运繁忙的沅州府，气势恢宏，跃然纸上。古码头驳岸，舟楫摇曳，往来如织；古民居街巷，楼宇林列，烟雨迷离。

今日的芷江新城是在断壁残垣上重建的。大战中，曾经的芷江饮弹沃血，多栋商铺民居成为一片瓦砾。据不完全统计，抗战中日军对芷江一共实施轰炸38次，出动飞机513架次，投弹4731枚。山里人曾听岳父多次说到，他曾经参加芷江机场修建，一日三餐只有苦瓜等蔬菜。日军投降之后，他又参加了机场复修。后来，岳父长期拒绝食苦瓜——当年的日子之艰苦，可见一斑。历经血与火的考验，雪峰山人民以其顽强不屈的抗争精神保卫住了自己的家园。如今的芷江橘柚堆烟，绿荫映水，虹桥岸柳，一派水韵悠扬，一色江南水乡。

国弱则民辱。芷江曾经的兴盛就像浮萍，在中华民族百年积弱、敌寇如虎、民族危亡之际毁于战火。而新时代中华民族的伟大复兴，又让芷江得以重建。再次焕发风采的芷江既有江南水乡的温婉柔气，又处处透着血与火印证过的血性和豪爽，汩汩流淌的沅水，绵延着中华民族屹立千年的气节。

夕阳西下，回首再看晚霞笼罩下的芷江，华灯初上，炫目迷离，眼前的一切繁华如昔，却又更胜于昔，那是经过了岁月洗礼和沉淀的从容淡定，是经霜后粲然的红叶，风采灼灼。秀气船娘在桨声橹影里唱起歌儿，清越歌声，跃过粼粼漾开的水影，飘过沅水河千年的沧桑，散入韵致撩人的夜色。

造访和平之城芷江，必然少不了要瞻仰抗日战争受降纪念坊。历史怎能忘记？芷江抗日战争受降纪念坊，是中华民族抵抗外族入侵十四年抗战的见证。

屹立在芷江县城磨溪口之侧的受降坊，初建于1946年，1985年复修。

和平年代，关于战争的记忆该怎样延续？有人想起了石头，用它刻下丰功伟业，雕琢艰苦卓绝。所有的流血和牺牲，都让石头去负载，由石头来承托。受降纪念坊，这个牌坊样的建筑经历了风雨，文字每一笔每一画却依然坚强有力。

　　作为纪念抗日战争胜利的标志性建筑，中华民族伟大不朽的历史丰碑，世界反法西斯战争胜利的重要见证——芷江受降坊，是与罗马、柏林、巴黎、米兰及平壤齐名的六座凯旋门之一，被海内外媒体誉为"十四年抗战的伟大句号"。巍峨的凯旋门四根硕大的四方柱开有三个嵌满沅州紫袍玉带石的拱门，镶嵌象征胜利的四个鲜红的"V"字格外引人注目。"V"是英文 victory 的缩写，"V"字宛若一枚闪闪发光的徽章，一面印的是不屈的呐喊，一面印的是胜利的激情。让人油然忆起古罗马泰塔斯凯旋门和法国的"军队光荣"凯旋门来——它们是奴隶制统治者与封建帝王为炫耀对外侵略战绩而兴建的。可眼前的这座凯旋门却与众不同，它显示了中国人民抗战胜利的丰功伟绩和华夏同胞不畏强暴的民族气节，还昭示后人"落后就要挨打""团结就是胜利"的真理。

　　这座坐北朝南的牌坊式建筑，是全国重点文物保护单位。仔细瞻仰，坊的正面大书"受降纪念坊"，中门坊顶领额是"震古烁今"四个大字，立柱上分别题联两副，中联为"克敌受降威加万里，名城揽胜地重千秋"；侧联为"得道胜强权百万敌军齐解甲，受降行大典千秋战史记名城"；"布昭神武""武德长照"分镌在东拱西拱之上，坊背中门首额为"万古流芳"，坊背中门上端刻有"芷江受降纪念"206字铭文，坊背中柱为"名城首受降实可知扶桑试剑富士扬鞭还输一着，胜地倍生色应推倒铜柱记功燕然勒石独有千秋"；坊背侧柱为"我武自威扬沧海依然归禹贡，受降昭盛典神州从此靖烟尘"。拱背东、西拱额分别为"名垂青史""气贯长虹"。

　　坊阶下，放置着侵华战争最后一仗芷江一役的直接指挥者今井武夫的战刀。"芷江，便如同千秋不磨的镇纸一方，重重压在血与火书写的胜利的史册上。"

　　伏尸百万，流血千里；何谓华夏，何谓家国？

　　浩荡的历史风云早已远去，人们从五湖四海汇聚在声名远播的和平之城，驻足在布满岁月尘烟的凯旋门前，除了沉重的心情俨然穿越春秋穿越时空——每个人面对岁月的长河，都是悲怆的，依稀一粒尘埃般虚无缥缈。不过，生命的个体会不由自主地融入广阔的家园与沧桑的历史中，尽管历史有时难免会被野蛮肆无忌惮地改写，但正义终究会战胜邪恶，真相终究会被文明所还原。还会感慨战争的血腥让今人幡然醒悟——只有熬过严冬的凛冽，才能体验阳春的温暖；只有忍耐过暗夜的漫长，才能感受晨光的欢欣；只有自己肌体强壮，才能抵御外来欺凌；

只有饱受过战争苦难和深重灾难的民族，才能葆有毅力傲然挺立于世界民族之林。因为不会铸剑的民族，只能任凭他人宰割；只会铸剑的民族，必将招致世人唾弃。一部民族的历史其实就是一部迂回曲折的灾难史。

抗日烽火起卢沟，一纸降书落芷江。来到芷江，每一位炎黄子孙都会生出一种激动和骄傲。到来者的目光缓缓移动、凝注于雄伟壮观的陈列馆前。此地存放并珍藏着中华民族的浩然正气。通过抗战文化宣传及和平主题展示，芷江不仅载入了世界历史，更是以国际和平文化名城的光辉形象，持一张亮丽名片享誉全球。

尽管芷江受降纪念坊渐渐有了被岁月刷淡的痕迹，那些被入侵的沉重，也一点一滴随时间而去，但它深厚的历史重量一直在，而每一个瞻仰者也只是一个旅人，没有回忆的据点。走完纪念坊的里里外外，到处绿树红屋，宁静恬淡，感觉仍有一种骨气，大义凛然，感染了鹤中洪芷及更广袤的雪峰大地。

乡村新居密布，城镇高楼巍峨，边寨美酒飘香，山里兴旺红火。春风没有遗忘的角落，处处春色盎然。像和平广场，每一个清晨都放飞白鸽；如不夜都市，每一个夜晚都霓虹闪烁。老人笑成金菊，孩子长成花朵，姑娘靓丽俊俏，小伙潇洒蓬勃。春雨甘甜，夏花灿烂，秋风丰润，冬雪藏吉。奋进的芷江向世界宣告盛世山乡富美祥和。

想象芷江受降纪念坊是一个人，他绝对不会是一个哀怨者，他不流泪，也无视孤独，在有阳光的时候，他就仰起头接受温暖。每一天迎来送往之后，他会对最后一道目光细语：已经黄昏了，该离开的，都离开吧，这里，需要安国宁家。

荆坪古村

日子里，总有一些事物，打动内心。一首老歌，一个熟悉场景，一段共鸣文字，一个人，一杯红酒，一个村落，某个开着雏菊的梦，或者就是一个普通午后。能够感知到周围事物的美，是一种能力。活在人世间，少不了烟火气息，能把简单的柴米油盐烹饪成一桌美食，这样才会不缺乏美。

怀化南 15 千米处，中方县沅水河西岸，荆坪古村如一颗明珠，镶嵌在沅湘大地上。

山风与河风，劈头盖脸涂刷着、风化着、雕琢着、黵改着，让一个非凡的村落成为名副其实的古村。

荆坪之古，古在老屋老树、老井老路、老巷老陌，老方言老记忆，在与沅水比久长，与雪峰山较上下。

槐树柿树重阳木，虬枝盘旋，挣扎着远祖身上的青筋，风化着高祖袒胸露背的包浆，凝固着曾祖绵里藏针的倔强。

曾几何时，牛铃摇落春光，碰撞石板路，叮当脆响。祖辈们蹲在树下，端起一碗碗光景，与两岸青山对饮，与艄公对唱沅水号子。每幢老屋，林林总总攒满旧时光，还有满腹的心事。青砖累累，托起老房不老的灵魂。

扶着某一处老墙，稍一凝神即可看到，青砖上密密麻麻的坑洼，沾满蝉鸣、涛声，还有远去的烽火狼烟、朝代更替。

老石磨，还咬合着陈年旧事，回味着人欢马叫的图腾。石杵、风箱、木犁、镰刀、斧头，还沉浸在刀耕火种岁月，难以唤醒。

祖母的老纺车，残留着岁月的千丝万缕，缠绕起一个家庭曾经的哀愁，在寂寞里飘摇与散落。

查阅典籍可知，这里战国时属牂牁古国之都且兰古城，汉代属潕阳县，唐宋曾为溆州，是清朝乾隆皇帝启蒙老师潘仕权故里。村内现有祠堂、古驿道、伏波宫、文昌阁、节孝坊、唐代古井、水文碑、龙凤桥、观音阁、五通神庙和旧石器时代、新石器时代遗址。

走近荆坪，即见潘氏宗祠，其旁古柏苍翠，四边是高筑的封火墙。长石条门框，两侧楹联：乾坤北合花开鸟语人丁旺，日月东升水绕山环气势雄。门楣上横批"荆坪形胜"。上方分别书"潘氏祠""嗣徽越府"。

推开厚重的大门，天井、厢房、殿堂，显得肃穆寂静。潘氏一世祖是潘美公之孙、惟道（《宋史》上的惟正）之子贞周公。《宋史》记载：潘美（925—991），字仲询，大名（今属河北）人。

宗祠中供奉着名士潘仕权灵位。其故居离潘氏祠很近，规模据说很大，现今只剩下几堵残墙。大门上有"居仁由义"题额和"随处体认天理，出门如见大宾"的楹联。潘仕权懂音律、会占卜、掌礼乐、著述颇丰，《四库全书》存有他的书目。最值荆坪人津津乐道的是，潘仕权当过乾隆皇帝的启蒙老师。

潘氏宗祠始建于明末清初，后多次维修。它见证了四百多年的风风雨雨，经历过战争、匪患，但最可怕的是洪水。在它外侧墙壁上，离地面5米高的地方，有青石镌刻着15个字："嘉庆陆年端阳后三日洪水涨至此记。"如果不是这块小小的石刻，谁能想见这温柔贤淑的沅水河曾经如此放荡不羁，它几乎毁灭了整个荆坪村。

可以想象，洪水滔天，在这飞檐斗拱之上，可能密密麻麻地爬满了人，潘氏宗祠驮护着一个个鲜活的生命，渡过一场浩劫。无怪乎荆坪人每隔若干年就会把祠堂修葺加固一次，因为这个祠堂对荆坪及方圆数百千米范围内的潘氏族人不仅仅是一个精神依归的象征，而且还是生命的避难所。

聚族而居，曾经是古代人类一种普通的生活方式。传统的聚族而居多好啊！当个体面临灾难、危险、痛苦、困惑时，可以即刻缩回族群的保护壳里，寻得一份心灵的温暖。

新时代语境中，崇尚自由的一个个个体，在订立明确的权利责任契约之后，仍然可以实现全新的聚族而居，建立起现代意义上的民族家国。

一个人孤独地站在荆坪，双手沾满泥土和阳光的气息，青色的雪峰山在四围沉寂无声。古老村落，墨色森林，零堕废墟，隐匿新旧石器时代的平静生活。

这儿曾经是明清时期重要的交通驿站，就连八百里加急的文书都要在这儿换马。

新园旧石器遗址，填补了湖南省无旧石器记录的空白，也因此有了光彩夺目的"沅水文化"冠名，甚至进入了北京大学考古系的教材。

跟天古城遗址的历史可以上溯至春秋战国，尽管它曾经有两个足球场那么大的面积，尽管有古城内的伏波宫记载了汉代马援将军征战蛮夷的丰功伟绩，但历史的浪潮淹没了这一切，繁华落尽，高墙仆地，楼台宫阙已成断壁残垣，显赫战功化为过往云烟，所有掌故都深深地掩埋在一片前尘影事中。

后人在一些废墟中挖掘出一大批文物：青铜剑、青铜矛、青铜戈、四山纹镜、麻布纹罐、滑石圆璧。

大量的黑白思绪以及湖湘动荡史的蛊惑，岑寂的石器，锈蚀的铜质和浑厚的陶瓷，容易让人进入沉思状态。

顺着沅水，可以去寻觅上古遗址。尽管在如今已多被乱石和泥土填埋，但是依然可以看到烈火焚烧之后遗留下来的灰烬，那是一种语言走向毁弃，在时间和芜杂历史的围剿中破败的归宿。

当喊山调和雪峰山歌在喑哑水声中沉积成为内心愤懑的力量，当古老河流冲刷着这遗留的器具，古时声音与符号就以化石的身份获得生存资格。那些石器和石器半成品的形态给予人的震撼就像这南方的河流，洗刷着关于符号的认知。镞形，刀形，斧形，这些不同形态的石器创造着一种脱俗的符号，一种与这些卑贱的生存者有着血缘关系的符号。

石头和水稻，稗穗与野草疯狂积聚。怎样才能循着遗址找到旧石器时代遗留下来的火石和火镰？

一口老井，静静地待在荆坪古村里，井口朝天无声无息。井水清甜甘冽，四时不歇。"扑通""扑通"的汲水声，从井修好起日复一日年复一年不曾停歇。

古村人离不开此井。

清晨，男人或女人来到井旁挑水，将一个系着长绳的木桶、铁桶或塑料桶探进里，当桶底触到水面，一甩绳子，"扑通"一声，桶就一头扎进水里，收起绳子，几下就将装满水的桶提起，动作干净利落。人们拿起扁担挑在肩膀上，走在鹅卵石铺就的小路中，摇摇晃晃洒出水花，水花打湿了地面。被水花打湿的鹅卵石透着明明晃晃的亮，接着被另一个脚步踩去，尔后又被另一个水桶里洒出的水花打湿得锃亮……

石头砌起来的井壁长年湿漉漉的，渐渐长满了青苔。井水清冽，出水量很大，能听到水不断满上来的声音。老人说，这口井活了，是口旺盛的井，是口能养育人的井。因为有了井与生活的相通，一代又一代的人在井周繁衍生息。

当雪峰山旋起飓风，拧成一股饥困的绳索，给这井口勒下无情的沟痕时，只有扭曲的辘轳最晓个中滋味，水韵时光漫天匝地。

荆坪人丁兴旺，井台周边早已住满了人家。这时候，井台就像戏台，女人们到井台提水，总爱东家长西家短地说一阵闲话再走。阳春三月，婶子大娘们来到井台边，用短木棍浣丈夫孩子换下来的棉衣。孩子们在井台边打打闹闹过家家。

之后，人们家里开始安装自来水，拧开水龙头就来水。老井，逐渐被一条条埋在地下的冰冷的水管替代，渐渐地冷清了。只有近里的几户人家的老人，还习惯性地前来打水，老井静得如同岁月老人。

荆坪老人对这口老井是情有独钟的，他们认为，老井是荆坪的心脏，代表着一个村落的呼唤，最早扎根此处落脚的祖先们，他们开挖出这口井，让后代千百年仍然留在这里。出门远在千里之外的荆坪儿女，时时怀念故乡的老井。在老井边，荆坪人盖起新屋。新屋里年轻人娶回来了新媳妇，荆坪娃子"哇哇"坠地，荆坪人生生息息，谱写了一曲瓜瓞绵绵之歌。井边，人们栽上小树，在岁月的风风雨雨中不断长出新的枝丫，成长为一棵棵枝繁叶茂的大树。荆坪人即使漂泊到遥远的异乡，悠悠情思在暖风的吹拂下，依然会飘回到老树下，和老树对话，品尝井水的甘甜，梦里延续着浓厚的乡土气息。冬暖夏凉，是老井的水温；清冽甘甜，是老井的水质。从老井里汲上来的水，烧成开水，锅底一点杂质都没有。用来泡茶，清香扑鼻。

历史撒落下一串沉甸甸的桶声，溅落进激越的思绪里，敲打着一泓比荆坪老井还要深沉的水韵。

饮下一口泉水，背起所有的重量，向着那片飘着云朵的古树行走。古村的重量，在山里人脚步上晃荡，还有结着青苔的大石板，一起沉甸着。一个古村的重量，渐次融入梦境。把山里人饮下的泉水，从眼睛里挤压流出，流成一条沅水河。一个个白日山梦，毫不留情地反噬山里人，把他反噬成古村骨节，豢养在茹古涵今、通古达变的魂魄里。

行走荆坪，能看见烟雨中有一抹冲寂诗性，能拥有一段不干涸的时光。所有流淌在周围的事物，都有内在的美丽与温情。

梦游武冈

    山里老磨，不知转了多少年，磨进了风霜雨雪，多像祖辈们的面孔。一手拢着铜铃般的黄豆，一手悄悄地推着它，白白的豆浆，厚厚地淌下来——流着，流着，再经过几道工序，就成了一块一块的豆腐。以这种优质豆腐为原料，加入大茴、小茴、桂皮等二十几味地道中草药制作的卤汁，经过卤制、高温杀菌、保温培养、分级等工艺流程制成武冈卤豆腐。吃着那气质清香、味道纯正、质地紧实的卤豆腐，是人生最温馨的一刻。山里人曾被这种温馨牵着，晚上入梦，来到雪峰山东麓、南岭北缘、资水上游的武冈。

    武冈如梦，不曾忘却。

    一千多平方千米的土地起舞跑动，十万管炊烟联袂跑动，成千上万种植物牵手跑动，将满目风光定格在紫霄峰一千三百多米的上空。仙人桥下，波浪翻腾，千仞绝壁穿越秦人古道，伴随雪峰山脉绵延古今的回声，平腔山歌开唱，开荒锣鼓敲响，傩戏开场，耍马灯耍起来，高脚舞跳起来……在这欢乐的海洋，千年古樟站立豪气横生的石崖，云雾袅娜中，到来者成了武冈一颗钟情的种子。

    用谈藻飞声与武冈交谈，感觉天尊山、云山、照面山、刘家岭、柳山、黄金寨、朱溪寨、马背岭、扶峰山的高度与梦的高度平行。一种精神上的洗礼，就在一仄一仄向上的颠簸之中。思绪一尘不染，一尘不染的还有压缩在灵感深处如黛如墨、如翠如烟的静好。

    山山相连，坎坎比肩，沟沟壑壑中隐约可闻鸟的歌声，试图留出与这块风水宝地的空白和距离，以大雁的姿势，保持着飞翔的永恒。

    让长梦在法相岩、凌云塔上行走，飘逸温润的感觉，令人穿越了柴米和烟火的厚重，置身如此胜迹，宛如置身三界以外、五行以外、生与死的轮回以外。

    跋涉武冈古城墙，一不小心，就进入了宋朝风月。围城而居的历史，把武冈的文化浸淬得比宋砖还硬。城墙一侧，是流淌着潺潺赧水的护城河。

    因为西汉时期的都梁侯国和明代的岷王府都选址于此，武冈有着众多的历史故事，也留下了很多传奇的地名。这些故事，或真实，或传说，已经成为古城不可或缺的一分子。

历来尊师重教的武冈是有文庙的。文庙内，陶侃手植的古银杏，叶子乍黄，黄得有点炫目。那些叶子如久远传说，不久又将在风中飘落。年年岁岁，在秋风中落下又在春风中生长。落叶时间，孩童们肆意玩耍。那些金黄落叶，是天使的礼物，是一眼万年、一瞬即永恒的拥有。阳光闪耀的色泽，如梦似幻。瞻仰者们眯着眼，在美梦里穿梭。落叶间，藏着一段光阴故事，与晋朝有关。

从侯国到县，再到州到奉天府，千百年来，武冈古城完成了过山车式的变幻，甚至一度成为临时首都，成为雪峰大山的焦点。

1647 年，春暖花开的三月，被异族追得满国跑的南明皇帝朱由榔被赶到武冈，改武冈为奉天府。于是，这座几千年的古城一跃成为临时首都，虽然只有昙花一现的五个月时间，却已经足够成为乡民们百说不厌的谈资。

末代岷王被砍头后安了个金脑袋下葬的故事，在几百年的传承中，已经成为武冈家喻户晓的故事。

没通汽车以前，赧水是当地外出的主要通道。曾经的赧水上，舟船首尾相接，数里不绝。船行至城东师范学校旁的凌云塔边，塔旁站着的，都是前来为远行亲友送行的人。送行者倚塔相望，小船则载着希冀和乡愁，顺江而下，空余一河涟漪。

这座斜度甚于意大利比萨斜塔的凌云塔，千百年来，见证了太多的悲欢离合，也看惯了众多的生死离别，却如武冈古城的灯塔和庇护者，默默地伫立，默默地守望。

安心观位于云山东麓。唐朝"安史之乱"期间，浙江径山寺出了个法名全真的大和尚，聪慧过人，悟性超常，年纪轻轻就参透了佛的真谛，道行了得。却因战乱，寺院不保，不得不离开径山寺，云游四方。他慕名来到云山，在云山待了一段时间，就一路向南，过安心、石门、新宁去了广西全州，创建了"楚南第一名刹"——湘山寺。因为他寿命长，又广传《无量寿经》，因此，他被世人誉为无量寿佛，俗称寿佛菩萨。

在人们的传说中，寿佛是个身高体胖的巨人，也是个容易疲劳的神仙。他从云山宝顶下山，路过一口长满灯芯草的天然山塘，此塘就叫灯草塘；他在黄泥坳一个寺里歇过脚，这寺就叫歇脚寺；他在安心这里住了一晚，觉得此处清净，住得安心，就把这个道观叫作安心观。而今，安心观成为一个地域的名称，民众于此安居乐业。

从空中俯瞰武冈古城，一面是水，一面是岸，一面是山，一面是云。云、山、水、岸相容相生，水有清音，岸有禅语，山有湛寂，云有华裳。赧水是资江的水系源头之一，贯穿武冈全境。资江，历史上有"滩河""山河"之称，它自新邵小庙头穿切雪峰山而过，到桃江县马迹塘，绵延200余千米，两岸层峦叠嶂，河床陡窄，滩多流急，计有险滩72滩。道光《宝庆府志·资水》云："自铜柱滩（又称石门滩）至茱萸门（峋嵝门）舟行最险，常有戒心。""铜柱滩两山峡峙，溪水湍急，势如建瓴，行船多碎。"《资江舟子谣》（邓显鹤集）有"一滩高十丈，十滩高百丈，宝庆在天上"之句。曾经的赧水资水之上，船来帆往，从武冈运出窑煤、土纸、茶叶、笋干、桐油、药材等物产，再从洞庭湖区运进大米、盐巴、布匹、百货等，可实现武冈与资水中下游的互通。

山眼，韬树，戍城，在细雨里滋润。

古城一角，乡镇一隅，传出经典曲艺之声。

武冈阳戏受湘风楚声熏染孕育而形成和发展起来，属于祭祀性戏曲，它最初是由傩歌、傩舞、傩仪、傩面具等组成的傩戏演变而来。这些傩戏最初都是乡民们为驱鬼除疫、祈福纳吉而演出，有神圣的请神仪式，仪式后有戏剧故事演出。随着社会发展，傩戏不断进化，最后成为阳戏。武冈阳戏定型大概在清末民初，专业艺人不多，大都临时搭班，农闲凑合外出演戏，春来回家生产。节目有《何氏磨媳》《赶子牧羊》《傅公子逃难》《铁板桥》《湘子服药》《磨豆腐》《打草鞋》《打妻劝夫》《磨房生子》等。

武冈人擅唱阳戏，有锣鼓钲笛弦索来配，长相清秀俊美的扮旦角，有短小的小戏，也有唱通宵的大本戏。大本戏最看功底，唱腔朴质粗犷，唱词却是自由随意、诙谐通俗，春耕秋收、男欢女爱，想到哪里唱到哪里。每到一处，常引得女眷都来听，堂前庭下挤满了人，主家也得了体面，添茶倒水，夜里会叫厨子做了米粉点心送到后台。遇到阔气的主家，会留戏班连唱几天。

如今，能唱阳戏者不多，基本为七十岁以上的老者。年轻一辈忙着创业，学阳戏者寥寥。

武冈丝弦产生于明代，已有400多年演唱历史。主要流传于以武冈为中心的邵阳、隆回、洞口、城步、新宁等地，是湖南曲艺的一个独具特色的重要组成部分。武冈丝弦以唱为主，以说为辅，说、唱交替穿插。道白分说白、表白、对白、旁白四种形式，多用散文，也用韵白。

武冈丝弦是湖南四大丝弦之一，是独具特色的非遗文化，是武冈人民思想的结晶和精神品质的写照。丝弦《留言后人》《革命征途万里长》《乡里妹子进城》《赶车》《化蝶》等，展现了武冈人民不同层面的精神之美。如《千年武冈》："一个古字书写了几千年，一座古城风风雨雨走到了今天，一座山峰高耸云端，一条不息的河流清澈蜿蜒，古桥古井古街巷，瑰宝一样耀眼，古风古韵古城池，古籍一样经典……"展现了武冈厚重的历史文化、建筑文化、音乐文化，歌颂了人民群众高超的智慧。

近年，武冈大力投入基本建设，对进村入户道路、空坪闲地、房前屋后进行硬化；对村庄庭院、公共区域和溪沟两旁进行全面绿化、亮化、美化；新修建了村部楼，安装了体育健身器材，修建了花台、农家书屋等配套设施；安装了太阳能路灯，完善了污水处理设施，对农户厕所进行了改造，又修建了村民文化广场。

灯亮了，路宽了，产业发展了，武冈便常有商贾游客出入，钓鱼、赏花、购买花木药材者不断，因此，村里的旅游、餐饮业也红红火火，部分地方武冈阳戏和武冈丝弦又有了一片崭新天地。

行走武冈，似梦非梦。说是梦，那情那景却让人看得那么真真切切清清楚楚明明白白。说不是梦，可那图那像在弥漫的烟气里令人生疑，它是不是一直生在虚幻中？返程时，山里人依旧是似醒非醒，意识里走不出那里的山、那里的树、那里的城、那里的村，以及那里的曲艺。在那境地，思想能不能脱去凡间俗气，也当一回飘逸于天地间的仙人，择地造一座天桥，贯通半座雪峰山，留给浪迹于空中的燕子、山外来客抵达心中天堂。

一颗蘩细的心，清澈简单。一幅山水画卷，美艳含情。这样的梦里相遇，就会让人记住她的名字——武冈。

更新与守旧于不知不觉间转换，或许在某个村口搬条小机闲谈的老者感受不到变化，也许这就是人们一直在苦苦寻找而不易得的返璞归真。

放牧南山

雪峰山南部，有一片草的天堂，草的世界，草的王国，那就是八十里大南山。

一群牛漫步草地，牧歌里充满南国乡音。

南山上有四十八坪，坪坪青草翠绿；南山下有四十八溪，溪溪清水长流。南山有著名景点老山界、紫阳峰、穿子洞、陆家壕、蒙古包、大丫口日出、南山天湖、高山红哨等。

乡野、乡亲、乡音，凝固着一方湘土。

绿荫覆盖的村庄，晶莹剔透，脚印清晰可见从远方而来。这多么像怀念，在外撒欢够了，如一只小兔子，小心翼翼地回归。

一头牛抬起头来，向远方眺望。山野，苍茫而空旷。

牧人，有心没肺地跟在牛后面。偌大的山谷，是他的世界，是他和牛的世界。他和他的牛一样，自由而散漫，想去哪个山头，就到哪个山头，简直都可以占山为王了。这令山下仰望的人们非常羡慕。此时，目睹者坐在小汽车里，不受风吹，不受雨淋，但却不能像他一样，赶着牛，想去哪里，就去哪里。人们，总被某一种无形和有形的规矩约束着，并按照一定的规则活着，不能多走一步，也不能少走一步。有时，牧人打一个尖锐的口哨，那些都有乳名的牛们，立刻朝他的方向望过来，哞哞相应。这时，他完全是统领牛群的将军。

忽然间，一头野性的牛，铁蹄生风，嗒嗒的蹄声回荡在辽远长空。它桀骜不驯，渴望与风霜为伴，驰骋在广袤南山，任性地奔跑。它勇往直前，渴望与闪电同行，纵横在自由的草地上，潇洒地欢哞。

而高处的山坡上，有一群牛在散步。应该说是寻觅吧，散步，是一种很高的境界了。但这里，由于海拔较高，景观更妙。所以那些牛，就是愿意往上跑。它们认为自己是有理想的牛，是不屑于在低处生活的。

山脚下，人们忙碌在不同山坡上放牧各自的时光。

轮回交替，又是冬季，不大适合放牧。生命也有冬天，本能的热情，生怕遭遇冷却。怀疑熄灭的风浪再度掀起，遍野的小草能否焕发生机。时至深夜，睡意已缺，无奈的思绪，放牧着思念的情节。

不由自主扬起鞭子，追寻遗失的痕迹。在时间过道里，回放着记忆。

穿过一座山的杜鹃桫椤，又一座山的田埂小溪，脚趾间的黄泥，带着童心，扑进一片草地，溅起点点草浪，探望草坪的波涛，打破岁月的载沉载浮。

穿过木皮屋子的户牖，那缠满常春藤小屋的寂静，退化了初衷的美丽。

穿着花裙子的阳光在南山，奔跑成一层层绿色波浪，牛儿在这些波浪里雀跃、翻滚。在这里，可以羡慕一头牛拥有一条清澈干净的小溪，可以嫉妒一群牛过着贵族式的生活。但是，不可小觑有些牧人想成为鹰，拥有整个南山的辽阔；有些牧人想成为蓝天白云，飞越南山；有些牧人想成为这里的牧草，以天为盖，以地为庐，不管什么人什么动物从头顶踩过，只需抖抖身，又能站起来。

从心里的某个角落开始，放牧走散的牛群。为了使一座南山在草叶中苏醒，游离的口哨带着西风，将牛群驱离。牧场中横躺的山丘，在牛粪未散尽热量之前，草场风将追随到来者，幸临每一条小溪每一座栏圈。从南山到胸膛，牧思一起裸露着，就连天上的云朵也一起陪没有心脏的牧草感怀。一道道枯黄，轻轻地装点谁的伤口。在牛群回来之前，比一比脚印在心中的半径，曾经夏山如碧地陷入了多少个夜晚。谁的脚印在南山柔软处越擦越深凹，噢，那是无数次南山游荡的牛群，以及心中收割的人间草木，做成无数次放牧的暗寓。

乘着梦幻的轻骑，放牧了一回冬思，收获心灵的洗涤。欣赏过季节蜕变、风儿柔软无形、云朵移形换位，南山更广阔了。

一腔北郭心，说与南山听。

孤独，不总伴随索居；孤独，不总充盈沉寂。孤独隐约跌宕；孤独，似有还无。孤独非雾非烟；孤独，不必酩酊，也无须惆怅。

拥有一座山孤独的全部，放牧一座山全部的孤独。

山路弯弯，草木荣荣。近山峥嵘，远山缓落。

房子是石头的。房子和山紧依着。山腰上的村落，藏在薄雾里。

一条步道通向峰顶。

扑入鼻子的是牧草快要成熟的香气。

石头在翠绿间错落着。坐在石头上，变成一块石头，躺上万年亿载，变成一粒砂子，沉积于此。

希望回到草地，回到南山的怀抱。草地的清风洗涤了一路的尘埃、一路的忧伤。草地的阳光抚摸着疲惫的脸庞、满心沧桑。幸福地徜徉在鲜花盛开的草地，用彩霞颜色和心灵爱恋，编织瑰丽花环，献给澄净天空，献给梦中仙子。从此，沉醉在草地的春风秋雨里，沉醉在蓝蓝的天空、碧绿的牧场和牧歌悠悠的念想里。

希望有一间房坐着喝牛奶。牛奶里是月光，是鸟音，是夜的孤寂，是草的呼喊。从一片绿荫避开尘世烦扰，寻一份心灵休憩。草地是另一份心灵宁静的家园。学起地听，贴耳野草的拔节和蕴藉的果实。和光同尘，完成一次灵魂蜕变，空旷无处可逃，让肉身单薄得如同一片飘摇黄叶，寻求母亲鞠护和生命皈依。阳光赐予鳞片，让牧人化成一条鲛鱼。其实，他更愿意化成一只鸟，比鱼更自由；爱情的羽毛，每一片会写满忠贞，落在空中，羽化成如约而至的梦影，落入等待已久的一阵奶香之中。

这是南山的味道，也是生活的味道。

风停了，鸟飞了。黄昏小心地走在路上。只有这些在时空中无所顾忌的牛群，一直待在雪峰山的手掌上，安静地燃烧着。

太阳一落，天就黑了。一座南山沉静，千万棵草沉沦。

一棵草，没有多硬的力气顶回夜幕，并表达自己的痛痒。一棵草，更没有足够挺的脊背，负得起满天夜色、一座山的辽阔。

但是，只要是牛群走过的土地，草儿是有福的。因为，草的灵魂，可以在一头头牛儿沸腾的血液里优游。

夕阳中，牧牛人赶着牛群回来，牛儿们晃动着大肚子，迈着悠闲碎步，步履安详。牧牛人歌声唱得嘹亮，照亮了大南山不老的日子。

一个人怎样才能走进一棵草？只有当雪峰山阳光升起时，轻轻地掀开光明的一角，径直钻进去，在光海里，几度沉浮，几度飘摇，直到呼吸困难时，随手抓住的才可能是瑶草琪花。

恍惚中，美丽南山伸开双臂再次拥抱到来者，辽阔草地便如一块天工织就的绿毯。走在草地上，那种柔软而富有弹性的感觉非常美妙。身边，浓浓雾气从四面八方升腾而起，整个草地慢慢地转为暗绿，每朵小花、每棵小草都发出清香，大南山蒸熏在馥郁气息里。恰到好处的是，月亮也赶趟儿，撒开银色大网罩下，南山穿上迷人外衣，牛乳一般沉静与清香。

夜宿南山，一个念头会涌上心头：世上所有的相遇都是久别重逢。毫无理由反驳，每一个到来者与南山冥冥中具有某种关联，它更像前世今生的第二故乡，那么亲切，那么舒坦，连灵魂都熨帖。张开怀抱拥有草色，连梦都是草绿草绿的。

不由得心驰神往：放牧南山，让南山每一棵草木都沾亲带故，让每一个日子都满满地带有草木之心，无一尘染，是多么奢侈而又美好的愿景。

采菊东篱下，悠然见南山。做个快乐的牧者，天空、阳光、牛群、南山都可以成为专属。

从南山的绿到天上的蓝，从神秘的云到山上的奇，无不令人交口赞誉。南山是一块净土，无私地将清清的水抛向山下，流出一条巫水河和渠水河。她博大的胸襟，无限的宽容，创造出一个个绿色奇迹，让每一个到来者饱览之后生出眷恋和萦念，潜移默化地向往渊清玉絜、山高水长；情不自禁地，打心底愿意成为一个牧人，把牛儿以及好心情赶往植被茂密的地方。那里溪水潺潺、芳草茵茵，嘴角吹起快乐的红哨；那里阳光灿烂、牛群为伴，喉中唱响激昂的牧歌……

上堡古国

雪峰山行走，无边无际的清泉、树林和云海，全是心灵私藏。积雪、红叶和村落，亦为灵魂阆境。

上堡古国，只一遇见，就会迷恋。

沅江二级支流巫水中游，雪峰山南麓与南山北麓交会，辟出一片平均海拔 800 米以上，最高海拔达 1700 米的高山台地，它的名字叫上堡，现隶属于绥宁县黄桑坪苗族乡，为古苗王国都城遗址所在地，当地居民称"上堡古国"。上堡古国广义上包括其所有辖地，如界溪、赤板、雪林、潭泥等，狭义仅指其首都，即上堡古村。明朝正统元年至天顺年间（1436—1464），湘、黔、桂交界的苗民以上堡为中心发动了大规模的武装起义，领导者为蒙能、李天保、陈添仔、杨文伯、金龙锡。蒙能牺牲后，李天保继续斗争，并建立苗族王国，年号"建元武烈"，李天保称"武烈王"，封蒙能之子蒙聪为元帅，封杨昌富为将军，将近域苗疆划为"省""府""州""县"等行政单位，至今黄桑坪一带仍流传着"界溪省、巴流府、雪林州、赤板县，上堡有个金銮殿"的民谚。上堡村是苗族历史上建立政权的首都遗址。

这里曾是明、清两次大规模农民起义的大本营，仍残留着起义首领建的王宫，义军的旗杆石。上堡是一个古老的村庄，山环水复，被连绵不断的群山环绕。难怪两朝义军都定都于此。跨过古榆掩映的小桥，穿过洁净的青石古道，登上九级台阶，就到了当地人说的义军大王的金銮殿。这里曾是农民政权的中心，两度建都之地。

历史上这偏远小殿，曾让两朝皇帝寝食不安，为砍倒旗杆石上飘扬的义旗，不惜派重兵 5000 人劳师远征，用血雨腥风扑灭这里不屈的火焰。绥宁大山中的先民淳朴坚强，慷慨悲壮。王朝统治者虽然杀光过这里的动物，烧灭了所有义军行营，但上堡却从来没有冷寂过。如今金銮殿、古宫门、忠勇祠遗址，徜徉着许多前来凭吊寻幽的游人。

再往前溯，上堡，曾经是苗族先人披荆斩棘开辟出来的一片沃土。

西晋怀帝永嘉年间（307—313），匈奴军发动战争，攻破晋都洛阳，俘虏晋帝，杀王公士民三万余人，西晋灭亡，史称"永嘉之乱"。"永嘉之乱"致使中国再次走向分裂。晋都南迁建康（今江苏省南京）建立东晋，史称"衣冠南渡"。中国北部进入五胡十六国，战乱不休，直到前秦苻坚统一北方。世居于黄河流域的苗族一支，为避世乱遁迹雪峰大山，来到上堡繁衍生息。那时，雪峰山封闭隐匿，是一个神秘、遥远而又扑朔迷离的地方。论其美，可以联想五柳先生《桃花源记》，可以在此寻觅晋人旧舍，感受黄发垂髫、怡然自乐的理想。

从南北朝起，政治经济重心不断南移，北方和中原人大举南迁，湖南境内人口的民族结构开始发生显著变化。之后，唐宋及元明清时期不断有中原人士迁来，汉人越来越多地占有原来属于少数民族的地方，少数民族一步步退入更深的大山，导致民族间的斗争持续不断，"苗乱"频发。查阅《明史》《湖南志》《宝庆府志》《绥宁县志》及一些家族族谱，可以零星地看到一些记载：

明正统元年（1436），农民领袖李天保与蒙能在城步横岭峒广西蒙顾峒聚众举起农民起义大旗，先后攻克绥宁、靖州、新宁、新化、会同等地，与朝廷官兵抗衡。义军发展到五万余人，景泰七年（1456）四月，义军在攻打贵州平溪卫时，蒙能阵前牺牲。天顺四年（1460），义军拥立李天保为首领，蒙能之子蒙聪为元帅，而后以城步横岭峒为根据地，继续坚持斗争。李天保自称"武烈王""天王"，用蒙能所遗之银印作敕书，在横岭峒长安坪高筑将台，高悬黄白旗，大震军威，定年号"建元武烈"。翌年因义军长期作战物资不足、兵员素质不高而兵败于贵州，李天保在清水坪（绞洞）被俘，押送京城斩首。为了纪念李天保，城步等地一直遗传抬天王习俗。

明正统元年（1436），广西蒙顾峒及武冈横岭苗劫绥宁。

明正统十四年（1449），宝庆大旱，武冈苗叛，新宁峒苗杨文伯应之。靖州黄柏等寨及黎坪府勾绞、桥峒，广西蒙顾、拜峒苗叛，城步山苗及新宁峒苗杨文伯亦叛，劫掠村乡，焚毁县城。

明成化二年（1466）二月、七月苗劫武冈、溆浦。时武冈、沅靖、铜鼓、五开苗复起，而贵州亦告警。

明成化十六年（1480）十二月广西苗劫武冈。

明正德元年（1506）三月，苗掠新化，武冈叛苗与五开、铜鼓獠合流，行乡村劫掠甚惨，新化公廨民舍悉为灰烬。

明景泰二年（1451）十一月广通王徽煠、阳宗王徽焟谋反，诸苗复叛……

历史的烟云慢慢消弭，但曾经的兵燹依旧让人嗟叹。曾经的上堡，最高达到两万多人口的规模，房屋、工事皆以石头砌成，坚固耐用，易守难攻。现今的上堡一直延续着古风，每家每户都建有半人高的石院墙，组成了一道独特风景线。

走近金銮殿、点将台、演兵驯马场、烽火台、古驿道、旗杆石、拴马树，便接近了一段古老历史。读这些雪峰山里平面的浮雕，流风回雪化成了血泪，古国过往，都如那粒粒尘埃，悄然落定。而金銮殿、点将台、演兵驯马场、烽火台、古驿道、旗杆石、拴马树，却毫无愧色地留存着古朴、庄严、壮美、辉煌。古老本身也是一种骄傲。任岁月铺满厚厚的青苔，任岁月生长出一些奇形怪状的传奇，任岁月在它们的容颜上刻写出沧桑、孤独、没落、苍幽。

从上堡，可以管窥历史局中人的生存处境。深瞽这些斑驳、苍凝的面孔，默默地在心里喟叹：一个大山古国怎会在缄默中销声匿迹？

又一个宁静早晨，站在上堡的后山看雾中上堡，满山满谷乳白色的雾气，那样的深，那样的浓，像流动的浆液，能把人浮起来。眼前的雾谷，如同一条溢满奶浆的河流，舒适温柔地躺在山的怀抱里。那缠着的乳白色雾带，像一座绵软的锦桥，连着上堡的前世今生。静静的上堡，有一条涓涓溪流，流水像一群欢快的孩子，溜溜地奔跑着。山风如一头饿急了的猛兽，在山谷里横冲直撞，发出阵阵怪嚎。点缀在田野上的多座牛栏屋，摇摇晃晃，空空荡荡，关不住一个古国的苍茫。

古国在云朵下，故事在炊烟上。

在上堡，掬起一捧土，揉碎，让土细细地从双掌的缝隙间流下。时间，如这碎土长流；历史，亦如这碎土随风逝去。上堡古国，碎土般融入雪峰山茫茫大地。

进出上堡之间，恍若隔世。

注视上堡的一块石头，一个土疙瘩，觉得它们也在注视着来者。它们发出一些声音，告诉到来者古国的秘密。

上堡古国往事或许有多个版本，每一个版本交出它不同的身份。雕栏玉砌，有皇室的尊贵；豪华奢侈，有富甲一方的华丽；军事痕迹，有冷兵器防御的精良。关于它的身世，不少到来者情愿它是个永久的秘密。无论哪一种版本的流传，昔日的本相一定不会卷土重来。

朝某一个户牖凝望，琴女、织妇、书生、老爷以及公侯将相，都已经从山路转亭子的山道走了。一些人和一些事无从求证：入口是否有军队和更可怕的剑拔弩张在把守。

金銮殿、点将台、演兵驯马场、烽火台、古驿道、旗杆石、拴马树撑起旅游。枪炮早已撤离，即便不撤它们也不会在时空的隧道里走火。

过去的金銮殿继续过去。现在的金銮殿刚刚睡了一觉，醒了，还坐在龙床上。

上堡星空，历史淹没于浩瀚长河，曾经纵横捭阖建功立业的沙场，已没有了战马嘶鸣，古苗舞的乐曲声依稀而闻，姑娘节的闹火方兴未艾，古国烟火尚存。历史只不过是人类未来的一面镜子，将会探秘胪析多少不解的千年之谜。

岁月如流，光阴似箭，悄然退出历史舞台的上堡古国又重放异彩。现在许多游人不远千里万里来到上堡，伫立在古国的遗址上，映入眼帘的除了高耸的鼓楼和残垣断壁，便是漫无边际的茫茫稻香了。但是，上堡古国的魅力依旧，她梦幻般神秘绚丽的风采，除了让人感慨岁月的沧桑外，还让人内心深处动情地勾勒着这个古国昔日的慊苦与辉煌。

嵩云山下商旅旺

洪江嵩云山坐落在沅水边，风景秀丽，为修身养性之佳所，参禅修道之胜境。相传大宋理宗三年（1239），慧可六指和尚出家，落住大洪坡搭棚修行九年，后始建嵩云庵。清康熙七年（1668）野云、雅云法师复修。清道光十七年（1837）嵩云庵毁于火灾，后由商会和佛教信徒捐建，命名大兴禅寺。寺宇气势宏伟，流金溢彩，共三进：一进为韦驮殿，供奉关圣帝；二进为大雄宝殿，供奉如来佛；三进为祖师殿，供奉无意祖师。右侧偏殿为观音堂，供奉千手千眼观音。此后前来挂禅者，削发修行者，朝山敬佛者，上香还愿者，接踵而至，络绎不绝，遐迩闻名。有丹凤朝圣、双狮迎客、祖师洞、张家坟、白云洞、镜子岩、半山亭、水佛洞、观音岩、鲤鱼田、老鸦坡、白马坪、雄溪玉泉等景观，它们各具特色，风景奇妙，并给人一种云一股缥缥缈缈的感觉，使人流连忘返。其中，最引人注目的还属大兴禅寺。

在嵩云山，遇见一对放生的野鸡。一只公鸡，一只母鸡。锁在一个篾笼，锁住一段难了的缘分。放生者，恭恭敬敬拎着自己的虔诚，拎着生命的尊畏，拎着游者的瞻仰，绕着大兴禅寺转圈。与野鸡对视的一刹那，雪峰一脉的嵩云山，有了积雪夏飞的感觉。一群栉风沐雨的豺狼虎豹，安详在视线边缘。"不敢高声语，恐惊天上人。"这人间的高处，一对放生的野鸡，生与死，白云凝布。一对放生的野鸡，背负着人心的苦乐，背负着一座山一望无际的静默。

只有悠然飘舞的雨丝，涤荡沉默无声的浮尘，把长长思念，送上翠绿山崖。绵绵无尽的心痛，放生在深邃广阔的蓝天，看云雾缥缈中庄严肃穆的峰顶人头攒动、青烟缭绕、法事庄严，可是在祈祷着快乐？巍峨挺秀的半空中，神奇神秘的千手观音，眼观四路耳听八方，还在演绎美丽传说。此刻，崎岖蜿蜒的路上，世人双手合十，拾级而上。有缘人看白云悠悠醉成花朵，心儿宁静，纤尘不染，下界的古商城阳和启蛰。

洪江古商城是一棵历尽沧桑的树，立于嵩云山下。花开花落，月缺月圆。从一圈圈的年轮，读出一部由衰转盛、荣辱共传的历史，那么简朴，那么厚重。

古云："依山筑城，断塞关隘。"这恰好成了洪江古商城的写照。

古商城平实而精致，自然、轻松、休闲、质朴，与庭院街坊相结合，呈现一种中国南方商贸风情的生活格调。浪漫与庄严的气质，挑高的门厅和气派的大门，瓦当如时光之鳞，斗拱传承荷载、衍生繁荣，雀替斜逸出古色古香，砖雕发出神灵的魅力，藻井灵感来自古老的洞穴顶部，马头墙一笔徽韵又一笔徽韵，门墩长久矜持，影壁拥抱安静，牌坊将荣光与寂寥收藏……

沅水和巫水是古商城的脐带，绕着商城丰腴的身体。船行，镖运，油香，排暖，鸡鸣，狗叫。商城晨夕在炊烟中飘香。浣衣女人年复一年搓洗江水脸孔。疏密交错的巷陌，围成一道长长的墙，在商号窨子的脉络里伸延，围成一个多钱善贾的童话。

那一年闹饥荒，福建客商进入某幢窨子，留下一口井，留下满窨的茂盛苍郁，留下一生的眷恋和忧伤。夜，宁静、温馨。古老和新鲜的话题在酒香中沉浮。烟枪咕噜咕噜地把商机慢悠悠吐出来，一直到月亮西沉。古商城抖落历史尘埃，目光站在嵩云山上，向远方眺望。

清雍正年间，宝庆商家结队前来，寻找商机，费时十余年，建成太平宫。很多宝庆人做着靠手艺吃饭的行当，一技在手，闯荡天下，素有"宝庆人的锤子"之说。他们善于手工，有木匠、瓦匠、泥水匠，也有篾匠、石匠和铁匠、补锅匠；其中不少人也善于做生意，在古商城里主要从事桐油、木材、南杂、绸布、百货、织染生意。曾几何时，宝庆人的身影，以太平宫为中心，遍布洪江七冲八巷。

明、清、民国时期，洪江古商城落户了衡州馆、徽州馆、福建馆、武宝馆（又称太平宫）、黄州馆、七属馆、辰沅馆、山陕馆、江西馆、贵州馆、山西馆、新安会馆、陕西会馆、四川会馆、长沙会馆、常德会馆、湘阴会馆、麻阳会馆、苏州会馆、湖州会馆、池州会馆、南昌会馆、永州会馆等，前十个会馆称"十大会馆"，建于清康熙、乾隆年间。到民国初期，几经翻修，馆舍更是巍峨堂皇、气势恢宏。现在保存较好的有武宝馆、新安会馆、福建会馆、四川会馆、长沙会馆、常德会馆、苏州会馆、永州会馆等。常德会馆以北至雄溪公园以南为塘冲，这一大片土地上建筑古色古香，主要建筑有陈荣信商行、蒋元记等。

会馆发展，形成洪江18帮：钱庄、油号、盐业、木业、布业、农业、烟业、酒业、纸业、苏广和南杂等，这些行业公会逐渐成为一个行业一条街道。如古商城的堡子坳和老街主要是手工业的行业街，龙船冲和塘冲主要是钱庄、报社、机关所在地，木栗冲和余家巷主要的是烟馆和青楼。

洪江人一般将平整稍直且长的街道称为街，沿山沟而建窨子屋所形成的街道称为冲，冲街之间因地势所致形成的走道称为巷。城内街巷交错，石阶遍布，狭窄弯曲，为典型的明清古商城建设模式。一些专家看过洪江古商城后一致认为，这是中国资本主义萌芽时期的活化石。往事历越千年，如今的洪江古商城依然保存着七冲八巷九条街的街市格局；380多栋保存完好的古窨子楼里，仍居住着数千居民；约8千米的青石板路蜿蜒回环，高低错落；60余座宫、殿、祠、寺、庙、院、堂、庵和17家旧报社，23个古钱庄，34所旧学堂，48个半古戏台，50余家旧青楼，60余家旧烟馆，70余家酒店，80余家客栈，还有上百个作坊，近千家店铺，散落在古商城各个地段，幽幽地诉说着古城昔日的辉煌。

洪江古商城的繁荣，离不开古码头。过去有宋家码头、犁头嘴码头、廖家码头、三甲巷码头等，这些码头虽已成为历史，但它的贡献是永远无法磨灭的。"汉口千猪百羊万担米，抵不上洪江犁头嘴"，就是当年码头的繁忙写照。

往昔，古商城沿沅水和巫水岸逶迤。如一朵梅花，绽放于一座山坳间。绿水村前环伺，青山四周围绕，周遭十里山川，白云出岫，山气绵延。

早期的洪江古商城，素面朝天，依山而坐。一排排窨子，如贝齿细牙，青青赭赭咀嚼着风风雨雨中多少酸甜苦辣；一条条巷道，因形弯曲，细细撰记着荣荣辱辱中多少悲欢离合；一缕缕炊烟，如轻纱薄幔，袅袅倾诉着家家户户中多少子孝妻贤；一家家门店，算珠轻拨，幕帘如洁纸漫卷，默默丰盈着岁岁年年中多少春夏秋冬。

山城，三五百户或近千户人家构成一个地理单元，如一朵朵不施粉黛的山花，在山间，在崖畔，静静地无怨无悔听天籁清音，饮晨风甘露；静静地把自己所有的馨香，细细地喂养着纯朴憨厚的居民，苗壮着华夏民族的商贸脊梁。

构成洪江古商城闹火的主要因素之一，就是明清以来沅水巫水满江漂流木材带出的喧嚣与繁华，以洪荒之力描绘出一幅围绕木材流动所形成的区域社会图景，不同人群于各个时空中演绎出不同故事。木商、木商水道、木材集散，引领古商城殷民阜财。

洪江古商城的窨子屋院里，可以看到一根根顶梁圆头木柱上有着许多嵌得很深的篆体字，仔细一问，才知道那是鲁班宫木业行先祖们发明的行标，叫"斧记"，而且还是老洪江"水客"特有的标记。记忆中，一把把斧头，很不起眼。生铁锻造，火炉淬火。平时闲置在庭院角落，它总是默默无闻。可它又很有灵性。不管给它换上什么材质的手柄，它并不缺少钢火。将它抡起来，砍下去，能修理旁枝，能砍柴劈柴，能劈旧貌换新颜。而让人惦念的斧记，写下古商城木业商号的秘密。

据说，洪江木材，早在明清时就有名声："木材之坚美，乘流东下达洞庭，接长江而济吴越。"洪江的木行分"山客""水客"和"木牙"。从产地贩运来洪江出售者称"山客"，买方称"水客"，专为"山客"和"水客"搭桥撮合者称"木牙"。鼎盛时期，洪江的"山客"逾百，"木牙"与"水客"则更胜一筹。洪江码头上遍地都是堆积的各个商行的木材。为了不混淆各行的货物，也为了不让小偷偷走自己的木材，"水客"们便发明了"斧记"，即用铁器在木材上锉个属于本行的字作为区分的标志。有了"斧记"，再聪明的小偷也不敢偷木材，因为从贵州到汉口，大凡是"水客"，都知道不同"斧记"的主人是谁。在木材上凿"斧记"也就逐渐变成约定俗成的行规和独特的商业品牌标志被传承下来。

老木商说过：斧头本无好坏，关键看能否遇到懂它喜它的手；能否扎排澄滩，在一条条水路上成功留下斧记。之后，从一根木头里走出，又回到一根豁开的木头里。

握斧的手，搓揉成一个木雕，甚或成了一只神性的木盒。

一棵棵圆形的树木，在斧劈、锛凿、铇光、锯剖的手下，沿着墨斗弹射的线，把一棵有血性的木头，精准地切割成一些有思想的桌椅、橱柜、门窗，以及木屋和亭台楼阁。就是这样，在岁月的手里，把心志磨亮，把手艺磨精，把信仰和追求磨成闯荡江湖的本领与力量。

面对一把把屯于墙角旮旯的斧头，不说时光的美好，也不说季节的充盈，更不说过往的起起落落，只说铁质钢性的内心，自扑入木头的那刻起，便把许多碎屑，契合成一阕江南山水，诵咏山野时光的祥云瑞彩。

而今，行走萝卜湾抑或巫水入沅近处，还可以借着不变的地势怀念消逝的储木场。作为沅江港湾的萝卜湾，河面宽阔，江水深而不激，一岸是山崖，一岸是河滩，最适合编扎大型木排。洪江木排工人的祖祖辈辈，在萝卜湾泊排扎排。

沅水、巫水上游是湘西、贵州，盛产木材，砍伐出来的木材，聚集成山。那时的木材运输主要靠水运，除木排外，大量的木材用一种叫"流送"的方式，从上游随一夜暴涨的山洪冲下来。每当这个时候，滚滚沅江之上，各式原木箭也似的成片奔来。那风驰电掣之势，看得人血脉偾张、惊心动魄。更令人叫绝的是，一到萝卜湾，疾驰而来的木材陡然受阻，积聚成山，成堆地北转而下，然后在一座由钢缆和巨杉绑扎而成的拦河桥前歇了脚，困兽似的大口喘着粗气。接着，它们就无可奈何地被出河机"押送"上岸了。

这时候，工人们挥动斧头，在一根根木头之上刻下自己的汗水与印记。一串串斧记连缀起来，就是一条闪现于沅水与巫水之上的时光隧道，或明或暗的月光永恒着，流逝的岁月呈现在古商城的眼前。一支支竹篙撑过河岸，让这些泛滥成灾的斧记陷入黑土地、黄土地以及大青石的阵容。昨天的今日，今日的昨天，一支支放排人，他们激情的目光，伴着这些斧记刺痛了一拨拨瞻仰者的心房。从狂热到迷茫，从喧闹到沉寂，从开始就已经注定聚散的结局，猝然凝固在时光的沅水巫水之中。

总是像一只苍鹰站在风口，无论到来者怎么努力，总找不回神龛上供奉的斧钺，曾经劈砍的声音沉江，化为一尾尾鱼，让闲云野鹤般的渔人钓起。一些当年的老水客，已然老态龙钟，他们颤抖地把鲁班先师的牌位同祖宗牌位存放在一起，用绿锈包裹的斧头，追溯木器伊始的由来。尽管墨斗干枯，但老水客依然想象自己手持凿子挖出榫卯，紧扣住的那些雕花廊檐，像绸缎一样，那么光滑那么柔顺。而锯子切割的意志，会在时光的某一个节点，准确地切割出甘甜与寂苦。倏然间，老水客拿捏、提起、放下，巫水与沅水静静地流淌，满河木材漂移，无声地漂移，这些比舞蹈还美的江河木语，拓展出一条开阔长路，穿越时光壁垒而延伸至江河心底。只有比尘土还要轻微的斧屑，俨若水词河汇，开合纵横，腾挪隐忍，浓缩成一部木商史册，栉风沐雨之后，还是骨骼鲜明。

明清年间，随着西方科技文明的高速发展，许多中国领先世界的传统工艺，都被无情"超车"。但一桩唐代起就开始火热的产业，却是身价暴涨，那就是桐油业。

洪武时期，明太祖朱元璋在南京设立官办桐园，大量种植桐树。桐油的产量从此暴增，应用也越发广泛。其用于雨伞、造船、建筑、医药等各个产业，到清代时已是"功用日宏，妇孺皆知其利"。

16 世纪时，葡萄牙人惊见了涂有桐油的中国船只，在海上破浪的雄姿。桐油的身价也在欧洲攀升，从明代中期至鸦片战争前，桐油，亦是中国对外的出口物资之一。

在落后挨打的近代史上，从晚清至民国年间，中国长期是世界上最大的桐油出口国，桐油的出口量连年暴增，几乎独霸国际桐油市场。特别是 20 世纪 30 年代，西方列国军备竞赛加剧，桐油更成了稀缺商品。抗战前夜的国民政府，可以每年通过桐油赚取数千万元法币的财富。1937 年中国桐油的出口额更突破八千万元法币。抗战最艰苦的年代里，也正是强大的桐油产业，成为当时中国与欧美列强谈判的本钱，以桐油为抵押，一次次换来急需的军火与粮食，支撑中国度过最艰苦的抗战相持阶段。

桐油树，属大戟科油桐属，落叶乔木。原产于中国，生长于江南，盛产于湘西南、黔东南及云南大部，栽培历史悠久，一千多年前的唐代即有记载。清康熙元年（1662），有一个名叫张扶翼的读书人就任黔阳（今洪江市）县令，他考察了黔阳及周边山地情况，之后，出了一纸二百余字的告示，喻民植桐。自此，以雪峰山为中心的广袤区域造就了以桐为业的三百多年经济繁荣。

打清早期起，沅水流域四面八方的桐籽集中于托口、黔城等处榨坊，进行初加工，再运往洪江加工包装，形成享誉中外的"洪油"。

清同治三年（1864），洪江首富张吉昌创建了洪江第一家油号。

张吉昌油号创建不久，陆续有不少有实力的大户加入进来，经营洪油的油号也不断增多，形成了集收购、榨炼、制作、包装、运销为一体的格局，经济实力也逐步增强，成为洪江古商城经济繁荣的三大支柱产业之首。据《中国实业志》记载："鼎盛时期，同业（洪油业）有十六七家之多，运出桐油（洪油）年二十万担以上，值七百余万银圆。"

随着洪油业的不断发展，竞争也越来越激烈。为抢占市场高地，挣得市场份额，油号老板们为降低生产成本，减少运输费用，干脆把生产场地搬到了桐籽原料产地，分别在洪江、黔阳、辰溪、新晃、会同、绥宁、洞口、天柱、黎坪等地建设榨坊，置备榨、炼器具，修建仓库等设施，于每年秋季桐果收获时，派出大量人员，前往榨坊所在地和湘黔边陲的广大地区收购桐籽、桐油。到了冬季则在当地招聘雇请季节性工人开展制炼，定量包装，翌年端阳节前完成。待春夏之交江水漫涨，乃雇木帆船驶运常德转交轮船运武汉，再转江轮运镇江或上海销售。各油商在常、汉、镇、沪等地派有亲信人员经办转运、报关、纳税、交捐、出售、汇兑等事宜。

另外，油号老板还千方百计地在装载桐油的盛器上想办法下功夫，以降低成本、减少费用，如盛器最早开始为当地生产的陶器土坛，因其笨重易碎而被逐渐弃之，后以当地杉木制作的木桶代之。木桶质地虽轻，但价格也不便宜，由于数量众多，时间一长算下来成本也是偏高，故也逐渐被淘汰，继而采用竹篓。竹篓是用楠竹破成篾条编织而成，以猪血为浆，内外用多层皮纸糊就，防跌防撞，不渗不漏，且价格低廉，成为油号老板盛油器具的首选。由于竹篓广泛使用，从而又带动了油篓编织裱糊业的发达和兴盛，从事这一职业的人员也越来越多，并拥有了自己的同业会馆——天王庙，也拥有了较为集中的生产场地——如今天的油篓冲和堡子坳等一带地方。

此外，在经营手法和经济手段上，各油商老板也采取多种方式方法放宽搞活。由于洪油业是一项季节性强、投资量大、周转期长的行业，往往在收购原料时会遇到资金周转不灵的情况，便采取以下几种办法：一是牌子老，信誉好的油号，可以吸收部分游资存款，还可以预售远期沪、汉汇兑，给买方百分之几的好处，到期向汉口、镇江等各分庄机构兑款；二是必要时可以向各地分庄贷款，称为"上架子"，信用越好，利息越低；三是洪油牌子俏，可以预售期货，先收款，后交货，利用这笔钱，既可以经营纱布、煤油、白糖等，还可以增购原料，扩大再生产等。

行走古商城，无时无刻不被洪江商人那种商贸精神及眼界所震撼。在自然条件艰苦的前提下，他们没有自怨自艾，没有你争我夺，没有把有限的精力花费在脚下那片贫瘠的土地上，而是将目光瞄向洪江以外的世界。他们是一群纯粹的商人，仅仅依靠一个桐油产业，便以智以力、以勤以勉，赢得天下财帛，壮大洪江商埠。

小时候，山里人从大人们口中听得去洪江叫"上街"。一直到了上初中，才有机会随母亲一同上街，做一回小小的洪商。

洪江街上，在还没有走出过大山的小孩眼里，简直就是一处人间仙境。那一年，家中的李子结得多，差不多熟了的时候，母亲说可以上一次街，去卖李子，弄几个油盐钱。那几晚，夜夜做梦，街上，已幻化成各种五彩缤纷的画面，在梦中闪着奇光异彩。

上街的前一天，山里人兴奋地爬上李树，将李子一颗颗摘下来放进篓里，再倒进箩筐中。忙了大半天，直到天黑，才摘下八十余斤鲜果，分成两担：一担六十多斤，那是母亲挑的；一担二十来斤，那是属于山里人的。

凌晨惊醒，发现母亲早已起来，正在做早餐。一骨碌下床，手脚麻利地穿好衣服，洗脸。三下两下匆匆地扒了一碗饭，就挑上各自的李子，打开堂门，朝那条下山的黄泥小道走去。漆黑的山村，传来此起彼伏的鸡叫和狗吠声，也不时传来猫头鹰、野兽的叫声，令人毛骨悚然。可全然没有了往日的害怕，只顾凭着熟悉的记忆，探着路，大步往前走。此时，多想背上能长出一对翅膀，早一点飞到街上，看看街上的稀奇。

大约走了三个小时，才到了芭蕉坳凉亭。这是一座老亭子，这边是大山，那边是街市。坐在亭子里歇凉，引颈望去，隐隐可以看到烟火洪江。

从芭蕉坳下来，就看到天兴仪表厂的烟囱，由一根细棍渐变成擎天大柱；走近仰望，头上的斗笠掉了下来，滚滚浓烟喊着闹着，漫过天边。母子俩走到厂门口，就有打扮得洋气的女工人围了过来，叽叽喳喳地询问李子是否好吃、价格是多少。母亲负责答问和称重，山里人负责收钱和守住另一只箩筐，不能让人打了围场（打围场：这里指很多买东西的人将卖东西的人围住，趁乱摸走东西）。长寨、电厂、汽车站、福桥、古商城，走走停停，一路闻听沅水中各式大大小小机帆船突突地叫个不停，一路卖将过去。卖过厘金局，到了长码头，李子就差不多卖完了。

城市，对山里人，是向往，是诱惑，是渴望，尤其在那个"火红的年代"，望着高大厂房，听着隆隆机声，瞅着各色工作服，羡慕八小时工作制，还有商店的三尺柜台，饭店里掌勺的、端盘的，甚至清洁工。更有遥不可及、至高无上的商品粮户口与工资，无不让山里人垂涎。

难忘啊，宝庆会馆门口，第一次听到一位小妹妹询问："哥哥，这李子是你家种的吗？"当然肯定地点点头。小妹妹笑了，笑得一脸阳光，她竟然一下子买了好几斤李子，蹦蹦跳跳地走了，留下淡淡的茉莉花香。

那一天，去百货大楼对面餐馆吃了一碗甜酒汤圆，五分钱的开销，赚来满满的幸福。之后，能够理解的人和事明显增多，看路边街灯，以及远处的高楼大厦，旖旎色彩，想得多了，就更加清晰地感觉到山里风雨或阳光的局限，需要一盏城市灯光，打通某些关节要害，让局限的目光破茧而出。

那一次上街，学了一把洪商，由山客转水客，从无市场处找市场，从边缘经济夹缝中杀出一条路径，并留下心灵斧记。起根发由，初识洪江，记住飘在明清窨子屋、寺院、镖局、钱庄、商号、洋行、作坊、店铺、客栈、青楼、报社、烟馆门外的叫卖，记住钢筋水泥，记住脚手架，记住一拨一拨的工人，还有他们头上的工作服、安全帽，以及他们制造的各色产品以及修建的楼宇、打造的商业氛围。记住宽阔的街道、拥挤的人流，红红的灯、绿绿的酒，还有冰棍和粉面、布匹和华裳。记住经过打磨的工厂、商店、车辆、船舶，还有好些不认识的幸福和商机，以及城市女孩身上淡淡的茉莉花香味。记住一个个商场，在商业运行中，遵从着金钱与市场编排的秩序。不经意回头，倏然瞥见，巫水沅水烟波浩渺，昨天明天岁月冗长，一代洪商星燧贸迁。

之后山里人多次去洪江，了解商海浮沉。体会商之大者，为国为民。只有真正为国、为民谋福祉的企业，方能长久兴旺。

宝洪古商道

　　玉龙苗寨搞建设时，挖出了一块赭红色石头。几个人将石头抱出来，将土弄掉，竟发现它是个红砂岩马槽。长方体，上部略大于下部，中间凿空不漏底，俯视又呈椭圆状。一侧中下部凿有直径盈寸小圆孔，为镂空处理，用以排水；顶面一侧凿有三个小圆孔，不镂空，用以插拴马环。边沿上有少量麒麟纹样造型，两边镌刻"马到成功""马上进财"。从整体来看，马槽气势浑穆，厚重朴实。

　　一户独处的人家，突现马槽，这让人十分兴奋。蹲于马槽前，反复抚摸、把玩，希望闻到里面腐败的马料，嗅嗅历史的味道，可惜，由于时间太久，只闻到泥土的微馨。

　　翻阅有关资料，石马槽是人类定居时代的产物，是农业文明发展起来之后才兴起的。中国封建时代的历史可以说是一部游牧和农业斗争的历史，马槽是农业文明战胜游牧文明的一个代表符号。石头槽耐用，加工费力费时，移动困难，适合定居。

　　崇敬地望着这个马槽，一颗被石头砸中的心，竟一时间难以平静。凝望马槽，仿佛看到，一匹马安静地吃料，马的鬃毛像一块整齐密密的光，安静地流着。马吃得那么专注，那么旁若无人，就像一个雕塑。一凝神，马慢慢地模糊，慢慢地，眼前又只余一个冷冰冰的马槽。雕凿它的人哪里去了？那些马匹哪里去了？拥有它的主人哪里去了？安放它的那个古老院落呢？雕凿它的匠人，手艺活在手头上；那些麒麟纹被石头喂养，四季流动，千百年不朽；那些文字笔画，一刀刀刻画着匠人的思想和感情。而今，没有马，只有辽阔的盛夏，只有马槽静静泊在金色阳光里。想和它一起回到古代，回到一座精美院落，院落后面有小马驹，有一匹仪态安详的母马，一步步接近马槽，马蹄飞黄腾踏……

　　一只出土马槽启迪了思路，蓦然想到，小时候砍柴，千百回走过的屋后"盘路"。它不只是盘山之路，而是一条重要商道。念及此，一条古路，就像一卷打开的长诗，让很多深邃意象扑面而来。

玉龙苗寨，群山静穆，流水回转，竹木猎猎，山鸟啾啾，风成为一首曲子在这条雪峰山长路上吟唱、徘徊。重走盘路，放眼林中古道，过往的风雨沧桑，历史的缄默难以忽略。那一些浮动的白可是远古的马队带起的尘烟？那一抹胭脂的云可是阿姐娇羞的面颊？一切都如梦似幻。长烟落日，白驹过隙。先民的劳作以及古道曾经的繁荣隐入时空，隐入雪峰山以外的畅想。鼓角和马匹都沉寂在荒野，烽火被雨水浇灭，古老的路基裸露出地面，铃铎时隐时现。这头，宝庆；那头，洪江，此刻，即使跨上一匹风驰电掣的骏马日行千里，也难以追回明商清贾，去领略通商惠工。

骡马，缰辔，烟土，银两，盐巴。

异峰，篝火，云崖，山岚，野草。

残破的石板，凹陷的路面，如散落于荒莽的竹简，沿廒商的章节蜿蜒迂回，翻越狼嚎虎啸、烽燧如晦的岁月，横亘古今。原来，它是湘黔古道之一段：宝洪古商道。

查勘有关实物与资料，才知宝洪古商道兴于西汉，至明、清臻于完善。往昔，没有公路，古道尤为重要。那时，从宝庆到洪江有水陆两条商道。水路自资水达洞庭湖，再溯沅水而上，绕行两千里。旱路自宝庆资阳驿（今称驿传街）西行，经枫林铺、长阳铺、岩口铺、紫阳铺（设驿站），入洞口龙潭铺，经石下江（设驿站）、竹篙塘、木瓜桥、硖口关（今洞口塘，设驿站），入雪峰山，过千丘田（今古楼乡），越曝木隘（今古楼相山村境）、丝茅界（今月溪乡白羊村）、凉山界、宗溪、草寨、金屋堂、银屋堂、宝瑶（设驿站）、仙人桥、龙船塘、玉龙苗寨、雷打坡、花洋溪、洪江。成为湘黔古道小西线（又称支线）之一，是湖南通云、贵、川的主要通道，是"烟银特道"之一。

听老辈人讲古，商道上的过客常常络绎不绝，肩挑背扛，扶老携幼。尤其是赶上传统节日，路上大姑娘、小媳妇，打扮得花枝招展，虽不擦胭抹脂，在那时也是一道靓丽的风景线。玉龙苗寨地处宝瑶和洪江中途，每当夕阳西下，有些过客，虽加快脚步，还是被夜幕笼罩，赶不上宿头，不得不到玉龙苗寨民居借宿。来者轻轻叩门，说明来意，主人大多会热情留宿。主人会给过客提供晚饭，粗蔬淡食，多为自产，虽是临时准备，总能管饱管够。休息前，过客还会有热水泡足，便于很快进入梦乡，主客双方都不会担心夜晚人身和财产的安全问题。第二天早晨，过客会吃到预备好的早餐，简单而香美，不失待客诚意。之后，过客满怀感激之情，以不同方式谢过主家，继续赶路。大山静寂，这条从远古延伸而来的路盘绕在山水之间，倾诉着一个个悲壮优美的故事，经历一个个皇帝纪年。

明代中叶开始，雪峰山驿运兴盛，硖口设巡司，驿夫、排夫走差不断，轿、马繁忙，加之烽火迭起，兵运频仍。明清至民国，宝庆—洪江，成为"特货"运输专用通道。"特货"，一为烟土，二为银洋，三为食盐，故称为"烟银特道"。烟土从云贵产地一路长途，途经雪峰山脉，需武装护运，以策安全；银洋从宝庆发往洪江，为安全通过雪峰山，亦需武装护运，这种护运武装，号称"解帮"。武装护运一次多则数千担，少则几百担。每年4—5次，来回有货。运送鸦片的叫"烟帮"，运送银洋的称"银帮"。洪江、宝庆的"烟帮""银帮"均在宝庆、硖口、洪江交接，故设差置关驻兵，设厘金局。除大宗武装护运外，尚有肩挑皮张夹带烟土的"溜帮"，还有毛货夹带烟土的"包袱客"，这些人三五成群，为数不少，为躲避"烟帮""银帮"，则分居沿途小伙铺。桐子山（今洞口边街）、平溪江、盐井、司马界、白羊坪、龙船塘、花洋溪等地的南杂、饮食、伙铺一度红火。银钱绵延千里征程，银色铺就一幅多彩长卷。队队马帮，穿越崖壁的缝隙，在雪峰山云朵下的客栈上行走。

　　不得不再一次说说商队里的雪峰山挑夫。

　　雪峰山挑夫肩承生命期盼，一步一个台阶攀登，他们不会发出太大声响，怕惊扰天上神仙，至多在某一个茶亭或驿站稍做停顿，望一望亲切熟悉的长阳铺、硖口关，想一想前头的金屋堂、银屋堂和花洋溪，咬咬牙去承受一次又一次体力、精神和信心极限的挑战。日复一日，年复一年。一个生命被山阿掩埋，又一个生命无怨无悔地承接。

　　挑夫们熟悉每一个台阶每一颗土粒每一块青苔的脾气和性格，由此也决定自己脚步的轻重缓急。对于挑夫们来说，雪峰山古商道就是他们的家，是他们院落里火塘边的一道墙，一声俚语呼唤。他们的人生使命就是行走，无边无际地行走，使身后茅草棚里的家不至于乏粮断炊。千百回来去，披荆斩棘，他们对雪峰山的奇伟险峻早已熟视无睹，所以无须左顾右盼。春花秋月易老，阴晴雪雨难挨。流云飞瀑幽怨，石浪林涛寂寥。

　　晚霞胜血，晨曦如泣。崎岖的山路、岩石，任挑夫的铁脚，擂出了粗犷而又雄浑的号子。脚踏雪峰山的声音，如出征战鼓，撼地而起。挑担，劈开山脊，逆风而起。队列，亢奋地犁开云霞。嗨哟嗬！嗨哟！哦——嗬嗬嗬嗬——粗犷的山行号子，将压力下迸发的信念与憧憬铸进去，把脊梁炸裂和血管爆破之声铸进去，成了一篇千钧之重的人生誓言。绳索颤动的尾音中，石头，收纳了强者笑容。嗨哟嗬！嗨哟！哦——嗬嗬嗬嗬——听着地动山摇的号子，雪峰山灵蓦然生出一双翅膀，向着苍穹，焦灼地抖动。

历史匆匆的脚步中，宝洪商道上最庞大的队伍，莫过于挑盐的盐丁。食不可无盐，宝洪商道上曾经流传一首民谣："烟火两万家，盐笋三百担；一天不挑盐，饿死一大半。"盐丁们都有一根用杂木做好的扁担，两头微翘。当他们担着百余斤的盐上肩后，压沉了再反弹。如果扁担承受的力太重，上翘的两头不能压着，杂木扁担在肩上弄不好会把笋筐里的盐甩倒在道边。挑夫们在商道上风雨兼程，那挑盐的艰苦，今人都无法体会到。查读家谱，清乾隆年间，远祖曾在这条商道上挑盐。清光绪年间，外太祖是一位武术名家，在一家镖局谋生，保护官府商家的盐队，常常行走于宝洪商道上。小时候还听老人们说起一首挑盐歌谣，内容大约是：一根扁担尖又尖，手拿扁担气（去）挑盐。走了万里泥浆路，再过三千岩砣山。喊了关门老板娘，睡了铺草硬地板。受了万担寒和热，吃了半碗急火饭。肩膀磨破脚走烂，婆娘崽子饿肚肠。

山里日子，很重，也很缓慢；很咸，也很煎熬。

更加让人头疼的是，一条上好雪峰山古商道，也招来匪患横行。土匪选择月黑风高的晚上，埋伏于古商道的险隘，进行关羊、吊羊、送片子、踩杠子。

清宣统二年（1910），龙船塘客商杨万海被雪峰山易姓土匪"吊羊"，后杨父趁夜逃脱。但土匪并不肯善罢甘休，又将杨万海六岁的儿子"吊羊"，索要五百块光洋赎身。杨万海好不容易凑足赎金将人领回。为逃避无休无止的匪患，当年三月，杨家同本村其他七户人家，共三十多人逃到洪江安身。这些难民逃到洪江后，由于人地两生，生计艰难，加之当时痢疾、疟疾等病流行，普通百姓又无钱医治，一起逃生的先后有二十多人病殁，其中有四户人家成了倒家亡（全家死绝）。因此，雪峰山土匪的江湖史，就是普通百姓的一部漫长血泪史。

宝洪古商道运输，随雪峰山公路拉通，在抗战胜利后基本结束。

宝洪古商道简静了近百年之后，沿着它的某种气息行走，依然可以发现历史遗留。

玉龙苗寨西行不远，有一个神奇的雷打坡，整个山坡被雷劈成两半，中间凹下，山顶往两边卸开。经过千百年雨水冲刷、风化及侵蚀，现仍然可见当初雷击的痕迹。雷打坡也在这条商道上，相传很久以前，这里是原始大森林，偶尔有怪物在坡上肃立，发出惊心动魄的怪叫。路人闻之无不失魂落魄，大病一场。一老道闻讯前来，在坡前摆开道场作法三天，最后将一道长符封于坡前。不久，就闻一声巨雷轰响，山崩地裂，怪物消失，从此太平。行走雷打坡，一片稻花斟入露珠的杯盏，雷打坡拥着花香，呓语滑出甜美梦境；在这里，绿色植入黄金托盘，大山捧着青箬笠，竹海带出欢愉酒歌。

钟江，位于玉龙苗寨东首，清朝末年，传说此段商道曾有巨蟒深夜出来食人，地方上遂禁止夜行。有蒋姓兄弟，穷困潦倒，有胆力。一晚于集市喝酒醉归，众人劝阻未果。他俩持篙把火行至山间，见一物横路，初疑为木。走近一看，便见鳞片瓦亮，乃巨蟒也，上不见头，下不见尾。骤见此物，骇然惊悚。退回集市后，神思恍惚，不久病逝。后有高僧来此仗剑斩蟒，并建一座华严寺修行。高僧圆寂，于山下溪谷茶毗，华严寺一口老钟滚落，伴随高僧而去。现钟江仍有寺庙遗址隐约可寻。立于钟江四顾，天之高，地之阔，让人触目惊心。雪峰山苍茫如海、辽远似梦，时时有苍鹰盘旋。

风神寨，古商道中的一个祭庙，立于一个山头之上。在那里，暖风、柔风、清风，山风、河风、洞风，微风、大风、狂风、飓风，这多彩的风姿，变幻的风貌，就是风神无形的思想，无休的意志在人世间有形的展现。当太阳还在伸展它余晖的翅膀，风神就开始多情地用它的巨大舌头舔着古商道，卷起了破纸片和干燥尘埃，还在古商道的大树头上反反复复地躁动。风要掀起走路人的衣襟，风又刮掉小商店的门牌，风还要夺走路边喝酒人手中的杯子。风神的灵魂摇曳着，许多人不能够安静地进入梦乡，使他们想起了风中的歌、回忆起了风中的哭泣。山风狠命地刮着，将所有能带走的、飘浮着的一切都掳走。年年如此，岁岁如斯。于是，人们就在山头上建立风神庙，祭祀风神，让山风不出来作祟，祸害商道上行走的人们。

太平桥，位于菇溪宝瑶村境内，横跨宝瑶河。系宝洪商道必经之路，建于清嘉庆十二年（1808）。桥墩为石砌4拱，高8米，宽4米，净跨32米。桥上建木质凉亭14扇座，青瓦覆盖，两侧架有宽厚木板供路人歇息乘凉。柱枋或雕龙或画凤，栩栩如生。桥中供奉观音、关圣等神像。桥亭曾于清道光十六年（1836）与民国三十二年（1943）两次进行修复，现仍保存较好。在遥远的太平桥，等候时光穿越梦想的蹄声，仿佛一位古代僧人。有时候，一个人的梦想就是整个宇宙的花开，就是一座桥沟通着彼岸。此刻，在太平桥的中央凝神，雪峰山围拢成一条绵长的商队，等候一场披褐怀金的抵达。

思义亭，是一座供行人休憩的凉亭，位于宝洪商道要隘——宝瑶与仙人桥村交界的鸬鹚岭，是宝洪商道上的标志性古建筑。亭旁另有一庵，名"朝阳庵"。亭与庵均是当年为六位云游至此的尼姑而建。据查，思义亭始建于唐天宝年间（742—755），原为纯木结构建筑，因处山尖风口，屡建屡圮。清道光十六年（1836）重修。亭内东西两端拱门上方分别嵌砌有"金亭永固""亭阁庄严"等文字。曾几何时，刀光和剑影一定隐匿于山内山外，成为雪峰山的强悍。每一丝柔和的风弥漫着征战的音讯，深深浅浅的白云传送着哀怨的牛角号。这座久远的思义亭，让人沉思，让人有一种深深的不安，不安来自时光深处。亭子被夕阳拉长，轮廓如山。雪峰山深处，任性的山风吹打着狗尾草，唐宋之义被夜色包围。

雪峰山中，宝洪商道还散存有好几段青石板古驿道，古驿道的青石板路面宽1.5—2米，为了固定，一些石板还在边上凿洞以进行加固，或在险峻坡地立石柱栏杆以维护行人安全，虽经历了千百年来的风吹雨打，但依然可以缅怀与感受先人们奋勇当先的身影。青石板路虽有一些断裂残缺，风貌却是犹存。它曾经真实地凝聚着雪峰山瑶、汉、苗、壮、土家等众多兄弟民族珍贵的情谊，喋洒着大山先民的汗水和鲜血……漫游古道，仍能感受到它的沧桑、它的苦难。因为每一块石板都印满了山民的脚印，每一个脚印都灌满了山民苦涩的汗水和血水。沿着这条山道，山民们将大山里无穷无尽的谷米、菜油、生猪、牛羊、鸡鸭、茶叶、烟叶、药材、兽皮、山果、木炭等物产，运送到大山之外，换回自己所急需的食盐、布匹、百货等日用商品。正是他们的忙碌和辛苦，刺激了大山之外那些都市、商埠、码头的发展与繁荣。自然，商道上间或也有一些条件稍好些的旅客，他们或骑着马匹，或坐着轿子，往返在古老商道上，给原始、沉闷而单调的商道，增添了亮色和生气。

公溪河，从绥宁县张家冲，流经洞口菲溪，入洪江市龙船塘、深渡，绕过玉龙苗寨西北部，在沙湾寨头注入沅江。公溪河又汇聚了数十条小支流，从天空俯瞰，像一棵大树，枝繁叶茂。平时河水清澈，欢快流淌；夏季山洪暴涨，波涛汹涌。河床是清一色的卵石与彩玉，洁白光滑。两岸人家小孩子们常去河里游泳摸鱼、戏水玩耍。宝洪商道的中腰与公溪结缘，顺着公溪扭转弯曲。山里探亲的、赶脚的、做生意的、种山地的人经常走这条路。每天来来往往的人熙熙攘攘，络绎不绝，像樵唱赶集一样，很是热闹。

这条路虽是捷径，却十分难走。先是河床路，卵石遍布，横七竖八，活活络络，一脚踩下去，不是让人一跌，就是硌人一下，歪脚绊倒，是常有的事。河流七扭八绕，弯弯曲曲，忽儿在左，忽而在右，碰到河水，只能脱鞋卷裤，赤脚蹚过。碰到天寒，冷得脚疼。一路之上，不知要脱多少次鞋，蹚多少回河。

这样走走停停，猛然到了一座山前，周围全是悬崖峭壁，挡住去路。一道长长的瀑布从山上奔泻下来，喷珠溅玉，轰然作响，气势磅礴，蔚为壮观。顺势一看，只见一条有无数个之字形的石阶挂在陡峭悬崖上。数里路段，全用石头铺成。

顺着石梯盘旋而上，有数百米高。堪比蜀道，似上青天。每走一段，都累得腰酸腿疼，汗流浃背。驻足稍憩，可以看到云雾在脚下缭绕，苍鹰在崖畔盘旋。

再往前，顺着半崖上的小路，倚山而行。虽是平转，却很险要。头顶是险峰峻岭，脚下是悬崖深谷，稍不留神，就会跌下万丈深渊，摔个粉身碎骨。其实，是人们说得玄乎，那些挑担的，赶脚的，甚至骡马轿子也能通过。

走过山脊，又是山谷，弯弯拐拐的山路，路陡弯急，时有石阶。好在不长，只有里多。前面又是上坡，路非常难行，时而转山，时而下沟。路上都是搓脚石，稍不留神就会滑倒，蹾得屁股生疼。走过一段长路，才见人家。大路从民居中穿过，过去两旁有饭铺、客店、铁匠铺、染布坊。在这条古道上，算是比较热闹的地方了。行人爱在这里歇歇脚，喘喘气，喝口水，吸袋烟，遇见熟人，就拉上两句闲话，然后各奔东西。

这条路所经过的数十个村庄，都有饭铺、客店，卖烧饼麻糖、蒸馍面条，留人住宿，起火做饭。过去的人节俭，出门自带干粮，到吃饭时，借用客店的锅灶，做些汤，把干粮泡一下，给掌柜的一些柴钱，就是起火做饭。这样省钱，吃得还舒服。在诸多饭铺中，草寨的甜酒汤圆很有名，受行人喜爱。行人们都会算计着时间，到吃饭时一定得赶到草寨，吃碗热腾腾的甜酒汤圆。行人对住宿也不讲究，不管尊贵贫贱，一律住大客房，睡满间炕。偶尔有女客，就跟女掌柜睡。有牲口的，拴到后院马棚里，不收钱。草料都是自带，也可以跟掌柜买。过去在外住宿，就是这么简单。

这是一条谋生之路。宝庆人多地少，十年九旱，粮食奇缺，住宅窄狭。有的弟兄们一分家，没房了，没地了。为了糊口，就带上妻子儿女，去洪江黔阳种地做手工。洪江黔阳一带地广人稀，几乎每家都有种山地的。宝庆人来了，开几亩荒地，种谷子、玉米、大豆、高粱、糁子、荞麦、粟米，用以养家糊口，苦度时光。每到年底，会挑上粮食，送到老家，孝敬父母，尽尽孝道。走时，家里也会煮上几升白米饭，烧上一大块腊肉，让儿孙们过年解馋。要知道，在洪江黔阳一带种山地的宝庆人，一年四季有很多日子是吃不上白米饭的。

这是一条凶险之路。除了贼寇强盗、土匪响马，还有山洪。每到五黄六月，山洪暴发之时，公溪河水会突然猛涨。肆虐的洪水，顷刻间铺天盖地而来，卷着树枝，冲着石头，波涛汹涌，狂奔直泻，霎时就溢满河床。行人躲不及，跑不掉，就被洪水吞噬。

这是一条回家之路。很多种山地的宝庆人，每到年根，就陆续回宝庆老家过年，看看父母，叙叙亲情，全家老小，团团圆圆，高高兴兴，过个好年。那些在外打工的人，一进腊月，就会背着铺盖，揣着票子，哼着小曲，满载而归。回家后，用挣来的辛苦钱，去买年货，过大年。当然，那些死在外面的人，也得回家。树高千丈，叶落归根。这把老骨头，得入故土，进祖坟。魂归故里，才算安稳。于是，儿孙们就把死者交给老司，穿上寿衣，贴上神符，念动咒语，赶尸回家。到家后，举行仪式，隆重安葬。了却生者与死者的心愿。也有的用红包袱包住死者的骨头，回老家后，再装棺入殓，埋入祖坟。一座山是脊梁，又是欲念，亦是归宿。

这些已是陈年往事了。如今从宝庆到洪江，已有了高速公路和高铁。过去五六天的路程，现在只用两三个小时就到了。高铁、高速公路、国道、省道、县乡村道交织，过去的这条捷径，就会慢慢被人们遗忘，被历史淘汰。但是，这条古道上的风景奇观却很诱人。那陡峭山峰，清澈河流，绚丽山花，墨绿丛林，是那么赏心悦目，深远幽静。峡谷和险隘，更值得人们一观；商蕴和商机，并没有完全消失。

雪峰山像一位巨人，借宝洪古商道这根扁担，一头挑着邵阳，一头挑起怀化。邵阳乃湘中明珠、资水名城，以物华天宝、人杰地灵而名播湖湘。怀化地域广阔，物产丰富，交通便利，风光秀美。

湘商精神从一截截古道中走来，浓缩了湖湘赤子勇往直前的铮铮傲骨，书写了三湘儿女锐意进取的辉煌诗篇。时至今日，雪峰山两边鸿商富贾纷起，不断成为湘商中坚。湘商们大力推进技术创新与品牌培育，创建了诸多影响中国与世界的产品。他们沿着一条湘商大道披肝沥胆，于变局中开新局，始终走在时代最前沿。只有不商不贾的玉龙苗寨，依然傍着古商道坚持作田种粮、平淡度日。

从怀化到黄岩

怀化作为地名源自宋代设置的"怀化砦"，取有"怀柔归化"之义。早在元朝，沅州路泸阳（怀化）至中庆路（昆明）的交通体系即形成。到了明清，水运发达令怀化跃居为通达大西南、连接东南亚的国际通道，史载来自缅甸的象队即是经过沅水北上朝贡中国。其时，怀化大地呈现出了"商贾骈集，货财辐辏，万屋鳞次，帆樯云聚"景象。到了20世纪70年代，随着湘黔、枝柳两条铁路干线的建成并在此交会，火车汽笛的轰鸣更是吹响了怀化飞速发展的时代号角。而今，建设西部陆海新通道，怀化又成为主要节点城市，怀化已将眺望的目光，由封闭的大山转向开放的大海，追逐充满活力与激情的新梦想。

怀化又名鹤城，鹤城有一个仙境，它的名字叫黄岩。

从怀化到黄岩，只需要一朵云升起的间隙。山上黄岩，山下鹤城，相距仅21千米，相对高度却超过700米。

黄岩挂于凉山之腰，平均海拔850米，属典型的喀斯特高山谷地，素有"四门八塘，一日三潮，三脚跨两拱，七十二洞，洞洞相连"之美誉。溶洞多、奇、幽、险，且大多相连。黄岩大峡谷重峦叠嶂，飞瀑流泉，林木幽深，悬崖峭壁，奇石怪岭，山花遍野，亭阁四布，山村农舍，神秘梦幻。山岭上依次开满了各式各样的山花，山菊花、格桑花，五颜六色，令人目不暇接。

而怀化就在黄岩的身边。众所周知，怀化是火车拖来的城市，它是随着焦柳、湘黔铁路贯通而诞生的。之后，交通枢纽的地位不断巩固，高铁、高速公路、航班都在这里交会。大西南桥头堡、原生态植物园、古建筑博物馆、多民族文化村、杂交水稻发源地、高庙文明起源地、抗战胜利纪念地……所有的这些绚丽与辉煌，都在这块土地上壮美与铺陈；所有的感叹与赞颂，变成了歌声与笑语。东部的繁忙，西部的散漫，北边的豪放，南边的婉约，各地的语言、衣着、生活、习俗都由火车拖进这个城市来，形成各种异地文化碰撞交点。站立黄岩俯瞰怀化，找不到一丝老迈的沉积和痴呆，怀化是一座青年的城市，在阳光下显得十分耀眼，生机勃勃，钟灵毓秀。

久处怀化，自然渴望见到黄岩，唯有黄岩知晓，那是一座城市守护的美丽。昼夜轮回，斗转星移，黄岩的妍媚依然如约而至。听，有星星的夜晚，有黄岩的怀化在呢喃；而下雨的黄昏，黄岩在怀化的怀中瞌睡。

怀化的世界那么美，却一点儿也经受不住黄岩的温柔。黄岩是日光弥漫的柔情，天边透亮的星空，值得翻山越岭地喜欢，喜欢这山一程水一程不断变幻与更新的遇见。遇见黄岩，或许季节不合，亦或许，恰到好处，黄岩刚好花开，怀化正好凝目。

在怀化—黄岩的抒情里，一直确信黄岩是主角，是粉彩纷扬的装点。怀化人虽然见识过春日夏风、秋叶冬雪，却发现黄岩与月光一样独具特色，让人热情洋溢、不能自已。走过怀化的街衢，迎丰路、红星路、天星路、湖天北路……城东城西、城南城北，这四季春秋，行色匆匆，都不及黄岩，温柔一笑却风尘。

遇见黄岩，就当感谢上苍独有的恩赐。黄岩是上天派遣的使者，不远不近、不即不离，成为紧邻怀化一抹水墨丹青的痴念，亦成为字里行间红绿青紫早已镌刻的诗句，成为怀化醉与梦时常有的碎念。不但惊艳了怀化已有的岁月，还必将温柔怀化的未来，便如这峡谷的幽深与浪漫，水色一半，天光一半。

从怀化到黄岩，一朵花刚好打开，花的芬芳与娇艳依然不停息。窃喜中，哪怕光年变成纳米、海拔变成空荡，只为和一场美不胜收瞬间相遇。是怎样一个良宵引，星星躺在怀里，怀化卧于足下，闻着城市鼾声，慢慢啜饮这深蓝色童话。心内如风絮语，情愫穿越星空，思绪依然追逐一道峡谷一场花事。昨夜的雨，昨夜的风，昨夜的五彩缤纷，一定是云的心扉，一定是花的魂灵。不然它如何知道，让所有感动邂逅在黄昏与黎明。那响着牛铃的小村，凝翠的森林，怀揣着野雉的足印，又一次踩痛了霞光。

在黄岩，大可以凝聚好些萎缩的力气，顺着一种盘根错节，深入到土层里，舍掉浮躁与浅忧。不管从唐诗的田园散步回来，还是从宋词的稼穑周游返里，这些都不重要，重要的是如何以一种朴素的姿态过滤城市面对野壤，让那些朴实乡情，通过黄岩语法觅到表达方式——这也许唯有亲近泥土才最懂得。故而，最好选择夏季，那些炎热那些喜雨，那些花开那些绿荫，会毫无疑问平添硕大自豪感，不经意间就会成为一年中最为动人的颂辞，跑到光阴华章里。

在黄岩，仔细地打望庄稼人扔掉蓑衣，俯下身子，凝聚目光，心中就有圆圆的诗情画意相互追逐、闹腾、纠结、纷扰。城市里滋生的快节奏慢下来，再一次慢下来。好多可以令人清爽与振奋的养料从足尖流到胸膛，从胸膛流到脑海，流到因久处城市而干裂的齿唇、喉咙、肠胃。好多文思随着庄稼善解人意，珍惜眼前，喘着细气，忙着扎根，忙着长骨头，忙着抽穗，忙着敲击城里人的心弦。走出怀化城里的时候，定然感觉春的温柔早已去远。但不必介意，黄岩早已用入风入雨入尘的土味语音，打开一个淋漓尽致的夏天。

在黄岩，可以大声地喊，已经握住了季节的手，感受到无边的日子逃离城市还是繁荣昌盛。那时光，缘着狗吠声，顺着阡陌走向篱笆，藤萝伸着触须，探寻自由的空间，探寻民俗的韵律；葡萄架上，青黄色彩展示季节宁静的姿态，闪烁着风的足音、雨的韵味、太阳的节奏。走进田间小屋，抚摩一柄锄把，抚摩一顶草帽，和忙碌过的身影交谈，感觉心思中长满了稼穑的根须，将城市的琐碎一一占领、消耗殆尽。这时节步上田塍，看看山下的怀化，听听火车轰鸣高铁悠扬，心灵的风散文一样抒情。

从怀化到黄岩，还有什么在默默无语？站成一栋农舍或一块石头，也要傍着峡谷，想着念着怀化，抱着黄岩一起作绿色的呼吸。毫无疑问，所有到来者都可以顺着行走，跟随一座森林一道峡谷一片田野一丛茅草一棵庄稼向秋天延伸，从羊的蹄印牛嚼草的亢奋，感应一种恬静。一山经过曝晒的脸以及挥洒汗水的手，一路饱餐乡情饱尝静寂的心，迷茫在一首山歌的深处寻找灵感。

从怀化到黄岩的纵深，史书记载：北宋神宗年间，宋室奸相章惇时任两湖节度使，分三路进兵湖南各州，并亲率轻装骑兵征讨"梅山蛮"，杀人如麻，血流成河。1076年，湘西第九任土司王彭师晏，把他属下二十州归于北宋版图。于是很多怀化一带的土著，被迫攀石崖上山顶，躲进这深山老林，以打猎为生，居住在岩洞里。直到现在，洞中还遗留着土炉石灶等物品。以前，黄岩人家家户户都有几把猎铳，既狩猎也御敌。而今，描于寨门之上那把虚设的猎铳，折射出数百年来黄岩人的生活痕迹。

从怀化到黄岩的每一次起始，从没有抱怨，辉煌的日出皓皓的月，迷人的炊烟明晃晃的镰刀，玄黑的锄头，厚重的农历，山野粗大的呼吸，山径迷人的故事，光阴翅羽落地的声音，落叶的心境叠加起来，做成了一座城的繁华与沉重，与怀化呼应着、融汇着。透过历史，直视那些斧头、钢锯、锛，还有猎铳，伶牙俐齿，咬伤了岁月情怀，咬断了梦的骨头和浮现的城思。

从黄岩到怀化，要经过凉山。立于凉山上瞭望，沪昆、焦柳、渝怀等普通铁路和沪昆客专、怀邵衡、张吉怀等高铁呈雪花状交会；沪昆、杭瑞、包茂、长芷、芷铜、绕城高速公路四通八达；芷江机场飞机起起落落；水运体系通江达海，西进东出、北上南下十分便捷；怀化已是真正意义上的"五省通衢""滇黔门户""全楚咽喉"。藏于深闺的黄岩，离繁华很近，距忧伤很远。

从怀化到黄岩，雪峰山风总是不离前后。

高椅坐家

由沅水转入其支流巫水，溯源而上30千米，即到达会同高椅。它像一把太师椅，三面大山像太师椅的扶手和靠背，高椅古村由此得名。它被专家誉为"江南第一村"和"民俗博物馆"。

一条巫水，横过一道山湾。薄薄的涟漪，叠合着巍巍青龙、白虎的厚重。椅很高很古老，铮亮的黑瓦与青黛的山阿，将络绎的古建、民俗、巫傩、宗教和耕读的文化一同收储。

"堂前珠履三千客，房内金钗十二行"的气韵仍在，斑斑驳驳，深宅大院，喘息着岁月老人的气脉。千年瓦巷横空恣肆，烟火深藏的马头墙、文气十足的雕梁画栋之上，封存着世代进出的山子还乡衣冠上的尘土，悄然变换成旅游商机的轻重。

衢巷深深，沉静着百门千户；红黑鱼塘，演绎出至善至美的水密码；防盗缸沐日斜晖时依然闪烁智慧光芒；高椅黑饭、红坡贡米、火塘腊肉、沙溪辣酱等地方特产及天麻、刺绣品、傩戏面具、竹编工艺彰显今人勤勉。

村容已整，新颜旧貌里，分明能够听到古迹旧痕流淌着的，是文化血脉的汩汩之声。

进入高椅，一个颇带山里色彩的词从脑海泛起：坐家。坐者，居也。高椅坐家，诗意的享受。

小轩窗，正梳妆。

此乃国画里的意味，轩窗前的仕女慵懒地簪花，点绛唇，凝眉，回眸，弹琴，煮茶，吟诗，作画……怎一个好字了得？

高椅的轩窗，用料做工考究，雕花镂空描金，花样图案种类繁多，每种图案都精美无比，每种花样包含迥然不同的寓意。倘若让当年的金陵十二钗来此坐家，绝对可以让她们都找到满意的香闺：或儒雅清秀，或古朴典雅，或小巧玲珑，或稳重大气。

"平岸小桥千嶂抱，柔蓝一水萦花草。茅屋数间窗窈窕，尘不到，时时自有春风扫。"高椅不缺少王安石《渔家傲》里山野闲居的清幽恬静。"山际见来烟，竹中窥落日。鸟向檐上飞，云从窗里出。"高椅亦有吴均《山中杂诗》表达的惬意闲适。"一双幽色出凡尘，数粒秋烟二尺鳞。从此静窗闻细韵，琴声长伴读书人。"高椅有唐代诗人李群玉的书院二小松里的闲情雅致。"柳绵扑槛晚风轻，花影横窗淡月明。"高椅还有元朝诗人查德卿的清新淡雅。"望水绕人家，云生窗户，岫转峰回。层层绛桃千树，似丹霞、散绮映楼台。"高椅定然沾染了元代梁寅《木兰花慢桃源》的灵气。"我歌白云倚窗牖，尔闻其声但挥手。"高椅同样也融通了诗仙李白的洒脱豪放……

她坐在这里，坐成富家大室的样子，坐成如今的名字，坐成数千人现有的生活。每一缕到来的阳光，是她的远亲；每一声清脆的鸟鸣，是她的近邻；还有一个时隐时现、时去时来的梦境，是她的爱人。

真想成为高椅坐家客，夜晚，临窗而坐，白昼的喧嚣与热闹早已远走，宁静的夜晚，清爽的凉风拂面，纸窗昏灯一路朦胧。推窗远眺，一轮皓月当空，银光一泻千里，远山近水树木花草都笼罩上一层淡淡轻纱，缥缈幽深，若有若无。如此夜晚，仿佛能听到花开的声音，丝丝缕缕暗香远袭，空气恰似一江秋水纤尘不染，轻轻吸上一口，心，顷刻醉了。

其实人一生中，很多时候不妨停下纷扰的步履，在别致的时空里小坐，会洞悉很多事理。

把各色的心事写在风里，而风从远方吹来，温润，静好。

原来，这世间，青山迢迢，星光杳杳，风漫漫，雨沥沥，都有一颗旷达明朗的心。

原来，尘埃落定之处，所有过往与遇见都是生命的点缀。

想象在高椅坐家，从黎明到黄昏，一年一个世纪，静静地坐家。让岁月的光无声散落，收集着鸟儿穿越四季的流影。轻柔的巫水晨雾又一次揭开，不留意已是安静黄昏。天边的云微笑着回望，那衰老的学馆、祠堂、凉亭、土地庙，此时沉浸在往日梦里。因为耕读之灯常明，眼里永无热泪。漫长仁望，像永不停息的行程。不想喊，担心会吹落水行者的船帆。就让无边追念，追随着浪花，在巫水每一次起锚里，轻声地歌唱。

坐家，就是坐实一次被时光折叠之后的坚贞。

脚下的野草，绿了又绿。"喜鹊闹梅""封侯拜相"已是立着的雕刻，这些祥和让心头飘着朝阳的锦帆，眼底燃着永不熄灭的火焰。"关西门第""清白家声""清白堂""耕读传家"等庭训已无力动摇深深扎进岩层的步履，尽管夜幕更厚更深重地裹住身躯，依然能看到黎明在雪峰山边巫水远岸温暖地升起，朝阳将高高的宝座打亮。

这是高椅坐家的深情。

静坐高椅，让灵魂在彩云上飘逸，在绿叶间起舞，在月光下漫步，在花丛里小憩。

静坐高椅，静静地享受高椅美好的独处时光，没有尔虞我诈，没有蜚语流言，有的只是自己与自己的心灵对话：你是谁，你从哪里来，要到哪里去？恍惚听见一个细小的声音从座椅下发出：从尘埃里来，要回到尘埃里去。是啊，一生只是在人间的一次短暂的旅行。只不过，在过程中，应学会如何让这次旅行愉快。学会舍取，舍弃尘世没必要的纷争、名利，找到属于自己的风景。

静坐高椅，在人潮人海中，在功名利禄间，在亘古和现在的中点束身自修。

一句句傩戏唱腔，演绎高椅的前世；一声声现代吆喝，倾泻出今生韵律。幸福日子在高挂的红灯笼里，红红火火印证；美好生活在楹联的红底黑字中，无遗地溢出。从平日巷弄看过去，炊烟从瓦缝中飘出。一只鸟站在历史的瓦片上，想着给天空取一个名字，展开翅膀飞向瓦蓝。

宽敞大道连接古今高椅，高椅正襟危坐：前世是正道和爱情的演绎，今生是通往梦想的金光大道。高椅的温度，仿佛遵循熵增定律，以不可逆转的态势，流动与升华。

一张绝世好椅可以作为一个山里人全部的家园，坐镇雅俗、坐如春风。此生此世，一次次来高椅，看到明亮的有形之物，以及那些遥远的浅影、无意的轻言、断崖之危与救赎之风……无来由地从椅前漫过，闪着光辉。一个个到来者将以或坐或立的姿势，连绵说起，高椅光阴的沉升、尘世的悲欢和心念的断续。

庭院深深深几许。且于荷塘边的耕读人家置一古色小扎，能容下身子，一杯热茶，香过风火墙。北边的窗开着，南窗亦开着，可以随心所欲放纵视觉。轻微山风，如古典女子穿堂而来。此时此刻，什么也不要，什么也不想，让安静的心听听只有天上才有的音乐——坐家如诗，上天给的这份高椅自在好一个怡字了得。

宁愿让一万次深情呼唤，埋葬进莽宕山野，也要等候一万次雷雨之后冉冉的彩虹。高椅坐家，须坐得住，坐得稳，坐无怨言，坐白头发，坐明世理。"燕去莺来春又到。花落花开，几度池塘草。歌舞筵中人易老。闭门打坐安闲好。败意常多如意少。著甚来由，入闹寻烦恼。千古是非浑忘了。有时独自掀髯笑。"古人其实率先一步，找到了坐的境界。

夜郎傩寨

丁酉初夏，随傩师前往夜郎（夜郎，此指新晃）西天井寨。

傩师老家，在天井寨高处，瞭望四周，一寨烟云尽收眼底，四座古山峦蕴含入心。

傩师介绍："南有兽焉，其状奇异，鸟身牛头，三足，鸣声如唤自名，其音浑厚，名曰凤牛，见者可登高运，梦者财源横生，天和大善其身也，后化为四山。"四山在象形山下排列布阵，完成一座天井古寨构图，乃伏羲八卦之雏形。

天井寨，是一部用石头书写在傩页上的史册。石桌石凳，石磨石碾，石街石巷，石桥石栏，石井石碗，石墙石梯，石灶石锅，石器石皿，石屋基，石仓廪，石烤房，石田塍，石畲边，石塘坝，石篱笆……石头多是青灰片石，石质坚硬，岁月打磨使石头苔痕墨绿，发出古雅光泽。一寨石巷石陌光而不滑，干爽洁静，行走其上，脚步橐橐，回音绵绵，让人泛起一股宁静、幽远情思。站在石头寨任意一处，环顾四周，与石巷石陌相连的墙壁旮旯全是石语石言，讲述着漱石枕流、安于磐石、寿于旗翼的过往。

天井寨有傩师、傩艺从业者数十人。

这里的房屋大多是老式房，以石为基，辅之以木，一幢接连一幢，依山傍势，连成一片。以杨、龙、姚三姓为主，杂以少量其他姓氏。通过族谱记载大致可以推测，前二百多年，为避秦乱，杨、龙、姚三姓远祖，从中原地区携家眷秘密迁隐于此。当时此地荒无人烟，远祖们与木石居，与兽逐游。他们以顽强的精神，开山凿石，艰苦创业，用石头搭房垒巷，造石具开荒种田，炊饮餐具全部用石头打凿而成。春风秋雨，世事沧桑，远祖们在此依靠漫山石头，开一方乡土，巫傩唱祥，繁衍生息，由几户人家，发展到一个石头村落。而夜郎国被中原政权记述的历史，大致起于战国，至西汉成帝和平年间，夜郎王胁迫周边 22 邑反叛汉王朝，被汉朝牂柯太守陈立所杀，夜郎也随之被灭，前后约 300 年。夜郎国消失之后，其间产生的巫傩文化却长盛不衰。

傩师引领着，边述边行。

在遍地石头的天井寨行走，一块块片石以各种不同形状，垒起不同的历史与地理、政治与经济、傩风与傩影、强悍与骠勇。

青褐，灰蒙，墨黑，浅赭，远古的色彩，一路涂抹，一直延续到现在。平整的，刀切斧劈；凹凸的，狼突鸥张。规则与不规则的石块，于时空之间水乳交融，一点儿也不影响它们咬合的默契。没有泥灰的黏合，却是天衣无缝、鬼斧神工。

真切、惊艳莫过于每家每户都以一道石头的围墙紧守四向。它厚一两尺，高五六尺，壁垒森严，神圣不可侵犯。在石头墙之上，时光凝固，许多事物却石破天惊地游动，追赶一个个王朝的脚步，发出深重的喘息。一些村俗掌故，伫立于历史回眸的转角，虽然身心疲惫，满目疮痍，汗泪四溢，血迹斑驳，火焰煅烧，时间沉湎，却依然伟岸，展示出某种气韵风骨，以比石头还坚强和智慧的脾性垒成子子孙孙仰望的高度。

用手触摸每一块围墙的石头，它们紧密地连接着，以坚忍不拔的定力摁入土地，剔除荏弱，填满家谱之上的每一笔苦涩辛酸，将一个个先祖行进的脚步与身影记录清楚。

面对眼前横亘的石墙，思绪千疮百孔，难以愈合对一个村庄前世今生完整的想象。傩师侃侃而谈，天井寨的故事汩汩地流淌着，从村庄倚靠着的象形山边沿线上流动下来，好似并不遥远，遥远的只是飘过千年的烽火云烟、离散聚合。

岁月沧桑，星月轮回。那些肩并肩走过冷暖悲欢的石头，已被骨头与血肉磨平了最初的棱角，黯淡了原始容颜，唯以平静面对地老天荒，芸芸众生，花开花落，春去秋来，形成一张张喜怒哀乐的傩面。

驻足。把玩。聆听。悟析。

谁，踏遍万里关隘，以一双赤足穿越石块？

谁，忍受千年寂谧，用半山坚硬垒高家园？

将千年老匪盗——毙于石头围子之后，新匪盗们立于百里之遥望墙兴叹。幽远之处，王权似乎暗许，进入石头围墙行盗，击毙无罪。所以，扬刀斫下或举起竿子欲刺那一刻，傩磨砺獠牙，展现狰狞，不为哂笑，只为了完成对生命的执守与开悟；刀与竿子进入血肉，不为轻蔑，只为圆转对世人的救赎与感化；夺命一击，血流满地，傩向恶人露利齿，金刚怒目，竟先于尸体蹀躞在石板路上，不为忏悔，只为完成一个对善恶的基本评判，将冷兵器时代守候家园的使命揉进刀锋和长竿。刀锋经过本地石头磨砺，削铁如泥；长竿经过小便浸泡与火炕熬炼，锐不可当。扛竿子的人经过桂花坳，进进出出不经意便将凉亭横挑划进三寸的凹痕。

进入方今的太平盛世，围墙明显希望自己的身姿矮一些，再矮一些，直到化为平畴；它真的疲惫不堪了，石质脚板站成了历史沉浮，带血锋刃蒙上了厚重尘埃。

路上，墙上，每一块石头都以自己不同的方式沉默，都以自己天马行空的意识思前想后。它咀嚼着生的意义，吞咽着闲言碎语、杀气腾腾、天昏地暗，只因没有发声，才表现得异常石冷；其实有一团火一直在它内心熊熊燃烧，直想把世界一切丑恶烧毁殆尽，然后撤退，去往老家地心，化为炽热岩浆，再沸腾咆哮一亿年。

但它没有矮去，亦没有撤退。它坚守着自己的阵地，目光平和，透出一种力量，是托起重负与抵御邪恶的力量。一只蚂蚁爬上它头顶，欢跳，高歌。它竟然知道自己通过千年已完成了一次修行，与不断进化的傩成长，到达某种高度。石头与石头连接着，拥抱着，仍然沉默无声。一路的沉默连缀起来，傩师踏着乾位破石而来，分明听到咔的一声，像一根火柴划燃，引爆天井寨石头发出傩喊，四路村这张大傩面注入生机。

天井，坐落于天井寨四座山峦所围之巽位。

据传，先人抵达之时，有泉涌出，积水作渊，常闻异响。某日，白龙自天而降，隐入水渊，异响复平。先人甚奇，遂于此地辟井造屋定居。

方圆数里，上天只赐予一口天井。旱，便成了周围人家常见的病痛。烈日蒸蒸，万物不再葱茏，大地皴裂。所有人家的水桶，以浑浊喉咙，面对天穹空洞的脸颊。排队，争水，斗法，斗殴。酋长无计可施，只能向傩神求助。傩饥渴难忍，举起天井寨死亡的骨头，以原始力量，让白骨复活过来，帮助人们从遥远的外村挑水。又以竿子刺破天穹，刺穿巨大落日，以雷霆之血，来喂养一个寨子的干渴。王充《论衡·明雩》对此颇有见解，曰："《春秋》，鲁大雩，旱求雨之祭也。旱久不雨，祷祭求福，若人之疾病，祭神解祸矣……"

傩又赐予人们一只金盆，承接雨水。

时间的碎屑不断融入，天井之水亦渐见浑浊。

石头四四方方地围绕，四方的井沿，残留着白龙溅起的古老水迹，苔藓明亮。

俯下身子，将耳朵贴近井壁，听到老井与老牛，正以不断的反刍，将曾经水灵灵的传说、寓言、家史、寨志、苦难，以口口相传的侗家语言，刻录在井壁之上，刻到哪，青苔便覆盖到哪，一直将傩寨的路覆盖成青绿。

砌井的远祖，留一双浑浊的老目在井底，注视瓜瓞绵绵的后人，身影早已走远，远到天边，远到目光不能触及的地平线尽头。

一些连着井水生长的野草，长到石头墙边，长到石头路上，长到石头堆旁，长到石头山上，长到石头的夹缝，长到水以及挑水脚印需要补白的坤位、艮位、离位与坎位。

贫瘠的土，干旱的地，浑浊的井，稀有的雨，苦涩的历史人文，石头的长路。

登楼，通过开口屋，可以看到天井，看到隐于天井里的石磨、石臼、斧、锛、铲、凿、镞、犁、刀、锄、镰、矛头、磨盘、网坠……以及一个高庙文明之前的石器时代，石头骑着石头，石头牵着石头，石头挽着石头；头上缀着石头，肩上扛着石头，手里攥着石头，口中叼着石头，足底蹬着石头。石城汤池，石火风灯。从石头走向石头，除了石头，还是石头。一个石头做的时代，蘸上水，便直立起来，完成某种进化，形成一个油彩招摇的石傩大面。

凤头凸傩基场，从《傩公礼文》上神秘打开，在天井寨象形山震位坐下来，传袭六行与傩语傩愿，展开傩章、傩本、傩面、傩戏、傩器、傩具，树起大傩神氏国。大傩神氏为天，甘雨滴灌地母，润五谷养生人。

石头里出生的傩，命苦。

石头上长大的傩，命硬。

能在石头上讨生活的人，才是四路村人，四路村人的骨头都是石质的，钙化程度超越想象。

一个顶天立地的四路村男人，一句话吐出来，能在石头上砸一只深深的眼。

一个持家度日的四路村女人，一声喊发出去，可将石头里深藏的龌龊惊得魂飞魄散。

血是流动的石头，梦是游走的石头；在血与梦之上，傩从太阳与火上跳将下来，向四路村的每一座峰峦、每一块土地、每一方石头、每一缕霹雳打一声招呼。于是，在四路村，迎接人们到来的，是石头；洗濯人们灵魂的，是傩韵；送别人们远行的，是石头；令人们牵肠挂肚的，是傩愿。

傩基场，不断传来陶埙木鼓之声。

凤头凸上，夷为菜地的傩场，傩始终坐在那儿，一刻也不曾离开。

生老病死，天灾人祸，天地大祭，都要在此还原为傩，以傩完成诠释与安抚，让魂魄，顺利到达乡关。

生者高歌石头，死者面朝高天。他们的唇际，凝固着傩被，带着归去来兮的荣耀与安然。傩师坐于红毡之上，为生与死、梦与醒、天与地、寂与灭焚膏继晷苦涩傩唱。

傩密密麻麻将凤头凸傩基场围绕，显然，它对这个石头与信念筑就的高台情有独钟。

傩戏开唱，唱者与观者隔着石头，想着神灵的模样；戴面具的人模仿神灵的状态，醉于其中。世人的表情世界，太容易当真。一张傩面，如若初见，一戴上便很容易入戏。看那祈祷神明的灯火，游离在天地间，为混沌开启一扇窗，挂放在傩寨的石沿，把一种古老文明，用时间流传，以灵魂传承。一台好戏，锣鼓开场，一群入戏人，固定戏中表情，分属在生旦净末丑身上，用灵魂和肉体，去拆解一封来自远古的天书。看似青面獠牙，却又柔情似水。幻化百变的傩戏，用宫商角徵羽发出的词句，道不尽尘世的苦难与繁华。

出于驱邪、祭神的目的，傩戏的古朴本色始终没有变，表演中兼具说、唱、舞，它是村民心中的仪式，是将古老与现代紧密捆绑在一起的图腾。自始至终，傩似乎带着一股神秘力量在奔走，一直跟随村庄在流转变迁，穿越时代，跨过兵燹匪患。脑海里呈现出一幅画面：一群古夜郎人，左手举篙把火，右手握冷兵器，于原始丛林披荆斩棘、筚路蓝缕，以启山林、以开村寨。之后，傩慢慢演变发展，平安傩、冲寿傩，让村子福祚延绵；开红山，上刀梯，下火海，那是替有难之人受苦，与神沟通。傩演着，一如这漫天蔽野的石头阵式，不足为外人道，村民心里在默默咀嚼着那份执着的寂处与幸福。

这种维系乡村精神的灵魂，在村民对待傩戏的一板一眼中得以重现，这是村民尊崇、向往和热爱那片土地的重要原因，也可能就是傩戏这种表演形式，始终被人们所牵挂和传承的缘故。在凤头凸，在千年之上，傩总是用石头的温度，清凉到来者的忧喜，以颤抖的纹理，访论稽古老戏曲的抑扬顿挫。

一场盛大傩祭过后，鼓乐骤停，傩暂时随风散发。傩基场，到处都只余下石头。被傩火烤过，被傩风傩雨吹过淋过，这些或赤或褐或青或灰的片石，垒砌成古村独特的风景，反过来又不断把傩基场垫高，高到遥不可及的云端。

透过凤头凸傩基场傩韵，见性成佛，仿佛看到中华民族的三大老祖宗之一的蚩尤，和中国诗歌的老祖宗屈原正在天宇之上向古夜郎大地发出启示与微笑。就在这一瞬之间，炎帝、黄帝、蚩尤三大族团北上中原，继之而来的炎黄阪泉之战和炎黄蚩尤涿鹿之战，逃回南方的蚩尤"黎苗族团"在大禹的"逐三苗"战争中，又逃向雪峰、武陵山脉与西南各省。这一系列史前历史，就像恢宏的电影史诗，飞快地在头脑中如蒙太奇闪过。也就在这一瞬之间，更加明确了《九歌》的内涵：那是黎苗族团与世隔绝后古老的族团记忆，是最早历史、文化、宗教的文字记录。它不仅属于楚文化的范畴，更是比春秋战国和《诗经》时代都古老得多的文学艺术留存，是中华民族最初的历史文化档案，是中华民族自农耕之初直到大禹时代历史、文化的高度概括。它不是屈原自己的创作，而是他对古老民风民俗和祭祀乐歌的收集与择录，他为中华民族保留了这一最早的民族记忆，让今人可以据此窥探到中华民族早期的社会、历史、文化状况。

正因为高远辽阔，凤头凸傩基场如白云出岫，只在高天上行走，只在记忆里存盘，只在线装的典藏中变为墨迹、变为一纸渐深渐远的传说与戏文。

傩总是沿着乱世苦难与盛世欢娱行走的。傩师引领着，在四维之一的兑位，欣喜地看到了近期新建的天傩基，看到了傩，在沉寂之后的复苏与欢腾。

天傩基离盘古大庙遗址不远，显然是想借助盘古的神慧与灵验。片石铺成的寨道成放射状四通八达，而片石垒起的院墙，守护着由来已久的静宁老屋。一个用象形山杉木搭起的舞台上，一场场搭桥傩戏演绎相同或不同的悲欢离合。一台台傩戏上演，那种从肉体到灵魂的提升，以及错了位的感觉都是以一种虔诚恭敬的心在天地神灵的参与下时而庄重肃穆，时而用反复大幅度的程序动作舞蹈，祈求着风调雨顺、国泰民安。对于把生命和希望寄托在这片土地上的人们，他们有理由和天对话，有理由祈求一份属于他们的幸福安宁。

古老片石建成的庙堂与戏台，当今木板建成的天傩基，分别讲述历史的正版与戏版。

天傩基四周也到处都是石头，石门、石巷、石磨，石盆、石钵、石碗，甚至石头的思想，石头锻造的精神，石头延伸的傩机。当然还有石头围起的小院里，树荫与瓜菜诉说着苍茫与生机，春到薄暮，夏已可期。

天傩基石头的傩唱，石头的闹哄，石头的静默，石头之上开坛、开洞、闭坛，完成发功曹、扎寨、请神、安位、出土地、点雄发猖、姜女团圆、勾愿送神，将人间百态中之剽悍、凶猛、狰狞、威武、妍丽、慈祥等石化，刻于人心之上。如此，人也成为会动的石头。四路村里的年轻人揣着傩的贶予到城里去了，傩便伴着耄耋老人留守，慢慢熬着日子，变成一块块石头，让四路村长大，增高，纵横开阖，成为国家级非遗，成为，傩随心上演的一曲经典。

傩师滔滔不绝地叙说着，来者的脚步也在石头上不停地行踏。

不知不觉，日已过午。

回到傩师老家，畅享其九秩父亲、八秩母亲亲手做的腊肉午宴，愧收其回赠的腊肉，便要返程——傩其实很净友，不需要谄媚与奉承，只在一种简单执守中，打动人心，让世人推崇。

在新建的停车场上，再一次回眸石头血肉的四路村，回眸石头骨骼的天井寨，回眸古今傩基台，现代与过往，繁华与僻静，喧嚣与安宁，开始通过石头、通过傩完成交换，完成最初的愿景。

大傩神氏国，从一粒谷上发育，从一块石头植入、茂盛，旷达不羁，鸿飞冥冥。是为雪峰山之西，牵连武陵山，古称夜郎国，今为新晃县。

傩于先古从高庙发散，傩师先祖杨魁从元代、傩师从现代先后向高庙回归。天井寨不眠的夜晚，溢出的虫鸣把月色引诱到围墙，浸润一次又一次倾斜的影子，用月光清洗孤苦，燃起香烛，突围清冷，吐诗含词表达傩的初愿。山王。灵官。二郎。秦童。擘龙。判官……搭桥。立楼。解结。差兵。过关。还愿……雾岚生处，鸣锣开道，八角太阳升腾，凤鸟祥鸣，獠牙兽步罡踏斗。在不一的面具后面，正有一个山里故事席地而生，吮吸石器时代的冽滟，上演撕裂、重生、涅槃、嬗变。一个巨傩横生，他傩舞着，从东部平原跨上雪峰，再攀云贵高原；从南岭舞上雪峰，再舞到秦岭淮河，顺势以长竹竿搭一座天梯，让大山愿望攀缘而上。

高登山天问

石寺是否来过 UFO？长住石寺会与天外生命幽会吗？

一块一块石头审视，石头仿佛要说话：曾经有一群古人或外星人，把苦难写成石歌，将留不住的日子，一笔一画刻在石头上枯坐。抚摸着石头的一道道伤痕，都是些风一样飘散的快乐忧伤，带着醉酒的沉迷。石头上的经诵，有点坚硬，有点冰冷，有一丝丝隐痛。从石头纹理上看，站立成石头的古人或外星人，裹紧岁月外衣，再成为石头，风霜雨雪在石上写下了如此伤感的文字。石寺瘦弱下去，多么渴望明媚阳光能够栖息在背上，让一座石头寺庙拥有一双透明翅膀，做一次短暂飞翔，越过漫长时光。可是所有石头都沉默不语，湿漉漉的壁上是谁的眼泪？

石头有些困顿，阳光透亮如金，洒在佛殿，洒于礼佛诸众背上。

到来者入寺，焚香，顶礼，叩拜。

高登山寂寥，普照寺宁静。

高登山为雪峰山一脉，海拔 1500 余米，地处绥宁县和洞口县交界处，山脚分别为大黄、刘家、联民、田螺旋及洞口堆上等村。此地山势雄伟，崖壁陡立，岩寺高耸。

普照寺，亦名远照寺、普昭寺，位于高登山极顶。始建于南宋绍兴二十四年（1154），后因战乱被毁，时有修葺。至清康熙中期，绥宁青坡里（今绥宁麻塘乡）佛教徒黄皈依师"披荆斩棘，募化殿宇钢瓦，昼夜往来，有虎为伴，至康熙三十九年（1700）工竣"。嘉庆二十二年（1817），青坡里"劝首杨通鉴、李元芳有志坚创此庵，尤恨力不能胜"，约请绥宁、武冈杨通义、石安鼎等九人，"总理其事，并议同心捐化，由是集腋成裘"，共募银 3000 余两，开始大规模改建，第六年工竣。从此，以其全石结构、规模恢宏而驰名。普照寺奉白马神，祈雨极为灵验。有僧常住，香火旺盛。1949 年后，僧徒下山回家定居，佛事活动停止。20世纪 80 年代后期，始有人出家住持，不久圆寂。之后，每逢礼佛之日，有佛徒前往寺内朝香。

黄皈依师，年方 20 即弃家修行于宅后钵盂山，自结茅庐，虔奉香纸数年。见钱纸灰飞集祖师殿，以为佛祖导引，遂积极募捐，在此创建殿宇，雕塑神像。数年后，见钱纸灰飞集高登山顶，以为佛祖再次导引，遂披荆斩棘，凿平高登山顶，并于洞口、绥宁、武冈、黔阳、会同各县募化，创建普照寺。据传寿逾88岁，功德圆满，坐化以终。普照寺经后人多次扩建和改建，至20世纪30年代，发展成为全石结构、规模恢宏、远近闻名的山寺。

夜深人静的时候，是不是有外星人在喊着什么？

他（她）用神秘的语言，喊出普照寺的声音。想象着他（她）的洪荒之力，嘴唇翕动，神秘光影落在雪峰之上，普照寺周有着湛蓝不可逾越的空间，深赭难以涂改的征途。

到处都是星星的碎片——普照寺，石头的厚重无以复加。即便是门楣上的一抹青苔，也是千钧的重量。风吹霜雪，弯月如弓。山啸在哪里？关山难越，一支光阴利箭，在山体中穿梭。一块石头的记忆，于血汗中启动闸门。

雨，泛滥为大荒。高登山隆起、隆起为雪峰铁脊。抟石成形，先民的手，无数双手，在烈日下在暴雨中。粗壮的手，皲裂的手，一双双石头与骨殖组成的手，于某一个岩场，天昏地暗地舞动。不规则的石块，菱形、正方形、长方形，各种石块累积，垒高，层叠而起，拔高了高登山。

建筑的梦需要从一块石头开始，石头记忆，在泥土里，在雪峰山风雪里。厚重，重过大山的石块；沉默，比黑夜还要深沉的肩膀。忍耐千年，忍耐到灰飞烟灭也不会与高僧辩经的石头，它们的佛性已然与高山一般挺拔巍峨。

普照寺石头，是行进的锋刃，亦是固守的汤池。千年的修筑、构建，千年的毁坏与涅槃，一块残石就是一册史书，一抹青苔即能见证沧海桑田。

石房。石碑。石础。石柱。石枋。石檩。石瓦。

时光在这里沉思，思想在这里交锋，石头与烽火对话。

岂止是一座寺庙？更是据险制塞、随山就势的典范。从宋朝开始，石寺，成就一个千年感叹号。

狂风、暴雪、远去的工匠带走勇敢的背影与臂膀。风化，崩塌，早已撕裂王朝旌旗与权杖。多想抓起一把古人的石屑，祭奠逝去的时光。用一杯烈酒，铺展征程与长灯，复活铁锤与钢钎的姿势，昂起英雄头颅。

是谁，肩扛半座山在月下踽踽独行？风中，传来谁穷其一生未能探幽穷赜的叹息？普照寺已化作一颗沙砾沉淀下来，旧时光的浮影里，谁的嘤嘤絮语萦绕在石屋的梁边？是谁的笑颜渲染了谁沉寂的流年？谁的叮嘱温热了谁的胸膛？谁的泪水凝结成晶莹的琥珀？谁的眼眸凝视了千年？谁的执着守候传奇了千古？山里灵魂可以经住多少岁月，在轮回的隧道中，如若相遇昔日故人，可否能记得当年容颜？

民间有一则故事说，南宋绍兴年间，考察风水的师徒二人，先后为寺庙寻找宝地。师父跋山涉水，走到高登山下，看到一座清秀翠碧的大山，便花了一天时间攀上峰顶举目四望，顿感神清气爽，便毅然选定此处作为建庙的地址，在山顶上深埋一串佛珠作为记号。不久，师父因病而终。徒弟从另外方向一路奔波，经过长时间的跋涉，也来到高登山下，乘着夜色往山顶一看，就见一缕佛光熠熠闪现。佛光中，徒弟看到了师父的影子，在向他招手。于是，徒弟循着佛光指引，行走了一夜，登上山顶，在山顶深插一根禅杖，竟然正好插在当年师父佛珠的孔心，一时间，那缕佛光更加辉煌，将高登山四周照亮，因而便发动民众建寺，取名为普照寺。

外星人什么时候到来，又什么时候离去？

在普照寺，石韵石味的行走有些缓慢。

谁是那个为神佛的身影磕长头的人？他灰暗、苍老，像放弃过多次的祖先。他掌握着神佛的某些隐秘。他默念着什么？神佛石质的躯体开始疼痛。他祈求什么？神佛石元素构建的灵魂山体，渐渐变皱、沉降。

跟随着一阵风，山行者似乎走得有些踉跄。这沉重的山行者，上山与下山、出世与入世，脚步隆隆作响，也许比凡俗摔过更多更疼的跟头，以至于地面上，留下许多凹陷。可以断定，义无反顾的山行者，从岗岭之上默默走下来攀上去，径直出入仙尘两界——在需要奔跑的时刻，他成为一匹马；在反刍苍茫的一刹，他成为一尊石像，端坐于心头的山巅之上。

一座山有千种苦乐。山路很窄容不下一个人背过身，把眼角的辛酸擦净。来者偌大的心装下整个石头寺上路，外星人不现身送别，只有满地的石片石块扑背而来。从普照寺离去，一时间忘了烟火、亲人、野菊。将一滴眼泪深深埋在泥土里，让它生长五百年时光，那时，石头的风化苍老足够与普照寺同步出行。行走在犬牙磐石的山路，幸与不幸都一一擦肩而过。用身躯活出一块石头或者一棵小草，风雨穿行，看不透世间烦恼，就让一个个山行者成为衣衫或者鞋子，挡住肉体涌动的浪花，把苦难之上的土地放进千万匹马，把唯一的犁具插得很深，进入轮回，彻底感动上苍，将一座山峦重新挪放到脚下，垫高普照寺的神秘。

普照寺在山上坐禅久了，身上长满苔藓，无心再动一下。风吹着不动，阳光照着不动，雨淋着不动。有人从千里之外找来，它仍躲在苔藓里，一动不动。把它诵经的雪峰山挂在堂前，依然一动不动。

从一座山到一群苍鹰挟制的云霓，从参拜者挥舞的手势到石头锈蚀的风声——上苍不断搬动山色与时辰。外星人的道路与凡尘不谋而合。

通过石头纹理，感知上苍血脉的流向，而石寺经诵，会让更多的血脉拐弯。从某种意义上领会，上苍是一种回溯——他通过石头的构思有错综复杂的指向，让遗忘的意识不断重现。那也许是阴影最为坚硬的部分——有可能超越石头的沧桑与屈辱。石寺无法简单幸福，石块慢慢破碎，成为某种尖叫的星语。

时间，在此更觉得是用石头垒砌起来的，缓慢而坚韧，经风雨后有着斑驳痕迹，都在一种流里被打磨得日渐温润可人。

从山巅香烛上升起的高登山思想，低于从伤痕深处升起的忧伤。雾霭中，普照寺之影，猝然绽开成呼啸之花。

到底是谁从普照寺肋骨上，偶尔掰回一小片愿景？

"不知香积寺，数里入云峰。古木无人径，深山何处钟。泉声咽危石，日色冷青松。薄暮空潭曲，安禅制毒龙。"《过香积寺》的意境刚好契合深山之巅的普照寺。

行走雪峰大山，发现还有三座石韵石味的古寺屹立山中：古佛山古寺、雪峰寺、风神寨古寺。八百里雪峰山，群峰林立，如成千的莲叶簇拥着一朵朵莲花，而普照寺正处于莲心位置。

曲径通幽，徜徉于一座座石头做的古刹，殿宇宏伟，秀丽的山色怡悦群鸟性情。于浓荫蔽日的参天古木上，窥见时光的流逝。寻觅风中一缕缕奇香的芳踪，芳馨于心海似花瓣舒展，鲜为人知地扩散。感知"一旦树摇叶婆娑，顿觉飘然风乍起；但当林木低头时，便是一阵风吹过"的高情远韵。

放眼看去，宫殿楼阁，情韵流畅而气象完整。头角峥嵘，轮廓矍铄，把佛门信徒的祷告举向天际。大殿中一排排红烛及一盏盏青灯举着暖目温心的金黄，肃静地烘托着低缓时光，扑面寒寂令人醒爽。饱相庄严的佛像，坐镇于众目焦聚的正中。佛像目光俯视，神情宁静之中似在沉思，曲线起伏流畅。庄重的佛像是人类面目的升华，是信仰的符号，是雪峰山千百年历史文化存活的记忆。瞻仰至久，感慨莫名。怀抱信仰的老老少少额头俯磕表达虔诚之心……普照寺周边，风景名胜众多，与普照寺形成了映射。洞口这边有蔡锷故居、龙眼洞、金塘杨氏宗祠、江潭王氏宗祠、高沙曾八支祠、南岳殿、文昌塔、半江风景区、菲溪森林公园、抗战文化区等，绥宁这边有黄桑自然保护区、神坡山、大园古苗寨等。这些形成了一个有机整体，各个部分都和谐而欢快地相互渗透。最空灵的美，此刻也变得具体，仿佛触手可及，留下深邃而广博的禅理遐想。置身其间，仿佛肉身靠着一种信仰媒介，拥着自然独创而深奥的思想高翔远骛。

雪峰山神奇秀美，峰峦回环错列，一山一石，一山一景，篆刻着石头千古的历史。其中的白马山岩体、芙蓉山系、大熊山、楠木山、八面山、梅山龙宫、堡子界、盘古洞、仙人岩、岩龙盘洞、黄岩溶洞群、碧涌侗寨大峡谷、密岩尖、独岩、青山界、法相岩等，无不彰显石头特色，美不胜收。为了守住这片石头风景，雪峰山人坚忍不拔地留守、创造着，用石头树起屋子、立起风景，养活后代子孙，养美石头古村。他们坚信村前村后拔地而立的山，是他们坚强的脊梁；层层叠叠的石头，是他们坚硬的筋骨；流水潺潺的溪河，是他们不息的血脉；而他们修筑的石屋石景，则是他们心中永远的灵魂。他们与石头同在，与石头融为一体。雪峰山石头伟大，在石头上讨生活的雪峰山人同样伟大。

当今山里人，该怎样参比古人，用石头筑起大山高度，直通天宇？

万佛驻山

万佛山，色如渥丹，灿若明霞。一种丹霞地貌的神奇，美了雪峰山南麓。一幅云水禅心的水墨，醉了南国山水。丹红色悬崖，红褐色山峦。雄伟、险峻、奇特、幽静，蓝天、白云、丹红、黛青。赤壁千仞，幽洞通天。

赤色之山，泅染雪峰色彩。站立之霞，磨砺红色信仰。在万佛山，将手掌贴在摩挲得溜光的丹霞上，手掌传来炽热的那一刻，依稀可以感觉，通道转兵感天动地的英雄壮歌，进而去现今打造的杜鹃草堂感受，心间亮了几分：有人说它是鲜血，染红了曾经的苍凉；有人说它是壮丽，喷薄着日出红霞满天；有人说它是喜庆，在天地间闪耀着殷红的梦，芬芳而风情，澎湃而璀璨。

万佛山云涛起伏着，澎湃着，泅涌着，与仙人居、三十六弯、天生鹊桥缠绵。云涛落下，峰峦娩出，云涛升起，万岭消隐。"十莲卧佛"在哪？刹那间，心上点起了一道光，一盏莲花"啪嗒"一声开了，一阵清凉，徐徐降落，涟漪轻漾，佛卧在莲上，目光安详。早有粼粼波光，从心间漾出，又汇入万佛山苍茫。千峰万壑在云海中浮动着，一峰就是一佛，"万佛朝圣"就栩栩于眼眸之前。

一座丹霞住着一尊佛。

万佛山藏着说不完的故事。侗民与历史神秘而飞扬的记忆，在一片丹霞里凝舒；一万峦峰，于人的仰视中恢宏佛光，烟霞氤氲苍翠。而佛跨在最高两山的顶点，于逝者如斯的感慨中抚万山云涛为静水。千年风雨的洗礼，山体和颜色久已变幻。没有庙宇，没有袈裟，没有缭绕的香火和诵经之声。一万尊佛，端坐成山阿，以上苍的慈祥注视赤色土地，发出透彻人间的玄机和偈语。很久很久以前，这儿没有山，也没有佛，只有一片海，后来枯成了山。后来，山说要坐坐，佛说歇歇脚。于是山为佛腾挪了一万个窝，佛为山点燃了一万道激情。

一个侗寨住着一尊佛。

侗寨是有灵性的。从万佛山走到周边侗寨，来路很长，去路很远，便如改天换地的漫长。

坪坦建寨已有九百多年。宋代时，石姓先祖来此祭祀大树，为子求福，认为此地乃风水宝地，故而迁入建寨。从此，向阳窗子将太阳光影投到了福地洞天，吉祥如意像百褶裙一样打开，大地上的眼睛盛满光亮：侗语悠扬，糯稻细软，"为也"奔放，鼓楼高耸，风雨桥亲切，寨门高开，吊脚楼连绵，《起源之歌》神秘，行歌坐夜浪漫，萨岁有灵，侗锦为衣，吃冬祭祖过侗年为俗。从"放犁头火"到"放峒子"，坪坦一直很静。

去了皇都才知道，这地方确实来过古夜郎国天子，驻下一尊真佛。走在普修桥深深的皱褶里，桥下的河水一晃，已数百年。河对岸的荷叶跳岩，悠扬的经诵一波接一波袭来，击中驻足的过客，击中一颗颗滚烫的心。手提响筒的姑娘，来来回回背着善良回家。合拢宴上的"转转酒"，隔着鼓点与笙歌，就已闻到了平和的醇香。

与其他江南古镇相比，芋头侗寨在布局和意境上更有一口佛性的真气流转。尤其是古侗寨依山傍水、以芋头溪流为南北轴线、沿两侧分汊建置的民居依山谷呈阶梯形次第向上的独特布局所带给人的视觉错位意识，很是贴近佛经虚处写实、实处抽象、语言微妙、意蕴丰富的特点。立于万佛山之巅，芋头侗寨就像一位到来的高僧在通道百里侗文化走廊的西北部袈裟飘飘，口吐莲花，折射着幽厚的景深和气韵。

坪阳侗寨，上苍用一根思念的红线，串起再生人的神秘。是哪一种愿力，将生命节点续接？前生沧桑的故事，都像是昨天。而千难万苦，今生历经了风雨摩挲、岁月百衲。生命中每一条干涸的缝隙，在呼喊中绽出生机之芽。前生在黑夜潇潇凉风中抽身落英，是为了轮回？是为了迎接重生？抑或是为了赶着晨雾在黎明前化朝之坠露？前生与今生有一段夜行，虽然相互看不见，却分明能聆听另一个自己不辞而别悄然走远的脚步……并且知道，那是一种使命。在朝阳升起之时，前生与今生都在天地间飞腾。那一根牵系的红线，会仰望山巅，目光划过长长晴空。当前世与今生对上生命密码，其中的一方，就会在开满鲜花的地方，迎接另一方重归……

一棵老树住着一尊佛。

老树的根是大地，枝干是河流，被第三纪晚期喜马拉雅造山运动弄丢的许多事情，都会保存在树的记忆里。如果能够走进一棵老树的世界，也许会发现佛在老树的梦境里，拈花微笑，彼时，佛的内心，藏着一座万佛山的初始状态，红色地层发生倾斜和舒缓褶曲，并使红色盆地抬升，形成外流区；而流水向盆地中部低洼处集中，沿岩层垂直节理进行侵蚀，形成两壁直立的深沟，亦即巷谷。注视一棵树，感觉树的眼界，高于常人。打坐如树的苦行僧，内心充满人间悲悯。一个人，最终扑倒在尘埃里，成为尘埃的一部分。一棵树，最终紧紧抱着尘埃，一遍遍地哄着万物入睡，渐渐地进入忘我之境。

一个灵魂住着一尊佛。

红尘里每一个行者，习惯了世俗，仰望高度，信仰的足迹，遍布名山大川。

万佛山的云朵怒放，钟声敲醒时间的出口。拈花妙手，落霞带动山水，像一首偈诗敲着记忆，准备在一朵花里参透一万座丹霞山峦没有阻碍的呼吸。

渡舟的涟漪里有一个微笑，灵魂之光无限温暖。

有心之人，面对万佛山会俯下身去，听听一万尊佛的响动，那里面标注着时间秘密。山上的岁月，真的可能比山下长。于是便想成为山间樵夫，看佛下棋，佛下完一盘，起身走了，一转身，发现斧子已烂。这感觉，时间是跟着佛走的，佛在的地方，时间就会慢下来。佛不在，山中时间跟山下一样。

在万佛山，佛可能群住于三十六弯。这三十六弯，集峡谷、峰群、原始次生林于一身，古木参天，古藤攀缘，弯弯相连，弯中有弯，九曲迂回，佛眼佛心，见性成佛。

除此之外，佛还应当居住于万佛寺。曾经香火缭绕的万佛寺，如今只剩下遗址了。这断壁残垣、片瓦碎砖，不能还原出当年的风貌，万佛山曾经的 36 寺、72 庵，已经隐在了时光中。

万佛山下的通道，令人感动的地方太多，不仅有雄伟壮观的风雨桥、工艺精湛的鼓楼、古朴典雅的凉亭，还有天人合一的干栏式吊脚楼民居、长长的合拢宴、香喷喷的油茶、甜醇醉人的苦酒、动听的敬酒歌。通道，正沿着奋力建设生态文化旅游先导区、绿色发展示范区、民俗文化生态保护示范区的思路，进入一个崭新时代。

立于万佛山远眺，远的近的、明的暗的，都摇曳于佛之微笑中。生命越向佛靠近，脚印就会留下一个个见性成佛的瞬间。

瑰意琦行，万佛驻山，脚步越来越轻盈。

悠悠穿岩山

穿岩山位于雪峰山东麓，溆水上游二都河流域，溆浦县统溪河乡境内。因为它遗世而立，因为它红尘静好，像一处仙境，所以，它成为国家级森林公园。

政要来了，商贾来了，文人墨客来了，八方游客来了，穿岩山交织成时代焦点。

积山以高，蓄水而长。

山里人随雪峰文化研究会团队多次来到穿岩山，聆听它的呼吸，读取它的书页，感受它精彩绝伦的草木气象、千秋万代蜿蜒而至的风土人情、藏在深闺人未识的历史掌故。那些埋藏在砂石下的声音，在他耳门上游弋了很久。他终于看到一个屈子描绘的山鬼，烈烈地腾飞舞蹈，在幻梦中的倒影与楚辞很像。他坐立在乱石丛中，把自己晒成古远古朴模样，体验楚国脉搏的余动。又将自己想象为一只吉祥鹓鸰，四时常鸣，百草长芳。

满山的动植物迎过来。棘刺的长藤，正当萌芽。乔木的枝梢，缀满了形形色色的花序、穗芽。灌木丛林，也生出了浅绿的鳞胞、鲜嫩的叶片。一群聪明的蚂蚁，在寻求生活的方位。一些粉蝶，追逐着花朵的芳踪，来来去去。叫不出名的山雀，在他抬起脚步的当口，飞上高枝。阳雀坡的黄土地，千里古寨的山湾，雁鹅界的田园，枫香瑶寨去往天池的小径……无不惊现一地黄的、紫的抑或红的地丁，盛开着一座山四季不断的春和景明。

进入穿岩山，随意走到一个无名台地，就可以看到在僻静处盖有木屋，一栋或数栋，住着人家，组合着自然村落。木屋中，每一片空气都带着水的清凉，吸吮到肺里，轻轻在肺叶上打着转儿。慢慢闭上眼睛，没有那么多的遐想，也不包含阻碍。伸出手，小心翼翼地轻触云朵的柔软，一丝温暖从手指慢慢滑到心底。不需要刻意，也没有强制，那么宁静，是久违了的熟悉。这木屋，可以在孤单的蒲公英前种上山茶花和红杜鹃，清晨，鸟儿轻轻把人从梦境中唤醒；夜晚，数着眨眼睛的星星进入梦乡。摇曳的水墨色裙摆伴着杨柳的发丝，风把思念勾勒成了乡愁的样子。屋前，大家坐在一起吃着自制免费凉茶，再也没有了现实中的争吵，再也不感到烦恼。

　　云山雾罩、层峦叠嶂、氤氲盎然、树影婆娑……不知是山谷包围着雾，还是一道道山峦沉浸在雾海里陶醉、缥缈？穿岩山，一山的云、一山的雾海、一山的苍松、一山的花儿交相辉映，红、黄、蓝、绿、青、白、紫，姹紫嫣红，如九天之上打泼了五彩，亦如多条彩带凌空起舞。

　　山谷中一股火焰正在熊熊燃烧，山涧里的一袭雾流好似从容的流变，山际边那一片"火海"，那么汹涌。那是雾？不是。那是云吗？是的。是那般的燃烧，激情澎湃，却与山上的空灵相安无事。是云笼罩了山脊，是雾滋润了山肤，是天空烘托了山脉，是山嘴亲吻了天体。

　　古老山道中，茶与马行云流水。茶在黑的质地中，生出雪峰山岚。马于崇山峻岭和山涧溪流间，爬坡过坳。依山势崎岖而上，青石板铺展的方向，从低处到高处，如云梯一样连接着穿岩山的漫长。马帮们隐于雪峰云霭，茶香水暖在山清水秀中矜持有加。青石板上的吆喝声生生不息，马铃如流水般清澈。诗溪江的水一定饱藏传奇，见证过无数的山里沧桑。穿岩山的茶马古道，牵马人攀登而去，仅留下历史背影。而今人的体验，可以借一条遗留的古道阅读穿岩山的内涵，聆听马匹声起起伏伏、从明清一直嘶鸣到而今。一队队马帮驮着一个个山里故事，以茶的名义，从时光深处缓缓走过来。马蹄印于古道，宛如花开。

　　行走穿岩山，一定会受某种力量的牵引，每个莅临人都以跋涉者的身份，用崇敬和缅怀去丈量悬挂于苍穹下的红军路，丈量苦难与幸福、生与死的距离。红色的铮铮铁骨，化作绿水青山，历史的烽烟早已消散。在一幅红色标语前驻足凝思，想挽留住一缕铿锵之风，问一问英雄的去向，听一听长征路上穿岩山的一段故事。贺龙率领的红二六军团，从这里经过，向前，一路向前，踏破二万五千里路云和月，用热血、青春和生命，在华夏大地谱写"敢教日月换新天"的篇章。

　　山鬼是在惊蛰的夜晚复活的。很多人读《楚辞》看见了，也有人在穿岩山山鬼坡前看见。当山鬼沉睡两千多年，闻着穿岩山文旅融合的声音醒来，独自冲进夜色的时候，山鬼玻璃桥拉通了，坡上的山花也开了。山鬼摘下一朵山花，放进掌心，一眨眼，那朵花便化成谶语。之前山鬼的属性仅仅只是一位村姑，一位立于楚辞里妖娆的村姑，到了春天总是遭遇满世界的桃花，遭遇一年复一年的寂冷。"山中人兮芳杜若，饮石泉兮荫松柏。"走上山鬼玻璃桥，人们不再目空一切，不再一味仰视的时候，也许就学会了低头，低下去，才知道自己的高度和虚浮。一颗怯懦之心，也许就在一瞬间，不再执着于，总是针对别人的豪言壮语。透明，是人性中最清醒的一部分，因为看得见自己，所以才看得见深渊。悬崖赋予生命以同样的权利，只有在谁都无处隐藏的时候，才发现，人是一种多么善于伪装的非金属结构，而玻璃桥拥有绝对安全的零部件，只有那些害怕别人通过，同时又没有真正面对过峡谷的人，才有可能一辈子也走不过玻璃桥。相信玻璃桥，上面走着一串串惊魂、一串串幻影。相信涂着黄油的钢丝绳不是易折的茅草，相信它的黑色，有着钢铁的意志；相信玻璃，这个透明的液体；能够把人载至栈桥上，已失去体重。玻璃桥越河而建，跨弧 300 余米，凌空百丈。连接玻璃桥的是一条 400 多米的玻璃栈道，从山脚到山顶，银光闪闪的长龙盘旋在山鬼头上。贴着峭壁沿长龙向上蜿蜒攀爬，场景惊险壮观。

穿岩山最陡峭、最险要处，一条玻璃滑道全长约 580 米，宽 1 米，高 1.5 米，垂直落差 218 米，采用"S"形设计，从山巅上盘绕而下，飞越南天门，直抵山腰。它的底面和两侧都是采用透明玻璃材质，滑完整个滑道约 15 分钟时间，这是精心打造的一个业态。滑道设计了防护棚，从根本上解决了滑道在雨天无法滑行的缺点，更避免了游客的日晒雨淋之苦；滑行中设计了自行减速带，以备老少游客滑行中自行减速，致使运行风险降至为零；滑道滑行完全由滑行者掌控，依靠自然的惯性而自然滑行，脚踩手握随心所欲地掌控速度。如果是一位有经验的滑行者，更多地还可以分出心思浏览穿岩山美景。从高处看，整个玻璃滑道隐身在密林丛中，穿梭在滑道里，犹如进入森林隧道，在自然氧吧中穿梭，在极速下滑行，让人惊叫、惊魂、惊喜，超乎想象的刺激触发着全身的感官神经。滑道让人以最舒适的方式从山顶下来，到达山腰景点，还能体验一把惊心动魄的快感。

枫香瑶寨一旁，有一片宝石般的蔚蓝值得人们去亲身体验：蔚蓝的安谧、蔚蓝的呼吸、蔚蓝的抚爱。谁的眼睛静静地凝视蔚蓝天空？天空上飘着一片洁白的云朵，白朵落入蔚蓝，荡起了小小的波浪，波浪上面舞蹈着，水做的一个个仙子——这片蔚蓝的名字很诗意，叫瑶池。它是一个无边际浴池，依托山体地势，吊悬山腰，四季彩云将其擦拭得蓝韵荡漾。在穿岩山瑶池与水相融，人们能想到的，只来自感觉；能触摸的，只来自灵魂。眼睛，与深邃的蔚蓝长久对视，本来无波的水，就动起来，旋转，旋转，快速旋转，把快乐的灵魂生生吸了进去。那一隅快乐的蔚蓝，像一朵盛放的蓝色水仙。翩翩起舞的蓝色水仙，给每一位到来者，快乐伴舞。于是，缥缥缈缈的一生就有了色彩，孤独窈窦的行旅就有了皈依。蔚蓝的水仙，在雪峰的苍茫中，在高高的深山里，在瑶歌涌流的土地上，睁开蔚蓝色眼睛，挥动蔚蓝色衣袂。满天空的池水，向四野弥漫，低下去，又升起来；一波一波地，自由的蔚蓝，幸福的蔚蓝，云朵是唱诗班的孩子，浴者是西王母的圣童，飞舞在生机勃勃的九天之间。闭上眼睛，深吸一口蔚蓝空气，负氧离子、肺活量、梦想、宽容、澄澈、安详、蔚蓝色山风、蔚蓝色心跳一起涌现，不必计较蔚蓝色空气里，还有多少清寒与忧伤。再吸一口，深深地陶醉，尽管去陶醉。不必用山鬼的传说来增添自己的分量，相信自己，只要相遇，冥冥中的魅一定会击中心灵，启动迷离中等待已久的隔世心愿。此地此时，一切都化作蔚蓝色的水，有水晶的质地，有丝绸的顺滑，平衡在软硬之间，舒展在温凉之中。目光穿透蔚蓝，远远听着枫香瑶寨大门口迎客的瑶鼓、瑶语、拦门酒歌，再看穿岩山，便拥有了蔚蓝色情节，生动的、跳跃的，甚至浅淡的，就这样守望崖壁与池水、青黄与蔚蓝、沧海与桑田，有多深重就有多安静。只需微笑颔首，就可拥抱蔚蓝色的乡愁，醉得一塌糊涂。

湘楚文化、红色文化、抗战文化以及古老大湘西巫傩文化浸润的穿岩山，舞龙、舞狮、辰河戏、高山号子、高庙大祭等文化活动方兴未艾；雁鹅界、千里古寨、穿岩峰、九龙潭、二都河、元宝梯田、观音洞等景区不断揭开神秘面纱；神龟探海、观音朝佛、仙猴送客等地文景观进入世人目光；二都河、弥勒湖、统溪河电站等水文景观柔情似水；茅里庵、茶马古道、铁索吊桥、瑶池、玻璃滑道、山鬼玻璃桥以及难以胜数的木屋、火塘等人文景观横空出世，并带动了山背、虎形山等附近景点的开发。

穿岩山上空，正在建造山顶缆车，从海拔 300 米的溆浦高铁南站，上升到 1500 多米的北斗峰，线路总长 7600 米。工程完成以后，那种"看山不远走山远"的情形便一去不返。

以穿岩山为原点蓬蓬勃勃兴起的雪峰山旅游，抢抓机遇，加快发展新型文化企业、文化业态、文化消费模式，不断健全结构合理、门类齐全、科技含量高、富有创意、竞争力强的现代文化产业体系，成效显著。在穿岩山，旅游已不仅是一种生活方式，还是一种学习、成长方式，到来者可以在旅游中了解雪峰山的历史文化。

文旅融合，让"诗和远方"走到一起，已然成了穿岩山的英特迈往。穿岩山的开发理念是，在保护中发展，在发展中保护，文旅深层次融合。在顶层战略设计的基础上优化各种实施策略，切实保证文旅融合的顺利有序推进，满足新时代文旅产业发展需要，不断提高人民群众的幸福感、获得感。

从穿岩山下来，浪漫的诗溪边，可以看到溪水像天空一样透明、清澈蔚蓝。小小沙滩上，遍布着细小的穿岩石，这些诗溪的骨骼，经年之后如此光滑、圆润，红的、黄的、白的、青的，偶尔还发现有紫的。多少年前它们从海底升起，现在它们铺满奔赴大海的路上，也许一辈子到达不了大海，可它们像眼睛一样朝着大海的遥远张望。无意间拾起一颗穿岩石放在手中，像托起一座江南的雪峰山，一颗颗穿岩石躺在掌心里，可一座座江南山峰却永远站在心房里，中间流淌的不是溪水，而是游子的泪水，离开了，不带走一片尘土，不带走一点声音。没有人知道一个游者曾经面对诗溪激动、抒情，彻底陶醉在穿岩山下。

悠悠穿岩山，太阳和凤鸟盘踞在山石上。山花和鸟鸣随着雪峰山大开发的推进，潜在大山腹地。坚守自己的信仰，穿岩山以独特的身姿诉说新时代的奋斗故事。从穿岩山看到，一座雪峰山，以特色文化为灵魂，做足全域旅游精气神；以文化节会为媒介，做旺全域旅游人气指数，在开放中逐渐完成华丽转身：雪峰山不靠海，但思想开放，正通过"向海借力"，打造陆海新通道，深度融入长三角、珠三角，并面向一带一路、面向世界。雪峰山景区与国内一些文旅机构签订了旅游产业发展战略合作协议，已先后联合一些国际文旅组织，与之缔结友好。如今的雪峰山，既是山水人文之山，也是创意创新之山；既是高铁枢纽之山，更是开放开明之山；既是青春活力之山，也是福寿康宁之山。站在新起点，雪峰山正转身向世人展示出一个时尚灵动、青春靓丽的现代文旅大山身姿，引领山地乡村振兴。

卷二　山节山气

立 春

寒随一夜去，春逐五更来。

春节前后，爆竹、烟花忽地冲破自己的房子，在山里奏响华章、炫起七彩。家家户户打开山门纳客、纳吉、纳春、纳一年的欢喜，村村寨寨迎来送往、高谈阔论、对酒当歌。山梦，也悄然张开翅膀，所有与萌发有关的思想开始小碎步于山野小路上奔跑。跑向新春，也跑向童年记忆。

立春日，早早地，祖辈点燃自制篙把火，沿着田地周围走一圈。一边走，一边吆喝："南公背斗来保佑，病虫瘟疫上天去，五谷丰登下凡来。金满斗来银满仓，条条路上遇黄金……"篙把火在月光下，山脚下的土地是黄的，一层层有序展开，像是一块块刚出锅的锅巴，透着泥土味道。而弯曲的蚕丛鸟道，又像一条绳子，把锅巴串在一起，晾晒在山谷。

赶鹊活动结束后，祖辈带山里娃去往别人家的菜地里"偷青"。偷青，就是偷几把莴苣、菠菜、冬苋菜、蒜苗、青葱、萝卜苗等叶类菜。偷的人欢天喜地，尽量闹出动静来，引得菜地主人出来骂，骂得越厉害越好。据说，骂声就能把疾病驱跑。这种偷青，大人有时也参加，因为这一天偷青，别人是不会把偷菜人当盗贼的。"青"是春天的象征，偷青，就是要把春天偷回家，把一年的美好偷回家。

晌午，祖辈还得带着香纸与爆竹至门前田角去祭奠一番，然后用锄头挖点泥土，用红纸包了回家，供于堂屋神龛之上。之后家人给起土人奉上一盏茶表示祝贺。祭祀之后，新的一年就不怕挖土时撞到太岁了。

立春之时，太阳到达黄经315度。随之抵达的，有一种力量嗞嗞作响，有一些翅翼振振欲飞，有一种芽变割割点燃，有一些色彩油油冒起。"东风解冻，蛰虫始振，鱼陟负冰。"用眼睛、用耳朵、用自己一切的感官阅读生生不息的蛰伏，竟然很是忙乱：昨日天空刚长出一缕浅蓝，今天田野就苏醒了一些声响；风儿轻轻地拂过树梢，好多毛毛虫将吐未吐；喜鹊飞过枝尖，孩子们的儿歌一片灿烂；晴光乍好，山野升起片片纸鸢。

雪峰山里银杏、南方红豆杉、钟萼木、金钱松、篦子三尖杉、鹅掌楸、樟树以及壳斗科、蔷薇科树木们都沉在梦里，等待着被唤醒。可是，一声期期艾艾的鸟鸣，怯怯地遮着如花容颜，躲在冷风之后，不肯挤破一层薄如蝉翼的裹。山里人家，全部竖起耳朵，静静地等候，一直要听到第一声鸟叫，讨得开春吉利。

第一声春鸟终于叫开了，有一把神的扫帚，蘸着咒语与梵愿，轻轻地扫过大地，扫过高山，扫过河流，扫过人家。山水开始发软，水边湿地敛衽向隅，接下来，山脚平地长揖叩风，山腰田畴也唱喏农家。一双双翅膀打开，化为千家万户门联，剪却几多鞭炮余音，年的氛围张开落下。喜悦像幻梦里的雨，濡湿瘦劲的枝柯。

立春口舌，全年不吉，是非麻烦，诸事不利；出嫁女忌回娘家。砍田坎、给豌豆搭架、团瓜堆、锄麦地、给柑橘施肥，腊尽春回，各种春忙之备接踵而至。

春风一吹，地里的萝卜、白菜猛长，山里人家一箕畚一箕畚地弄回家，成为餐云卧石的当家菜。

因是春节前后，所以，山里人必定会在老家，体验春天是怎样贴着寒冷，一步一步从南方回归的细节。

一去经年，包春卷、打春饼的日子渐行渐远。

过去，举行立春祭祀时，山里有"鞭春""打春"的习俗。立春前，用泥塑一牛，称为春牛。妇女们抱小孩绕春牛转三圈，旧说可以不患疾病。立春日，村里推选一位老者，用鞭子象征性地打春牛三下，意味着一年的农事开始，催手迎春。然后众村民将泥牛打烂，分土而回，洒在各自的农田中，为的是祈求当年能有好收成。

山里，父亲母亲的忙碌一直没有停歇，他们会早早地翻阅老皇历，对着节点，打开屋子的大门。即使是三更半夜，大门就这样一直开着，接着春天滚滚而来。面朝南天门三鞠躬，春的天使就在不远的天际。母亲迎着她回到灶屋，桌上早已备好供品，点上一炷香继续祷告。母亲一气完成整套流程，为五谷丰登开一个好春。

油菜青青，组成山里最撩人的期待。农耕深处，丰稔和花香潜滋暗长。阳光的筋骨，雨水的情感，总让普照和滋润年年新鲜。油菜默默无语，像无数俯身劳作的农人，像劳作不止的父亲母亲，只是稍稍将汗水和民谣扶正腰杆。用不了多久，一垄一垄的油菜，必将用金黄注脚，诠释春风，让岁月和生命都带上一段金黄畅想。

沅水岸渚，雪峰山崖，总有一些斜坡，早早地伸出<u>一丛丛</u>迎春。青绿的藤条，零星的小黄花，像极了小家碧玉的样子。

围着火塘食橙、冰糖橙、脐橙、大红甜橙，只需要倾心一啜，就帮助它们完成使命，完成对日月的感恩、天地的回馈。那刚毅的酸、醇厚的甜，几乎是山里不可置疑的善良。

武冈、绥宁、隆回、新化、洪江、溆浦一带，猪血豆腐丸子已然炕好，可堪食用。道地食材，道地做功，好一道舌尖上的美食：血性、清澹和硬气，正是它所具备的显性特征。这种血性、清澹和硬气，一直在雪峰山血脉中传承。

"一候迎春、二候樱桃、三候望春。"春日如拨灯盏，越拨越亮。想着立春时节的花信风，读着古人句，踩着春韵，搭上一辆车，去到一个陌生地方，度一个春天可好？

春未见暖，花未见开，春和景明只是一种展望。寒冷并没有过去。山里还有春雪，还有倒春寒。但，立春了。春天最先于山脚布景，千万双眼睛盯着陌上，新鲜的山里节目很快就要盛大演出。吃过立春饭，一天暖一天。荷锄老农，走在草色有无处，越走越远，身形淹没于渐渐散布的春色中，毫无疑问，他是这个山里春天的主角。

一年之计在于春。无论生活多么艰辛，无论世事多么艰难，一户山里人家的年轻人都早早计划生养孩子，年长者倾其所有帮助孩子结婚成家。要看到子孙满堂，有后人开枝散叶，才认为是山村最大的幸福。每一个生活在山里的人都想把自己留成一袋种子，撒在自家院子里，也借着春风的翅膀、春鸟的传播撒向山外世界。

立春日，父亲会来到菜园，把长得最好的萝卜、白菜、莴笋、芫荽、香芹等结个红布条，做上记号，进行留种。

人与山间万物感应到季节微妙变化，吸足清新空气，精神一下子就抖擞了。

守圆一角山，心头一热，春天就唱着花腔从山那边走来。

雨　水

　　感动于大地的萌动和渴求，雨水来了；感动于农人的祈盼与执着，雨水稠了。

　　沿着农历轨迹，在黄经 330 度上翩然降临。"獭祭鱼，鸿雁来，草木萌动"，古人目光如炬，通幽洞冥。

　　山沿边，越来越多的绿跑动起来，渐入佳境，将冬天泛黄的故事一一抛却。这些起伏昂扬的绿，像着了神奇的魔法，撒豆成兵、伫立如树，三番四复、染翰成章。

　　风在有呼吸的地方生起，忽明忽暗，若有若无。像一只无形的手，虽然没有骨头，但抚摸过的地方，却生发出色彩的硬度，所有植物都无力对抗，也猝不及防。雨水之上，有一种苏醒循序渐进打开。风没有开始，也没有结束，大把的想象翘首以待。

　　山里空气逐渐随解冻的大地，变得柔软异常。这种柔软，让人浑身上下都有一种松绑的感觉。一冬阴霾与晦暗消失殆尽，天变得明朗干净，就连远处的山也似乎走近了，树木清晰可见。不知从哪里窜出来的鸟儿，叽叽喳喳，在树枝间跳跃；既有坚守一冬的麻雀，又有刚刚归来的燕子，还有长尾巴的灰喜鹊，它们如老熟人相见分外喜悦。

　　七九八九雨水节，种田老汉不能歇。

　　雨水前后的填仓节，人们讲究喜进厌出；雨水忌无雨："雨水不落，下秧无着"。筑破口（破口即水田放水口）、出牛栏、搞嫁接、放鱼苗，雨水节启动了一系列农事。

　　雪峰山东南面一般雨水较多，农田须清沟沥水、中耕除草、预防湿害烂根。农谚说"春雨贵如油，下得多了却发愁"。春洋芋和烤烟等农作物的育苗也在这个时候进行。

　　从大山一隅放眼望去，机耕比较普遍的如今，扶犁呵牛的原始耕作方式仍散见于山间田野，形成了古今两种田园风光不同的风景线。

　　印象中，每年雨水季节，应当是照田漏的日子。夜晚，祖辈带着，打着火把，走过一条一条田塍。祖辈照，孙问。孙说："天夜了，照什么？"祖辈答："夜光光，照田漏。""田漏短，田漏长，田漏照到哪里了？""蛇蝎躲，蚂蚁藏，田漏照得拎打光（拎打光：一个也没有）。"祖辈说，这样照过，农田就不会漏水了。

开春第一犁，犁头闪起泥浪，浪里洒入汗水，浇灌着喜悦和希望。父亲母亲步履多少有些艰难，歪歪斜斜踩下一串趔趄。然而，冰雪已经消融，严冬的梦被一个个和盘端出，凝结的耕思，在早春阳光中暴露无遗。枯草的桎绊和腐根的盘结，一个个被趟断，翻卷的泥浪唱着古老歌谣，将它们淹埋。板结土坷和横蛮顽石，被无情地剥开，湿润春风便沿着父亲母亲和牛开拓的足迹，走向大地襟怀。雨水丝丝缕缕，父亲母亲的犁铧，闪现着一夕千念之光，透透逦逦犁开一田田希望。

大山深处，一垄田亩之上，肯定有一位老人，早起，拄着拐，在檐下坐下来。雨水这天，他感受了一辈子的雨，周身筋骨都被雨水湿透。在一种甜蜜里，他不停地咀嚼，念念有词：好雨，好雨啊！他一颗一颗地数着雨，像在倒着数自己的年龄。那些从天上降落的雨水，能够为他治病：抹平他的咳嗽，漫起他的心跳，洗亮他的双眸，捋直他的背脊。一些鸟儿不紧不慢地和他说着话，他一动不动，叶子烟呛了他一口，手边的拐杖一如他的犁，轻轻地迎着雨咳嗽两声，就要站起来，下田，下田，即将开始新一轮耕作。

从某个时辰开始，感觉有一朵花开在心里。一朵红色的、黄色的、粉色的或者是其他色彩的花，在田野之上，迎着雨水，渐次开放。每年的这个时节，惜春的山里人就开始想象和布置春天，便如小草，进入一种破土张望的欢愉。土地这本经书，已念了十万遍、二十万遍，依然没有停止，农人对它的崇敬与膜拜一如这雨水，绵绵不绝。这是农人的宿命，注定要在时令的节点之上，以泪水以笑容以热情以虔诚深入，一滴滴从眼里流出，一把把从身上释放，结为厚痂与胼胝，进入泥涂曳尾的轮回。

近山多雨，好雨自来，迟早有一场纷扬润透肺腑。雨水在瓦檐上蓄积，开始滴落。母亲沿袭家传，拿出她用了多年的木盆，放到两面瓦檐相交的地方，承接浸谷水。一小盆雨水接满，盖上盆盖，等到谷雨时节，用来浸种。

接过雨水，接下来还有一个习俗：占稻色，就是通过爆炒糯谷米花，来占卜当年稻谷的丰歉。成色的好坏，就看爆出的糯米花多少，爆出糯米花越多，则是收成越好；而爆出来的糯米花越少，则意味着收成不好，米价将贵。

雪峰山里，在大地感情最脆弱的日子，让田亩与水圳变得丰满，让一年农事有一个好的发端。雨水中所有的语言都面带笑容，所有的美丽都与农作有关。在雨水中移动的老家和田野，万条雨丝就是万种花朵，一一言说或指向着秋天。踏雨而来的父亲母亲在水边祈求丰收。这个神圣而又美丽的节点，父亲母亲曾一次次地走雨访水，心中激起漾波。阳光用温暖的手，抹去大地灰白沉寂。老家心情开朗，上天情不自禁，以雨水方式，滔滔不绝，满足着父亲母亲简侃期许。多少回，在这个节点，看见母亲走进雨中，伏下身子，聆听、品读上天和风细雨的表述。那些清澈甘洌的质地，丝丝缕缕滑过，触及柔情，牵动心思。

雨水前后，雪峰山听雨，淅淅沥沥，如丝如线，如刀似禅，亦风亦雨，亦虹亦阳，亦阴亦晴。其实，品味一场春雨须在小径、林间，最好是在一角伸入山林的田畴。雨穿青竹、过田塍、绕林子，细细轻轻、密密匝匝地下。偶尔，有那么一两滴从叶尖、花蕊里滴下，打湿了春思。此时，一座山风烟俱净，仰面，沾衣欲湿。只想给自己一个理由，让心去体味春雨的风情万种。最喜早燕，像一位持家有方的农妇，冒雨在田边地角清理水沟，把半山雨水引向田间地头。

雨后乍晴，白天气温骤然增高几十摄氏度，从冬天闯入夏天；夜间又下降几十摄氏度，重新回到冬天。这种过山车般的体验，是近年全球气候变暖影响到雪峰山的结果。

一候菜花，二候杏花，三候李花，一场盛大的花事呼之欲出。就许一场及时雨，八百里加急抵达宠柳娇花。

油菜花陆续开放了，山里人都曾身临过那种金灿灿的海洋，那海洋绝没有使人没顶的危险，有的只是浓郁芬芳的花香对人的恣意沉浸。

此时，最美的雪峰山景，莫过于层层叠叠的李树盖满山头，洁白素雅的李花缀满枝间，金黄的油菜花，为漫山遍野的李花绣上金边。一个人的千山暮雪，尽可承雨水昭示天下。

这期间，山上山下，山里山外，洪江肉枣肉色晶亮，雨水为它加注春香。

有雨山戴帽，无雨山拦腰。向雨而行，让春天拉开大幕，让土地吮吸甘霖，让一万种萌发，沿着赤裸脚丫踩热的泥土认路，让百花准备为及笄的春姑娘，赶制华美嫁衣。

惊　蛰

有没有惊雷炸响，都能够感觉惊蛰萌动。

动物入冬藏附土中，不饮不食，称为"蛰"。而惊蛰就是上天以打雷惊醒蛰居动物的日子。

桃始华，黄鹂鸣，鹰化为鸠。

雪峰山里，多少双耳朵在倾听，倾听第一声春波罗（春波罗，又名叫春子，一种雪峰山鸟，在惊蛰这天开鸣，打开农事大门）。这一天，所有的犁锄刀镰打起了十二分精神，汹涌地呼吸，朝气地生长。那一声春波罗的鸣叫婉转悠扬，季节在舞蹈，风把红装绿裙掀扬，大地的怀抱，陆续醒来各色希望，各种山里生命随之悸动。

忌熬夜、早脱衣、不透风；怕无雨、不打雷、长低温。织畚箕，开园门，出猪栏，开地窖，汲汲忙忙，山里之春时不我待。借一丝振动，惊蛰将冷藏的胆怯与畏缩一一唤醒。

"惊蛰节，惊蛰节，打死精虫不转界。"雪峰山里，祖辈一边手舞竹竿绕屋数圈不断作拍打状，一边念念有词唱打虫歌。这场景，年年一梦华胥。

"撇——倒！"（撇倒：叱牛指令，令牛转向牛绹反向边）告牛的竹鞭扬起，一前一后两人正在告牛耕田。小牛犊一般长到两三龄，就可以开告学犁（俗称破肩）。开告之前必须先穿牛鼻，有经验的老农用耙齿把牛鼻穿通，用麻油调锅底烟垢敷在穿通的牛鼻上消炎。几周后上牛桊，用绳索拴住牛桊的左右两端，便可开告。通过"告"，给小牛立威，不养成任性的坏毛病；犁田时低头，眼望前方，不可随意吃旁边的东西，脚步稳健，不可乱叉乱跌，身子整体向前倾斜依行按吆喝行走……

烧田坎的烟火乌燎燎燃起来。

有翁人家，必然开始织簑，亮簑暗簑都织一些，等田里水一起，就去装泥鳅。

"过了惊蛰节，春耕不能歇。"惊蛰时抓紧耘地，多蓄水分。冬小麦普遍返青，追肥、浇水。早春作物播种，山药育苗。植树造林后勤于浇灌，提高树苗成活率。

惊蛰踏青，最是宜人。

田野中劳作而归的燕子，从春风臆想里，发现一个爱的源头，竟然在一朵山里的桃花上滚动……而桃花绝不是爱情的风景。一阵风静静地吹过，桃蕊居住的花粉，窃窃私语，是春天深处的秘密。山径两边，已慢慢长旺的艾草、蒿菜，随风弥漫了乡路每一个空隙，蒿菜饭清香不可抵挡。

其实，春天温暖，爱情和时间像山涧活水在自然流动。声声唢呐中，村里的李花白亮，山上的桃花红迷，总有关不住的喜讯，蜿蜒地流向村外很远的地方。此时，谁家新娘微含羞涩，出嫁走上纤尘不飞的山路。

当心境还在迷恋桃花的时候，神思被炸响的惊雷震醒。

这是第一声春雷。一声春雷一场春雨，赶在了花开有声的时节。这声春雷就是召唤，召唤从华丽中走来的桃花，召唤从春眠中醒来的生灵。所有醒来的物种伴着窸窸窣窣的春雨走来，踏破坎坷。从泥泞中搜寻，搜寻一条生机盎然的路。路，从春花烂漫，通向了青果枝头。

这时节，雪峰山中的小河小溪就会有一场别开生面的桃花汛。桃花汛近乎暧昧，又有些意味深长，还有些春情勃勃，绝不像夏汛那样铺张凌厉。起了桃花汛的小河小溪，青色的水波是淡淡的，乖顺的水势是柔软的。随意立于一个高地俯瞰，落英缤纷的水岸如一张彩烛辉映的婚床，颤颤悠悠，明明灭灭，斗折蛇行，流觞未尽。

在桃花之上打开的惊蛰，是一声宣告，是一场演奏，是一次执礼，是一种抵达。

母亲的惊蛰，是穿着蓑衣戴着斗笠的。她行走于田间地头，感受豌豆幼苗从浅绿变成深绿，一片绿无休止壮大，像一块翡翠厚毡；嫩黄野菜在绿浪中闪闪发光，发出阵阵幽芳。

天空有了惊蛰，所有的梦幻，都变得纷纷扬扬。云朵盛情的眼眸里，漾着一汪浅蓝，一如温暖经年，丝丝缕缕都轻罩在思念空间，让点点滴滴记忆，漫透纯朴遐想。

大山有了惊蛰，表面上看波澜不惊，宁静得花朵一般。其实，一座座山，一块块田地，一道道水，都苏醒了。它们穿衣起身的过程有点拖沓，总是要让山雨来催促山风来呼唤。春风总是最先叩响山里园子的篱门，然后，将去年酣睡的芨芨、苜蓿、香椿、苦蘵、芭茅一一叫醒。这些醒过来的花花草草，像一把把点燃了的火焰，从一条田坎烧到另一条田坎，从一个山垴烧到另一个山垴。孤寂的残冬犹似一匹凄厉野狼，在一阵一阵火焰的燃烧中落荒而逃。一座山睁眼醒来，又一座山睁眼醒来，一块地用绿色的毛巾擦脸，另一块地还用绿色的毛巾擦脸。山脊山谷，山顶山腰，柳黄爆满，菜蔬开始拱土，一些去年遗落的心思，沾着春风发芽，满地的春讯，遍地滚动。一大片绽开的紫云英，泄露了节点的秘密。不消几天，裸露的野地就会被打开的绿毯掩盖起来，那嫩黄的芽尖，像诗歌的灵感，在一场雨后冒头。鱼腥草的根会围着软泥生长，辣蓼在水中诞生它们的婴儿，马齿苋蓄积了稠密的奶汁，蝴蝶的翅膀再一次迷惑着庄生晓梦。山脚渐燃的野花会一点一点地涅槃，化为一阵一阵快乐歌谣，迎接各种各样的虫子出来，登上春天舞台。

田野有了惊蛰，泥开始酥软，泛起一阵阵白光。水凼中必生蝌蚪，黑黑一片，左边游，右边走，像一个个小小的休止符，只沉溺于浅水凼的光照；它们游经之地，产生很多形而上或是形而下的联想。耕耘永远是田野的一道风景。耕者背脊微驼，像一张弯弓；他的脚板长满经年的厚茧，踩得新泥开始疼痛。犁被老农扶着，被老牛牵着，以特有的姿势在田野里来来又回回，涂抹着一幅春天的泥画。牛鼓起肌腱，奋力向前。老农不紧不慢地扶着犁，把一个个翻起的泥坯踩平。

村庄有了惊蛰，一园园菜花自由地开放。像从词典上吽当入目的汉字，在它们根部，有一串长长的注脚，还有春雨滋润着的墒情。每一处生动音符，都流淌着对日子对节气对土地对家园的爱情。

茶树有了惊蛰，便有了一场别具情怀的喊茶。老家的老屋场，种了十几棵老茶，应当是逾百年时间。祖辈们在时，每年于惊蛰这天，必定要来到茶树之前，浇浇水，锄锄草，摆上几色点心，倒上几碗好茶，敬过茶圣陆羽，然后凑近茶树，大喊三声：茶呀，发芽！分明可以看到，天地感动了，太阳出来了，茶树的额头上，还有稀疏的冷清在诉说冬日。

竹海有了惊蛰，春笋便会以各自的方式破土而出。也许是因前几天的一场春雨吧，它们趁势想钻出来打量迷人春天，不管泥土有多硬，还是石块压身，都有一股万夫莫当之勇。整个林子，甚至是万顷雪峰竹海，到处隐约可见它们散落的钻土声。以梅山板鸭炒笋，串串日子明光锃亮。

心里有了惊蛰，便开始怀春。《诗经·召南·野有死麕》："有女怀春，吉士诱之。"惊蛰差不多是一个山里少年，有一头乌黑漂亮的长发，有一个英俊潇洒的身段，有闪瞎星星的明眸，有甜美迷人的笑靥。

至于那些应声而起的蛇虫鼠蚁，兴风作浪的病毒、霉运，需要手持艾叶、菖蒲、鸡血草、雄黄，将其一一驱赶。

一候桃花，二候棠棣，三候蔷薇。在惜春人的眼里，惊蛰两个汉字，紧跟三候花信风，构成了生动画面和无穷故事，在风中痴痴憨憨地笑。

且陪花开多坐片刻。

春　分

　　春分到来的方式铺天盖地，无论是喜悦或者忧伤，初绽还是盛放，总是扑面而来。太阳抵达黄经零度，《春秋繁露·阴阳出入上下篇》云："春分者，阴阳相半也，故昼夜均而寒暑平。"古时又称春分为"日中""日夜分"。放眼一望，春花一簇簇、一坡坡、一山山，春山如仙亦如笑。《说文解字》语："山，宣也，谓能宣散气，生万物也，有石而高。"

　　春分祭日源于周代。《礼记》："祭日于坛。"

　　从前，雪峰山一带少不了挨家送春的。用泥捏成的春牛，到主人家的米缸、谷仓或门口正反各绕三圈，口里念着"黄龙盘谷仓，青龙盘米缸"等吉语，户主回赠年糕、大米。之后，送春的拿出一张木版印制的"春牛图"，春牛图上印有当年二十四节气，霉伏期、旱涝、暑寒等与农事有关的天文现象、气象预报。两边饰以十二生肖图，中间缀以牧童与牛的图像。

　　春分这一天，山里老家要煮糯米饭吃，而且还要将糯米饭捏成小团，撒于室外田边地坎，名曰粘雀嘴，免得这一年里鸟雀来破坏庄稼。

　　忌晴，忌下河洗衣，忌出牛栏，忌挑粪。炼秧田、捡渣渣（渣渣，烧田坎之后遗留下的部分残渣）、挖菜畲、卖酸柑，山里大忙从春分开始。

　　"南园春半踏青时，风和闻马嘶。青梅如豆柳如眉，日长蝴蝶飞。"一候海棠，二候梨花，三候木兰。豆梅丝柳，日长蝶飞，清婉灵秀，含蓄质朴。

　　春分植树，森林丰阜。农谚云："二月惊蛰又春分，种树施肥耕地深。"国人植树，自古爱之。"开荒南野际，守拙归田园。""萦萦窗下兰，密密堂前柳。"

　　春分酿酒，诗意尽有。春分唤醒村庄的梦幻，村人早起，忙着一场早有准备的春酿。昨夜睡觉前浸泡的糯米，已在风中醒透。给灶锅添上水，把甑架上，简陋的酒甑就算成了。灶膛里生上火，置入几块老柴，半个时辰后，就有热气开始冒出。在甑鬲上以棕或稻草作算，把糯米不疾不徐打入。之后，在灶后，短暂地打个盹，一些梦残留，去年的一次扮禾，谷粒落桶洒金，一些米粒的目光通过稻草发来暗示，丰收了，主人需要置办一只烧酒的新甑，用杉木的花纹安慰新米，以老到的酒曲勾引酒力。

其实，于春分之后的某个时节，打开自酿的酒，体会"花看半开，酒饮微醺"的趣味，才是最令人低回的境界。

春分摘茶，极品好呷。春分时节，惠风和畅，雨量充沛，茶芽不仅鲜嫩肥硕、色泽翠绿，而且营养特别丰富，是一年中最佳。

春分放鸢，诗情满天；地上荙萝，斑斓似火。

遥望老家，隐约看到父亲母亲立在春分之上，喃喃有词，求天地开恩，求祖宗保佑，一场祭祀成了祈福。感觉山里老家的纸灰随风飘来，落地成觞，把一种纠缠思绪一下子点燃。

隆重祭祀之后，老家双亲一定还要举行一个仪式，那就是开锄。在老家，锄头很久未亲近土地了，便如父亲母亲的手，温了一个冬天，少了些皴裂。春分这天，地气动了，竹笋也开始将土拱开。锄头上的铁，嚯嚯作响。哧，一声脆响，锄与土地结合，老家的春天才真正点了睛，灵气毕现起来。

雪峰山里，发明了一种装泥鳅的神器：篓。亮篓长约一尺五，篓身直径三寸，以篯篾留空隙均匀排列，再用细篾编制而成，中空，篓尾有入口，篓头紧收如锥，可透见篓内。暗篓长约九寸，篓身直径五寸，全部编实篓尾有入口，篓头紧收如锥，不可窥篓内。下篓一般为傍晚，入水田，翻一条泥鳅路，将篓置于泥鳅路口即可。亦可在篓上敷一些诱饵，这样效果更佳。翌日一早，起篓，对准腰上泥鳅篓口打开篓前收口，篓内泥鳅一条条便滑入篓内。回家，用一只木桶，倒半桶清水，养数日，等其腹内泥浆吐尽，冷锅热油一焖，找一根竹签，细致地将肚子里的苦胆及肠胃挑了。再用文火煎，喷上酒、醋，加上新鲜紫苏和香葱，整个老家的香味，势不可当。

地里，蚯蚓开始活动、吃土，用勤劳的嘴开掘自己的宫殿。它浅褐色的躯体，透明而柔软。在前进的道路上，不断疏松僵硬的土地，一层层卸去盐碱施于土地的压迫。它用弱小努力，托举起新春小草、花朵、稼禾梦想。

春分时节，雪峰山里农家忙得不亦乐乎。女人们把早已买好的种子拿出来，放在禾场上晾晒，以便下种之后能在地里屏气生长；男人们则去地里深耕、施底肥。山里规矩，播种之前，地一定要精耕细作，直到咕咕地冒出肥泡，直到泥土酥软得如同刚出笼的馒头，才将一把饱满的种子连同这融融春光，一起抛撒出去，种在大地之上。

生产队时期的春耕场景：斜风细雨中，几十位农人于一梯田亩中散布，披蓑戴笠，裤腿高挽。男人们一手扶木犁柄，一手执竹鞭，吆喝一头头膘肥体壮的犍牛悠然穿行在水田；女人们则在田中散粪或沤青。梯田有多高，欢声笑语就有多高。

承包到户时，父亲尚未退休，一个个春分，母亲启动春耕。一直怀疑，母亲与土地之间一定有一种独特的语言沟通，而这种语言是他人难以掌握的。母亲下田，用手挖一小撮泥土，放在手心，揉开，细细揣摩，然后就能知道这块地的墒情。她先将闲置了大半年的犁铧拿出来，擦拭一番，直到锃亮。之后去喂牛。牛在栏里，吃了一冬的干草。这时候，母亲会喂它半箕畚熟谷，然后，牵它到水圳边，给它擦洗，直到毛发清亮而柔顺。之后，母亲会抚着它的背，轻轻和它交谈，告诉它，该下地耕田了；牛也会甩着尾巴回应。"哇——"（哇：叱牛指令，令牛转向牛绹正向。）母亲一声吆喝，牛背负牛轭，奋力向前。身后，一排泥土如一道波浪般翻开，散发着新鲜泥土的清香。母亲扶着犁，柔声吆喝，用不同的指令，让牛前行、停止、左右转弯、倒退。有时耕田，天会下着毛毛雨。母亲并不停歇，斜风细雨中，依然躬身扶犁，和俯下头的牛一起，向大地致敬。那一刻，母亲和牛共同勾勒出春分时节一幅动人的剪影。

如今，机耕取代牛耕，春耕舍弃了旧形象，转变为新模样。春之魅力，依然深藏于农耕之中。

在新宁，开始制作全肉玉兰片。它不仅具有新鲜洁白、醇香清脆、美味可口的特点，而且保持了竹笋中原有的维生素、蛋白质、糖、抗坏血酸及钙、铁等营养成分。

在麻阳，百万羽麻阳白鹅的幼雏在溪谷田间悠游，它们迎着节点不断生长，长成美味佳肴，长成乡村振兴的拳头产品。

从多切面，从色香味，从一对白鹭的新婚宴尔，让一场恍如隔世的盛大走向大地婚床。想用一段泥香水暖的文字，把崭新春分，裹起一绺，留住一段田园柔情。

清　明

　　春天是一味药，入春越深，所有的生命都治愈得姹紫嫣红。

　　晕晕乎乎陶醉其间，一不留意太阳就踅进了黄经十五度，节气清明、节日清明：慎终追远，它是节日；放歌逐春，它是节令，节气和节日水乳交融，成为整个农历之上独一无二的风景。《淮南子·天文训》："春分后十五日，斗指乙，则清明风至。"

　　清明时节，走在烟火人间的路上，追寻自己隔世的故乡，山一程，水一程，故乡烟雨中，心思愁结里。

　　清明最早的起源印记在周朝。《逸周书·时训解》云："清明之日，桐始华，又五日，田鼠化为鴽。又五日，虹始见。"

　　一候桐花，二候麦花，三候柳花。清明时节，正是万物复苏、春光明媚、四处生机勃勃的时候，是郊游的大好时机。传说踏青的习俗早在先秦时期就已经形成，每年春天，大家都要结伴到郊外游春赏景，到唐宋时期，这个习俗尤为兴盛。

　　清明时节人们喜欢吃发糕，发糕寓意是"发财""高升"。

　　青团是清明节中非常有特色的一种节令食品，是用清明节前后才有的一种艾草汁搅拌进糯米里，再做成团子，蒸熟后外表呈碧绿色，所以叫青团。

　　"清明难得晴，谷雨难得阴。""麦怕清明霜，谷要秋来早。""清明有雾，夏秋有雨。""清明断雪，谷雨断霜。"忌嬉闹，扫墓时忌穿着艳丽、随意跨过坟墓或贡品，坟头草忌清理不干净，发不遮颜忌买鞋。抓紧春播蔬菜定植，以免出现弱苗、高脚苗；西瓜直播定植；香瓜、甜瓜等播种育苗；抢晴播种棉花、玉米。蚕豆打顶，瓜菜移栽。秧田复到（复到：再耕一遍水田），下种薯，发菜秧，孵禾花鸡（禾花鸡：稻花开时初长成的鸡），山里时光，分秒不闲。

　　山愁骤起，清明总让人魂不守舍、铭心刻骨，打下牢牢情结。这情结，在漫长悠远的历史长河里，仿若一根风雨不蚀、亘古不朽的素带，维系着雪峰山繁衍生息，联结着山里人的幸福苦难。当岁月脚步又一次震响于暮春之时，清明依例倏忽而至。山里人于神圣期待之上翻捡关于清明的陈年记忆，亦于温暖盘算中寻觅关于祖先的话题，由此衍生出一连串乡思。爆竹炸裂，不断炸裂，从山脚到山腰，从山坳到台地，贯穿半月有余。待到清明之后约一周，最后一拨人挂了清，一座山才终于安静下来，只见满山纸幡纷扬。

曾几何时，清明成了一条回家的路。山里人早已没有了年轻的激情，但还留着一颗期待不已的心。总想在宁静中逃避，又怕被人遗忘于红尘。前方的路总是没有尽头，也总能在山脚下的终点站登上开往桃蹊柳陌的班车。回家的路在纷纷细雨中被浇得那么遥远。早已模糊了，家在路上，还是路的尽头是家？铺天盖地的翠绿，比市井的吵闹更加沉默。站在自北向南流转的区域，仅仅容下一双脚跟，然后自西向东、自城市向老家的方向默化潜移。

一年一年回家，一年比一年更有些失去的惆怅。乡音不断在失去。惜乎，那些俏皮的方言俚语，那些长声的呼叫，那些熟悉而亲切的鸡鸣犬吠牛哞羊咩声，那些集体劳动的号子。现在，失去了不少元气的村庄仿佛一下子空了起来，目光里的空，耳朵里的空，心灵里的空，空荡荡占据着整个身心，返回不了从前慢、从前稠。

一些人离去了，打开的生命之门永远地关上；一座屋子空了，没有了人住的木屋用不了几年，就会倾颓、倒塌、消失。现实的世界里，还是那一路花开，还是那一路虫鸣，碧绿小草留住了它的根，于清明期间静静生长。生命的灵魂一直都在，每一个清明都是一次重新唤醒。

"三月清明挂在前，二月清明挂在后。"雪峰山一带挂清，还有个时间法则。站在清明之前的老家，一声声呼唤着一个个先人。至今，无法忘掉他们曾经的面容。他们草儿青黄的墓碑上，年年刻上滴血的泪痕。为了能在清明等先人步入陌纸烛火，暗自点燃一盏心灯，为他们照亮回家旅程。

真切地感受到，清明之夜，所有先人踏着莹莹星光来了，当年的叮咛，依旧湿润。那一晚，老家奏响了民乐的鸟语和哭声。思念先人的泪水，迅速融浃霏霏雨季。把从先人那里学来的方言佩戴上小白花，把童谣的旋律，伸出阳光的双臂，去拥抱黄土下早已生根的灵魂。在长眠的墓前，想坐成一块墓碑。面对黄泥建筑的小屋，静静地诉说积攒了一年的心事，手中香烛，插入潮湿泥土，仿佛泪水浸透心情，也开始返青。清雾蒙蒙中，先人踉踉跄跄走出阴影，趔趄在细雨斜织的清明雨中，从圳田田塍走过，从童年小径走过。

立于清明子午线上，一次次回望，奔涌而来的是祖辈曾经给予的叮咛与教诲，支撑而今的躯体在尘世行走。

噙着清清明明的泪水，返回家中，备一席菜肴，再一个一个，明明清清地念叨那些老去的称谓，交代一些清清明明的心事。规规矩矩地念过揖过，孤独的老家，才开始清明的聚餐。动箸，撩不起一抹清明忧愁："……墦墦人散后，乌鸟正西东。"

吃过清明餐，又摘清明茶。十几株老茶，就在老家的屋后。净手，负篓，迈几步，就来到了绿梢初绽的茶前，与泥土如此亲近，与茶色如此明了。那些惊蛰的呼喊，其实尚未清微淡远；那些倾斜的茶枝，其实就是清明的横翔捷出。

无论是二月清明或三月清明，山野荠菜，已经于田埂、草地和溪水边露出了头。挂清之后，便会挎上一个小篮子，下地去采摘荠菜。荠菜长在清明时节，是否像那些逝去的亲人，淡淡地带着苦涩，带着清寒，为一片土地升起思念和问候？采一篮荠菜，与腊肉、春笋、豆腐干等煮上一锅荠菜饭，一家人和和美美地围着品尝，也成为老家的另一种仪式。

忽而想起会同花醮粑来。它是选用优质糯米磨成细粉，加水拌和成大小不一的糯米坨后，通过捏、捻、滚、压、打制作成各种造型，蒸熟，晾干，再经过绘色、贴金、点睛等工序而成。鸟、鱼、蜻蜓、兔子、小猪、狗、花、草等栩栩如生，梁山伯与祝英台、八仙过海等人物造型生动。清明期间用于祭祀与赠送，妥帖又温馨。

每一个清明其实就是一场铭记，是怀念在一种日子中刻骨的漫溯，似极了镌于历史悬崖上的象形文字。用一种符号代表前进、后退和转身，古人比今人更在行。所以，古人的铭记如此深沉，今人的铭记有些潦草。虽然潦草，虽然匆促，但一年一年反复纪念、反复哀悼，便同逝者、同家族历史、同一条血脉里贯通的时间建立起一种牢固关系。亡者升天，生者顺地，修己化人，回归自性。

春天偶尔会伸出一只黄手，探明去往夏天的蹊路。

回首望去，先人坟头上摇曳的纸幡像一支断了线的风筝，悠悠然飘向苍穹。清明时节，有亲情的地方就有灵魂，有灵魂的地方，植被与嚼念会异常茂盛。

谷 雨

山岚流逸，林野沉香。

"萍始生，鸣鸠拂其羽，戴胜降于桑。"《月令七十二候集解》云："三月中，自雨水后，土膏脉动，今又雨其谷于水也。雨读作去声，如雨我公田之雨。盖谷以此时播种，自上而下也。"《群芳谱》载："谷雨，谷得雨而生也。"

据《淮南子》记载，黄帝于春末夏初发布诏令，宣布仓颉造字成功，并号召天下臣民共习之。仓颉造字，功绩颇佳，皇帝褒奖金人，他不要，只要五谷丰登，让天下老百姓都有饭吃。也就在这天当晚，天上下了一场不平常的雨，落下无数的谷米，后人因此把这天定名谷雨。

因明清时代推行落籍制，不少北方戍边将士在雪峰山一带落籍，带来了北方文化的融合。部分人家要贴谷雨贴。谷雨贴，属于年画的一种，一般采用黄表纸制作，以朱砂画出禁蝎符，贴于墙壁或蝎穴处，寄托人们查杀害虫、盼望丰收的心愿。"谷雨谷雨，采茶对雨。"谷雨这天，人们都会去茶山摘一些新茶回来喝，经过雨露滋润的谷雨茶，营养丰富，香气逼人。据说，谷雨这天的茶能清火、辟邪、明目。谷雨节也是沅水一带渔民捕鱼的"壮行节"。此时，春江水暖，百鱼活跃，对渔家而言，是下河捕鱼的好日子。俗话说"骑着谷雨下沅江"。为了能下河平安、满载而归，谷雨这天沿江一带渔民要祭河，祈祷河神保佑。山中，古时就有"走谷雨"的风俗。谷雨这天，人们走村串亲，相互探望，或者到野外"踩青"，与自然相融合。此时适度让阳光照晒，能起到补阳气的作用，可驱除脾胃寒气，有助于改善消化功能，还能疏通背部经络，对心肺大有裨益。谷雨前后，香椿新芽初绽，民间有"谷雨到，吃椿芽"的说法，谷雨食椿，又名"吃春"。古时候，人们把春天采摘、食用香椿说成是"吃春"，寓意把春天留在心里，把春意带往夏秋冬。

谷雨，一个淋漓缠绵的季节，一个播种希望的季节。雪峰山里，忌野外放火，忌蛇蝎入户。谷种下泥，干田复到，冻桐油花，挖畲种菜，打虫药，剥木皮，晒干笋，捉头水鸭，放暗簧，千头万绪都让山里人家牵肠挂肚。

这时的山里，已没有冷峻的模样。雨三天两头地下着，空气潮湿，草儿茂盛。山野菌类疯长，不少田泥早已浸得透透的，显得膏腴细腻。

立于放蜂人的蜂箱前，一边看蜜蜂来回地穿梭，一边看放蜂人辛勤地劳作，心儿也随着甜蜜起来。

春雨贵如油，雪峰山谷雨的雨来得越来越密，越来越急。满坡满岭的油菜花已经用菜荚孕育自己的果实，把生命的最后一刻奉献给主人，让主人心花怒放。

小麦一个劲地拔节，再拔节，很想触摸蔚蓝天空和天空中飘浮的白云。麦哨响起，抽出的麦穗，鞭子一样，把一波又一波的麦浪，朝着村口赶去。日子灌浆后，一天比一天饱满，一天比一天踏实。所有粮仓、篾笼、竹篓和箩筐，都关不住种子的心。

谷雨已经把夏天邀到了门外不远处候着，候着人们找个合适的日子将它领进家门。御寒的冬衣已经被人们洗涤储藏；五颜六色、时尚薄衣又回到人们身上。俏丽女子，把自己打扮得优雅而不失内涵，让一座雪峰山都左顾右盼、目不暇接。

花生、芝麻、棉花等都在暖阳关照下，播进已经耕耘的土地。

接二连三在雨芒上行走，草色四溅，绿原奔涌。

谷雨时节的老家，香椿芽紫中透绿，簇拥在新发枝头，四处飘香，肥短脆嫩，被称为"春头"。母亲用一根长篙，扎把茅镰，在树下远远地够。

谷雨前后，母亲会认真地研究天气，选择一段晴好日子浸种。她从仓中小心翼翼地拿出葆有太阳色泽的杂交水稻种子，之后，细细地审视，看是否被鼠啮虫咬过。等看得清楚了之后，将谷种倒入桶内，注入雨水所采之水。

谷种在水中浸过一段时间之后，就被母亲打捞起来，装于一个细篾竹篓里，沥干，置于通风透气的地方。过一两天，谷种就会自然发芽、变白，白色的是嫩芽和根须。如果气温偏冷，就要给谷种加温。或者是烧以温水浇灌，或者是把篓子置于火塘边烤以温火，让蒸汽温暖谷种，这样只需一昼夜的时间，谷芽就能长出米粒长短，这个过程叫作催芽，如击钵催诗、羯鼓催花。

田里的农活，从整理秧田开始。在老家，平秧田是最重要的农活之一，又是在春寒料峭的时候进行，故要吃肉补体、喝酒御寒。当天中餐或晚餐，总是要切一大钵腊肉，用水煮透；把在秧田里拾到的泥鳅黄鳝烹调好，加上野葱，再温一壶米酒，美美地吃上一顿，叫作打秧田牙祭。

播种，一定要等到谷种全部发芽，否则，过早播入地里，部分没有发芽的谷种就会烂掉；即便不烂，秧苗也会长得参差不齐。造成烂种的另一个原因是倒春寒，母亲非常忌讳。祖辈在时，还有一道工序：在田塍上插三炷香，烧一叠纸，以祈天公护种保苗。当然，小鸟的啄食也需要提防，除了布几个稻草人，母亲有时还亲自去秧田赶鸟。播种是非常有讲究的，必定得行家里手，播撒均匀，扬起的高度合适，令谷种下落后刚好不深不浅地扎入泥土"着床"。农谚说："秧好一半谷，妻好一半福。"一年年看见垂老的母亲，总是坚持自己颤巍巍地走到秧田播种。她跣足、蓬头，雾雨中，站在泥濡濡的田塍上，用一只手，捧出发着白芽的谷种，就像捧出一颗热腾腾的心，撒进土里；她一把一把地撒着，用了半个时辰，直到把最后一粒谷种，轻轻地撒到土地上。然后，又用沾泥的双手，小心翼翼地，掩合了秧田破口的泥；又抚爱而珍重地，把破口泥土压实。最后，向四方望望，满足地蹲于秧田之上，嘴边，浮出殉道者一样的笑纹。播种结束后，母亲还要让她的秧田晒二至三遍，让每一粒谷芽都站立起来，再蓄水，但水不宜过多，以防淹死谷芽。还有个环节不容忽视，即每天下午五点钟左右将秧田水放干，第二天上午八点钟再上水，连续放露四天，四天后保持适当水分。等秧苗长到"两叶一心"时追"提苗肥"，同时除草间苗。播种，是一项复杂的系统工程。无论是谷生雨，还是雨生谷，土膏脉动，孕育的都是母亲最爱——水稻。

也有天旱年份，雨脚迟迟未动。山民们只好结队敲锣打鼓上山，举行古老的求雨仪式。

这时节，竹海里的老家必定有一场人笋大战。春笋一步一步紧逼，不断向老家的屋场、田塍、道路、菜园、坟地包抄。这儿冒出一只，那儿冒出一只，春笋不断地拱烂了田塍、道路甚至是灶屋，占领了田坎、菜园和禾场边。是可忍，孰不可忍。父亲母亲只好一天天挥锄，将一只只前来侵犯的春笋连根挖掘、去壳、蒸煮、切片，晒成干笋片，城里人称之为玉兰片。

沉睡的雪峰山茶树，厚蓄了营养，伸起了懒腰，茶芯依次苏醒，茶瓣次第舒眉。茶乡安化、沅陵，每年必采谷雨茶，留下茶里的春天，谷雨的雨露阳光。守着茶香、山风、虫鸣，时光落落为安。

在绥宁，采集青钱柳嫩叶，经过精选、洁净、摊放、杀青、揉切、干燥等工艺加工精制而成青钱柳茶。它有调节血糖、抗疲劳、抗老年痴呆等多种功能。在城步，采集鲜嫩的三叶海棠叶制作的一种似茶非茶的"茶精"——三叶虫茶，具有止渴提神、降压利尿、健脾养胃等功效。在怀化一带，采集加工壳斗科天然木本植物野生甜茶，它清甜可口，性平味甘，清热利湿，护肝养肾，药食同功。

山里，不少出生于谷雨前后的孩子，名字就叫作谷雨。他们的父母，希望这个充满了农耕文明意味的名字可以维系下一辈与乡村的情感。

谷雨，雪峰山最宠溺的节气，它毫无忌讳地在一座山的脸颊上游荡。

谷雨，还是一个结着汉字缘的名字。2010年，联合国新闻部将中文日定于谷雨，纪念仓颉在谷雨时节造字成功。谷雨之上，鸟儿叫醒睡梦中的大篆钟鼎，一枚枚古老汉字像一株株旷野中的野稻，伸展着枝叶，铺陈着墨土，一一醒来，长成秦篆，长成汉隶，长成魏碑，长成唐楷，长成宋元明清的行草，长成诗词歌赋琴棋书画的海洋。纸页之上，拈梦的相思，劈开黑白，写上阳光，写上水土，写上农耕文明的偈语，年成开始一场吉祥旅行。

春已暮，开在花间的耕思，泅在绿里的书香，却在最好处。谷雨时节，只想安安静静地做一胚稻芽，自由、散漫地扎根、生长；愿意在翠浓与雾白里小坐，呼吸小径、幽苔、草木清芬；愿意跟踪一位耕者，拾取泥鳅与黄鳝，静静感受泥香水暖。阡陌上，春事、禾事、人事皆已深，不必再去倾听桃红的私语，也不必再去追寻苏醒的心事，或者落花倾城，且将欢喜团拢，让谷雨发散，这一季春天就圆满了。

且看父亲把白菜、萝卜、莴笋、芫荽、香芹等的种秧整棵扯下来，捆扎好，挂在屋檐边晾晒，之后，用团筛盛了，将籽揉搓出来，密藏待用。

"且将新火试新茶"，看起来是寻常烟火、山间小事，却有一种超越季节与地域的浪漫。

雨生百谷，山川米聚。

立 夏

　　黄经四十五度之上，斗指东南，维为立夏。《月令七十二候集解》："立夏，四月节。夏，假也。物至此时皆假大也。"

　　"尝三新"接立是立夏日的一种饮食风俗，即立夏日尝三样时鲜菜蔬。雪峰山里，以竹笋、新麦、青梅为三新。立夏日，人们先以"三新"敬神祭祖，然后自己尝食。表示有了新的收获，首先想到的是献给神灵与祖先享用，告诉神灵与祖先，这些蔬菜和粮食已经初见丰收。

　　"立夏吃蛋"的习俗由来已久。俗话说："立夏吃了蛋，热天不疰夏。"

　　每逢立夏前一天，山里孩子们向邻家讨米一碗，称"兜夏米"。立夏日将兜得的米与豌豆、笋、苋菜等食材露天煮饭，分送日前给米的人家。山民认为儿童吃后，可防中暑。立夏饭含有"五谷丰登"的祝愿，还有健康寓意。

　　每年的农历四月初八是侗族的姑娘节。雪峰山一带，杨姓出嫁的姑娘都一定回到娘家，并做乌米饭糍粑。在回婆家的时候，还带上一些，分赠外姓亲友。后来，许多不是杨姓的女子也开始回娘家，与自家的姊妹和姑嫂们欢度佳节。她们欢歌笑语，一起制作节日食品乌饭糍粑，以显示她们出色的手艺，此风俗也一直流传至今。

　　农历四月初八亦是牛生日，家家户户把牛栏打扫干净，给牛洗澡、喂嫩草、煮牛食、灌米酒，牛歇耕一天。

　　忌坐门槛、穿耳、遇蛇、贪凉喜冷。杀青，糊田塍，捉猪崽，下网捕鱼，放亮簪，收油菜，打牛牙祭，山事连环。

　　农田春耕、水稻秧田管理进入了繁忙季节。一些坚持三犁三耙的农人，则要在立夏前后搞好二犁二耙，施足肥料，等候插中稻。秧田管理方面，则要催苗、治虫、除稗。

　　山里山外，进入"黄梅时节家家雨，青草池塘处处蛙"的梅雨季节。此时雨量明显增多，容易出现乍热乍冷的天气，山里棉花易发炭疽病、立枯病。早追肥、早耕田、早治病虫，以促早发。

立夏时，茶树春梢发育最快，稍一疏忽茶叶就会老化，民谚说："谷雨很少摘，立夏摘不辍。"茶农在这段时间要集中精力突击采摘。

立夏是踩着谷雨的热情来的，很多急得有些猛烈的雨点，在被阳春三月隆重的花事喂粗喂肥的闪电和雷鸣引领下，高歌猛进，一下子就拥雾翻波捅破了春天的栅栏。

作为原生代歌手，青蛙仅用一种几乎令人窒息的旋律，就宣泄了初夏躁动、爱情向往以及幸福快感。声声蛙鸣里，人们的心刚刚被一场春风的柔情抽空，便被满目的夏日葳蕤填得满满。

早杏、油桃、桑葚，名不见经传顺着田埂燃放心事的野花，纷纷从一部夏日辞典里涌出，用一串串清新可人的形容词和动词书写出一场季节庙会的开场白。

满载而归的燕子和一群吱吱叫的鸡雏，把一个个大山的农家小院闹翻了天，女主人无暇顾及。菜园中，女主人用尖尖的锄头把地里的茄子、辣椒、刚上架的黄瓜一遍又一遍地梳理。懂得回馈，懂得珍惜，这些灵性的茄子、辣椒、黄瓜，和谐相处，互为邻里，每天都在用向上向善的语言，把粗茶淡饭的乡村生活，彩排出烟火一样纯真质朴的山村底色，随时制宜，草衣木食。

柑橘、柚子、桐油花次第开放；房屋、人畜、田野、向上伸展的所有枝节都打开胸腔静静地承载着夏日阳光。

以下的河流轻轻地一笑，便摆渡出初夏旖旎的黄昏。顺着柳梢攀爬而上的月光把牧童短笛、袅袅炊烟、闪亮犁铧、沸腾村庄和农家美梦悄悄收藏，静得只剩下偶尔一声婴儿啼哭，像风一样在雪峰之原嗞嗞地生长。

立夏是随着老家圳水流来的，抱着满怀的小虾、泥鳅、黄鳝、田螺，清澈见底的心思里深沉着黄金般的细沙。浮萍随流水一路下来，进入鱼塘，再进入五担丘和七担二。秧田中，很多蝌蚪黑成一团一团，懒洋洋地在水中游弋。到了夜间，总是感觉有一把祖辈的蒲扇，轻轻地扇，扇起夏风夏雨，扇来星星点点萤灯，点亮一田田蛙语。

农事不等人，母亲再一次佝偻着，以比去年更低的身姿，从农谚的乳汁中提炼出养分，喂养、温暖一个老屋场。她密切关注气候与农事的内在联系，只是希望开个好夏，讨个好年成。父亲一刻也没闲着，帮着母亲整平门前的田亩，将田塍糊得溜光，将水脚杀得齐崭崭；无比细腻地读秧圃，问过每一棵禾秧，号过每一畦墒情，给秧催最后一道肥。

这期间，母亲总要持了茅镰，砍几枝带绿叶的树枝插在秧田里，然后，管好秧水，以刚好淹没谷种一指深左右为宜。这些树枝插在秧田之后，居然与秧苗一样焕发出生机，有的长了芽，有的更翠绿了，有的还开出了小花。秧田为什么要插小树枝？母亲说，那叫"寄青"，前人做，后人传，不知多少年多少代了，都是这样做的。无非是希望自己育的秧苗，能像树叶那么翠绿，那么顽强，能像树桩那么苗壮，那么旺盛。如果天气好，则只需半个月，秧苗就会发青，长出一叶、两叶、三叶，分出一蘖、两蘖、三蘖。

"立夏不生尘。""立夏鹅毛住。"夏的气息、生长的姿势那么平稳，以一种平静的气势走来，就好似雷鸣般掌声前的静默。

溆浦龙庄湾、隆回小沙江、麻塘山、虎形山、大水田等地金银花开得轰轰烈烈，她是花中善良，清热解毒；她是花中仁心，芳香祛邪；她是花中财源，让山民们脱贫致富。

乡俗立夏，要吃立夏餐"接立"。独特的地理环境，让老家孕育了一种得天独厚的竹笋——立夏白颜笋，像沾了青春的色彩，丰满的，嫩嫩的，有一种原生态的美味。白颜笋笋肉雪白，鲜嫩香脆，白芽尖破土，便让满山坡有一股特殊的香味，诱惑视觉和搅乱嗅觉，引得离开大山的城里人闻香牵魂，返家尝鲜。虽然季节有些迟了，但一定会在黄土最厚处，有一只立夏白颜笋，憨厚地候在那儿。《千金要方》载其"味甘、微寒、生肖渴、利水道、益气力、可久食"。而老家，早已习惯了用它四百米海拔高程，用得体气候、蕴香土壤，发育一只立夏白颜笋，香脆大半个夏天。

且到山上摘蕹去，祖辈曾说，吃蕹亮眼。一年一年吃蕹，再怎么样作法作妖，也看得清人心，看得清道路，看得清隔离，看得清蒙蔽，看得清山里山外。

如果把夏天比作人生，那么他就是青年。他褪去了少年稚嫩，摆脱了天真幻想，正富有激情飞扬的信念和奋进勃发的勇气。这时忽然想起"五四"青年节，把它安排在立夏时节，最为寓意深刻。

立夏之后，身后的一长串日子，也该与万紫千红一起收敛了。花香存于心底，把春天化为一枚枚青果的样子，以文字根须，吮吸过往的欢喜忧伤、甜蜜苦涩，令其慢慢长大。而正午阳光明媚，夏天已然摊开温暖手心，把一束野蔷薇握得绽放。想在这时成为一名牧师，赶着一群五彩缤纷的时光，从山脚启程，向着山巅，向着烈日，一路迤逦而去。

默契神会之间，恍如又置身老家原野：蝼蝈鸣，蚯蚓出，王瓜生。立夏之美，动人心扉。

小　满

桑葚、枇杷熟了。

小满之时，太阳抵达黄经 60 度。《月令七十二候集解》："四月中，小满者，物致于此小得盈满。"小满三候：苦菜秀，靡草死，小暑至。

"小满不满，干断田坎。""小满不满，芒种不管。"雪峰山农事将小满的寓意演化之后，恰好与古义相接。小满，应是一个安心的过往，虽小，毕竟满才是结果。小满仿佛带着喜悦与轻盈、谦逊与慎行，充满初夏风情，又蕴藏难以言说明白的博洋内涵。

旧时山里水车排灌为农村大事，谚云："小满动三车（三车：丝车、油车、水车）。"

祭车神亦为农村古俗，传说"车神"为白龙，农家在车水前于车基上置鱼肉、香烛等祭拜之，特殊之处为祭品中有白水一杯，祭时泼入田中，有祝水源旺涌之意。

相传小满为蚕神诞辰，因此小满节气期间有一个祈蚕节。雪峰山农耕以"男耕女织"为典型。女织的原料以蚕丝为主，蚕丝需靠养蚕结茧抽丝而得，所以山里养蚕曾经兴盛。蚕是娇养的"宠物"，很难养活。气温、湿度，桑叶的冷、熟、干、湿等均影响蚕的生存。由于蚕难养，古代把蚕视作"天物"。为了祈求"天物"的宽恕和养蚕有个好收成，人们在小满前后放蚕时节举行祈蚕节。

忌甲子日或庚辰日、忌无雨，忌辛辣肥腻、忌坐木。挑牛粪，锄水脚，造田，开秧门，涨磨刀水，洗风药澡，这些属于小满的词汇盛行雪峰山里。

"夏风吹，苦菜长，荒滩野地是粮仓。"苦菜是山里人最爱食用的野菜。当年红军长征途经雪峰山，曾以苦菜充饥，渡过了一个个难关，山里有歌谣：苦苦菜，花儿黄，又当野菜又当粮，红军吃了上战场，英勇杀敌打胜仗。苦菜被誉为"红军菜""长征菜"。

小满节气在八卦中处于"乾"卦，卦象中六个爻全部是阳爻，由此可见此时正是阳盛至极的时期，所以在潮湿季节生长的草类在此时被太阳的热能所蒸烤而枯死。而各种药草却不同于靡草，正是生长旺盛的时期，由于此时易分别各种草药的特征，而易于采集，所以这时也是采集根茎类草药的大好时机。雪峰药谷，山黄精、七叶一枝花、天麻、白芨、灵芝、蛇足石杉、百合、山银花、石斛等彰显神通。

小满时节，雪峰山里最重要的农事，乃是准备插秧。

老家的堂屋里躺着一张犁。三角的犁铧，被之前的二犁二耙磨得溜光。父亲母亲的心里也插着一张犁，四四方方的把手，让一年一年的小满摸得浑圆。每一年的小满梦中总是出现同样的场景——晨曦中，父亲或者母亲背着这张犁，弯弯的腰身，让家的窘境压得像塘边老李树。"嘿——作！"父亲或者母亲走在后面一声吆喝，耕牛走在前面奋蹄拉犁。犁头滚滚，泥土翻浪。

小满深处，是有味道的粮食。深入小满，就是深入庄稼人的活计，深入庄稼人的心事，深入庄稼人的愁眉，深入庄稼人的笑容。

中国传统儒家传统，忌讳太满，有物极必反之说。小满者，满而不损，满而不盈，满而不溢也。人生最美是小满。叠翠的山，流碧的水，幼荷出波，苦菜滋秀，榴花照眼，鸟鸣清亮……万物生机盎然，从容不迫，绵延着生生不息的美好，绘声绘色地描摹着生命的舒展与欢畅。

小满是一位朝气蓬勃的姑娘，天生丽质，明媚如花，清浅似水。

小满是一种哲理。儒家提倡中庸，就是一种"小满"。

小满，是一种状态。前进路上的诱惑应接不暇，眼花缭乱，人们不求太多，满足小小的幸福就够了，这样心中还有梦想期待，还有上升空间和进步余地。懒散中带着奋斗，用功中兼有休闲；穷不至于捉襟见肘、穷困潦倒；富也不必日进万金、资藉豪富。一如山野，清芬自足。

小满，是一种智慧。满招损，谦受益，实乃天道。中国人自古以来的讲究，饭吃七分饱、茶倒七分满。

小满是一种艺术。中国画，一张白宣，几笔丹青，她的美在于水墨留白。生活需要留白，留白可以浮想联翩，妙趣横生；生活需要留白，留白才可以走得更远，更富诗意空间。山花次第开放，山果分批成熟，自得其是。即便是大丰之年，山里人依然菲食薄衣、谨身节用。

山中小满是一份清净和淡定。小满未满，一切山蕴山味，都在厚积薄发，绝没有躺平。

生活中的小满足来自不经意之间。一份野趣午餐，一壶山泉水泡茶，一次山上与山下的聚会……这些"小确幸"就是人生的小满，而就是这许多小满构成了人生的大幸福。

　　雪峰山里，小满半满，很多的菜籽灌注一个春天的感觉。如一首诗，如一首词，如一篇散文，字词排列有序，丰丰满满地装进梦幻，装进中心思想，装进某种情愫。曾经的日子，将油菜籽用箩筐挑了，去油厂换油。验油师必然会抓出一小把菜籽，放于桌面，将拇指翻转碾压一道，即可测得出油量：三两二、三两三或三两四，极端情况少至三两、多至三两五。而靖州茯苓下种，让松菀里长出褐色思想，与山川一起进化，与靖州历史一起凝聚力量，为靖州性味归真。

　　所有的田塍糊得溜光，所有的水脚砍得清爽，所有的田块整得水平如镜。从山顶往下望，一梯梯山田，展现出丰富层级和婉约线条，从沟底漫延至山头，从东山延伸到西山，依山赋形，像小家碧玉，又如大家闺秀。还有点睛之作是田头地尾那些零散小丘。山民说，斗笠丘，蓑衣丘，蛤蟆屙尿过三丘；妇女看鞋边，男子看畬边。阳光下，山风吹过，草香泅过。阴雨天或清晨时分，云雾缭绕其间，忽东忽西，忽上忽下，轻雾与耘者相呼应。

　　老家，小满打开一鉴天光云影，几丘田水安静得似梦呓，只有几点蛙鸣撩起水的清音，让人清凉，让人爽朗，漾开水一样的柔情。母亲要将秧田水放得半干，有意让秧苗渴一渴，旱它一阵子，等移栽到大田里，秧苗才容易活，更发蔸。父亲早早地起来，来到他的地里，摘一两根早熟的黄瓜，或是摘一把水嫩的四季豆回家，举行小满的另一个简单仪式，尝鲜。母亲一定还要寻到一把苦菜，或摘一条早苦瓜，让父亲炒了，一起吃苦。采摘沾着露珠的蔬菜，亲手做两味简单清淡的菜肴，清香里包孕着健康和福乐，那就是最朴实的老家，老家中老迈父母的生活。新鲜的土产，翻炒的往事，加上陈年老酒，味道甘冽，直抵心扉。他们吃着自己的产出，心中必定涌现小小的满足。满而不溢、满而不倾、满而不损、满而不缺。夜来时分，躺在垫有稻草的木板床上倾听，园子里传来含羞草开门迎月、闭门拒星的声音。

　　小满以后，温度升高雨水增加，人的心情容易烦躁，那就在小满这一天适当调整，掌握一个小满的尺度，让生活变得朴素、有趣、平和，幸福感和满足感就会云涌雾集。

芒　种

　　芒，本义指植物没有叶子的穗子外部起自我保护作用的针刺；由本义引申之则可指刀剑的锋芒；引申之又可指光芒。从字面上讲，芒种是指稻、麦之类有芒刺的谷物，一熟一插，农事繁忙。

　　太阳抵达黄经75度，昼更长，夜更短。仲夏开始，"芒种火烧天"，极言夏之热烈。麦与稻，两种带芒作物，一收一播，黄灿与翠绿，锻造得雪峰山农人们挥汗如雨。

　　送走花神百果壮。芒种在农历五月前后，百花开始凋残，旧时民间会举行"送花神"仪式，饯送花神归位，表达对花神的感激。明清时期，农历二月二花朝节上要迎花神，而到芒种时，已经过了花开时期，群芳摇落，百花凋零，花神退位，人世间便要隆重地为花神饯行，以示感恩花神给人类带来的美。

　　挂上艾草、菖蒲迎端午。

　　忌无雷电、忌刮西北风、忌食生冷食物、忌喝空腹茶。催禾肥，围菜苑，打瓜架，剁麻竹，收麦子，栽红薯，杀牛草，山事纷繁，难分难解。

　　又是一年中稻插秧时。

　　淡淡的雾霭飘荡于山岭、屋舍、树梢和田园，蒙蒙细雨滋润着大地，在鼓噪的蛙鸣声中，祖辈就尖着嗓门喊："开秧门了，快起床哟！"

　　第一天插秧称为"开秧门"，选一个风和日丽、没有"土瘟"的日子，天没亮就弄好猪肉，杀一只雄鸡，摆到禾场正中，面对稻田焚香点烛，燃放鞭炮，祭拜天地和谷神，祈求农家风调雨顺、连年丰收。

　　之后，当家人必定拿上一把剥成细条的笋壳叶或稻草带头下秧田，下秧田有规矩，要让左脚先下田，因为农家有左顺右反之说，以示风调雨顺、五谷丰登。下田之后，必须吼一嗓子："开秧门啰！"然后，开始扯秧。清晨，起早扯的秧，当日要插完，不留秧苗过夜。扯秧是一个技术活，右手两指或三指并用，力道拿捏恰到好处，将秧苗从泥水中起出，递给左手。左手拢秧，分顺秧、灑秧、旋秧等拢秧样式。无论哪种样式，最关键是要拢整齐。右手扯个十几手，左手满满一握时，进行洗秧。高手是扯瀏秧，一扯一瀏，螺旋一握，秧底齐整。洗秧也有技术，必须背过身来向后洗，将秧斜成 45 度角，对着水深的地方一送一收，反复多次将根上的泥巴洗净，再将手臂一挥，划一道长弧，把水甩掉，抽一根笋壳叶或稻草，把秧捆好，再往田塍边一甩，一个秧就算扯好了。甩秧，看似简单，也有门道，忌讳将秧甩到插田的人身上，若被甩中，俗称"中秧"，即为遭殃。这时，中秧者不开口，甩秧者高喊讨彩话，同田干活的也附和着说些吉利话。扯一个早上的秧，大概将一天要栽的秧扯好，才能上田吃早饭。秧苗要估算好，不能扯多了栽不完，过了夜的秧苗会影响生长发育。

老家规矩：插秧时，不准屈蹲、不准坐凳，必须由能人领队，掌握"板凳行"（行距）和"耙齿行"（株距）的规格；插秧中不得互相递接秧苗，否则掌心就会发肿，俗称"发秧烧"。有过插秧经历的童年，必定尝到"发秧烧"的苦恼，所以都守着规矩插秧。

"五月五，冻死老黄牯。"插秧时节一般都可能遇上寒潮，白嫩的赤脚插进田里，骨子里就像千万针刺，全身直打寒战，插完一行抽出来就变成大红萝卜。"五月天，孩子脸，说变就变。"上午还冷得很呢，到了正午，则是艳阳高照，背烤骄阳似火烫，田里的热气直扑面颊，人人都是汗如雨下，汗泥难分，生理极限无不处于巅峰。有的大田一望无边，加上左右开弓插得宽点，往往是一个上午才能退到田埂上歇口气。虽然劳累，田里还是不时荡出欢歌笑语，弯腰时间长了，挺直腰杆唱一段，高兴了再来一个小合唱，再高兴就来个大合唱，说笑逗趣则是必备的插曲。为了再添笑料，"盖铺盖"是常用的戏法：大家并排退着插秧，待你不留神，左右栽手突然发力加快速度，背后留下一大汪铺盖样的空田，一个人留在田中央手忙脚乱，田埂上语笑喧阗。

雪峰山梯田，层层叠叠弯弯曲曲，极不规则。在这种田里插秧，既是一种技术活，也是一种艺术活。山里人虽然书读得不多，但于插田却很有讲究。一块田插完后，顺路而过的人总会对其效果指指点点一番。不是说秧插密了或插稀了，就是说秧插得参差不齐、毫无章法，如此等等，语出不容情，不怕羞煞人。

最难的是遇到一丘大田，需要一个人打垄。打垄即中心开花，在田中央栽一排直禾，其他人好跟着栽。

泥水裹在插田人羊脂一样嫩白的小腿上。从早上，到午后与黄昏。插秧人，需要保持一定的渴望和定力。他们把腰弯到九十度以上，把脊背留给天光云影甚或远处隐隐雷声。

"你莫急来你莫忙，日头落垄有月光。别人栽田我种秧，人家打禾我等黄。"

他们念叨着四六句，面朝土地，插下自家的春暖花开。他们一把一把、一束一束、一捆一捆，像在给饥饿的水田分发绿色面包。

山田多蚂蟥，对付蚂蟥最有效的办法是用秧薅，将一把秧横着，从腿上薅过去，蚂蟥吃不住，一下子都被薅进了田里。受过秧薅的蚂蟥暂时失去了进攻力，等到它们恢复了元气，插秧人已经插到前头老远的地方。

山里还有"湴泥田"，在那上面插秧得轻插慢动，振动稍大人就往下陷，越动越下陷，厉害时，两条大腿陷进去，只有叫人帮忙才能拉出来。

大山里插田，有时来了兴致，也少不了要唱山歌助兴，歌的内容多是反映面朝黄土背朝天的庄稼人，对土地的深切热爱、崇拜、依赖之情："走下田来唱支歌，田公田母你听着，去年收了千千担，今年要打万万箩……"唱着闹着，梯田就朱颜绿鬓了。

芒种当晚，母亲从祖辈那儿承继了一种习俗，敬芒神。芒者，谷之代也。把一桌好菜呈上，把一碗好饭呈上，把自己无比的虔诚呈上；把香燃起，把陌纸焚起，把对年景的无限憧憬祭起；尤为重要的，是把自己的灵魂恭敬地从身体里掏出来，膜拜一把谷神。大多的地方，都是在六月六或十月朔日祭祀，老家在芒种行祭仪，当与古老的高庙文明、与祖辈老家的传承、与梅山文化有关。

试问尘间，谁能逃得过对麦芒的信赖呢？就连六月雨都是细细如芒。打好一个个的小结，做好软软的收梢。金黄的锦缎流动在六月的空气里，伴随稻秧栽种转青，醉了的何止是山里人。

六月时节，思绪如芒，心情也必须做一个收梢。

收梢之后的芒，是利落而清醒的。植物或种子从粗到细，从坚硬到柔软，最后到消失，这便是芒，让人惊奇和讶异。无限地生长，坚硬地对抗，从驯服世界到驯服自己，直至外化内化，化出一腔柔软和慈悲来，走向消失。人之于草木种子，又有何异？汉字的天机不能想、不能猜。一想，便是要惊回百转；一猜，便是要大悲大喜，一山心思披棕戴芒。

洪江托口生姜已经有嫩芽出土，必须进行浇水、施肥。姜很娇：三分种，七分管；怕病毒，喜深藏；不能迟，不能早；不能旱，不能涝。正是因为有了一套严格的种植方式，有了"男不离姜，女不离艾"的习俗，才有了托口牌生姜的闻名遐迩。

芒种之后的日子，一次次瞭望老家，螳螂生、鵙始鸣、反舌无声。

夏　至

太阳抵达黄经 90 度、直射点移到北回归线时，华夏先人们在此命名了美丽节点——夏至。《恪遵宪度抄本》记："日北至，日长之至，日影短至，故曰夏至。至者，极也。"

日烈晴早，云淡天缈，鸟幽山小，情倦思杳。明晃晃的山光，堆砌的山绿，湿润的山热，骤起骤收的山雨，所有热烈山呼海啸而来，占满身边时光。

"夏九九"打开行程，一九二九，三九四九，一步一步迈向炎热深处。

太阳从这头走到那头，缓慢游移；抑或雨从早下到晚，没有尽头。日子给了人们漫长白昼。如果用夏至打个谜，谜面是天长地久。雪峰山一带，昼长 14 小时。这么长的白昼，尽可以将禾看足，尽可以把麦收妥，尽可以将茶喝糯，尽可以，把一卷线装的夏历，读到如茶如火。

"一候鹿角解；二候蝉始鸣；三候半夏生。"《诗经》云："有女同车，颜如舜华。"舜华，木槿花也。在老家，木槿随一位念书人抵达，生根长芽，沿着禾场边长成长长的木槿围子，围着两位老人的苦乐年华。木槿花开半日闲话，夕阳月下终是枯萎了朝暮的牵挂，一瓣一瓣谢落尘下，凄清无涯。

夏至的起源与冬至一样，都是来源于古代祭祀。先秦时，古人对神明祭祀是在季节变换时候进行，夏至是一年中白天最长的时间，自然会被古人注意到，成为祭祀神明的一个重要日子。在这一天，一般说来是：皇帝祭地百姓祭祖。

最让人倍觉浪漫的是，古代夏至放假。人们回家休息、洗浴、欢饮、娱乐。而女人们，手巧的，则用丝绸绣上日月星辰，绣上自己的美好祝愿，送给心上人；手笨的，就拿彩色丝线，编织成彩带系在情郎手臂上。

雪峰山一些地方要吃凉面，俗称过水面，有"冬至饺子夏至面"的谚语。

雪峰山里，最忌怕夏至日有雷雨天气。民谚称："夏至有雷，六月旱；夏至逢雨，三伏热。"这对于靠天吃饭的山里人来说，无论是干旱还是伏热，都会影响农作物的收成。所以，在旧时，人们希望在夏至里别打雷、别下雨。

"吃了夏至面，一天短一线。"夏至是雪峰山梅雨盛期。这一时期气旋活动频繁，会出现暴雨和特大暴雨，导致山洪暴发、江河泛滥、农田受淹。

忌剃头理发、忌贪凉、忌言行放荡触犯老天爷。吃新菜，留冬菜种，薅田晒莞，田塍上灞黄豆，追肥，搭瓜架，环环相扣，声气相求。

"夏至杨梅满山红，小暑杨梅要出虫。"杨梅则要适时采收，采收原则是分期分批、采红留青、先熟先采。

"东边日出西边雨，道是无晴却有晴。"夏至之后，午后傍晚常有雷阵雨，这种雷雨骤来疾去，降雨范围小，雪峰山老农称"夏雨隔田坎"。有诗形象地描写夏日雷阵雨："晴天霹雳金雷响，冷雨如钱扑面来。"爱好摄影的人，这时及时去户外，可以遇上最美彩虹。

到了夏至节气，八百里雪峰山全由绿色主宰。树木的葱绿，更加旺盛。藤藤蔓蔓、花花草草的植物，更是撒泼似的疯狂生长。

黔阳冰糖橙进入管理关键期。在原产地洪江市，会种、懂管理柑橘是一种文化。如何用有机肥替代化肥做基肥，如何剪枝取光发挥光合作用最佳值、如何用生物防治病虫害、如何达到国家绿色食品规定指标，是岩垅、沙湾等地果农之为老黔阳人不可或缺的"知识资格"。借了种橙，张扬了科技意识，柑橘文化中有了越来越多的科技含量，所以才立起了味觉高地。

在老家，父亲母亲则总是在农事的忙碌中不经意地过完夏至。太阳还没出来，就披着晨露，扛锄出工了，只图个早起凉快。锄到半条垄，一轮朝阳才升上来，挂锄仄头看到它红红的脸，看到一垄垄肥实的庄稼，老人们就是一阵窃喜和陶醉。

晌午头，日头高挂到脑瓜顶。父亲母亲才知道，它已到了极限，像只钟摆，像杆上挑着的一盏灯笼，高得不能再高了，它把人的影子都压在身下。父亲采集辣蓼草、马鞭草、田边草、艾草、鸡矢藤、夜交藤、土茯苓、生姜、桑叶、桂叶、橘子叶、四块瓦、甘草等回家，通过浸渍、过滤、搅拌、捏团、撒粉、发酵、晾干等工序自制酒曲，以备一年酿造。

傍晚，淹在田间地里的父亲母亲，肚子早已经咕咕地叫了，可看看日影，还远没到往日的时辰，便不觉纳闷，心下嘀咕，天又长了。可再长，也只是这一天的光景。这很像过年，天天苦盼着年，可年在腊月三十吃过一顿年夜饭之后，便忽地过去了。人心里的一个念头从而瞬间落空，一时就失去了方向，故而显得有些茫然无措。

母亲择时进山，寻找野菊花、月季花、蒲公英、金银花、紫花杜鹃、车前草，覆盆子、白头翁、益母草、路路通、十大功劳、王不留行、七叶一枝花……它们就像山里侠客，身手敏捷，姿势飘逸，招招制敌。雪峰药谷，是一部奇妙大书，是千万个耐品的典故。不仅解生活的表，还可治灵魂的本。祛除顽疾，疗救生命。急火攻心时，就让古老瓦罐，坐上新鲜炉火，小扇轻摇，计好时间，慢慢熬一剂传统药方，清肺去火，散热解毒，回阳通脉。

难忘山里薅田。集体经济之时，生产队薅田打鼓，先是以鼓声把农民聚集起来，既来了又用鼓声使他们有序地劳作，在劳作中又以鼓声防止他们说笑妨碍薅田。但即使这样，依然阻止不了一个汉子扯起喉咙就唱："六月太阳红又红哟，听我来唱唱薅田歌。弯弯长田多稗草哟，二嫂你莫把哥唆。一早我就把田下嘛，薅秧薅到嘛日上坡……"后面就有些不雅了，社员们停下在禾苗间蹚来蹚去的脚，哈哈大笑，仿佛脊背上阳光的灼热也减轻了不少。现今，很多农家已经不薅田了，因为杂交水稻具有很强的生长优势，一般的杂草不是它的对手，一些稗子也影响不了吃饭。只有少量老农，包括父亲母亲，则一直坚持薅田。

薅过田，还要给水稻追一次壮苗肥。心细的母亲，还要磨快她的茅镰，将田塍和田坎上的杂草割除。

之后，田里的禾苗就打起了十分精神，给老家一种苗壮、蓬勃、兴旺、憧憬。那种感觉连缀起来，就是一长串看禾的日子。虽然有"六月不是看禾天"之说，但老家则从第一声分蘖，到禾花结出一个谷米屋子，父亲母亲无比陶醉在那座屋子里遮风避雨、休息和做梦。他们一回回从田塍上走过，一回回看禾，一回回闻听分蘖。他们之所以这么百听不厌，是想让今夏的分蘖声，在体内多游走一会儿，熨平他们的忧愁，让那些挺拔的禾，带上他们骨血的香。而一秆秆拔地而起的稻棵，是父亲母亲安放清幽的院子。他们把夏至的所有苦寂，都放在那儿，沤肥，壮一季好谷，到秋上收获。

直到夕阳沉坡，父亲母亲才将田薅完，或把禾看满足。回到灶屋，生火，煮饭，炒一两道热菜，腌一两个凉菜，祭祀赐予谷粒的上苍、为谷粒丰收奔忙的谷神以及带着谷粒远行的先祖。陌纸燃起来，老家的夏至，要开始一场与米饭的亲密抒情了。

山里小院，凌霄花藤蔓垂缠，栀子花浓香涌动，月光静洁，微风轻拂。扪心清夜，适合感悟"时有微凉不是风"……

小 暑

太阳抵达黄经 105 度，是为小暑。

古人造字很有趣。"煮"字者下水蒸，"暑"字者上日烤，都表示蒸熏般炎热。山里就有了"小暑大暑，上蒸下煮"的说法。小暑只是小热，大暑才是大热。小暑时节，也就入伏了。所谓"伏"，就是潜伏、隐藏之意，叫人尽量减少在高温下的活动。

史书记载，小暑前后正好是六月初六日"天贶节"。这是宋代皇帝在伏天向臣属赐"冰麨"和"炒面"之因，故称天贶节。寺庙会晒经书、法器，老百姓则晒书、晒衣服等，民谚有云："六月六，人晒衣裳龙晒袍。""六月六，家家晒红绿。""红绿"就是指五颜六色的各样衣服。

不少山里人会品尝最新收获的粮食，并举行一系列重要的祭祀仪式，表示对大自然以及祖先的感恩。据说"吃新"通"吃辛"，是小暑节后第一个辛日。所以，山里有小暑吃黍、大暑吃谷之说。

一些地方会煮米汤给牛喝，牛喝了身子壮，能干活，不淌汗。有民谣：春牛鞭，舐牛汉（公牛），大米汤，舐牛饭，舐牛喝了不淌汗，熬过六月再一遍。

相传天上的牛郎星和织女星被银河分隔在两岸，一年中只有"七月初七"这一天可以相会。但在他们中间却横阻着一条银河，又没有渡船，怎么办呢？所以六月六这一天，天下的儿童多要将端午节戴在手上的"百索子"撂上屋让喜鹊衔去，在银河上架起一座像彩虹一样美丽的桥，以便牛郎和织女相会。

又传这一天是"小白龙"回家的日子，因为"小白龙"犯了天条，被龙王父亲囚禁在很远的一个小岛上，失去了行动自由。唯有小暑前后的六月六，龙王恩准其回家探母。"小白龙"由于探母心切，所以一路上昼夜兼程，带来了惊雷闪电，狂风暴雨。

小暑期间，忌南风、忌洗冷水澡、忌暴饮暴食。分水，砍木，锄薯草，清稗子，剥棕，采木姜子，卖麻竹，拾笋壳，梯山架壑，勤则不匮。

田间地头，阳光的影子是那么滚烫，所有的植物、虫豸、飞鸟以及声音，都接近于沸腾。这沸腾一直嘶哑地喊叫，喊叫天地，喊叫太阳，喊叫雨水，喊叫——自内心溢出的渴望。

昨天还不算太热，今日的风就有点儿烫。看一看温度计上的显示，37℃或38℃，难怪出气都有点喘。小暑有三候：一候温风至；二候蟋蟀居宇；三候鹰始鸷。

只有荷花娴静地开着，裙裾圆圆，鼓起一池畅思。蜻蜓飞来飞去，就是少在荷尖上降落。豆娘们浓情蜜意地扭结在一起，在荷塘上空飘游，偶尔停留，替蜻蜓复习一首宋诗。

在城步，香辣椒开始制作。选用大而新鲜的青辣椒放在开水中烫一滚，捞出，将辣椒开一道小口，去籽；以洗净切碎的嫩椿木菜叶及葱蒜，拌以豆腐渣、五香粉和适量食盐（亦可用糯米粉或熟豆粉代豆腐渣辅以香料）拌匀，填充，合拢，晒干，即成香辣椒。

初伏总是追着小暑的脚步而来，追着小暑的声息而来，把小暑带给老家的热情再次升温。有了初伏的光顾，远远地看见，老家的道路上，青瓦木屋的房顶上，长草的田塍上，父亲母亲的斗笠上，都腾腾地散发着热量的激情，散发着透明的蒸汽。这个时候，老家似乎脱去了所有上衣，露出汗淋淋的臂膀。

菜园子的热闹就再也关不住了。从芒种就开始留种的黄瓜，到小暑已长成硕大的样子。父亲在它的蒂把上绑上一个布条或草标，这根黄瓜立刻号下了，谁也不能摘取。被留种的黄瓜得意扬扬地挂在黄瓜藤上，把藤蔓垂下了一节，直到一屁股坐在土地上，坐成一个胖娃娃。种黄瓜晒骄阳沐风雨，看红蜻蜓看云卷云舒，安闲自在地守着一地流年碎影，活出一季风情。直到怀里的籽实个个饱满，直到容颜由嫩绿变苍黄，再皱裂成深褐，直到秋霜收走生命中的最后水分，直到安然老去。之后，父亲把老黄瓜剖开，黄瓜瓤放到水桶里发酵几天，剥洗掉腐烂的外皮，摊在一匹新棕上晒干，便拥有了灰白瓷实的黄瓜籽，来年种到地里，自会长出一片新绿。

事先不挖沟，暴雨无处流。小暑时节，老家一带频发暴雨，必须提早搞好防洪防涝。

拔节，拔节。父亲母亲从一种声音中亢奋，这个声音，清脆如鸣佩环，从遥远的高庙时代赶来，渡过沅水，进入安江农校，在一位叫作杂交水稻之父的人手里提质、闪亮，在父亲母亲的心里回复、盘旋。父亲母亲蹲下身子，张开耳孔，就能听到节奏铿锵、大气磅礴、酣畅淋漓、水流奔涌的梵唱，那是一种灵魂与激情的呼唤。闭上眼睛，聆听其间浓郁深沉的情感，父亲母亲便有了一篇色调淡雅、恬淡柔美的抒情散文，抑或是田野小诗，一句一句，舞动在骄阳之下。

小暑的风，大多也怕热，钻到竹林中，或者藏到灶屋侧的芭蕉叶下去了。父亲母亲和他们打了八十余年交道，了解了他们的脾性。田埂上，发一声喊，风就乖乖地从阴凉处出来，帮着擦汗、生凉；在家中，打开灶屋后门，风就如从前养着的小猫小狗，呼地一下溜进来，绕着主人转转，摇摇尾，撒撒娇。

母亲还有一道工序：烧草木灰。山野中，旺盛地生长着植物，植物们的叶子一年一年地落下、堆积、发酵，土地上就有了黑黑的一层。母亲磨快她的茅镰和锄头进山，选出一个合适的好地方，开始砍山。把灌木、野柴、杂草全部砍倒，只留粗壮的竹木，将砍倒的和积累的枯枝黄叶归拢，山就现出两床晒簟大小地皮。母亲持锄，将地上的一层草皮及树叶悉数锄下，厚薄得当，最后归拢，有二十余畚箕，全部覆盖于树枝杂草上。母亲找来一些干枞针或干杉叶，点燃火，守着它烧半个时辰，待到明火熄了才离去。那个灰堆的暗火大约要烧两天的样子才会彻底熄灭。两天后，母亲再拿晾筛细细筛过，挑上畚箕，就可以来挑草木灰了。一堆草木灰有五六担。小暑期间，三五堆灰烧下来，水稻、菜园就有了最好的肥料。

除了做肥料，这些草木灰还有很多用途。母亲常常把草木灰装进袋子内，放在厕所一角，每当厕所里潮湿时，把草木灰铺撒在地面上，地面顿时干净了。母猪下仔了，仔猪身上往往会有一层覆盖的薄膜状东西，需要及时捅破清理，否则仔猪会窒息而死，清理完，母亲会在仔猪的身上涂抹上草木灰，这草木灰可能具有消毒的效果吧。儿时，山里人淘气，常常会被误伤，血流了下来，祖辈为了止血，通常会抓一把草木灰撒在伤口上，然后牢牢地摁住，大自然对人的伤害便会在草木灰里消解掉。草木灰，也会被祖辈拿一些到神龛上的灰炉里，供着天地与先人。在神通广大的祖辈手上，草木灰也是一种灵异的药引子，村子里的人得了怪病，来找祖辈行医。祖辈嘴里念念有词，说些大家听不懂的咒语，然后从炉灰中捏出一撮灰，放在盛满清水的碗里化水，让病人一饮而尽。山里的法术，是乡村一段神秘暗藏。草木灰，还被山里文化所铭记。雪峰山里，不断兴起高庙大祭，在院子的中央，用草木灰画上一个个圆圈，然后跳傩面舞，这远古的遗存，一直活在乡村文化里。

也许，在多年后的一天，新生代偶然翻阅旧籍，在文字里邂逅草木灰的遗风逸尘，不知他们能否从文字里找到故乡，找到山里远古的小暑烧草木灰的风俗。

雷腾云奔间，为自己觅一套暑衣，让一年暑期，带点风度，带点洁爽，芰荷一般开过。

山中一张包浆竹凉床，色彩暗红，却并没有热得发烫。

大　暑

　　阳光厚，禾稼起，知了稠，蛙声稀，农历渐进，六月渐进，渐进，进入黄经120度，进入藕花深处，大暑款款而至。《通纬·孝经援神契》："小暑后十五日斗指未为大暑，六月中。小大者，就极热之中，分为大小，初后为小，望后为大也。"

　　大暑一身夏装，素面朝天，从外到里都是骄阳本色，行动辛苦，连转身的背影都大汗淋漓。

　　忌雷雨，忌折腾，忌油腻辛辣、剩食，忌野外玩水，忌大动肝火。放松油，杂交水稻赶花，烧草木灰，树灰屋，杀田塍，翻薯藤，对于山里人来说，大暑难熬，只有上不去的天，没有过不去的山。

　　伏茶，从农历六月初喝到八月末。这种由金银花、夏枯草、甘草等十多味中草药煮成的茶水，有清凉祛暑的作用。雪峰山里有个习俗，会在村口的凉亭里放些茶水，免费给来往路人喝，让路人解暑。

　　山里产两种凉粉：凉粉子凉粉和树叶凉粉。传说很久以前，雪峰山一带闹灾荒、瘟疫，饿死病死者无数。在一位白发仙翁的指点下，人们学会了用树叶做凉粉。这种凉粉不仅好吃，而且治好了瘟疫。自此，人们便称这种树为凉粉树。先要进山采集树叶，把树叶清洗干净，放在盆里，浇上滚烫的开水倒入。待开水稍稍冷却之后，便开始用手使劲儿地揉搓，然后，用笊篱把渣和沫打起来，搅匀，放在盆里，盖上盖子。等上两个小时左右，凉粉便好了。"卖凉粉嗳——"一声清脆悠长的叫卖声，好像从冰冷的泉水里捞出来一样，清冽，透凉。那声音宛如辰河高腔里一句婉转的戏文，从村口颤悠悠地飘进每扇窗户，暑意立减了不少。随着颤悠悠的叫卖声而来的，还有颤悠悠的担儿，一头是装凉粉的水桶，桶口盖着一块白云样的手巾；另一头的水桶里装的是干净的刷碗用水，上面挎个细篾篮子，盛着十几个蓝花小碗和汤匙。篮子里还有一个瓷钵，所盛片糖水是凉粉的"味精"，需要它给凉粉画龙点睛。担儿晃晃悠悠，卖粉人轻轻用匙儿撞击碗沿，"叮叮咚咚"的声响，就像是卖凉粉的人吆喝时托腔保调的箫笛伴奏，清新而幽远。

买一碗，小心地接过，一口一口仔细品尝。甜凉润滑，仿佛没有经过喉咙就进入肚子里。山里人，自有一种山里的消暑方式。

大暑吃西瓜，不用把药抓。辰溪谭家场土地肥沃、气候适宜，早晚温差在20℃以上，适合西瓜生长。所产"三屯"牌西瓜个大、皮薄、肉脆、味甜、含糖量高，口感非常好，可谓瓜中翘楚。

山里人除了种西瓜、售西瓜，还会吃西瓜，除了正常的切开分食，还将西瓜做成各种美食：腌西瓜、西瓜皮丁粥、银耳西瓜羹、西瓜饼、西瓜鸡、瓜皮蛋汤、红椒西瓜皮、凉拌翠衣……有瓜相陪的大暑，暑热降低了不少。

大暑时节，很多人都会去看一片荷塘，看一塘荷花。

跨过六月，汗已流干，心情皲裂。未眠的父亲母亲，坐在禾场边，望着一片苗壮的禾，尽情激动。有一株早禾爆出第一缕禾花，父亲母亲弯腰审视，懂事的早禾把光亮递过来，把第一缕暗香递过来。父亲母亲闻过禾花，一定快乐得笑了，他们在此时，一定希望黎明快点到来，他们有太多感谢的话，要回复给夏日阳光。他们一路的苍老，被抚慰得平展熨帖。

刚刚为水稻施过壮子肥，把一些草木灰均匀撒过。在禾前，父亲母亲虔诚地蹲下，俯身，望着禾上的光亮，自己也就越来越亮。在火热目光的注视下，那串抽出的穗子勾下了头，将嫩嫩身子弯曲成镰刀的模样。在那境地，父亲母亲听到一田禾的呼吸声有时很轻，有时又很响。这个节气，父亲母亲紧紧卡着从不停顿的时间，每天都在算计着禾叶的长度、露珠的体温、禾花的心思。一穗初禾轻轻叫喊，都可以把他们拴进整个夏天。

面对高温，大地显得那么苍白。圳水停止了歌唱，池塘哭干了泪水。就连疯狂的水稻，仿佛也在一个个燃烧，把疼痛都化作了火焰，化作了灼热的思念。火焰扭转着念想，随随便便，把田野山川统统烧一遍，让空气也跟着沸腾。这期间，母亲最关心的是田水：水深了，水稻会发出咕嘟的呛水叫喊；水浅了，水稻会饥渴难耐。一把翻天锄头扛在肩头，从圳田到五担丘，再下到七担二，母亲与几个破口做着加减乘除、开方、乘方或微积分运算。父亲母亲的稻田墒情函数式，有复变的因子。

管好了田水，父亲母亲仔细地观察着，阳光曝晒几日，稻花就开得极为灿烂，花虽小却很美丽。从开放到关闭也就个把钟头。稻花没有花萼和花冠，快开放时，隔着阳光可以透视到颖片内的花药阴影。由于花丝的伸长而逐步被推到颖部顶端，同时颖片就像蚌壳似的张开，淡黄色的一枚雄蕊和六枚雌蕊逐渐露出，绿色的颖片继续张开。

父亲母亲眼中，水稻长到了大暑时就像一个个野孩子，调皮地踩着一块块方格的水田扬花，然后开始奔跑，一溜烟跑进水肥土美的农历深处。这些奔跑的野孩子，它们一弯腰，风就从稻叶上纷纷滑落，并借势将在稻叶上诗意栖居的蛙鸣摔进葱绿诗行。两位老人汗流浃背，心情舒畅无比。他们脉脉含情的眼神，便如看着自家噌噌长高、越来越有出息的儿孙。

香葱开花结籽后，曾经的伞状花序便不断膨胀，桃子一样硕大圆满，在葱管上摇摇欲坠。葱管终于从徐娘半老到干瘪老朽，渐渐支撑不住，待葱桃摘下来继续晾晒、去屑，可得种子。丝瓜结瓜中期，父亲会选择无病害、颜色深、个头比同期生长大、无畸形、生长正常的丝瓜作种瓜培养，选择之后做好记号，保持生长，然后防治病虫危害。在丝瓜外壳坚硬、逐渐枯黄、变色之后摘下丝瓜，刳开，抖动取出种子，然后把瓜络瓜瓤清除，另有用处。选择饱满的、完整的大粒种子储藏，其他小粒种子或是空瘪种子要去掉，决不允许滥竽充数。

这期间，玉米、高粱、大豆等要大面积留种。父亲每天都要去地里看两三次，哪块地的庄稼长得肥壮，父亲就会下口谕：这块地留种。留种的玉米秋收时则要保留素白柔韧的叶子，通过叶子将两棒玉米拴在一起，比成一个"心"形，挂于树杈上或杉木架子上，挂在窗前的竹竿上。高粱则捆成一束一束，晾于另一根竹竿上。至于大豆，则是扎成小把，挂于檐下。那些高挂的玉米、高粱、大豆感觉自己还与母体紧密结合，它们的生命就有了继续的勇气，每一粒种子的心里都充满了渴望，高悬着重返土地的激情。

这时节，父亲母亲还要进行一个仪式：耍草把灯。用去年的稻草捆把，浇上少许桐油，点燃，一边念着"烧死虫虻，保我禾稻"，一边慢慢地走过田塍。田塍上，一年又一年的夏夜，草把灯点燃，再衰老的夜，也就有了年轻的温暖。噼里啪啦的火星，洞穿夜天，溅入银河，溅入稻浪，波涌思念之水。点一把火燃烧，那些铭刻在稻草中的古老，发出光芒和魅香，而作祟的虫豸，则在烈火仪式中焚毁了嚣张翅膀。添把草把火烧得更旺，为炽热的沸腾增强能量。

"大暑不暑，五谷不鼓。""一候腐草为萤；二候土润溽暑；三候大雨时行。""何以消烦暑，端坐一院中。眼前无长物，窗下有清风。散热有心静，凉生为室空。此时身自保，难更与人同。"长长短短的文字，写暑，也不写暑，一个人披暑而读，读到汗如雨下，大暑便让文字也古道热肠。

立 秋

　　尽管在跨界关口上，山里人胸有成竹地站在火里，等待和庄稼一起，被秋天杀青。一片梧桐叶，贴着节点落下来，砸到发烫的大地上。太阳抵达黄经135度，是为立秋。立，始也，秋，揫也，物于此而揫敛也。立秋分三候："一候凉风至；二候白露生；三候寒蝉鸣。"农谚："立秋之日凉风至。"

　　刚刚挨过了39℃或40℃煎熬，消弭了不少激情，立秋变成一个经历风雨和狂热而回头的浪子，面对未来深刻又沉默。披上秋风斗篷，饮啜秋雨柔情，立秋又如一位哲人，站在蓝天之下，秋水之湄，幽蓝而明朗，宁静而透彻。

　　古人是有礼仪的。《后汉书·祭祀志》："立秋之日，迎秋于西郊，祭白帝蓐收，车旗服饰皆白，歌《西皓》《育命》之舞。"《新唐书·礼乐志》："立秋立冬祀五帝于四郊。"宋代，立秋之日，男女都戴楸叶，以应时序，以石楠红叶剪刻花瓣簪插鬓边，亦以秋水吞食小赤豆七粒之俗。清代立秋节，常悬秤称人，和立夏日所称之数相比，以验肥瘦。民国以后，在广大农村中，在部分乡野，预卜天气凉热，陈冰瓜，蒸茄脯，煎香薷饮。

　　雪峰山里不少地方有祭秋民俗，也称秋社。秋社原是秋季祭祀土地神的日子，始于汉代，后世将秋社定在立秋后第五个戊日，此时收获在望，官府与民间皆于此日祭神答谢。立秋前后，人们在家中或者田间地头摆上糕点、水果、馒头、米饭、酒水和香火，祭祀谷神和土地爷，祈求保佑庄稼风调雨顺，五谷丰登，表达了劳动人民渴望幸福生活的美好愿望。

　　偷秋，是山里立秋的一项活动。这天夜里婚后尚未生育的妇女，在小姑或其他女伴的陪同下，到田野瓜架、豆棚下，暗中摸索摘取瓜豆，故名偷秋。俗谓偷南瓜，易生男孩；偷扁豆，易生女孩；偷到白扁豆更吉利，除生女孩外，还是白头到老的好兆头。按照传统风俗，是夜瓜豆任人采摘，田园主人不得责怪。姑嫂归家再迟，家长也不许非难。

　　咬秋也是立秋的习俗之一，咬秋也可以叫"咬瓜"，也就是在立秋这一天吃西瓜。人们认为咬秋能够防止疾病发生。

在立秋之日洗澡也是有讲究的，要在太阳猛烈的时候把水桶拿出去晒，然后再等到太阳落山之后，这水桶里的水也晒热了，再用来洗澡。

立秋前后是七夕。七夕之夜，山里姑娘们会聚集在一起向天上织女祈祷，乞求织女赐予她们心灵手巧，叫"乞巧"。如今，七夕已慢慢演变为中国情人节。

忌雷雨风，忌下河游泳，忌出虹，忌悲忧伤感。看禾，抗旱，催壮子肥，晒腌菜，打纸钱，晒棉衣，忙里偷闲，百岁千秋。

雪峰山有谚云："小暑大暑不是暑，立秋处暑正当暑。"夏虽然转身离开，但"赫赫炎炎，烈烈晖晖"的日子远未结束。雪峰山的八月与七月相比，平均气温只是象征性地微跌，这也就意味着，没有秋风的日子，桑拿感很强烈。在雪峰山，秋老虎却是越来越难以驯服的野生动物。通常每年的"七下八上"（七月下旬到八月上旬），是最热时段。七下八上，把人热得七上八下。立秋，是揪着最热旬的尾巴来到面前的，依然承袭着暑热的本色。虽然谓之"秋"，但立秋是二十四节气中仅次于大暑小暑的第三热节气。

会同魔芋方兴未艾，它样子长得有些狞恶，皮是灰黑色，浑身丁丁包包，有不少凸起，但茎叶却非常漂亮。茎光滑，略显红色的底色上布满黑褐色斑点。它可以长到差不多一米高，茎在顶端分叉，向四周展开，像一把被风吹翻转的小花伞。其叶为掌形，细碎、绿色。它块茎大、葡甘聚糖含量高、收获期早，堪称上品。

立秋期间，母亲养的几窝鸡崽苗壮了，其中有七八只公鸡，需要宰杀一些，并留一两只做种。被留下的公鸡趾高气扬，身边总带着十几只母鸡优游自得，日子过得舒爽开心；在玉龙苗寨，聒噪的公鸡信心满满，每天一大早就前呼后拥带着母鸡们上田塍、进山寻觅活食，不时还要高歌一曲，其乐融融。为了防止公鸡率领的大部队糟蹋粮食，打立秋起，父亲母亲就要在各个通往水稻田的通道口设篱笆或拦网。无论防范得多么严密，还是有几只贪嘴的鸡先爬上树，再飞过篱笆，进入稻田搞破坏。没有办法，父亲母亲忍无可忍，只好将那几只破坏力极强的鸡宰掉。饶是如此，立秋后不断长出的稻穗还是要被鸡们吃掉一小部分。

立秋之日，老家的父亲母亲，总是会去到他们的稻田，立于田塍之上。他们的身体和手，能直接触到，柔软的泥土和健硕的禾叶。在他们走过的风中，一田的稻花余波相继为之绽开。他们知道，秋日如拨灯盏，越拨越黄。

浅浅笑过之后，父亲母亲的额头皱纹深了。挂在墙上的镰刀闻到了稻花香就开始苏醒，门前磨刀石也打起了精神。稻花之上，父亲母亲的身影被午后的光线越拉越低，触及草棵和尘埃。在老家，举目望去，到处都是青亮亮的禾举起闪烁着白光的稻花，青青嫩嫩的谷粒正在向老家仓廪艰难地一步一步靠近。

看过禾，父亲母亲从田埂上慢慢地回家，走近一只三脚撑架上的鼎罐。那只传承了几代人的鼎罐，内心早已被白米塞满。老家的脸，比任何一个午后都显得丰腴。淘过米，鼎罐上架，火塘里的火燃起来。分明可以看到，两只蚂蚁，身背着快乐老家，越过立秋，稻花在纷扬中缓缓飘动，饭香从佝偻的腰身下长出，土地开始变得温存，一季好禾快要长成。

一些年景，"秋老虎"盘踞时间较长，往往到了白露之后，依旧高温不退。民间有二十四个"秋老虎"的说法，言其来势之猛，肆虐之凶，没有丝毫夸张，甚至有过之而无不及。尤其是近年来，极端天气偶有出现。"秋老虎，毒如火。"立秋不见秋，雨水贵如油，空气湿度低，天气干燥，草木渐枯，人感到闷热、发晕、昏头奋脑。秋老虎盘踞之久、跋扈之凶，的确令人生厌，它甚至比夏季还难对付。天干物燥，日复一日的骄阳笼罩大地，炙烤众生，人们感觉混沌而麻木。至中午，地表温度高达50℃以上，太阳似乎就在头顶窝着，散发着灼热，到处热浪翻滚，山下以及处于河谷平原地带的城镇仿佛变成一个个巨大的、密不透风的蒸笼。到了晚上，闷热依旧，叫人想起"吴牛喘月时"的诗句。"秋老虎"固然凶狠，但客观讲，它是季节的信使，如果没有"秋老虎"，棉花的头桃头花便炸不开（山里亦称之为"炸花天"），中稻也难以催熟，影响收成。正是不为人称道的"秋老虎"，用它的酷热，默默地孕育着一座山的收获，为大山带来丰收喜悦。如果有奢侈一把的条件，去雪峰山里400米海拔之上躲避，则能逃出火炉，进入清泉、清风、清欢、清凉的林荫世界。

树叶有浅黄、嫩黄、橘黄、棕黄色，贴于泥土上，近看像山民的致富手记，远观则如油画，一切和谐率性。

从大山一角望去，山民们用双手，让大山增添了新景，新修公路蜿蜒至一户户人家；田野里稻穗饱满；一串串绿色水果挂于果园，空气中弥漫着果香；一座座新楼房拔地而起，乡村别墅的琉璃瓦闪闪发亮；夜幕降临，村道上路灯齐开；村民活动中心，山民们在秋凉中读书、健身和娱乐……

处 暑

离离暑云散，袅袅凉风起。

处，出也；处暑，谓炎热离开也。许慎《说文解字》解释："处，止也。得几而止。"处暑时节，太阳抵达黄经150度。处，亦有躲藏、终止之意；处暑至，酷暑止。"一候鹰乃祭鸟；二候天地始肃；三候禾乃登。"

忌感冒、心情抑郁、伤胃、不透风、睡眠不足。扫路，捡核桃，杀水脚，放黄禾水，点冬菜，清仓，踵事增华，含辛茹苦。

处暑是中元节带来的。山里先人，一年一度归来，赋予山川巨变。他们以千百倍的关爱与怜悯，催长万物，催熟万物。后人则为他们焚烧陌纸，表达思念。而蝉声则用高频乐感，打开炉门，将大山情感模型放进炉火；完成的锻造，第一时间运回山野，进行置换。松针菇与秋菊早已修炼成传感器，会将山里思绪，一览无余地传送给先人。

"七月枣，八月梨，九月柿子来赶集。七月十五枣红腚，八月十五打干净。"立秋和处暑，都是在阳历八月。处暑时节打枣子，便是人们最喜欢的节目。架起高高的梯子，开始摘枣子，边摘边吃，枣子的甜味入了口，润了心。还会有人拿来长长的竹竿，对着枣树一阵敲击，枣子便应声落地，地面上孩子们欢欣喜气，老人们咧着掉了牙的嘴笑着。在盛产枣子的溆浦，处暑时节更是忙碌，枣农下枣、售枣，公路上运枣车辆络绎不绝。

处暑，终止的是炎热。从历法和天文方面去理解，处暑时，太阳运行到了狮子座的轩辕十四星近旁。夜晚观北斗七星，弯弯的斗柄还是指向"申"，其意义是"夏天暑热正式终止"。其实，并非绝对如此，还有秋老虎。"处暑天不暑，炎热在中午"。

处暑，终止的是幻想。诚然，经过夏天劳作和炎热的考验，尤其是"三抢"（抢收、抢种、抢管），播种、栽培和耕耘都已存其实、已成定数。有多少栽植耕耘，就有多少收获，来不得半点虚假。

谷到处暑黄。风一停，杜娘就落到青青的稻子上，一只两只，紧紧地连紧秋日爱情，再起飞时，稻子就见黄了。先是几株，风一吹，就是一片，大一点的风再一吹，山沟沟里被感染着的稻子都羞涩起来，低着头，满目青黄。

处暑高粱遍地红。太阳煨了这么久，大地熟了，熟得开始让人动情。那些喝着山水长大的谷子高粱，虽然东一绺西一块，却是脚步整齐地撑上了太阳。

处暑雨，粒粒皆是米。王之道诗云："大旱弥千里，群心迫望霓。檐声闻夜溜，山气见朝济。处暑余三日，高原满一犁。我来何所喜，焦槁免无泥。"从大暑至处暑，是雪峰山一带最炎热之时。高温少雨，土地皴裂，禾稼枯槁。一场处暑雨，满田喝水声。那些渴得冒烟的禾稼，喝足了水，立马打起了精神，不遗余力地壮籽，勾下沉甸甸的头。

处暑节气前后的民俗多与祭祖及迎秋有关。旧时民间从七月初一起，就有开鬼门的仪式，时至今日，中元节已成为隆重祭祖之日。千家万户，携陌纸香烛至郊野，焚香，点烛，化纸。烟雾蒙蒙中，先祖的身影，勾勒出月色的苍白，恰似银霜一样的时间，绘出家族的回眸。陌纸纷扬，一个个逝去的灵魂踏烟而来，用夜之黑与影之白映照着人间和地狱的无形关联。

绥宁绞股蓝生机勃勃，枝枝蔓蔓的植株形态看似心事重重，总是剪不断理还乱。她是本草坊里的病美人，弱不禁风的样子，却有着无法抑制的攀缘欲望。只要触手可及，绞股蓝便会伸出她们灵敏的卷须，任性地拉住随便哪一位邻居。等到成功勾住，走上那么一程，转过身去，一片片叶子，在阳光下又是通体的澄澈。

早些年，处暑之后便进入了伐木季。秋日的山林静穆非凡。但这种静穆就要被打破了，孩子们的叫声和笑声已经在山林荡漾。砍树之前有一个仪式叫开山。某个德高望重者砍第一棵树时，其他人不准说话和吆喝，他连砍三刀，边砍边念："一砍东方甲乙木，二砍南方丙丁火……"三刀砍下的木渣，立即捡拾起，待到整株树砍倒后，将树尖摘下三棵，连同原捡的木渣放在一起，用石头压在刚砍的树蔸上。开了山，大家就可动手了。树一棵棵地倒下。待一山成材树砍好之后，到处是泛着白光的杉木，那位开山的汉子，还要完成一个仪式叫搜山。他口中念着咒语，将原先压在树蔸上的木渣、树尖撒落地上，以期满山杉木飞籽生长，森林繁茂。一段时间之后，锣子（锣子：丫形扛木器具，用以左右肩分力和歇肩）、斧锯出动，山里过拔扛木队列震撼来袭。

阳光充足，空气干燥，处暑前后最适合晾晒果实。一场秋雨之后，秋天便热辣辣地敞开孕育了春夏两季的怀抱，让玉米、豆子、高粱、芝麻、红薯、棉花、花生等五颜六色的果实从田土上，叽里咕噜地涌进屋子中。于是场院里，屋前房后，大门口，还有家家屋顶上，一坨一坨地堆满了沉甸甸的丰收景象。村子的上空，被浓得化不开的味道包围起来，香甜的、清新的、温暖的味道，在村庄上空飘来荡去。青壮年忙着秋收秋种，老人和孩子忙着收拾归整。

祖辈还会把红红的辣椒穿成串挂在屋檐下晾晒，红红火火一挂就是一冬。同时，窗台上、柴垛上、架起来的竹帘上都会有晾晒的东西，又大又圆的红枣、蒸熟切好的红薯干，刚收下的花生……房前屋后，"晒秋"犹如一幅幅美丽的丰收画卷。

一度又一度处暑，把父亲母亲的秋天删繁为简。父亲开动碾米机，将米缸盛满，然后在他的五担丘畎中一条不深不浅的禾缝，将心情揉进去，一半揉进土里，一半浮于谷上。种进去的一半围绕着稻子，在泥田的深邃处，萌芽、呼吸、睁开眼睛；像豆荚一样，伸一个长长的懒腰；没有过去，没有未来；没有那么多流香的花叶需要舒展；只要长成一棵水稻，一棵茁壮的、有十几个分蘖的水稻，就够了。留下来的一半端着处暑，在赤裸的太阳下，沉着、平静、合上双眸；池塘屏蔽了蛙鸣，蜻蜓收回了朝暮；无须借舟，无须泅渡；无须那么多用旧的陈词，曲意逢迎。只要长成一棵水稻，一棵有着十几个长穗的水稻，就够了。

母亲以手扶着稻穗的新黄，一粒一粒数过，见一穗有三百多粒，便据此估算岁物丰成，喃喃地说："真好啊。"

逡巡田塍的母亲有点眩晕。

处暑，像一个宣言，天地告白：溽热尽散，秋自和缓。

夕阳下，父亲母亲的手再次伸出来，摸一摸今岁谷穗，让尖锐谷芒扎一扎手。老家的禾稻已熟悉父亲母亲粗糙的手指，熟悉黄色泥土从他们脚缝汩汩冒出，熟悉他们背着喷雾器或端着畚箕的样子。

走在田间地头，透过稻子的呼吸，分明又可以听闻，中元节前后，田埂路上渐渐有了脚步声。那些脚步并不急，都在田埂上走一走停一停。显然，先人们是在欣喜看禾。看过禾，先人们再入屋里查看米缸，满则喜，浅则悲，无米则哭。

游魂一般钻进米浆的深邃处，倾听、呼吸，幸福得睁不开眼睛。所有的谷粒大口大口地吞着太阳，把灌浆看成是自己神圣的事业。一粒一粒的谷由瘪至满，由稀至硬，把谷壳挤得疼痛起来。谷壳受不了这疼痛，脸就开始黄灿。

看到好多先人，与先期太阳一起，为了一季一季的禾，累倒在处暑的山头上，气喘不止。山头与山头的影子重叠着，金黄的稻子映衬黄昏，山岚流连于巉岩断崖，河谷幽幽，山树飘摇，山鬼呐喊，陌纸香烛在阡陌间排列妥当，只需一棵亲情，擦亮思念，点燃一个日子，就有好多的游魂聚拢，完成一次阴阳间凉热对话。

无论是山里还是山外，不能坐等秋凉，趁一山树叶还绿着，趁候鸟们还没遁去，把毛孔通通张开，把心敞亮，让今日阳光和昨夜月色，充盈生活。

白　露

　　起个大早，推开晓窗，懦然惊觉，远山空蒙，近水微澜，星霜荏苒，霭烟轻缠。查查日历，太阳抵达黄经 165 度，节臻白露，《月令七十二候集解》云："八月节……阴气渐重，露凝而白也。"因此间昼夜温差最大，易起露，古人以四时配五行，认为秋属金，金色白，故以白形容秋露。

　　白是一种色彩，像霜或雪的颜色，跟黑相对。以一种颜色作为节气的命名，体现了文字与时令之美。白露时节，白色，是清晨最炫目的亮丽。当太阳从大山里升起来，走向天空的时候，白亮破茧而升，把黑色外壳留在了山底。

　　一声"白露"，从口中吐出，唇齿之间就生了香，让人回味良久。一朝白露起，相思便入肠。心中的一个女子，清晨踏着薄雾而来，脸上挂着露珠，脚下的裙摆，从草丛中穿过，将湿欲湿，就那么轻灵地站在面前，她是白露的代言。

　　她有一个洁净的身子，洁净的衣着，洁净的灵魂。她洁白的目光，打量前方，千秋万黄就嵌入她心灵深处；她模糊地呓语，说到谁，谁便是她湿漉漉的思念。她是伊人，在水一方。她来时，蒹葭意气风发，思绪飞扬。她去时，白露换了网名。唤一句，天是一块蓝宝石；再唤一句，北雁南飞，风声一天比一天紧，枫叶穿上红装，正准备启程去往他乡。

　　"白露白露，长袖长裤。"古人的总结，沿着节气，不断流风回雪，形成了不少山里习俗。

　　白露白茫茫，田里满田黄。雪峰山里农家，稻子成熟了。忌刮风下雨，忌赤膊露身，忌寒凉食物，忌剧烈活动。打牙祭壮体力，开桶打禾，捡禾穗，抓泥鳅，关仓门，出牛栏，促忙促急，亿辛万苦。

　　雪峰山一些村寨，在白露节自酿米酒。取早已成熟的大米，通过蒸熟、发酵、蒸馏等过程，制出味道浓郁的美味家酿。父亲则把以糯米酿制的米酒称作"白露酒"。

　　雪峰山多野生茶，白露时节，人们都十分青睐"白露茶"，此时的茶树经过夏季的酷热，白露前后正是它生长的极好时期。白露茶既不像春茶那样鲜嫩，不经泡，也不像夏茶那样干涩味苦，而是有一种独特甘醇清香味，尤受老茶客喜爱。白露茶汲取的是天地由暖变凉阶段的自然力量。白露时节，父亲必背上篓子，采摘小半篓，制成白露茶，慢慢品味。

收集十样白。雪峰山里，部分地方人们于白露节采集"十样白"，即白芍、白芨、白术、白扁豆、白莲、白茅根、白山药、百合、白茯苓、白晒参，以煨雪峰乌骨白毛鸡，据说食后可滋补身体，去风气。

收清露。这是古代的一种仪式，也是雪峰山一带民间在白露时节的习俗之一。收清露就是在未晞时收集百草上的秋露，饮用后有着消除百病、消积止渴、美容养颜的作用。

"白露打核桃，霜降摘柿子。"白露节一到，雪峰山里的山核桃熟了，山里人自然要打核桃。山里的核桃被商贩收购，运送到外地或当地的加工厂家，被做成核桃仁和核桃软糖等产品，销售到全国各地；还有精明的当地人把核桃压榨成核桃油，卖给城里人。核桃有着极高的营养价值，有健脑益智、补血润肺、安神补肾的功效；山里人指望着核桃换钱生活，城里人品尝着核桃享受生活，白露时节的雪峰山，山果飘香。

"万尾青鳞穗下跃，千亩良田花里香。"辰溪稻花鱼开捞，展开一幅鱼米之乡富足康乐图景。

黔阳金秋梨熟了。原产地大崇，一园一园的金秋梨外观金黄、晶莹透亮，具有肉质白、脆、嫩、细、汁多味甜等特性，一年一年获得"南方梨王"美称。

在老家，除了看禾，母亲还会在田埂上挖出一些白茅根，洗洗干净，给大家食用。

"露从今夜白，夜自此日凉。"白露迎秋，秋满雪峰。秋风软软从树顶梳过，枯黄的叶片蝶影一样飞离树干，零落委地。踩在叶上，一片窸窸窣窣的声响，寥落而清宁。"白露凋花花不残，凉风吹叶叶初干。无人解爱萧条境，更绕衰丛一匝看"，正合了此时境地。

有犬吠从一圈洁白雾霭里弱弱地透出，似有些困惑，似有些无奈，浅浅地叫了两嗓，又倦怠在白茫茫中。极目过去，在雾根深处，还顽强地露出几点光亮，那是人家檐角藏修游息的灯盏，亮了整整一晚，已然变得疲惫无力。天空微启，稀疏地点缀三两颗星星；迷雾紧拢，依然拢不住一二虫鸣。

晨光露白，灵光乍现，从童年至今的白茫茫灰茫茫竟连成一片，那些不敢呼喊出来的字眼，都以露白的形式欢快纷扬地亮进内心，仿佛一只断羽之鸟，独自坐进仲秋独自面对苍茫皓月，孤零零地抖洒茫然和痛切。

父亲母亲备好戽桶、晒簟、捞耙、筲箕、镰刀、谷箩，等一个合适的日子，开镰。隔着遥远，一个情绪满满的语汇从老家溢出，凝结为一滴秋思，打在游子的脸上，流进脖颈，胸口就有了皭白秋气。

收割之前，父集要赶集"办打禾场（办场：置办吃食）"，购买相当充足的猪肉以及鸡、鸭、鱼，让大家美美地吃上几顿好的，把体力养得旺旺的，单等开镰。那时候，山里中稻一般需要 145 天左右的时间成熟，产量较高，所以收获季较现在迟。

木窗下皛白故人心，白茫茫成边缘介词，或疏远，或短浅，白衣送酒，白屋寒门梳理藩篱花信。

鸿雁来，玄鸟归，群鸟养羞。体悟古人苍凉清秋，就感到了秋阳温暖的语言，如同晒过的夹袄，可抵寒凉。

秋 分

秋分敞开博大胸怀，慷慨地把最丰硕的果实奉献出来。没有任何一个节气，会像秋分这样绚丽而厚重。秋分的底色，灿烂生辉。

"乾坤能静肃，寒暑喜均平。"《春秋繁露》云："秋分者，阴阳相半也，故昼夜均而寒暑平。"太阳抵达黄经180度，太阳直射赤道，故昼夜均摊。秋分三候：雷始收声，蛰虫坯户，水始涸。

秋分是传统的祭月节。"春祭日，秋祭月。"据史书记载，早在周朝，帝王家即有秋分祭月习俗。其祭祀的场所称为月坛。黔阳古城中秋祭月在岁月的流逝中加入当地元素，形成了独具特色的祭祀文化。武冈打空饼祭月，也是雪峰山的一道风景。

忌电闪雷鸣，忌不下雨，忌过劳。捡栗子，摘梨，吃新米饭，播草籽，做甜酒，堆牛草，点油菜，猪冲膘，晒秋，有事之秋，不遗巨细。

秋分到，蛋儿俏。山里不少人要做"竖蛋"试验。选择一个身量匀称的新鲜鸡蛋，轻手轻脚地竖放在桌上，失败者虽然多，成功者也不少，竖立起来的蛋儿好不风光。

秋分吃秋菜。秋菜是一种野苋菜，乡人称之为秋碧蒿。逢秋分那天，山里人都去采摘秋菜。在田野中搜寻时，多见是嫩绿的，细细棵，约有巴掌那样长短。采回的秋菜一般家里与鱼片"滚汤"，名曰"秋汤"。有顺口溜道："秋汤灌脏，洗涤肝肠。阖家老少，平安健康。"一年至秋，人们祈求的还是家宅安宁、身壮力健。

秋分这一天，山里人家要吃汤圆，而且还要把不用包心的汤圆二三十个煮好，用细竹叉串着置于室外田边地坎，名曰粘雀子嘴，免得雀子来破坏庄稼。

秋分时节气温下降快，使得秋收、秋耕、秋种的"三秋"大忙显得格外紧张。

深山人家的雪峰乌骨鸡养得膘肥体壮，它乌皮、乌肉、乌骨、乌喙、乌脚，一身白羽，以营养价值高、肉质细嫩、味道鲜美而蜚声山外。

秋分时节的老家，一定有一只母鸡，孵出一窝秋鸡来。在一片叽叽声中，老家的秋意分外浓重。

远远地就能感受到，风一吹，五担丘、七担二黄了，黄了田垄和父亲的心事，老屋被映得黄黄的墙边，母亲小心地点燃火塘，用一缕缕炊烟举起一个又一个发黄的日子。

赶快地回到老家，老家的禾谷已然黄澄透彻，只等收割。秋分，像一张渐次展开的晒簟，明晃晃地铺在禾场上，等待谷粒的进入。稻子们摇动的语言，洗亮了青瓦木屋的天空。步入田埂，父亲母亲挥手呼唤，便如要赶一群金色的牛羊回家。门前凹陷的磨刀石振奋精神，母亲蘸着汗水与晨曦，再一次将几把镰刀磨得光亮，并不时地以拇指蹚过刀刃，检验刀锋的利钝。

好崽要好娘，好种多打粮。曾记得，当年开镰之前，第一项要完成的工作就是留种。水稻留种有两种方式，一般会在水田中留出一小块肥沃的田，专门种植留种水稻，相当于"开小灶"，进行特殊照顾。到了收获季，就会把它分开收回来，分开晾晒和保存。也有在开镰之前去普通田里，用剪刀选择高大壮实的稻穗，剪下十来把回家晾晒以作种子。秋分时节，把红辣椒穿成串，把留种谷穗打成"马架子"，挂在窗前的横杆上，秋味就浓了。而今，有了杂交水稻，一些菜蔬也有了良种，不用自家留种，自是少了一道重要工序。但近些年，一些山里人，心忧天下，不想白白浪费雪峰山这个"物种变异天堂"，除了种植杂交水稻和良种菜蔬，也种植少量常规稻和常规菜蔬，重新复习自家留种，看看这块神奇的土地，要把雪峰山本土物种变成什么模样。

开镰了，开镰了，热火朝天，老家进入一年一度的收获季。稻子们跳起舞步，纷纷离地，倒伏在土地怀里。母亲在禾场上准备晒场，揩一把汗，注视一排排禾把，幸福溢于言表。而那些待扮的稻把们，匍匐于地，静悄悄的。戽桶扛入禾把中央，在一片金黄中，立起一面旗帜，金黄色的田园诗章立马有了精神。

被阳光炙烤过的禾把，举起秋分，也举起汗水。"嘭"的一声扮下去，禾穗与桶壁亲密接触，激烈碰撞，谷粒四溅，草屑飞扬。被扮落的谷粒，在空中飞了一会儿，就落到戽桶中的各个角落。千万粒谷子聚集起来，戽桶也变得金光闪闪。一粒粒谷子，脱离了禾尖，断掉了谷芒，赤身裸体，饱满的肚子，多像一个个调皮胖男孩，到处打滚。一角田扮过，金黄的谷粒积聚了大半桶。该撮谷了。父亲拿来撮谷笤箕，一箕一箕地撮谷入笋。"哗啦——"一声，谷粒沿着箕口，进入笋筐。笋筐盛满，起肩，挑着沉重的担子进入中堂，过称。一担一担的数量不断累计，最后要计算出年成的丰歉。一部分谷子再挑去禾场翻晒，一部分倒入中堂。之后，老的小的，疲劳了，困倦来了，收获的幸福来了。躺在成堆的谷子边睡一个午觉，呼吸谷粒的香醇，心中甜蜜，被成堆成堆地码放在谷粒之上。

一整天，老家的五担丘、七担二都飘荡着沙沙沙、嘭嘭嘭的声音。由于父亲母亲的坚持，还能在而今，一年年地体会扮禾，扮落一年的好心情。山里人记得，曾经的扮禾季，山南山北，到处都是沙沙沙、嘭嘭嘭的声音，或者是打稻机的轰鸣，真有地动山摇的感觉。一担担满挑的箩筐来往于田塍之上，小孩们则挑着竹筒，一次次去井边打凉水。大片大片的稻田在戽桶与打稻机的激情呼号中，成了光秃秃的稻茬，飞舞的草屑，轻盈成飞羽，一如山崩海啸般的舞蹈，舞在山野，舞在心中。伴着这节奏，山野震荡成混沌浪涛，迷失了太阳色彩，稻茬成了凸出地表的宁息。一个个稻草束像兵马俑一样排列着，在阡陌，在田埂，在坡岗，在小河沙滩上，静静地立在阳光里，像沙场秋点兵的军队，展示着秋空一鹤排云上的豪迈。

必定有十来斤谷最先晒好，父亲将它们碾出米来。母亲走到碾米房，看米，车糠。她用手小心翼翼地捧起一捧新米，用眼睛定定地看。母亲盯着米，一动也不动，她的灵魂走入了一粒米的馨香，心脏加快了跳动的频率，浑身的血液也见稠了。她定是走入一粒米的原始部落，看一株野禾，怎样被先祖在雪峰山里栽种，被神农氏普及；之后，一个叫作袁隆平的老师，在雪峰山下，用 37 年时间，把它改良。从此，母亲的米桶里，才开始盈满阳光的馈赠。母亲顺着米的纹理走进一粒米，周身都在感念着古今两神农的养育。感谢大山，给人苦难，又给人幸福；感受这座山，体味这座山，从古至今一直闪耀着自给自足的光辉。

生起柴火，煮新米饭，做几道好菜，祭祀天地和谷神，请先祖们尝新。之后，按长幼之序，开始了一年中最令人难忘的一餐。几双刚放下镰刀与禾把的手，端碗，握箸，品尝山里一百多天阳光的明媚，反刍耕耘的奔波和操持之苦，让饱满的饭香慰藉每一条疲惫的血脉。

扮过禾，母亲不能少了一道工序：拾穗。她戴着斗笠，睁着昏花的双眼，弯一下腰，拾起一穗谷子，拾起一穗谷子，弯一下腰，好像是在给稻茬行着一种古老虔诚的谢礼。

清楚地记得，早些年，稻谷收到家后，又要收稻草。稻草被捆成一个个稻草人，站在收割后的稻田里晒太阳。等到晒干后，再用一根长长的竹尖担，把一个个晒干的稻草人穿在竹尖担上挑回来。那时候每户人家都养牛。稻草的作用有二：冬天下雨下雪的时候，牛不能赶出去放，就只有关在牛栏里让它们吃稻草；作为沤牛粪的材料，同时也让牛儿在冬天睡觉时保暖。

稻草挑回来后，要把它们集中起来堆成一两个好大的稻草堆，稻草堆中间要竖一根杉木，然后稻草就围着这根杉木堆好，形成草垛，变成孩子们玩耍的好地方。

那时村里的稻草堆可真多啊，村庄周围，一个又一个，或者一个连一个，冬天坐在稻草堆下晒太阳，避风，暖和。当牛在家乡的土地上渐渐消失后，稻草堆的消失也就成了必然，这农耕文明里的乡村意象，在这片土地上再也难以寻找了，它隐匿在了时光深处。

数十度秋分的来去，已然成为心头的一种味道。那种说不清道不明的感觉，是从雪峰山里老家，沿着父亲母亲的痕迹盘桓，挂在红蜻蜓的翅膀上远足，是一生中想接近但却又够不着的咫尺天涯。

立于一丛秋草之前，读一泓焦枯，感觉秋分到来，日子平添了色温，秋草老化了思索。不远处的桂花树之下，散落一地桂花粒，一地米黄、一地清香，米黄阳光、米黄秋分引出米黄的念想：粗略计算，一碗饭约4400粒米，相当于三四把稻子。如果每天吃6碗饭，到80岁，需14000余斤大米，相当于4.6公顷稻田（7个足球场大）一年的产量。一年一年秋分，一年一年收获，"丰"满是喜悦，"收"满是欣慰，让庄稼满粒归仓，让快乐充实心房。田里漂移的抛秧机，天上起舞的植保机，禾上滚动的收割机……山里人运用新技术、新知识、新理念带来了农业生产新变化，正捧起一个个"金饭碗"，盛满了自己的出产。

秋分就是一位成熟沉稳智者。他在寒来暑往中固守着不变的驿站，等待大山到这个时节展开最美最富风韵的画屏。

寒　露

　　意念一冷，就到了寒露。

　　"秋分后十五日，斗指辛，为寒露。言露冷寒而将欲凝结也。"太阳抵达黄经195度，天从微凉变成微寒，水自浅凉变成小冷，风儿沾在身上点燃寒噤，小雨扑面牵引皮肤发紧；鸿雁来宾，雀入大水为蛤，菊有黄华。

　　"一场秋雨一场寒，十场秋雨穿上棉。"寒露节气气温，从凉爽向寒冷过渡，节后就能隐约听到冬天的脚步声了。深夜的露水越来越寒，几近凝结，没有窝巢，露宿野外的鸿雁忍受不了，它们成群结队飞上天空，排开一字形或人字形队列，向南迁移。民间有"雁不过南不寒，雁不过北不暖"之说，雪峰山里，大雁成了物候之征，南飞转冷，北飞转暖。

　　"吃了重阳糕，单衫打成包。""寒露无雨，百日无霜；寒露多雨，芒种少雨。"回想着传统的谚语，才知每一个节气都有相辅相成的关联。"豆子寒露使镰钩，红薯待到霜降收。""寒露到，割晚稻；霜降到，割糯稻。"感觉那些温馨的场景又浮现在脑际，曾经的日子、季节，今天看来，如故乡作坊酿出的酒香，甘醇而酽冽。

　　九是长久，九九相重乃天长地久。这期间，山里老人大都选择这段时间给自己打棺材，他们不叫棺材，叫千年屋。当然，木匠师傅用上好杉木做千年屋时，自然少不了红包。因为，木匠师傅砍下第一斧就知道这口千年屋属于谁的，属于主人的，还是属于别人的，属于男人的，还是属于女人的，还有做这口千年屋的主人活的时间长或活的时间短，木匠师傅竟然全知道。

　　年年寒露，年年重阳。

　　心情顺着温度从秋日的眉间滑落，滑向冷峻与寂寥。绚烂与热烈，春天与夏季，都来不及仔细拥有来不及认真感动，就凝结成冷冷露水，挂于草叶之上。不忍看窗外一帘银杏，不愿意再去想象曾经多少次面对那池芰荷。故乡稻畦，园圃夏蔬，都在露水凝结时候老去，老得疲惫不堪。寒露降温，树叶凋零，却是林木地下发根、养精蓄锐的大好时机，聪明的山里人开始砍山备苗、植树造林。

忌刮风霜冻，忌无病乱补。挖红薯，犁老漾冬，砍楠竹，备冬柴，搞建设（搞建设：指进行房屋修缮等），捡茶籽，割茅草，金风玉露，停辛伫苦。

寒露时节，正是山里的晒秋天。所有的山里人家，有什么晒什么，想晒什么晒什么。秋日的明堂上，雪峰山端出美丽色彩，晒簟与簸箕中晒着红、晒着枯、晒着软、晒着黄，每日弥漫着香，谷香、玉米香、高粱香、椒香、瓜香……

一大早，碧空如洗。父亲母亲必定早早起床，早早地做了早饭，吃过，就要在禾场和五担丘晒谷了。禾场必定整理得平平整整，五担丘靠枣树的一角早已把禾纲挨着土割去，割出三四个晒簟大小的场地。此时父亲早已铺好长长的晒簟，把带着泥水的稻谷倒出箩筐，一座座小山似的堆在晒簟上。母亲手握掳耙，一下一下慢慢摊开稻谷，直到完全盖住晒簟。摊开稻谷需要小心用力，一不留神，便会将谷子摊出晒簟边沿，掉进泥地里。稻谷摊开的时候，总有几只活蹦乱跳的蚂蚱、螳螂冷不丁冒出来，带来一阵不小的惊诧。

稻谷摊开后，父亲母亲回到灶屋喝口水，又回到晒谷场。这个时候，家里的鸡鸭，林里的鸟雀格外欢腾。瞅着谷场无人，鸡鸭鸟雀纷纷入场，连啄带耍，弄得稻谷四处都是。

母亲总是握着一根长长竹鞭，守在晒场边阴凉处。每过一个小时左右，用掳耙将晒簟上的稻谷翻晒一次，便于湿湿的稻谷及时通风，晒上阳光。几个来回倒腾，稻谷便会变干一些。这时，父亲就会走过来，用竹扫帚轻轻扫去一些秕谷和草屑杂物，像给待嫁的新娘精心梳洗一番。有时需要清扫几遍，稻谷的容颜才会格外洁净齐整。

晒谷过程，上午还算比较清闲。到了中午，烈日下分外忙碌。为了让稻谷尽早晒干，趁着晌午烈日多翻晒几遍自然是要的。只怕有时一下收割的稻子太多，浸湿得厉害，须赶在中午轮着晒上一场，即收拢早晨晒的稻谷，用箩筐或编织袋装好，重新倒出中午割回的稻子，摊开、翻晒，一刻也不停歇。

其实这还不算什么，讨厌的是遇到老天爷突然变脸。刚才还晴空万里，一到下午风云突变、雷声阵阵，害得两位老人顾不上吃饭，拿起簸箕箩筐便往晒场疯跑，与即将到来的狂风暴雨抢时间、赶进度，一阵突击搏命干下来，有时累得腰都无法直起来。诡异的天气特别折腾人，往往在稻谷收拢装入箩筐时，雷雨不知了去向，太阳却笑着从乌云里跳将出来。

寒露时节，雪峰蜜橘、安江冰糖柚已陆续上市。它爆甜汁多微苦，一吃便令人难忘。公路两旁，柚子渐渐堆放成山，等候着过往行人挑选购买。

一些田地已被翻耕，袒露着胸腹，接受着小阳春。农人们世代守着农历节点，抢墒耕耘、保墒播种，以免偏墒跑墒。

山里红薯，到了寒露时节，必须挖出窖藏过冬了。

挖红薯既是体力活，又是技术活，不能蛮干。先要把薯藤割除，一把一把地扛回家，在堂屋里堆成一座小山。挖时，锄头不能正对着蔸部，要离蔸部稍微远一点，高高扬起锄头，一锄挖下去，把一大片土翻起来，一窝红薯就出现在眼前。前前后后，差不多要忙碌半个月，霜降来了，红薯才挖完。

红薯这东西是要上窖的，上了窖，红薯一出汗，便开始变甜了，生着吃，煮着吃，蒸着吃，烤着吃，加工成红薯制品吃，怎么吃都好吃。不过，按照时令，一般要等到打霜之后。

而大街上，分明看到，一只一只的红薯，涨红着脸，在初起的寒风中，在路灯下、剧院旁、地铁口、小区门边，渴望搭上最后一班地铁，渴望路灯光的柔情抚慰，渴望散了场的剧情把它也当作主角写进情节，渴望一对情侣携带它归家。夜深了，露重了。一只只山里红薯还在炉火里烘烤，穿街串巷，蹒跚着走过城市中心。几片秋叶落下来，盖在红薯之上，为一路奔走的红薯遮蔽寒露清风。

秋叶一片连一片地落下，清宵袭来，寒意加重。其实，人如秋叶。生命之秋，保持完好与湿润，就同完好而湿润的树叶对于树的重要性一样。而信念就如水分，不可或缺，否则，精神就会随风飘零。

寒露不是最冷季节，而寒冷挟着呼啸的风正在到来的路上，看那云水缥缈处，冷意凝结成霜，正向着这边蠕动。忍不住，伸出手，接住一片小小落叶，轻轻地凝目注视，这片落叶脉络间已然黄意昭昭，疲惫绵绵。

寒风乍起，没有什么比一滴露，更能感知枕冷衾寒。

在秋月寒江边赶路，终会看见油菜、白菜、萝卜和蚕豆的种子，从农者的手掌落下，落进山里刚刚犁出的轨迹中。

霜　降

　　山里秋风似乎识字，它只要瞅一眼陌上，即刻读出一串打土地上冒出的农谚，农谚上结着萧瑟，含着清冷，带着茅草白、菊花黄，季节轮回，时令已至秋阑。于是，它轻轻地叹口气，人间草木沐露沾霜。

　　霜花初现，太阳已达黄经210度。《月令七十二候集解》云："九月中，气肃而凝，露结为霜矣。"霜降三候：豺乃祭兽；草木黄落；蜇虫咸俯。"气肃而霜降，阴始凝也。"古人对季节分外敏感，且带着一种难释情怀。

　　气象学上，一般把秋季第一次出现的霜叫作"早霜"或"初霜"，而把春季最后一次出现的霜称为"晚霜"或"终霜"。从终霜到初霜的间隔期，称为无霜期。无霜期是气象学上的一个重要的热量指标，它与农作物的生长期有着密切的关系，无霜期长，生长周期也长。雪峰山地一带四季分明，气候温润，无霜期不长不短，宜于人居，宜于物长。

　　记得那年，一场重病初愈，父亲竟然在屋前种下了不少菊花。走进雪峰山腹地的菊花，一年一年地在霜降时节为黄土地——老家抒情。菊花凌霜绽放，一个屋场的金黄，让两位老人的神思躺在花丛里，由着山风拥抱、咬疼了皱纹里的牵挂。

　　老家栽了两棵柿树，挺立于圳田边的田塍下。一入秋，枝叶稀疏的树上，沉甸甸的、鼓囊囊的，一个个都是柿子火热的眼。"遥看一树凌霜叶，好似衰颜醉里红"，两棵柿树，把秋天点缀得红润又风情。

　　进入霜降后，天气越发寒冷，山里食俗也开始有鲜明的特点，开始以进补为目的。民间认为先"补重阳"后"补霜降"，而且"秋补"比"冬补"更要紧。所以，到了霜降及深秋季节，各种滋补药膳齐上阵，民间有"煲羊肉""煲羊头""迎霜兔肉"的食俗。俗话说吃啥补啥，据说吃煲羊头有助于"头风"等疾病的治疗。医书上也有加"四珍""八珍"的补药煲羊肉，可以辅疗肺病、疟疾的记载。迎霜兔肉就是经霜的兔子肉，这时候的兔肉味道鲜美，营养价值较高。

　　霜降在山隘发一声喊，稻子、红薯、高粱、豆子、梨柿枣杏都跟着回家了。

它们回到这一家，充实仓廪；回到那一家，点燃炊烟；走过那座桥，铺开一场声势浩大的晒秋；翻过那道坡，捋旺了竹林里的鸡犬之声。田间地头，唯余秋草无家可回，孤独地举起一片秋霜。霜风里，行人把卷起的裤管放下来，来不及更换的秋鞋着了霜，寒意刺骨。自垄上走过，放眼望去，一些上了年岁的农人和农具，皱纹和裂隙间起了初霜，靠在院墙上，取暖，歇息。

忌无霜，忌秋冻，忌风寒，忌生冷食品。窖红薯，锄油菜，杀板鸭，吹板鹅，打水霜，风刀霜剑，跋涉长途。

"寒露早，立冬迟，霜降收茶籽，满含茶油最好吃。"雪峰山除了高峰，还有丘陵，丘陵地带多油茶树，榨出的山茶油成了城里人的最爱。霜降前后，茶籽刚好裂口，这时摘捡，一斤茶籽可出茶油三两五钱以上。于是乎，所有茶山，一片人头攒动。母亲在一座矮山上，漫山都长着油茶树。她背着一个大竹篓，身边，油茶结着饱满的籽粒，把枝条压得很低。母亲伸出手，摘一手，就放进竹篓，竹篓的分量在不断加重。一摘，一放，母亲的动作是那么连贯，神情是那样的专注。

硕果仅存的老榨坊烟火袅袅，如忆似梦，仿佛娓娓地诉说着什么。从古老的深山人工压榨到如今城里的冷压榨技术，雪峰茶油，一步一步提纯精炼，成为晶莹剔透、质纯味美、营养丰富的名优特产品。

辰溪酸萝卜从田间地头走上千店万户餐桌。它解渴解馋营养养生还治思乡病，尝一口就会留下一份浓浓乡愁，即便走出千万里也走不出溜溜可口的酸爽。

雪峰山吃活食、吃虫子、吃苞谷、吃谷子的最好一拨鸭长大了。山里人家、酒店、饭馆，到处都闻鸭肉香：芷江鸭、洪江血粑鸭、黔阳酒鸭……在黔阳古城鸭院子，一锅柴火焖的黔阳酒鸭"咕嘟咕嘟"地冒着热泡，气泡一会儿鼓起一会儿破灭，像鼓风机，把柴火鸭香味和可人辣味渲染得如此美好，把鸭肉香与米酒香结合得水乳交融。

一位山里老人从霜白里走出，白发顺着华年，垂到了耳根，白晃晃的明亮在深秋。老人从眼前慢慢走过，变成一个背影。背影之上，纷飞的秋叶，如思绪般飘落。任性的秋风，刁顽戏耍无休无止，钻进有叶的一棵树，掠过青色菜园，捡拾一季往事，撩拨草屑尘埃，把那个瘦弱的背影掩没在一片霜白的尽头。

不远处传来"唰啦唰啦"的竹帚声响，顺着响走过去，又一位老人迎着寒意在清扫门前落叶。风摇一夜，庭院里的树就把最后几片叶子尽数落下，只留高高的枝干，呆呆憨憨地站着。那些盖着薄白的落叶，踩上去，酥软暖和，可以治愈脚底的寒凉。老人把树叶扫成一堆，装进畚箕，一个人挑着，在雾气中飘起，轻移，然后随着霜白化去。视线中，唯余一片茫茫。

老井边，来了一个浣衣妇。井壁的苔藓上挂着一层薄薄的白，舀上来的水，沁凉沁凉，浣衣妇轻捶慢捻，水从盆里浅出，洒了一地，青石板上有一些浸渍，像下了一场小雨。定定地看着清亮井水，从衣服之中拧出，叮叮当当地响着洒下，霜白里的心思也被拧紧，季节与时光都拧成一束，沿着这条村道，叮叮当当地滴下、消散，倏忽不见。老人不见了，另一位老人不见了，浣衣妇不见了，凝满了霜白的一大段小路也不见了。

一个个霜降来去，不由自主就会怀念曾经有过的一场霜。它一朵朵在山里盛放，填满稚气目光。多年以后，时常会在这样的寒霜里翻滚，给灵魂裹上一层最轻盈的亮白。

伫立山头，满眼的金黄、火红和深绿在撰写雪峰秋歌。这四季分明的山阜，有谁会在意，那风一样隐约的宵旰忧勤？

秋深了，冬天很快就来了，一座山已做好准备，决心以盛大收场。盛大总与喧闹同行，可雪峰山，安静得只余安静。不少山行者，会把枫叶的红、银杏的黄、潭水的湛蓝、高速与高铁隧道的巨眼揉和石头沉思，描述成交响，但那种轻滑句子，实在说明不了什么。从寂静里扒出声音，借助的不是耳朵和语言。正如从一只即将冬眠的动物身上，难以感触到青春，可事实上，它们无不在沉睡中重温山野王朝。山里人一直仰慕那些敢于冬眠的物种，它们宁愿以错过一个季节为代价，来持守生命。如果把山看成一个生物，它是不会冬眠的；山的职责，是为慢生命提供眠床，并负责在春暖花开时节将它们唤醒。这种宏深包涵和致密情思，是天宇间最辉煌的盛大，若化为呼喊，便高于雷阵。从霜冻之上拔出思想，为冬季裹上重衣，不枉做山里人。

抓一把秋泥，把失落种在地下；拾一片秋叶，让记忆散在风里。如水的光阴，一切都匆匆，就如这忽起的霜白。宁愿坐在光阴深处，静静地听一朵霜花凝结、化开，让美好搁浅其中，让流淌的记忆沉淀成永恒。

立 冬

从某个暗角，飘过来一张时间拜帖，拜帖上写着两个汉字：立冬。这两个汉字飒得让人发呆。

阳光经纬拉长，它贴近地平线，如雪峰狡兔般奔走。它发出来的光芒和暖意，像潮水，像剑簇，像父亲眼光里隐藏的闪电，像母亲一遍又一遍无休止的叮咛；像爱，在平静的大地，从连山、鹰嘴界出发，过太婆山、白岩云、大熊山，直抵芙蓉山、云台山；一些洁白的心思越聚越多，越来越寒凉。反复地读，帖子里面有满满心事。它属于雪峰山，独有的属于，反衬他山替代不得的心领神会。

太阳在黄经225度上，北半球的阳光越来越薄，寒凉的夜晚越来越长。古云："立，建始也。"又云："冬，终也，万物收藏也。"唐代李白的感受是："冻笔新诗懒写，寒炉美酒时温。醉看墨花月白，恍疑雪满前村。"

立冬是一年的大节。汉魏时期，天子要亲率群臣迎接冬气，对为国捐躯的烈士及其家小进行表彰与抚恤，请死者保佑生灵，鼓励民众抵御外敌的掠夺与侵袭；民间有祭祖、饮宴、卜岁等习俗，以时令佳品向祖灵祭祀，以尽为人子孙的义务和责任，祈求上天赐给来岁的丰年，自己亦获得饮酒与休息的酬劳。

"立冬小雪紧相连，冬前整地最当先。""西风响，蟹脚痒，蟹立冬，影无踪。""立冬北风冰雪多，立冬南风无雨雪。"雪峰山一带农人，在立冬这天，总要把一些本地的农谚从陈年旧事里翻出来，咀嚼一下，提醒自己不要忘了农历日子的演进，蹉跎自误。

忌日晒过长，忌过冬，忌外出过早，忌活动过剧，忌洗浴时间过长。下柑橘，打白皮霜，存老鸭蛋，积冬肥，秋收冬藏，不违农时。

新晃龙脑樟开始采收加工，之后，它以凝结成芳香洁白的天然冰片方式，走出大山，走向广阔世界。

雪峰山野，树木特别繁茂旺盛，正是依赖草木自生的枯枝落叶，日积月累，形成肥料。入冬以后草木凋零，靠近山林的地区或者家中有园圃的，枯枝败叶到处都是，正是农家制造堆肥的最佳时候。

"立冬补冬，补嘴空。"立冬之日吃饺子、甘蔗、羊肉火锅，酿米酒。"好吃不过饺子。""饺子好吃，越吃越有。""立冬食蔗齿不痛。"雪峰山有一种古老神奇的侗藏红米，产于新晃，它不仅是一种美食，更是山里人崇尚自然的精神支柱；它如一粒粒璀璨的红宝石，一直闪耀在侗家人的历史长河中。以新晃侗藏红米加少许白米、红薯炖粥，乃立冬进补之极佳。

立冬之日直至翌年立春期间酿的酒，称为冬酿。冬季水体清冽、气温较低，既可有效抑制杂菌繁殖，又能使酒在低温长时间发酵过程中形成绵长细厚的风味。所以立冬之后，一座雪峰山都冒出米酒清香，鸟儿也不敢太过于接近农家，怕被醇厚的酒气醉得展不开翅膀。

立冬之后，长冬徐徐拉开帷幕，午间已然不会再有温暖，阳光漫出时间之外，它的手掌稍窄，裹不全北纬27度。作为阳光的信徒，以一个行者的欲念尝试历久弥新的追逐，在冬的天庭之下，酝酿出幸福表情，染上干净的冬日底色，不失为一种充实。伸出头，看窗外并排银杏，最后的叶子和种子轻轻飘下，枝丫沉默不语，重新准备酝酿明年的理想。

老家的冬笋苗壮了，父亲是要上山挖笋的。冬笋生长分大年和小年：翠竹苍郁，竹笋丰旺；竹叶寡黄，竹笋寥落。无论大年小年，父亲一定得进山，寻得竹叶青翠浓郁所在，寻得竹鞭，挥锄，在竹鞭端口顺藤摸瓜，必有所获。之后，剥壳清炒，或和肉煮炖，祭祀之后佐餐，取节节高之美寓。

远远地眺望老家，木板墙迎风摊开命运掌纹，茅檐散发出淡紫色炊烟。

一夜之后，那只鸣叫了一个童年的寒号鸟一声长号，冬天就从老家开始生长，四处蔓延。冬的脚步沉稳而从容地行走在辽远大地上，撒落一地冬语冬言。

立冬之日，打起所有味蕾的十二分精神，去热爱一切美好的山里美食，将植物志和大山史，写成体内共有的山脉和江湖。甚或，爱一种药材，如当归，似物候，推至腹里，虽微辛微苦，却胜过万千顺耳之言，逆风之行，可拔寒气。然后一切照旧，爱一棵树，以箕畚爱；恨一处冷，用刀背恨。

母亲的锄头起落，夯实了故乡的宽度与厚度，拓展了冬日的内涵与外延。

小　雪

　　阳光收起温暖。阴冷晦暗从墙角、从水边、从枝头、从切肤之处冒出。水滴，抑或是霜花，蒙过人家矮檐。浓雾徘徊，仅给人三尺清晰，其余世界都是一片混白。

　　小雪，太阳抵达黄经 240 度。"小雪气寒而将雪矣，地寒未甚而雪未大也。""一候虹藏不见；二候天气上升地气下降；三候闭塞而成冬。"

　　小雪之小，带着稚嫩和可爱、细碎和俏皮。小雪是细而静的，它的柔软和清寒，清澈动人。进入小雪，脑海里就活生生出现了一个冰清玉洁的女孩，清唱着"今我来思，雨雪霏霏"的句子，从远古向着现代走来。"小雪，小雪。"呼唤她的人，是经过了白天黑夜的等待，经过了资水沅水的跨越，满面尘色。

　　"小雪不见雪，大雪满天飞。"雪将至未至。雪峰山中许多响亮脆性的灰蒙，来历不明，去向不清。

　　"小雪地不封，大雪还能耕。"犁是农人的笔，只要有时间，只要铁犁铧还没有冬眠，农人们就要拿着它书写生存追求和生活感悟。北风里，弯弯瘦瘦的雪峰犁，身材矮小，青筋暴突，形似问号，一路蹒跚，一路汗涔，执着又坚韧地犁开山脚梯田，把田亩犁老过冬。犁老之后，以踩耙、蒲滚整地，撒上紫云英种子，让田亩不闲置，为明春积蓄肥力。回首处，一畦畦田亩，一页页翻开，翻过远古洪荒，翻过诗经，翻过汉唐，翻过明清，断垣残壁、生老病死一一翻过。望雪而耕的犁总以敞开之心，执着地面对坎坷、面对土地漫长单调的岁月，它那躬耕不辍的足迹从一个一个时间节点楔入农人心里，与农人脊梁做成四季不歇的画图，贴于山中。

　　忌不下雪，忌紧闭门户、早睡早起、吃燥热食物，忌宅家。烧木炭，挖冬笋，装野味，锄茶山，水田滑冰，餐风啮雪，世道人情。

　　沅陵一带，选用优质新鲜的猪后腿肉，经整形剖制切片，加食盐、料酒、白糖、花椒等天然香辛料腌制一段时间，经无烟木炭烘制，成品色泽润红，闻之芳香扑鼻，食后余味无穷，是佐餐、下酒、送亲访友的首选名贵佳肴，为雪峰山民众的喜爱美味，它就是沅陵晒兰。沅陵晒兰有三百余年历史，是排工妻子带着满满的牵挂与爱做出来的，冬吃晒兰有一份特别的温暖。

柑橘渐次成熟了。山坡上，熟透的各种柑橘，坠在枝条上；橙色的海洋、橙色的阳光和温暖，在绝美的风景画里让人过目不忘。黔阳冰糖橙将熟未熟，随意采摘一枚，剥开、丝丝瓣瓣，一种甜蜜气息，进入呼吸，进入五脏六腑，醉了心情，醉了山岗。

把柑橘打理好之后，雪峰大山之中，除却绿油油的油菜，小麦逆着苦寒生长，极目之下尽是一些衰草连天的景象。土地与庄稼无须侍弄了，部分农人自然也就相对闲暇下来，聚集在村庄里猫冬，村庄也便成了乡下人温暖的巢穴。

小雪之际，许多闲不住的人总会为自己找点事情做。寒天气温低，沟河里的游鱼大都卧沉泥底少有游动。摸鱼之人穿上皮衩衣，用双脚在沟河中小心翼翼蹚水前行。即使有幸踩碰到水底鱼儿，也需沉着冷静，用脚一点一点试探着踩压住，然后在齐腰深的冷水中蹲下身，小心地双手摸拢、聚合。较之摸鱼，扒虾的技术含量相对较低。找来一根细长竹竿，一头用绳索缚系上一个一米来长的丝网捞罩，人站立岸边将捞罩长长投掷到沟河水底，再一点点轻轻拽上岸即可。扒上岸捞罩内全都是些通体透明青乎乎的小河虾，将其和上鸡蛋羹炖汤很是味美肉鲜。冬天本来就冷，河水更是说不出的寒，可对于逮鱼扒虾的人，他们竟丝毫感觉不到。看来还真应了那句老话：鱼头有火。

花瑶人家，则开始了冬季挑花。挑花的题材十分丰富，有生活场景，有向往追求，有历史沉淀，也有民族信仰和神话故事。挑花工具是普通的缝衣针与五彩丝线，载体则是青色土布。老人们挑红布花边，姑娘们则挑前艳后素的大筒裙。花瑶挑花以写实为主，每一个挑花作品都有一个故事，从冬天到春天沾满了烟火气息。

一些大姑娘小媳妇还早早从街集上买回来一团团红红绿绿的毛线球，给自家的男人或是相好的对象织上一件暖心暖背的漂亮毛衣。大家东一句西一句开着玩笑，叙说着家长里短，抑或是年轻的向年长的讨教一些毛线编制针法。不知不觉半天时光就过去了，然后大家赶紧各自散去，回家烧锅做饭。

这期间，父亲母亲必定要做两件事：清火塘、扫炉桥。火塘灰要撮掉大部分去菜地，以备一个长冬的烧柴化灰，不至于堵了撑架；火塘之上的炕钩要清理，大半年没用了，要检查牢不牢靠，上面的霉灰要清扫，以备挂上今年的腊味。而大灶的膛里早已烧满了炉灰，炉桥已堵塞；小雪之后寒气较重，火向下燃，所以要把炉桥清扫干净，好让一个冬天的灶火旺旺地燃烧。

小雪之后，就有一段雪上行走的童年。送完公粮，交上任务猪，一年的大事了去。那时牛儿关于栏中，柴刀放在墙角，猪草篓睡于旮旯，真是一段闲散时光。

小雪是诗意的，它吟着风，诵着月，扛着童年，背着故乡。每个人的记忆中都有一场小雪悄然飘落，突然又温柔。都曾走过松厚无痕的雪地，都曾冻红稚嫩双脚，都曾拥着小雪入梦，梦中雪花静悄悄飘落，耐心而沉着地把眼眸前的世界刷白。小雪飘落的情景让山里人对这个节气充满了期待，也充满了爱意。

静静地感受小雪，内心洁净而安宁；小雪无雪，会更加珍惜今冬飘雪的黄昏或黎明，珍惜每一个灯下长夜，珍惜小雪一样飘落的真情，珍惜小雪一样融化的慢时光。

内心有太多的思念，真希望有一场没有预约的小雪，从北到南，从西到东，从苍老的天空落下，从一步一回头的念思中落下，从父亲母亲浑浊的目光中落下。

真要早些看到一场雪，就得上八面山。八面山上，在一天堂二天堂址或三天堂，雪说来就来。夜晚被雪花点亮，雪花以闯王遁世的心情飞过，在闯王庙址留下优美痕迹。它簌簌地下着，一夜之间便下白了三个天堂，下白了蓊郁梦境，下白了老农满头青发。天地间只剩下一片白净，让人几乎屏住呼吸；清馨从手臂流进内心，醇美而恬静。洁白如玉的雪啊，令每一位到来者就这样伫立着感受她的亘古柔情。她以一种无法言述的洁白，于一片纯净中飞天扬袖，流云曼舞。仰头朝天，看雪的人将所有激情和快乐一同揉进了雪野，无法言传的温馨意境在雪中凝结成一行行押韵的山歌野曲。

"悠悠飏飏。做尽轻模样。半夜萧萧窗外响。多在梅边竹上。朱楼向晓帘开。六花片片飞来。无奈熏炉烟雾，腾腾扶上金钗。"想有一只红酥手，盈盈地递来一杯茯茶，茶烟燃起不尽诗意，陪着，把一场如意小雪在一首宋词里等来。

大　雪

大雪呼喊着，漫天飘进黄经255度。

北风碎了，一粒一粒，一朵一朵，一步一步，一针一椎，把一堆往事连同落叶捣毁覆亡。古人云："大者，盛也，至此而雪盛也。""一候鹃鸥不鸣；二候虎始交；三候荔挺出。"

"大雪纷纷是旱年，造塘修仓莫等闲。"《孟子》曰："不违农时，谷不可胜食也。"雪峰山一带，忌无雪，忌穿衣过多，忌舔唇，忌熬夜。理水源，做霉豆腐，剥茶籽，做风吹肉，白雪皑皑，肩劳任怨。

大雪前后，柑橘销售进入高潮。随着移动互联网不断发展，很多果农都玩起了时髦，利用社交软件在朋友圈发起提前预售。果子未成熟，就先将订单收集，避开了同品种柑橘同时上市有可能造成的短期滞销局面，抢先一步，不失为精明的做法。部分年轻果农，利用抖音，玩起了视频直播。大家都知道，随着食品安全事件的频发，人们都非常关心农产品的质量安全，于是果农通过视频直播的方式，拉近消费者与产地的距离，让消费者可以看到生产过程，增加消费者的信任度。同时这些软件也提供了下单功能，让消费者可以一边看视频一边下单，做到了提前预售。除此以外，如今很多种植柑橘的果农以及销售商都玩起了电商销售，特别是耐运输储存类的柑橘品种，比如冰糖橙、大红甜橙、黄金贡柚等。果农们在果品即将上市的时候，在朋友圈物色一大帮销售代理，销售代理只管提供订单，发货等事宜交给果农。而这些网上售果的朋友，有些是果农，有些是一些产区的果商。这时节，但见高速公路、普通公路上，各种装载柑橘的车辆来来往往、络绎不绝。一车车柑橘销出去，一把把钞票赚回来，果农和果商们都忙得不亦乐乎，脸上笑逐颜开着，享受着丰收的喜悦抃舞。部分果农，借科技赋能，延长采摘时间，减少仓储成本。卖上一个更好的价钱。

"小雪腌菜，大雪腌肉。"腊味，在大雪时节上炕、上墙。腊味是向着年的目标而来的，所有的风雨阳光，都随着腌制工艺，蕴含为香，附着在古老又时尚的味觉间。腊鱼，当然是年节的必备。一尾尾资水沅水鱼，吸收了资水沅水的精神，宽容博纳，在肥沃的冬季被一竿竿竹钓钓将上来，腌制，挂于风中，让风雪慢慢地焙烤，成为餐桌之上开胃的力量，成为吉庆有余的好兆头。板鸭，来自雪峰山的田间地头，捡拾了一季撒落田间的余谷，在大雪时节膘肥体壮地来到炕上，来到檐下，让一大把寒冷时光慢慢烹调，成为餐桌上一道令人馋涎欲滴的佳肴。腊肉，自然是高举期盼来到火塘之上。灶屋外，蜡梅就在暗香浮动的诗意中张望。火苗旺盛，肉香溢出，胃口开了，心花开了，一块块腊肉的畅想在蜡梅的枝头等待着盛开。等待是那么的漫长，从肉色的白腻到红紫，需要大半个冬季的期待。通道侗家腌肉，俗称接肉。腌肉有猪肉、鸭肉、牛肉、牛排等；用盆渍盐，略晾干，以木桶腌制，底层用糯饭或糊糯作糟，每铺一层加一层糟，然后用竹叶或棕片盖一层，再加木盖，封严，用大石压紧，数月即可食；侗家民谚："一家吃腌肉，香遍一条街。"

大雪苍茫，山鹊组成雪峰山边缘，扇动时光。怎么才能按住雪原，不分沟壑与明月？脚踩晶莹，碎屑如赋，又夜宿山巅，认雪乡为故乡，神志被雪晃得隐晦曲折。

翻阅记忆，雪多了也可以成灾。那一年，一场几十年未遇的大雪冰冻灾害席卷了大半个中国，范围之大，时间之长，破坏之重超出想象。一周之内，矗立的电线网轰然倒下，煤电油气全面告急，各种交通运输线路中断，弹丸之地的车站聚集着不能回家的人们。之后，掀起了一场全民抗灾的大潮：电力抢修工人战斗在风雪之中，铁路职工坚守一线几天未合眼，交警雪天上路为民开道，媒体记者时刻记录传递着灾情变化。为了救灾，有的人累倒了，不久又站了起来；而有的人则把生命奉献在了救灾第一线。那时候，以下的关键词时刻出现在新闻媒体以及人们的口口相传中：暴风雪、低温、冷凝雪；输电塔倒塌、铁路瘫痪；公路严重结冰、交通瘫痪；机场因积雪过厚而封闭；滞留旅客、火车站人潮的海洋、低温和阴雨、上厕所难和吃饭难、囊中羞涩、拥挤、踩伤人；长途客车、断水、断油、断粮、生病、孕妇临产、蜡烛售空……以至于山里闲置多年的砻子、石磨、石臼被重新翻出，掸去尘埃，派上了用场；大山又以柴薪为人们带来温暖，呵护着坚守的山里人。

其实，最美的雪是下在普通年景，大大小小，似有还无，总是勾起雪思。不经意间，雪来了，就有很多人将手机举过头顶，等待一场雪花的盛筵。感知一朵雪花优雅地落下来，再柔软地融化，一瞬的舒畅弹醒了快要颓废的年华，欲念空空如也。借此，可以用最简单的想法幸福这心隔的片刻宁静，轻渡寒凉，暗享淡雅。其实，隔着一部手机的距离，就能感受到四面八方的讯息，雪峰山下雪了。

站在平地，用心感觉雪的轻盈和繁华，那一片片灵动的精灵一溜烟似的爬上心尖，一种莫名的眷恋袭来，倏忽是枕山臂江，倏忽是堆山积海。只想让这场雪大些，再大些，雪藏掉眼前繁杂的一切，还原世界最初的模样，单一纯洁，静谧安详。而后，静等隔岸的春风呼啦啦地从赤道那边吹来，涅槃或者是发芽，温暖或者是开花。

老家，父亲或者母亲出门走到屋檐下，便望见屋檐上参差不齐吊着明晃晃的冰凌，而晾晒在屋檐下竹竿上的衣服，一夜之间变得硬邦邦，牛皮纸似的。从后山的竹林里，则不时传来竹子被大雪压断的吱嘎声。山里人感觉，总有两双眼睛，带着慈祥的眼神，在风雪弥漫的山中注视着远方。他们身边，从一棵树到另一棵树，从一架山到另一架山，洁白、黛青，描绘出一种极简之美。松香味、泥土味、竹清香、水流声、鸟鸣声占据了他们内心，松竹下的松鼠，在世俗外，瑟瑟发抖地寻找食物。

山中无所有，只好用一场雪丈量人世深浅。在大山度冬，等待的雪，是如此轻盈又这般厚重，来去有声，落地有迹。夜色阑珊，大雪降落，仿佛已听见雪花深沉的呼吸。

冬 至

为免遭一场杀戮，很多树叶匆匆结束高空游戏，选择回归土地。楠竹弯成了弓，冰弹蓄势待发。在雪峰山娩出不久的冬，走出月子，从婴儿长成孩童，长成少年与青年，顽皮着，不肯睡觉，将夜间拉得老长老长，长到一场寒梦的纵深。

冬至，从日历奔跑下来，大刺刺打着呼哨，追随太阳走到黄经 270 度。它又称冬节、贺冬、长至节，是周代的新历元旦。

"蚯蚓结，麋角解，水泉动"，聪慧的古人将物候认真地观察，并归纳为谚语。"一九二九，怀胸抱手；三九二十七，檐前雨不滴；四九三十六，茅草吊蜡烛；五九四十五，咬牙像打鼓；六九五十四，风吹如炸刺；七九六十三，行人把衣担；八九七十二，娃儿玩泥捏；九九八十一，安排蓑衣和斗笠。"进入冬至，雪峰山一带的数九歌开始伴雪而长。

过去的冬至节，民间习惯赠鞋，其源甚古。《中华古今注》说："汉有绣鸳鸯履，昭帝令冬至日上舅姑。"曹植《冬至献袜履表》亦有"亚岁迎祥，履长纳庆"的句子。后来，赠鞋于舅姑的习俗，逐渐变成了舅姑赠鞋帽于甥侄了。过去主要是手工刺绣。送给男孩子的礼物，帽子多做成虎形、狗形，鞋上刺绣的也是猛兽。送给女孩子的礼物，帽子多做成凤形，鞋上刺绣多为花鸟。现在则多数是从集市购买，式样紧跟着时代的潮流。每逢节日，大人们总喜欢抱着小孩串门子，夸耀舅姑赠送的鞋帽。在黔阳一带，亦曾演变为老人做鞋赠送晚辈。

忌无雨，忌出门、婚嫁、搬迁。窖萝卜，睡早觉，吃冬至饭，炕腊肉，打篾活，修水利，十冬腊月，忙里偷闲。

一些稻田的翻冬要在冬至前完成。翻冬就是犁冬田，将田犁耙一回合，灌足水沤着，叫作漾冬。冬至之后，就不能用牛了，否则，家牛会"绵脚"（绵脚：牛脚筋冻伤无力）。所以冬至这天，耕牛也过小年，会得到一竹筒米酒，还有些煮熟了的谷子。有灵性的老牛享用了主人馈赠，感动得流下眼泪。最忆漾冬的田亩，老牛在田塍上慢吞吞吃草，童年时代诗意满满的冰上游戏如火如荼：冰上陀螺、冰上滚珠车、土法滑冰，应有尽有。

新化、隆回等地，一些人家在这一天"晒冬米"。就是把白米用水洗过，在这天的阳光下曝晒后收藏起来，留给日后患病的人煮粥吃，说是可以疗病。这是一种古老的传统，小时候看到祖辈一年一年坚持过。

冬至到来，竹子不生虫，又是农闲时节，中方斗笠的编制渐入高潮。一个斗笠成品要经过开水浸泡、桐油浸染、破篾、编织、插顶、摊纸、铺棕、锁边、刷浆、贴花等大小70多道工序，有罗纱、马尾、棕式、板棕式、尼龙式、布式、纸式、麻式等多个品种。中方斗笠在风霜雨雪中诞生，又将穿越所有的风霜雨雪。

时光倒回去几十年，祖辈在的日子，一批本地猎人就会在冬至时节扛着猎枪，带着猎狗，来吊山羊。吊山羊是一种梅山捕猎方式，包括藏身躲影、倒山、开凼安绳、搜丧、调山换向、化山、请土地神、安山、开山、降山、上权子、踩九州、装拓、开限子等程序，半巫半工，半虚幻半现实。冬至之后，干羊腿、干野猪肉、野鸡、野兔等就会不时被祖辈摆上餐桌。

冬至日，最容易想起雪峰山老家的火塘，想起古老的木屋，铁三脚撑架，还有木屋里忙忙碌碌的老人。有了火塘，一塘旺火，童年的每一个冬日都温暖，都在焰火的跳动中心荡神迷。

一去经年，光阴之后，雪峰山区又兴起了一些火塘，在风姿绰约的吊脚楼，在新起的农家乐，抑或在四平八稳的窨子屋，在穿岩山、紫鹊界梯田等景区，一些火塘相继出现，专供人们点火祭祀，生火取暖，围火用餐，烟火熏肉，旺火待客。雪峰山林木常绿，火塘屋大门常开。不熄的塘火像多情的雪峰山里人，随时恭候探亲访友的客人，即便是冬至，也充满了浓浓人情和融融暖意。而许多侗族鼓楼中，也开始烧旺一塘火，男女老少围拢，吹芦笙，唱侗歌，拉家常，日子守着一塘火而温暖。

总是无力也无法逃脱一场冬至。一生旷日持久地行走，走过春耷，走过夏潦，走过秋清，又走到冬隙，方得冬至。还没有来得及卸下童年荷着的柴担，中年就一夜之间封冻，漫漫长天，仅以乡愁取暖。刻意躲避着岁阑，就像刻意躲避着一个不想见到的故人，欠着这个故人于夏天说出的一场约定。风来时，恋上临窗的位置，于紧闭的窗玻璃后面，大口大口咀嚼"杖藜雪后临丹壑，鸣玉朝来散紫宸"的句意，每一次抚落心间的雪痕，都是一次深入的灼痛。

老家，田塍之上立着稻草人，持不稳竹竿，赶不走一只鸟雀霜天鸣叫。田土之上，老家正在瞌睡的门窗，让一场霜打蔫。冬寒沉重，好多大风吹落的雨雪冰霜、悲欢离合围绕着一幢青瓦木屋，雪峰之腹的一片泥土在其身上一层层包裹，为其穿上冬衣。在极度冷静中，炊烟冒不起来，老家的鸡犬之声打不开一道冰封的木槿围子。

辰巳交牌时分，父亲母亲啄破冬至之壳，从板结的木质结构里出来，开中堂，张望天空和田野。许多年以来，他们开门见山，每天的第一门功课就是仰望大山，之后在清清楚楚的天空下行走。每一天，天空总是不断变化，阴晴风雨，云霞霰虹。冬至的天空像一只阴郁的眼睛，在这望不透的阴郁里他们能行多久？仰望那片沉沉的阴郁，时光和记忆归拢，多像眼前宏大的灰蒙，在苍穹之下升起雨愁烟恨。

这时节，母亲会去五担丘。借着烈烈北风，看碎影于冬水中摇曳。这是怎样一种忍耐，才能柔润每一丛淡定和从容。层层残落的稻茬，是母亲心中最不忍的疼痛。落尽叶瓣枯瘦的稻茬，蓄满了沉重的守候，依旧在思想的梦境里枯坐；而它蕴含的谷粒，则静静地躺在仓廪，其余的一部分，早已化作了莹白如玉的米粒。

早餐之后，父亲母亲开始杀鸡。打哪一年开始，赶不了集了，磨不动磨盘了，老家的冬至就断了馄饨和汤圆，只有用一只鸡，来完成冬至祭奠，完成小年的仪式。

鸡是老家稻作的延伸，亦是好多良辰吉日不可或缺的一部分。在老家，最后的黑子去后，狗可以不养了；最后的小花没了，猫也可以不养了；而鸡，一直养着。母亲说，家里缺什么都行，就是不能少了鸡。春天，鸡一声长鸣，父亲母亲就早早起床，下田，将一年的禾事一天天侍弄。鸡与禾，就是父亲母亲"五谷丰登、六畜兴旺"的寄托。困难的日子里，养鸡为换盐，养猪为过年。母鸡的职责是下蛋，最喜欢听到母鸡下蛋后的叫声，作为奖赏，生蛋的鸡可以吃到几颗稻谷。有客人来了，没到吃饭钟点，偏又在晌午或是傍晚，母亲要打两三个鸡蛋，煮了，热情地待客。家人平时有个伤风感冒、头疼脑热，日子再紧巴，也要吃上几个鸡蛋。最关键的是，宴请重要客人，得杀鸡款待，以示隆重；过重要的节日，也得杀鸡祭祀，以表虔诚。平常不养，急用时，一时半会也买不到。犬吠深巷里，鸡鸣桑树巅。看来，犬是村落的柴米，鸡是家庭的油盐。有鸡的老家，即或就是到了暮年的冬至，父亲母亲亦会有一种切身感觉：老家还在，人生未老，日子可以继续。

冬至大如年，山里小团圆。冬至向晚，一场祭祀如一朵蜡梅绽放在老家。

谷入仓，薯进窖，干菜入坛，腊味上炕，柴禾归堆，寒衣上身。老家用自己的方式把冬天收拾得妥妥帖帖。等所有东西都收藏好，心才踏实。忙忙碌碌间，严冬来临，冷气又加重了一层，"一九二九不出手"，该歇歇了。一年的辛苦终于换来这难得的半安闲时光，父亲母亲喝着老南瓜汤，吃着白米饭，拉着家常，哼着曲儿，温情驱赶了寒意，一年的幸福就要溢出来了。

　　冬至是黑夜最长的一天，过了这一天，就"吃了冬至饭，一天长一线"了。按照当年祖辈的说法，是白天一天比一天长了，纳鞋底时，可以比上一天多用一根麻线、多纳两排针脚。

　　在一场冬至宿醉里飘摇。酒醒时分，推窗而立。冬至之夜，眼前迷茫一片，被骤然加剧的寒冷倒逼了一份胆怯，不敢顺着思路对小寒大寒的前方真真切切瞭望。心下却想着，冬至过后，白昼渐长，会让人做更多的事，缝制更多、更美的生活，并且坚信，这一天天增多的光亮会通过更大的严寒，把人往春天里带。

小　寒

有一种透过重衣的尖锐总是让人体会得到，不止不休，这种让人疼痛的感觉如砖头垒起，成为一堵墙，横亘于眼前，无法跨越，更无处逃避。这时，太阳位于黄经285度，正值三九前后，标志着进入一年中最寒冷的时光。"十二月节，月初寒尚小，故云，月半则大矣。"小寒一到，出门冰上走。古人观察，"一候雁北乡，二候鹊始巢，三候雉始鸲"，可谓细致入微。

"小寒大寒寒得透，来年春天天暖和。""小寒暖，立春雪。""腊七腊八，冻裂脚丫。""牛喂三九，马喂三伏。"咀嚼这些山里农谚，感受寒流一重重加重，曾经的小雪，瘦去；曾经的大雪，荒芜；曾经的冬至，不见明月：所有郁郁青青的思想被一场寒流略地攻城。

小寒时节，山里人家忌不下雪、温度异常，忌闭门长睡、穿着过多、久处室内、过食油腻，忌大补。煮牛食，割黄茅，装野味，烧木炭，做针线，一样都不能落下。

雪峰山里的传统，小寒早上得吃一餐糯米饭。为避免太糯，在糯米中掺上一些粳米，把腊肉和干笋片切碎、炒熟，花生米炒熟，加一些碎葱白，拌在饭里面吃。小寒天的感觉，在一顿饭里，暖暖地散发出糯香来。

一些地方，小寒时节要补膏方。《黄帝内经》载："春夏养阳，秋冬养阴。"冬季万物敛藏，养生也顺应自然界收藏之势，滋补内脏。膏方不仅能够预防和治疗疾病，还具有滋补身体、强壮体质的作用。到了小寒，一般入冬时熬制的膏方都吃得差不多了。勤劳人家会再熬制一点，吃到春节前后。这样，一个冬天就会吃得体格健康，精神焕发。

芷江一带，把白菜洗净后切成条；将白菜条铺在容器里，铺一层，洒一层盐，全部排放好后，找一重物压在上面，适当上下翻倒几次；将菜条弄松后，放入汤盆，红辣椒、姜切丝码在上面；将锅置火上，加入麻油烧热，投入花椒、干辣椒炸至金黄，将油迅速洒在白菜、红辣椒丝和姜丝上，再加入白糖、米醋，使菜条没入糖醋卤中浸泡即成芷江辣白菜。此菜造型美观、质地脆嫩、甜酸纯正、清凉爽口。

新化、隆回、溆浦一带，制作好腊膀腿、腊财头（腊财头：指腊猪头）、腊肠、腊舌、腊牛巴子、腊肉、腊豆腐、腊鱼，以迎腊八。

面对冰天雪地，山里人缩减、弯曲，像一只尺蠖，弓成一团，只留一双眼睛，把前方的梦境看淡，收拢淡淡薄薄一缕炊烟扛在肩头，进入乡思。炊烟领着，破冰、破雾，突破西伯利亚来的寒流，寻着鸡鸣、犬吠、苞米的香、甜酒的醇。一时间，便如见着了老家，听到父亲的咳嗽，看到母亲的张望，也感觉到一树香樟的寂寞无着。

小寒时节的老家，被浩浩荡荡的寒气紧紧包围，门前的稻田边，是一畦绝好的青菜，父亲正挎着篮，在田埂之上，稻草人之前，听满畦菜分蘖，生长的破冰之声叮当作响。母亲立于檐下，运起秃顶的扫帚，把承受不住的寒流和心中淤积的块垒不断扫地出门。天撕开了一个口子，倒出一点灰蓝色，由深变浅，映出父亲母亲银白的头发，把一种对村庄的坚持与倔强楔影入地。

父亲母亲的身影蠕进了青瓦木屋，所有的门扉紧闭着，晚炊的饭菜清香和迷梦的碎屑一起飘散，还乡的路在暮色中越发白亮。

父亲菜园里，白菜、萝卜、莴笋、芫荽、香芹等留种的菜棵全都是精英，它们信心满满迎风而立，长得高高壮壮，站在同类群中睥睨不大不小的菜园。谁能想到，这些娇滴滴的菜棵，坚忍着挨过寒冬，就会开花结籽，那时，荚果们会像不羁的风铃，错落有致地绕着植株，把自己长成一幅水墨，既计白当黑，又计黑当白。

门前漾着冬，以水养田。这时节父亲母亲也多半懒得下田，免得打扰稻田安眠。他们的理解是，田土今年已经供给了它所能供奉的一切，该好好睡一觉了，等它睡到自然醒吧，明年的收成还指着它呢。五担丘下的七担二，却是满田禾兜。禾兜是水稻成熟、被收割后留下的根茎，一般离泥土只有十来厘米高。禾兜干枯的稻茎都较大，说明秋天稻子成熟时，稻茎很粗壮，应施了不少肥。冬天的田野，干枯的禾兜旁长满了细密的青草，青草不高，都还是嫩芽，露出了蓬勃生机。

灶屋里的俚语方言冻僵了，爬不出纸糊的窗棂。但分明又听见，父亲母亲在说着关于腊月的话题。腊八临近，得准备煮一锅腊八粥了。都是本土出产，粘米糯米，红枣，豆类，花生，按一定的比例混合，汇成一锅。一年里，柴米油盐地走过，想说的话全在其中，柴火升起的温暖丝丝诱惑窗外的雪花。记得去年，记得前年，记得十年之前，记得三十年之前，一年一年地熬制，一年一年地度过小寒。一勺子见喜，再一勺子盈福。红枣的笑靥，豆子的欢喜，花生的舞蹈，一碗小寒时节的腊八粥总是在冰雪之上翻天覆地。腊八粥喂养的老家，一门春夏秋冬，满院花开花落。

过去，父亲曾经是一个猎手。小寒时节，大雪封山，动物往往也以家庭为单位出门捕食，倘遇见动物一家在一起，不能全部打死，一定要留下一定数量的野物让它们繁衍后代。父亲说，狼精狐狸怪，兔子跑得快；猎人最忌讳打"绝户"枪。怀胎的母兽也不能打，"一枪不打俩，打俩双眼瞎"。捕鱼捕蛙要留种：不食三月鲫，不打三春鸟，不食三春蛙……父亲有一本山经：上山兔子下山鸡，离水甲鱼莫去追；有所取，也要有所留，每一种卑微的生命都应该薪火相传、生生不息。禁枪禁猎后，狼、獾、狍子、野猪、野羊、狐狸、兔子、山鸡、竹鸡等就渐渐多起来，山里又恢复了闹腾。

雪在远方，或近处，被雪峰山老树挂住了衣衫，也可能被一阵河风缠住了脚。或者，山高水长，需要拐很多很多的弯。不急，该来的总会来，身体里囤积了多年的雪，童年的还没有化开，反倒这几年，越来越薄，风轻轻一吹，就落于头上，再一吹，又滑入心里。小寒是安静的，安静得像一张白纸。当然旁边有火苗升起，把自己烧得旺旺的还有梅，怀春的梅与怀春的火，一沾上水就要受孕。

曾几何时，一场神奇的厚雪，寓言一般在小寒时节飘然而至。它粉饰了大千世界，埋藏了腐朽和枯萎。它，静静地到来，带走了冬天的全部温暖，让日子寒彻骨髓。之后，小寒总是一年一年如约到来，雪总是这样纯净与高贵，让心灵更加清寒与冷峻。心怀回忆与追思，每一度小寒才有"千树万树梨花开"的享受与品味；小寒时节手足开裂、脸上冻伤的记忆犹新。忽然就想起了唐朝，小寒时节，一度盛行相互赠送口脂、腊脂，盛以碧镂牙桶的习俗。唐中宗景龙三年（709）腊日，中宗在御苑中召近臣赐腊脂，晚上自北门入内殿赐食，又加赐口脂。杜甫有诗云："口脂面药随恩泽，翠管银罂下九霄。"王建《宫词》："月冷天寒迎腊时，玉街金瓦雪漓漓。浴堂（殿名）门外抄名入，公主家人谢口脂。"口脂，即唇膏。面药，即在腊脂中加防裂的药。故口脂、面药都是用来涂脸面以防止寒冬口唇冻裂之物。盛世唐朝，小寒时节的馈赠也让今人觉着肥甘轻暖。

"到了小寒，杀猪过年。"小寒节气时，传统节日的年愈来愈近。过年是一年中最重要的时刻，山外的人们开始着手安排归家的行程，山里的人们忙着筹备年货。小寒开始，乡村随处可见杀猪备年的景象。

从杀年猪起，山里人就开始过年。每一天都闹闹火火弄一桌饭菜，每一家都会围着一张或圆或方的桌子喜加餐饭，全家老少、主人客人其乐融融，年的味道就不断加浓。

中医说，冷气积久而寒，寒为阴邪。小寒正处三九之时，雪峰山民谚："小寒小寒冷得很，老人小孩提空笼（空笼：火笼）。"记忆中，有空笼的地方，便生长着不灭的温暖。那空笼不灭的温暖在小寒时节情不自禁地勾起丝丝阵阵的乡愁情愫。小时候，一条便裤两件破衣过冬，空笼就是家人唯一的取暖用具，也是每个人满怀依托的"棉袄"。雪峰大山中，家家户户都有大、中、小号若干个空笼以备寒冬之用。小寒时节的清晨，灶里的火烧得旺旺的。平常舍不得拿出来烧的桔木、白栗、板栗、杨梅、青冈栗、茶枝，都搬了出来，烧得旺旺的。坐在灶前烧灶火的女人将一些杂柴大把大把添加进去以增多炭火。一边烧，一边用火锹把火炭一锹一锹地填进空笼钵子里，再在上面盖一层炉灰，一个热乎乎的空笼便递到了老人和孩子的手上。老人们接过来，用随身穿着的夹衫一把罩住了空笼，将寒气挡在外面，空笼里的火炭基本能烘上半天。小孩子们接过来，提着空笼一路飞奔，走在上学的路上。

小孩子还经常把豆子、花生、红薯、洋芋等用一个铁壳子或"洋铁盏"装了，放在空笼里煨。不多会，香喷喷的气味就从空笼里冒出。把食物夹了出来，呼哧呼哧地吹凉了往嘴里一丢，真是其乐无穷。有时还将大人们藏着以待客和过节用的板栗尖栗元木子（元木子：栲树果实）偷来，煨在空笼里，不时爆炸出"嘭嘭"的响声，火灰四溅弄得满头满脸，连眼睛都被蒙住……

数十年过去，空笼业已从寒冬的日常退出，空调、取暖器深入城市乡村。

小寒虽然寒冷，但却是二十四番花信风的起始，那纷至沓来、美不胜收的二十四番花信风，从小寒时节的一朵梅花谨始虑终。

岁寒三友，是小寒节气中至美的风景、传奇的故事和报春的信使。

不愿朝中作驸马，只要炉子呱嗒呱。烧个土炉，架只火锅，将严寒驱赶，将亲情友情拉近，山里人亦是山中仙。

"小寒料峭，一番春意换年芳……休更问、勋业行藏。"吟古人句，唯觉小寒灯下声声慢，声声慢，声声急，声声缓，隔着大寒，声声唤春来。

大　寒

　　大寒时节，太阳抵达黄经300度。《授时通考·天时》引《三礼义宗》："大寒为中者，上形于小寒，故谓之大……寒气之逆极，故谓大寒。"这时寒潮南下频繁，是一年中最冷时期，风大，低温，地面积雪不化，呈现出冰天雪地、天寒地冻的严寒景象。"一候鸡乳，二候征鸟厉疾，三候水泽腹坚。"大寒三候花信风：一候瑞香、二候兰花、三候山矾。

　　大寒前后，选择这一段时间挖茶山，也颇有讲究："大寒到来是农闲，农闲正好锄茶林。手敲鼓来脚步跟，催起大家齐攒劲——呜哇！""鼓皮敲破不要紧，只要众位努力干。一气挖到山顶去，扛锄歇鼓转回程——呜哇！"洪亮的歌声像石头缝里蹦出来的一线钢丝抛入九天，在云中打着滚，滚到千沟万壑中，滚到油茶的每一片叶子上，滚到泛着粼粼白光的水田中，滚到每一个挖山人的心里。在隆回虎形山一带，锄茶山时必定安排一个汉子，胸前挂上一面鼓，腰上吊只锣，站在高高的山岗上，流星般地挥动鼓槌，胸腔里迸出穿云裂石的呜哇歌声，催赶着人们撸起袖子加油干。人们就在这血脉偾张的歌声中，挥舞锄头，把一山油茶林的杂草清除，将土翻松，再施上农家肥。这样，即使遇上了大雪长时间封山，油茶也不会冻坏。

　　大寒节气，时常与岁末时间相重合。因此，除顺应节气干农活外，还要为过年奔波——杀年猪、磨豆腐、打糍粑、赶年集、买年货、写春联，准备各种祭祀供品，扫尘洁物，除旧布新，准备年货，煎炸烹制鸡鸭鱼肉等各种年肴，同时祭祀祖先及各方神灵，祈求来年风调雨顺。忌无雪无冰冻，忌说不吉语，忌乱动土，忌损阴津、食燥热物、运动过量。旧时大寒时节的村落还常有人们争相购买芝麻秸，因为"芝麻开花节节高"。除夕夜，人们将芝麻秸撒在行走的路上，供孩童踩碎，谐音吉祥意"踩岁"，同时以"碎""岁"谐音寓意"岁岁平安"，讨得新年好口彩，这也使得大寒驱凶迎祥的节日意味更加甘脆肥浓。

　　白丝糯米产于溆浦黄茅园和龙潭一带，以白丝糯米打出的糍粑，白如雪，软如棉，拉如丝，落口融。而洪江湾溪、塘湾、洗马，中方铁坡一带的茶油发豆腐，细腻劲道，一缕幽香。新化三合汤、洪江洗马牛血汤正当其时。

尾牙祭源自拜土地公做"牙"的习俗。所谓二月二为头牙，以后每逢初二和十六都要做"牙"，到了农历十二月十六日正好是尾牙。"打牙祭"原指每逢月初、月中吃一顿有荤菜的饭菜，后来演变为吃肉或会餐加菜。一程山水一程风景，一个节气一种面貌。花开的日子，流水的时光，给人生涂抹了一道道也许沧桑也许明媚的风景。风过有声，叶落无形，很多的存在无法估量，人人都熟悉而又陌生着，终究追不上风云的脚步。于是，大寒时节，山里需要有一场聚餐，送旧迎新，以喜不自禁的心情，迎接农历年最后的大节。

"过了大寒，又是一年。""大寒到顶点，日后天渐暖。""五九六九，沿河看柳。""大寒不寒，清明泥潭。"劳累的村庄，驻守在农谚中，仿佛遥远而潮湿的记忆，一年年在乡土骨骸的深处轻轻喧响。时光，踏着缓慢的节拍，次第打开村庄多少晨钟暮鼓，打开农家历最后的几张纸页。黄昏，镀亮了新起的油菜苗，牧童的竹笛把炊烟吵醒，沉默的老牛早早地走在回家的土路上。这是属于雪峰山的乡间，这里有生命不可熄灭的火焰，有风雪都无法冻僵的血液与热情。

大寒是最难挨的一段日子，是雪峰山对守望者的考验。曾经的童年，这段时间的难熬难以想象，痛彻心扉的挨冻印记烙至骨髓。入冬第一场寒风，手面不知不觉生一硬点，接着一场雪，由点成线，第二场第三场，连线成面，肿成"青蛙状""溃烂状"，遇暖则开化则痛痒，似万只蚂蚁在蠕动；真的是"耳朵生疮，脸颊血淌"。皮、肉、血液凝成冻疮，脸皮表面积增大，没少抓挠。搓，捶打，哈气，一样的冷，一样的痒。即便是，穿了件破棉袄，蹬了双"蛤蟆口"鞋子，浑身还是像披了一层冰碴子，个头缩得矮了两尺。正值期考，大队小学木壁教室四面进风，对付大寒，全靠对即将到来的寒假、春节热切盼望的一腔热情，靠自身所存的一点温度。

山里人家，这时还有一个重要的事情，就是整理种子。种地不选种，累死落个空。一年留下来的种子，都是平日里匆匆忙忙攒下的，东放一些西放一些，比较零乱。到了年末，拿出来，细细分类筛选，挑出好的，分门别类，留待来年。把它们选好后，捧在手上，感觉更是沉甸甸的。那分量，是来年的希望。

大寒前后最大的快乐，就是赶年集。年集是年货的展示会，年味的集散地。地里的收成，家里的鸡鸭，以及一应菜蔬干鲜果品，专门等着年集去交易，卖家希望卖个好价钱，买主希望买个称心如意。大人挑着箩筐挑着年货，孩子抱着爆竹糖果欢天喜地。赶集的人群摩肩接踵、络绎不绝，一路欢声笑语。这期间，外出务工人员回家了，拿着在山外大世界挣的大钱回乡消费，往往是大手笔；不仅本地商贩喜欢，同时也吸引到不少外乡商贩进山，他们带着平日山里集市上买不着的商品和年货，与本地商贩一起，把山乡集市装扮得红红火火。一家人早早起来，在集市上泡一整天，天擦黑才回家，带回一家人的期盼，平时不舍得买的吃食，大人孩子新衣服，门神老天爷灶王爷的敬奉；腊月二十三，灶王爷上天，大年三十，初一早上，一挂鞭炮是少不了的；有孩子的还要给孩子买点零星小炮。几斤蔬果，两瓶酒，一条鱼，一些糖粒子；如果家有半大孩子，则还要买上一捆甘蔗，汗流浃背地沿山路扛回。

父亲退休后，一般要赶三个年集：一次买糖食水果及衣服鞋袜，一次买年画对联及爆竹，一次买菜蔬。一条不长、不宽也不大的街道，从先前的尘土飞扬，变成了如今平展光洁的水泥地面，这是时代变迁的一个缩影，一种记录，一段历史。父亲从这头走向那头，又从那头挤到这头，与所有熟人打个招呼，说几句话，高兴劲就上来了。糖果、糕点、烟酒、副食、水果等一溜摆开，山中大年在乡村集市上就是这样香甜，这样诱人。集市中心，新开了超市，可集市上依旧人声鼎沸，热闹如常，充满了过年的气氛。看那高高挂起的大红灯笼，多么炫目多么红火；炒货摊前被围得水泄不通，瓜子、糖果是过年时必不可少的；打扮入时的山里人叽叽喳喳走在集市上，当然是一道夺目的风景。山里年集，是时代文明的窗口，是乡村年俗文化的根与魂。在山中过大年，年前一定要赶一回集市，寻找这个年真正的"味道"。

如今，大寒就是老皂荚树的最后一枚果实，落在青瓦木屋边。父亲母亲迟疑地打开门，便如揭开大寒这一页皇历。所有被冬天收去的日子挤进鼎罐，在火塘边发酵。风从矮矮的灶屋顶上走过，凝结为霜。麻雀成为会飞的叶子，皂荚树的每一根秃枝上都长满叽叽喳喳的叫声。清晨的阳光烤不热山墙，木仓只是淡淡地散发出泥土混合着谷禾的味道，煨上佝偻背影。父亲慢慢地从怀里摸出一把老故事，揉进酒杯，就着晨曦，慢慢地将自己陶醉。精打细算的母亲把仅剩的几缕光柱，捻成线锤，织一块宁静的冬帘，挂在低低的窗口。

"腊月二十四，掸尘扫房子。"在老家，大扫除是迎新年重要的环节。据梅山文化传说，扫尘习俗起源于尧舜时代，从古代驱除病疫的一种宗教仪式中演变而来。到了唐宋时期，"扫年"之风盛行。据宋人吴自牧《梦粱录》记载："十二月尽……士庶家不论大小，俱洒扫门闾，去尘秽，净庭户……以祈新岁之安。"雪峰山一带民间流传着一则传说，扫尘习俗是因佃农为迎接玉帝的年粮而来。早先，这里的佃农一年忙到头，除纳粮交租外，所剩无几。他们要祭祀灶神，口中念念有词："灶王灶王，你上天堂，多说好，少说坏，五谷杂粮多多带。"

老家的禾场边堆着高高的柴垛，是父亲一个冬天的努力。屋中，新装了热水器，新买了取暖器，还有，为父亲买了足够多的米酒。酒气氤氲，老家冻成一道银河冰挂。心思常从屋檐下返老还童，折了长长短短的冰柱子当冰棍吮吸，透心凉。

几样家常菜，一盏甘醇，让寒冷风暴静候酒色音讯。青瓦木屋于睡梦中翻身，谷粒历经酵变，谷香贮满酒壶。在酒香中，父亲母亲从土地上站起，走过立春，走过小满，又走过秋分，进入大寒。一次次内在的狂飙，让生命拔高，裂变，以一摊泥土的纯粹体悟亘古之香。一杯酒，煨暖大寒。在四方桌边，父亲母亲与一杯酒对坐，展开的是与生命的对话，与时光相守，在酒香中围坐的，是冰雪也是水稻。老家的一杯酒，浓缩着春夏秋冬，掺和着聚散离别。与一杯酒对坐，想象的闸门便轰然开启，恣肆的洪流溃冒冲突。

去野外走走，田地的脸皱了，破口也裂了，禾茬睡枯了。残荷摆成了甲骨文，佶屈聱牙地记录下香消玉殒的心情日志。无孔不入的寒冷，把一个冬天的懦弱最终冻僵。

坐在桌前苦思冥想。从某一刻起，有些记忆忘记了，身不由己地，最后把自己也忘记在了冰点之下。推开窗，远山黑影，被低雾包裹成一只听话的绵羊，卧伏天边。高高的雪峰山，头戴白色毛巾，一如牧羊人，借着风，正徐徐地赶着羊回家。家在哪里？家在前头的春天，有一个叫作年的山魈狰狞着獠牙青面，憨态地把谶语送向人间。山脚田野上，稻草人孤单成一缕魂魄，飘摇于天空的高远空茫，拽不动天空一尾径直下落的羽毛。一片水声，于沅水岸边激越起来。那是大寒的呼唤，被置于夜码头，殷切恭候前方不远的春天来停云落月。

"大寒天若雨，正二三月雨水多。""大寒白雪定丰年，大寒无风伏干旱。""该冷不冷，不成年景。"火塘边，沙发上，渐渐老去的农人仿佛落在旧时光里的候鸟，懒得理会年脚的几页时间，就让风随意地翻动它们。猫也围着塘火，鸡声被关进坩中，牛羊在圈里睡成一朵朵吉祥，一种油画里的慵懒，像一只湿鼻狗凉凉地嗅着冰结里逐渐欢快的心情。逐着年味，人们把喜事也张罗了。爆竹，烟花，人声鼎沸。

大寒时节，围着火塘吃腊肉，是最惬意之事。近些年，网络上常有腊肉吃多了不好的说法，以为人们不会再熏制腊肉。山里人根本不管那些营养学家和养生专家的说法，一到冬天，就开始行动，依然杀年猪，熏腊肉。在雪峰山，入冬后不弄点腊猪蹄、猪耳、猪舌、猪肝、猪肚、猪尾，不灌点香肠，似乎旧年就没法送走，新年就没法迎来，客人到家，就没法款待，再好的酒喝着都没有滋味。火塘、鼎罐和腊肉是雪峰山冬日三宝，火塘上必有鼎罐坐于撑架上；鼎罐饭、鼎罐炖腊肉——只有火塘里的柴火才能煮出那个味道。

现在，很多人修了砖房，但不少人家还是会在砖房旁边，洋楼一侧，修一间火塘屋，用来在天寒时烤火、熏肉、会客、团聚。即使没有这样一间屋，也会有一两个火盆，燃着熊熊炭火，家里有客人来，还是会围火而坐。火塘在，火不灭，鼎罐一直冒着热气，一家的生活就很美满。

夜宴，点燃冬夜；酒香，漫过雪峰山。即便是大寒，山里的家是温暖的，生活是香甜的，心境更是快乐而满足。对大部分南方人来说，也许赏一场大雪就是一种奢望，而雪峰山之雪年年打卡，按时到来，从不迟到、早退，亦少苛刻、恐怖。

身处山里，因为有一眼火塘，人世那无尽的寒意里，就永远有一线希望在——只要火塘不熄灭，山里温暖就不会消失。

是夕，一定会早早地入梦，梦到老家。老家越来越小，佝偻着，成为一个小泥团。泥团中关着炊烟，关着俚语方言，关着薯米饭，关着糯米酒。腊肉在炕上放出油光，板鸭嘎嘎叫着，祖辈从待了一年的神龛上走下来，煮年关肉的鼎罐开始嗡嗡唱响一首老歌。年岁大了，每到来一个节令都有感怀。那种像有什么将要失去的忧伤，直弄得心思起伏不定。

户外漫步，在凛冽山野中，放逐自己，放逐往事。心思随往事越飞越高，越飞越平稳，越飞越像一朵掉队的寒云。它把茂盛芦花，抛在身后；它像一枚倔强钉子，把寒潮大幕钉牢于峰巅。寒风里挺了挺被寒冷压迫的脊梁，选择步入山巅的时刻多重曝光，以虚化的镜头语言，向北风和黎明交出另外一个心情。

时间老人持一年最后一张时间拜帖，于三更时分轻轻地敲门。轻轻地接过拜帖，从大寒的睡梦里开始半睁一只眼注视冬天，看看它究竟怎样一步步、沿着什么方向直通春天。

卷三　山人山俗

高庙开泰

雪峰山，有一个上古尘世的入口，那就是高庙。

天地玄黄，宇宙洪荒。

从地理专著上了解，距今10亿多年前的太古宙元古代，这里是一片汪洋。到了8亿年前的新元古代，雪峰山区地貌演变为浅海陆棚。之后又成为海洋。

距今8亿年前的震旦亚代后期，地球发生了几次大的地壳构造运动，陆续出现具有原始稳定地核的大片古陆地。南方辽阔的海洋，出现了"扬子古陆"。而现今的雪峰山地区，也随"扬子古陆"的出现露出海面。在极为遥远的年代，浩瀚无边、回还流转的海洋水体充盈着整个地球，雪峰山虽然部分露出了海面，但真的形成，还得经过不断的陆海变迁。

不断地发生的武陵运动、雪峰运动、加里东运动、印支和燕山运动、喜马拉雅运动，雪峰山地区起起伏伏，经受着海水与原始罡风的洗礼。

这时候的时间很慢，动辄以"亿年"为单位进行计算。

海水渐去，雪峰山地区进一步隆起。地球，用亿万年的演变呈现出神奇。

雪峰山地区，湿润的海洋性气候从南方而来，受云贵高原阻拦，逐渐形成较为特殊的温湿环境。多少历史的必然和偶然，都给了雪峰山。雪峰山成为南国巍峨的屏障。白垩纪是恐龙的盛世，即便是一头雪峰山恐龙，也始终没有躲过天谴。

从安江盆地返回第四纪，喜马拉雅运动拔地而起，大地颠簸，陆地演绎着疯狂的动力学，隆升，剥蚀，创造了脚下的山水版图。上帝完成杰作，留下这片狂傲不拘的大地，让每一束山脉的褶皱都挂满演变长梦。

自由在雪峰山漫游，爬不完的山脉，蹚不完的河流。荷锄开道，提笔记事，挥洒如风的时光，去伏读雪峰山这部大地奇书，揣摩湖湘大地的原初秉性。累了，就躺在大山敞亮的胸膛上，以自己的心跳响应大地脉搏。此时大地就是到来者的身体，身体就是到来者的大地。头顶的天空是一块五彩布，罩着雪峰山脉，仿佛大地的风衣。原来躺在雪峰大地上，任由风吹云过，尘土掩埋，即可感受到万物同根，宇宙同体。

在也辉煌，去也神秘。七八千年前，安江盆地创造的高庙文明，佐证了有一个非同寻常的族群建立了一个古老部族，开辟了早期渔猎与农耕，在此烟火人间度过漫长时间。

之后，雪峰山诞生了五溪先民、雄溪蛮；留下大桥溪遗址、高坎垅遗址、窑头古城遗址、虎溪山汉代吴阳墓、陡冲头石刻群等古迹；现存麻阳漫水盘瓠庙、沅陵龙兴讲寺、芷江天后宫、梅城文武庙、通道恭城书院、黔阳古城芙蓉楼等名胜；民俗里的苗家过社、"四八"姑娘节、大戊梁歌会、多嘎月也、行歌坐月、辰河高腔、靖州苗族歌鼟、侗族喉路歌、茶山号子、侗款、武冈丝弦、芦笙歌舞、城步吊龙、芷江擎龙、雪峰断颈龙、"棕包脑"舞、赛龙舟丰富多彩；还有多神崇拜、飞山崇拜、土地神崇拜、萨岁；千变万化的服饰，成千上万种美食，鲜活着一座山。

历史，酷似一系列造山运动，不断隆起、沉沦，把祭场与风帆，石头、白陶、玉器与牺牲，水远与山高，都颓废成了风景。古老的高庙夫妻合葬墓边，长出参天大树；部落首领的眼眶中，惊现复活草与杂交水稻，古今两神农，在雪峰之谷以手语抒情。

高庙是一个深邃的宫殿。长长的一堵高墙，一堵思想的藩篱上，涂抹着黄澄色彩。耸立的宫门，像一个深思哲人，带着卓绝风度，沉默地在雪峰山前微笑。它坐落于安江盆地一隅，以点石成金的笔法一描，让10亿年时光与10万光年距离，近在眼前。

沿着出土的白陶、鱼脊骨、贝丘遗骨、戳印凤鸟纹和獠牙兽面纹、昊天塔，穿过七千八百年时空，可以感受到，史前文明的欢愉与苦痛、咳嗽与呼吸。

很难装聋作哑，陶片，祭场，石制的器皿，部落首领夫妻合葬墓，都一个一个发声，用比甲骨文还老几千年的古方言对话。

洪荒时代，有一种步伐坚定又从容，头顶烈日，脚踩沅水，岁月盗走了生生不息的生命，却盗不走那些石性与陶制的足迹，那是高庙人的早期文明。

发轫了高庙文明，雪峰山，从远古一路趔趄，在云水的蔚蓝、天地的混沌中，历经三皇五帝，进入夏商，步履奴隶倒戈、诸侯争霸的血腥与烽火，经历始皇的封建洗礼与强权统一，一路意气风发，嚼着汉赋，拎着唐诗，提着宋词，踩着明清风尘，穿越而来。

驻足高庙遗址之前，历史沧桑像一只只手从地底伸出，继而螯手解腕，以一片化石的冷峻扯住现实脚踝，像烟火焚化凡俗通道，被光芒和岁月怀念。恍惚中，听得呛啷一声，一段演绎，掩起后人的痛苦遗憾，把生生不死的眼神留在沅水流经的地方，化作一个个深坑，只留下一些亘古的气息，让现代人肃穆。

穿行于时空隧道，神游在高庙地带的上下古今。黑压压的云层之上，是一片清澈、澄静的蓝天。蓝天之上，有一个辽阔无垠、深邃莫测的虚空。历尽沧桑的太阳及其繁衍出的家族，是漫漫征途上一群不知疲倦的过客。天道苍苍，天高路远，潮涨潮落，斗转星移。踏破银河惊涛，飞越原始星云。把"黑洞"和"旋涡"抛在身后，眼前又现出一片辽阔时空。

六阳皆出，元亨利贞，安洪盆地、沅麻盆地、龙潭米粮谷、罗旧盆地、红岩盆地花朝月夕，大路朝东。

梦想着，以一只高庙出土的凤鸟白陶瓿盛茶，舌尖连通新石器时代的古老时光。

从神话上溯，抵达开天辟地之前，盘古氏紧握他的神剑，向眼前的一片混沌挥舞，剑锋划破宇宙初始的狭隘，太元暂分，阳清成天，阴浊为地。原始的咒语响起，天增高，地增厚，盘古氏嬗变为两仪四象，化身作昊昊红尘。八百里雪峰既是诸神歇息的宫殿，亦是劳作的工房。

什么时候，上苍拿出开山斧，朝古老的贵州高原和雪峰山一劈，一条桀骜不驯的沅水就诞生了。它在高庙，荟萃成讳莫如深的念想。

四季轮回，乾坤旋转。太阳数百万次起落，霞光在水面之上聚了又散，散了又聚，最具包容的沅水在高庙孵出一万年梦想。

又是一场季风雨，淋湿了打磨的石器，淋湿了野茫茫的心情。原始话语湿漉漉，一种旷古忧伤隐隐作痛。

梦在梦的破灭里复苏、破灭，再复苏。载梦的舟楫不在了，可水下石头的诺言还在，石头之上游走的鱼儿还在，万年的星光还在，做雨的云朵还在。

一些悠远时光，被无情地剥蚀成碎片。虽然找到了起点，但一直看不到终点的距离。世相如一首凄切长歌，一串音符跌落沅水，在风沙中荒芜。叶落花零的秋季，有关渔猎细节，又一次撞进冗长梦寐。梦里看到一个氏族群落，由首领带着，走在无边月色里。微笑着，拢着嘴，声嘶力竭地为一头走兽呼喊。

站在这片水畔，望见雪峰，还有传说、神话；看见血把沅水染红，爱恨、苦难和福泽将峰峦盥洗。

白生生的陶片，白花花的骨头，都在天幕下静默；太阳纹饰，兽面畅想，那种苍茫，在原始叹息里弥漫；与众不同的高深，在观者血液里滚动。

后来，或许是夏商周，或许是秦汉唐，以先祖当神，筑出一座庙来，镇守着山阿的宁静，名之曰：高庙。

神庇佑的地方，阳光翻晒安江盆地的静肃，大风沐浴雪峰山的高致。千年打坐修行之后，地下遗存尚在，地上的高庙，却被风一粒一粒撕碎了，只有高庙这个古老的名字，依旧神灵一般耸矗入云。

不管天色如何昏暗，时令多么寒峭，风雨如何急骤，眼前总有一束火光在照耀，穿越时间隧道，凤鸟依然在高庙一带谑浪笑傲。

当怀念缀满苍白天空，身后风景早已重叠，前面的路依然荆棘。然而，山岚罅隙里却透着阳光，火一样在燃烧，仿佛看见一只完美无瑕的凤鸟，从白陶之上华丽起身。

打入历史奇经八脉揣测，万年之前，先民们来了，抱着团来了。他们用河边的卵石或砾石，打制或磨制镌、凿、铲、锄、斧、箭镞、矛，甚至学会了钻孔、抛光。他们健壮抑或精瘦的腰间围了兽皮、缀了树叶，于茂密的林子间，举骨刀砍伐，或挥石斧斩削，黧黑的脊背滚动着汗水腥咸的光芒，蒸腾着肌肉剧烈扭曲着热情。高大竹木带着远古的风声呼啸着倒伏下来，一棵又一棵，粗实而壮硕。枝叶、杈干的葳蕤蓬勃，来自古老太阳的炽热和朝气，来自雪峰大地的深厚和肥沃，来自原始的神谕、图腾和自然之力。他们茹毛饮血，把一块块吃得白晃晃的骨头扔掉，骨头在星光之下堆集，部族在阳光里壮大。

想必有些爱美女性，悄悄地将兽骨捡拾，于晨光或月色里，沾着清亮沅水，在石头上磨成珠子，用藤蔓的纤维连缀成链，戴在胸脯前，点亮新石器时代男性的目光。

漫长的冬日来临，先民们以树枝藤条编制胎骨，在上面糊上泥土的浓浆，用它来盛炭火，抵御严寒。炭火烧干了泥浆，烧熔了胎骨，泥土化陶，从而就有了白陶。先人尊崇这个创世发明，专门绘画出一个个象形符号，以作巫觋驱邪的图腾。

他们从树上爬下来，从洞穴中走出来，喝着清冽的沅江水，学会了搭建房屋，饲养牲畜，种植庄稼，墓葬死者……

沅水日夜不息的涛声，仿佛是教勖，是启示，他们变得越来越聪颖智慧，在劳动与思考中长大，发轫原始崇拜，太始了巫傩，远始了祭祀，肇始了连山易。

兼葭苍苍，白露为霜。先人们是有福的，伐檀、放牧、稼穑、捕鱼，偶尔，或有寂静，亦有兴会；或有烟火，亦有嘶歌。

先人们于此立族立业，铸皿铸器，开枝散叶，茁壮成长。战争、灾难、人口繁衍导致了种族的不断扩散。

广袤的雪峰山里，先人们以大地为床，山脉为枕，满天的星光进入长梦，森林的呼吸挂上眉尖。

万年进化，只有部族哗啦啦壮大的声音，漫过一朵朵矮云。蜿蜒曲折的沅水，潜消默化；巍峨耸立的雪峰，鸦默雀静；早起的《诗经》，恭默守静，晚至的《楚辞》，缄默无语。

冷月如钩，孤卧河洲。高庙似盘，独承年祚。

昨日黄昏，今又黎明。

山高耸入云，挺拔伟岸；地厚载万物，默默无言。

走进高庙谷地，在一种天地间浩然正气的汇聚中，感受气吞万里、福祚万载的气魄。雪峰山，和一切居高临下的盛气凌人完全相反，虚怀若谷是一种发自内心的涵养和谦让。它自高庙时代起便有一种居后而不与人争先的真诚，一种美德，一种修为，一种实事求是的自知之明。

高庙，在雪峰山一隅沉睡。深土之下，时间之上，妆奁清晰在目。凝望眼前遗址，思绪踏上了一片久远幽深，屏息静听，似乎听到时间深处的三曹对案。

可以想象，宛如一朵盛开的花朵上，映着日出而作、日落而息的身影，还有狩猎中，狼奔豕突的豪气与呜咽。

睽仰一枚石斧，瞩目一方白陶，一幅繁衍生息的生动画卷便自然在眼前徐徐打开；那些叠倚、平躺、扭曲、歪斜的肢体，正在诉说着某种习俗和身份的秘密；河谷空寂中，可以听到湮灭时的悲怆泣歌。

可以确信，雪峰山古风雨中，揉碎了许多愁苦与欢欣，那些浅唱低吟的先人，总是面对着沅水。五谷的模样映衬在水中，燃烧起熊熊烈焰。惊天地泣鬼神的故事，依然还有遗留的残片。

从带有故事的残片上慢慢寻觅，仿佛可以看到，植物醒了，太阳睡了，山峰黑了，河水白了。一把利剑飞出大山之外，一声霹雳在强敌的营垒炸响。雷出地奋，在黑暗中一次次闪光。敌酋宣告灭亡。高庙首领登上王位，伴着荡漾的春风巡视四方。从同人于野到大量拥有。歌舞升平的颂歌中传送着吉祥，他捋须大笑。从此太平，山野兴旺。利剑在山呼万岁的声浪中锈蚀，逸豫于歌舞升平里滋长。

部落门前总是硝烟茫茫。高庙的上古之旅中，又见到一顶王冠落地。战斗的断臂，连通三湘四水，流出的血液，与江河一起浮沉。行走一座座峰峦，再次抚摸碎了的肋骨，感觉上古的霾风寒彻心底。

也许，高庙就是为酋首而建，酋首默默地活在安江盆地之上，化作一座石头的堡垒，成为一尖精神高地。

高庙，这样沉默了千年万年，可曾感受大禹治水的足迹，还有尧舜二帝春风化雨的教化？可曾看到秦时明月映照征人甲胄，那冷冷寒光耀射出几多苍凉悲壮；可曾见到唐朝的玉壶冰心，望不尽杨柳春风，吹不干芙蓉夏雨。

万年眯梦酣然难醒，寂寥高庙一览无余。在其点化之后，九嶷山舜帝陵、炎陵、辛女祠、盘古庙、里耶古城、澧县斑竹遗址、涂家台遗址、麻绒塘古遗址、龙窖山遗址、城头山古文化遗址、月岩石刻、坐果山遗址、丝茅岭遗址等湖湘古迹似乎一一有了来处。专家推论，居住在以沅湘流域和洞庭湖区为中心，包括鄂西、黔东和桂江、西江流域，以及粤北至环珠口（包括香港、澳门）广大地域的高庙文化辐射区先民，是当时中华大地上势力最为强盛的远古族团。

夜凉如水，万籁俱寂。高庙又如一位睿智哲人，苍茫时空中，于繁华之外，安详地展示一方净土。

走近高庙，祈求一种关于生命与苦难的最新诠释；阅读每一个躁动灵魂最终而永久的栖息地上，那蕴藏着万年密码的象形图画，以及人与自然某种神秘的关联。

坐在沅水之畔，阅读高庙安谧，释解天宇深处脉动，追踪万年阳光，追不上先人们的脚步。先人们朝圣般行进的步子之上，写满旋转基因，从不忘记对梦想的寻觅。一路之上，他们以爬行的姿势，爬到雪峰山，爬到树枝，爬到直立，爬到飞举。一路的传奇，后人没有资格去亵渎，去冒犯，去漠视。他们一路披荆斩棘，一路净化灵魂晶片，浸染文明灵性，铸造秩序与道德，守护正义与良善。即便生命的躯体变成化石，仍然闪现出原始的粗犷与纯粹。

高庙，用最后的深情，吟唱一首地老天荒的骊歌，守望深刻的永恒；迷人风韵与独特魅力，是否会在每一颗曾经洗礼过的心灵中，悄然生长成一份辐射沅湘流域或江南广袤大地郁郁苍苍的怀想？

连山易将一幅高庙白陶上的卦象篾点图案诠释为泰：拔茅茹，以其汇。包荒，用冯河，不遐遗。弗亡，得尚于中行。翩翩，城复于隍。

高庙，开泰由海而陆的雪峰运动、雪峰隆起，开泰沅湘流域，开泰江南，开泰四季，开泰一个光明盛世。

屈原懿范

  屈原被流放到溆浦、辰溪、沅陵的一段漫长时间里，这片圣洁土地曾经留下他睿智行吟的足迹。巍峨雪峰山托起了屈原感天动地与日月争辉的一缕爱国忠魂。

  沿溆水沅水脉搏行走，恍如在泽畔，"扈江离与辟芷兮，纫秋兰以为佩"，长铗陆离，切云崔嵬，衣带当风舞作游龙……一时之间，故楚山河，雪峰弦歌，便栩栩然于眼前、耳边。天问之姿，定格在两千三百年炎黄子孙的图腾之上，一帙厚厚的史册，走出多少泽畔的扼腕而歌者。

  溆水沅水，因三闾大夫的到来、行涉、歌吟，便流进一个时代又一个时代，滋润了汉魏风骨，泽布了唐诗宋词，又何止一列龙舟在昨日与今日的波涛里沉浮、一串粽香于千万农家中缭绕？而今盛世，昨日的伤痛已不需再经历，过去的日子也不必背负，但两千三百年后，烟雨蒙蒙，独有溆水沅水河畔忧郁的吟哦如天宇中灰色的云层，依然沉重地压在到来者心头，让人脚步趑趄，攀不上溆水沅水边的高崖。"长太息以掩涕兮，哀民生之多艰。余虽好修姱以鞿羁兮，謇朝谇而夕替。既替余以蕙纕兮，又申之以揽茝。亦余心之所善兮，虽九死其犹未悔。"滚滚红尘，谁解此情！相去千年，古老诗人屈原的忧伤、痛苦、高洁、奇峻却仍然如此强烈地震撼着世人，以至于每到一个他曾经涉足的地方，都舍不得离开。

  一路之上，山渐迷蒙，树渐迷蒙，路渐迷蒙，三闾大夫的吟哦也渐迷蒙，每一篇楚辞的出处，每一处行吟的足迹，悬棺的洞痕，玻璃栈道的高度，建设中索道的曼妙身姿，都在迷雾中隐现，只有不识愁滋味的蛊虫仍不知在哪一条雪峰山川的经络上饱餐两千三百前的种种酸辛，发出寒意的琐碎嘶鸣。

  雨雾中张望前方，《国殇》里的犀甲战车载着猩红暮色，它要去哪儿干戈征战？

  群山寂静，溆水沅水肃穆。三闾大夫的眼睛，在雾霭里沉默而明亮。故楚方向是心上的漫漫长路，这条路到了今天依然坎坷。

  寂寞狂舞的山鬼也无法医治山中寂寞，溆水沅水渔父是多么孤单。

  落日九叹，让群峰谷壑一天天经诵。《大招》深处，带血的句子，相对于百花、幽兰、青色山峦、峰顶积雪，还有山民留下的古老房屋，如一枚枚篆籀缝在湘言楚语之上。

溆水沅水——一根楚辞丝线，要为故楚织一件云裳，需要多少积雪与忧怼？

面对茫茫群山，想卸下心里千年的冰冻，换取万仞雪峰清致和沉静，做成秋冬羽衣，早晚加于三闾大夫身上，让他朝饮晨露芳香，夕餐霜雪冰凉。"驾八龙之婉婉，载云旗之委蛇。抑志而弭节，神高驰之邈邈。"

《悲回风》的吟诵起了，雪峰山上的云突然抛下提着的雨水，落成刚刚逝去的一场漫天大雪，溆水沅水流域遍野银珠。雨线下，五色雨"悲时俗之迫阨兮，愿轻举而远游。质菲薄而无因兮，焉托乘而上浮？"有幽魅山鬼，深怀爱情，在山雨与楚辞里没有语言和距离。

一部三闾大夫的《离骚》依然是战国时代的红愁绿惨。

在楚辞里行走多年，已记不起，是从哪里起步的；却忘不了，当年吟过的《离骚》名句"路漫漫其修远兮，吾将上下而求索"，《湘夫人》中的"沅有茝兮澧有兰"，《涉江》中的"入溆浦余儃徊兮，迷不知吾所如"。

曾经的日子想去看世界，像屈原一样将自己流放，想尽办法去了一些远方。远方有明媚阳光和无法听懂的语言，溜溜的女孩笑着从身边走过，一如屈子"思美人兮，揽涕而竚眙"。

多少无法留住的时光，也总是丢在曾经路过的仆仆道途。"心郁郁之忧思兮，独永叹乎增伤。思蹇产之不释兮，曼遭夜之方长。"

行走溆浦，继续前进，发现原来楚辞故里就是于孤独时希望抵达的地方，楚辞与文明一如既往地生长，千年不息。溆水下游，思蒙一词，就是一个亮色的楚辞地带。曾几何时，在思蒙打量溆水，溆水微澜携满离骚。

行走溆水下游，打听游览建于西汉初期的招屈亭、建于明代的屈原庙、建于清代的三闾大夫祠及现代的涉江楼、橘颂亭、怀屈楼，溆浦古八景的溆水屈儃、芦潭渔唱，以及鹿鸣山、吐钱岩山、明月洞、鬼葬山、三闾滩、正本治、灵均泉、屈子峡、猴子山，一个个将三闾大夫的某种情怀留存。

溆水从远处行来，怀揣一个久远故事。"与女游兮九河，冲风起兮水扬波；乘水车兮荷盖，驾两龙兮骖螭……"涉水而入，清清泠泠。往昔俱已离殇，而未来浩浩汤汤，不可停歇。

"深林杳以冥冥兮，乃猿狖之所居。山峻高以蔽日兮，下幽晦而多雨，霰雪纷其无垠兮，云霏霏而承宇。"读《涉江》句，比照眼前景："屈子峡"和"思蒙丹霞"，内心的触动如溆水波涛。

路异常艰难，雪峰山人却敢迎难而上，挑战一个个困难。溆水边，一座座山头，悬崖峭壁，栈道凌空，幽谷纵深，一不小心就会坠落深不见底的绝境。战场、驿道、纤行、船航，两千三百年之前的样子，仿佛清晰可见。

将目光收回，看今日的人、今日的花，以及今宵的纷纷小雨。夹岸竹树无际无边，鸟鸣啾啾，足迹杳杳，都被刻在了石头的春秋与毂皱里。

溆水河边读水，沿弯弯曲曲的小径上行，步入水色深处、楚辞深处。仿佛永远走不完，随处都是心灵的原乡、诗意的故里。

不知不觉，已在溆水边醉水、醉山、醉一阙三闾大夫的奇句与高吟。

宋人黄伯思在《东观余记·校定楚词序》中说："屈原诸骚，皆书楚语，作楚声、记楚地、名楚物，故为楚辞。"

溆浦方言的"水"即"舟"，"青"为"苍"，"乱"为"玩"……将这些方言对比楚辞，战国时代的华章竟然神奇地与现代溆浦话完成了某种暗合。

溆浦作为屈原流放地和《楚辞》的取材地，其风俗、信仰、方言、风景、气候、地理、物产中无不呈现出《楚辞》的古风古韵。

正是有了这一层原因，溆浦的端午节，隆重、执着、热烈、奔放。自东汉初以来，溆浦就过两个端午节，农历五月初五为"小端午"、五月十五为"大端午"。《溆浦县志》载："东汉初，马伏波征五溪蛮，令五日（五月初五）进兵，士卒有难色，伏波曰：端午佳节，蛮酋必醉，进可成功，今乃小端阳也，后将与诸将过大端阳。即进兵，诸蛮果醉，巢平之，乃于十五日大犒士卒，遂名曰大端午，至今仍之。"由此可以看出，东汉，溆浦人对端午的重视以及对屈原的热爱。两千多年来，溆浦的两个端午节一直延续，每年的端午节庆长达十天。这期间，龙舟演练、包粽子、走亲访友，端午节真正成为一个根植于每个溆浦人骨髓中的传统节日。

溆浦龙舟竞渡，是溆浦端午佳节的重头戏。《湖南通志》记载："龙舟竞渡，最早始于武陵。"溆浦龙舟竞渡，还保存有相当多的原始习俗，分大河（沅水）和小河（溆水）两种不同风格的龙舟和不同竞赛形式。大河龙舟，则使用最长最大、载人最多的龙舟，有专供停放龙舟的"龙船亭"。每年的龙舟竞渡观众多达十几万人，其声势、规模及时间之长都是空前的。赛前的"祭龙"，造船前的"偷料"，比赛时的"抢水""抢鸭"等习俗源远流长。

立于溆水下游，定定地盯着江面，仿佛看到，一长绺龙舟竞发于水，满河兴奋的眼神，被一尊尊昂起的龙头和一闪闪飞快的桨影牵住。河面滚动着豪情的铿锵呐喊，河水波浪在急促地后退。河岸兴奋出一串串汗水与欢声笑语，龙舟上每一端粗重的呼吸，被一棰棰鼓点激活、窒息，而后又爆发，炸响虎啸龙吟的震撼，雪峰山也为之回声嘹亮。

走进一户溆浦人家，似乎看到，一只只粽子如楚辞，笑逐颜开地端坐于桌子中央，恭候着一个新端午徐徐到来。碧绿的外衣，油亮细腻，裹紧历史烟云。目光穿透粽叶，打量岁月，溆水也暂时停止了流淌。分明感觉到，广袤的溆浦大地，粽香袅袅，糯米、腊肉、黄麦揉成的诱惑，使口水失去了应有的矜持。一时间，溆浦香粽，左右了到来者的思绪，行走的脚步，也烙上了端午雄黄与草碱的味道。

由于溆浦端午节时间长，因此是走亲访友、结婚订婚的大好时机。这段时间里走亲访友，必带的礼品除了粽子外就是鹅和鸭。挂艾叶、青蒲、戴石榴花、吃雄黄酒、缠五色丝等古风俗仍在溆浦端午佳节流行。端午期间，溆浦的傩戏、辰河戏、木偶戏、山歌对唱、高山号子等一一上演，溆水沅水流域欢声笑语，盛况空前。

"乘骐骥以驰骋兮，来吾道夫先路。"屈原道出了自己一心为国的志向以及楚国路途的艰难与长远。而他自己的路，是一条坎坷长路，亦是忧国忧民之路。

"世溷浊莫吾知，人心不可谓兮。"渺渺宇宙，灿烂星空，当抬头仰望之时是否还能寻找到那位伶仃的身影？

"余将董道而不豫兮，固将重昏而终身。"屈原是高尚的。为了心目中那个美好的楚国，为了自己的不悔追求，他宁可选择流放，也不选择苟且，因为他对这个国家爱得热切，爱得深沉，胜过自己的生命。

屈原，出生于贵族，本可以过着锦衣玉食、凤子龙孙的生活，但这有个大前提，那就是妥协，甘于自己的贵族身份，向世俗妥协，向大势妥协，向平庸妥协，向奸邪妥协，这显然是不可能的。屈原的生辰与众不同，名字也是得天独厚，名"平以法天"，字"原以法地"，生辰和名字正符合"天开于子，地辟于丑，人生于寅"的天地人三统。故其《离骚》有云："帝高阳之苗裔兮，朕皇考曰伯庸，摄提贞于孟陬兮，惟庚寅吾以降。"这是屈原选择的宿命，也是悲剧人生的预期。事实上，为了国家，他不但没有妥协，还在朝廷之上，大胆提倡"美政"，主张对内举贤任能，修明法度，对外力主联齐抗秦。可叹楚怀王之庸，更恨伯庸之奸。如此贤能，却被小人所谗；如此忠诚，却被怀王所远！

突然有种奇怪的恍惚，四周群山如城市楼宇一般向天空伸展，接近云层的楼顶弯着腰俯视细长溆水，溆水上一叶扁舟缓缓行驶，担心山腰过度佝偻，会折断历史的沉重。

在溆浦大地，还是不能停止行走。脚踩一路宁静，让一些心情遗落下来，陪伴一枚溆水边的卵石。或许还会掺杂爬满崇敬的迷思，等待在一张洁白纸上，长成楚辞一样的诗行。行走溆水，心中冒出的每一粒文字都是种子，透过坚硬的种皮，里面有一颗蹈锋饮血的文心。

行走，沿着一条古老精神的线路，一路仰视雪峰山所有：它的高度、它的恢宏、它的包容，还有它无尽的内涵，都使人无法不仰望，无法不产生接二连三的兴奋。放眼看去，阅读山里一切所具有的精神意义，所有三闾大夫曾经放置在此的家国重托。

战国时代不曾消融的雪，在阴坡与沟壑中依然秉持高洁的性气，片片、朵朵与当今绿色同在，午后的阳光也不能把它们化解成手上露珠，因为它们坚信自己是两千三百年的故楚遗孤，身上有屈大夫的坚持与固守。

两千三百年前，行走的屈原敢于面对现实，烟波深处，孤舟一叶，或许是明月之夜，或许是风和日丽，他对自己进行了一番深刻的反思。从"退身修整服装"的自省，到"问舜帝而评理"的强化，他未曾放弃过自己的理想和信念。

为了祖国，屈原苦谏、呼号、抗争。风雨伴舞，雷电同行，他慨然地面对多舛命运。几次被流放，被投掷于大荒，披发抚剑，开始了无尽漂流。"余处幽篁兮终不见天，路险难兮独后来。"他独立在苍茫的暮色里仰天长啸，穿行于荒草蓬低头苦吟："苟余心之端直兮，虽僻远其何伤？"他依然没有放弃令其无限悲伤的楚国，"曾不知路之曲直兮，南指月与列星"，"吾不能变心以从俗兮，故将愁苦而终穷"，"鸟飞返故乡兮，狐死必首丘"。

当秦兵攻破楚都，他的寄托已不能代替那份击穿心扉的绝望。他用无奈的眼光望着破碎山河，用洁净眼神扫视身后邈远朝阁。哀怨离骚，祭神九歌，韬略九章，多情山鬼，都无法帮助楚王招魂，都无法避免楚人国殇。"何灵魂之信直兮，人之心不与吾心同"，他不甘心与宵小为伍、和淤泥共存，他的旗帜上自始至终写着真理和正义。"举世皆浊我独清，众人皆醉我独醒。"于是，他从溆水沅水出发，辗转千里，从容地走向汨罗江，让滔滔江水洗去所有的烦恼和污浊，让灵魂在激荡中升腾……

薪尽火传，代不乏人。继屈原行吟的贾谊、曹操、陶渊明、李白、杜甫、王昌龄、苏轼、范仲淹等人，沿着屈原的足迹踏歌而至，留下大批震古烁今的伟大诗篇。江汉云梦、三湘四水，哪块土地不是诗歌的莽原？哪条大川不是文明的渊薮？以现代旅游的视野观照，湘楚大地的每块泥土、每朵浪花都是诗和远方的结晶，都是文化山脉的高峰。

有久远精神，有潘文乐旨，有灵山秀水，有蹈厉之志，起点是战国，中间藏离骚，终点有诗意。他像一颗灼热之星，高悬于历史天空；从战国到如今，文明与高尚之求索者，皆可向他取火探宝。屈原懿范，山高水长。

少伯文德

诗歌兴盛了唐朝，兴盛了一个浩荡千爽时代：胡汉交融、中西贯通。之后，唐诗开始了全方位的审美唤醒，唤醒内心，唤醒山河，唤醒文化转代，唤醒生存本性。

思想盛唐，其实很幸福。那一段时光，竟是如此万象含蕴、诗情激荡，扬翊风骚、群彦汪洋。诗人们用"神秀声律，灿然大备"的创作，垒起文化高峰。打开岁月，把一切琐碎剔除，让思绪翻越高高堆垒码放的一个个朝代容颜，只让心停靠在唐朝的门楣前，举目凝望，朱红的格子窗外，属于诗人王昌龄的明月，普照雍容华贵的山河。大唐芙蓉含蕊锁香，还端坐在雪峰山夜里，被月色染成一头白霜。漂泊的宦游人，来不及吟唱完一句古诗，思念便在抬头间，白成了唐朝的玉壶冰心；来不及低头，立于沅水矶石，让又一次送别逼近。芙蓉楼闪烁的流萤，可是诗人酒酣忘提的灯笼？

在雪峰山下黔阳古城打开唐朝，读王昌龄诗句，诗意就跃然醉倒于一座山的怀抱之中。

王昌龄（698—757），字少伯，唐代著名诗人，748—756 年，为龙标尉几近 8 年之久。

擅长边塞诗的王少伯着眼点往往不在于具体的战事，而是把边塞战争作为一种历史现象，在各个视角上进行深入思考，以深刻内涵与饱满热情，突破了六朝以来边塞诗主要就乐府旧题加以敷衍的固有程式，使之更生机勃勃。但诗人的眼光并不停留在这些地方，他还清醒地看到了他那个时代中战争的阴暗面。边塞生活在其笔下成为透视畸形社会万象的一个窗口。而与此同时，他又把笔触深入到士卒的内心生活中去，开掘出征人戍士最普遍最典型的真切情思。"秦时明月汉时关，万里长征人未还。但使龙城飞将在，不教胡马度阴山。"这首诗被后人誉为唐人绝句压卷之作（见王世贞《艺苑卮言》），其原因就在它不但具有丰厚的内涵，而且唱出了时代心声，诚如清人施补华《岘佣说诗》所云，此诗"意态绝健，音节高亮，情思悱恻，百读不厌"，堪称是王昌龄的力作。

少伯又以情思婉绵的闺情、宫怨诗著称。他用比较新奇的七绝体式处理这种传统题材，使人耳目一新。他善于提炼情思和物色，并把两者凝聚为鲜明的一点，凝眸注目处言语无多，而神情毕现。

少伯的送别诗好以"月""雨"为主要意象，在迷离幽微的别愁中烘托出澄朗晶莹、心心相印的友谊。

从诗体来说，王昌龄最擅长七绝。其七绝达七十余首，约为存诗的五分之二。前人往往以之与李白并称，称其为"七绝圣手"。

行走黔阳古城芙蓉楼，感受一千多年前的少伯，羽化了的情感，沉沉落地，刺疼了土地和山水，血染着爱恨。读其宦楚诗二十九首，畅饮了一杯杯浓烈水酒。平仄有致的诗句，融入了千年饱斟的酸甜、苦涩和是非，编排一个个生动的方块文字。以平平仄仄作底色，悲壮了雪峰山行色。

穿过岁月久远，雪峰山有足够的耐心，等来唐朝，等来大诗人王少伯。最早的龙标也只是龙标。是少伯，在此种下了诗歌。

风，吹拂山峦，人们看到苍茫的雪峰山色。在苍茫的山色里，七绝开放成山歌的旋律。透过诗歌，到来者看着山峰之上的天空，超越历史，天空竟然那么高远，一朵云的到来都带有繁文缛节，一些雨滴亦会咬文嚼字。

立于雪峰山顶，思及那把熟悉的玉壶，用它来盛放一些什么；又想到那颗高洁的冰心，用它来教化一些什么。

深情地想到家国，想平静地把对生命的执守说成是一种浪漫，而这样的浪漫能否成为最后的传说？

从少伯的文字里，人们可以聆听来自唐朝的声音。唐朝的一山一水、一草一木，甚至灞桥烟柳、驿道沧桑、边塞风月、离情别意，还有闺阁恩怨以及侠士霸气等，都被载入篇章，变成浓墨，流传后世。唯有大唐的少伯，才有如此的厚重与积淀。这盛大婉转的声音，可以清脆，可以激越；可以金戈铁马，可以喜乐霏霏。谁在一路肩负责任，直走到一无所有？谁在不经意地走向这高高的山岗，试图再一次壮怀激烈？

愿意相信，历史中的很多章节就是眼前的寻常山景。它们总是在第一时间提醒众人一路向前。似锦的繁花和苍松翠竹，它们原本就等待在这里，不惊不宠地等待在这里。

这段路啊，每一个到来者需要戒骄戒躁诗意地行走。

当芙蓉又一次忠贞地红艳，并在微风中摇曳，才发现雪峰山从此走不出记忆。

也许，在每个人的心底，都藏着一个唐朝，所以在今天，唐装才重回衣柜，中国结又重系裙衫，唐时歌曲包上摇滚外壳，又一遍遍回响在耳畔。爱一座山，可以有一千一万种理由，选一个最浪漫的理由来爱她吧——"一片冰心在玉壶"的千古绝唱诞生于唐朝，诞生于雪峰山。

站于世纪长河上，看那牧童手指，始终不渝地遥指着一个永恒的诗歌盛世——那是歌舞升平的唐朝，是霓裳羽衣的唐朝。唐朝诗书，精魂万卷，唐诗之美，或痛彻心扉，或曾经沧海，或振奋人心，或凄凉沧桑，都是绝伦美奂，久而弥笃。而少伯，在诗歌高峰唐朝，能称诗家夫子，无疑，他已经成为雪峰山之一脉。

读一首少伯的边塞诗，便如拔出了一支锈迹斑驳的古剑。精光黯黯中，闪烁着一尊尊成败英雄不灭的精神：死生契阔，气吞山河，金戈铁马梦一场，仰天长啸归去来。读他的闺怨诗，宛如打开一枚古老的胭脂盒，氤氲香气中，升腾起薄命佳人的哀婉幽叹。读他的送别诗，唐朝的离别苦，随沅水涓涓流淌，流不断历历柳影。木兰轻舟，已理棹催发，离愁做成昨夜一场秋雨，添得江水流不尽。折尽柳条留不住的，是伊人的脚步；挽断罗衣留不住的，还有岁月的裙袂。一曲离歌，两行泪水，君向潇湘我向秦。

龙标野宴，把盏醉吟花草。不喜不悲，泼墨踏浪春秋。被放逐的心思，疼痛了边关。被讥笑的时光，悲壮了山河。少伯在诗歌风流里，打开心扉，孤独春秋。他攻苦茹酸，把一腔诗情挥毫在水酒所淋漓的楼阁与亭台上。他把龙标月泡在杯中，憨笑春秋。把启明星化为标点，凭吊岁月。他以浪漫奇伟、豪放飘逸的诗篇，去抒发人性本真，歌颂壮丽河山；催发生活激情，美化多彩空间。使人生与艺术的双重价值得以升华提炼，使之放射出绚丽辉煌的光彩。

与其说人们敬畏山水，毋宁说是对中国传统文化的一种尊重。走在错落有致的雪峰山中，每个人的心里都会有一个念想：当下，真正短缺的不是金钱财物，而是那种被遗弃许久的一个古老民族的精神瑰宝：良知与德性、诗意与浪漫。千百年来，雪峰山是诗家崇尚之地，这里存储着千年文明孕育的硕果期待人们前来收获，眼下来此采撷则正当时日。种子，能生根，会发芽，继而可长成大树，绽放花朵，结出果实。它们为人间或织一片绿荫，或缀一地斑斓，或赐一道香气，也正是雪峰山诗礼传家之要。

雪峰山高度并不在于它实际有多高，而在于它的文化之厚积。雪峰山之名，也不在其高其险，而在其神其圣。雪峰山是一座有着千年文化积淀的名山，底蕴深厚。尤其少伯的一组宦楚诗，让这座具有神话色彩的仙山，更添了如许的诗情画意。

少伯，离开已有一千多年，尽管岁月流逝，时代变迁，但他对世人的影响和感召力却有增无减。这是"以人为本"价值取向的进步，也是人性的苏醒和回归使然。

少伯诗中展现的唐朝强盛与帝国雄心，既表现在积极进取的大国朝气和时代精神，也表现在海纳百川、包容互鉴的宽广胸怀，这正是一个强盛大国的雄心抱负与文化自信。这种文化自信体现在对外积极交流、各民族以及民间文学艺术兼收并蓄，而这种文化包容自信又进一步促进了唐代文学艺术等各方面的繁荣发展，并自然地融入审美意识和审美创作之中。今人读少伯诗作，可以唤醒与感召，按寻与骋步。

借少伯之诗，于雪峰山里梦回唐朝，梦回《虢国夫人游春图》《捣练图》《簪花仕女图》《五牛图》《京畿瑞雪图》画境；梦见唐朝明月、兰陵美酒、唐三彩、唐楷、唐装、霓裳羽衣曲舞再现风华绝代的盛世与文明。

大儒经世

雪峰山，闪烁睿智的圣地。

山里明理悟道，艰难的冥思苦想。儒学，深邃的阳光，一直在飞翔。这座神秘之山，一位位儒雅先贤，在苦修道路上，皓首穷经。风雨剥蚀成骨感十足的雕像，一盏昏灯，照亮了求索者的黑夜。

耕读，思道，悟道，传道，大儒苦渡的渔火，在步履维艰的山里燎原。

所有先知先觉，抑或是敢为人先，也曾是一记满带黑血的颤抖。

无法崩溃的底线，守住仁，守住文脉气质，守住六根清净，不偏废，不变节，把酸腐之气抛光，抛在文化苦旅山背中，隐没于璀璨星光里。

雪峰山大儒，出世就是入世。心，在阳光里明亮，在学海中泅渡，在山阿间气派，在微澜上浩荡。他们用心摩擦心，用一颗心普救天下众心，实乃苦心人天不负的昭昭之心；格物致知，为善去恶。雪峰山，儒学漫延成峰，在茫茫山脉间，一边探索，一边自救。

青灰色身影，游走于雨帘中，云雾笼罩的悬崖是一个朦胧山梦。每一次山里远足，在到顶峰之前，已经听到了陶澍、魏源、邓显鹤、严如熤、舒新城等先行者奉天法古、和而不同、守常明变、经世致用的声音，横竖的天际线就是一条裂缝。至此，孤旅中有了一匹瘦马，驮着从未心碎之人。

湖湘历史上的战争、移民、蛮族、流寓、地域文化，都对雪峰山人的个性有深刻影响；那种自雪峰山萌发的心忧天下情怀、敢为人先胆识、实事求是态度，以及拼搏霸蛮个性，引领整个湘学具有独立自主、兼收并蓄、追求变革、求实务实的学术品格。

陶澍（1779—1839），字子霖，号云汀，自称桃花渔者、印心石屋主人，安化小淹人。清晚期著名政治家、文学家和诗人，是清代经世派主要代表人物、近代洋务派先声。

他于嘉庆七年（1802）中进士，任翰林院编修，后升御史，官至两江总督加太子少保。清道光十九年（1839）病逝于两江总督任上，死后追封太子太保，谥文毅。主要著作有《印心石屋诗抄》《蜀輶日记》《靖节先生集》《陶文毅公全集》等。

他为官清廉、政绩辉煌：改革盐政、改良漕运、首创海运、赈济灾民、兴修水利、兴办学校、建设文化、整顿吏治、严禁鸦片。因知人善任，其周围聚集了一大批优秀人物，包括林则徐、贺长龄、魏源、左宗棠、胡林翼等，直至曾国藩被认为是全面继承陶澍思想的人。

他是政治家和经济改革家，还是清朝中期最重要的诗人与散文家；其奏疏、散文、诗歌、对联，既是其经世思想的载体，又具有独特的艺术造诣；更是安化茶爱好者、研究者、宣传者，其茶诗、茶事、茶活动文字，对于推介安化黑茶、研究其历史有很高价值。

他是清中期栋梁、当时人才群体的核心和领袖，"湘系经世派"的柱石；他是杏花烟雨，白衣少年风度翩翩，演绎百年不绝的弦歌；他是金戈铁马，新栽杨柳三千，引得春风度过玉门；他是阳春白雪，有接受朝廷一品钦命的气派；他是开山祖师，其学子曾执铁肩担道义，在抵御强敌入侵的斗争中书写着"忠孝节义"的注脚；他是生花妙手，著成数百万字锦绣文章。

雪峰千仞高，陶澍堪比肩。

魏源（1794—1857），名远达，字默深、墨生、汉士，号良图，隆回县司门前人。晚清启蒙思想家、政治家、文学家，近代中国"睁眼看世界"首批知识分子杰出代表。

魏源，道光二年（1822）举人，道光二十五年（1845）始成进士。官高邮知州，晚年弃官归隐，潜心佛学，法名承贯。

鸦片战争中，他参加过浙东的抗英斗争，对英军的战舰、大炮等新式武器的威力有一定了解。鸦片战争失败后，他受林则徐嘱托，于1842年编成《海国图志》一书，提出"师夷长技以制夷"的思想，为中国近代思想发展提出了一个全新命题。因为当时中国古老而沉重的国门刚刚被打开，人们满脑子装的都是传统的"天朝上国""华尊夷卑"观念，只主张"以夏变夷"，对"以夷变夏"是想都不敢想的。为了说服人们接受自己的"师夷"主张，魏源不得不对中国历史上的土"夷"与如今来自欧美的洋"夷"做一番区分。他写道：所谓"蛮狄羌夷之名"，指的是那些居住在中国周边而未知"王化"的少数民族，而不是来自欧美的具有高度文明的外国人。欧美"明礼行义，上通天象，下察地理，旁彻物情，贯串古今"，是天下的"奇士"、域内的"良友"，值得学习。他还批评那些坚持"华尊夷卑"传统观念、反对"师夷"的人，是株守一隅、夜郎自大的"井底之蛙"。

中国何幸，磨难之秋，有一道目光锐利、独到，有抱负有正气，不用一弯弦月亮出，便于夜幕下看穿世界。这目光就是刀锋，隔着一段历史，也能把深埋在故纸堆的故步自封分割出来。

真理在一叠复杂的黑暗里。能把真理翻出来，大白于天下，必定是有勇知方、奋身独步者。

雪峰雄鹰，高瞻远瞩。

邓显鹤（1777—1851），字子立，一字湘皋，晚号南村老人，新化人。少与同里欧阳辂友善，以诗相砥砺。嘉庆九年（1804）中举，官宁乡县训导，晚年应聘主讲邵阳濂溪书院。清代著名学者，湖湘史上前无古人、后鲜来者的大文献家。湖南后学尊他为"楚南文献第一人"，而梁启超则称他为"湘学复兴之导师"。

曾国藩《邓湘皋先生墓表》："其（指邓）于湖南文献，搜讨尤勤，如饥渴之于食饮，如有大遣随其后，驱迫而为之者。以为洞庭以南，服岭以北，旁薄清绝，屈原、贾谊伤心之地也，通人志士，仍世相望，而文字放佚，湮郁不宣，君子惧焉。于是搜访滨资郡县名流佳什，辑《资江耆旧集》六十四卷。东起漓源，西接黔中，北汇于江，全省之方舆略备，巨制零章，甄采略尽，为《沅湘耆旧集》二百卷。遍求周圣楷《楚宝》一书，匡谬拾遗，为《楚宝增辑考异》四十五卷。绘《乡村经纬图》以诏地事，详述永明播越之臣以旌忠烈，为《宝庆府志》百五十七卷、《武冈州志》三十四卷。衡阳王夫之明季遗老，国史《儒林传》列于册首，而邦人罕能举其姓名，乃旁求遗书，得五十余种，为校刻者百八十卷。浏阳欧阳文公玄全集久佚，流俗本编次失伦，为覆审补辑若干卷。大儒周子权守邵州，录其微言，副以传谱之属，为《周子遗书》若干卷。所至厘定祀典，褒崇节烈，为《召伯祠从祀诸人录》一卷、《朱子五忠祠传略考证》一卷、《五忠祠续传》一卷、《明季湖南殉节诸人传略》二卷。呜呼，可谓勤矣！"

左宗棠挽邓湘皋："著作甚勤，四海声名今北斗；风流顿尽，百年文献老南村。"

雪峰山不独有东北—西南走向的风水，它端坐于千万年的时空经纬中，把自己坐化成一部湖湘文化史诗，一坐，就坐出了铺采摘文的风骨。一代学人邓显鹤归来，又以纂述与教育相始终，振拔寒孤，教泽在人。他走出时，雪峰山还不起眼；他归来后，已成为人们心中巍峨的山。其诗文史志，丰富了梅山文化、湖湘文化，乃至中国文化；他推崇的王船山思想影响着陶澍、魏源、曾国藩乃至毛泽东等人。其诗《到家》云："蓬蒿满径掩柴扉，门巷萧萧足迹稀。一树梅花犹未放，耐寒留得主人归。"

真应了"山不在高，有仙则名"。

严如煜（1759—1826），字乐园，溆浦人，年十三，补诸生，少负大志，究心经世学，乾隆五十四年（1789）优贡，入读岳麓书院，师从罗典，研究舆图、兵法、星卜之书，尤留心兵事，学使者张姚成称其曰："为经世才，足当大任。"乾隆五十七年（1792）主讲明山书院。

他文武兼修，学了一身经世致用的好本事。嘉庆皇帝慧眼识才多次召见，将其派往陕西。此后洵阳平乱、汉中安民，他始终以民为本，敢作为勇担当，政绩斐然。他坚持实地考察写下《苗防备览》《三省边防备览》，都是清代中期地方社会史难得的第一手资料。他编著的《洋防辑要》系统总结中国海防地理的历史与现状，书中有关钓鱼岛的记载，是钓鱼岛属于中国领土的有力证明。

岁月风雨，铸进雪峰山，把苦难的崛起，筑在这片染血凝泪的土地上，严如煜走得好遥远。他为什么要这样出发？那是对初心的追求，对原梦的坚守。尽管身后的村庄渐渐被遥远模糊，他还是一路向前。越森林，蹚大河，歧路遍布，他依然借着星光月色唱一路人生长歌，那是担当的认同，华夏强盛的共鸣。

如今，人们立于湖湘巨人的肩上，将头伸出雪峰山，可以鹰瞵鹗视这个世界。

舒新城（1893—1960），溆浦人，原名玉山，字心怡，号畅吾庐。现代著名教育家、出版家、辞书学者。一生苦学自励，从事文化教育出版事业近五十年，主编新旧《辞海》三十余年，主要著作四十余种。仅在辞书方面，就有《辞海》《中华百科辞典》《名人辞典》《中国教育辞典》等。他把一生奉献给了新旧《辞海》主编工作和出版事业，对中国文化科学和出版事业做出了杰出贡献。

1928年，应中华书局总经理陆费逵聘请，舒新城出任《辞海》主编，他从教育家转为编辑家，尽心竭力编纂这部浩瀚而精深的巨著。据说，他为搜集新词随身携带笔记本，有一次赴宴看到菜单里有新词，立即记录下来并收集入册。1935年，日本侵华形势吃紧，主事人害怕日方肇事，打算全部取消所谓敏感的社会科学条目以及政治性条目，甚至要取缔《辞海》，分类单独出书。舒新城毫不妥协据理力争："即使中国亡了，这些历史名词也应存在，相关条目决不能取消。"他坚持《辞海》出书方针，不改鲜明的爱国主义立场，先后两年出版了《辞海》上、下册，可谓全节。

《辞海》面世，社会各界反应热烈，林森、吴稚晖、蔡元培、陈立夫、王世杰、唐文治等人纷纷题词，黎锦熙作序，陆费逵写了《编印缘起》。

新中国成立前夕，舒新城代理中华书局总经理，坚持中华书局印刷厂不迁台湾。1949 年后社会生活出现大量新词，加之全国实行文字改革，《辞海》急待修订。1957 年 9 月 17 日，毛泽东在上海接见舒新城，勉励他以修订《辞海》为基础，然后搞成百科全书。三年后，舒新城抱病建议，修订《辞海》摸索经验，争取编辑出版五千万字十卷本的小型百科全书……

雪峰山与辞海结缘，有关年少与岁月的词条，在舒新城的脚下一页页打开，开成刘家渡村的笔架文风、玉带流水、落日金波。昵称、叮咛、童谣、故事，是父母膝下长长短短的日子。喃喃音波荡漾着甜蜜，款款情节洋溢出关切。在郎梁书院，舒新城由一枚汉字出发，组成词语，垫起五尺童子到万斛泉源的垂直高度。

打开辞海，在舒新城眼前，就有一粒粒乡俗俚语，变成汉字，内敛、沉静。不用太过靠近，以手指轻触，就会从雪峰山下成长，长成阳光下的豪情壮志。

打开辞海，每一页上，岁月用沧桑凝固了词条索引。可那由横竖撇捺折组织的一枚枚汉字，又充满了奇妙的神性。随意捡拾几粒不施粉黛、不染铅华的汉字，用翰墨焚香祷告，用一笔一画参拜，加以情理加以哲思加以历史加以音乐，反复锤炼，就有了词约指明的妥帖。他们遒文壮节、书记翩翩，如古典女子手捧的花朵，从泛黄的册页中，被萃取、收藏。

汉语精深，词海无涯，舒新城是一位不辍的耕者。

也许，从文明形成的那一刻起，就有一片山没有被开垦过，蒿草青黄，暴雨淋漓，雪压霜欺，镂冰厮雪，山自坚硬如铁，像一个嗜睡人，沉睡不醒。舒新城扶犁而至，铁犁铧尖锐地吃进石头和高山，吃进甲骨与钟鼎，吃进简帛与纸页，吃进文明兴起的整个烟火人境。

将军出山

站于雪峰之巅，指点江山，手搭祥云，资沅绕系腰间，心被放大，足够盛下八百里激荡风云。

风云漫卷群山，浸漫于岁月逆光之中。就是一抹曙色，也有万分沧桑。平和地标，可以辨认行走方向。阳光边界，遍地山花烂漫。这是雪峰山，辽阔着龙吟虎啸的浩荡。掀开战事版图，裹血力战、苦争恶战，狼烟千变万幻。

风沙挟裹崖壁，厮杀催落夕阳，旌旗猎猎号角嘹亮，硝烟携带血腥。兵燹诉说着传奇，战争之音是那么深沉沙哑。刀砍卷刃边钝，剑折断只余柄，拉满弦的弓松弛，箭镞一片狼藉。鲜血染红了盔甲，战马嘶叫着惨烈，冷兵器哭丧着脸，远逝一个个鲜活脸庞……

走进山里乱葬岗，脚步轻轻，怕惊醒了多年沉寂的白骨，怕惊醒了古代将士难得的长梦。将士们血染沙场，马革裹尸，为民族血性和大山安宁谱写出一曲曲慷慨昂扬激切悲壮的颂歌。有资水沅水见证，有长生天见证。雪峰山究竟埋着多少骄骨、多少奉献的生命？究竟埋着多少欢笑和吼声、多少青春和爱情？

从秦末汉初的缝隙里，飘出一缕缕微风。于一座古塚旁发现一朵细碎深蓝的花儿，那是迟开的地丁，它像一声深紫色的叹息跳入凡界。于是便可确认这是历史的眼神或某一个戍边将士不灭的魂灵。

肃然起敬中，心又一次被震动。

一位位将军的生平，印在山里小镇或小村落的石块上，被陡峭的风终年翻阅、诵读。一山蝴蝶飞过一个个将军故里，消弭于华南椆、水青冈、银木荷丛林。千万株松杉，涨红了俊脸，为一群访山人使劲鼓掌。返回清朝与民国，去寻找将军足迹。朝廷大军与叛军、匪部的厮杀声，至今仍在耳畔缭绕。无数手持戈矛的士兵，在山下列成方阵。山林深不可测，布满陷阱和隐喻。热情奔放的山石，如将军后裔，淳朴、厚道、刚烈，高举着火把将一座大山点燃。

山岚刮过寨墙上斑驳的石头，磨亮了兽爪。蚂蚁和翠鸟脚印，陷在铜香炉上。那位前朝青年，仍坐在火炉旁，用一把生锈的大刀，切开狼烟，让一堆石块，假在一起取暖。头上生出虬枝的汉子，手执刀斧、弓箭和悲悯，面容清奇，众神站在高处，从陶器里掏出谷物和火种，煨热三军。

夜宿雪峰，梦中看见将军出山，看见血光和杀戮，看见如许死去的苏醒，历史和古战场，竟在梦中淋漓复映。

将军有令，战事吃紧。抛头颅，洒热血。几多血海尸山，英雄入彀……一个个从山里走出的将军，留给世界一个个远去的背影，他们挺立的不只是不屈的头颅，还有强健的胸膛和胆气。

江忠源（1812—1854），字常孺，号岷樵，新宁人，晚清名将。

他举人出身，后兴办团练，镇压雷再浩起义，升任浙江秀水县知县。太平天国起义后，江忠源组建楚勇，到广西参战，并在蓑衣渡之战中击毙冯云山。此后，江忠源转战湖南、湖北、江西，累升至安徽巡抚。

咸丰三年（1853），江忠源到达庐州，陷入太平军的包围。同年十二月（1854年1月），庐州城破，江忠源投水自杀，年仅四十二岁，追赠总督，谥忠烈。

江忠源曾于京城求见曾国藩。曾国藩见其名刺，不喜道："这是新宁秀才江忠源，为人无赖，把他赶走。"门子便对江忠源说："主人让我向您致歉，说您是新宁无赖秀才，只会赌博，没空与您交往。"江忠源大言道："我确实喜欢赌博，但岂有拒人改过曾国藩？"门子只得再次入内禀告。曾国藩非常惊讶，将他迎入府中。当时，天下承平已久，江忠源却认为马上就会有一场大乱，并对天下之事侃侃而谈，声震屋瓦，将茶盏拂落在地仍谈笑自若。曾国藩叹道："吾生平未见如此人，当立名天下，然终以节烈死。"

王定安云："自广西寇发，海内骚动，新宁江忠烈公忠源，实倡义旅。湘人以书生杀贼，自忠源始。"

《新宁县志》载："江忠源善抚士卒，与同甘共蓼，其用兵也尤若有神，每临阵横槊马上，察山川形势，举鞭示部，将于某所诱敌，某所设伏，往往以偏师出奇制胜。"

《咸同将相琐闻》："楚军之功勋，江公引之也，湘人之士气，江公作之也，江公种其因，后人食其果。薛氏言稍假之年，其所建树当与胡曾相颉颃，谅矣。"

伫立雪峰山巅，远处群山，端坐于云端，像一个个念佛的出家人。那圆圆的山顶，冒着轻烟，看不出，是缕缕的炊烟，是未曾消失的硝烟，还是不肯消散的思绪。

年老的湘勇楚士，坐在一堆碎石上，红着眼，征袍染血。远处，依稀可以看出围城的故事，在暮霭中时隐时现，就像那些没有拆除的围栏，进不去，也无法出来。

一匹战马，昂起头，发出长长嘶吼，那么低沉，那么压抑。不知道是在呼唤同伴的亡灵，还是一抒心中的愤懑。

更远处，有波光闪烁，那是江总督的身影，不肯就此沉寂。因为一场旷古之战，血流成河。那一汪江水，从此变得殷红。

只有将军故里，将许多记忆收纳、沉淀。

易孔昭（1835—1896），字仲潜，黔阳县（洪江市）人。

为了平定太平天国运动，易孔昭向曾国藩提出《平贼方略》《水陆合攻策》，又从溆浦、黔阳二县募集兵员四个营，开往南京，进驻孝陵卫。同治三年（1864），易孔昭率部攻入南京，生俘太平天国章王林绍章。

后易孔昭又随左宗棠出关继续办理粮秣饷械，保二品顶戴花翎盐运使衔，授新疆阿克苏办事大臣，署甘肃巩秦阶道。易孔昭承左宗棠授意，献《平定关陇纪略》，署甘肃安肃兵备道，赐奖武银牌，例授资政大夫。

1876年农历二月，左宗棠下令大军从甘肃开拔，进军西藏。易孔昭向左宗棠建议："先断敌北退之后路。再收南疆之失地，宜缓进而速战。"左宗棠听取了易孔昭的建议。由哈密北上巴里坤，攻取迪化（乌鲁木齐），再拿下吐鲁番，打开了通向南疆的门户。再往西收复库页和阿克苏，直捣阿古柏的老巢喀什噶尔。同时，易孔昭进入南疆后，一边发动当地各族人民积极抗战，一边捐献粮草，有力地提供了大军奋勇抗战的后勤保障。在南疆各民族的大力支持下，于1878年，阿古柏兵败身亡，清军终于收复了喀什噶尔地区所有失地。

清军收复了南疆，可是北疆伊犁地区还被俄国占领着。1879年，易孔昭随左宗棠大军返回乌鲁木齐，以防俄军南下。1880年，左宗棠与易孔昭商议如何攻打伊犁的军机大事。易孔昭建议，俄国军队强大，不能强取，还是先礼后兵。通过艰苦斗争，1881年，中俄签约《伊犁条约》，伊犁终于得以收复。易孔昭后出任阿克苏办事大臣七年，署理安肃兵备道八年，前后镇守新疆二十多年。

录其《1876年六月二十九日，官军规复乌鲁木齐城池喜而作》如下："西风一夜扫胡尘，雷雨重开日月新。绝徼犬羊空负险，汉家旗鼓本如神。金天气焕重霄彩，玉律阳回十载春。元老绥疆飞将在，九边何处不称臣。"

将军出山，朔方安澜。

蔡锷（1882—1916），原名艮寅，字松坡，邵阳人，近代伟大的爱国者，著名政治家、军事家、民主革命家，中华民国初年的杰出军事领袖。

蔡锷短暂的一生，建树非凡。举凡政治体制、宪政研究、军事教育、治军思想、诗词对联，可述者甚多。

领导昆明辛亥重九起义，光复云南。

拒绝一切利诱，克服无数险阻，冒死犯难，发动领导护国运动，并亲冒矢石，以重病之身在第一线指挥作战，终于挫败了袁世凯，让千年帝制从此成为历史，再造共和，为国民争得了人格，使民主共和观念深入人心。

蔡锷语："以菩萨心肠，行霹雳手段，吾人今日处兹乱世，认定一事于道德良心均无悖逆，则应放胆做去，无所顾怯，所谓既要仁慈，又要痛快也。"

梁启超挽镇蔡锷联："国民赖公有人格，英雄无命亦天心。"

蔡锷逝世后，他那奋不顾身反对复辟帝制、捍卫民主共和，并为之英勇献身的壮举，感动了中国人民。蔡锷成了护国战争的代名词，成了人们心目中振臂一呼、打倒袁世凯的英雄。

黄忠浩（1859—1911），字泽生，黔阳人。兴实业，任湖南全省矿务总公司西路总理；办教育，一度任湖南教育总会会长；掌军事，1907年统领湖北巡防军及荆襄水师，次年任四川兵备、教练两处总办；1910年升任湖南提督，次年为巡防营统领。1911年10月22日湖南新军起义，他在战斗中被义军击毙。著有《黄黔阳遗诗抄》。

瞻仰黔阳古城黄忠浩故居，高门大屋，肃穆安宁。昔日的回忆，今天的忧伤。远方的游子回到第一次啼哭的地方。绵绵细雨，编织绵长相思。一壶老酒，温澜潮生。穿堂风，拂过屋檐下的红灯笼，将往事一一垂询，一一记忆。残月，将脸上的浮云洗得异常干净。情满溢，爱在家乡绵长。

将军的事迹，早已刻满红砂墙。

窗外，本应有异乡归来的余寒，被厨房一灶旺火烤暖了心房。卸下将军的头衔，皈依向一抹柔情无声的眷恋，在熟透的秋天靠近原乡。

红色辉耀

雪峰山是一片撒布红色火种的地区。

1921 年 7 月，一艘小小红船，承载着人民重托和民族憧憬，从上海石库门驶向嘉兴南湖，越过无数暗礁险滩，穿过千万惊涛骇浪，但见四海翻腾、五洲震荡，红色火种开始燃遍雪峰山。

1935 年 12 月，红二、六军团和中央红军的长征队伍先后途经雪峰山的十余个县、市，历时两个余月，中央红军在通道转兵，两支红军队伍还在雪峰山里与敌人进行过几十次大小战役，并经历过多次扩红。

一段段革命史上难以释怀的轶话，发源于雪峰山里。难以想象啊，当年，是怎样的一种勇气与目光，让许多山里人笃定革命的星火定会燎原。哪怕路再遥远希望再渺茫，他们竟毫不犹豫地向着前方奔往；又是怎样一种情怀，让他们忘记自我，投身革命浪潮，将血与肉铸成长城，用头颅与骨骼铺地前行，去摧枯拉朽而又义无反顾。而今雪峰山区，属于革命老区的市县区达 14 个之多。

今人，只能隔着岁月静好将他们仰望，就像仰望闪闪发亮的星星。所有峥嵘凝聚的过往，是血与泪的较量，才担起这个民族赖以为继的脊梁。

就让时光慢些，让每一个到来者又一次回味，顺着山势打开记忆的分水岭，去耳濡目染段段革命传奇。纵然无情的枪炮，无情地将他们的身影磨砺，正是他们正义凛然的壮举，才让今人对这座大山由衷地表达敬仰。

行走于一个个革命前辈故里，高耸的苍松依旧挺拔，一如革命前辈那坚毅执着的步伐，朝着目标在马不停蹄地催发。

新化县荣华乡小鹿村资江河畔，陈天华故居；溆浦县卢峰镇警予西路 27 号，向警予故居；会同县坪村镇枫木村，粟裕故居；麻阳县岩门镇玳瑁坡村，滕代远故居……这是雪峰山里一批普通而神圣的故居。

从这些故居里走出的革命者，前赴后继，走进同盟会，走向星星之火，走向秋收起义、万里长征，走向十四年抗战、解放南京，走向开国大典隆隆的礼炮声，走向建设新中国的征途……

太阳升起来，訇然打开雪峰山门扉。故居之前，越走越宽的大道，由一双双沾着泥土的大脚拓开。

满畈稻穗，满树金橘；新颖民居，繁华街市；屹立雪峰山里的这些故居依然很安静，安静得质朴、亲切。这种安静永不衰老……

雪峰山是一片彰显革命力量的圣地。

"呜呼我同胞！其亦知今日之中国乎？今日之中国，主权失矣，利权去矣，无在而不是悲观，未见有乐观者存。其有一线之希望者，则在于近来留学者日多，风气渐开也。使由是而日进不已，人皆以爱国为念，刻苦向学，以救祖国，则十年二十年之后，未始不可转危为安……"在中华民族备受欺凌的黑暗岁月，陈天华为了唤醒同胞的爱国之心，在日本自投大海而死。当他的灵柩运抵长沙时，全城万人送葬，成为一次巨大的政治示威。这篇《绝命辞》也就是他在1905年12月8日投海前所写，深深表达了他对国家危亡的忧愤，对祖国振兴的期待。

向警予1922年加入中国共产党。她为中央妇女部起草文件，发表论述妇女解放运动的文章，培养了大批妇女工作干部，在妇女解放运动史上做出了不可磨灭的贡献。1924年，向警予出色领导了上海闸北丝厂和南洋烟厂的大罢工。1925年10月，向警予赴莫斯科东方劳动者共产主义大学学习。1927年回国后，在中共汉口市委宣传部和市总工会宣传部工作。大革命失败后，她主动留在武汉，坚持地下斗争。1928年3月20日，向警予因叛徒出卖被捕。狱中，敌人用尽伎俩，终无法动摇她的革命意志。5月1日，她昂首阔步，慷慨就义于余记里空坪刑场，时年33岁。

粟裕于1927年加入中国共产党，参加南昌起义，后进入井冈山，参加历次反"会剿"和全部五次反"围剿"战争。长征时留在南方组织游击战争。抗日战争期间，任新四军第二支队副司令员、江南指挥部和苏北指挥部副指挥。1941年任新四军第一师师长，后兼第六师师长。解放战争期间，任华中野战军司令、华东野战军副司令、代司令员兼代政委等职，主要指挥高邮战役、陇海线徐（州）海（州）段战役、苏中战役、孟良崮战役、济南战役、淮海战役、渡江战役、上海战役等。中华人民共和国成立后，历任中国人民解放军总参谋长、中国共产党中央军事委员会常委、第五届全国人大常委会副委员长等职。

滕代远于1924年加入中国共产党，经历平江起义、红五军成立、红第三军团成立、红第一方面军创建、中央苏区反围剿、"滕杨方案"问世、平汉起义、万里长江第一桥建设……曾任红一方面军副总政委、中共中央军委参谋长、八路军前总指挥部参谋长、晋冀鲁豫中央局常委、共和国首任铁道部长、全国政协副主席。

读革命者的光辉事迹，更不止一次掩卷思考：这份情感到底生发于何处？它缘何超越了时空限制，具有这般生生不息的感人力量？这些从雪峰山里走出的革命者，爱有多深，痛有多深，为把帝国主义赶出中国，为建立新中国，他们宁愿抛头颅、洒热血，生命不息，奋斗不止。

征程波澜壮阔，初心历久弥坚。火红雪峰，花香袭人，绿意勃发。徜徉于山中，感受岁月里流淌的繁华，一段段鲜活的历史与商业时尚相碰撞，一处处红色遗迹，是追求真理和光明奋斗历程的见证。如果说，厚重、古典、优雅是雪峰山曾经的一面，那么生机、活力、热情就是她的另一面。

榜样的力量是无穷的。革命岁月已经远去，在这片土地上，人民勤劳淳朴，将革命故事代代相传，用红色的信念在这里扎根生活。在群山之下，一代代山里人结草为庐，历尽艰辛，群山是他们的枕席，星空是他们的暖衾，红色赋予了他们力量，最终，沉睡了千万年的火种在大山熊熊燃起，终成燎原之势，将改天换地的传奇书写。

雪峰山是一片改革开放的红色沃土。

从一家人的账本到千家万户的冷暖，40多年时光变换，改革开放的指针划过这一片山里土地。时间的征程中，每一分、每一秒，都为雪峰山带去改变。

数据变化的背后，是个体在大历史中的获得感、幸福感、安全感。从"你一间，我一间，筒子楼里冒黑烟"，到"小高层，电梯房，城乡广厦千万间"；从粮票、布票承载一个家庭的苦辣酸甜，到山里山外琳琅满目的商品、"双十一"千万件快递，向着"幼有所育、学有所教、劳有所得、病有所医、老有所养、住有所居、弱有所扶"的梦想，山里人在日益美好的生活中触摸改革开放的红色果实。

时光轮回，当苏宝顶的最后一块寒冰化作春天的暖语，群山之上一片嫣红，虽说春天里还存留着一丝严寒，但在这片土地上，山花却早已将清香送到人间。夏秋之间，崇山峻岭上花海一片，争相斗艳，群蝶翩翩起舞，忘情地穿梭其间，清香流淌、洋溢，流云翻滚、叠嶂。雪峰山的冬天，漫长而又寒冷，但在山间某个温暖的树洞下或温泉旁，总有那么一些顽强的生命，顶风冒雪，尽情绽放，如红色火种，生生不息。

雪峰山是一片充满红色信仰的高地。

信仰是一粒种子，一经播种到心灵深处，就会生根、开花、结果。

从千仞之壁到忘川深处，无不激荡着雪峰山肺腑的声音：信仰来源于山里人们心灵的膜拜，她将成就伟大的中国精神、中国价值和中国力量。

漫步在乡村田间，看到的始终是一张张坚毅脸庞，他们将信仰写在脸上，血液里流淌着红色基因。还有一群永不言败的人，扎根在这片红色的土地上，用他们的肩膀，将光和热源源不断地送到每个需要光明和温暖的地方，日复一日，年复一年，不断有年轻的力量融入进来，用他们充满朝气的脸庞，接过红色重托，在这里尽情歌唱、忘我奋斗。

一条条高速路、一条条高铁线、一条条航线、一条条进山公路开通，乡村振兴不断深化，今日雪峰山，有了翻天覆地的巨变。一座座崭新村镇星罗棋布点缀着大山，路网纵横交错指向希望与梦的远方。炊烟愉快地升起，山里的歌舞此起彼伏。

山里人是一位有三十多年党龄的共产党员，他一直用信仰之光照亮奋进之路。当他老了的时候，头脑不再被复杂困扰，嘴里溢出清晰的单纯。言语中的过往别人觉得稀奇，那是怎样光怪陆离的风景。他的眼神里呈现着自豪的伟岸，在异样的目光注视中，不会刻意去理睬。他自然有着纯净的灵魂感知周围世界，心宁静得不起涟漪，并用自己的行为展示内心情怀。离开城市，退守山野，几粒花生米，几碟小蔬菜，一支笔，还有犁锄刀镰伴着朝夕，为童年续梦，为新时代讴歌，微醉山野，自得安然。

鹰有信仰才翱翔自得，鲸有信仰才优游涵泳，花有信仰才千娇百媚，山有信仰才含章挺生，人有信仰才标新创异，国有信仰才富强康乐。一座高山，辉耀历史，红色信仰，照亮未来。

万户耕读

早在100万—300万年前，雪峰山就形成了现代地形地貌，这里是一个天然生物王国，虎豹出没，猿猴嬉戏，鱼丰虾肥，植被丰厚。据今5万—10万年前，这一带就有了早期人类的活动，进入旧石器时代。约1万年前，这里出现了新石器时代的辉煌（高庙文明），形成了五溪先民。五溪先民在此繁衍生息，他们是雪峰山地区苗、侗、瑶、土家等少数民族的起源。

追溯雪峰山文明起源可以从"渔猎文化""刀耕火种""聚族而居""自足温饱""男耕女织""耕读传家"等词汇入手，这些词汇大量出现在民间族谱、故事，出现在考古遗存，出现在府志县志乡土志，出现在老百姓的口口相传中，不仅是指先民们早期的劳动，也是山地农耕文化形成的基础。

千百年来，经过聚族而居、精耕细作的农业文明孕育了雪峰山一带自给自足的生活方式、文化传统、农耕思想、管理制度等。所有乡村临江靠山、聚山纳川，自然环境有别于高原雪山、平原草甸，是一个个较为独特的地理单元。因此不但产生了独有的区域特色、独到的自身特征、独具的地方特点，同时与其他地方一样，以渔樵耕读为代表的农耕文明是先民们生产生活的实践总结，是先民以不同形式延续下来的精华浓缩并传承至今的一种文化形态，应时、取宜、守则、和谐的理念已广播人心，所体现的精髓正是传统文化核心价值观的重要精神资源。

雪峰山本土传统文化中理想的家庭模式秉承了"耕读传家"要素，"耕"以维持家庭物质生活，"读"以提高家庭的文化水平。这种培养式的农耕文明推崇自然和谐，契合中国文化对于人生最高修养的乐天知命原则。乐天是知晓宇宙的法则和规律，知命则是懂得生命的价值和真谛。

农耕历程恰如一部厚重磅礴的歌诀从远古吟咏而来。雍正版《黔阳县志》载本土诗人黄天佑《课农桑》："露冕时巡紫陌头，关心民隐听啼鸠。桑田税处勤耕织，丝满缫车粟满篝。"全诗反映了老黔阳农人勤奋劳作、持家度日的生活。

穷莫离猪，富莫离书。蚂蝈呷萤火，肚子是亮的。五谷丰登、六畜兴旺、百果飘香、凿楹纳书，这既是山里人的生活理想，又是他们的现实写照。

诗情画意的雪峰山，谱写着一曲曲峥嵘乐章。明媚的阳光，霞舞着凤鸟和八角太阳的圣洁图腾，如碧玉生辉，腾挪在湖湘大地上。

漫长文脉，需要一座大山去承载。一座大山，又将会被墨香所记录流传。雪峰烟雨，古老大山，依稀楼台，流过村前的小河、水稻的拔节声、琅琅书声。寥寥几笔，便是最真实的写照。

寒窗孤灯，雨雪风霜，孤独的求知者，探寻未知的明天。只是目视，却已穿越亘古。

嵯峨山岭，陡峭天路，为了生计挑战恐惧，打破了大山安逸。在这片黄土地上，谱写了最悠久的文化。这是属于生存的智慧，也是挑战者的事迹。

从上古苍远的连山易、二酉传书故事，到一声"路漫漫其修远兮，吾将上下而求索"的高昂宣示，从沅陵城西北角虎溪山麓的龙兴讲寺，到通道蒙山下的恭城书院，从洪江黔阳古城宝山书院、龙标书院到安化梅城镇的安化一中梅城文武庙古建筑群，从靖州鹤山书院到溆浦龙潭崇实书院，从会同高椅古村的耕读牌匾联对到辰溪五宝田古村之耕读所，雪峰山里，点燃和开启了雪峰文明、雪峰精神之光的不断探索与前行，也照亮和铺开了雪峰文明、雪峰精神之光的漫漫长路。

高庙文明、连山易、大酉文化、二酉藏书，让一座山通向至善大道。几千年的时光，雪峰山从野蛮走向文明的崇高境界。煌煌大道，人与人相互协作的力量点燃一盏明灯。易文化、藏书文化衍生的各色传说，在历史中演绎许多故事。山里人从蒙昧时开始捧着一本书消化，不做道听途说的门徒，凝望着柴米油盐酱醋茶，耕耘思想，忙碌文字。

心中存有一种敬畏，神秘主宰龙兴讲寺。信仰之花，开在无垠的宇宙之中。生命与自然未知的律动，花开花落。千年的积累与沉淀，一种文化一种符号。一座雪峰山的宗教，与耕读珠联璧合、壁立千仞。

有时，一座山感觉到无知与迷惑缠绕，需要一处精神的家园。理性的光芒，答疑解惑，不是神一样的精神虚构。升华与被升华的那片云彩，道出了梅城文武庙的秘密。一只鸟儿为大山衔来一粒种子，播种梅山文化。启迪与被启迪，人类向前的脚步让经验成为知识。种子给土地以生机，大地给种子以养分，培养性灵之花。脚印踩着脚印，浪涛推着浪涛，一代一代走向文明的巅峰。渔猎耕读，一部壮美的史诗。

耕读所，一个丰富的审美符号，展现古老精神与现实状态。人人皆耕读，物物皆文字，陶醉与创造，融为一体。对于山民，农作物就是艺术；对于读书人，文字就是农作物。谷物与文字，思想着、发酵着，向无限延伸。即使走在一个新时代，思维、生活、生命都在科技中升华到另一个高度。山里的农作物，出行的脚步，都已刻上了新时代的烙印。但耕读思想依然独立着，思考着快与慢的利弊。大山之中，电脑正敲出一行行文字，瞬间传递到千里之外的某个角落。此刻，山里人在困惑与便捷中寻找着平衡点。山风吹过，适心娱目。

晚来，有一本书、一杯茶、一盏灯相伴，也算得上山居的称心如意了。

灯，是寻常的灯，默默，推开周身黑暗，把山高壑深从文字里剔出。

灯是有神性的，一束光由灯盏开始出发，可以走得那么远。不独自抱怨，亦不独自窃喜，满心的热烈气息，引出"腹有诗书气自华"的句子。

山里夜深了，清溟开始围拢。再通过一盏灯，从书里找一个发光的词，领着冲破黑暗与孤独。深山某一处台地之上，有灯的地方就是故乡，就是天堂。

夜，从斑斓的山野收拢，涌进一个矜独山寨。山里灯光，开始被夜色压低。黑乎乎地，一条路走出山，还要走向哪里？显然，是走向字里行间的逻辑深处。

金属的犁从修辞上划过，就意味着要让一个个赋比兴发芽，并且盛开花朵。

聆听一枚枚汉字在雪峰山的书页上滚动，像月光下的笛声，内心的喜悦比突然降临的天籁更加熨帖。

悄悄地打开木格窗棂，爱情探出头，时光的鳞片明亮。这个时候，可以自由地进出自己，展开想象，一粒灯光概括了夜的语言。

好多书页，翻着翻着，是否想做其中的一行诗一句话？翻过一个朝代又一个朝代，走了很远，没乘船，没坐车，没骑马。春夏秋冬凋谢了。历史走过来，正如走进历史，在这大山里的窗前灯下。

时光饕餮，席卷所有的清风和云霞。跨越雪峰山主脉，找寻一条冥冥中的书香小陌。

时代更迭，作为建立在小农经济和科举制度基础上的旧说词，耕读的意义在或深或浅转变。从最初的"耕以致富，读可荣身"，到后来的"耕以养身，读以明道"，再到后来的"以耕喻读"，精神被无限升华，耕的原始作用越来越被淡化，耕山水、读天下的情怀却愈发凸显。

今天，纯粹的传统"耕读传家"似乎正在中断或式微。"耕"实为"躬耕实践"之意，"读"实为"读经明世"之意。山里人不仅追求实地耕种有机农田，更应该耕种人生福田和生命心田；不仅追求读纸上圣贤之语，更应该读社会这本书、山河这本书。

纸上得来终觉浅，绝知此事要躬行。躬行，即自我实践。《论语·述而》曰："躬行君子，则吾未之有得。"躬行践履，亲自实行、亲身去做，才能体现重视实践、深入实践的精神。死记硬背、不切己体认的知识只是外在的堆砌，只有内化于生命中的学识才是真正涵养生命、温润灵魂的。躬行实践，便是要将一切滋养生命的学识，内化于生命中，酝酿成生命的风范和气象。此风范与气象正是生命之灵在天地间的跌宕昭彰。

躬行不言，默而成事。这种耕读最大的好处，不是能够遇见多少人，遇见多美的风景，而是看着看着，在一个际遇下，突然重新认识了自身。这种耕读不过是一场寻找，是渴望与另一些人、一些灵魂的相遇。这种耕读是心灵的休憩与提升，静下心来，细细地体味那或隽永、或婉约、或豪放、或激昂、或高远、或旷达的字句或场景，沉浸其中，会领略到一种源自心底的坦然与自在。

耕读传家躬行久。赋予了躬行意味的耕读，类似于爱默生所倡导的"创造性阅读"，"把自己的生活当作正文，把书籍当作注解；听别人发言是为了使自己能够说话；以一颗活跃的灵魂，为获得灵感而读书。"不管耕读的意义到底是什么，只要去躬行了，世界就会不一样，自己的眼睛和灵魂就会和出发前不一样。

雪峰山野，"耕"是山里人家的底色。

上下七千年，古今两神农。上古时期，炎帝于此耕耘；当今时代，袁隆平在此发明杂交水稻。

山里有千万个村落，每个村落，年轻人外出，老农留守大山。

老农和他的村庄在山湾深处。那里有一片水田，一片旱地，一座山。在外来者视觉里，一开始，老农仿佛一个生僻无法记忆的字，慢慢地，他才像一个字字珠玑的成语。老农都在四面群山的怀抱里，把腰弯成犁状，虔诚地为土地刮须，替岁月捶背，代农事斟酒，给庄稼输液……偶尔直起腰来，汗水便从布满皱纹的脸上四处潜逃，溅落在地的部分，成为土地冒出的果实。老农寡言少语，几乎与世无争。

山里有不少老人，年年坚守，年年衰老。

老农能吃，肠胃很好，不仅消化了半个世纪的贫穷，而且鲸吞了时间酒杯里的酸甜苦辣；老农能挖，农技不错，常常挖得土地们鼻青脸肿，唉声叹气；老农能耕，功夫过硬，大家都佩服得五体投地。

山里老农很拙，但也很接地气。

老农识字不多，但他无师自通，医术高明。土地感冒了，他能医；水稻发瘟了，他能治。鼠患虫灾，季节心病，他一出诊，便会药到病除。

老农把一生的日子，塞得满满的，装在命运口袋中，等待时间的编排。即使一丝闲暇爬进他的农家历，他都会憋得发慌。

田地是棋盘，作物是棋子，老农与时间对弈不温不火。输了，反省自己；赢了，不骄不躁。

老农把心中的汗泪，化作滋润丰收的苦雨，将接近贫乏的劳作，擎成照射生存的太阳。

一年三百六十五天，老农耕耘不已。

一去经年，不少山里老宅早已人去楼空，但是，对于"耕读传家"的印记，始终难以忘怀。耕田可以事稼穑，丰五谷，养家糊口，以立性命；读书可以知诗书，达礼义，修身养性，以立高德。

忽然有一个春天，山外学有所成的年轻人归来。

他们从老农手里接过土地，把大棚温室造就成一派青春家园。它就是高产的栽培模式，一个现代农业新模式。

乡村振兴，国家的体贴如春风荡漾，只要你种粮，种地，就给你保驾护航；国字头的战备亲力打造"三农"旗舰。

品牌农业，要的是高瞻远瞩。

强大的农业就得有响当当的旗号：制造无国界的天下粮仓。机械化是新农业的精髓，新农民则把精髓的心思，都用在经营复合型的产业化进程中。这几年，种啥庄稼不是跟着感觉走了，是靠近产业链，走经济绿化带，也就是产业同盟。

新时代的耕与读，碰撞出璀璨火花。千丘田，万卷书，千般耕，万种读，山里人家继往开来。

花瑶婚俗

雪峰山东麓，藏着瑶族分支——花瑶。至今保持挑花、鸣哇山歌、讨僚皈以及讨念拜等民俗，被赋予了许多神秘。从谣语经典到民间传说，某种坎坷和磨难都带有了神性的特质。古往今来芸芸众生对它念念不忘。花瑶人一生都有存在的心灵空间，一生乐此不疲对祖辈传承保持一份坚守，成为雪峰山上千年不变的绝唱。在这大千世界上人们有理由相信一种重温的仪式感可以让心灵得到升华。雪峰大山神秘面纱还没有被外界完全揭开的岁月里，花瑶风俗一直沐浴着自然存在的精华。在雪峰山造山运动中和莽莽众山一样它被抬升继而被定格在永恒的自然空间。

早就听过虎形山花瑶婚俗，早就想有机会亲身感受这种原味的民俗。

己亥晚秋，有机会去实地感受一场浪漫温馨的花瑶青年集体婚礼。

凌晨四点从溆浦山背星空云舍出发，去往隆回虎形山草原村一户人家。

山里酝酿了一场秋雨，悄然地等待一场霜或者是一场雪。季节的热浪已经消散，林涛回荡着轻轻寒潮的回答或者提问。冷风来临，七彩叶子涂满山峦，在落叶铺满的山口，找准一条小路，去和大山里花瑶人家的景物对话。却见虎形山层峦叠嶂，藏着许多未知的原始谜语。

小车缓缓前行，新修的油路两边，天然次生林与一些庄稼的影子交融，在秋雨中紧紧拥抱为一体。隐隐约约感受到，林子里有野兽驻足的眼神，那是一种探寻与惊疑。林海，绵延了花瑶人的渴望。

秋风席卷，落叶飘散，山水之间，虎形山的表情依然：便如花瑶人生活，原汁原味，山深墺野。季节的装束，慢慢改变，由黄到绿，由绿到黄，深深浅浅，闪闪烁烁，像极了花瑶挑花，艳丽的色块发出璀璨夺目的光彩。

虎形山夜行，可以聆听到大山传奇在天边展开；古瑶王召唤的牛角号，划过天际；雨水叮咚，滴穿梦幻；夜鸟的眼神，多情缠绵。瞧那挺拔、深邃的林海，莽莽苍苍，层层叠叠，横亘在眼前。令人欣喜的是，又一次在虎形山看到了力的素描和写生。其实，野性就是力的象征，它蓬勃发展，充满了生命张力，这就是一种浪漫。

雪莱说得好："万物由于自然规律，都必须融会于一种精神。"从虎形山瞧出了大自然神笔的气势，它的铁画银钩倔强而刚劲。没有这亘古如一的精神，便不可能有万物滋生、花瑶繁衍。人们从这些勃勃的生机中听到了雪峰山不老的心跳。

草原村位于海拔 1300 多米的雪峰山腹地，与邻近村落断崖落差千余米，常年云雾缭绕，因而有云端上的山村之说，又为鸣哇山歌发祥地，故而又有云端上的鸣哇山村之名。原叫蚂蟥山，又名马鞍山，20 世纪 50 年代末创办养殖场、大力发展黄牛养殖而更名为草原村，并沿用至今。草原村文化底蕴厚重，1968 年《湖南日报》头版以《大寨红旗飘草原》为题报道了草原村人民战天斗地的先进事迹，使吃苦耐劳的草原精神享誉省内外，并代代延续；草原村人崇文重教，奋发向上，20 世纪 70 年代至 90 年代，该村所有学生从小学一年级到高中的全部学费都由村里统一负责，大大激发了崇文重教的良好风气。

去这样一个传统村落体验花瑶婚俗，心中就有不少期待。

约五点半钟，抵达草原村一户胡姓人家。

女方厨房里正在准备丰盛的早餐，新娘早早地起了床，有长辈在为新娘修眉，为新娘更换一整套花瑶婚礼服饰、悬挂照妖镜和银铃。新娘手捧镜子，镜子里，昨夜遗落的梦珠，在修长的腰带上闪光。熠熠灯光，在镜面上明晃。镜面映衬着新娘娇柔的面庞。

黎明时分，男方接亲队伍浩浩荡荡来了。媒人公背着红伞、提着公鸡走在最前面。挑担媒人各自挑着皮箩，皮箩上贴着喜字，陆陆续续跟在后面。在距新娘家不足百米的向阳坡地，队列停下，媒人公取出红毛线、土纸、红纸、小树枝、爆竹，制作五子飞棋盘阵，挑担媒人将皮箩放下，整整齐齐地围绕着。媒人公在坡上铺设几张方块纸，红纸叠在最上面，用短树枝插成棋盘阵，把纸张固定在地上，横竖各五围成四方形，中央插一根，再用红毛线缠绕树枝交叉穿行成"五子飞"棋盘状。穿行走线方向从东边开始，走线不能重复，不能打结，整个过程一气呵成，预示着这段姻缘圆满成功，一对新人白头偕老。

这期间，堂屋门边，桌子上摆好拦门酒，新娘家的亲朋好友排成一长排。新娘家前来迎接的人员接过皮箩。这时，拦门的队列变化，敬酒和夹菜的姑娘们站两边，站在正中间的夜诵师傅开始夜诵（接亲盘歌），媒人公回复夜诵，一唱一和，在夜诵对唱中喝酒和吃菜。醇香的米酒，牵绕着每一位到来者对山里生活的向往。八仙桌上的酒盏，一盏盏盛满花瑶真挚的情意，夜诵又起，洪亮的歌声在山间飘荡，花瑶姑娘们婀娜的身姿在晨曦里宛若蝶儿翩然起舞，爽朗的笑声透过烟雨，清幽的瑶寨不再遗世独立。品读着山里的人文风土，品味着这被喧嚣和世俗遗忘的古老高山文明，围观者都有了醉意。待媒人们在两季酒后方撤掉拦门酒，媒人鸣放鞭炮，进入堂屋。

媒人们进了堂屋，媒人公把随身背来的红伞放置在神龛上，把公鸡悬挂在神龛边，朝神龛作揖三次，再到房间饮茶。饮完茶，新娘家代表开始敬烟，媒人公随后回敬。敬烟要成双，即香烟一对。在敬烟过程中，穿插着不间断的对唱。对唱内容以媒人公赞许女方烟好为主。

过了早（吃过早点），女方背地里取下媒人公带来的红伞和公鸡，并在伞内的撑篾上悬挂事先准备好的12枝24朵"杯抱"（"杯抱"是用彩色线串上粽子和亮珠子，花布衬叶）；在公鸡身上加挂2枝4朵"杯抱"。"杯抱"为婚姻信物，媒人公将藏有"杯抱"的花伞带回后，将永远保存在男方家最秘密的地方，人在伞在。

之后开始野性的"打滔"，亦即蹾屁股。面对围坐在火塘旁的媒人们，姑娘、嫂子们一边"调帕"（唱歌），一边用屁股往媒人们大腿上狠狠蹾去，轮流坐蹾夯砸。蹾得越重表示激情越高，情谊越深重。姑娘、嫂子们循着"调帕"节奏，笑着、野着、唱着，肆无忌惮地把一种原始古老"打滔"风俗演绎得淋漓尽致。媒人们老老实实坐着，不能躲避和反抗，乖乖地让数十个屁股轮流蹾砸，直到双腿麻木。这时，几个年轻媒人反过来"打滔"，蹾到姑娘、嫂子们的大腿上。

唱过武戏，又唱一曲文戏：姑娘嫂子们与媒人之间比歌对唱。对唱内容以唱新婚接亲所见所闻为主，内容既可自编，也有一些固定唱词，灵活多样，考验着双方的肚才与应变能力。女："一个火塘四块岩，四方八面有人来。人人来在歌台上，个个都是歌秀才。十八哥，少年乖，唱支山歌打开台……"男："清早起床赶路快，大路赶到小路来。大路赶到歌师傅，小路赶得歌秀才。十八妹，少年乖，挑担山歌一起来……"

最激荡人心的，当属炒媒人（炒茅壳利）了。姑娘们蜂拥而上，一把按倒媒人，有的拖拖扯扯，有的往火塘里抓几把火炭灰，直把媒人们整得嗷嗷喊叫……

接下来，主人安排几个有力气的媒人，在一些姑娘嫂子的拽拉下挑着畚箕、带上搭耙，去往附近烂泥田里挖泥巴。挑回来之后，堆放在堂屋大门两边。

连桌摆好，菜肴呈上，米酒打开，贵客上坐，正式开席。喝完两季酒之后，筛好第三轮酒，先创财——上、下席位各留一双，倒入两盏放置神龛上。喝了四季发财的酒之后方可吃饭，花瑶席上，酒不留财，饭可以剩个偶数即饭可以留财。喝完四季发财的酒之后，媒人点燃预先准备好的鞭炮，夺门而逃。媒人公则要取下红伞和公鸡，朝堂屋里外各作揖三个之后方可出门，最后一个逃出来。

媒人们夺门而出时，早已守候在大门两边的姑娘嫂子们手挥泥巴，猛烈追击，将淤泥狠狠往媒人身上涂抹，媒人们一边躲藏，一边逃奔，狼狈不堪；女人们大把大把地捏起泥巴做武器，穷追不舍，欢声笑闹不停。媒人们逃到屋侧，方才摆脱了女人们的群攻，这时，早已是满身淤泥。他们就带着这一身泥巴行走，媒人们到了棋盘阵，才算到了"安全"地带，静下心来等候花轿和皮箩挑担。

新娘由两位未婚小妹牵着手来到堂屋，一起朝里外各作揖三次，把装满饭菜的碗筷和大米包兜往身后堂屋甩去，打开花伞，跨出堂屋，一直向前，走进花轿落座。新娘上了花轿之后，一路不能言语，不能下轿，花轿两旁每边各一位姐妹护送。新娘家把花轿送到棋盘阵，由满身泥巴的媒人们轮流抬着回新郎家。媒人一直要把这身象征着财富与吉祥的泥巴带回新郎家，三天之后才可以清洗。新娘出门后，送亲的队伍紧跟出来，姑娘、嫂子们清一色新娘装扮，撑着花伞，列队前行，浩浩荡荡。雨水把草原村浇灌得到处是稀软的泥土，车上、人们的裤腿上，依稀可见已经有点干了的泥土。喜庆锣鼓响起，拌杂汽车启动排尾气的声音，宣告迎亲正式拉开了序幕。声音消逝在这古老而宁静的草原村，悠远而动听。长长的队列披红挂彩，锣鼓齐鸣，一路向婚礼主会场行进。

上午10点多，天上依然下着纷纷小雨，32对新人身着盛装，齐聚虎形山崇木凼大花瑶景区游客接待中心广场，参加名为"百年好合——2020扶贫脱单集体婚礼"的隆重仪式。环顾现场，精心布置了长长的T台，红对联、红灯笼高挂，红地毯铺开闹火的中国红，再配以花瑶人的精神崇拜对象古树、山石为元素的舞台，营造了无比喜庆的氛围。

这64位男女青年都生活在贫困山村，其中有30位属建档立卡贫困户，家庭经济困难，因找不到对象而单身。通过这几年的精准扶贫，特别是开发旅游等产业扶贫措施，贫困户参加景区建设，实现了家门口就业，成功甩掉了贫困帽子，并找到了自己中意的伴侣。他们幸福满满地携手走上T台，走过红地毯，在大舞台上围成一个U形队列。在主持人热情洋溢的主持下，隆回县领导致辞，新郎新娘代表致辞，新郎向新娘求婚，喝交杯酒，每对新人相互拥抱亲吻……最后，每对新人共植一棵幸福常青树，还获得一幅举办方赠送的精美花瑶挑花。

广阔清新的自然大舞台代替了富丽堂皇的婚宴酒店，格调别致的T台替换了酒水宴席，温馨的花卉装置取代了昂贵繁复的婚宴布景……一场简约而不简单、温馨又不失浪漫的新式集体婚礼就在这新修的游客中心广场举行。

据有关人员介绍，首届新式集体婚礼是在雪峰山文旅大开发的基础上，结合虎形山一带得天独厚的花瑶文化和自然资源，利用"雪峰山文旅"这张烫金名片，以"浪漫花瑶""脱贫脱单"为主题元素，打造提升的新式集体婚礼新样板。

此次新式集体婚礼的形式让人耳目一新，不仅有西式婚礼的浪漫元素，又融合了浓郁的中国花瑶传统文化。此次新式集体婚礼中设置这些创意环节，是策划团队前后耗时一个多月时间的精心之作。举行此次集体婚礼，不仅仅是推进花瑶婚俗改革、倡导花瑶婚事新办、弘扬花瑶地区文明新风，还融入了乡土文化、生态文明建设思想和社会主义核心价值观，让人眼前一亮。

集体婚礼仪式之后，一起体验精心打造的《花瑶喜宴》。它集文化、艺术、科技、餐饮于一体，是一种通过艺术提升了的现实，又是一种根据现实脱胎换骨而来的光声影虚拟，是一种全新文旅新模式的尝试。依托雪峰山自然景观特色，深入挖掘文化精髓，提炼当地花瑶文化作为创意蓝本，将花瑶婚俗与雪峰山美食融入文艺演出，在赋予鲜明地域特色和文化内涵的过程中进行文化再创造和艺术升华，打造出专属雪峰山花瑶的创意文旅新产品。

全程以四季运行为经纬，运用全息投影、数控科技等媒体艺术手段，打造极致的时空艺术、光影艺术。

一曲《你莫走》，唤起观众走入剧中，媒人公滑稽登场，《花瑶喜宴》的故事在烟雾迷蒙中展开：古老雪峰山花瑶部族，花妹与瑶哥的喜宴上来了大批宾客，德高望重的媒人公招待着远道而来的客人，向大家讲述花瑶人相知相爱的故事，讲述花瑶女子是寨子里每天最早升起的炊烟，飘向蓝天抒写着一天的序言；是寨子里那朵最艳丽的山花，让寨子增添绚丽多姿的色彩；是寨子里那支最响最亮的山歌，唱得瓜香果甜，猪肥牛壮；是田里最好最丰硕的庄稼，让歌声、笑声天天回荡在生产粮食和浪漫的雪峰山。

在梦幻与现实之间，人们感受着迎亲交互、火堂屋打卡、怪诞喜宴，仿佛进入某种轮回。

《花瑶喜宴》精致演绎了"暮童花瑶""清晨晒秋""半夜会乖""冬喜恋歌"章节。

半明不灭的灯光，半间半界的梦呓，一个民族分支的历史，凝聚于声光电火的表达。仿佛可以感受，一栋栋茅棚木寨，写满了千年记忆。记忆里有血迹，铸就不屈不挠的性格；记忆里有汗水，成就着百折不挠的品格；记忆里有泪水，浸泡出百炼成钢的坚贞和柔情。通往瑶寨的石级路上，每一块石头都会唱歌。歌声凄凉婉转，表达着从前生活的不易，每一秒钟都充满了艰辛；歌声美妙动听，表达着当今生活的快乐，每一秒钟都洋溢着幸福。流往瑶寨的山泉，每一滴水珠都会跳舞。每一节舞步，都化作甘露珠，给瑶山注碧滴翠；每一节舞步，都化作七彩祥云，给瑶山增添美丽。瑶寨的火堂屋会说话。不管东南西北，也不管山上山下，火堂屋的门都是一张张关不住的嘴。请你走过来，他有话要说，告诉你昨天的故事；请你走过来，她有话要说，告诉你今天的传奇。

那远古的声音，是穿越千年的呜哇歌声，震撼每一根神经。那踏地如风的舞步，拼足千年的功力，震撼每一个细胞。瑶山大地，处处是歌舞楼台。田间地头，开耕的日子，唱一曲，唱出春天的气息，播下希望的种子，催生万紫千红；村前屋后，喜庆的日子，唱一曲，千万个祈祷千万个愿望，都浓缩为富贵安康、如意吉祥。山边河畔，相约的日子，唱一曲，唱出阿哥的浓情；情歌儿一对对，唱出瑶妹的蜜意；浓情和蜜意，编织成瑶山幸福的日子、快乐的生活。

一只木箱，藏着花瑶女子的秘密。花瑶挑花是千年的图腾，图腾里有花瑶部落不断迁徙奔走的辛酸，飘游着祥云和七色梦想。一根根绣针，是一根根琴弦；千万条彩丝，是千万个音符。花瑶女子用灵巧的手，奏出千万支情歌。她绣出七色梦想。精准扶贫给瑶山添上翅膀，让山里人也能飞出刀耕火种的岁月；致富的愿望和帮扶的政策，给瑶山注入无穷的活力，毫不犹豫走出千年贫穷的岁月。她绣出一幅宏图，花瑶大地上，百姓喜气洋洋，人们安居乐业……

剧情正酣，人们如痴如醉。忽见场景变化，一扇时间的门窗渐渐关闭，灯火通明，几声吆喝，刚才还在幻境中的花瑶姑娘们纷纷挤进人群，将一个个观众半拉半请带往舞台前的板凳上坐成一排，之后，她们就一个个欢快地随意坐到男人们的双腿上，又再往右一路坐过去，且越坐越快、越移越欢。让来宾体验一回"打滔"——"蹾屁股"。随着阵阵高涨的欢笑、叫喊，人们躁动了。坐在男人们腿上的姑娘，一个个弹而复起，又重重地落下来，重重地坐到男人们的腿上。如此蹾下又跳起，跳起又蹾下，在一片欢叫声中反复循环，笑语欢声不绝如缕。

篝火燃起来，越燃越旺，打滔之后的姑娘们，邀请来宾围着篝火跳起舞蹈。随着加入的人越来越多，舞步越来越激越，人们胸中迸燃的焰火越烧越旺，烧亮了大山，烧亮了情怀，烧亮了古老的花瑶风俗。忽然间想到，雪峰山花瑶先祖，孤悬一隅，他们除了刀耕火种、渔樵狩猎之外，还需要将艰难困苦挑进生活的底色，将悲欢离合唱出劳作的抑扬，将一成不变的日子用讨念拜与讨僚饭的方式折叠抒写，将你情我爱的婚姻注入野性的烟火。

这期间，杯盘碗盏摆好，真正的花瑶喜宴开席，山里美食，再一次用花瑶的烹饪语言，向人们讲述雪峰山既古老浪漫又具新时代气息的花瑶婚俗……

侗歌嘹亮

绿水青山，桥亭掩映。一栋栋吊脚木楼顺着山脊和山谷依次排开，错落有致，层次分明，在视线里呈现一种历史深沉。青石板铺就的古驿道，用千百年风韵于时间隧道放射一种情绪。

牛皮大鼓，声震苍穹。岁月的烟熏火燎在拔地而起的鼓楼顶梁柱上，镂刻着侗家人的年龄。

"高山连着高山啊，这是我们的屏障。我们神圣的祖母啊，你是这深山的阳光。坛里的白石多亮啊，表明你没有离开众人的身旁。坛外的古树多葱茏啊，你的福荫护着侗乡的四方……"悠扬动听的《侗族远祖歌》，从萨岁坛飘然升起，一串长长的音符在山寨上空久久回荡。

歌声喂养的侗家人，在雪峰山里放歌。

一个个山里侗寨，是心灵的远山与近水，歌声抑扬，侗家人以欢乐的方式抒情。

连绵不断的歌声，有朴素的乡情与热烈的爱恋。阳光之下，山南山北，悠扬歌喉，深远而宽广。

歌唱，为一朵花开，为谷米丰收，为四季康宁，为一个个亲情和爱情的约定，心怀激励，口绽天籁。

侗寨，鼓楼，风雨桥，歌里的经典题记，雪峰山的脸和胸脯，厚实的土地，葱郁的绿林与花草，太阳下流动的河，都以欢愉为侗家人塑起或歌或舞的姿势。

歌声从春天起步，带起幸福的脚步幸福的人家，一路放歌。

侗家的日子，就是歌曲的全部内容。普普通通的词汇，粗犷的豪情，全都以萨岁的神奇，静卧于绿林深处；还有古老的刀耕火种，动感的鸡鸣犬吠，都是尽情宣泄的主题。

歌声浸润的雪峰山，大自然最朴素的线条与色块，如水的安静，从城市的繁华中脱颖而出，犹如一头内向的牛耕耘或者行走都非常矜持和稳重，总是波澜不惊地将所有的唱词收录于星月之间。歌声涂抹的山体，单纯的思想独具阳光性格，泛滥在崖畔的吐词，色彩光洁，字字句句都盛满泥土最初的颜色和芳泽。

绿油油的侗寨，清莹莹的小溪，纯朴朴的风雨桥和鼓楼，永驻于心的家园，童话般的甜怡。让安静的畜禽和庄稼、唱歌的老人与小孩、侗哥与侗妹，都在惬意的山梁上，用一条金嗓，把侗家幸福的色彩，在十八弯的歌路上，找到临水而居的方向，向世界展示更强大的中国精神和中国力量。

古往今来，侗族是一个爱美、善于创造美、富有浪漫诗情的民族。有专家指出，侗族的生产生活生存方式就是"诗意的生存"，侗语"多耶"二字，翻译成汉语就是"踏歌而舞"。它以欢乐、友谊、安定、团结为永恒的主题，传达"平等、和谐、大同"的理想。侗族有史以来就喜欢聚集在一起以不同形式歌唱生活、憧憬未来。歌者唱完一句，大家就应和一声"呀罗耶，耶罗嗬！"鼓楼、侗寨洋溢着无边的欢乐。

去过雪峰山侗寨，听过侗寨芦笙的群体吹奏，看过漆黑夜晚相距十里的火把评判，坐过数九寒冬的鼓楼火塘，才真正感觉到侗家无时不歌、无事不歌、无处不歌的魅力。

歌唱天空，蔚蓝、宽广以及云朵之上飘浮的朵朵向往；歌唱大地，稼穑、生长以及一年四季撒下的甜蜜匆忙；歌唱人类，善良、坚强以及他们种下的粒粒梦想；歌唱兽群，团结、力量，它们不停地寻找、流浪，最后，幸福得像乐园一样；歌唱生活，歌唱生活的雨露、阳光，把人们美满供养，供养出一片欣欣向荣的景象；歌唱轻轻流淌的好时光，歌唱思想，没有迷茫，却有方向，到处是酒酽春浓，无限未来，正在路上。

侗歌韵律严谨，题材广泛，情调健康明朗，比喻生动活泼。走进侗寨，宛如走进了"诗的家乡，歌的海洋"，侗家人以歌自娱，以歌纳吉，以歌会友，以歌传情。迎客进寨有迎宾歌，端茶奉客有敬茶歌，吃饭饮酒有敬酒歌，送客出寨有送行歌。青年男女谈恋爱也是以对山歌的独特方式来表达爱意，叫作行歌坐夜（或行歌坐月），有相会歌、定情歌、相思歌；姑娘出嫁时有哭嫁歌、伴嫁歌。还有财神歌、风物歌、起造祭祀歌，更有近年又复兴的大戊梁歌会……

用最好的赭红涂抹自己的面庞，用精美的彩绘装点鼓楼的飞檐翘角，让一个个侗寨活在画里，浮于歌声中，最大限度地显出华贵与雅致；用木条作窗子与栏杆，其间空出小孔与缝隙，让歌声与风儿自然地进去，又自然地出来。

歌声很美，美得像风雨桥，虽然名字有点沧桑感，歌声一点缀，人们喜欢的就是这个味儿。

歌声很大，里面住着侗家父老乡亲，还有熟悉的乡情乡韵；歌声响起，便可以看见高高山坡、弯弯小河、庄稼起伏的浪波。

歌声很长，长过返家的思念，无论侗家儿郎在哪里，只要一唱起歌儿，就能找到回家的路。

一支支歌儿，从远古唱到如今。侗家歌者，有大山伴随，有纯银的月光拥抱。燕子呢喃，叫醒了田园。白云的奔马、晚霞的云裳，雪峰大山，举起手掌，把月亮的银饰，插在侗女发髻。

听一回侗族大歌，才知道什么是天籁。

一声嘹亮，一声婉转，一声宏大，一声轻盈，魂魄是不是在梦中，在梦的轻波里辗转迂回，将弯弯山道缠绕迷晃？

一声缠绵，一声裂帛，一声晨曦，一声晚霞，眼前是明亮的花朵还是星星？但见满地银辉灿灿，让古朴山村情趣荡漾。

妙曼声音，漫过山顶，飘向无尽的蔚蓝天空。回旋着，飞舞着，绵延十里，不绝如缕。

灵魂之吻，创造了火山烈焰，又创造了莲台灵珠。

轻欢，沸腾了一切。

是天地间亿万生灵心律跳动的节拍，是仲春时节生物拔节的轻吟，是入冬的雏鸟在暖窝里快乐低鸣，是婴儿吮吸母乳的无限惬意。

天连寰宇，是广袤苍穹关于生命演绎的信息；星月钩沉，是广寒宫伴随嫦娥舞袖传来的袅袅余音。

是古战场催征战鼓留下的震颤，是驰骋疆场的老将军"扬眉剑出鞘"的威严，是多情诗人怀旧的吟唱，是深宅中呢喃的絮语……

时间流动之声，似轻风，看不见，感觉得到。

黑夜不复存在，繁华的喧嚣不复存在，世俗的浮躁不复存在……

"果（组）""枚（首）""僧（段）""角（句）"，模拟鸟叫虫鸣、高山流水等自然之音，数千人演绎，震撼人心。

声音大歌（侗语称"嘎所"）、柔声大歌（侗语称"嘎嘛"）、伦理大歌（侗语称"嘎想"）、叙事大歌（侗语称"嘎吉"），如云霞走过。金簪、银饰叮当作响，一会儿长调，一会儿短调。一片雪峰山峦，咚咚地魅跳。

一曲终了，听歌的人还在沉迷。油茶飘香忘了时间，谁作的词？谁作的曲？无语的歌手指天指地，吊脚楼外一群鸟儿飞过鼓楼。

爷爷奶奶的歌、父亲母亲的歌、祖先留下的歌，侗家人用歌声的翅膀，拍打雪峰山时光。

像田园围着侗寨，侗寨围着天地。品尝侗族大歌亿万滴露珠酿就的甘甜，什么都有，什么都化作快乐歌声。鸟鸣衔来时光，一万年无踪无迹，一片江山清澈透亮。

大歌那么大，却永不沉沦。

曙光中，雪峰山像一首琵琶歌，坚守着歌师白亮的黎明，声音凝固了时空，让侗寨无眠。

歌师坐在篝火旁，手指颤压琴弦，歌喉颤动，细碎的小路飞来，鼓楼舞蹈，醉酒的侗歌，和着拔节的喳喳声，抬高侗寨。

此时，阳光抵达歌师的歌喉，传来山川田野的柔音，抑扬顿挫，牛腿琴歌，在嘶鸣。

一生与歌为伴，站着是笛子歌，坐着是木叶歌；躺下的时候，是细声歌、双歌和流水歌。无论哪种歌，都是音律与血液一起涌动。

而半隐的启明星已猜不出，谁是永恒。

"饭养身，歌养心"，这是侗家人常说的一句话，他们视歌为宝，认为歌就是知识，就是文化，谁掌握的歌多，谁就是有知识的人。在侗族地区，歌师是公认最有知识、最懂道理的人，很受侗家人的尊重。

歌儿深入人心，不管侗家人走多远，曲调都会把他带回故乡。一支歌如一场雨，晶莹，剔透。歌声如潮，润物无声。歌声钥匙打开了天空的豁达与辽阔，站在山寨之中，细听弦歌不绝。蓦然回首间，歌声似一只洁白的山鸟，双翅拨动着爱的琴弦，吹奏出一串串诱人旋律。

雪峰山里多瀑布，瀑布是山歌的过门。山里多溪河，溪河是对远方的道白。隐隐有一首歌，从未停歇。山在唱，水在唱，鸟在唱，人在唱。在山里，人与物、山与水都缓歌曼舞。

歌酣时，端起一海碗苦酒，稻香与陈辞一同凝望，生命歌谱站立起来，徒步攀缘音阶高原。乐音介质，因为甜米酒做媒介，如九霄云外的神仙，腾云驾雾，劈刀扛斧，奔腾在理想王国，灿若夜空的星子，独自走进雪峰山心房。

歌师的侗歌会永久地在大山里回响。歌师的侗歌是活性的，有生命力的，是能洒满九岭十八坡的。歌师的侗歌是雪峰山里好声音，也是中国好声音。

苗寨览风

几幢吊脚楼，三五棵大树；白云罩着屋顶，风伏在树枝上；一条小溪不停歌唱，花开声牵引春天和秋天；简单构图，平实晕染，就是一个山里苗寨。

银饰花衣掠过，鸟鸣蝶舞。

站在两山之巅，满眼望去郁郁苍苍，云遮雾绕。一座苗寨妩媚端庄，犹抱琵琶，像养在深山人未识的小家碧玉。晨烟四起，如丝帽一般挂在苗寨头上，恰似少女美丽的盖头。吊脚楼、石板路，还有满山苍翠、潺潺流水、悠扬笛声，都在柔婉的心中眷念。

这里有雪峰大山的丰腴和妩媚。藏在大山幽谷的苗寨钟灵毓秀、物华天宝。山里的苗寨始终闪耀着人文的光辉，保存着淳朴厚道的古风。这里曾经养育了优秀的苗家儿女，时至今日也是人杰地灵。

老屋，炊烟，古井，流水，鸡鸣，狗吠，古树，小石板路，男耕女织，日出而作日落而息，远离尘世文明却又是符合现代人所期盼的世外桃源。

生活在大山的苗家，从古至今未曾改变，至今亦然。

苗寨，世世代代挂在山腰，演绎的故事如游方歌、酒歌、苦歌、反歌、丧歌、劳动歌、时政歌、儿歌、谜语歌。

苗家人，以山为伴，以林为魂，性格豪爽粗犷。开门见林，山林茂密；苗寨，何止是一个住所，更是苗族世代生存的灵魂。

每天相伴星星、月亮、太阳。家门前的大黄狗，守卫一个家，守望山外来客，那些山里外出的游子，那些外出求学的读书郎。

灶屋是重要的地方，会客，吃饭，大事、小事都在这里商量。一个火塘，挂着腊肉、香肠，发出让人垂涎三尺的芳香。红辣椒被火烟熏黑，各样的种子大包小包，挂出农家的生活与向往。

斗笠，蓑衣，农具，农家特有的好家当。不要问它的经济价值，没有它们，怎样耕耘，怎样有和谐家园？鸡鸭成群，肥猪在圈。一个农户，算是过上了小康。

炊烟袅袅，瓜果飘香。循着节气的路线图，苗家总是不误农时，秋收冬藏。

静谧不仅是习惯，也是山村特有的景象。小桥流水，繁树浓荫。大自然恩赐青山绿水。苗家自有苗家的活法，纯朴憨厚，坦坦荡荡。

夜晚，苗寨灯光星星点点。男女老少围坐火塘边，老人们，抽着旱烟，举壶品茶，孩子们绕膝玩耍，其乐融融，女人们做着针线活。说着笑着，你一句，他一言，家长里短，谈资丰富。

学到一技之长的苗寨人，回家乡创业，让山里的优质资源得到更好的拓展与利用。山里人离不开大山，因为大山是他们的根，是最适合他们生活的地方。

"巴岱"是雪峰山及武陵山一带对从事祭祀行业的人的称呼。"巴岱"手诀分客师手诀和苗师手诀两种，在祭祀中与神辞同为综合应用，是"巴岱"演教的一种特技。"巴岱"手诀是跃动在手指间的无声叙事，是人神沟通的掌上秘语。

上掌壳为天、为乾、为阳、为男、为刚、为动。

下掌壳为地、为坤、为阴、为女、为柔、为静。

二十八指节象征二十八星宿，十手指象征十方，阳中有阴、阴中有阳。

十二宫纹线、十二种动物排列表、阴阳数码、远近高低、颜色方位、生克制化的符号信息库。

手式、手势、原始手语、巴代手诀——人类语言之祖。阳动阴静、阳刚阴柔、阴阳合和——易经元素之心。1500多种，囊括天地人文化元素——万类文化之精。

今天苗族巴岱主持的"椎牛""跳香""接龙""还傩愿"等宗教仪式中，依然可见这样的"手诀"。

仪式中，手诀往往与符箓、咒语合用，具有驱邪逐鬼、驱除不祥、保护人畜安全的功用，是将神圣的超验之神力以"密码"的形式附在规定的图画、语言和动作之中的一种古老法术。符有符样，咒有抄本，诀有手势，一般靠"言传身教"的方式，代代相袭。

手诀之上，十根手指，像十个灵巧的魔盒。他们在琴弦，在纸上，在空中，在神祇的笑靥里，弹拨出乐音和文字，带着尘世的温暖和爱意。

通过神灵的点拨，听到了山的心跳。

他们会在自己的身体里安放钟声、鼓声和雷声，安放刀耕火种茹毛饮血的呐喊，然后迅疾地生长出一片菩提的色彩。

他们有时也会被一场命运里的滂沱大雨追赶，于是脚下就有了跨不过去的山崖。

他们把自己张开、收拢，一张一弛，就看到了天空、原野。他们抱紧自己，则是丘陵、平地。每一根手指都呈现着山水阵式和命运的变数。

举手为旗，一只手仿佛就是一个世界，大刀阔斧，他们挥动的样子有无穷的力量……

苗家手诀，体现出了人类早期的文明和智慧、文化与素质。这种有代表性的文化基因、元素、符号和信息，被"巴岱"仪式一代复一代地继承下来，传承下去，给大山穿上了文化外衣。

远古时期，苗族人民饱受战争苦难，为了躲避战乱，多次大迁徙，因为担心各种信息被历史湮没，智慧的苗族先民便将自己的历史深藏于清雅、空灵而又雄浑悲怆的歌唱当中，留存于民族的记忆里，便形成了《苗族古歌》。

《苗族古歌》是在原始神话传说的基础上逐渐发展起来的，是苗族古代先民在长期的生产劳动中创造出来的史诗。

原先苗族有自己民族的文字，《苗族古歌》记载了苗族先民因逃避战争和朝廷的追杀与民族文化迁徙秘密等易暴露于敌人，不得不将文字焚烧、抹去，当仅有的那些为数不多的知识分子去世后，文字也随之丢失，留下的只有少量写在衣服上的文字。

靖州苗族歌鼟中的《盘古歌》《开天辟地歌》《祭祀礼仪歌》，似乎有苗族古歌的影子。飞歌、情歌、酒歌，是《苗族古歌》遗落的碎片。芦笙舞、挑花、刺绣、织锦、蜡染、银饰制作以及"召龙节""苗年""牯藏节"，是《苗族古歌》洒向大山的花瓣雨。

古歌深处的苗寨，月光浆洗过的夜晚，山泽静止，水天静止，风雷静止，火光静止。古老的吊脚楼，在停滞的时间里像一座子夜的日晷止无声息。苗寨里只有生命：来自地心，来自沧海，来自太阳，来自宇宙。而这些生命的苗寨，以垒木为寨的奇伟构思，地脉与光影的精美组合，过去与现在的同步跨越……创造了生命之上的美丽、时间以外的惊艳。

林涛浩荡的雪峰山，苍茫中透出了原始的粗犷和神秘，亿万年的风风雨雨雕刻了永不言败的性格，一支支歌就是从这片神奇的土地上飘逸出来，在寂寥的天空缠绵盘旋、久久萦回，时而高亢，时而激越，时而深沉的旋律，表达了铁血风骨的大气恢宏、刚毅坚韧。《苗族古歌》古风顿挫的音乐情感，吼出深藏在岁月深处的雷霆暴雨、富轹万古的纯美质感，让黄土地的底色更加德厚流光，极富生命的张力和奔放豪情。

山里人的精神世界，一直有一首古歌在幽幽漫漫地传唱。它像古老村落，更像古老的苗族服饰、古老的苗语，弥漫、发散着神秘古朴的色彩与质地。古歌的声音雄厚、苍凉，如古代战车飞奔而来。村寨的回音跳荡不已，褐黄的酒坛通体泛光，通体泛光的还有经脉突起的胸膛，和一张张山花般的笑脸。

在与伤病的长期斗争中，苗族先民积累了宝贵的医疗经验，创立了自己的医学——苗医。在苗族村寨和苗族古歌中，流传着苗谚："千年苗医，万年苗药。"苗族医药历史从传说的原始积累开始，就萌芽了医药理论。在经过巫与医的结合、神与药的联姻后，将苗族医药文化传接到了秦汉以来有文字记载的苗族医药时代。

苗族人对致病因素、疾病诊断、治疗和预防有着深刻的认识，在养生或者治愈上具有很强的民族特色，在临床处方和用药上有许多独特之处。苗药历史悠久，特色鲜明。苗医们用自己的创造精神和民族文化创造了苗族传统医药，成为中国传统医药宝库的一部分。

苗医传统疗法有2000多年的历史，主要有药浴疗法、治痘法、拔毒法、外敷法、刮痧疗法、蛋滚疗法、熨法等。这些疗法，现在还在雪峰山里较为普遍地采用。

不少苗族人精通药草，善于运用草药治病救人。

背上药箱，就是医生；放下药箱，就是农民。

苗医悬壶济世，行医救人；高洁清正，一身坦荡。用厚实的手，托起了一个又一个鲜活的生命。苗医精诚，他真真把救人爱人的大境界擎在了岁月之上。

苗医认为，毒、亏、伤、积、菌、虫是导致人体生病的六种因素，简称六因。而六因归根结底都要用产生毒害力的方式才能导致人体生病，所以苗医素有"无毒不生病"之说。

人体患病与不良的自然环境、气候有很密切的关系，日、月、寒、暑、风、霜、雨、露、雾都可酿制风毒、气毒、水毒、寒毒、火毒等毒气侵犯人体而致病；另有饮食不调、意外伤害、劳累过度、房事不节、情志所伤、先天禀赋异常等也是导致各种疾病发生的重要原因。

苗医对疾病的命名具有朴素、生动的形象思维特点，他们根据疾病外观征象，多以动植物形象、声音、金属色泽等取类比象命名，如双上肢抽搐像鹞鹰闪翅的叫"鹞子经"，膝关节红肿发亮、形如猫头的叫"猫头症"，色形如高粱的叫"高粱痘症"，色泽如铜、铁的叫"铜疗""铁疗"等。另有以主症、病因、病变部位命名或互相结合命名的，如"米黄症""雪皮风症""寒风经""白口菌""月家佬症"等。

苗族聚居的山区药物资源种类之多、产量之大、品质之好，是许多平原地区所不能及的。如：以帽子岭为中心的雪峰山林场周边主要出产的药材有七叶一枝花、茯苓、天麻、桔梗、半夏、南星、首乌、黄精、钩藤、杜仲、千层塔等。另有部分珍稀品种如八角莲、九月生、金铁锁、一支箭、仙桃草、和气草、菌灵芝等在山下药市上也偶有出售。

在苗医药铺，识得了白芷、连翘、半夏、茯苓、紫苏……这些名字令人恍惚，又令人充满敬意。

浸泡，煎熬。大火，慢火。苗医将药用心地熬出药汁，用一只青瓷碗盛着。

药汁有些浓了，无法倒映月亮，但仿佛倒映着一个民族的过往。细听，能听到苗医先辈跋山涉水的脚步声，感受到他们望闻问切间捋须、点头、微笑与叮咛。

身处山里苗寨，无法预知，这一生要与多少味苗药为伴。当身体又一次痊愈，还想要一味苗药，如红月亮一样的苗药，结合赶毒法、败毒法、攻毒法治疗长夜释放的蛊毒。

当日光西沉，风意渐凉，还必须备一味苗药，它的名字叫坚守、自省或者勇气、自信，结合补体法、退气法、解危法去祛除灵魂的孤独和瘴气，让自己通体透亮、慈悲，像苗医圣手，抑或像苗家汉子，在雪峰山苗寨立起家门或石碑。

百匠藏山

翻山越岭，走村串巷，在山寨与乡村的夹缝中藏锋敛锷、自力更生，山里百匠情志与大山垂直或平行。

天微明，匠人就向着山走去，等到太阳升起，他或许已抵达，或许还在山脚下仰望。山影参差而不拘。巨石堆叠仍见草木嵌缝。山路隐现不明又何妨。踩着橐橐足音，牵引的是来自远古的声响。当一只山兽抽身离去，他确定它是大山派遣的小卒，这份仪式感友好而局促。

随身一套讨生活法艺（法艺，雪峰山方言，指工具），山匠与大山融为一体，从肉体到灵魂，从形式到内容，他的年年岁岁都交付给了广阔的雪峰山，孤独的山，倔强的山。宗匠陶钧，神工天巧。

石匠、木匠、瓦匠、画匠、篾匠、铁匠、银匠、雕匠、装修匠、修脚匠、修理匠、补鞋匠、补锅匠、箍桶匠、剃头匠、劁猪匠、磨刀匠、喇叭匠、厨子等等，这一系列大匠小匠，使得千百年来山里人的生活丰富多彩、活色生香。山匠创造了灿烂丰富的建筑文化、石雕石刻文化、照壁绘画文化、饮食文化、生活文化。数以万计、十万计的殿堂官衙、富家大宅，有厢房照壁的窨子，普通民居，都离不开乡村石匠、木匠、瓦匠、画匠的汗水、智慧和心血。

为了生活，少许为了兴趣，一个山里人可以干劁猪匠，又干几年瓦匠，有时也临时当一下石匠、木匠、篾匠、铁匠、剃头匠等。

现在，石匠、木匠、瓦匠、铁匠等传统工匠的工作，都逐渐被机器取代，被机械化生产流程所取代。切割机、雕刻机，现代砖瓦厂、现代刀具厂如雨后春笋。山匠们无奈何想到了大山，并想到逃离与归隐之所。山也不是心中的山了。山匠被包裹着，山里有无谓的孤寂、失落与惶恐。这时节有情绪的云流，流了鼓噪的天籁，流了剥动的野火。当夜幕吞没了雪峰山，当松针纷扬于尘霭，渐作如网的幻觉；而山外灯火，已阑干入梦来……

太阳复升起。山匠又看到心中的光明了；并看到满眼的色彩，鲜活而躁动。天注定山匠不是隐者。他开始回望来路，并回归来路。仿见了一串风铃，在山的故乡，轻轻摇曳；那可是父辈的歌谣啊，亦是他今生永远行走的方向。

山匠振作精神，运开匠心。木工之美，穿越千年；伞匠，一把山里油纸伞，重现行将消逝的美丽；草鞋匠，每一个绳结里是细碎安稳的小日子；弹匠，那惊鸿一瞥的长弓之美，从古老时光里翩跹而来；糖匠，一口香糯糕团，尝出许多滋味；酿造师，大山里的精酿人生；裁缝，老式缝纫机下的态度之魂；茶人，用初心灌溉茶树，重拾生活芳香；老式理发店，时间的味道、等待的温情……

石匠之早，可以追溯到旧石器时代，石器是粗加工或者不加工而直接选用现成的石头。到了新石器时代，石器已经是精制而成，部落氏族里出现了简单的分工，石匠逐渐产生。从雪峰山里的高庙遗址出土文物就可以得证。

雪峰山里，见得最多的应当是柱础，亦称礅盘。极像一枚枚硕大的石鼓，敲打出无数的鼓曲；总觉得，它们记录着山里一个个家族的兴衰，它们曾经为一个个家族的兴旺发达而擂鼓阵阵、擂鼓呐喊、擂鼓助威，也曾经为一个个家族的衰败而偃旗息鼓、悄无声息。

石磨、石碓、石臼、磨坊、碾坊，对于一个家庭家族村庄、对于人类来说都极为重要，五谷杂粮都需要研磨、舂细舂碎，稻谷脱壳，小麦苞谷黄豆豌豆磨粉，都离不开石器。

古代的不少房屋，都是石匠们用一块块的石头石板建成的，建筑材料，全部都是石头，如普照寺、风神寨、雪峰寺。柱子是用巨石雕刻或者拼接而成的，石楼板，石墙，石门，石窗，一幢幢房子，一间间屋子，除了石头还是石头。站在一座座石头的古建筑前，总是会惊叹，那么坚硬的石头，在石匠们手下，竟然可以变成如此精美绝伦、美轮美奂的石屋，榫是榫卯是卯，凹是凹凸是凸，惊叹石匠们的巧夺天工。可以想象，雪峰山里，叮叮当当，一锤一錾，石匠们敲打四季风雨，敲打硬朗人生。

扁錾、平錾、尖錾、长錾、短錾，戳穿冰碛岩沉睡千年的梦幻；铁锤，挥动劲力叫醒花岗石、大青石的情感。火星四溅，粉尘飞旋。一曲厚重的红砂岩歌儿，顺着古城墙的脉络传来。"手工打磨的石器才有灵魂。"石匠喃喃自语。

石匠的生命在錾和石中不断碰出火花。

石匠敲碎了许多凝固在山里的岁月。

锻打，掷地有声的语言，磨砺出大山挺拔的风骨。粗糙的手掌让"锻打"这个词，在岁月轮回里摩擦出坚硬的火星。

石匠把花岗岩敲碎了，但他无法敲碎一山岑寂。山谷里沉寂着一种人生最坚硬的东西，那是石匠的意志。他似乎不知道忧愁，不懂得痛苦，不感到疲倦。风风雨雨，他都在山里敲呀凿呀，他把红日一轮又一轮地敲落在山里，他把星星一颗颗地敲出来。他把自己的青春一年又一年地敲落在山里。他把石头敲出了情感，他把石头敲出了生命，他把自己敲成了石头人。

而今，石匠的子孙用机器切割石头、打磨石头。机器的牙齿很锐利，不经意间，就将一座麻石山头啃平。

一座炉火，铺开大山曙色；一块铁砧，枕着乡村风雨。嗵嗵的锤声，叫醒了晨曦，也震落了黄昏。

山风吹过炉膛，吐出比霜雪更锋利的刀刃，舔红一块铁的脸和铁匠铁一般的胸膛。

铁软化了，在铁砧上化为太阳和山际线，铁匠仿佛看到了残阳如血。

铁匠不为所动，所有心思在热铁里延展、弯曲、淬火、定型，他在为山里人打开一条路，把锄头、犁、镰刀、斧子挂在耕读传家的门楣，然后被山岚擦得锃亮。

当锄头、犁、镰刀、斧子被折断、用废后重新返回炉膛时，铁匠看见了风雨，看见了生活中的泪痕，看见了一条农耕长路，一望无际的荆棘、杂草，故纸般泛黄，又一页页苦痛和熬炼。

铁器之上，每一个锈斑都需要火的热吻。

此时，铁匠正在不停锻打，每一锤下去都是柔情。铁匠打的不是铁，而是一段必由之路。

再冷的铁都能烧热，再弯的铁都能打直。将铁烧红、烧红，红透半座山，铁匠猛地一锤砸下去，火星溅满山乡的夜空，像绽开了映山红。

月亮能辟邪，它一出来，铁匠铺的闹腾，才慢慢消失。淡淡月光下，鸡鸭睡了，猫狗也睡了，山里的一切似乎都睡了，只有铁锈的腥味和铁水的絮语，一直还醒着，在铁匠铺的水中溅出一声叹息。

退火、正火、淬火、回火，加热、保温、冷却、除垢，总挽不回时光的远走与追溯。从某一时间起，铁匠在山里驻足与徘徊，于云路上飐闪与消疏。

雪峰林海，绿色无边。千万棵三尖杉、泡花楠、马尾松、香果树、梓木、金丝楠、柏木、银木荷、红豆杉、金叶白兰、鹅掌楸、亮叶水青冈、五针松、长苞铁杉、银杏、云山钟萼木、云山椴、云山白兰、银杉构成木香山谷。

从一块平滑的木板里看到千年的年轮，辨识出一段原木古老的身份。然后沿着一条漂亮纹路，找到它的故乡：雪峰山。

选择不同的海拔安家，把阳光读出充足的温暖，把枝叶浓缩为森林的风景，慢慢生长，慢慢成材。木质里蕴含的香味与时光，凝结着一棵树的成长史。

雪峰山木材坚实不语。

一条连接花纹的路，透露黄、褐、紫的色泽，隐藏着能看穿黑暗的树眼。

在树眼的视野之内，是谁用镂刻雕花的手艺，装点乡村的纯朴风景？

是山里木匠。祖师爷传他，一双入木三分的眼睛，以及点木成金的手艺。让他能看透一段木材里藏着的生命，刀刻斧凿，枯木重新开花，变成房屋和家什农具，变成工艺品。

祖师爷开创基业时就把要遵守的规矩打上了烙印，把满脑子的小差驳得遍体鳞伤。只有电闪雷鸣和狂风肆虐时找到大地的房间构造及一切木制家具的制作方法。不敢怠慢，将脑子洗净盛满家具的制作和房屋建造之术。不管遗失多少岁月，永远有一线光在洞察着，那是鲁班的神指。

半年进门，一年初学，三年圆满，五年可打开大门去授徒行教。

半年刀砍斧削，可将刨子飞快地在树桐上走光成线。一年时间将一堆堆方框刨成五花八门的形状，最后可在两天内做成上屋的房椽或盛装衣裳的箱柜。

师傅领三载，所有的锯、刨、谬、雕、塑、弹墨、角尺都要学会。三年之后师傅传卦，从此徒弟的手艺就是饭碗。这饭碗就可以让他成家立业，独走江湖。

如果真想成为师傅的贴身弟子，那还要跟着走两年。这个时候师傅的手法和野邪之术或多或少会有所传授。当然徒弟要悟性好，人要正，心要善。譬如避免谷仓进老鼠、碗柜子上爬猫狗、猪牛栏里猪牛不长、厕所不通等几千年匠人的邪门野术，传几手也不难。

有人说，有真本事的师傅总要留一手功夫，怕教会徒弟打师傅。这样留来留去都在依样画符，丢失了不少精髓。

要是碰到哪位老师傅，千万要谦虚、热情、孝道。不管老师傅的手艺是好或差，匠人的邪术总会灵验。他会讨一碗水用五花指在水中轻画几笔，吹口气，呓语几声，双脚并立一个鞠躬把水递给徒弟，那就够他喝一壶了。有时，老师傅遇到老师傅，就要相互试法：你下的法术，我解；我下的法术，你解。一来一往，道行深浅，彼此有数。

风带雨，雨转雪，雪传四季又是一年。天造地福，万物有缘。做个雪峰山木匠也不容易。

木工做到家，世上有好多稀罕的木制品就会流传下去。

就像有花鸟在碗柜上飞跳，在龙床上戏鸳鸯，现在机械刻制的多了。但总没有古时手工制作的生动和灵活，也没有那样耐用了。

古朴的风情，从历史的巷道里走来，带着风干的油脂芳香，令环环相扣的执着，共同支撑华夏坚挺的风骨，烟雾缭绕里膜拜成一种经典、一种信仰。

一把锯子，锯短的是一个个日子呢，还是山居人生？

铲平生活中的坑坑洼洼，泯灭不了刨子的功劳。在颠簸的路上，刨子以自己的心愿蹚开起伏的波浪，以水平的视野最终完成自己平坦的一生。

凿子，看似对生活的不公，其实它才是对生活质量最公正的承诺。从来，就没有一帆风顺的事情，雕凿，才是最真实的、具体的，生活中的漏洞，时常需要修补。

一只漆黑墨斗，校正木头生长的轨迹，是非曲直，生活的年轮，自在墨斗面前，毫光毕现。

——其实，木匠，也是在绷直自己。

古语云："艺痴者技必良。"作为中国这样一个有着久远历史根基和深厚文化底蕴的国度，需要越来越多敬业、精益、专注、创新的"艺痴者"。

远远看去，雪峰山，像一团迷雾。有人走进去，也有人走出来。

走进走出的人，从外表上看，没有人知道他们谁是匠人。金匠、银匠、铜匠、铁匠、锡匠、石匠、木匠、画匠、雕匠、弹匠、染匠、皮匠、酒匠、瓦匠、窑匠、榨匠、篾匠、攞匠……百业百匠，百匠藏山，支撑一座山的生活。

世世代代行走的山匠，他们就像熟悉自己的身体一样熟悉山的每一座峰巅，每一道陡崖。他们把自己看作山的一部分，比如：一块石头，一个皱褶，甚至是一棵草，一片瓦；他们也把山看作是自己的一部分，比如：自己的肩膀，自己的胆量，甚或是灵魂，是知音。

雪峰山是坚硬的，一如山里的生活。因此，匠人在这里走来走去就难免磕磕碰碰。

没有遭磕碰过的一定不是山里匠人。

被磕碰得遍体鳞伤的也绝不是山里匠人。

如果问问上了年纪的石匠、瓦匠、篾匠、铁匠、木匠，多少会懂得一些道法。毕竟那个年代物质贫乏，生活水平也没现在宽裕，搞不好还和人家争饭碗、抢生意，结下梁子，这就避不了要涉及斗法了。斗法很残酷，斗输的一方要向赢家告饶，并退出某一个地界。

雪峰山匠人所学法术，源于祖师爷，融合了梅山法术。古时候的匠人走夜路，是不怕的。木匠走夜路拄的就是他们量木头的三尺。所谓三尺，就是一根长整整三尺的楠竹片。有三尺在，鬼神皆惧。石匠的錾子、墨斗，锯匠的大锯，也是如此，开山裂石、断木伐骨，百邪莫敢近前。

真正的山里大匠，却偏于一隅，心手一致，忘我凝神，安静而勤勉，绝不轻易参与斗法。他的工作单调、重复，指节粗大，沾满污垢，掌上的老茧一重叠一重。把整个身心扑在劳作的对象上，甚至与对象融为一体。他的命系于手中的活，一荣俱荣，一损皆损。除了神情，他与争强好胜不沾边。

山里匠人的高贵是朴厚、低调，烟火气甚重——是被尘土遮蔽的大山贵族。

山里匠人与山民的生活紧密相连。衣服需要裁剪，家具需要打造，锅钵需要补缀……当山民接过做好的衣衫，箍好的碗碟，欣赏赞叹精湛手艺的同时，恭敬地递上匠人的工钱。

在活路里融入了自己的态度和良知，"心和手一起思考与劳动"，他们是值得尊敬的匠人。

时代浪潮云涌，少年匠人从弯曲的乡间小道上走出，驻足在城市的街头，转动满是风尘的脸庞，兴奋、疲惫而又茫然地四顾。

匠人的队伍向着城市进发，带着粗重的乡音，带着挣脱土地之后的希望，向着所有的城市进发。所有的城市，以村庄般的宽容接纳了他们。他们有的依靠手艺吃饭，有的改行，变成另一种劳动力。

数不清的工厂星罗棋布，工业化的浪潮搅乱了一座山的神经。民谣、传说、方言、乡音、老手艺，已开始变味，山里所养育的民间意识正在解体。在雪峰山穿行，不断寻找那些民间精神的代言人，他们是曾经的匠人。在时代的浪潮中，山里匠人正在风流云散，乡村精神在无可奈何地消解嬗变。

当手机信息覆盖了所有乡村，当方言和民俗消失在同一流行时尚之中，当山里匠人忘记了他们的本行，雪峰山，让人上哪儿寻找乡愁？

城市化的浪潮不可遏止，看看村里的年轻人，他们周游城市后回来的姿态，已经预示了乡村明天的姿态。山里人，只能在记忆的河流之中，重温乡村，捡拾乡村精神的落叶。

精于工、匠于心、品于行。新的原则融入雪峰山，乡村精神，在季节的转变中又已抽枝发芽，孕育新的花朵。深信山里百匠，会以另一种方式，从百匠藏山到百匠出山，绽放"精工有迹，大匠无形"的荣耀。

神秘梅山

神龛上，中间大书"天地国亲师位"，左边写着"历代堂上宗祖"，右边写着"梅城助福正神"，神龛下供着一尊约五寸高木雕倒立神像，双手撑地，两脚朝天，那就是翻坛祖师张五郎，此乃梅山神祇。

"志心皈命礼：奉请梅山大法主，梅山法主降坛场，头戴遮天猛威帽，眼放豪光澈底清。朝在玉皇金阙殿，暮游七星北斗辰。凡人有事来下请，火急领兵赴坛庭。弟子虔诚来拜请，唯愿梅山法主降来临。"此乃《梅山咒》。

缠黑布头巾，绑青布裹腿，赤脚草鞋，腰系牛角火药筒，胸挂牛皮弹袋，背插畲刀，各携猎狗，聚于坛主家，整装待发。此乃古梅山汉子。

痛快淋漓吃着三合汤；说话高亢粗重，仿佛古老青铜器碰撞；敢爱敢恨，敢和男人干仗。此乃古梅山女子。

古梅山深沉宽阔，意蕴辽远、苍茫、旷达。

在沅水或资水，捡拾落日余晖，将一晔金黄，铺陈在梦里，多年以后，还能在记忆里检索，想起梅山汉子赶山，想起梅山女子擂茶，多么意气风发、乡愁绵绵。

神秘梅山，林海狼烟。掘出百年沧桑，将记忆交给一支猎枪，让深入骨髓的意境，波及森林的无垠。

安化梅城镇，新化上梅镇、白溪镇（亦别称梅城），有深不可测的前尘往事，来者不知道，自己在哪一时辰，在哪一个地域，寄托灵魂，守住梅山神，把梅山揽在怀里。

放纵脚步，猎猎衣袂，梅山疆域于一场傩事里升腾。梅山法师把大法螺架在梅山山口，把牛角号架在梅山腹腔。让龙虎山、九龙池逆风而立，听梅山号角对吹。

这一时辰山鹰不在天上，猎犬不在山中，有神喊响雷的法咒，梅山法师在闪电下诵念祈祷，梅山女子正忙忙碌碌布置梅神大殿。圣水一碗碗，明灯一盏盏，张五郎留下足迹的那条路线，不被察觉地又向人移近了一步。

黑茶包裹的黎明，被放在了黑夜的祭坛上。

大法师，梅山需要他坐在一粒白米上面，看梅山之巅又一场更大的云瀑和佛光，笼罩了一万条长路和一万个远方。

雪，又任性地下起来了。原本分明的四季次序好似一团被弄乱了的麻线，无从整理，一把收起寒凉，所有的前世今生，皆如雪花。

雨，又任性地下起来了。梅山把千针万线赶下了山。

有一座为神而苍白的山峰，缩成一枚人间的戒指，戴在张五郎的手上。

梅山睡着了，枕着云贵高原睡着了。香烛醒着，看守着一个个神龛。

推耷、春碓、转磨，梅山女子简约的舞姿与自然交汇，一山歌舞跳到星星眨眼，一阕叫上梅山，另一阕叫下梅山。

一声公鸡长鸣，又一个梅山神和梅山人共有的白天，就要从太阳沥血升腾的山际开始了。

梅山文化像一个圆晕，发源、形成于古梅山地区，但作为一个文化体系，它的流传地却远远不止古梅山的范围。在湖南，它的覆盖面积达四分之三的地域，同时还几乎涉及中国南方的许多省份和诸多民族。它甚至漂洋过海，踪迹抵达北美、西欧、南澳、印支半岛等地。

梅山之中，有一首似诗歌似童谣又似字谜的口诀广为流传："一点一横长，一撇撇南方，两边丝绞绞，中间有个言大娘，左也长，右也长，中间坐个马面王，心字底，月字旁，架根横杆晾衣裳，打格勾更（打个钩子）勾南方，一把大刀杀心房，一点鲜血溅天堂。"有人说这是一个字，有人说这是一个符。无论是什么，它总是梅山方言之上一朵意蕴丰富的小花。

古梅山森林茂密，溪河纵横，气候温润，四季分明，史前先民在此生息繁衍；春秋战国到秦汉以来，大规模的战争造成了人口的流入，所以，除了土著人之外，还有长江中游的楚人、沿海的越人，共同在这块土地上生活。生活在湖南的越人在南北朝齐梁间自称莫徭，梅山的莫徭在晚唐崛起，割据长达186年之久，直至北宋神宗熙宁五年（1072）始建为安化、新化二县。因此，它是一个历史悠久而又封闭的地区，在漫长的岁月里，梅山地区不仅产生了自己的文化和语言，而且这种文化、语言又与中原文化、荆楚文化、越文化及其语言有密切的联系。于是梅山文化就成了一种以汉文化为基础，融合了多种因素的独特文化，而梅山语言也就成了具有古梅山人语音某些特点的、汉语湘语系统中的一种独特方言。

鼎（dǐng）罐、加橬（jiān）、腈（jīng）肉、搲（wā）把米，这些可以意会的方言在柴米油盐中渐渐成熟。一饭一粥，半丝半缕，喂养温暖的梅山方言，切入山人灵魂。

噶屎噶尿——碍手碍脚；揠（yà）舞大散——毫无结果；作古正襟——很严肃；假里马嘎——装腔作势，矫揉造作。行走梅山，经常会与云里雾里的方言撞个满怀。

稀奇古怪的文字，咬口的读音，与字典无关，从梅山人的遗传密码里长出来。

十里不同音，梅山方言在山光水色之中，丰满成自带各个山头特色的汗水和粮食。

方言与方言相碰，会擦出火花。酒令之上，方言有时也成了醉酒的探戈。

方言用双手盘着先秦发辫，用薄薄的唇，喊汉唐乳名。秦时明月汉时关，明月当空，星星眨巴着眼睛。一个个山里屋场，族群茂盛，一串串方言跟山性密切相关，一不小心就有几句溜进门口的水田，酿成一片蛙声。

方言在梅山的根里，在渔樵耕读的村庄里，与一方胙土密切相关。

梅山方言中的谚语含义深刻，形式固定，概括哲理，总结经验，句式整齐，音调和谐：

历经八木春，茶味更香浓。（时间累积，茶叶更好）

老（脑）实鼻头空；肚里打灯笼。（貌似老实，内心狡猾）

扁担冇扎，两头失塌。（做事不稳，必然失利）

桥是桥，路是路；理是理，法是法。（性质不同，不可混淆）

梅山方言中的歇后语分比喻和双关。前者形象生动，含义深刻，后者语言幽默，饶有趣味，有时交错运用，往往给人留下深刻印象：

穇（cǎn）子粑粑敬土地——粗货。

火烧牛皮——自己敛（缩拢来）。

戴哒帽子打啵（接吻）——差得远。

碓㼖（gèikuǎ，从前舂米的石臼）做帽子戴——顶当不起。

梅山方言保留着大量古代语境因子，与古代汉语多有相通，它是生活在古梅山地区的土著先民在中原汉族语言的影响下创造的，后又融合了古越民族语言的某些特点加以发展，大约在晚唐、五代定型。由此，可以推断出梅山文化是生活在古梅山地区的土著先民和莫徭（越人的后代）在中原文化的影响下创造的。

进入梅山方言，可以打开一个宏大视角，感受几千年来方言文化与一座山的神会心融。

梅山狩猎，必先围山，所谓围山，就是围着某一区域的山用一些符咒施法，使这个区域的猎物不能出圈，坐以待毙。

梅山人的狩猎有两种形式：一种是常年捕猎，一种是季节性的大规模围猎，叫赶山。从事常年捕猎的是居住在深山老林里的专业猎户，他们以放拓、装权、设陷阱、置限子、安弩捕射大型野兽为主，平时则用火铳取鸟、兔等小型动物。

一声赶山吆喝，几千年，上万年，喊透了梅山。梅山汉子从平实走向崎岖，从边缘走向深山。向溪流、丛林、陡崖、荒芜讨生活。梅山人紧赶慢赶，赶星光与时光，赶月亮与太阳。一程行走，采集，狩猎，护守。"打老虫要副胆，打野猪要副板。"梅山的子民，大山的精魂，练就了一身勇猛之气。"哟——嗬嗬嗬嗬——"一声吆喝，几座山，几重山，从远古赶到当今，长啸闪电雷鸣。

走进拓、权、限子、陷阱的野兽，命只剩下一半。

走近一个拓，一块平展的石板下，只用一根撑杆顶着。石板深处，平铺有一些木棍，木棍上趴着诱饵。野物一碰诱饵，那撑杆就被拉倒，石板轰然砸下，野物一声惨叫后就会毙命。看似简单的一个拓，却具有极强的杀伤力。人类善于运用智慧，万事万物无不都能成为猎具。

把一块肉放在圈套中，就能让野兽把头伸进去；把一块石头绑在一根木头上，就能把野兽吊起来。

权是一种圈套，是用得最多的一种猎具。

制作权不费事，只需一棵竹、一段绳子、一些木头和石头。弯下一管竹，使其弹力十足，用木头机关固定，以绳连接做圈套，把诱饵垂放上，一个权便宣告完成。

设权必须在野兽经常出没的地方。有的野兽喜欢走熟悉的路，有的习惯在以前捕食过的地方，再次寻找能吃的东西，这些都是让权发挥威力的机会。如果权周围地形开阔，树木稀少，猎人就会设置障碍，逼野兽走向已设权的区域。

那是惊心动魄的一刻，野兽看不到系于那根竹子一端的绳子，便将头伸入机关中，触动机关，"叭——"的一声，扣结解开，竹尾猛烈弹起，那根长绳，死死套在了野兽脖子上，将野兽卡在木头与绳索机关中。因为绳是活扣，野兽越挣扎便被拉得越紧，被勒死或勒得半死。

猎人会定期去查看权，他将权卸下，抽出深深勒进野兽脖颈的绳索，一次猎捕完美结束。

也有意外，一头野猪挣脱了权，但它却并不离去，而是躲在旁边的树林里，等待猎人上山后进行报复。它熬过几日，终于等到了猎人，它大叫着扑向猎人，猎人闪身躲过，才知道捕猎不成，猎物反过来要拱死他。情急之下，他躲到权边摇动那根楠竹，意欲用绳套去套野猪头。野猪深知那根绳索的威力，嗥叫几声后转身离去。

权乃梅山千年猎具，其杀气令野猪望而生畏，猎人亦在关键时刻躲过了一劫。

奇怪的是，自此再也没有野兽接近那里，也许是那头野猪向所有野兽传递了某些信息，它们每每走近那里，便头一转绕道而去。

另有一位猎人，设置的权空放了几年后，便将其移回家中，准备选择合适的地方再次设置。不料家中的牛和猪却都惧怕，每每近前便惊恐嘶鸣，转身往远处跑去。猎人惊叹，权这东西，任何动物都害怕。他把权搬到村后的山冈上，家中才安静下来。

而今，山里人偶然走进父亲的房间，看到角落里的弓、弩、拓、权、限子、猎枪，依然完好无损，只是落满了灰尘。那时，他触动了尘封已久的杀心，却良心发觉，再坚利的牙齿，最后都会皈依略带微笑的嘴唇。于是，他慢慢松开了手臂上绷紧的肌肉，看见在布满蛛网的四壁上，无数带着血迹和伤痕的狍子、雉鸡、山老鼠、狸猫、黄鼠狼、野兔、箭猪、竹鼠、野猪、林蛙，竟然全都笑了，有的笑成了一副空皮囊，有的笑成了腊眼眶……它们善良到忘记了曾被伤害，而山里人，面对它们的湑弱，早已气力全失。

作为梅山猎人之后，他从来都不曾忏悔，年轻时候与蛇兽谋皮的血气方刚。作为种种命运中的山里猎物，山里人已经坦然接受。

四川峨眉山的法、湖南王爷山的打。

宋代吴致尧《开远桥记》记载："古梅山蛮之地。地方千里，广谷深渊，高岩峻壁，绳桥栈道，猿狪上下，民居十洞之中，食则燎肉、饮则引藤、衣则斑斓、言语诛离、出操戈戟、居枕铠弩，刀耕火种、摘山射猎。"

梅山武术套路繁多，但都简单、直来直去，且动作紧凑、豪放、勇猛、刚健有力、朴实无华，既无虚招、花架，也无跌扑滚翻起伏动作。

梅山武士的虎拳、猴拳、鹰拳、螳螂拳、龙凤拳，取法乎山里，动作行云流水，姿态刚劲强健；战神枪、牛头刺、梅山剑、梅山耙、梅山神弓、梅山铁钗、梅山流星、梅山板凳等的表演样样巧妙，路路精绝。

梅山拳手法灵活多变，每个动作都注重技击法，能攻善守。其套路简单，勇猛刚烈。其追求朴实，讲究实用。无须专门的场所，也不拘什么条件，茶前饭后，劳作之余，随时可以操练；劳动工具，家中器皿，随手拿来，都能用作兵器。但一切都以实战为出发点和最后归宿，无半点花拳绣腿。其基本功扎实。所谓"四十天打，三十夜桩"。学四十天一期的梅山拳，就有三十个早晚用于练桩。

梅山铁尺，又称铁钗，是梅山武功中短兵器之王，也是梅山武术中的独门兵器之一。它攻守相济，短小灵活，特别适合随身携带，俗有"救命的铁钗、舍死的棍"之说。

古梅山先民把刀誉为"百兵之王"。梅山刀种繁多，以大刀为主，其刀法特点是勇猛快捷，刚劲有力，长短结合，挥洒自如。单刀气势雄壮，刀光闪闪，古朴无华。

齐眉棍是梅山武术中常用的长器械之一，它使用简便，双头并用。齐眉棍一般由坚硬的杂木制成，中间较粗，两头略小，对称均匀，棍长以齐平练武者眉毛处最为合适。主要棍法有劈、戳、压、点、扫、架、撩、盖、挂等，演练起来，扫劈勇猛，挑盖泼辣，戳似剑穿，变幻莫测。齐眉棍套路繁多，如双龙出洞、百零八棍、三十六棍、七十二条子等。

千百年来，梅山武术一直以一种低调而踏实的姿态代代传承发展，并遵循着武术之魂、武德之礼的传承传统。

靠山吃山，近水吃水。

梅山区域内崇山峻岭，江河纵横，田陌交错，光照充分，雨水充沛，四季分明，适宜多种禽畜水产、瓜果蔬菜生长，为梅山菜提供了源源不断、丰富多样、具有季候特征的原材料。如禽兽类有鸡鸭鹅鸽、猪羊牛兔；水产类有鱼鳖虾蟹；蔬果类有萝卜白菜、辣椒茄子、南瓜冬瓜、黄花菜、豆角丝瓜、蘑菇青菜、南粉豆腐等；野菜类有地木耳、香椿、蕨菜、小笋子、鸭脚板、鱼腥草、蒲公英、野芹菜、野蘑菇等；调味品类有姜葱蒜、辣椒胡椒、老酒陈醋和甜酒等。

"野火烧不尽，春风吹又生。"山野菜年年发芽年年翠绿蓬勃，滋养了一代又一代山里人。生于野、没于野、乐于野。它野出的样子，是自由飞翔，是独往独来。它野味的绵长，是亲情的身影在山野浮没。

梅山一带崇山连绵，交通阻梗，人烟寥落，山民散居，生产生活多为自给自足，家家户户都会根据不同时令季节，采用晒、腌、泡、熏等方法，制作加工一些干菜和坛子菜，以备冬季或青黄不接时食用。

春夏季阳光充足，蔬菜品类丰富多样，适宜晒制各种干菜，几乎家家户户都会抓住这一有利时机加工制作。干菜类有晒黄花菜、豆角、辣椒、萝卜丝、萝卜叶、茄子、刀豆、小笋等；酸坛子菜有酸萝卜、黄瓜、生姜、刀豆、辣椒、藠头等；腌菜类有杂菜、刀豆、萝卜条、剁辣椒、白辣椒等，如封坛时加入适量水酒，开坛食用时香气诱人，更能使人生津开胃。

冬季主要以熏腊制品为主，如腊鸡、鸭、鱼，腊猪肉、牛肉、干鱼、小田鱼、猪血丸子和豆腐渣饼等；还有涟源南粉、山粉及双峰香干等。

梅山菜属于湘菜的一个重要组成部分，其突出的特点是鲜辣味重，菜肴出味而不抢味，清浓轻重，层次分明。

"猪吃叫，鱼吃跳。"大火大灶烹制的三合汤、大片牛肉、铁板牛肉、红烧牛尾巴、农家土鸡、水煮活鱼等，入味出味，鲜嫩爽口。

"冬令进补，明春打虎。"牛肉、羊肉、狗肉、鱼杂、牛杂、三鲜、南粉、鸡肉、野味、腊味、香干等火锅干锅等，热气腾腾，香味四溢。

还有新化擂打鸭、冻鱼米粉茄子等特色菜，及桐叶粑、荞麦粑、糁籽粑、小笼包、杯子糕、红汤牛肉米粉、酸辣肉丝面等花样繁多的风味小吃，款款特色鲜明，酸甜咸辣，令人百吃不厌，唇齿留芳。

梅山砧板肉，又叫年关肉。在大年三十晚上，一家人和和美美围着红红的火灶，直接在砧板上夹肉大口吃，砧板肉是一家人完美团聚的代名词。在物质缺乏的年代，这砧板肉是人们梦寐以求的物质。"吃砧板肉"习俗的绵绵延伸，是"食则燎肉"梅山文化的遗存，是梅山原始记忆的一次次回顾，是对丰衣足食、鼓腹而歌的期盼和分享……

高而大、年代久远的树在古梅山被看成一个人或一个地方、一个族群生命力旺盛、积福的象征，居住地树木繁荣，是子孙发达、富有吉祥的征兆，如果起山火或发生虫灾，则预示着灾祸。如松树、栗树、椿树、柏树、樟树、枫树、蜡树、银杏树、杨梅树等，它们有的在庙宇旁，被说成是佛道的化身；有的在水口处，被认为是风水树，掌一地风水。

先民认为，这些古老的树之所以留下来，主要因为它们是某种神灵（精神）的载体，是神灵的化身，表达着他们对自然力量的崇拜和敬畏。这种敬畏还体现在砍树的禁忌上。

在梅山地区，砍树是非常慎重的，一般由锯匠主持，功夫没学到手的踞匠和一般人是不敢轻易砍树的，否则，会招来杀身之祸。砍树有很多的禁忌。一般来说，有碗口粗的松树、椿树、栗树、樟树、银杏树、枫树、蜡树、杨梅树都不敢砍，凡是水口山的树都砍不得，寺庙、茶亭、坟山旁的树更加不能砍。如果万不得已要砍，必须注意一些细节，先做足功课。

在梅山，凡是砍树，不管砍多少，都要看日子，要选大吉大利无凶险的日子，这样，才会避免出安全事故。

要砍成片的树、一山的树，就要先看山。由锯匠在山外看山的地貌，平缓还是险恶，山里有些什么树，哪些树可以砍，哪些树不能砍，有没有邪气，从哪里下手，砍下的树该往哪边倒等，都要做到心中有数。

通常，砍下的树都往山上倒，即树尖在上，蔸在下，可斜，但不能翻过来，喻义生生不息。如果尖朝下，蔸朝上，则喻无翻身之意。

有2—7个尖子的树，叫灵官树，无论大小，都不能砍；大路边10多米高且直的树不能砍，不仅不能砍，经过它的时候还要避开它；碗口粗的樟树不能砍，传说樟树上沾了牛血，有邪气；碗口粗的枫树也不能砍，有邪气；大的杨梅树不能砍，传说里面装着放鸭师傅的魂；但凡古老的大的松树、柏树、蜡树、银杏、栗树、椿树等都不能砍，传说它们都成了精；水口的树掌一方风水，砍了，一族一村会遭殃；寺庙、茶亭、坟旁的树不能砍，是佛祖或死者的化身，砍了，会遭报应；一大片土地中的唯一一棵树不能砍，是某种神灵的化身。

如果看中日子上山砍树或刮山漆，那天早晨起来，不能讲龙、蛇、虫、虎、豹，要讲也要用替代语，龙、蛇、虫叫"溜"，虎、豹叫"猫"。砍树那天早饭没煮熟，是夹生饭，或吃饭时打烂碗或者有小孩哭，或者有人讲不吉利的话，那么预示着当天砍树时必有大大小小的意外事故发生。

一棵棵大树站立着，贴紧人家的炊烟、呼吸、米酒清香、鼾声迷梦。一代一代的山里人，出生，伴着树变老。婚姻唱和，小儿托寄，夏日歇凉，秋上休闲。树林，成了山里人不可或缺的根据地。一棵棵大树，神性地长在村头山岗，供所有人顶礼膜拜；大树，庇佑着村民人丁兴旺、风调雨顺、幸福安康。用爱心培育，用崇拜浇灌。这是上苍赐予的树，带着列祖列宗的温度。年轮平抑岁月沧桑，根茎扎入历史洪荒。山里人守着，不弃不离，年年岁岁，岁岁年年。春夏秋去了，冬天深了，枝叶散去。那些从苦难里来，高挂苍穹嗷嗷待哺的枝条，一直想着泥土、家园、春天、厚养。叶子一片片轻轻飞落，把根脉的呢喃覆盖。树冠弯下脊梁，在黄昏的余光里，张望村庄，从鸡犬声中，从炊烟之上，感受到淡淡暖意。

从山下到山腰再到山巅，从远古走到今天，从少小走到茁壮，从弱微走到伟岸，走到成材，走到参天，走到荫庇一方。一条难走的路，有分岔，有节外分枝，但绝不是歧途。一条向上的路，直指苍宇。

梅山峒表达思想、传递信息、反映生活、记事传书，甚至宗教教义都用歌谣表现。梅山歌谣，组合起来，就是梅山人历史的再现和写照。

梅山歌谣风格独特、粗犷豪迈、质朴自然，具有浓郁的乡土气息。其历史悠久，曲调优美质朴，时而高亢，时而平缓，音域较宽广，种类繁多，易于传唱，多在山野、地头劳动或休闲游玩时触景生情即兴而唱。从题材形式上，有劳动歌、仪式歌、时政歌、生活歌、情歌、历史传说歌等。从文学结构上看，梅山歌谣十分简练，歌词的结构有纵向和横向之分，其中纵向有四句体、五句体、六句体、七句体、八句体、多句体的分节歌，横向有五字体、七字体、长短相间体、等差数列体几种。其中四句体是最为常见的一种结构。梅山歌谣的调式十分简单，多为徵调式、羽调式和宫调式三种。旋律优美、简单明了，曲调中装饰音的运用比较广泛，尤其是下滑音的运用，从而使旋律变得委婉动听。从语言音调上看，梅山歌谣属民间口头文学。

梅山人喜欢歌谣，他们从壮丽群山中寻找粗犷，从袅袅雾霭中追逐缠绵。翠黛森林，赋予歌谣美丽色彩；欢快泉音，孕育歌谣优美韵律。梅山人踏着一路歌声远行，每一个音符，都丰富着一轮火红的太阳，拨亮越来越灿烂的旅程。而微笑，则展露怡然心境；手势，挥舞无限忠诚。伴着鲜明旋律，梅山人以豪迈的姿势，唱响每一个黎明。梅山歌谣是源于心灵内部的乐音，流淌着一座山千万年的魂魄，激荡着一座山千万年的回声。梅山歌谣，是诗文歌谣中的民族之风骨，最能体现梅山文化底蕴。

梅山地区传统的婚恋婚俗富有山野特性。

"交错朋友误一时，找错对象误一世。""讨坏一堂亲，出坏三代人。""莫求门当户对，只求志同道合。""吃好穿好，不如两口子白头到老。""傻女子选田庄，聪明女选儿郎。""不图姐儿俊，但图姐儿勤。""男子无妻家无主，女子无夫身无靠。"从一些梅山民谚中，可以大致了解到，梅山人的婚恋观瓷实、谨慎，像大山一样质朴。

梅山男方向女方求爱，一般须先经媒人撮合，即使同意，也不口头应允，多是借物传情。早些年，普遍流传的是以伞传情达意。当时媒人的油纸伞除了遮阳避雨以外，还发挥着传播信息的功能。媒人第一次进女方家门，须将伞撑开倒立于门外。如果女方家同意说亲，女方家长便将雨伞顺立于门外。这一细节看似简单，但寓意深刻，相当于现在同意做朋友交往，可以接触，但不能进入家门，只能在门外站着说话。第二次到女方家，媒人仍像前次那样放置雨伞，如果女方家长拿进堂屋顺立，表示这门亲事已获女家基本赞成。这一把伞顺立于堂屋，暗示可以登堂，同意作为恋人关系发展。第三次登门，媒人仍然像第一次那样置雨伞于门外，如女方家长将雨伞拿进了姑娘的闺房，则表示完全同意这门亲事，也暗示可以登堂入室确定婚姻关系。

很多时候，男方看上女方，不是直接礼下于人，亲自启齿；男女双方两相情愿也不直接发出示爱信息，轻易把纸捅破；即使女方完全应允，口头仍不答应，有待媒人多次求说。这些婚恋婚俗无不反映出男女双方的自尊、自爱、自重以及自我约束。男女双方走进婚姻的殿堂时，均不是单方面地一方求着另一方，而是双方本着互相看重、相互爱慕、相互体贴、相互关心、相互尊重的原则，这种你情我愿的交往极大地提高了婚姻的稳定性。一切过程扎根在真实的乡土里，自然生长出百年好合的吉祥。

"新郎木棒手中拿，新娘扶钵打擂茶。擂茶白，擂茶香，生了伢子生姑娘。"新婚擂茶要由新娘亲手擂。新娘在娘家做闺女时就学会了打擂茶。新婚时，还要请客来喝擂茶，因喝的人多，在农村几乎全村老少都来，要请相邻的妇女自带擂钵工具帮忙。她们一字儿摆开，坐在竹椅上，双脚夹着擂钵，右手握着擂棒，左手扶着擂钵，腰肢微扭，有节奏地擂起来，只听见擂钵擂得沙沙作响。新婚夫妻的情感，就在这扎实细密的劳动场景中缓缓铺展开来，平实而质朴地流淌到一座大山心里去。

有一种山里感情适合刻于骨子里，一对山里人，没有海誓山盟，只要对方一来，忽然间就像步入春天。这或许是前生的因，两个人总有未了的缘，一方会珍惜和另一方在一起的每时每刻。大多数梅山夫妻在一起的初衷没有现代爱情故事里的难忘邂逅，也没有经典荧幕爱情的荡气回肠，有的只是平常生活下的柴米油盐。两人从"搭伙过日子"开始，到互相为对方牵肠挂肚；从暂住父母的房子，到建造出自己的华堂，两人从一无所有，到把日子过得风生水起，充分诠释了剥离物质条件下的"相濡以沫"。他们的婚恋是乡土农人隽永的"执子之手与子偕老"，是接地气的，更是有一股来自山里的诗意，有着大山一样的沉甸。仔细想来，很多《诗经》里的爱情，在梅山找到新注脚、得到新印证。

改革开放以后，随着经济发展和社会进步，梅山地区人们的婚恋范围日益拓宽，婚恋观念不断更新，青年男女婚恋的习俗已经或将发生深刻变化。但传统的大山婚恋婚俗仍然值得研究、回味、探讨和坚持。

梅山文化渊源有多远，地域有多宽，意义有多深，价值有多大，目前可能还无人能下定论。但毫无疑问，研究梅山文化就像开掘神工鬼斧造就的"波月洞天"和"梅山龙宫"一样，越往里钻就越觉得神奇无比、价值无边。

卷四　山恋山痴

祖　地

从盘古开天，到洪荒蛮夷；从冰河断裂，到荒火燃取；从高庙傩祭，到神农播种，再到太昊伏羲；从鄌阳古国（传说中雪峰山里存在过的古国），到春秋战国，再到汉唐明清；从江西填湖广，再到湖广填四川……巍巍雪峰山啊，历史，不管怎样变迁，无论有过何等遭遇，这一座山都始终遵循着大自然法则，将这方文明繁衍孕育。

行走雪峰山，不敢轻易说话，怕惊醒先人睡眠。不敢顺着某些山里坟茔回望沧桑，怕读到先人饱受岁月洗礼的苦难。

行走雪峰山，走在祖祖辈辈洒满鲜血与热汗的土地上，先人沉默着。听一声声鸟鸣啼破鲜花的美丽，听火红杜鹃讲述着山里季节的流淌。多少次，于阳光明媚的枝头长吟风花和雪月，多少次，于静悄悄的黎明迎接甘霖和霜霰。

一片落叶委地，是一个人回到了先人身边啊。

雪峰山，生命中永不变色的风景，生养之地，终老之所，让一代代人顺着血脉来于斯归于斯。

伴着炊烟升起，于村落的鼓点上，晚风飘落一地血红夕阳。八百里雪峰以雄性体格演绎云朵流向，以苍劲目光穿越过往兵燹匪患、惊风骇浪。

太阳苍白，战鼓阵阵，滚滚资水与沅水漂走了多少鲜血；乌云翻滚，旌旗猎猎，浩瀚雪峰淹没了多少英灵。

刀还在，弓依旧，锄已钝，犁亦尘，千百代先人，魂向何方？

雪峰山，虫在低声歌唱，弹响为生活奏响的六弦琴；于静静消磨村庄人影的黄土地里解读千年浮躁的过程，读到了女人为爱而哭泣的心事，以及汉子沿小路行程中渐远渐逝的背影。

广袤无垠的山里，先民曾在这里点起第一缕炊烟。印在大山额头的日出，是大自然最深情的一吻。先人勤劳的身影，是投向大地的图腾。西风乍起，八百里林海，从老人的鬓角开始，下起了一场亘古未有的大雪。而一个个村寨响起天籁，是春天融化在祖辈口中最温柔的一声呼唤。

沉重车轮碾过多少坎坷，曲折小径隐没多少苦难。火红理想在东方升起，悠扬牧歌在朝霞里回响。山峁鼓声擂动的时候，不再飘荡血腥；山薮牛角号吹响的时候，不再充满杀声。

拾遗高庙，那些石刀和石斧、白陶和玉器，不就是先人摆放在山中的农具和器物？抑或是先人们放置得太久而视如陌路？

当一把无知的锄头偶然碰触到祖先头颅化石时，也许只听到一声脆响，但可以感觉到被惊醒了的疼痛，那疼痛也传递到了生者的血脉和神经。

祖宗千百辈，在山坡上的松树林子里歇息，在斜着的茶棚里喝茶聊天。他们的灵魂，藏修游息。

宗亲，族谊，笑脸相迎；故土，乡音，如沐春风。该去哪里找寻失落已久的血缘与亲情印迹？在这大山一隅，高崖，峭壁，是最雄壮而又唯一的风景。遥远先祖，从更遥远处开拓迁徙而来，他们的后代，依然跋山涉水、世路荣枯……

皇族有太庙，百姓有宗祠。雪峰山里，一座座宗祠垒高了氏族门第。

宗祠占地数亩，前面建造一座巍然高大的牌坊，牌坊下几道大门中高边低，出大门外全是石刻花纹铸成的坚固石槛，牌坊上面内外各置一道大匾，外匾书"×氏宗祠"，内匾书"万代食福"等。牌坊两侧为石围墙，与里面的横房紧密相接，墙面刻有各种生产生活庆祝图案。牌坊的顶端，是用五颜六色的小木枋纵横交错套做成的顶塔。中塔高两边低，四角翘爪，每支角上挂一铜铃，风吹铃响，余音绕梁。中塔顶用彩色瓷片拼成一座香炉，两边塔顶各拼成一只展翅翱翔的凤凰。牌坊大门往里，多是一个长方形的院坝，两边各有横房几间，楼上有厢房走廊，廊顶上是画有精彩图案的天花板。底层横房门侧边各树一栋石碑，记载数十代人的姓氏排名，并注载有数十辈人的字派，上阶沿有两座大石狮，石狮背后各立一根画有滚龙抱柱图案的大柱。

阶沿上边横挂着几幅大匾，书有"百世其昌"等匾额，顶棚绘有彩色图案。

往里进入正殿，又叫祖宗堂，更是宏大开阔。殿堂上横排着大匾，彰显着"敬宗效族""先祖是皇""宗姬绍谱"的文化。殿堂正中祖龛，龛上经常摆设有香炉、铜磬、祭品。祖龛正中供奉一张最为显著的木牌，又名祖先牌，上面写着"历代招穆"四个大字，其余是密密麻麻小字，上面记载的全是先故祖宗的名字，还有许多木制作或雕刻而成的小木牌，上面记载的是后故先辈的名字。殿堂里常年香烟缭绕、烛灯辉煌，充满了崇敬肃穆的浓郁气氛。

溆浦龙潭宗祠群，洪江洗马潭宗祠群，黔阳古城宗祠群，会同高椅宗祠群，中方荆坪潘氏宗祠，安化洞市老街宗祠，隆回金石桥宗祠，洞口曾八支祠等宗祠群，新化天龙山谭公馆……许多宗族的祠堂虽破旧，其凹刻或凸显的文字却依然清晰可辨："忠厚传家久，诗书继世长""一等人忠臣孝子，两件事读书耕田""一勤天下无难事，百忍堂中有太和"……由此引发人们许多的追念和遐想。面对读书求取功名，一个家庭能力有限，整个家族倾力相助；一个人出息了，再来回报家族。如此这般，继而开创了一代又一代特有的雪峰山文明。

一座活化的宗祠，镶嵌在雪峰山村舍之间，一次次地破旧重修，记录了人世沧桑。青砖黑瓦紧裹肃穆，高脊飞檐支撑恢宏。风雨侵蚀的古朴里，承载着岁月的厚重。那些斑斑驳驳的青苔，积满家族历史的行踪。一张覆盖一张的门贴，贯通着族人的血脉。一缕缕萦绕的清香，绵延了一代又一代。

祖功宗德，神人共仰。宗祠愈老，祖脉愈深。

家就像祖屋后面的香樟，不断地生长，分枝扩权，长成参天大树。

家谱的脉络，像极一树的过往岁月和影子。

捧出家谱阅读，依稀看到一棵樟树挺着身子，在祖屋后的土岗上迎风苗壮。一个家族，山居万年，田庄百处，人丁不计其数。百庄同姓，千婴待哺，山生山长，入祠上谱，构筑井然有序的山中生活理想。

"体忠""行恕""大学家风""行于孝，勤于学，施于礼，修于德"，这些发光的方块字，托起千秋书香的诗意家园。

从一个山头到另一个山头，家族向着广袤的雪峰山渗透，进而成为一泓小溪，甚至一条河流。每一个族人，像一尾尾游动的鱼，从东，从西，从南，从北，溯流而归，都要到这一册线装的纸页上队列齐整。

这一支，那一支，一支一脉形成一张网，隐秘地铺展在血脉相通的心房，也布满雪峰山台地。

战乱、灾荒、疫病，一个个网络节点之间，只要有一处震动，相邻或者全部的网节便一定会心有灵犀地一呼百应。无论哪一个节点，都游离不出这张血脉交结的网。那字里行间记载的，是族群血泪斑斑的兴衰存亡史。

谁的英名，能够在平面的纸上站立？谁的灵魂，能够让泛黄的纸页闪亮着日月光辉？谁的预言，能够凸印为这部典籍的封面箴言？

那被称为"辈分"的方块字连接成五言、七言的"诗词"口诀。而这其中暗藏怎样的奥妙与玄机？排列有序的血缘"诗词"，一定是长衫们、老花镜们的苦心杰作。祖祖辈辈，子子孙孙，口口相传。传说着自家的蹶兴，传递着族人的清晰。

老人们说，那口诀，是族人的传家宝。那诗词，是族群的根系。

家谱上分明可以看到，有一些白色纸幡，年年岁岁，飘扬在清明节雨丝里。一列列远去的名字，在旗幡中一一醒来。一群人，由老至幼，寻着疯长的蒿草乡路，把万众一心的纲领高举。一面面旗幡，在龙形、凤形的岭上高高地把家的方向指引……

谱册图景里，夜空繁星点点，后人围坐鼻祖、远祖、太祖、烈祖、天祖、高祖、曾祖身边，凝听千年垂训。鸟儿竖着耳朵，花儿敞开心扉，山溪鱼儿游过来了，雪峰山星子浮出。大家谛听先祖的谆谆教诲，倾听先祖教儿孙做人的道理。时间缓慢，雪峰山翻过朝代的山山岭岭，沐浴着遍洒的阳光和温暖。雪峰山，一遍遍细聆祖辈教诲，林木成荫，资沅浩荡。儿孙把雪峰山带到大江南北，带进中华文明的历史长河。雪峰山，祖辈坐在山居神龛之上，看泱泱中华"江山代有才人出"，看家族根脉绵延光大。

根是人的天性。寻根的终南捷径就是追寻自己的家谱。简而言之，族谱就是记载家族或宗族家世渊源、传承世系和宗族事迹的典章文献。

"家是最小国，国是千万家。"通过一本本山里家谱，可以看到一个个家聚族而居、山栖谷饮、枕石漱流、家国天下。沿着家谱追溯，一座雪峰山的血脉几乎相通，真可谓心安满山是故乡。

祖辈的安息地，称为祖山。

父辈说，在遥远更遥远的山里，埋着山一样的祖先，祖先的血泪和精气神，撑起了山的魂魄。

一座山见证了祖辈青春岁月的褪去，久居山林原地不动终其一生。后辈的灵魂却游离在大山之外，选山还是择水，决定了两个不同走向，两种不同命运。

大山蕴含着中国最沉重最深刻的社会内容，祖辈在生存尚且艰难的环境中毫不自欺，种在地下收在天上，后辈们生活温饱，却以励志敢为与时俱进，于山外攀登高峰。他们借雪峰山达成共识，心在哪里，财富就在哪里；人在哪里，生活就在哪里。走出大山，看得到江河湖海；走进大山，看得到一条血脉相承。

立于山头，有时刮起大风，远山飘来雄浑低吼，这是不是祖辈们，唱起山歌给山听？

一处祖山连着一个姓氏，一个姓氏连着一条始终汹涌的血脉之河。在祖山寻根问祖，可以从一块块雨蚀风磨的石碑开始。如果没有石碑，则一定有石块，在一座座祖坟前虔诚跪倒，呈放祭器与祭品，敬若神明。

字迹漫漶不清的石碑或石块上，一个家族的传奇，从一堆黄土到另一堆黄土，从石器时代到炎黄传说，从西元前到西元后，高举着石头的旗帜。

风水先生说某个山头是块好地，适合改变家族命运，更适合脱胎换骨，于是，一族的祖坟都在这里。艮山坤向，寅山申向，有水到左，水出乙辰方，可妻贤子孝，五福临门，富贵双全……风水先生从一个山头踏向另一个山头，游走在阴阳两界之间，吃的是人间饭，使的是世俗钱，勘山勘水，勘破地理奥秘。

风水先生说，坟山有风水；年轻人说，命运靠打拼；山里智者说，时代出好地。

每年中元节，由一炷炷香指引，陌纸纷扬中，在祖山与祖辈们虔诚地对话。烈酒的语言袅袅升腾，血脉尊崇在火中鲜艳地绽放。

祭祀如仪，纸钱渐次熄灭。祖灵闪烁，多像暗夜里大气层划过的一颗颗流星。

逝去的、活着的山里人，皆受这块山里胙土恩惠。养家糊口的粮食，以及尖锐的疼痛，安逸或惨烈的生老病死，念念不忘旧时光，犹如尘埃堆积。

祭祀如仪，一座座祖坟，深山里的一粒粒棋子，上苍的菩提手早缩回袖里。只留下黛青的天、翠绿的山、太极图的池子、面目模糊的石像生，说不出机锋的动静线，盘来盘去的青苔道，以及空山鸟语的一窝寂静。

雪峰山里，所有祖坟都站在高坡上，像一盏盏灯，闪耀着护佑之光。一座座祖坟收尽了山里风水，把兴旺发达的寄托，高高隆起。先人们从容、安详、不动声色，指点着四季，感受着丰歉，与一山后人一同守候日出日落。

一方水土，养一方人。

不管是肥沃，还是贫瘠，将汗水播洒在土地上，就不会荒芜。付出一份辛苦，得到一份馈赠；土地总能长出希望，关键是要世世代代不懈耕耘。

积土成山，厚德载物，一代代山里人从土地里找到生命的原初，哪怕舍弃肉身一块卑微的骨头，亦要从中领悟出山里宿土的精气神。

一垄垄山里梯田是一拨拨先人开垦的。先人在雪峰山深处，用一双双肉手战天斗地开辟出眼前这层叠起伏的梯田，创造了人间奇迹。据载，明朝皇帝曾经称赞那些开山造田的人为"山岳神雕手"，可见先人的勤劳和智慧。

先人开垦的梯田随山势地形变化，因地制宜，坡缓地大则开垦大田，坡陡地小则开垦小田，甚至沟边坎下石隙也开田，因而梯田大者愈亩、小不盈担，往往一坡就有几十梯，一湾也有十余级。坡连湾，湾连坡，湾湾坡坡，山山田田，雪峰山梯田掩映在林海里，构成了奇丽壮观的景象。

曾无数次去到田垄，观察一垄垄的田块是怎样开垦出来。看到一个山坳，山势奇险，两面陡峭无比，中间一个天壑，宽十丈有余，深四十余丈，先人硬是就地形而作为。先将四周的林木砍去，接着将一切可用之石悉数采来，然后又凿开了一座小岩山，取石千余方，取土愈万方，费工无数，可能是穷尽几代人的汗血，方砌出一条高数十丈的田坎，辟出一块水田。如今只要站在那道坎下，对古人的崇敬之情便会油然而生。再抚摸那些岩衣森森的垒石，仿佛感受到了先人茧手的余温。

山里梯田之间都是水圳贯通的。那些源头的泉水，总是聚集在一个塘堰，再从塘堰里汩汩地沿圳流出，走过一垄又过一垄，从最上的走到最下的，盛夏时节满垄禾稼就翠油油地乱摇在和风里，让丰收的希冀在农人们心中鼓胀。

一层层梯田，仿佛就是一部非文字的巨型史书，直观地展示了先人在自然与社会的双重压力下，顽强抗争、繁衍生息的漫长历史。据史料记载，雪峰山区在明清时得到前所未有的开发，表现在垦殖的力度上，不仅河谷平坝和山间盆地开垦得几无旷土，还大力开垦山坡地，努力修筑梯田，把梯田从浅山区推进到深山区，梯田多种植水稻，水稻生长离不开水，于是梯田就与水利事业相互促进发展。由于山区多山的地形特点，形成了山区独特的农耕图景。

沅水流域，明清时多有兴修水利的记载。清代乾隆《沅州府志·水利》载：麻阳县有塘堰 130 余所，芷江县有塘堰泉 134 所，黔阳县有 106 所。该府水利设施多样；府境之水"资以溉田者有二：曰山溪、曰洞泉。壅溪曰堰，引堰之水而入田者曰圳，亦有障堰而蓄水者曰陂，通泉曰渠，刳木引渠之水而入田者曰枧，其凿地而潴水者曰塘，举具塘之水而入田者曰斛，转轮激水曰车陂，亦曰车堰"。

每一梯田亩，都随了一方林山；每一方林山，都挂了一绺清泉；每一个山湾，都蕴一眼清塘。而人家的房屋则在山腰林脚。泉、圳、塘、田、山、宅六度同构，和谐共存，形成山里人生息繁衍的美丽家园。

雪峰山气候温和，四季分明，日照充足，雨量充沛，年平均气温 17 ℃，是一个水稻种植的天堂。

山里老农任年轻人怎么相劝，也不肯来城市居住。他们还要守在山里，守住那些祖田，守圆那阵古风。他们的生命要和祖田联系在一起，让山里四季稻谷飘香，让耕耘的精神长驻，让稻作文化薪火相传。

祖遗方寸地，留与子孙耕。

明明我祖，积德累仁。

燕子盘旋的黄昏，炊烟一缕缕缠绵祖屋的怀念。

烟熏火燎的椽檩像停拨的算盘，敲打四梁八柱的意想，冒出的柴米油盐在希望中演变。

祖屋不会坍塌，雪峰山托起的厚重里，子子孙孙一次次加固泥土对燕子巢穴的渴望；每一块土坯上残留着先人的气息，邀日月起居，太阳照在屋顶上，将月亮悬挂在心间。

雪峰山的月亮那么弯，那么圆，那么亮。她一会儿挂在高大的皂荚树上，一会儿浮在山顶，一会儿流淌在溪流中。山里月亮被山里人揣在身上，走遍天涯海角。

月亮之下，留在心里的何止是祖辈的炊烟和呼唤。

祖屋里有神龛，供灵牌的屋子依旧充满神秘，祖先们的一生似乎就藏在这里，密实、深厚而久远。其实祖屋真的很老了。斑驳的瓦，斑驳的砖，斑驳的门，斑驳的记忆。回忆会像潮湿的泪水，流注一座山的脸颊。

任凭往事一阵阵洞穿屋顶，吱嘎作响的木门，虚掩着一段坑坑洼洼的足迹；乡音洞穿屋顶下蓬草堆砌的温度，时光依旧怜悯祖屋。

一种温暖，于荒废的菜园里独自生长，枝叶攀过竹篱笆，攀过厚重的土砖墙，在塞满往事的缝隙里，俯瞰初春气息。

想带回墙垛中一块土砖的古老，却发现儿时紧攥的一把稻种，在祖辈远去的背篓里，沉淀发芽。

这古老屋宇，青灰瓦楞上摇曳着瓦楞草，波浪起伏的檐，柱脚在沧桑世事中倾斜，都已经历了岁月的风雨。

面对雪峰山，用暮年乡愁去追回童年记忆，这杂草丛生的院落，爬满藤蔓的老墙，无法抵挡故乡伤感，那伸向远方的路比祖辈留下的叮咛还要长。晚霞夕照中，凝望童年田水，童年山塘，思量着这泪眼含霜的故乡。

祖屋板壁一块块剥落，屋檐下的燕窝，只剩下几根枯草，在风中飘摇。

当年，在屋檐下晒太阳、打瞌睡的祖辈，早已潜光隐耀、藏踪蹑迹。

一幢旧屋又一幢旧屋倒下，新居站成村街的形象，站成阳光社区的一幅图景。

有崭新高楼的挺立，就有旧时小屋的抛弃；有建造心灵大厦的信念，就有和远古洪荒告别的勇气。撑起传统文明的脊梁，放眼流失的岁月，在滚滚红尘的道路上游走，接受高山之风的洗礼，一年又一年，融进宏图华构。

祖屋的昨天与今天正在上演山村振兴正剧，旧貌新颜成了新时代亮点。

福　山

　　山里山外行走，心一直在远方，远方有无穷远。身后家山挺立着，挺立着，撑起了天地与思想。

　　许多时候，腰弯了，骨软了，魂散了，那是因为，远离了心底那座山。

　　走了很远，也走了很久才知道，就是想寻找一座山，一座可以容自己反复摔倒与站起的山。

　　雾一样四起的尘念，无知与浅薄，挡住了山的高崇。看不见山的山里人，在夜晚的霓虹灯下恐惧、无助、不可救药。那时他才明白，心底与眼里有山的人是何等福泽。沐浴山辉，充满山梦山思，并与一座山的所有峰峦为友，与所有心底有山的人为友，一同走向山的另一面，寻觅阳光、空气与水，是何等享福。

　　青山遮不住，毕竟东流去。

　　雪峰山，它是千万大山儿女的福山。任谁在什么时候到达山顶，只会有一个欲望，那就是下山来，和住在最深山谷中的人在一起，守望山中幸福；有一天若远离，总会想起家山，就会梦里归来，重温山里美满。

　　沿着时间回溯，高庙法祭最后一支火焰被点燃，也点燃了天地间圣洁的啼音，它似一道闪电划过夜空，划过苍穹，划过悠悠的岁月。顷刻，万籁寂静，一切生灵仿佛都在默默祈福。被时光践踏的心灵森林，洁白覆盖了混沌，光明涤净了苦难。温暖的幸福之光徐徐升起，世间的阴霾被净雅素裹。高庙法祭，为雪峰山开光，注入千秋福祉。

　　傍晚，山峦讲出东风和村落，山里人讲出红军和长征，队列齐整，手持篝火。1934 年 12 月的那一晚，红军告别雪峰大山的厚谊，告别乡亲的期望，为了火种的繁衍革命的成功，默然转身，一支不屈的队伍，一支沉重的队伍，消失在茫茫夜色中。通道转兵，红军转运：一路足迹留血印，一路厮杀扬雄风，一路燎原播火种，一路胜利展红旗。共产党，像太阳，照到哪里哪里亮。党的阳光雨露，福庇雪峰。

　　时常在雨雾里看见 1945 年的那些日子，炮火、鲜血掩盖了绿色，生命的流逝超越了数字，捍家卫国，绝不后退一厘，终于，倭寇在此折戟沉沙，最后一战的血色让阳光失去了矜持。冬季的雪峰身披大雪，经由前线指挥所、战壕、碉堡、后方医院遗址，让思想停伫，与家恨国仇、民族情感钉子般拥抱、涕泪。白草没过膝盖，幸福的孩子，母亲领着回家；山里深翻的生茬地，热气腾腾，坚硬的土块耙碎，细如擀面。父亲的资水沉水，月光伏身，代替流水起伏。大地丰衣足食，福孙荫子。

一个戴上共和国勋章的老人，几十年如一日，挽起裤管，把实验室设在雪峰山里的安江农校，把试验做在一根杂交水稻的花蕊。袁隆平风餐露宿，栉风沐雨，用尽一辈子的欢乐，把一个朴实得不能再朴实的身姿，交给了希望的田野。风尘仆仆的步伐，是他发表的论文，大地是他的稿纸，种子是潜伏在他心中的文字。他握着春秋大鼎，把一行行奇思妙想书写在雪峰山梯田中，把一篇篇论文，发表在杂交水稻的茁壮里。一个总是在绝望中发掘希望的老人，那一句对于饥荒说的"不可能了"，承载着中国的梦想。老人用青春养育雪峰山，雪峰山再用杂交水稻的丰腴福泽中国与世界。

群山岚巢，大地安详。天空融和，候鸟集结。大山有福，每天被落日打回原形，被太阳重新诞生。黄土流金，膏腴之土，树枝咔巴咔巴折断风声，没完没了。犁田老人的长鞭，叩开大野，高声喊醒山里儿孙起身耕田："起来吧，凿一眼井就有水喝，种出庄稼就不会挨饿。"

山里人是有福之人，有先人凿出的井水喝，有先人遗下的粮食吃，老屋沉静，新居华美，村落抱水而居。十亩山田，蔬果围埂，杂有花草。每岁，蔬果供孩子和鸟雀解馋，花草供手巧的女人度春荒。

水守水的规矩。白天里，女人洗菜浣衣，男人潜水抓鱼。入夜，清水洗着月光与女人，男人与灯光，不得偷窥。

鱼虾相伴，水边的孩子欢快生长。

林深见鹿，梦醒见爱人、母亲和故乡。

生吧，趁干裂的身体还能逢雨，久旱的子宫还能翻耕。趁资水沉水每一块藏下神谕的石头，还能供人叩石问天，祈子求福。

让牛羊也多子多福，山里村庄，鸡鸭成群，人欢马叫。

让飘红的春色占领裸地，年轻的鸟群驱赶灰色雾霾。

让被粗粮和野菜治愈的山里后生，走在山路上。

轻轻地将郁郁葱葱、无忧无虑的双手举起，为万物祈福，祈祷，喧嚣的世界每天盛开无数快乐的花朵；祈祷，繁华的尘世每天剪去无数忧愁的蓓蕾；祈祷，尘俗的世间每天抹去无数仇恨的种子。

感恩，从一座山的起点出发。从苏宝顶出发，由西向东，从南到北，追溯一座山的起源。

沿雪峰山福褆穿行，所有的温暖径直指向温暖幸福，沿途，心事柔软，落英缤纷。

相遇，在杂交水稻的故乡，阳光平躺在一畤超级稻上。午后的山风，轻轻漾进山的缝隙。

靠近，趔趄着次第穿越百种方言。从方言中分辨姓氏，就像那些读过的和没有读懂的史书。

这座山，有自己的风。一场雨，空气微凉。

一个人跋山而来，阳光明丽，月色皎洁成一枚印章。

不想在山里躺平，只想听大山安静呼吸，只想静静地站在大山湿润的掌心，直到呼吸微疼。

如果说出全部的热爱，就爱这八百里庶土，八百里都是山水相连的花园、人间的福地洞天。

山里人深知，一条岭到另一条岭，一个寨到另一个寨，很远又很近，很近又很远。远时觉得走了一个世纪，近时未及眨眼。眼前是一个世界，身后是另一个世界，像极另一个停靠点。每座山里都有寨子，各寨人家都养蕉种卉。颜色气息变幻有序，谁进入都会迷失。春花秋月没距离，人心没距离，情感没距离。

山里幽怀从一棵兰升起，劳动也成了逸情需求，都想用心浇灌花瓣。梦里都是温馨，醒来发现自己正开成淡色的鲜艳。山民们免不了相互串门，摆摆龙门阵或者叙叙前缘。前缘都已依稀，像儿时过家家的小伙伴，却不能触动，一触动就会泪流满面。时空在这里已经粘连，不必坐车乘船，一声呼喊就在一起了。

偶尔与人相约，也不会离开一座山。不会停止栽种，不会停止嫁接，也不会凝固心情。因为这儿每一点星，都含着灵性；每一轮月，都展现腼腆；每一缕风，都说着幽静的话语，一颦一笑，都寄寓别样依恋。仙事谁说只应天上有，其实就在人间……一如仙家不会散去缭绕，不会隐去魂牵梦绕的家，不会枯萎颜色，不会抛弃情愫，不会离开绵绵福祉，不会凋零唱响的峥嵘与挺拔。

感恩雪峰山，温润的绿波，总是荡漾着家园的影子。

多年以后，一个美丽动人的家庭故事，在记忆里越来越长，犹如一棵野稻历经千年万年，根系爬满整个心田。

寻觅一种精神，山里的坚韧、内敛、隐忍、博爱、感恩此起彼落，吉祥止止。

很久了，那些收集福报的人是否已经在山里落地、生根？而到来者仍然在拾捡着每一瓣从东方掉下来的阳光。

毫无疑问，对山里幸福的描述，得感念红色，红色的国度，红色的江山，红色的家园，红色的心灵。红色就是激情，让人燃烧。注视一抹山里红，胸中缠绵了岁月的痕迹。一穷二白，自力更生，奋发图强。多少艰辛与风雨，多少血与汗的路径。钢筋铁骨的灵魂，一颗永恒不变的初心，独立、富强、幸福、晴朗的家园。"去问开化的大地，去问解冻的河流"，是谁在唤醒华夏山川？是什么力量让莽莽神州生机勃发、洪流奔涌？雪峰不语、江河无声，但天地为鉴、日月可昭。从"观乎天文以察时变，观乎人文以化成天下"来探究"大道之源"，大音希声、大象无形，一切都不言而喻、不证自明。站在时代山巅倾听天籁之声，新时代的万象更新、日新月异，莫不源于扭转乾坤的领航力量、点亮时代的思想光芒。

毋庸讳言，对山里幸福的描述，得动用山里方言，将掌心的暗语与心合一，把温暖的声音抱在怀里，讲述高庙文明的高古，华屋丘墟的沧桑。从此大山思念就会挂满心田。

理所当然，对山里幸福的描述，得动用杂交水稻。那些幸福的字词，一直就躺在杂交水稻的身体里，一如童年本身，没有杂质，它们是记忆里最亲切的章节。

发源于雪峰山的橙柚梨柿等，被山里人称为福果，说是福地灵山赐予他们的一种祝福。山里人挥洒汗水，在果业上创造出芬芳甜蜜的福报。

天经地义，对山里幸福的描述，得从感恩开始。感恩自然、感恩社会、感恩父母。学会感恩，不仅是山里的幸福，更是整个世界的幸福……

一些山里人联合起来，在雪峰山酝酿富裕。刨开乱石岗，建起生态家园和农家乐；在峡谷中寻找资源，点石成金，升腾起逐富梦想；用汗水填平坑凹原野，把种植场和养殖场建起来，让千家万户都种养幸福与希望。

于是，种养场在绿丛中点亮愿景，城里餐桌上增加了山里珍肴，寻常百姓也可以抵达原生态之美；山泉水厂的名声，开始在城市的街巷飞越，用汗水浇灌的山泉水，把城里人的生活滋润；雪峰山全域旅游，像磁石一样，吸引着无数山外人来山里度假和观光。

点石成金，滴水化银。雪峰山，成为新时代的新品牌，成为山里人共同的福祉。千村万寨的山民，共同来编织新时代的美丽。山上，有无数的果林在风中摇曳，摇曳着城市农贸市场鲜澄澄的景象。山腰山脚，景区一个一个打造，要把城里周末，定向移植，让一座大山变成世外桃源，让它，变成中国地图上一个幸福句点……

游子有朝一日回归山里，围着火塘，提着曾祖的名字，曾外祖的姓氏，那一刻是幸福地拥抱乡愁的人。

深深地相信，在每个人内心，都有一枚季节暗扣，暗合某些时辰，某些情感。所以知道，怀抱感恩，幸福就能在山里开花、发芽。

福地还要福命得。守候山隅，屏住呼吸，倾听阳光和一棵树的耳语。打开窗户，定有幸福来过。

山居秋暝，归园田居，过山农家，乡村四月，田家行，别云间，过故人庄，游山西村……既是古人的诗情画意，亦是当今雪峰山里人的一路福缘。人的一生譬如山势，或平缓，或起伏，或突兀，或深涧，不一而足，一马平川不是每个人都选择得了的，重峦复嶂未必即是累赘。

雪峰山的高度在于文化和精神意蕴。自然灵秀和文化点缀、城镇文明和精神象征融为一体，蕴含着山邑祥瑞之兆的寓意，丰富了其境数十个城市与千百个乡村的品质和文化内涵。从这个意义上来说，雪峰山精神上的海拔成为山域城乡的灵魂高度。它所蕴含的平安、静美、祥和、福佑，已经成为人民的文明坐标、精神元素和人文景观。

北纬 27 度的春风，让雪峰山的昼和夜、阴与阳开始春色平分，气温回到恰如其分的舒爽。春风开始北上的日子，南边的柳，北边的桃，一片清影含烟。没有台风，没有荒漠，没有沙尘暴，没有泥石流，没有洪涝，没有旱灾，没有地震，没有火山，没有极度严寒，没有极端酷暑。人们吃山、喝山、玩山、乐山、驻山；山辉川媚，笼山络野，屹然山立，气壮河山。心安即福，福祉一直在雪峰山里回旋。

用放马南山的胸襟过一生，无论生活给予怎样的际遇，都会感受到快乐和幸福。以枕山栖谷之心看待纷繁世事，看到的，定是最美风景。居山是福，福至性灵。

寿　域

　　"八十能种田，九十还爬树，百岁穿针线。"寿星屡见不鲜成为雪峰山一道靓丽的风景。以麻阳为例，麻阳自古就是长寿之乡。仅清同治十三年（1874）《新修麻阳县志》记载的寿星就达 631 人之多。至今，麻阳每年仍然有百岁寿星 40 余人。随意走进雪峰山一个村落，不经意就会访着百岁老人。

　　八百里雪峰，属中南地区良好生态核心。山居于此，以此开头，周而复始，以静为养，以动为寿，永不停息。

　　沉浸于雪峰林海。原始和远古一齐从消逝的记忆中潮水一般涌来，浩瀚的天际一派苍茫。眼里与心中，碧蓝、宁静、和谐而充满活力，所有生命蓬蓬勃勃。花簇拥着花簇香气袭人，大树连着大树冠盖参天。动物身上带着苔藓青的苍绿，在吊藤与蜂蝶纷飞中跳跃。向希望之海奔去，森林组成浩瀚的绿阵，珍禽异兽发出对人类的问候，鲜花一路灿然开放……

　　以山为美，以水为美，融于山水自然，自得其乐，自得其功。健心，康体，益寿，自古如此。

　　每一户人家都在山的一隅，那里有酒一样的女人，那里的炊烟和春天，盛开着花朵。

　　每一户人家的门前都有路，路边有土地，山里人埋下一粒种子，种子里有锅、碗、瓢、盆，有甜甜蜜蜜，还有上天的星月。

　　山里的女人提着一盏灯，牵着一天的星斗和半天月光，往木门里走。门，自己也在迎着星月走。

　　没有酒的日子，就把西伯利亚来的冰雪，放进山里屋脊，炊烟转动砻子，碾出好米酿酒。

　　从一滴米酒里，可以看见种粮食的山里人长出了幸福和欢乐。每酿出一滴酒，脊背上就落了一层，这幸福和欢乐比月光醇厚。每喝一杯酒，头上就飘来一场雨雪，这雨雪的浓度及甜蜜让山里人长醉不醒。

　　山里人用瓜瓝绵绵布满了篱笆，用酒浇灌黑夜中不老的土地，他的灵魂在歌唱，他的呼吸如一场山风过境。他迈开步子，从新石器时代走来，他剥落高庙凤鸟的一片长翎，托起酒杯，然后，把山色一饮而尽。

当山里人从一场宿醉中醒来，抑或从梦幻的远方归来，他依然年少，老不知为何物。

雪峰山气候，独特之享受。不用担心他山来抢四季分明的大美，亦不用担心他山来分享风调雨顺的祥和。

应时炎凉应时演奏，应时雨量应时把握。

这祥瑞的土地，山里人是以多种方式记忆山中的：季风气候和适宜经纬度，各种植物群落垂直分布。还有，平面坐标系中的百度地图显示：雪峰山冬冷夏凉、潮湿多雨。

植物乐山，植被丰茂。形成了公溪河万顷竹海、东河青钱柳群落、金童山华南五针松群落、神坡山穗花杉群落、康龙柏乐树群落、坪溪金丝楠木林、沙角河银杉、黄桑长苞铁杉群落、右旋龙脑樟群落、坪朝野生山桂花群落、高坪凹三叶海棠灌木林、万佛山中华水韭群落、大寨古杉群，以及六步溪自然保护区、三道坑自然保护区、借母溪自然保护区、鹰嘴界自然保护区、黄桑坪自然保护区、金童山自然保护区、雪峰山森林公园、两江峡谷森林公园、云山自然保护区、菲溪森林公园、穿岩山森林公园、威虎山森林公园等植物群落和著名景观。无数药草、天然食材、多种野果，是山野专供。

行走于自然保护区或森林公园，清纯的涛吟拂落远行尘埃，甜美的微风吹散心空凝云。走进山里爱心饲养的绿荫，星星点点小花，也会俘虏来者爱恋。叶缝里散步的阳光变得柔和多情，草坪上徜徉的蝴蝶是那般乖巧与恬静。大颗大颗露珠就长在山兽脚印上，而枝柯间却是伸出柔软的手，相互握手问候。

雪峰山由于海拔跨度较大，垂直方向体现了从亚热带、暖温带、中温带到寒温带的渐变；还体现了从湿润、半湿润、半干旱到干旱地区的过渡。总体来说气候温和，日照充足，雨量适中，春季温暖，夏季炎热多雨，秋季凉爽，冬季寒冷。最典型的四季分明特征，让人清晰而全面地体会到上苍宜人的造化之功；形成了人寿年丰、风景如画、山水含情的人居环境。

称觞举寿，寿元无量。

雪峰琼浆，随着大山毛细血管向泉口喷涌，做成了一眼眼山泉。

山里人渴了，把泉水当成玉液琼浆，一气就喝下一竹筒。喝吧，他们即便用一生一世的光阴也品尝不尽这大自然丰厚的赏赐。

劳动间歇的男女畅饮,仿佛是伏在泉边跟自己的影子热吻,从不介意别人的点评,其实只是贪图泉水的清凉甜蜜。

山泉将鸟儿的歌喉一洗,鸟儿的歌声便清脆迷人;山泉将山里人的歌声一过滤,山歌便嘹亮透彻。

泉水多了,汇聚成溪;溪水多了,汇聚成河。山里人以泉水烹调,以泉水沐浴,每天从里到外都爽快。清泉甘甜,吸引百里之外的城里人也来汲水。

一股股山泉潺潺地流淌在山坡上,款款地飘落于石崖下。这是大山乳白的血液,是峰峦长跳的脉搏。她让种子萌发,让野草茂长,让粮食结出硕果。她沿着葳蕤的草木挥洒豪情,又从天空云霞中自然回归。

叮咚,叮咚,静静地赏玩山泉内心的声音,把这所有声音都处理成音乐,把所有感动与时光共舞。如果心田之上,不缺阳光,就让山泉之歌,略带点儿忧伤;如果心田之上,是一片深沉的蓝,就让淙淙山泉做那一抹橙色点缀;如果心田之上,一片丰满,那么,就让这泉流折叠成觞。有山泉真好啊,时光变得更享受,更柔美;哪怕是一个人的时光,也平和温柔了几许,山里时光如意地慢了下来。

山泉滋养,寿之所踪。

从一片汪洋大海到高山耸立,经过了亿万斯年的时间积淀。种类繁多的成土母岩,复杂丰富的矿物元素,深度转化为大山的土肥水美。雪峰山黄壤、黄棕壤、山地草甸土,有多少天荒与地老、幻想与疼痛、到来与归去,就这样在它的怀抱里诞生。又有多少梦寐以求,成全了生命的悲壮。远古和现代的沉思,在每一天的风雨阳光中创作出最美妙的乐章。

无私,温柔,博大,真诚,奉献;富氧,富硒,宽容,涵养,灵性。

雪峰山这片土地,抒发着山里人美好的梦想,培养着山里人勤勉的毅力,铸造着山里人高贵的品质。与土地为伍的山里人,对土地的钟爱,是与生俱来的天性。他们时时感恩着泥土给予的馈赠。因此,他们的身上、手上和脚上,均沾满了泥土的爱抚,充满了泥土朴素的芳香。他们亲近土地,与土地恩恩爱爱,把土地当作人生的操作场,把土地当作脱贫致富的工厂。于是,他们把自己的爱投入到土地上,把自己的情播撒在土地上。以一双执着而带韧性的脚,或深或浅地踩着季节之痕;以一双粗糙而坚强的手,在自己的责任田和承包地里拔节着生活。

有着土的秉性、土的色彩的山里人,他们凭着坚定的信念,将自己的一生浸泡在土地上。土里刨食,土里探宝,土里拓展明媚春天,土里出产动人作品,土里种植别样人生。耕、插、锄、割，挑、背、扛、驮，顶烈日，冒风雨，早披朝霞，晚沐月辉，以一生的沉重和忙碌，在孕育万物的土地中挖掘一个个守望。

最铭心刻骨的叙说，就在犁耙所深入的疼痛当中豪迈。每一场耕耘与收获，堪比户外养生，心中愉悦，难以想象。土地供养、山珍补养、户外怡养、精神保健，生命的摇篮，承载轻重不同的灵魂。

忙到无暇意气平。很多山里人，对生命的秘密早已参透，活得镇定从容。小到生活琐屑，大到生老病死，他们都有独到领悟和精辟见解。只有参透生死的人，面对风云变化，才能闲庭信步。依靠一座山，可以从容来、从容去。山里人的乔松之寿，垫高了雪峰山海拔。

传颂于民间的"送寿歌""劝孝歌""祝寿词""祝寿联""百寿图"以及世代言传身教的敬老习俗等等，无不彰显雪山悠久丰厚的长寿文化底蕴。雪峰山的长寿文化不仅体现在可见的物质形态中，更体现在本体靠山吃山、靠水吃水的起居、生活、心理、社会交往诸方面，体现在"和合"、孝道的传统美德和"五低二高"（低脂肪、低动物蛋白、低盐、低糖、低热量和高维生素、高纤维素）饮食文化等各领域中，呈现出哲理性、地域性、传承性、共享性等诸种特征，是南方民族长寿文化重要的山字瑰宝。

一方水土养一方人。雪峰山长寿现象与它的地理环境有着密切的关系，有关学者考察后，认为造就雪峰山长寿现象的五大因素是：地磁、空气、水、阳光、土壤。雪峰山属亚热带季风气候，年降水量适中，年均温度宜居，年均湿度宜人。雪峰山森林覆盖率高，负氧离子的含量超出周边地区。同时，雪峰山的水通过磁力线的作用，大多属天然弱碱性水，对人体十分有益。此外，雪峰山土壤中富含硒、锰、锌等元素，含量远高于全国平均水平，当地无疾终老的百岁老人血液中，硒含量高出普通人数倍。

近年来，随着"健康中国"战略落地、"健康中国2030"规划纲要颁布实施，作为长寿之乡的雪峰山，健康是最热门的话题之一。随着大健康产业的蓬勃兴起，雪峰山独特的自然地理环境、丰厚的长寿文化资源将越来越造福更多的人。

日子从每一个山寨析出温度，无论山里山外人，山居有日，皆忍不住想住在花开不败的一隅，守一峦而息，抱一树终老。让超级稻、土蜂蜜、五花腊肉、雪峰乌骨鸡、鱼虾螺蟹和山野菜，一茶一饭，一粥一菜，一家人，相顾安暖，无惧世间无常。可谓：山不厌高，高则有灵；水不厌深，深则传神；人不厌乐，乐则从容。

山里人与雪峰山一起宽容大度，达到善良的最高境界，寿享遐龄，耆寿耇老。

乐 土

　　融入雪峰山，感受森林和土地的神性，在四季轮转中，获得平和与喜乐。山居生活，往往让人重新认识生命的惊喜，体验生活本真的感动。这意味着一种距离感，人们可以远离繁华，在山的陪伴下找到内心的安定与平静；于简单与质朴中，反而发掘出丰富的审美层次。

　　从某种角度诠释，选择雪峰山，就是选择一种态度，与城市、与尘世不即不离、不远不近，山居生活，恰当的独处显现优越。

　　虽然远离喧嚣，却与惬意更近了。在山里，时间、空间对世间万物的影响，被自然不加修饰地演绎着。周遭一切变得简单而纯粹，自我与生活的真相，渐渐浮出水面。山居者得以站在一个更加客观的位置，重新认识山与水、天光与云影、风土与风物的全貌，找回云淡风轻的节奏。

　　林栖谷隐是山居生活的迷人之处，而山林隐逸并不仅指向远离城市，它同样也体现在人与山的关系上。

　　久处人海，渐渐失去对许多事物的触感，很难找到一个恰当的距离去观察、思考。身处被平静与安定环绕的雪峰山，日子变得简单，而许多想法，正是在这简单和宁静的当下，忽然涌上心头。当人与山相逢时，山居生活、山居理想就会出现，它简单却不简陋，随性却不随便。

　　山居的物质是野趣的，生活却并不单调乏味。相反，人们撤去繁复的物质包装，品尝清澈如水的时光，时光的真味，自然就会浮现。

　　青草高于绿树，白云低于心情，花朵浅于命运……久处大山，梦中醒来，常听到自己的心跳随山势参差错落。把梦中的灯盏点亮，有时会发现，心跳就是窗外的风声、雨声，和风雨中披蓑戴笠慢行的亮影。

　　雪峰山包含着水的许多秘密，蓝幽幽的资水沅水默默无声。冬日里那么多的雪，在求索者的心中，在夜的深处，在灯光的点燃里，从静谧的星空落下来，轻轻地包住了大山面容。

　　野外，跟一只鸟儿随意交谈，心里恬静，小鸟也感到温馨。这时人与物、人与自然都和谐地相处，坦诚地相见。

大山之乐其实就藏在每一株植物的身边、每一只萤虫的光亮里、每一阵天籁的窗户后面。

乐土如光，乐土如诗。平静地长出生活和幸福，长出家园的疼处，长出白花花的盐粒和米饭，长出不同的境遇和愿望，长出独树一帜的抒情和理性，长出一批批山里人的活着和存在，长出所有的悲伤和欢喜，长出山里的真诚与温馨，长出一座山的长梦和鱼鸟对话的声音，长出乡村振兴新图景……踏着大山石阶到达童话境地，看见了一切的蜿蜒与崇高、善良与美丽。

在这八百里大山，一片温暖的叶子，挨着另一片幸福的叶子；一首诗歌拥抱着另一首诗歌。水、光和梦，空气、粮食和自由，构成了一块乂康乐土的范式。

如果将大自然当作一个山水画家，雪峰山水必定是其杰作。

雪峰山水，构思奇谲多变，构图变化多端，或以立幅条屏竖截山间春光秋色，山外有山，丹浸崖壁，云追雾随，生机盎然，如《苏宝顶日出》《天堂月韵》《雪峰深秋》《秋到资江》《沅水柔情》等都给人以别有洞天之感；或以大幅巨制展示大山大水的开阔空间、层叠峰峦、岩壑起伏、云行变幻，如《雪峰晴雪》《帽子岭奇观》《穿岩山》《沅水春曲》《长河冬雪》等，都是表现崇高之感与天人之思的大气磅礴之作，启露出上帝之手的鬼斧神工。

值得一提的是，无论什么形制，大自然都使用了多种画法，根据天性，根据理法，根据想象与创造，有时强调以线造型，以墨辅之，力求在崇山峻岭的雄强气势塑造中透出润泽柔和之墨韵；有时又以水墨为主，以线辅之，在墨气盎然、若恍若惚中，显出以丘壑立骨的构造之美。大自然也常常在饱满构图中，以勾勒、点染、泼墨、破墨、皴擦相辅相成的画法表现山重水复由实到虚、返虚入浑的多端变化，甚至变现实空间为平面构成，变线条皴擦为笔墨肌理，将色彩、色调引入。大自然追求的是水墨的分量和笔触的厚度，强调的是在传统中国画笔墨中的出古阐新，看重的是和亿万年积墨、一朝着色相联系，使作品更贴近天人合一。

雪峰山水能达到如此境界，是大自然学而广、思而深、学而不泥、思而不僵的结果。经过武陵运动、雪峰运动、加里东运动、印支和燕山运动、喜马拉雅运动以及人力打造，从中不难见到宋人的气骨，元人的风韵，有范宽的雄峻、李唐的万壑松风，有黄公望的圆润、高克恭的笔力扛鼎，也有王蒙布局之繁富、石涛意境之清新、龚贤积墨之苍厚，然而这一切又都若有若无，似与不似，而被天地大手笔所包孕而脱胎换骨，转化为惊天地泣鬼神的笔墨品格。

雪峰山水画语言的创造意识有机地把包括形、光、色在内的西画创作技巧和传统的写意笔墨创造性地结合起来，使写意的中国画在保持民族特色的同时获得更强的表现力，因此具有宏大的解读空间，使人心生怡悦。

雪峰山水是活着的国画，每天都是新的。

沉浸于一幅幅山水里赏心悦目地生活，心暖了、亮了，情不自禁会泛滥与红花绿叶相匹配的涟漪，蔓延于心田，回旋于脑海，将岁月淬洗得轻柔如许。长乐未央，目光则会温婉，心情葳蕤成诗。爱与善，便于透明心境中熠熠生辉。风过平野，生发一支歌谣，如同一条幸福丝巾，晃动水色墨韵。

怀着足够的耐心，带着专一耐力，以一种近乎参禅的诚心去读雪峰山水，就会读出满纸的清新，满腹的舒畅，感悟出别有情致的福地洞天。此刻，一桩桩美好的东西向读者源源不断地涌来，在大脑的屏幕上浮现出一幅幅瑰丽无比的画面，让人目不暇接、美意延年。

雪峰山，总是以宽敞的绿色胸襟揽城入怀。它包容着一座座城镇，看城镇的兴起与繁荣；看着城中，那些奔忙操劳的人们，它无声无息。只是静静地，拔高海拔，在每一个光明或黑暗的时刻，以曲线延伸的温柔，以菩提的亲近和疏离，消解人间所有的困扰和纠缠。自古而来，它无限辽远地与暮霭流澜一起，沉藏人间大地的最浩瀚、繁华灯火的最辉煌。

居住于雪峰山下一座城镇，四面被山包裹，这种未经雕饰的璞玉韬光，只有在山与城之间养晦。

无论在城镇的任何一个街巷、步道或者观景台，连绵起伏的雪峰山脉将每一个角落连接在一起，形成城与山独有的韵味。而雪峰山那凸显的王者风范，独特的魅力不断地撞击着城镇眼球，让一座座城镇为之倾倒，并不断向其靠拢。

大自然将雪峰山奇、险、峻雕刻成不可复制的模样，那种独有的在山际线上筑垒出的城镇，让人难以相信是真的。自古以来，八百里雪峰山气势宏伟，森林覆盖面积大，其中富含的物产之丰富也令人叹为观止，足以颐养那些美丽的城镇。

立于某一个城镇仰望雪峰山，会有一片从远古走来的巨大峭壁，或深褐，或青绿，那是经过漫长岁月，千锤百炼中打磨出的颜色。看着看着，忽然间会觉得，眼前的雪峰山仿佛活了，正从亿万年的睡梦中醒来，并以一种峻峭的身躯与神态，向人们讲述一段漫长历史。而空中飘落的雨滴停留在山崖上，让奇峰罗列的山石，变得柔美。雨雾迷蒙中城与山的结合，柔与刚的溶蚀，成就了城与山互相成就的佳话。其实，世上最好的溶蚀，是让一个人嫣然一笑，然后走出困境，重获新生。

那种境界的延伸，会引起城镇超然脱俗，也让山脉更加风华绝代。

试想有一天，浑身披着潮湿山气，立于城与山之间。雨雾迷蒙中的山也是水灵灵的，城镇戴着面纱。在那一瞬间，身背城镇，山水叩击内心，从一掠风中感受到一个世纪日月重光。

漫步于城镇新巷，脚下的山脉因为科技发展变成平坦路面，依然能感受到山川生命的起伏与含蓄。敞开心扉彳亍于大地，肌肤与山石亲密接触。这样的接触是那么微不足道，可即便再微小，即便相隔遥远的路程，生命之源已经在潺潺流动中相会、相识与相知。相信此生与这样的美好相遇，是上苍的垂青。

随着城市化进程加快，站在城镇和大山两个场域，审视地域和时代的关系，反观天地人心的大道，可将拦门敬酒、芦笙踩堂、山歌盘唱、百家长宴、杨梅节、黄桃节、柑橘节、稻谷丰收节、讨僚饭与讨念拜、溪谷漂流、徒步攀登、康体健身、户外音乐会、室内读书会、主体茶会等有机融溢，并通过生动感人、具有诗意和思考价值的细节，感悟出天地人城共筑的深沉与博大。不经意间，雪峰山变得既古老又时尚，山山水水、街巷村陌都是笑模样。

进入新时代，阳光和春风格外钟情于长江以南这片高峻、广袤、神奇、富饶的山地，关注这块自然、风情、人文独具特色的宝地，毫无疑问，也更青睐湖湘中西部这块神奇美丽翡翠，更看重中国二三级分界线上这个生机勃勃的关隘。这里，山峦起伏，巍巍峰峦横亘八百里后，在丘陵平原地带留住了脚步；这里，新旧石器时代文明从水岸向山中横穿而来，蜿蜒起伏，怀抱一块丰润之地；这里，资水沅水滔滔，奔腾不息，无限深情和妩媚，臂弯里依偎着宁静的村落，怀抱里养育着不息的生命。

时光如歌，岁月沧桑。在遥远的过去，先民们带着对美好生活的梦想，对神奇大地的向往，从水边起步，跋山涉水，不断投入雪峰山脉的怀抱。这里阳光灿烂，大地肥美，物产丰富，非常适宜人居，他们为之一振，终于找到了一块梦中的乐土、希望的家园。于是，他们在这里依山而居，傍水而生，朝起夕落，繁衍生息，终于营造起一个美好的家园，创造着一种幸福的生活。从此，这块故土家园，就叫鱼米之乡，又称瓜果蔬菜之乡。

雪峰山，是大美江南的构成，是华夏神奇传说中的一个章节。

庄子说，"天地有大美而不言"。雪峰山正是这样一块钟灵毓秀的土地。这里有一种震撼人心的壮丽，有一种触及灵魂的感动，有一种孤蓬自振的风景，有一部磊落奇伟的传说。在这里，人们必然受到一种心灵的震撼，会感到任何语言都是苍白无力的。

一座山的自信，一个家园的和美，在于风情万种的原生态，在于公认共享的美不胜收，在于活力被认可被欣赏被传播被记忆的日久天长。山里美食，叠彩相聚，固守着极品的山字尊严，呈现出独特的美味示范。季节一到，好多熟悉的野味，露出笑脸，溢出香甜，滴出情愫，亮出肺腑真言和滋润汁液，让山里生活酸中带甜和如愿以偿。清欢山筵上，荟足了雪峰山枞菌、香菇、鸡枞、笋子、木耳、香椿、蕨菜、香樟头以及树花、坚果……烹调取法乎自然，食其本真，柴火灶上，炸、炖、烩、油炸、爆炒、氽汤、凉拌……五颜六色，七盘八碟。一家人品尝着，说笑着，幼孝长慈，乐乐陶陶，都在筷头间流淌着。

读雪峰山这首长诗，是山里人长久以来的精神享受。古时候诗佛王维的诗被誉为：诗中有画，画中有诗。读雪峰山，看似平淡无奇的寥寥数语，实则非是大家风范而不能及也。这首诗歌的语言从容细致，平淡中透出对人性的善意和对阅读者心灵的抚慰，娓娓道来，韵味十足。有雪峰山陪伴，在生活失望里依然能够感受到人生的美好，品读雪峰山让山里人学到乐观的力量：只要胸怀乐土，便处处都是天堂。

据研究，自然的山居愉悦亦缘于两大神奇因子：内啡肽和多巴胺。山里有氧运动，会分泌快乐之源——内啡肽，能缓解疼痛，增强忍受力，调节情绪。在其作用下，山居者身心常处于轻松饶乐的状态。多巴胺主要负责传递让人感到怡然的信息。一个山居者劳作或运动一下，即会产生由内而外、从身体到精神的欢娱，创造心灵的逸乐体验。

于雪峰山敞开胸怀，山乐，顷刻之间就可以汇聚成海洋。

茶　乡

　　资水蛮山之间，黑茶从雪峰丛林走来，从芙蓉山到云台山，从白沙溪到高马二溪，从唐宋到明清，自古都在生息繁衍着。

　　安化古处湘中腹地、雪峰山东麓，崇山峻岭，旷里荒蛮，交通闭塞，苗瑶杂居其间，分为梅山十峒。梅山峒民在独特的环境下，形成和发展了一种独特文化，这种文化默默地流传千年，直到宋熙宁五年（1072）后才汇入中国文化的江河。《宋史·梅山峒蛮传》记载："梅山峒蛮，旧不与中国通，其地区东接潭，南接邵，其西则辰，其北则鼎，而梅山居其中。"

　　朋友相邀，有幸参加安化黑茶文化节，立于茶外，浅浅窥视到茶乡安化的浪潮汹涌，一个行业的江湖博弈，一盏茶的欢喜忧乐，如一座山的高深莫测。

　　安化很美。当年，年轻的毛泽东游学梅城，为山城景色所倾倒，在三元塔留下了"洢水拖蓝，紫云反照；铜钟滴水，梅岭寒泉"的题句。跟大多胜景最开始的命运一样，这座"养在深闺人未识"的美丽小城，因其闭塞而沉默。近年来，当地政府以弘扬梅山文化为契机，主打文化牌，延续传统的"羽毛球外交"，以安化黑茶和蚩尤文化为拳头，把这颗大山中的明珠逐渐磨洗雕琢，展现于世人面前。他们秉承"梅山蛮子"的血性，下决心改变交通不便的弊端，如今，二广高速贯穿安化，怀桃公路溯江而建，逢山开道，遇水搭桥，凿穿了坚硬厚实的山体，松动了山城囤积已久的闭塞之气；马安高速、东渠公路加紧施工，农村公路、安防工程齐头并进。千年沉积，被改革开放的飞跃发展全盘带活，那些千古以来遮不断的隐隐青山，流不断的悠悠绿水，正在见证一个迟来却必然的奇迹发生。

　　安化这片热土相继走出了近代思想家、书法家、清朝重臣，走出了现代两院院士、军政要人，走出巨商大贾以及一大批体坛世界冠军。安化，因这些骄子更是金光璀璨。

　　茶乡安化，茶农修筑的多是旱地梯土。层层叠叠的梯土上面，种的是茶树，茶树借梯土之势，舒展而整齐。梯土茶园之美，一凝目就能被吸引住、被震撼到；画面仿佛扑面而来，张怀可揽。一座座山头，逶迤起伏，像大海的波涛；郁郁苍苍的茶树，顺着山坡铺展，从山脚层层叠加，漫向山顶，溢向天际。徜徉茶乡，整个人仿佛被无垠绿浪高高托起，随浪起伏，飘飘欲仙，忘乎所以。茶乡抒写的，是雪峰山豪壮的激情、浪漫的想象、深情的恋歌。

茶业振兴，安化黑茶产业逐步形成了全产业链快速发展的新局面。据黑茶节主办方介绍，目前安化县共有茶叶生产加工企业上百家，数十万人从事与茶相关的生产经营活动。黑茶文化节以"安化黑茶世界共享"为主题，邀请国内外专家共商品牌大计，助推安化黑茶产业转型升级，让茶得以漂洋过海，漫布世界。在一片茶上，安化站成了高高的芙蓉山和云台山，垒高了雪峰山的巍峨。

安化黑茶用如火如荼的体温与性情，将多少人从茶业白丁熏陶成茶商，又将多少人从非茶人引入茶文化苦旅。

无论是黑茶经销商、生产主还是黑茶文化传播者，遇上一个特殊时代，很多"界"像一堵堵高墙，冷酷地耸立在眼前，令人难以逾越。现实中，在一道门槛前，人们有时来不及看清那把锈蚀的锁，来不及触摸沉重的铁门环，来不及张望一下门里的热闹，来不及聆听一朵花儿的绽放，便被滚滚红尘裹挟，被生活的惯性推向另一道更高的门槛之前。蓦然回首，灵魂依然在门外逡巡畏缩。

安化黑茶，它始终生长在人类最宜居的地方，始终与人类保持最亲近的距离。不管你是平头百姓，还是富商大贾，它都在那儿，你一伸手就可以够着。你可以视而不见，也可以长相厮守。你可以浅尝辄止，亦可以极深研几，与其结缘，成为与茶一见钟情的茶人。

成为茶人的路上，山麓依然是绿色的前沿。

成为茶人的路上，延伸的路，是一个个疑问句。

成为茶人的路上，只要稍一停留，就会有关于茶的一连串问题像海浪汹涌澎湃地袭来。为什么有些茶品少人问津？为什么有些投入与收成不对等？为什么茶行业这么乱象纷纭？热闹与寂寥的茶节，欢喜与悲苦的境遇，冰火两重天的考验。一个茶人在一盏茶前迷蒙，又一个茶人在一盏茶前欢欣踊跃……

茶思，在无法触及的地方，承载着人性最原始的负荷。

面对迷茫，阅读着羁留于清悠茶香里的禅理，朴素的情绪涵盖了浑身敏感的经络。多少本能的泅渡，都来自缠绵如歌的跋涉。脑海中洁白的思想，真的很难抑制对一盏安化黑茶的热恋。那就热烈地守候她吧，哪怕守候的是一个初始的希望，也要完成一次义无反顾的原始回归。

有茶的雪峰山生活，冥冥中似有一盏茶的定数。一个人与一盏茶相离相遇，人即茶，茶即人，人非人，茶非茶，亦梦亦幻。

与道地安化黑茶从业者对话，一盏茶上，如何艰难跋涉的往事，历历在目，都在手上端着。

盛大的文化节，的确让到来者经历了一场黑茶风暴，拥抱了黑茶闪电。之后，继续打量一款款安化黑茶蝴蝶般到来又离开，看到了略感沉重的行迹，掉头的风向，以及错过花期的叹惋。

茶相继以魅香为刀，在茶人的肉身和灵魂中烙下重重印记。

茶人歌咏大地，放牧茶思于九州。茶灵牵引着风儿，在展会各个角落久久徘徊……一家一家地走访，把一盏盏茶喝到醋舌碱唇、腹热心煎，而人们一往情深的梅山文化、茶道历史、巫歌傩韵、雪峰山幽深的茶故事却只见一鳞半爪、蜻蜓点水，惜乎。

三天后，黑茶文化节落幕，人们相继离开。

成千上万的人来安化，行色匆匆里定然带有一定的期望，安化一行，得到了什么？繁华之后，有没有失落？

商业模式在此跨界观察，品牌价值在此越省或越国传播，行业大佬在此融合交流，高端资源在此聚拢共享。专家学者亦在此会集，探讨中国茶业未来发展方向，为广大茶农谋福祉。

安化黑茶，如同一卷经典线装书，在秋高气爽之际，茶香舒展，演绎一出茶的大型舞台剧。在一个个情节里，人们分明感受到，茶上，生旦净末丑，展开着一群独具情怀的茶人扮演的时代奋斗大剧。

回到家中，犹记得芙蓉山的洢水四保、新农民、七十二峰，记得高马山的高马二溪、高马山、高马九湾，记得老品牌白沙溪和湘益，记得展会主角、短短几年内迅速成长起来的黑茶航母华莱……上百家参展茶企，成千上万茶上行走者演绎安化新时代的黑茶战国。

千千万万新老面孔，大部分屈服于平庸茶路上的苟且，一小部分虽为平淡，却不断用生命追求一盏茶上的完美。前者与波澜不惊相随亦被裹于一道厚厚的茶茧，把茶生活与自己活生生地置于一片茶狭长的叶脉里闻香徘徊；而后者，不断地放大着生命价值的极值，于大海一样宽广的茶汤上深入浅出，咀英嚼华，在魅惑的茶道间逍遥优游。

站在一盏安化黑茶上，一部分人因慈悲而爱，一部分人因爱而慈悲。

寻觅万水千山见不到那点茶灵，匆忙人生，都因茶起落，化为一阵阵轻烟。

"都是高马茶，都在核心区，唯有用心与坚持不一样。"这是一条茶文化节的广告用语，来自高马九湾。

把茶做黑，把头做白，这是一位做茶者的真实写照。为茶消得人憔悴，可见其在茶上用情之深，倾注心血之多。

若即若离，似有还无。我述我茶，我写我心。

从安化出发，有一条连通西北与俄罗斯的万里茶路，一条被袅袅黑茶香与粗犷骏马阐释淋漓尽致的长路，一条穿越高山峡谷将泥土清香带进大漠轻烟的路，一条逐渐隐没于曲折岁月却让一个民族难以忘怀的路。

万里茶道源于雪峰山的肥沃，经由长江流域，向西向北，通往白雪和净土，通往圣山与极乐的天宇，再往西往北，就是西伯利亚与欧洲。

曾经的黑茶人攀着陡峭崖壁，听着松涛天籁，唱着祖辈相传的古歌，一同走在崎岖路上。于是，那一刻，古老而年轻的东方，曾经被黑暗困扰的东方，顿时变得茶亮水暖。

奔放的村庄，矜持的汉调，悲怆的笛韵，都伴随着马蹄声声，铜铃悠悠，一路汇聚成一首无比宏大的交响曲，那是一个东方民族共同的心跳，那是一条历史的长河激昂的协奏，是一份来自天上人间的难于抗拒的黑茶福音。它时而清澈，时而激荡，汇入永恒，造就出经典所无法描摹的绚丽。

一盏黑茶，西出安化，走入历史长河，寻找国茶在世界格局中的地理坐标和一种饱满的思想感情，雪峰山阳光、星月、茶灵是最好向导。

从安化出发，从春天出发，这是一条漫漫长路。沿着草原荒漠，穿行于河西走廊的丝路花雨。有一只神祇的手臂，顺着茶香指点无尽的汉唐辉煌、宋元尊贵和明清文明。

光阴密码里，古老的路径，深深浅浅的脚印，踏破了岩石山岗。汉子的吆喝，掀起豪情万丈。隔着遥远距离，仿佛可以看到，一群群赶马赶骆驼的人，把历史与地理、家国情怀安放在马匹及骆驼背上，驮满黑茶，越过风雨沧桑。

从安化向西向北眺望，大地张开千万条血脉，血液汩汩流淌。天空，白云，荒野，绿洲，雪山，故城，四野都是空间的苍茫，四野都是时间的白晃。

西风，古道，胡杨，打马而过的村庄；胡天，羌笛，篝火，结露为霜的帐篷；关隘，驿站，孤泉，寂寞难耐的烟火……与出塞的昭君擦肩而过，失之交臂；和文成公主在和亲路上相遇，促膝而谈，向隅而歌。踏上古道，一不小心就成了一道独立的风景。

沿着一组边塞诗，走近边区。距离，寒冷，阴霾，怎能阻隔内心澎湃汹涌的潮水？前方有一盏渴思炙热地呼唤，将要唤醒沉睡多年的爱恋。

且在马头琴琴弦上醒来，一盏安化黑茶的前方，还有那么多的路要走，大地之上，还有那么多的生命需要润泽。水孕的情感，穿越距离，穿越沿途的沟沟坎坎，融化命运的坚冰，向西，一路向西。

清脂肪、减肥胖，清肠胃、助消化，清血管、降三高，清毒素、护肝肾，"黑茶一何美，羌马一何殊"。

黑茶从湖南安化启程，一经武汉、西安、兰州、玉门关抵达乌鲁木齐，再由乌鲁木齐至相邻国家。一经湖北、河南、山西、河北、内蒙古，从伊林进入现蒙古国境内，沿阿尔泰军台，穿越沙漠戈壁，经库伦到达中俄边境的通商口岸恰克图；从恰克图经伊尔库茨克、新西伯利亚、秋明、莫斯科、圣彼得堡等十几个城市，又传入中亚和欧洲其他国家，使黑茶之路延伸 13000 余千米，沟通亚洲大陆南北方向农耕文明与草原游牧文明的核心区域，并延伸至中亚和东欧等地区，成为名副其实的"万里茶路"。今天的安化黑茶人如何背负使命与理想行走，用脚步连接昨天、今天与明天，让目光与心灵在一盏茶上提升新的高度，这成了一个崭新命题。

"头茶苦，二茶补，三汁四汁解罪过。"

生活中，安化人可以没有鲜花，可以没有浪漫，却不能没有黑茶。没有安化人想不到的茶经，也没有安化人不敢闯的天下。面对一盏黑茶，心中总会涌现一个情景：安化茶农从茶山下来，脱下泥裤，套上雪白衬衫，开着汽车，吹着口哨，奔赴大江南北的茶市。

喝完一壶安化黑茶，怀着一把空壶，任蒹葭从容地飞过，想重寻消逝的来路，重寻一切已经漠然的记忆。此刻，壶与时间无关了，它成了所曾经历过所有往事的唯一证词。身上除了茶香，一无所有。

高山，溪流，云雾，苍翠，湿地，亘古，传奇，创新，开拓，簇拥着黑茶之上的清醇和芳馨。千年的传承，古老的甜蜜，依然闪亮着不凡的宁静，清澈如水的温润。

一路行走，不能停止思考。思考可以牵着往上攀登高峰，那是一个人超越自我高度，让每一寸脚印叠起山的丰碑。

识茶，要认识它的正面与反面，认识它的前世与今生，认识它的内涵与外延，认识它的清苦与甘甜。茶意本菩提，非风花雪月，可追随三生。茶之意趣，往往就在品茶背后，在转身一瞬间，在灯火阑珊处，在梦醒时分呈现。安化黑茶能够有道，自有它的神秘幽深。道其实就是人的精神与文化相融的智慧结晶。当人与茶水乳交融，茶道就会在千年潺潺流水中荡舟而来，就如唐朝独钓寒江雪的诗人，钓雪、钓诗、钓人生的精神早已超越了一个意象本身。在识茶的漫长途迤中，要耐得住刻骨的静谧，让一双慧眼于无声处暗度陈仓。

将珍爱的一款安化黑茶，小心翼翼地揣在怀里。零距离相依，没有缝隙，没有猜疑，甚至相互扎根，相互成为彼此的依靠。哪怕是在夜阑人静，也要互相枕藉，互相靠近额头，让时光慢慢变薄，让体温慢慢变厚，让沉默是金的香，贴着心情潜滋暗长。

安化黑茶有兼容并包的属性。它与琴棋书画诗酒花都能交朋结友，都能握手言欢。"落日平台上，春风啜茗时"是杜甫的闲逸；"雪夜清甘涨井泉，自携茶灶就烹煎"是陆游的怡然；"雪沫乳花浮午盏，蓼茸蒿笋试春盘。人间有味是清欢"是苏东坡的豁达。茶是古人含蓄内敛的性格和清静无为、入世出世的理想。茶上见真、见哲、见禅、见性灵。话融天下事，茶沏一室香，茶人与文化，一堂必成正果的漫漫修行。

一款好的安化黑茶是养在深闺里的女子。爱她，娶她，就要富养她，给她一个温暖的家，一个能让她展示才情的舞台。这样，才能将她滋养得淡淡妆天然样，才能在合适的时机，让她甫一露面，就惊艳尘俗。

说好中国茶故事。

整合资源，规范大商业背景下的茶业运作模式，形成良性的有序竞争。

捧起安化黑茶的同时需要面对难以割舍的放下。

偌大的中国，偌大的世界，偌大的安化黑茶，要和一个伟大的时代共同成长。

立于雪峰山高程，看一山一山的茶园，它像一粒粒珍珠，更像一粒粒翠润的茶珠。一座座珍珠般的茶山，搬不走，它定格在安化黑茶的发源地。经过渥堆、干燥、筛分整理、拼堆、计量、汽蒸和压制定型等工艺生产，陆羽品鉴，陶澍收藏，飘香的安化黑茶，茶行万里，誉满天下。

将一盏安化黑茶悟得醍醐灌顶，由菜鸟到骨灰级茶人不断进化，从提篮小卖到小执牛耳，从听话到发话，放得开，走得远，拿得起，放得下，可以无限抵近茶界，见大光明，得大自在。

茶乡归来，一座雪峰山云寂、风清，茶色三千随心倾。

山　画

　　文化与山结缘，不需要太多理由。山里的文化，是依附山民生活、习惯、情感和信仰而产生的。它增强了民族认同，强化了民族精神，塑造了民族品格，集体遵从，反复演示，不断实行，这是文化得以形成的核心要素。

　　年画，是中国特有的绘画体裁，也是雪峰山一带民间喜闻乐见的艺术形式。它大多在新年时张贴，用于装饰环境，含有祝福新年喜庆吉祥之意。雪峰山里，一提起过年，几乎每个人心中都会出现不少色泽鲜艳、喜气洋洋的年画，承载了太多山里人关于年的美好记忆。

　　滩头，一个在雪峰山地区很有底气与色彩的名字。据祖辈介绍，祖上曾多次行走滩头，说早年其北面有三条溪水汇集，天长日久积沙成滩，因此有了这个贴切的名字；而这似乎不仅仅是大自然的沉淀，流沙冲击形成的沙滩，仿佛都成为过滤了的色素沉淀与文化积累。

　　小时候就看过滩头年画，听祖辈们讲说年画寓意，讲述滩头年画艺人。之后看《宝庆府志》有载："节序正月一日为旦，画神荼、郁垒（门神），以御凶神。"想象中的滩头，是一个烟雾缭绕、空气中飘洒着万千色彩的古镇，那些大红大紫的颜色，被一双双出神入化的妙手牵进画里，牵进山里山外千家万户的门楣与厅堂，发酵出烟火与酒的醇香。那里的每一个人都是艺术家，青石板铺成的老街仿佛作坊中那些经过千百万次套色后的梨木雕版，随随便便一摸便能触着一些深深浅浅的历史凸痕，在雨水里星星点点地闪着岁月光斑。年复一年，"滩头"一直璀璨在"年画"背景之上，完全可以想象当年人们挑着大箩小筐的吉祥年画从这里走向山南海北的盛况。

　　滩头街巷沿坡而筑，周边竹林都倾身朝小镇方向聚拢，它们定然也感受到了梨木雕版的清香、年画姹紫嫣红的魅力。山坳中所有屋子似乎都不在同一个水平面上，穿梭在这些错落有致的房屋中，多了些情趣，也多了分担心，生怕一不小心就踩坏了这里的年代记忆，打扰到正大昌、大生昌、大成昌、道生和、生成昌、和顺昌、松荣祥、钟良美、宝悦来、天顺昌、义生和的安宁，惊动到《桃园三结义》《秦叔宝》《尉迟恭》《和气致祥》《麒麟送子》《花园赠珠》《西湖借伞》《龙凤呈祥》《老鼠娶亲》等中的年画人物。

"莫说滩头口岸小，四十八个钱米流。"滩头有"七绝"，即手工土纸、色纸、花纸、香粉纸、凿花、纸马、年画，其中色纸在乾隆年间为朝廷贡品，滩头木版年画和手工抄纸先后被列为国家级非物质文化遗产。

行走滩头，与其年画相反的是，古街一些余留的窗棂仅用各种简单的木样雕饰着，没有漂亮而复杂的颜色，也没有巧夺天工的雕痕，无形中却多了些淳朴和厚重。门扉上或新或旧的年画，有着一段动人的故事。传统，在这个制造传统的地方，仅仅被局部地挽留。

如果将滩头从年画制作中抽象出来，它或许便与雪峰山里其他小镇一样，农忙耕作，农闲休息、定期赶集、节日欢闹。无法从文字记载中去考证滩头年画的起源，唯有一些民间传说可以聊为一闻。其一，说是明末，长沙秀才王东元聪明过人，且有绘画才能，夫妻俩逃荒来到滩头投亲。为谋生计，他们利用这里得天独厚的条件，开办了年画作坊，生产出数十种年画产品，由贩运土纸、色纸的商贩，推销到全国各地，滩头年画顿时名声大振。其二，明清时期的宝庆，雕版印刷业兴旺。印刷品累积，一些搞印刷的工人被外派推销。他们走南闯北，穿街过村，发现了一种彩印的画纸，新年时节贴在门上、壁上，增加喜庆气氛，深受欢迎。一打听，这种画纸叫"年画"，有人物，有故事，造型、色调十分生动，十分艳丽。凭着职业敏感和习惯，他们把外地年画稿本和刻板套印的技术一件一件地学了回来。最后，这种技术在山区小镇滩头扎根落户，并由此，成就了一个雪峰山里的品牌：滩头年画。

滩头年画采用传统的木版水印套色，同时又兼用人工加绘方法。所有工序中，最突出要数粉纸运用。印刷前，首先要在土纸上刷上一层白粉，其原料是本地峡山口、沙坪一带出产的白胶泥，原料取回后，要经过打料、浑水、漂细几道加工程序，而后调成稠稀适度的糊状备用。滩头木版年画之所以成为传世经典，关键在于滩头的土纸。土纸的用料为当地山中的嫩楠竹。砍竹的季节为每年的小满前，砍下的竹子还必须刮去上面的一层青皮，古称"杀青"。然后通过浸沤、清洗、浸泡、踩坑、抄纸、焙干等多道工序制作完成。整个过程没有任何现代化的机械操作，故称之为原生土纸。这种纸的纸质细而薄，柔韧而不脆，遇水后不卷不皱，吸色性能好。在纸上刷上一层白粉便可印制年画。倘若在白粉中加入香料还可制成香粉纸，曾盛极一时。

而在作坊里间的墙角，整齐地堆放着数十块大小不一的梨木雕版，上面还留存着红黄蓝绿等不同的颜色。开工时，在木版上刷上各种颜色，再将纸覆在上面，纸上呈现的是与木版完全相反的图案，这也正是年画雏形。一幅完整图案往往由不同的线条和色块组成，因此需要用多块不同木版用不同颜色印刷，每一次印刷都不能有误差，否则图案就会走样。通常，每一幅年画为六道版，套印的顺序大致为：嫩黄、品绿、品蓝、红丹、玫瑰红、黑线板。一张完整年画制作出来是一项烦琐的手工细活，多次印刷，多次手绘，需经过二十多道一丝不苟的工序。

滩头年画简洁、质朴、鲜明、热烈，其人物造型夸张、洗练，神态生动。如门神的造型，为突出头部"粗眉大目，神形要足"，艺人们大胆地将人体高度缩减为四个头高，体态作横向夸张，充满整个画面空间，形成一种方厚如山的体量感。其画约有20余种，可归纳为吉祥如意、辟邪祝福与民间故事、神话传说以及新时代年画。

人们最喜欢的还是鲁迅先生在散文《朝花夕拾》中描述的《老鼠娶亲》，它以拟人手法将老鼠嫁女的热闹场面描绘得形象逼真：送礼的、鸣金吹喇叭的、抬轿打彩的一个个尖腮细腿，活灵活现。此年画当地还流传这一说法：老鼠非常狡猾，能听懂人们对它的议论，因而人们把这些本领高强的老鼠称为"高客"，每逢过年过节，大家图个吉利，不愿杀生，只希望把这些"高客"送出门去，以求居室安宁。宝庆民谣说："老鼠嫁女，嫁到哪里？嫁到猫公的肚子里。"老鼠欲将女儿嫁给有权势者，开始认为太阳最好，但太阳说自己会被乌云遮挡；那就嫁给乌云吧，但乌云说自己会被风吹走；那就嫁给风吧，但风说自己会被高墙挡住；那就嫁给高墙吧，但高墙说自己最怕被老鼠打洞；而老鼠又怕猫，那就干脆嫁给猫。于是吹吹打打送女出阁，最后全部被猫吞食……画面上张灯结彩，喜气洋洋，有娶亲仪仗队，花轿、彩旗、灯笼、伞盖和鼓乐队，应有尽有，俨然人间嫁娶盛况。抬轿、打执事、奏乐的都是鼠形，新娘和新郎的模样，各种版本略有不同。人鼠同俗，借鼠喻人，滩头年画用色彩与线条塑型将这个民间故事渲染得趣味盎然、俗中见雅。

麻阳现代民间绘画是雪峰山民族文化、民间艺术沃土上孕育和发展起来的一朵山野艺术奇葩。它以浓郁的民族民间特色、地域乡土特色、时代生活情趣和现代民间绘画风格跻身画坛而蜚声中外。1988年2月，国家文化部将麻阳命名为"中国现代民间绘画画乡"。

麻阳现代民间绘画起源于20世纪50年代，蓬勃于改革开放，它像一棵雪峰山野百合，根植山里土地上。宽厚叶子映照着曙光，美丽花瓣在阳光下妩媚跳跃。它平静、安详、大方、沉寂、不俗中透出一股雅贵。虽然，她曾经有成长的酸涩，但它却携带一种如火如荼的浪漫与骄傲，展现出一个社会主义新时代的风采。

麻阳现代民间绘画充分运用雪峰山人民丰收的景象和改造山河、战天斗地的场景，经过多年发展和广大作者创造升华，逐步形成既有楚文化和苗族神巫文化、盘瓠文化、傩文化根基，又具时代生活情趣，更别于西方传统绘画的独立画派。它广泛为人民群众所接受，山里众多住宅、文化长廊、宣传牌坊、乡村舞台、农家书屋、路桥石碑、祠堂、寺庙、庵堂等建筑绘画都出自山里民间画师之手，将这些绘画融汇苗绣、挑花、蜡染、印花、剪纸、雕刻、木版年画以及原始美术、儿童绘画等造型、色彩、构图规律和表现手法，保留民间绘画作者自身独特的原始朦胧、潜意识的质朴、纯真、稚拙、童趣、犷野、神秘的审美意蕴和混沌思维现象，博采中外各画派风格之长，再以巧妙构思、丰富想象，赋予其楚巫文化浪漫、神秘色彩，大胆地以饱满色块进行饱满构图，大胆打破时空界限，营造出造型稚拙夸张、富于装饰性的艺术效果。

仔细审视麻阳现代民间绘画就会发现，牛腿上的眼睛照亮泥土深处的世界，牛头上的眼睛点燃天上星月，旱土上龙舟飞越春秋战国，流水中龙舟淌过蜻蜓锦江，说话的石头喊出原始偈语，参禅的石头坐成半座雪峰山的孤独，歌唱的花朵站立五彩土地，飞翔的花朵攀上朵朵白云，篝火的舞蹈种植牛角号，炊烟的舞蹈与铜铁互冶。一把横在木梯上的刀刃已被唢呐声磨利，袒胸露背的汉子正向尖锐向亘古回援；卧于夜幕下的路已被牧羊曲擦亮，莳花弄菜的山女正向红红火堂屋走去；缠绵的花伞，背娃负妹的男人，古老而神奇的传说，流光溢彩的花灯，坚实的铜鼓，原初的山歌，野性的酒，抒情的茶，都能让鸟儿会站于巫傩肩膀上栖息，让花朵能随着楚风汉韵绽放，让太阳躺在盘瓠遗篇上熟睡。家酿的米酒香甜，自开的山花媚眼，来自田里的糍粑糯软，水软山温的礼包怡然，迎送的鞭炮闹火，整个人被一种稚憨喜庆感染陶醉，不能自已。

从雪峰山深处走来的麻阳现代农民画，曾经并且还将用乡音预兆丰稔，用土腔祈盼幸福，以俚词呼唤爱情，以颜色编织梦幻。把民风吟唱成不老的颂词，将民俗摆弄成恒久的绝唱，为田野插上腾飞的翅膀，给雪峰山披上一件绝美的霞帔。苗家老少，不分男女，很多都是天才画者，情到极致的时候，铺开五彩，一挥大笔，能将天光云影从九天之上拉到木屋村落，可将不老神话从原始时代拽到如花盛世。

进入雪峰山深处，感官没有太多的闲。人们必须反复擦拭眼底的云雾，用朝圣者特有的虔诚把闪光的山南山北、山上山下、村东村西、田里田外翻来覆去。云开雾散，天空呈现能让心痛的瓦蓝，为行进的脚步与眼睛腾出明亮的视野。一座山的神秘，就屹立在面前；一座山的颜色，就聚于心头。

当一种热情持续地打开，雪峰山仍面目沉着，不动声色。它保持衣锦绸衣，让一片含着花瓣的诗歌立于山顶，娓娓道着鲜花的温度与荆棘的艰辛，让许多寻找柳暗花明的脚步都能来去出入。

各居雪峰山一隅的滩头年画和麻阳现代民间绘画造型憨实，色彩火辣，原生态材料以及独特的表现手法，使人初看则喜，再看则爱，久看称奇，具有浮雕一样呼之欲出的视觉效果。其存在的意义与价值，在于它们代表了一种文化，一种精神。它们以其鲜艳、强烈的色彩，夸张、粗犷的造型，反映着大山子民的朴实、单纯、健康以及乐观向上的思想情感和社会现象，对解读雪峰山，增加了一个灿烂的入口。

雪峰山民放下镰刀、锄头、斗笠、犁耙，展开色彩，铺开纸张，用最粗糙的手作画，土地是他们创作的元素，田野水韵是他们勾勒的墨汁，乡风野俗是他们创作的源流。一双双灵巧的手，一堆堆原始的色彩，浓郁了乡村风貌，提升了乡村精神，一座雪峰山成画，季节、田野变得厚重，山里人的乡土艺术，永远属于雪峰大山。

香 境

雪峰一脉楠木山，其山腰六百米海拔处悬一高山村落——花洋溪，居住着石、向、张、米、沈等姓氏后裔。

据石姓族谱载，元大德十一年（1307），其祖二郎公由江左迁徙至此。初立茅屋，居住有年。后开发田亩，并小有积蓄。遂于溪上荒坪打屋基，欲树新屋。突然间，从树林里窜出一对花羊，对着二郎公咩咩地叫唤。

二郎公停止手中劳作，向着突然出现的两只花羊出神。迁徙于此，有一种动物在他内心驻扎，它是农耕灵魂的踪迹，也是农耕精神图腾，那就是羊，二郎公老家曾经喂养。这对花羊似有神的指引，竟向二郎公走了过来，二郎公将两只花羊赶入家中，喂养繁殖。从此，这个地方有了名字：花羊溪。

流淌的岁月中，携带的寂寥、禁锢，以及幽深的大山，在试探着远方。花羊溪，遥远的往昔，淳朴、厚重。小溪潺潺，绕村而过，一道道斑驳的阳光，洒在篱笆墙和老宅的院内，柔软而魔幻。

一去数百年，时间到了清道光年间（1821—1850）。花羊溪房屋数百，人口愈千，并发展成一个典型的高山集市。银匠铺、铁匠铺、剃头铺、南杂铺、伙铺等应运而生，市井繁华，蔚为壮观。那时请一个手艺人上门，每天的工钱是一升花羊溪米；女儿出嫁，最好的陪嫁是一斗或两三斗花羊溪谷子。在花羊溪寨团，一条宝洪古商道从此经过：宝瑶—龙口江—竹麻田—钟江—雷打坡—花羊溪—老同山—枞坡界—六板田—洪江。有宝瑶挑草纸去往洪江的客商，抵达花羊溪时，曾误以为到了目的地，竟高兴地歇担，嘴里夸赞："这里真洋气啊。"村民掩嘴而笑，告之说，这里还是花羊溪哩。之后，人们觉着洋字更好，便将此地更名为花洋溪。

"花洋溪晒顶子，岩头湾（岩头湾：洪江区的一个地名）晒银子。"

清代，花洋溪曾经有过一段全盛之期。据长者口口相传和族谱载，这里曾经出过不少武官。原来是李自成败退八面山之后，手下一位将士率领数十武官在此落脚。之后，他们的后代继续习武练枪，一部分吃上衙门饭，一部分以打猎、保镖为生。后有遗留下来的两把愈百斤大刀可以做证，只可惜大刀毁于大炼钢铁。

花洋溪老人们都知道，团寨前的空坪曾经是一个演武场，从这里走出过很多习武人，演绎过不少有关我武惟扬的传说。

金戈铁马和旌旗呐喊都化为晨曦一场雾。历史传奇就是雾一样的形态，看不清便加上许多想象。花洋溪曾经是荒原，没有名胜，只有很多大枫树，一湾一湾，长成参天的模样。枫树坪前，人们常在夜里听见有厮杀之声，野地里常捡到锈蚀的箭镞。当年征战的过程变得扑朔迷离，某一场决绝厮杀决定最后的输赢，却未见永恒的拥有。金戈铁马，众多将士用生命证实战争冷色，证实一方胜利的苍白，证实彼此色彩中曾有的尊严，证实花洋溪曾经的血性与闹火。

"花洋市"，是近代产生的一个故事。从这里走出的一个山里人，在外面的大城市爱上一位女青年。女青年问其家住何方，他脱口答曰："家住湖南花洋市。"女青年随他走到洪江时，问："怎么还不到花洋市呀？"答曰："还有二十多里。"当到达花洋溪时，女青年大失所望，骂其骗子，答曰："花洋市，曾经是一个大集市，没骗你呢。"

而今，花洋溪未见肃穆，只见炊烟和游移的目光。夜半，人们早忘记白天里风雨的暗示。然而，与昨日一脉相通的人，却在梦中看见血光和杀戮，看见自己故去的先人、历史和传说，竟在梦中淋漓复映——五马铺槽，跑马射箭，双龙夺宝，五子掌印，六羽纷飞，龙颈高昂，这些堪舆传说无不暗藏地理玄机与人情隐喻。

脚下古朴石板，映衬着岁月坎坷，一些行色匆匆的光影，在来回跨越家的门槛，跨越风吹雨打与欲理还乱的离愁。游子简单的问候，打理思念，轻轻抚摸一草一木，情感里蕴藏着一种无法比拟的表达。

在黔阳（今洪江市），水稻的栽培历史相当悠久，岔头高庙出土的稻作文明可以佐证。一株株原始野稻，在不同的自然环境和栽培条件下，经过长期的自然竞争和人工选择，就会形成类型各异的水稻品种，其中珍品之一便是香稻。香稻香味浓馥，米粒晶莹，米饭柔软适口。

香稻自身含有香味物质，其香味超过人对香味的识别阈，且其叶片、内颖、外颖、根、胚、雄蕊、雌蕊、谷壳、米粒、稻草等均能散发香味。

香气是稻米的重要品质特征之一，所以香米不仅具有食用价值，而且有很高的经济价值。香稻因含有2-乙酰基-1-吡咯啉（2-AP）等，可发出清新的香气，且有着优良的品质，受到世人青睐。

在花洋溪寨团，有一大片能产出香稻的神奇水田，其"特殊香异功能"千年不衰，至今没有人能解释其中之奥妙。这里的梯田从外貌看显不出什么特别，但它种出的稻谷，却与其他地方的水田经同耕、同种、同生长、同管理的稻谷判若两样，犹如生长在两个天地。最奇特的是，无论是种植原有的老稻种，还是变换其他水稻种子，这里的田亩都能产出香稻，而且不论遇上多大的干旱或灾害，它总是次次免灾，旱涝保收，其香稻气味不减，其米色、米质不变。据清朝《向氏族谱》载："香稻产自花洋溪寨团田畴，明色、晶亮；烹之，异香扑鼻，馥溢四邻；每饭成，以猪油拌之，其香软胜于糯米……"

尤其是九石丘靠里之一半，世代种植香谷种，其高过人，其芒盈寸。香水稻在生长时对日照时间要求比普通水稻更为严格，日照时间越充足，最后的成米香味越浓。收割之后，香水稻要晒足时间，直到咬一颗香米"咯咯"有声，才算是晒制完成。一鼎罐饭只需加香米少许，则满罐皆香。据说花洋溪香稻早在元代就名扬华夏，是历代黔阳官吏呈献皇宫的贡品，平时耕种而不得食，故有"皇米"和"官米"之称。

更加奇异的是，在种植过程中，香谷种曾几度断了留种。过不了几年，它竟然暗藏野性自生自长，又有几穗成熟，香谷种得以传到今天。一个原始的物种得以保全下来，颇不容易。

香境花洋溪，除了有香稻，更是有气势恢宏的花洋溪梯田，诠释了苗家稻作文化在大山云端之上的繁荣。

花洋溪梯田，如层层叠放在山中的书本，携带着愚公精神的崇高和精卫填海的可贵；像一首首荡气回肠的山歌，抒情着沧海桑田的变迁和春花秋月的故事。

花洋溪梯田，是上天奉献给深渡苗乡的礼物，是山民书写给大山的风流。那样大片大片的梯田，又在山坡上，开垦和种植的难度可想而知。据说从元代到清初，600多年，才开垦成现在的样子。无法想象，世代居住于此的先民们，经过了怎样的艰辛，才一锄一犁、一丘一层地开垦出来，种上水稻，种出香谷。最早到达这里的居民，望着连绵起伏的大山，是怎样坚强的求生意志，让他们决定用刀耕火种徒手开垦出一片繁衍生息的家园。几百年以后，人们在这里，欣赏着他们的劳动成果，仿佛看见他们一代又一代辛勤劳作的身影浮现在这优美的曲线上，只能被他们的力量和智慧深深折服。

立于山腰公路，一望无际的梯田，从沟底漫延至山头，从东山延伸到西山，层层叠叠，横无际涯，像时光的枕头，像岁月的年轮，深沉而内敛，有点高深莫测，有点曲高和寡。山风吹过梯田，舒展了每一根曾经疲惫的神经，稻香漫过梯田，唤醒了每一丝犹存的渴望。春天走过是生机，夏天来到是蓬勃，秋天放歌收获，冬天收藏故事。

荷锄的农夫播种着明天的幻想，宽口的锄头缝合着土地的忧伤。兴修梯田的日子，土地整理着纷乱心事；春华秋实的季节，梯田兑现了庄严承诺。曾经的冷漠与忧伤渐行渐远，曾经的贫瘠与荒凉每况愈下，曾经跑水跑土跑肥的"三跑田"变成保水保土保肥的"三保田"，曾经的深山老林变成如今的金山银山。一片片绵绵延延的梯田，宛如一张张五彩斑斓的五线谱，在千沟万壑之中，匀称地舒展在苍茫的天地间，而辛勤劳作的山民则如点点音符跃动其上，把一种强烈的音乐感染，弥漫在天地之间。把缕缕霞光抹在了山梁上，把一缕微黄的光抹在墙上，明亮、清晰、温馨，天上的晨曦落于梯田，梯田的反照又呼应着云彩，红的、黄的、紫的、兰的光束从山梁上照射出来，把朗朗的欢笑撒落在晨曦云雾里……

花洋溪梯田因为是依山而建，因地制宜，田与田之间高差一二尺不等，有的达一米以上。田宽者不过三四米，窄者仅能插下两三行禾苗，而田长有的仅几米，有的却能连起几道弯几条坡，就像一条沿山盘绕的腰带，故有的地方叫它"腰带田"。梯田景观还是山水美学与田园美学结合的极佳风景，到了插秧时节，水满的梯田，犹如层层镜片，在光线的映照下波光粼粼，农人劳作插秧于其间，有如镜片上点缀的花纹，一派秀美景象。杨万里有诗描述："翠带千镮束翠峦，青梯万级搭青天。长淮见说田生棘，此地都将岭作田。"

据花洋溪老人口述，花洋溪梯田的开发最初是与人口增长及古人躲避战乱分不开的，也跟便于耕作、灌溉和水土保持的需要紧密相关。古代人口不断增长的压力让古人不得不扩大耕地面积，以解决粮食问题。可见，花洋溪梯田开垦与耕作是先民为了生存，为适应环境而创造的一种农业耕作方式。

漫长的历史进程中，花洋溪一年一年产出香米。收割之后，整个寨团，到处弥漫着一种奇香。哪家炊烟起了，香米饭开锅之时，饭香十里。收获过的田里是香的，谷粒入仓后，满仓清香，就连盛放过香谷的箩筐、笤箕亦带香味。

花洋溪人，知情的外地人，都在猜测，是什么原因使香稻致香。开始，人们认为，是谷种使然。后来，人们终于摸清端的，原来，花洋溪寨团是一块神秘香地，其核心地带在九石丘，辐射地带是整个寨团。香地蕴含香基，导致某一品种变异，最终成为香禾。雪峰山是物种变异的天堂，从花洋溪香米可见一斑。

民以食为天。

在花洋溪，八百年前开始迁徙而来的人们居住后便开始水稻种植，勤劳的花洋溪先民开荒、引水、三犁三耙、精耕细作，有了"种田如绣花"的美誉。

花洋溪香稻，是中国原始水稻品种之一，应当属于粳亚种糯变种香稻。在雪峰山高海拔地区，优质山泉水灌溉稻区种植历史悠久。花洋溪，一条楠木山泉水汇聚的小溪环绕，土地肥沃。山民们以农家肥施之，世代其获。煮饭时只需加入少许，就香气扑鼻，往往"一家煮饭，全村皆香"。

花洋溪香稻的起源无考，在花洋溪仅有一个传奇的神话。说很久以前的一个秋天，一群六羽神鸟飞越花洋溪上空，其中一只在楠木山与山妖搏斗，将山妖啄毙之后，自己也负重伤跌落下来，被花洋溪一位善良的石姓农民救起，精心治愈，重返蓝天。次年春，六羽神鸟口衔一穗金色稻种返回，交给这个老农栽培，并在九石丘草垛旁歇息一晚，遗下宝贵香源，以九石丘为中心的地带开始发香。那一季禾收获后做成米饭，奇香四溢，民众赞叹不已，遂起名叫香稻。

其实，花洋溪香稻，是黔阳本土最古老的农家品种。在花洋溪作为中稻栽培，比一般稻要早浸种半个月，晚收二十多天，生长期近二百天。香稻品种耐寒、耐旱、抗病、适应性强，出米率较低，分蘖能力较弱，株高 140—250 厘米，因此成稳率低，植株易倒伏，产量不高。一般亩产仅 400—500 斤。

1949 年后，因其山高路远，又产香米，此地还曾成立了一个花洋溪小乡，一度设有书记、乡长、文书等职务，基本都是本地人担任。

1954 年花洋溪小乡改名花洋溪香米社，曾倡种万粒穗和红麻粘；是年发大水，花洋溪寨团被水淹没，两座老水碾也被大水冲走。不久，就遇上三年困难时期，花洋溪饱受饥饿之苦。

20 世纪 60 年代中后期，花洋溪香米几乎断种。直到 70 年代中后期，有国家农业部的专家下来采样，才在九石丘发现硕果仅存的几株禾。后来，通过精心培育繁殖，才又恢复了物种传承。后来零星种植，因管理粗放，品种有所退化，香味亦有所减弱。

20 世纪 70 年代，为了解决稻田灌溉，花洋溪修有两座小型水库，保证了稻田的用水。《诗经》有云："滮池北流，浸彼稻田。"汉代《泛胜之书》云："始种稻欲温，温者缺其塍，令水道相直，夏至后大热，令水道错。"宋明时期，人们对于水稻的需水量进行了计算。宋吴怿《种艺必用》引老农言："稻苗，立秋前一株每夜溉水三合，立秋后至一斗二升。"《天工开物》载："凡苗自函活以至颖栗，早者食水三斗，晚者食水五斗，失水即枯。将刈之时少水一升，谷数虽存，米粒缩小，入碾臼中亦多断碎。"《沈氏农书》指出："自立秋后断断不可缺水，水少即车，直至斫稻为止。俗云：稻如莺色红，全得水来供。"这不仅是抗旱的需要，也是防霜的需要，否则"若值天气骤寒霜早，凡田中有水，霜不损稻。无水之田，稻即秕矣"。花洋溪人深谙古人之道，充分利用好两座水库的蓄水功能，将田亩灌溉得花团锦簇。

近年来，洪江市确定了开发花洋溪香境的方案。核心香地九石丘，继续种植原有香稻。同时，也对其进行试验性改良，使其提高产量，抗倒伏，适应性更强。其他地方，则引种玉针香米。这是湖南省水稻研究所推出的一等优质稻新品种，被评为全国十大金种子之一。香境引种香谷，产出的香米独树一帜。

漫漫长路，花洋溪香米竭尽神农激情，极力把自己身高调整为理想中的样子。并很快拉着这些同类们一起加入一祠一宗、一丘一亩。

花洋溪香米和自己周围的豆类、鸟类以及犁锄镰筐已经适应并欢快成长。

从花洋溪香米稼穑大业的歌唱中，可以看见一双双眼睛喜泪狂奔，一场场崇拜的歌舞依然如潮。

走过弯道和艰难的花洋溪香米，已经进入安静的稼穑轨道行走。这一走，就会走出一场场丰盈，一腔腔稻香，一年年辉煌。花洋溪香米，背起神农本草经卷，站在香境中央，向高庙故乡眯眼回望。

雪峰山香，不需要南洋木香之珍奇，也不似大食贡香之远贵，它朴实无华，只要肯坚守、勤耕耘，山香就常聚不散。除了香境，雪峰山还有甜境，这境那境，境境神奇。有的可以富地强民，诠释"物种变异天堂"的神秘；有的可以陶冶情操，可以净化心灵，令人心旷神怡，让人宠辱不惊，可以修身，能够养性，浮躁的心可以安宁下来，焦急的情绪能够冷静理智；有的山色空蒙，峰回路转，千山竞秀，万峰波涛；有的水光潋滟，云雾蒸腾，小桥流水，亭台楼榭，有小船儿在水中荡漾，有嬉嬉钓叟莲娃；有的四季花香，天天泛着水墨馨香，更加上檀香木香，天天有真香；有的茶酒飘荡，暖人心怀，沁人心脾，清净心灵；有的有宾有友，可以高谈阔论，也可以低吟浅唱，互相碰撞思想的火花，宾客尽欢……

云　路

　　苏宝顶西面山腰的玉龙苗寨是个老屋场。传说龙船塘有卧龙潭，潭底有玉色石梁，是一条玉龙蛰伏。公溪河里住着一条黑龙，黑龙因妒忌龙船塘的风光而将那里的水吸干，玉龙知道后，将深潭里的水喷洒到公溪河，恢复其美景。黑龙阻挠，跟玉龙展开恶斗，黑龙在不敌时使计放毒，玉龙被逼逃到不远处的一个山寨，尾朝西，头朝东，化作一带流水，与公溪河流向相反，之后，此寨被称作玉龙苗寨。

　　通过村民口口相传及家谱记载得知，最迟应当是宋代即有人来此开荒屯田、安家落户。清末或民初，原来住户因子女全部外出发展而迁徙，此屋场因此一度少人问津。

　　山里人祖辈从湘中一带步行逃荒，历经不断的行走，闻着山与田、水与土的气息，钻过林海荆棘，找到这个地方。当时的玉龙苗寨已荒芜不堪，屋场一片瓦砾，田土之上草木萧瑟。可是，祖辈喜欢上了这里——独处深山老林，太阳之下，云彩之上，与世隔绝，可以落脚，可以谋生。祖辈拿出砍刀，砍出屋场，树起茅棚，生起炊烟，这个白云边沉寂的老屋场终于又有了人气与生机。

　　在玉龙苗寨落脚下来的祖辈，开始了他们与山相融的日子。山是雪峰大山，涂抹着原始与混沌的生存底色。祖辈在雪峰大山里的日子，总是被山雨淋湿，被山风吹歪。曾几何时，爬上一座山，然而，山外还是山，望不到边际。祖辈的草鞋丈量不了雪峰大山的辽阔，只能让一丝丝迷茫的风，触摸着那个叫老路的名词，它从一千年前开始，让山里山外，有一丝浅浅的呼吸相连。从远山到近水，从遥望到渴望，一直漫延到草庐的胸口，祖辈们感觉，总得行走，用不断的行走完成一条老路的拓展。祖辈循着古人的印迹，以刀锄开路，用铁性驱赶山鬼，以力量掀开石头，汗水流过肌肤，落于沙砾碎石；锋利的砍刀运开，披荆斩棘，顽强不已。月余之后，一条小路从树荫荆棘丛中蜿蜒而下。祖辈们迈开自己的脚，上上下下，日出日落，年复一年，一条雪峰大山的毛细血管渐渐饱满、蠕动，连接大地母体的主动脉。自兹，玉龙苗寨与外界的联系就凭借这条黄泥小路，完成了一种不温不火的对接。

山里人的童年记忆里，这是一条通往天堂的路。

山里人顺着那条小路，过锯木坪、杨梅树下、姜山冲、丫叉、洞子脚，终于穿透了山，看到了山外的天空，看到了公溪。自此，从公溪至玉龙苗寨老家，山里人有了上万回的攀登。上学、出工、砍柴、放牛、扯猪草、摘野果，都与这条路结缘。

清楚地记得，那条泥路之上，好多肩挑手提的往事。

生产队出谷，母亲挑着，走上泥道，脊背如弓，顺着山的脾气，绷紧所有的筋骨，一步一步上移。谷箩，在温饱的梦里，穿梭着上下。从仓库出发，从大队部的碾米房出发，从自己的肩上出发，直抵姜山冲，到杨梅树脚，指向玉龙苗寨。那条走成铁丝的路线，钢铁的信念纵横捭阖，钙质的思想直穿云霄。筚路蓝缕，与血与泪与生活，生死攸关。重压，弯腰，粗喘，汗浸，向上。心里就一个字：上。上头是家，是必须抵达的家。

一根长不大的黄藤长蔓，从这头到那头，从山上到山下，从人家到人家，弯弯曲曲延伸。风雨盘过，雷暴轰过，山洪洗过，山路上有肉有骨有血有汗地掺和，依然细细的，陡陡的，怎么也长不壮，怎么也踩不平。即或是艳阳高照，野花开出小路谦和的笑容，路也舒舒展展、迷迷糊糊把一个个创伤季节轻轻地遗忘，依旧横亘。多少年风雨，山里小路，生得悲壮，长得顽强。窄人窄道，日夜兼程。

时序演进到了 2016 年。年初，村里被定为怀化市级扶贫村。孟夏，村里便深入到山里人所在小组，开通并硬化从鼓岩电站至丫叉塘晒谷坪路面，并要将丫叉塘的路延伸至玉龙苗寨。好政策春风化雨，当年秋末，硬化任务便提早完工。一个月后，山里人的小车，可以开到山腰上的一户人家。山里人艰苦卓绝的步行行程，由此锐减了一半。

十月初，村支书来到老家玉龙苗寨，召集相关人员开会，协商延伸路段事宜。事情进展非常顺利，山林田土的补偿调换也很快签了协议。

2016 年 11 月 27 日，挖机进场。30 日，屋侧响起隆隆挖机声。短短四天时间，一条宽敞的毛坯公路在竹林间蜿蜒而下，成为亮眼的景致。千年的黄泥小路不见了，退回到历史的记忆中。

2017 年春，市里将此段路列入林区公路重点扶贫建设项目，进入路面硬化计划。10 月 1 日至 10 日，完成了路面整修。12 月 4 日，硬化开始。12 月 17 日全面完工。

二十余天之后，兄弟仨驱车回家。到得鼓岩，往玉龙苗寨老家的方向望去，就见一条崭新的水泥公路从云端垂挂下来。兄弟们驾着车，带着自然飘逸的大写意，穿过竹海森林，穿过梯田村甬，穿过千年尘封的山野，从公溪河边一路上行，一路青山，一路愉悦，一路憧憬。平展的水泥公路，就如一条飘动的绸带，在雪峰大山把山里岁月飘荡出五彩情韵。

想不到，地处雪峰山深腹的玉龙苗寨，同样享受到党和国家扶贫政策的温暖，党的十九大提出乡村振兴战略目标这么快就反映到了玉龙苗寨这个山野村寨。

一条旧云路幽深祖辈岁月，一条新巨龙腾飞山寨憧憬。云路满载大山的希冀和嘱托，贯穿山里山外。一辆辆载着梦想的车连通山寨，一栋栋新村小楼树起山村新信念；楼顶高升的炊烟连成新的面貌，举起一道道山村风景线。

云路不断丈量山村变化，如同一道道彩虹跨越城乡两岸，五颜六色是山村日新月异的生活，串联四面八方聚集的信息和情缘。

宽人宽道，追风逐日。云檐下，再也听不到雨的叹息，所有的阴郁，都烟消云散了。时间之上，玉龙苗寨的容颜，也渐随云路的通达而更加鲜亮夺目。

百万人家，万条云路。都曾经历一望无际的荆棘，杂草，故纸般泛黄的一页页苦痛和沉寂。一辈一辈山里人，前赴后继地开路，山路渐渐宽了。有红花绿叶香草伴着熙风轻舞，有太阳温和地照耀着躁动的生命季节。普普通通的云路立在山里，没有闹市大街的华丽，它就像立着的梯子，蜿蜒婉转，一直向上伸着、伸着，伸向广阔天空，伸向太阳，伸向月亮。筑路架桥，周行八方。从货物往来顺畅到出行舒适便利，雪峰山地"人享其行、物畅其流"，展现出一派蓬勃生机。深处山中完全可以感知，流动的雪峰山万象回春，创新创造的故事每天都在发生。山里的一个个山哥山妹组织家庭团队进行直播带货，吸引了大量关注。跟着山民上山、进田、入园，展现山耕山栖场景，讲述山野故事……一场场直播把当地时令蔬果、山野特产以及肉蛋禽鱼卖到全国各地，也带动了不少山民增收。直播带货的背后，是不断发展完善的现代物流体系，是持续迭代升级的网络技术。流动的大山，书写了无数如山哥山妹一样的奋斗故事。

长风破浪会有时，直挂云帆济沧海。

老　家

　　每个游子一生都背着一个老家，父亲的老家在雪峰山另一面。

　　20 世纪 30 年代末，隆回一带遭到日军铁蹄的蹂躏，老百姓过着日无宁日、饥寒交迫的日子。大路边、野地里随处可见一具具死尸横陈郊野腐烂发臭，狼、野狗、乌鸦在撕咬着、吞噬着、啄食着，露出根根白骨，惨不忍睹。天也旱着，好几个月不下雨了，庄稼枯萎，叶子耷拉，一年的收成又无望了。米桶里的粮食见底了，日本兵、国民党兵、地方杂牌兵以及啸聚山林的土匪武装一拨一拨地轮番来家里征粮，不给就抢就打，还能过几天糊口的日子呢？大路上，村边，家门口，时常看见一堆堆不知从哪儿过来讨饭的人，拖儿带女。他们衣衫褴褛，蓬头垢面，趿拉着一对前露脚趾后露脚跟的布鞋，小孩子光着脚，手里拿着一个有豁口的碗，胳肢窝夹着一根打狗棍，沿路乞讨。

　　兵荒马乱，家里没粮，天又旱着，树皮、野菜吃得都找不着了，村里的人瘦得皮包骨头，有气无力，死人的事说不定哪一天发生在谁家。这样的日子可叫人怎么过呢？罗洪洞垴上几个上年纪的人交谈，有的说，不行就逃荒去吧。村里有从黔阳回来的一位年轻人说，黔阳在雪峰山那一边，公溪河流域大部分地方地广人稀，气候适宜，适合人居住。祖父当晚就和家人坐在一块商谈起来了，最后决定，走，带上一双儿女一块儿逃荒黔阳，寻求谋生之地。

　　祖父把两个年幼的孩子放进箩筐里，用扁担挑着孩子和行李，就沿那条通往黔阳的驿道上山。那是一条翻山越岭、涉水过溪的苦路。

　　走在某一个关隘，风儿打着旋，贴着千仞绝壁，腾空而起。它呼啸着，裹挟鸦声、猫头鹰鸣叫，穿越山崖深邃的黑，穿越与古道同样狭窄的天空，一步一个喘息，弯弯拐拐，曲曲折折，一声声高远。

　　风餐露宿、披星戴月地走着。走了五六天终于走到了龙船塘，走过太阳盘，就到了目的地：玉龙苗寨。这里人口少，山坡面积大，山梁都是土山，密密麻麻地长着树木和楠竹。祖父找了一处背风向阳的土岭，拿出柴刀，伐木搭篷。篷上盖了茅草，就成了住处。篷子不远处有一条水圳，汩汩地流着一股清水，那水就作生活用水。祖父在这里开荒种地，铆足了劲，起早贪黑，一年多时间，打的粮食不少，吃饱了饭，不用再饿肚子了。这里的地也挺能长庄稼，土黑油油的，肥沃松软，尤其长红薯苞谷，个儿很大。

一住八十年，这个异乡住成了故乡，祖父逝去，父亲茁壮为一棵树，之后开枝散叶，发展成为一片小树林。年轮一圈圈成长，新家一天天见老，终于有一天，不断老迈的父亲想起了自己曾经的老家，想起了罗洪，想起了洞垴上。不用说，父亲是念旧了，想老家了。跟父亲聊天，父亲说到老家，还能如数家珍。

篱笆围成的小院，泥土堆砌的房子，屋后几棵高大的庭树，门前一片上好的田畴，田畴中一湾溪水淙淙而下。白天和一群孩子在溪水里摸鱼玩耍，晚上和奶奶在庭树下歇息，累了就倚在奶奶身上半闭着眼睛数星星。那时的溪水清澈见底，那时的星空浩瀚无边。

屋侧的老井，在淡薄的晨曦里，睁开一眼孤独；粗麻绳沿着井壁，垂进民国的幽静；20世纪30年代的水清澈如镜，映出那时的迭起潦倒；多少带有湘中气息的野语村话，在杵杵的捣衣声中，水墨一样濡润成新化与隆回交界处特有的图腾。一些嬉闹之声从井边长出，湿了群鸟的啼鸣。一担水挑进土墙之后，茅檐散发出紫色的炊烟，鸦声鹊语，在屋顶蘸满阳光，呼啦啦地砸下来，把一茬人的童年砸得很矮。太奶奶的西窗透满菊香，瓜儿吊在南墙，沉重得像涂满铅汞。奶奶从篱畔走来，挽起一只竹篮，装满四季心事，拾起一把苦菜，拾不起渺渺的苍茫。

半山，洋溪，槎溪，鸭田，罗洪，冬瓜山，太阳山，雾露寨，扮水洞，洞垴上，梓木溪，采莲塘，一打打地名，通过口口相传，碑刻一样刻写下来；开荒畲，捕野味，打短工，挑碗土，淘泥沙，学木工，做篾活，犁田搭耙，烧畲种粟，染布裁衣，外出营生，一样样苦楚，不急不忙地品尝，铁钉一般楔入身体与灵魂；匪患，兵燹，水旱灾害，日本入侵，20世纪40年代成了湘中一带渡不过的苦难。几岁的父亲，只好随着长辈远徙六百里，来到山高林密、人迹罕至的黔阳山落脚……

听过父亲多次口述，感觉远远的山那边，隐隐约约有一个影子，热望着远方，挥舞着手臂，好像在召唤一片与天幕相接的云彩。那片云彩，缭绕于梦的边缘，诠释着思念的日子。反反复复，那热望里的影子，就悄悄地选择默默转身，逃离这边火热如熔炉的目光。然而，心中始终无法拂去热浪般滚过的大山激情。

于是，选一个周末，兄弟相商，三弟在家陪母亲，山里人与二弟陪父亲重回老家。玉龙苗寨，丫叉，鼓岩，上坪，普通小路，高速公路……回老家的路走了很久，父亲疲倦的身躯勉力经受住奔波的风尘。下高速，上普通小路，前方很多曲曲折折的路径伸向天际，路边的杨柳摆动着明明暗暗的心思，三两夏蝉苦吟着落日背后烦躁的繁华。六百里山路，六百里忐忑，路不断在前方延伸，诉说着一段一段曾经踩出的故事，老家还在前头。疲了倦了，睡了醒了，终于抵近了罗洪。父亲站在高高的山脊之上，望过去，望过去，上罗洪、中罗洪、下罗洪，田畴规整，屋舍俨然。没有了曾经记忆里的风物，没有了当年刻下的印迹，在老家面前，父亲只能轻轻吮吸着泥土的芬芳，定定地立在当下的风里，回望脚下已然拓宽的路，不知道一把思念的泪水应该洒向哪里。

把车开到罗洪镇上，父亲的堂弟（满叔）早已候在那儿。满叔安排好了行程，领大家安顿了住处，就带着大家上洞垴上。

小车行走了十余分钟，就爬上了半山腰。满叔叫停车，父亲首先下来，激动地来来回回细看：那是方田，那是茶亭，那是当年走过的小路，那是当年嬉闹过的小溪……千百回听过老人们说起洞垴上这个名字，而今细细地看来，父亲的老家是黄土做的，黄土做的梯田，黄砖垒的屋子，黄土筑的小路，黄泥铸造的民风。

老家的院墙也是黄泥垒的，墙上爬满了瓜秧。老家的屋子地面是土筑的，火塘直接建在泥土之上，一年四季烧柴禾，四壁熏得黑黑的，腊肉也熏得黑黑的。老家的鸡犬自由自在地进出屋里屋外。老家的烧火棍是茶树的，吹火筒是楠竹的，刀把是杉木的，锄把是榉木的。老家的炊烟是橘黄的，相片是深黑的，天空是深蓝的。老家的镰刀挂在板壁上，大蒜挂在架子下，玉米梗和丝瓜瓢挂在墙角，笑容挂在脸上，烦恼和忧愁藏于心里。

大叔大婶，大哥二哥，大嫂二嫂，十几个孩子，在门前小小的禾场上，合影。洞垴上扬起烟波、朦朦胧胧地做成仙乡胜景。渐渐地，太阳从西边的山上隐去，一线霞光穿过雾霭，洞垴上又变得清晰起来。

在大叔家吃晚饭，一大家子团团地坐着。一大盆三合汤，一大盆腊肉，一大盆豆腐丸子，两大碗小菜，简单又实在。自然、朴素、悦耳的乡音，亲人们的家长里短，关切的言语，真诚的问候，在一起热闹地沸腾着。父亲喝了几口酒，吃了一碗饭，问问这，问问那，笑了，哭了，醉在老家的情韵里。饭后，依依不舍地作别大叔一家，来到集镇上。依父亲要求，满叔带着大家来到他最牵挂的一位姑姑家。姑姑小时赢弱，受人欺负，父亲曾对她照顾有加。满叔把大家带去，这位姑姑现在儿孙满堂，过得幸福美满，父亲笑了。那一晚，山里人与父亲同住一个房间，发现他睡得很安静。

翌日早早地起床，满叔把行程安排得很妥当。上车，向着冬瓜山的方向，前进。冬瓜山因山下有一石形似冬瓜而得名，其上是先祖们的坟山。因为不是祭奠的日子，大家只能远远地站在公路边，朝着冬瓜山的山腰，以注目和心祭的方式，礼敬自己的先祖。

之后，继续前行，到采莲祠。听父亲说，采莲祠约建于清乾隆年间。车沿着曲折小径行不多远，看到了一个偌大院落，那是采莲小学。采莲祠原来是一个四合院，前三方已拆除，建成了现在砖混结构的学校。只有最靠里的一面还残存着。白墙黑瓦，飞檐翘角，雕梁画栋，方方正正。每一根柱子都大气匀称，每一块木枋都榫接无缝，每一片椽子都整齐划一，每一方基石都精雕细刻。采莲祠声名也曾显赫，曾国藩在办理湖南军务的间隙，专程来到采莲祠拜访认亲。采莲一支，瓜瓞绵绵，遍布江南地北。采莲祠古朴静谧，残存的华贵透出一种家族威严，不由得让人放轻脚步。走出宗祠，但见烟雨霏霏，流水淙淙，古树苍苍，远山翠翠，采莲祠坐落在风水宝地上，延续着合族人兴旺发达的梦想。

接下来参观罗洪三大省保文物：欧阳氏贞节牌坊、袁吉六墓、邹汉勋故居。古驿道边，欧阳氏贞节牌坊立于其间。牌坊为四柱三间通天式，坊额及石柱镌刻有建坊铭文，牌坊上端有牌匾"圣旨"二字，并刻有"钦表节孝"字样。背面有"修职郎县学生邹汉纪妻欧阳氏坊"名和附属许多联文。欧阳氏嫁到邹家后，坚贞守节、独善其身，相夫教子、刻苦操劳，侍奉父母无微不至，姑嫂妯娌和睦相处，成就了千古名节，引领了罗洪一带家风和睦，乡风淳朴。袁吉六墓，坐落于罗洪白莲村巴油家凼蛇形山。袁吉六二十九岁中光绪丁酉科拔贡，后因病未能入京，遂设馆教学。民国二年（1913），袁吉六任湖南省第一师范国文教员，与毛泽东结下亲密的师生情，其墓碑为毛泽东亲题。民国二十一年（1932）病逝，终年六十四岁。1980年，袁长子愈橺组成五字对联"通古今文史，教天下英才"，刻于墓旁石柱上，以志纪念。一代宗师风范长存，罗洪学子人才辈出，一茬一茬成为国家栋梁。邹汉勋故居位于罗洪集镇，始建于清乾隆年间，坐北朝南，是一座木结构的四合院。院前有木结构槽门，槽门两侧原有厢房，院内第一栋正屋为中堂屋，第二栋为后堂屋，东、西两侧为横屋，正屋前留有空坪，整个院落四周原砌有青石围墙。槽门前有水塘一口，呈半月形，水塘至槽门前有青石板路，水塘南端原有土围墙，环绕月塘。邹汉勋，嘉庆十年（1806）生于中罗洪。幼聪，十七岁补府学弟子员，肄业于长沙城南书院，学习算学和历法。咸丰元年（1851）中举。之后长期钻研舆地学，成为中国近代舆地学奠基人。著有《五均论》《六国春秋》《广韵表》《贵州沿革表》《水经移注记》《南高平物产记》《颛顼历考》等20余种。人杰地灵的罗洪，因一代代名士而名垂青史。

时已至午，满叔安排大家在侄女家吃中餐。一位嫁到新化半山的姑姑也闻讯赶了过来。父亲拿出一笔钱，给每位见面的孩子一个红包，他们有的是子侄辈，有的是孙辈，还有的是曾孙辈，父亲鼓励他们好好读书，长大了做个有用之人。

中餐之后，就到了告别时间。父亲给满叔的小孩拿过见面礼，小车就启动了回归的旅程。车子行了一程，停车回望，山那边匆匆作别的云彩，或许将要化为记忆的碎片，或许将要消散零落成清烟雨滴，融入相思的河流远去。

罗洪—鸭田—金石桥—黄金井—小沙江—龙庄湾—龙潭—黄茅园—洗马—塘湾—江口—草寨—宝瑶—龙船塘—玉龙苗寨。这是一条六百余里的迁徙之路，这是父亲背井离乡的印迹。小车顺着这条道走，父亲的回忆也顺着这条道走。七十多年前，父亲随祖父回了一次罗洪，大清早从洞垴上出发，脚上穿着一双很旧的草鞋，身上背着少许盘缠。过了鸭田，过了金石桥，就到了黄金井。在黄金井的集镇上，父亲走累了，草鞋也磨破了，来到一家卖草鞋的门店里停了下来。父亲买了一双新草鞋，把那双实在破烂不堪的旧鞋换了下来。这时，就发生了温馨的一幕：店主人端来一碗甜酒，让饥饿难耐的父亲喝下，并不要钱。父亲追问端的，原来这户人家刚生了一子，高兴，赠送一碗喜酒予父亲。在一幢破旧的木房前，父亲逡巡良久，他想看到七十多年前的老店，看到七十多年前的故人。

黄昏时分，车抵小沙江。小沙江是隆回的边界乡镇，与溆浦龙庄湾乡接壤。本来计划夜宿小沙江，但小车沿着大街一路走过来，没看到旅店，只好继续前行，赶往龙潭。在龙庄湾之后，邂逅一场大雾，能见度不足两米，车到龙潭时已是万家灯火。大家在正街住宿，吃晚饭。

第三天，从龙潭出发赶回，里程不是很紧。在车上山里人与父亲聊一路的感受，问他一路上与当年的模样是否一样。父亲只是摇头：时过境迁，他一点也看不到当年的样子，满目都是陌生。八十年风雨，老路上的变化日新月异：洋房、酒店、一道道风景、一声声汽笛，把原来的寂静装扮得热闹和靓丽；老路不见了，变成了宽敞的公路。漫长的行走不见了，取而代之的是乘车。老路上处处是乡音、声声有笑意的景致不见了，许许多多的石板路不见了，许许多多的林荫小道不见了，路边官办的茶亭不见了，小商小贩们的货郎担不见了……透过父亲迷茫的眼睛，看出他对当年老路的记忆是绵长的，老路的记忆也是纷乱的，老路的记忆又是永恒的。

洗马，塘湾，江口，当年要小半天，现在于小车轮的飞速转动中，一眨眼工夫就过了。在江口一转，小车上了沪昆高速，十分钟，就过了雪峰山隧道。父亲还来不及打一个盹，小车就从安江下高速了。在安江买了点东西，于下午两点钟赶回了玉龙苗寨。

回到玉龙苗寨的父亲，还没有坐稳，就跟母亲念叨他的老家。他依然能记起，童年时代，在洞堍上的冬天，一群灰麻雀，飞上旧房子的草檐，用尖嘴巧妙地掏着草缝里被季节风干的草籽。黄茅下的木柱竹片，托举着房顶，后面篱墙上的屋脊，扭着脖子，像一只叫不出声音的老鸦在嘶喊。屋檐下，灰黑的竹片上，随意地挂着几串被柴火熏黄的玉米棒、高粱穗子。太奶奶的咳嗽声，毫不掩饰地传出窗户，透出宣统年间特有的气息。祖父拨动火镰，在纸媒子之上点燃一口老旱烟，老旱烟卡在嗓子上，和着唾液熬酽，祖父又把咳嗽声压进胸腔。祖母一大清早出发，从半山挑一担碗土到洋溪，挣一点油盐钱。在父亲的嘴里，洞堍上的亲人还没有离去，他们都凝成一股气，在老屋四周盘旋。

父亲又一次翻过了雪峰山，却翻不过一碗老家三合汤的记忆，翻不过古老梅山文化熏陶的印痕。在山苍子香味笼罩的汤色上，父亲的思绪一次次舔舐着三合汤尾汁，让它梦一样贯穿整个味蕾及心灵，贯穿老家新家，贯穿雪峰山。祖传的酸辣香醇，从老家的食俗典籍中朴然滤出，流过百年时空；从牛肉的肌理、牛百叶的褶皱和牛血蕴含的多种微量元素中渗出，为父亲注入暖意。活泼可爱的山苍子，随父亲翻越雪峰山，一座玉龙苗寨，也星星般跳跃在三合汤不尽的绵延中。就这样，山苍子完成了一种力的绵延、浸润以及图腾接力，让整碗汤的味道和价值，飞扬起来，为一座雪峰山增香添彩。

老家新家簇拥着一座山，这座山虽少入诗文，却处处诗文。"明月松间照，清泉石上流"之闲静；"山树为盖，岩石为屏"之壮观；"望之蔚然而深秀者"之繁茂；"霜月洗空，一碧万里"之敞亮；"极天云一线异色，须臾成五采"之美艳集于一体。"一松一竹真朋友，山鸟山花好弟兄。"一辈子结缘一座山，纷繁的尘世里就有了一个游目骋怀、从容喜乐和舒展灵魂的去处。新家在这头，老家在那头，构成了父亲两点一线的牵挂。

老家是可以接力传递的。一座小屋一口老井几畦菜地，两位老人一个灶台几把竹椅，这又成了山里人的老家，渐行渐稠留下深深浅浅的记忆。身处城里，一个社区几栋高楼一架电梯，一辆轿车一台电脑几部手机，又构成一个新家，深深地打上新时代印记。住在新家，难忘老家。新家与老家相隔一条长路的距离。路有多长，思念有多长。年久的老屋衰老的父母，时时牵挂在心坎上。住在新家，嚼念老家。新家与老家相隔一个梦的时空。梦有多美，回忆有多美。行遍天涯路，最难忘老家的泥泞山路。诞生于山中，注定一生与小草为伍，一条岩缝就是一线生机，一棵山树就是一把晴雨伞。

一个个奋斗者都是一棵贴地生存的小草，老家长在，本色永存。

转　山

　　站于雪峰山上，很多时候总是在想，只需要一回头，群岭翻腾，仿佛一片浩瀚"海洋"。看着"海面"的碧蓝，感受"大海"的深邃，欣赏"海浪"的优美，体验"海潮"的多情。轻轻抚摸逶迤细浪，就像抚摸一团薄雾，感受"海水"软软绵绵，血液沸腾间，思想便有了无穷无尽的变幻。

　　高山台地、中山齿脊峡谷、中低山齿脊峡谷、低山驼脊谷地、丘岗驼丘沟谷、低山垄脊宽谷、低山峰脊洼地谷地、丘陵溶丘洼地、沅麻盆地、安洪盆地、白马山岩体、苏宝顶、帽子岭、八十里大南山、烂泥界、中华山、天尊山、圣人山、九龙山、西晃山、白马山、穿岩山、罗子山、鹰嘴界、云台山、大熊山……沅江、资水、渠水、巫水、㵲水、溆水、蓼水、酉水、辰水、浔江……一路沧桑，一路容光焕发，妩媚在湖湘热土中华大地，八百里缭绕的烟雨，做下了美丽重重的注脚。

　　一个行者是雪峰山上的一根草、一棵树、一块石，攀爬在宽厚的脊背，为四面八方的鞋垫一下脚，撑一下疲惫，雪峰山的大美，就在行者头上，就在行者前方。山顶滚石头，实打实（石打石），大山为转山者塑形。

　　行者以不可思议的信心，一直向未知的高度攀登。浅壑被海拔逼成了峡谷；山场被距离退成了遥远。到来者没有停下。在一个又一个未知的转角，目睹一片又一片变幻莫测的风景。在野花野榛莽的簇拥下，一种抑制不住的野性在前方山坳里闪着灵光。

　　不为看山，只为追寻一刻肉身与尘世的两忘。

　　对于不会计算目的地距离的人来说，最好的解读，莫过于"我在路上"，对于广袤大地上叠叠的山峰来说，最温柔的问候，也许是"某地欢迎你"。有人模棱两可地指着一个方向说，前边是雪峰山脉某某山。于是对着那个方向走下去，一边走一边行注目礼，内心向它虔诚地祈祷。寒冬腊月，冰天雪地中，意识模糊，嘴巴冻得僵硬，连一句山里号子可能都喊得不滑溜。奇异的是，对山磕长头时，竟然一点都没有感觉到走路的痛苦，而且，内心是那么平静。静静立在山前，仿佛脱离了万有引力，身体在渐渐升起，严寒不再，呼吸顺畅，头脑清醒。再迈步，猛然发现自己身处另外一个世界：手机手电筒的微光下，雪花漫天飞舞，巨石丛生，冷空气钻进肺叶，在胸腔里翻腾，周围如同冰窖。

从多次转山的经历中可以领悟：转转相因，适以相成。

"山气日夕佳，飞鸟相与还。"

傍晚向山中走去，试图在松针上撬开古老的预言，一步步开启尘封于夕阳中的记忆。

可以站在一块石头上放声大喊，也可坐在半山，倾听河水永不停息的奔奏，而每一朵浪花都饱含不馁的精神。

不知道古代行军打仗的时候，傍晚向山中行去，那哒哒的马蹄声是否响彻山林，那高举的火把是否抵御了敌人的贼心和恶念？

傍晚向山中走去，山谷日渐消瘦，而一只鸟飞起，翅膀间急促的拍打声抱紧来者，同时也掩饰着时间离去。

太阳山、凤凰山、苦菜界、盘古洞、紫金山、雷峰山、三省坡、夜郎谷、思蒙、碧涌等，作为一个词根的力量，它们正在给来者无数关怀、感叹和思考。

喜欢下雨时站在山上。远处和近处浑然一体，人生所有的渺茫、不安，或是怀疑都空了。

山的世界，拒绝徘徊，远离沉湎。云朵在召唤，步伐在超越。深潜的力量，从峰峦之间冲出，愈演愈烈。

当遇上一座浩大的林子，亦想停下脚步，做守林人。把每一棵树都当作孩子，细心抚育、倾情守护。多少个日日夜夜，青春与汗水在这片土地上，生根发芽，长成一片片雪峰松杉。这万千棵雪峰松杉，多像是守林人，在山上扎下根，一年年坚守，一天天转山。

一棵小树，植于手掌，它一路的行程，披着善心的眸光。一滴露水睁开眼睛，看到绿色的世界，一点点在心中分娩。身后的小黄狗是唯一的伙伴，小狗多么贪玩，幸好还有一根拐棍指引着，忽左忽右忽前忽后去闻经过花叶筛选的阳光暖香。

在林中木寮生起炊烟，黄昏也拉下门帘，把山气与柴禾一起添到火塘，再煨一罐山里的新茶，与星光品饮。盈亏的月从屋角潜入，自言自语的小黄狗常让人无由感动。

某一环兵疲意阻了，便去喊山，只喊得地动山摇，林涛应和。喊山号子，以一种风的形式来表现山里人豪迈。喊山号子是山里最粗犷的风，轻轻一句，号子便沿着山间小路、树的根须、叶的经脉，传遍每一个山岭、山脊、山沟。呼啸的风吹成没有曲调的歌，醉了山里悠悠沉沉的岁月。汉子是一座无言的山，号子是山里狂暴的风、野性的鸟、雄性的树。温柔的女人们，躲在山的怀抱里，温柔地听。山顶上的蘑菇——根子硬。山让他一力当先、朝前夕惕。

一场夜行雨来到他头顶，放眼是渐渐浓起来的绿色，陪着他时平时仄的心情。

转山脚步渐行渐远，感悟思绪绵绵之际，又想起李白诗句："我寄愁心与明月，随君直到夜郎西。"人生天地间，忽如远行客。一曲山溪从身旁流过，清流洌洌，水湍音清。那许多溪石，不知经过多少时间的磨砺，透着一股穿越时空的苍凉。流水清灵涤心尘，溪石重岚去烦忧。从雪峰山溪石的苍古，了悟古往今来的相通，比如，为人当修心修身，最根本的德行，立身处世的根本，便是历经拍岸惊涛，也当坚守，稳若磐石……

要把一座山走成永恒，只有披星戴月逶巡而至。

亿万年的生长，与日月同辉，不断拔高成就了雪峰山性格，也筑就了雪峰山胸怀。树木与荆棘，小草与鸟鸣，涧溪与飞岩，喂养雪峰山的雄峻、博大、深邃。凄厉的暴雨与山洪勾结，残忍地撕裂山的肌肤，从山顶倾泻而下的洪流，使这原始的美伤痕累累。

除了发烫的山果山花，亮眼的摄影日记，转山人还带回诗词曲赋，带回书画琴棋，带回了山思山梦，带回了敢为天下先的豪情。山里不断发生嬗变，土地成了插根枯枝也能长成森林的沃土；走进走出，一座山也成了人间天堂，喂养一颗颗熠熠生辉的星辰，并把它们放牧到天上。

一个人，要翻越多少道岭，才能抵达心中的宝顶。在这莽莽群山，转着转着，就带上了佛性，眼眸之前，所有的人间草木都沐浴于佛光中，转山人的目光，超越世外。向往云端，转山人的步履，轻盈于山水，红尘忌语越来越轻，向善的功德越积越厚。向前，向上，云心月性显而易见，满山饱受阳光洗礼的山花，越发艳丽，所有的山蝶纷纷扬扬追慕。而转山人，仍旧于途中一路蹀躞。不远处，又一座峰峦恬静、安好，候着有缘。天是水墨色的，蓝得干净、清澈、通透。阳光金灿、明晃、热辣，忍不住想扯下一缕，揣于行囊，留待以后用来熨平新开裂的峡谷沟壑。大朵大朵的白云触手可及，也想摘一朵，到夜间挂于帐篷之上，借以躲避山月窥视。转着转着，心是空的，雪峰山耸立起万语千言，书写嵬峛华章。

雪峰山里有过狂野的爱恋，有过炽烈痴情，有过惨烈狩猎与香艳绚烂的故事。

山的执着倔强，把山花一季一季擎开，又一年一年不知疲倦收拢。

情不自禁匍匐在一座山头，穿其半生血脉，吮吸山里精彩，开掘山中富矿。

资沅之畔，江水奔腾，身后挺立着一座雄伟高山。

高山仰止。

其实每个人一生都在孤独行走，只不过有些人在前方。为了看到他的模样，只有奋力追逐；却不知，有人还在自己身后，仅仅是因喜欢一个背影而寸步不离。

密岩尖，大峰坡，鹭鸶滩，青靛山，靖州盆地，辰山，大高山，八斗坡，七星山，神坡山，红岩盆地，青界山，云台山，十万古田，同保山，黄桑坪，菲溪……千百万大山儿女在山里山外，从单调枯燥的流水线上，从烈日暴晒的工地上，从三点一线的讲坛上，从天青田野，从日复一日的循环往复里，用山里人的坚毅、执着和乐观、顽强的拼搏精神，汲取一座山的魂魄和精髓，将湖湘文化发扬光大，使雪峰山不断隆起，成为新时代地标。

从烂泥界到十万古田六鹅洞瀑布，从仙人岩到平溪江，从天星洞到花园阁湿地，目光停留苏宝顶。于此，或许可以把目光寄往高处，完成一次超越。约翰·谬尔说："进入天空的畅途得经过旷野。"一路走来，身上装载得太多，物质和欲望挤占了精神空间，赘肉与浮躁代替了灵魂。是时候一并卸下了，用山色将自己的脑满肠肥通通清洗一遍。选一个冬日向上走，没有草绿，没有虫鸣，只有云和雪，只有亘古如斯的宁静。生命跟着大地一起升华。顺势把天空、云朵和山一起装进胸间，冥冥中宇宙的终极精神与现实之间就有了一种直接联系与解读：雪峰山是一座真正的山，要用一生一世来走，一生一世也走不完，一旦走过便决定一生，一旦用生命走过，因此也就走进生命。

行走半生，八百里雪峰山，还在山里人身后优雅地坐着，福寿满怀。于香烟缭绕处，看水光山色，吞日吐月。

学一粒尘埃，风起时歌舞轻扬，雨落时随水花四溅。让风儿带着去山里飘荡，让水花带着去溪河流浪，一路欢唱，期待一场美丽遇见。

学一杆秤，把雪峰山放在左肩，当砝码，用右肩托起山河梦想，去称量转山人的幸福。山里户牖，关不住山辉川媚，日复一日，山里人家烹饪着一座山带来的福利。靠山吃山的山里人，用腊肉和山野菜下酒，把山上留出一片幽静，让异乡客，去分食一杯山羹。一茬山里小孩，到资水和沅水边上试水，感受母亲河的心跳和澎湃，聆听一路蜿蜒一路嘱咐，放流一个山愿，直达洞庭与长江，心思向海。南从邵阳、北从常德、西于沅陵、东于宁乡西部起步，东进西出，南来北往，纯真欢乐的时光，仿佛又回到了身旁。

走着走着，转山人身体里就种进了一个山神。有山神附体，每一阵山风吹过，总会带来季节的信息，总会听到野鸡的欢歌、斑鸠的情语以及春笋拔节的"哔剥"声与树叶飘落的"簌簌"声，进入"山光悦鸟性，潭影空人心"境界。也学古人，吟一首《山中》自娱："春种时蔬夏弄麻，临田出户游云霞。松风竹海滴白露，鸟语蝉鸣满树槎。旧寮常来檐下燕，清欢亦作酒中花。空山落落绝尘处，一朝青禾一朝瓜。"

　　有山神附体，有脚步连缀，一个山头与另一个山头会亲近许多。转山途中，转山人与山一道，把一个个山隈的石头、植物、阳光、雨雪吸进体内，呼出树木、野果与植被。吸进浊气，吐出清流。吸入沉淀时间，呼出不同生命。这呼吸经过酝酿，是那么沉稳，不容撼动。即便是紫荆山、千层界、明山、天雷山、八斗坡、白花山、金童山，也一一成为呼出的一株植物。也许，某一个时段，那些神奇植物，会把流绪微梦的枝柯伸向蔚蓝。

　　转山转水，十万卷经诵之后，雪峰山神，将百二关山、万千湾冲重新挪放到山里人脚下。转来转去，转上转下，心便留在了山里，再没心思游览别的山了，从此心里始终有座山，山里有一颗心，心灵不再漂泊；都说处久了山与人会相通，岿然屹立于天地间。心有高山，人生的路便踏实而漫长；心有大山，静下来时，可以回味山水，慎身修永；心有峻山，那里有人生高度，有生活纯度，更有灵魂深度。

　　在山里转得久了，某一个山口，山势忽然聚拢，呈现出一种山水有情的风水格局：河流与道路相依相拥，两边山势向道路趋拢。山岸河流田园人家共同营造出一种缠绵悱恻的氛围：山阿携云朵送别游子或者迎接归人，让人怦然心动、不忍遽离。山里人用大半生的时间，结得山情，与山成为挚友：缓急能共，生死可托，一生一世，不曾相负。

　　转山，修行；修行，转山。一个人绸缪，一个人求索，或者小有收获，或者折戟沉沙。既然做了个追风山行者或逐日夸父，就没有遗憾。且以波澜壮阔的踢踏声震撼山坞，用意气风发达成内心和解。

　　人生，就像这大地，承载着已知和未知的一切；人生，又如这山岭，不翻过去，怎么叫前行，又怎知山那面的奇异与美好。

行　归

　　一个山里人，循着时代脉搏，走出大山，进入他乡。前方凝固在夜色里，定格，再定格，星光和风全部笃定在一个光点一个速度，或许还会掺杂不少爬满梦想的句子，等待在一张白纸上长成属于自己的诗行。

　　大山之外就是江湖。

　　一个人走过田埂、池塘，涉过小溪，爬上山岭、陡坡，渡过沅水，一路向外，然后顺江而下，从此惛惛不归。念书，工作。交友，寻爱……半生漂泊，行色匆匆。青年江湖，不过是在古驿道上苍凉奔走。偶尔歇马，抬头望月，摘几枚星子放入波涛翻滚的心上，随意纵横的路线便是一幅披肝沥胆的轨迹。

　　与人相遇，相识，少能倾诉。能倾诉的不过是浮光掠影，天光淡雾。心灵深处刀枪剑戟挥动，晨昏中独自鏖战。

　　打败的是自己，打不败的亦是自己。

　　一年三百六十五里路，年年行走，年年不知道阻且长。难说心同止水，难说逍遥与无奈已成过眼烟云。

　　终有一天，所有的锋芒与锐气消逝，疲惫的心只有迟疑、放弃与归去。

　　一切曾被诅咒的都将得到解脱，一切可被宽恕的都将得到祝福。

　　回归——穿过斑驳日影，脸上不带灼伤的痕迹；穿过冰雪，袖间不藏一丝寒气；穿过寂静丛林，不碰落一颗晶莹露珠；穿过熟悉山路，不惊扰一个故人清梦。

　　雪峰山里，深衣重彩，远看是神灵，近看是山妖。衣袂一挥，山一重，水一重，稻花开千重。而所有山里剧情也是层层叠叠，田垄分段，村镇鳞次，旧居新宅风雨如晦坐落在碧玉背景里，不只是与时俱进，更有新旧民谣交替。

　　玉龙苗寨，尺壁寸阴皱褶，梦里诸事也能狭路相逢，见缝插针的是蜜蜂的探头探脑，把依依不舍的眼眸一一缝补，使剧情不断迭代，五棵桃重新焕发生机。

　　至于童年凼湾，那是山重水复的莘莘余韵。离开多年，还有四屏青山侧立倾听。当年茅屋在沉睡中呼吸，借助一座山的肺活量唱歌，直接压住了童年气喘的喉咙。茅屋上面不断复活的草，向时间致谢雨水和温度，为日子添加养料。只要没有弄丢自身而又回到原点，仍是归来。

蝴蝶还在，微风还在，最初的心还在，繁华没有落尽，回归的心情，必定是春山如笑；必定把经年的山里旧衣裳，拿到太阳底下晾晒；把曾经许下的山诺，全部了结、兑现；把雪峰山给过的糖和盐，以及点点滴滴的爱和温暖，用大山心仪的方式，一一偿还。

归去来兮，田园将芜胡不归？

红尘三千丈，都在山水间。放下尘事，那些热烈的爱恋，痴狂心事，疯癫言行，都将化为足下长路。

山中的云，裹着湿重水汽，模糊了遥远山头，迷蒙了远去身影。

一千年了，人们就试图问询他的踪迹。一千年了，只听到小童山中云雾一样迷蒙的答案——"只在此山中，云深不知处"。一千年了，可曾采药归来，小童可曾还在松下一直等待？

山里人走进山，没有看见那棵千年老松，也没有看见千年等待。云等不及了，翻涌，凝结，飘落，是要作悄悄的告白？雨水等不及，松针的明珠断了线，在阔叶上串联成片，似乎谜底不言而喻。

叶片上的水打翻，倾了一身。山蛉跳了，松鼠窜了，它们知道了消息，是要急着去寻找踪迹？雨水淋湿了全身，顺着山路流向山脚，流向山脚的小村，是要催山里人回去，不要迷惘在这千重的云山、千重的雨雾里。

回归，带来一身雨水，回首，山雾还在迷蒙。走在山中，看见土石叠叠，那是时间记忆。只是埋藏太深太久，没能读懂时间留存的秘密。走在山中，看见花叶层层，那是新鲜生命的印迹。只是风起花飞叶落，没等看清，时间已在眼前流逝。走在山中，还看见羊群钻过疏疏密密的丛林，寻觅十步芳草，白云轻轻飘落，一只山鹰从高崖腾起，惊散了一朵朵白云。

山外归来，霜染双鬓，行囊里盛满的是乡愁和眷恋。

时间如风，山里人重回云端，忘记了难过，目光与木槿花相依，然后是青瓦木屋、云朵、一山竹林。从云边俯瞰，万物都在眼底；向绿色静默，仿佛进入世外。

推开篱门，一眼看到，在干净阳光里站着两位老人，白发苍苍，眼神中尽是慈爱，抬着的手上是时光镌刻的褶纹。玉龙苗寨还是那么安静，相比以往，却多了一份空洞。安静的院落里，五棵桃没了影踪，葡萄架已经倒塌，晒谷坪也已经荒废；兄弟们不再出来结伴游戏，黑子再也不迎出流水处，鸡声也稀疏了；只有屋外的水田依然安静，波澜不惊。那些当年一起说古道今的祖辈，都像萤火虫一样远远熄去……

山里人环顾，山已显老，老得有些荒野，满山漫坡，苔藓杂草竹木层叠，身处其中，像是被岁月淹没。土灶没了，牛角灶还在，又新添了液化气灶、电炉，但柴火饭的清香还是浓郁。他努力登高，坐于一个突出处，如同在海洋中抓住一个暗礁，似乎是遗世独立，天渐老地渐荒。

重新审视熟悉又陌生的一切，童年从寂寞、沉默、蹉跎和冷静中跋涉而出，并不苦涩。当年，大雁离去，也不应苦涩，只要热情奔来，捕捉住热情，便有闹火。真正长大的过程，就是灵魂升华的过程。如果没有热情，也不苦涩，只要有希望，自山间长出。从山脚到山巅，从山岭到山湾，一页一页地翻阅，恰如久别清酿的山里米酒，清香四溢，美而不言，魂，也应缥缈在太空。如果没有希望，也不苦涩。只要童心一枚，童趣一叠，放在蓝蓝的、云彩悠闲的空中，然后，择山中而行走，若有穗粒，自由拾起，那就是梦，而梦是沿山而游的。

这一次，山里人一颗心沉了下来，将自身完全交付予大山。

家山啊家山，依然高瞻而不傲慢、平淡而藏风骨、深沉而不消沉、贫道而不轻贱。

风吹过，露出叶子灰白背面。相聚的缘分，也是修行，感谢一同到来、一同出发又一同回归的兄弟。

山路，路边的草木，风，新鲜的空气，是共有的。只有米黄的乡愁和潮湿的眷恋是私有的。

归来之后，又一次行走山中，行走在青枝绿叶之间，也行走在冥思里，慢慢地，仿佛变成了叶子与石头。总有那么一刻的恍惚，仿佛在隐喻的旅途，心思渲染幽暗水墨，更加浓重的乡思，云雾一样弥漫在风里。

山岚擦着树梢而去，并没有惊动圳水和小草。

去管田水的时候，身体涌动着风雨。或许关乎生命，或许是关于隐秘的爱。

田水波平如镜，心尖却悬挂着瀑布。蝉在黄昏嘶鸣，这种嘶鸣等待着与水稻一同转青、分蘖、拔节、抽穗、垂头。

山里人无法忘记丹质的黄昏，远方的抚慰不至，他要拨动小小心脏，正确叩击命运斜坡。让自己陷入花的内部，再次辨认身份和姓氏。

偶尔坐在田坎上，抑或路过瓜果地。任山路与外来的鞋子对话，让沙粒看到焦虑的脸。只有爱情可以拯救，在路上，扶正他倾斜的身子。

陌生人从对面走来，带来陌生的一切，仿佛一个句子带来更多陌生的句子。

那些雪泥鸿爪，成为孤客花讯。

恢复五棵桃，恢复鸡鸣，恢复犬吠，恢复幽湾行走。

在山中，回味前世今生，偶尔谈论生老病死。吃过苦的山里人，总是感觉今天好于昨天，再糟糕的结果也比起点高。再则，人生是俗世的买卖，越久长的越昂贵，越短暂的越贱价。

而草木葳蕤，应知今夕何夕。

心手相应，山里人重新拾取泥土身份。

儿时遗落在山间的淘气，都销声匿迹了。圳水，仍然源清流清；它行走成溪，行走成河，行走成山的牵挂。

五担丘，七担二，依然在门前，有着熟悉的味道，那是属于归来者的一亩三分地。四围青山，遍长竹林，散发出露红烟绿。筑了田塍，拦了篱笆，是曾经玩耍的地方。青瓦木屋，在稻田与竹木之间；童年，就在这里面，一点点地被慢慢点燃，一丝一丝地被缠绵分享。

耳边无声，内心无争。

雪峰黄牛躺在山湾中，不再出来吃草了。篓于旮旯里度着春秋，被砍掉的半座山又长满了柴薪。知青屋没了影踪，大队小学的书声随公溪河流走，公社中学早已焕然一新。公溪古渡没有了乌篷船，新砌了水泥桥……

催春子又叫了，清甜空气伴着二十四节气包抄过来。

接过父辈的犁，脚踏实地，贴近泥土，才会在老家找到内心的平静；用尽余生努力耕耘，才会有意想不到的收获。这是犁铧写在土地上的哲理，也是父辈淳朴的教诲。

细嫩的手指变得粗糙了，仍细腻的是思耕的心思；粗糙的犁柄磨得光滑了，仍粗重的是接过父辈生活的担子。在一亩三分地上，山里人的身影，与雄健的老牛和沉重的木犁似乎不大协调，然而这分明是一幅古老而壮美的力学画面。夕阳看呆了，久久没有离去。

长长的牛鞭带着山里人和牛的辛勤赶走一片荒凉，赶走了父辈心头的忧虑。耕耘，耕耘，心里装着一个金色的秋天。

粗犷的声音却饱含深情，像条涓涓小溪，缓缓流向盼绿的心田。晶亮眼眸后面，闪烁着两道智慧光线。手里挥舞着铁犁铧，山里人在精心耕耘，耕耘……他种下一行行光明的种子，盼望长出：一代人的耕作，玉龙苗寨的坚持，还有家人深深的宽慰。

繁重也好，田园式的恬静也罢，就在一亩三分地上，倔强地耕种着一种别样的人生，只等秋天一来，丰收势不可挡。把亮簧或暗簧装上，生活总会溜进来。

新时代，新梦想，新雪峰，新篇章，互联网信息化为雪峰山构筑了一个全新世界。一幅山栖谷隐、茂林修竹、美田弥望、湘风雅韵的锦绣画卷徐徐展开，山里正日益成为人们喜爱和向往的"诗和远方"。有人说，趋势就像一匹马，如果是在马后面追，永远都赶不上，只有骑在马背上，才能与时俱进、马到成功。

还有足够的时间学会加倍珍惜。回望落日，时间踩着笛声过桥，山溪举起的灯盏被山风吹灭，又被山月点亮。一杯山里米酒的话题更真实、更养人。心有阳光，所到之处都是温暖，漠然回望，沧桑里还能装下一些，充满敬畏地按一按，把阳光填实，自己也要像棉花一样纯厚。

即使百年归去，一定要将骨灰埋在幼年时常常玩耍的那个青坡，要种一棵树去承载自己的愿景。每一片树叶就是想写而尚未写出的文字，文字里有景色，有乡村，有河流，有浓浓乡情，有赤子之心，有悔恨，有奢想。

山里人的舞台，只有蓝天、白云化作背景，只有云雀、松涛演绎音乐，山里人总是肩犁荷锄、悄无声息地就登场了。在空旷舞台上，他每天都得使出浑身解数，化繁为简。该唱的唱，该说的说，该演的演，没有观众喝彩，只有山坡周围开满野花。剧情高潮，便是水稻拔节的哗剥声，让他耳膜遭遇金属般穿击，让他血脉汹涌澎湃。

吱呀一声，推开不设防的山门，门前大山排列成出征队伍，等待山里人以刀锄发令。思绪随着山路一起蜿蜒，他看到，季节拐进岁月深处。庆幸的是，山离得近，伟岸就离得近，包容就离得近。而他竟端坐于屋前，怅望了很久的远山近水，以及闲云长天。于是，他奋笔疾书："褐衣褴褛一乡翁，白毛灰须目未昏。物联时代娱键盘，盛夏华年和儿孙。禾苗二亩芒种前，瓦舍三间小满中。晴光佳气瓜瓞绵，草木山川日月新。"

从门前看去，一座雪峰山很光鲜，有人甚至以华丽称之；但没有人知道，它是把所有的嶙峋包藏在心上，把险峻收藏于骨子里。夕颜若雪，向一座山学习了半辈子，至今仍只学到一点皮毛。

从窄处入，从宽处出。从山野经过锻打抵达城市，又从城市通过淬火回归山里。山是硬的，如曾经的志向；水是软的，是今日的归来。代马依风，有一个山寨可以任性升降灵魂与炊烟，可以装下自己的寂寞不安、朋友的牵挂与寒暄，可以学花瑶人唱呜哇山歌、学土家人跳毛古斯舞、学侗家人对酒当歌，让朝霞与黄昏浸透乡村振兴长调，幸何如之。

山　痴

　　雪峰山把一个个村落滋养在山腹、山谷、山脊、山腰，老天让山里人降生在山中。山里人贴着泥土出生，吸着山气成长，长了一双山眼，两只山耳，一对山足，一颗山心。脉搏贴紧山，赤足丈量山，踩过山的尖锐与圆钝，与山一起成长，看山长出一片又一片森林，一排又一排山石，繁衍一个又一个姓氏，一拨又一拨民俗与故事。听鸟语、石语、林语、稻语，还有一阵大雨之后，随农历生长的谚语，感觉山深厚的内涵，慢慢地，便与山性情相通，甘愿长做一个山人，山言山语，山居山息，山上山下，山里山外，山韵山意，山山不止。

　　山喂养了他，成了他的保姆。玉米、高粱、大豆、水稻、红薯，麦子、荞子、糁子、婆婆丁、苦苦菜、桔梗、水芹菜、刺嫩芽、小根蒜、香椿、薄荷、荠菜、蕨、马齿苋……还有桃李梨杏、橘柚梅枣，这些山里最真诚的植物，与他朝夕相处、相依为命。喜鹊、麻雀、乌鸦，燕子、布谷、黄鹂，这些山中的精灵，与他比邻而居，成为心照不宣的山友。野猪、野兔、野狗、野猫、蛇、鼠、狼、獾、鹰，与他争夺地盘、斗智斗勇。因了山，他的血脉有了源头，根基有了出处。有时，站立山下，听鸟鸣婉转，听山风吟唱；有时，用情怀打开这座山，让先人，以树的形象站起来，演绎从茹毛饮血到刀耕火种。有时，想象一位老人，禾下乘凉，禾在山下乘凉，山在云下乘凉，云在天空乘凉。

　　想象中，他用大山垒起几堵高墙，没有门，也没有窗，只有千万粒文字做成的田园诗话，熠熠发光。累了，舀一瓢山溪之水，放进山川草木、唐诗宋词、忠佞贤愚，用文火慢慢煮沸，把快乐与感伤、幸福和希望泡进茶杯，又把茶杯口飘起的功名世俗轻轻吹去。然后，抿一口香茶，披一袭烟雨，枕着清风明月沉沉睡去。

　　翌日睁开眼，从竹篱茅舍走出，就会看到云从檐下过，雪峰山的一道道山梁，做成一帘帘画屏，挂在门前水田边，比祖辈的故事矮，比父母的童谣低。祖辈的故事说：从前有座山，山上有座庙……父母的童谣说：月光光，海光光；挑担水，上山岗；山岗高，细竹篙；山岗矮，水田螺……

山里人和雪峰山，彼此交换着信物，交换着诗词。一次又一次，他携带寂静和喜悦而来，且对它的翠色，有饕餮之心。所谓"道成肉身"就是具象的山，填满了他内心的空寂和幽深。

雪峰山乃黄河以南两大龙脉之一，与大兴安岭、太行山、巫山共同组成了中国地势阶梯第二级与第三级分界线；雪峰山被联合国卫生组织誉为"没有污染的神奇土地"，被公认为"物种变异的天堂"……

于航拍镜头里凝望雪峰，夕阳熄灭，夜开始燃烧。把梦举起，把欲望举起，把高傲的视线压低，世界在黑的帷幕下蠕动。一切声响都在山路上爬行，目标遍布大山角落。渐渐地，远山和道路都已藏匿。只有灯光在追逐，呓语在流淌。在黑色底纹上，光点无法描述。在高处，不想望归途，也不想望未来。在另一个高处，一个山梦正被另一个山梦偷窥。

从芷江、邵东、武冈、铜仁、黄花、斗姆湖等机场起飞，从各个不同方向俯瞰雪峰山。

细节单位发生变化，山脉像褶皱，山脉上的一棵树、一幢房屋是一个黑点。而人，是根本看不到的。好比星云，尽管包括比地球甚至比太阳还要大得多的星体，因了太遥远，巨大变得渺小，最终，一片整体星云成为主要形态。

100米高空，可以看到人流、车流、树木和山石。

1000米高空，山川河流变得开阔而明确，人类如蚁，万物辽阔。

10000米高空，一切微小，唯有无边地平线和地表的划痕纹理，雪峰山脉就像一块石头，东南、西北朝向。

想成为一个试图穷尽一生去记录一座雪峰山自然美好的摄影师，实属有些徒劳，雪峰山于万变之中从未将每个瞬间珍藏，虽然每个瞬间都是合理过程的章节，即使是12级飓风或洪水漫山，只是人类赢小，心有洪涛，尚存妄念。

从高度上解读雪峰山发生的一切，有时候感到无奈。

俯瞰雪峰山能够看到的只有两种，一种是人类印记，一种是自然印记。人类经历数百万年演进，印记微茫。自然经过亿万年变化，无论雪峰运动形成的山峰，还是洪水滔天浸淫的痕迹，都粗犷博大。森林、灌木、云海、雾凇之下，或许早已暗流涌动。

俯瞰之美如此深切，直教人胸中隐隐作痛；然而皆无从抵达，只能做高高的旁观者。徒劳地徘徊，任群山静默，江河一去不可挽回。一个人、一棵树、一幢房屋、一个村落、一座山峰越缩越小，足以反衬苍茫时空。雪峰山，从眼睁前招摇而过，壮观给敏感的眼睛，精致给脆弱的神经；令人激动，继而失落，两只手攥不住一丝亮光。雪峰山，在华夏大地、在地球之上存在得如此妥当，大到八百里山野，小到一个人的发尖，都值得无比眷恋——除了眷恋，竟然别无所有。

一扑进山里，立即有了安全感，没有嘈杂人声，一路上慢慢地阅读大自然，一次拔高，一次下穿，一个转弯，都像是翻过了一页页无字书；一朵鲜花，一棵古树，一条羊肠小道，一片原始森林，都像是挂在穿越人脸上飘荡着的清凉；一片连绵的山，在脚下慢慢滑行，山属于人，人也属于山，像是婴儿被母亲拥抱着，享受着母亲慈爱；来到山里，空间宽窄适度，感觉不到要被谁伤害，隐居于山，尤其适合被世情误伤的人，大山是疗养身心和灵魂的好地方。

用踏实足迹寻找，沿途自由眺望，雪峰山是山里人的一幅画图，蹒跚双脚展开一条致远轨道，浓墨重彩，追随今世的幸福起跑。

山道边，捡到一只牛角。牛角，大山之耳。山里人把牛角贴近唇边，把日夜思山的恋曲，轻轻地向山漫歌。牛角恣意地放开嗓门，把山里人心中的秘密，大声地向山诉说。

铁夹似的残月，升上夜阑；残月似的脚步，走向山湾。犬眼般的星星、月光——撒开一张天网，网不尽赶山人的酸甜苦辣、悲欢离合；黑洞般的限子，猎人面对着大山和老天，设置机关，捕不尽收获的喜悦和生活的艰辛。山歌升起时，猎人肩回一身兽气。

遍寻之后了解，雪峰之心为红色，弯腰与匍匐皆为一生的站立。

山含蓄着，不为沸腾，不为喧闹，只为装满甜美的家。不为横渡，不为飞天，只为圆满一生的修行。人与山结合，便是仙。山心无浊俗，野趣有禅机。

雪峰山是一位无法老去的故人，是阳光下永恒的晶体，是活着的化石。满山流水在时间之下漫溯。心中水意，因为看到了山活得如此大格局而坚定不移。

圣人曰：仁者乐山。传说中的神仙、诵经念佛的和尚、崇尚无为而治的道家，大都选择了静谧地入山去修身养性，这其中的真意，长期让人深思不已。登苏宝顶，于一、二、三天堂寻觅当年闯王的沥胆披肝；上穿岩山，感受文旅大融合的时代新章；去虎形山，呜哇山歌嘹亮，花瑶讨念拜、讨僚皈的声势将挑花涂抹；爬太婆山，可以俯瞰危崖下的和谐号高速穿梭；攀高登山，探寻普照寺香火；登太阳山，欣赏满山杜鹃的芳香；上云台山和芙蓉山，亿万斯年的冰碛岩煨香了一盏安化黑茶；去连山，去探索连山易的大奥……

雪峰山境内陆续开发出安江农校、穿岩山、山背、虎形山、罗子山、苏宝顶、帽子岭、梅山龙宫、紫鹊界、黄岩、高登山、黔阳古城、洪江古商城、高椅等一干景区。特别是雪峰山文旅融合模式推广运用，竞相邀请文人墨客，点石为仙，指树为景，缘水作秀，吟诗涂画，颂古咏今，一时间，沉寂了千万年的青山秀水舒展起长袖，翩翩起舞迎接八方游人。

　　山里人因山而生，缘山而活。他一生行走雪峰，相看两不厌，只在山水间。虽相对无语，但人与山的交流却穿透千古，跨越万年。唯此妙境，只有痴山人才能奢华享受："阮宅闲园暮，窗中见树荫。樵歌依野草，僧语过长林。鸟向花间井，人弹竹里琴。自嫌身未老，已有住山心。"

　　天工开物，万念新种。雪峰山见证：中国在发展，时间不停歇。痴情于雪峰山，一边为满山的崛起干杯，一边记录碧落岜峣间的大美，痴着迷着，一不小心就醉了。

　　目酣神醉间，雪峰山悄悄在心头隆飞，云潮、思绪、红日的浑壮于晨风中一波波漾开。一回回拾级而上，占据一个高点，欣赏无尽的俊美。日复一日，一座山占据整个心房，不声不响，醉里销魂，沉沉稳稳。山心如石，思想之根植入，茁壮为另一座山峰。

　　山与猎户座的情缘，完成奇妙对接。神圣的山愿，撒布洞穴、小丘、路口，诗意奔走。已经历过上万次的研学，仍然读不懂雪峰山真谛；只能坚持永恒的痴迷破译，谁让自己爱上这部亘古的经典。歌一阕《雪峰山小赋》为志：

　　江南何山？雪峰峥嵘。蜿蜒八百里，岩嵋三千仞。望东海，牵云贵；比武陵，带南岭；怀邵贯，娄益襟；民族聚，四季分。乾坤匠运，布八面屏风；资沅汇流，环四时美充。雪峰会战，正气长存。人杰地灵，民安江靖。屋舍俨然，鸡犬相闻。舟车之利，五洲畅通。巍峨苏宝顶，耸入霄冥；峻峭帽子岭，高耀星津。巉岩峭壁，猿猱欲攀信难寻；险关雪拥，鸿商富贾堪景从。林海莽郁，碧玉妆成。泫泫岫晚，迭迭峦晴。山林乐鼓，禽鸟喧争。绵绵丰实，累累和羹。山肴纷呈，野蔌蓬生。秧鸡惊药兔之眠，麻鸭陷珑珍之馨。大酉山外日升，拥出金盘；留诗滩前浪堕，文成玉罕。橙黄橘绿，泉清彩映。松桧葳蕤，芝兰氤氲。高庙文明，神农功垂；稼穑万载，杂交稻兴。乐湑人居，惬意峻嶒。渊岳崔嵬，人间仙境。三尺稚童，垂髫接踵；百龄眉寿，胡考肩并。三湘披锦绣，四市唱宏猷。神州圣山，天佑歆鉴。